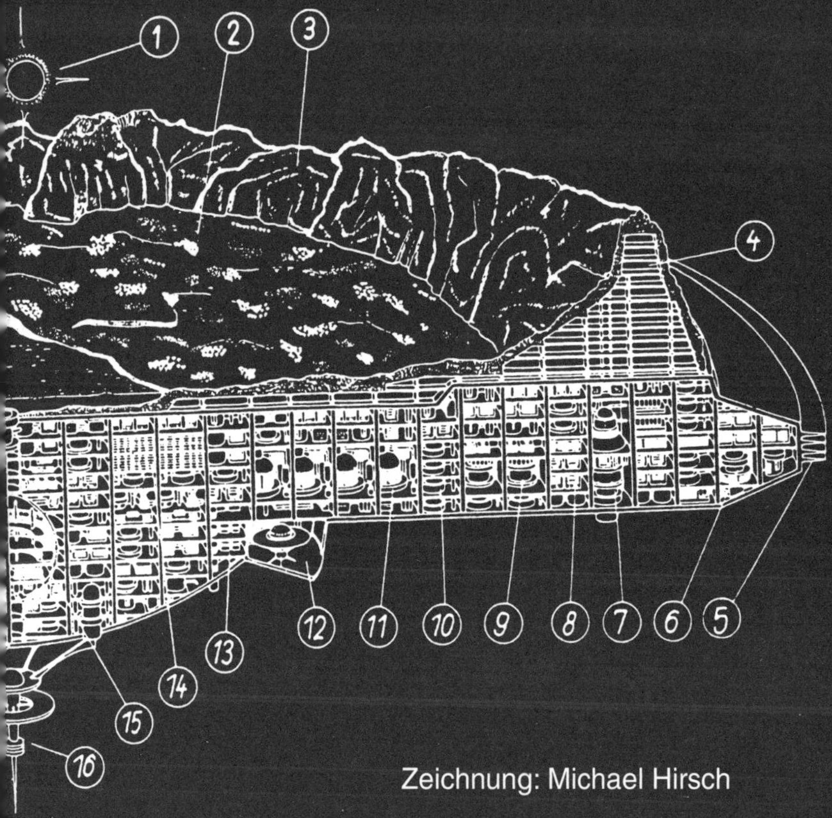

Zeichnung: Michael Hirsch

Perry Rhodan

Menschheit am Scheideweg

Perry Rhodan

Menschheit am Scheideweg

Pabel-Moewig Verlag KG, Rastatt

www.moewig.de
Redaktion: Horst Hoffmann
Titelillustration: Johnny Bruck
Druck und Bindung: GGP Media, Pößneck
Printed in Germany 2002
www.perry-rhodan.net
ISBN 3-8118-4058-4

Vorwort

Sowohl in der Milchstraße als auch im fernen Mahlstrom der Sterne tun sich große Dinge. In der vom Konzil besetzten Milchstraße erscheinen Abgesandte von zwei weiteren Konzilsvölkern, deren Wirken ein neues Licht auf das so genannte Hetos der Sieben wirft. Vor allem das Auftauchen des jungen Greikos Kroiterfahrn gibt Anlass zu neuer Hoffnung für die Milchstraßenvölker – vermittelt andererseits jedoch auch ein Bild tiefer Verzweiflung.

Im Mahlstrom der Sterne, der Sternenregion, in die es Erde und Mond auf der Flucht vor der Konzilsherrschaft verschlagen hat, vollzieht sich eine andere Tragödie. Die Männer und Frauen des Supertenders MEBRECCO, aufgebrochen, um die Position der Milchstraße festzustellen, erwartet ein furchtbares Schicksal. Perry Rhodan indessen bekommt es wieder mit Jaymadahr Conzentryn zu tun, der Königin der insektoiden Ploohns. Es gilt, Erde und Mond in die Umlaufbahn um eine Sonne zu bringen. Die Existenz von zwanzig Milliarden Menschen steht auf dem Spiel – aber die eigentliche Tragödie wird sich erst im nächsten Buch der großen PERRY RHODAN-Bibliothek offenbaren.

Die diesem Band zugrunde liegenden Originalromane sind: *Monumente der Macht* (675) von H. G. Ewers, *Die Unantastbaren* (695) von Ernst Vlcek, *Botschafter des Friedens* (696) und *Im Interesse der Menschheit* (697) von William Voltz, *Meuterei auf der MEBRECCO* (698) von H. G. Francis und *Terra unter fremder Sonne* (699) von Kurt Mahr.

Mein Dank gilt auch diesmal wieder allen Lesern, die uns durch ihre Zuschriften geholfen haben, die PERRY RHODAN-Buchausgabe weiterhin lesernah zu gestalten.

Horst Hoffmann

Zeittafel

1971/84	Perry Rhodan erreicht mit der STARDUST den Mond und trifft auf die Arkoniden Thora und Crest. Mit Hilfe der arkonidischen Technik gelingen die Einigung der Menschheit und der Aufbruch in die Galaxis. Geistwesen ES gewährt Rhodan und seinen engsten Wegbegleitern die relative Unsterblichkeit. (HC 1–7)
2040	Das Solare Imperium entsteht und stellt einen galaktischen Wirtschafts- und Machtfaktor ersten Ranges dar. In den kommenden Jahrhunderten folgen Bedrohungen durch die Posbis sowie galaktische Großmächte wie Akonen und Blues. (HC 7–20)
2400/06	Entdeckung der Transmitterstraße nach Andromeda; Abwehr von Invasionsversuchen von dort und Befreiung der Völker vom Terrorregime der Meister der Insel. (HC 21–32)
2435/37	Der Riesenroboter OLD MAN und die Zweitkonditionierten bedrohen die Galaxis. Nach Rhodans Odyssee durch M 87 gelingt der Sieg über die Erste Schwingungsmacht. (HC 33–44)
2909	Während der Second-Genesis-Krise kommen fast alle Mutanten ums Leben. (HC 45)
3430/38	Das Solare Imperium droht in einem Bruderkrieg vernichtet zu werden. Bei Zeitreisen lernt Perry Rhodan die Cappins kennen. Expedition zur Galaxis Gruelfin, um eine Pedo-Invasion der Milchstraße zu verhindern. (HC 45–54)
3441/43	Die MARCO POLO kehrt in die Milchstraße zurück und findet die Intelligenzen der Galaxis verdummt vor. Der Schwarm dringt in die Galaxis ein. Gleichzeitig wird das heimliche Imperium der Cynos aktiv, die am Ende den Schwarm wieder übernehmen und mit ihm die Milchstraße verlassen. (HC 55–63)
3444	Die bei der Second-Genesis-Krise gestorbenen Mutanten kehren als Bewusstseinsinhalte zurück. Im Planetoiden Wabe 1000 finden sie schließlich ein dauerhaftes Asyl. (HC 64–67)

3456 Perry Rhodan gelangt im Zuge eines gescheiterten Experiments in ein paralleles Universum und muss gegen sein negatives Spiegelbild kämpfen. Nach seiner Rückkehr bricht in der Galaxis die PAD-Seuche aus. (HC 68–69)

3457/58 Perry Rhodans Gehirn wird in die Galaxis Naupaum verschlagen. Auf der Suche nach der heimatlichen Galaxis gewinnt er neue Freunde. Schließlich gelingt ihm mit Hilfe der PTG-Anlagen auf dem Planeten Payntec die Rückkehr. (HC 70–73)

3458/60 Die technisch überlegenen Laren treten auf den Plan und ernennen Perry Rhodan gegen seinen Willen zum Ersten Hetran der Milchstraße. Rhodan organisiert den Widerstand und versetzt das Solsystem schließlich in die Zukunft, um es dem Zugriff der Laren zu entziehen. Als diese das Versteck in der Zeit bedrängen, schickt er Erde und Mond durch einen Sonnentransmitter. Doch sie rematerialisieren nicht am vorgesehenen Ort, sondern weit entfernt von der Milchstraße im »Mahlstrom der Sterne«. Die Terraner müssen sich in dieser bislang unbekannten Region des Alls behaupten. (HC 74–79)

Prolog

Seit der Machtergreifung der Laren, der militärischen Speerspitze des Konzils der Sieben, im Jahr 3458 in der Milchstraße sind nahezu zwei Jahre vergangen. Die erdrückende technische Überlegenheit der Invasoren ließ Perry Rhodan keine andere Wahl, als Erde und Mond durch einen Sprung durch den Hyperraum aus dem heimischen Sonnensystem zu versetzen – aber der Sprung endete nicht im vorgesehenen Versteck, sondern im viele Millionen Lichtjahre entfernten »Mahlstrom der Sterne«.

Die Helfershelfer der Laren, die Überschweren, machen Jagd auf die letzten freien Menschen in der Milchstraße, deren endgültige Unterwerfung nur noch eine Frage der Zeit zu sein scheint. Aber die Menschen geben nicht auf. Sie machen sich daran, mehr über ihre Unterdrücker zu erfahren – und machen verblüffende Entdeckungen …

Im Mahlstrom der Sterne ist es Perry Rhodan derweil gelungen, die Bedrohung durch die insektenartigen Ploohns abzuwenden. Doch noch sind Erde und Mond nicht in Sicherheit – die Heimat der Menschen benötigt eine neue Sonne …

1.

Rückblende: März 3460
Olymp

Tak Son und Yumeko beobachteten auf den Monitoren ihres Labors, wie ihr Geschöpf aus der Brutmaschine kroch.

Es erinnerte an ein terranisches Huhn, auch wenn es statt des Federkleids eine von bunten Schuppen besetzte, glatte Haut besaß. Sein Kopf ähnelte dem eines Dackels, die beiden Hinterbeine waren, wie überhaupt der Hinterleib, sehr stark entwickelt, während die Vorderbeine den zarten Rudimenten von Flughäuten glichen.

Tak Sons Gesicht blieb unbewegt, als das Geschöpf sich auf die Hinterbeine stellte und zum Futternapf rannte, dabei die Vorderbeine von sich spreizte und als Gleichgewichtshilfe benutzte.

Yumeko dagegen konnte ihre Gefühle nicht so gut verbergen. Sie stieß einen kleinen Schrei des Entzückens aus. Sie und Tak Son hatten über ein Vierteljahr an der Konstruktion dieses Wesens gearbeitet. Yumeko konnte sich nicht mehr erinnern, von welchem Tier die Eizelle stammte, die als Ausgangsbasis gedient hatte. Zu viele genetische Veränderungen waren inzwischen vorgenommen worden, bis schließlich das entstanden war, was ihnen als Ziel vorgeschwebt hatte.

»Es scheint perfekt«, sagte Tak Son, während er befriedigt zuschaute, wie das Geschöpf die Nahrung, eine Kombination synthetischer Stoffe, verschlang.

»Schon«, meinte Yumeko. »Aber ich bin gespannt, wann es seine ersten Eier legt. Eigentlich sollte es in spätestens einer Woche so weit sein. Wir werden ein Bombengeschäft machen.«

»Ja«, sagte Tak Son. Er war plötzlich auffallend einsilbig geworden. Es würde schwierig sein, Abnehmer für die neue, Eier legende Tierart zu finden.

»Animals Impossible« war eine junge Firma. Er und Yumeko hatten sie wenige Wochen vor der Besetzung Olymps durch die Laren und die Truppen Leticrons gegründet. Seitdem stagnierte die Wirtschaft: Die hoch entwickelten Industrien Olymps mussten im Auftrag des neuen Ersten Hetrans oder im Auftrag der Laren arbeiten; Import und Export brachten nur noch minimale Gewinne, und täglich wurden Freihändler durch die Schergen Leticrons verhaftet.

Deshalb zuckte er nervös zusammen, als der Türsummer ertönte. »Wer kann das nur sein?«, murmelte Tak Son und ging zur Tür. Er zuckte erschrocken zurück, als er sie öffnete und die vier schwer bewaffneten Überschweren sah. Sie trugen Kampfanzüge der Besatzungstruppen Leticrons. Draußen, auf der Straße der kleinen Bungalowsiedlung außerhalb von Trade City, wartete ein Flugpanzer.

Der Anführer der Truppe, ein Sergeant, grinste und sagte: »Sind Sie Dr. Tak Son?«

»Der bin ich«, antwortete Tak unsicher. »Was wollen Sie von mir?«

Der Sergeant schob ihn mühelos zur Seite. »Uns bei Ihnen umsehen«, erklärte er. »Befehl vom Standortkommandanten.« Hilflos musste Tak Son zusehen, wie die vier Überschweren in sein und Yumekos Haus eindrangen und die Zimmer durchwühlten.

»Was suchen Sie denn?«, fragte Tak händeringend den Sergeanten. »Ich besitze weder Waffen noch andere verbotene Dinge.«

»So?«, meinte der Sergeant gedehnt und hielt ein Buch mit dem Titel »Die Verfassung der Freihändler von Boscyks Stern« hoch. »Und was ist das?«

»Es enthält die Entwicklung unserer Verfassung«, antwortete Tak Son.

Der Überschwere grinste niederträchtig, packte das geschlossene Buch mit seinen derben Händen und zerriss es, als sei es nur ein Blatt Papier.

»Da haben Sie Ihre Verfassung!«, erklärte er drohend. »Ich werde mir überlegen, ob ich Sie nicht wegen schweren Verstoßes gegen die Gesetze der Militärverwaltung festnehmen soll, Dr. Son. Der Besitz dieses Buchs ist ein Verbrechen.«

»Was geht hier vor?«, fragte Yumeko, die lautlos ins Wohnzimmer gekommen war. Sie blickte den Sergeanten furchtlos an.

Der kompakt gebaute Überschwere musterte die zartgliedrige Erscheinung Yumekos. Seine Augen glitzerten dabei. »Wer sind Sie?«, erkundigte er sich.

»Das ist Dr. Yumeko Chandri, meine Geschäftspartnerin und Lebensgefährtin«, sagte Tak Son, bevor Yumeko antworten könnte.

»Aha!«, meinte der Sergeant abfällig. »Sie haben also keinen Ehekontrakt. Vielleicht sollten wir Dr. Chandri mitnehmen. Ich könnte eine Haushälterin brauchen.«

»Ich protestiere!«, sagte Tak Son zornig. »Auch die Gesetze der Militärverwaltung geben Ihnen nicht das Recht, grundlos eine Lebensgemeinschaft zu zerstören.«

Der Überschwere leckte sich über die Lippen. »Wer sagt Ihnen denn, dass ich keinen Grund habe«, erwiderte er. Er wechselte das Thema. »Was ist das überhaupt für ein Geschäft, das Sie betreiben?«

»Wir stellen Tiere nach Maß her, sozusagen genetische Kompositionen«, antwortete Yumeko. »Unser neuestes Produkt ist ein Vogel, von dem wir eine tägliche Eierproduktion von zwölf Stück erwarten.«

»Verrückt!«, sagte der Sergeant. »Los, zeigen Sie mir dieses Superhuhn!«

Tak Son und Yumeko führten ihn ins Labor, wo auf Monitoren noch immer ihr neues Geschöpf zu sehen war. Es hatte seinen Futternapf inzwischen geleert und hüpfte in seinem geräumigen Käfig mit großen Sprüngen auf und ab.

»Das soll ein Huhn sein?«, fragte der Überschwere. »Sie denken wohl, Sie könnten mich zum Narren halten, wie? Ich weiß, wie Hühner aussehen müssen. Das hier sieht jedenfalls nicht wie ein Huhn aus.«

»Das Äußere ist zweitrangig«, sagte Tak Son. »Als Ausgangsbasis verwendeten wir die Eizelle einer tuurganischen Springechse. Wichtig ist schließlich nur, dass das Produkt die Erwartungen erfüllt. Das Aussehen spielt keine Rolle.«

»Ich nehme das Monstrum mit«, erklärte der Sergeant bestimmt. »Admiral Ithosz wird sich bestimmt dafür interessieren.«

»Das dürfen Sie nicht, Sergeant!«, sagte Yumeko. »Unser Experiment ist nicht einmal abgeschlossen. Das Tier ist praktisch noch ein Küken. Es stirbt, wenn es nicht richtig behandelt wird.«

Der Überschwere zog seinen Paralysator und richtete ihn auf Tak Son. »Geben Sie mir das Tier!«, befahl er. »Andernfalls muss ich Sie und Yumeko paralysieren und mir diese Huhnechse selber holen.«

Tak Son sah ein, dass es sinnlos gewesen wäre, sich noch länger zu sträuben. Er ging in den Käfigraum, fing das Geschöpf ein und packte es in einen kleinen, tragbaren Käfig. Er war sicher, dass er das Tier niemals lebend wiedersehen würde.

Der Sergeant nahm den Käfig entgegen, dann rief er seine Begleiter zusammen und verließ mit ihnen das Haus.

Tak Son ging den Schergen Leticrons nach und sah zu, wie sie zu ihrem Flugpanzer stapften, vier quadratisch aussehende Gestalten von nur 1,60 Metern durchschnittlicher Schulterbreite, aber mit den Körperkräften von Giganten.

Plötzlich erstarrten die Überschweren – und Tak Son ebenfalls.

Wie gebannt blickten sie alle nach Nordosten, wo ein bisher nie gesehenes Gebilde am Himmel erschienen war, eine Art schwarze Pyramide, die sich lautlos herabsenkte.

Aber das allein war es nicht, was Tak Son – und zweifellos auch die Überschweren – so erschreckte. Es war das Licht der Sonne, das beim Erscheinen der Pyramide jählings an Intensität verlor. Die Farben der Bäume und Sträucher, der Blumen und der Häuser schienen zu verblassen.

Tak Son konnte sich nicht rühren. Eine unheimliche Drohung strahlte von dieser schwarzen Pyramide aus. Die vier Überschweren schienen das ebenfalls zu spüren. Sie stürmten plötzlich auf ihren Flugpanzer zu, kletterten hastig hinein und starteten in Richtung Trade City.

Viele Bewohner von Trade City und der näheren Umgebung wurden Zeuge des unheimlichen Schauspiels. Darunter auch ein zerlumpter, alter Freihändler, der auf dem Flachdach eines Verwaltungsgebäudes am südlichen Rand der Hauptstadt Olymps stand. Neben ihm stand ein zweiter Freihändler, ein beleibter Mann, die Kleidung von Schmutz- und Fettflecken übersät.

Die beiden Freihändler beobachteten die niedergehende Pyramide aufmerksam, aber ohne Anzeichen von Furcht. Sie sahen, dass das Gebilde in einer Ebene südlich des größten Raumhafens von Trade City aufsetzte, in einem Gelände, das einmal ein großzügig angelegter Erholungspark gewesen war. Während der durch den Schwarm ausgelösten Verdummung war dieser Park verwüstet worden, und danach hatten andere Ereignisse verhindert, dass er wieder instand gesetzt wurde.

»Die Laren ergreifen keine Gegenmaßnahmen, Majestät«, sagte der Beleibte. »Das kann nur bedeuten, dass sie mit der Landung dieser Pyramide einverstanden sind. Was meinen Sie?«

Der mit »Majestät« angesprochene, zerlumpte Freihändler blickte seinen Begleiter an.

»Du sollst dir endlich abgewöhnen, mich ›Majestät‹ zu nennen, Cronar!«, sagte er tadelnd. »Erstens übe ich keine Regierungsgewalt mehr aus, und zweitens suchen sowohl die Laren als auch Leticrons Überschwere verzweifelt nach dem abgesetzten Kaiser Anson Argyris. Wenn jemand hört, dass du mich ›Majestät‹ nennst, kommt er vielleicht zu dem richtigen Schluss.«

»Jawohl, Majestät«, antwortete Cronar Babusath, einer der Wissenschaftsräte von Anson Argyris. Der Zerlumpte wölbte die Brauen, sagte aber diesmal nichts. Er widmete seine Aufmerksamkeit wieder der inzwischen gelandeten Pyramide und stellte fest, dass ihre Höhe 245 Meter betrug. Es handelte sich um eine Pyramide mit sechseckiger Grundfläche. Der Radius des Grundflächenkreises betrug 42,5 Meter, und da s = r war, bedeutete das, dass auch die Seitenlänge 42,5 Meter betrug, was bei sechs Seiten einen Umfang von 255 Metern ausmachte.

Ein Mensch hätte natürlich wegen der großen Entfernung diese Maße niemals mit bloßem Auge ermitteln können. Doch der Zerlumpte war keiner. Seine menschliche Körperform war eine Maske. Die Intelligenz dieses Wesens befand sich unter der Maske, genauer gesagt, im Rumpf eines fünfzig Zentimeter langen eiförmigen Gebildes aus Atronital-Compositum. Sitz dieser Intelligenz war ein biopositronisches Gehirn in siganesischer Mikrobauweise.

Dieses wunderbare Gehirn war identisch mit dem Kaiser aller Freifahrer von Boscyks Stern, der normalerweise in seiner Anson-Argyris-Maske auftrat. Diese Maske konnte aber von dem Vario-Roboter, wie der Grundkörper des Kaisers hieß, nicht mehr benutzt werden. Er befand sich ständig auf der Flucht vor den Laren und den Überschweren Leticrons.

Der Superroboter Vario-500 ließ seine Maske lächeln. Es war ein verlorenes Lächeln, denn Vario hatte keinen Grund zur Freude. Schwere Sorgen lasteten auf ihm, seitdem er durch Geheimkuriere erfahren hatte, dass die Erde und der irdische Mond nicht wie geplant im Archi-Tritrans-Sonnentransmitter rematerialisiert, sondern unter gespenstisch anmutenden Erscheinungen spurlos verschwunden waren.

Das konnte bedeuten, dass die Erde, die Urmutter der solaren Menschheit, sich im Hyperraum aufgelöst hatte und mit ihr 18,71 Milliarden Menschen, die Perry Rhodan hatte retten wollen. Mit der Plasmasektion seines Gehirns verspürte Vario-500 Schmerz über die verlorenen Menschen und Schmerz darüber, dass mit ihnen vielleicht sein Freund Perry untergegangen war.

Doch er überließ sich diesem Schmerz nicht. Er war entschlossen, zusammen mit Lordadmiral Atlan, der in Quinto-Center eine zentrale Galaktische Widerstands-Organisation aufbaute, den Kampf gegen das Konzil der Sieben weiterzuführen.

Vario-500, der sich immer mit Anson Argyris, dem Kaiser aller Freifahrer, identifizierte, wusste, dass dieser Kampf lange dauern und zahllose Opfer fordern würde. Es war ein ungleicher Kampf, denn die Laren verfügten infolge ihrer überlegenen Technik über die Mittel, jeden offenen Widerstand zu brechen. Folglich mussten die Widerstandskämpfer im Untergrund arbeiten.

Die Lage war noch nie so ernst gewesen. In früheren Krisen hatte den Terranern und den Freifahrern stets ihr großes wirtschaftliches und militärisches Potenzial zur Seite gestanden, diesmal jedoch verfügte der Gegner über ihre Raumschiffswerften, Waffenfabriken, Raumhäfen und was der Dinge mehr waren. Und das Gros der Solaren Flotte war zusammen mit der Erde verschollen. Nur rund neuntausend ältere Einheiten der ehemaligen Außenflotte unter dem Kommando von Julian Tifflor waren noch in der Galaxis vorhanden. Aber was waren neuntausend Raumschiffe im Vergleich zu den Hunderttausenden von SVE-Raumern, die die Laren aufzubieten hatten!

»Da, jetzt starten Leticrons Schiffe!«, rief Babusath erregt und deutete zu dem großen Raumhafen, auf dem rund fünfhundert Großkampfschiffe der Überschweren lagen. Etwa dreißig von ihnen stiegen im Alarmstart auf. Aber sie flogen nicht weit. Kaum hatten sie Kurs auf die gelandete Pyramide genommen, als sie auch schon mit Maximalwerten abbremsten und umkehrten.

Argyris war nun sicher, dass die Pyramide mit ausdrücklicher Billigung der Laren auf Olymp gelandet war. Leticrons Männer hatten offenbar bis zu diesem Zeitpunkt nichts davon gewusst und waren eben erst von den Laren über Funk informiert worden.

Argyris dachte an ein Gerücht, das ihm einen Tag zuvor von einem seiner zahlreichen Informanten übermittelt worden war. Danach sollten in verschiedenen Teilen der Galaxis Pyramiden auf den von den Laren beherrschten Planeten aufgetaucht sein. Bisher war nicht klar, was es damit auf sich hatte. Anson Argyris vermutete lediglich, dass mit ihnen ein neues Mitgliedsvolk des Konzils der sieben Galaxien aufgetaucht war. Und nun war eine solche Pyramide auch auf Olymp gelandet.

Der Kaiser beschloss, in seine subplanetarische Geheimzentrale zurückzukehren, um von dort aus ein Erkundungsunternehmen gegen die Pyramide vorzubereiten. In diesem Augenblick erfassten die empfindlichen Taster seines Ortungskopfes, der innerhalb des Maskenkopfes verborgen war, dass in knapp hundertfünfzig Metern Entfernung ein Spionauge schwebte.

Spionaugen waren ein Hilfsmittel der Laren, mit dem sie die Bevölkerungen unterworfener Planeten überwachten. Da sie sich beliebig verformen konnten, war es ihnen möglich, sich selbst durch kleinste Ritzen oder Löcher in Gebäude zu schleichen und dort die Unterhaltungen zu belauschen. Dadurch war schon so manche Widerstandsgruppe entdeckt und ausgehoben worden.

Anson Argyris wusste nicht, ob diese Spionaugen auch fähig waren, durch seine pseudovariable Kokonmaske hindurch seinen Grundkörper zu erkennen. Er nahm jedoch sicherheitshalber an, dass es ihnen irgendwie möglich war, ihn zu identifizieren, wenn sie nur nahe genug an ihn herankamen.

Er fasste nach Babusaths Arm und flüsterte: »Wir verschwinden lieber, Cronar.«

Aber Cronar Babusath sträubte sich. »Wir sollten noch eine Weile beobachten«, erwiderte er. »Ich möchte zu gern sehen, wie die Laren Kontakt mit der Besatzung der Pyramide aufnehmen.«

Die beiden Gehirnkomponenten des Vario-Roboters dachten nach. In ihnen war das Wissen um eine nahe Fluchtmöglichkeit gespeichert. Darum entschieden sie sich schließlich dazu, noch abzuwarten.

Sekunden später aber wurde dieser Entschluss wieder umgestoßen. Das war, als Argyris mit seinem Ortungskopf die drei larischen SVE-Gleiter ortete, die sich vom nördlichen Ende der Stadt mit rasendem Flug seinem Standort näherten. Diese Zielstrebigkeit konnte kein Zufall sein. Wahrscheinlich hatte das Spionauge ihn identifiziert und die betreffende Meldung weitergegeben.

»Weg von hier!«, flüsterte Argyris. Wieder wollte er nach Babusaths Arm greifen. Doch der Beleibte wich ihm diesmal aus.

Anson Argyris wandte sich zur Flucht, überzeugt davon, dass Cronar Babusath ihm folgen würde, wenn er sah, dass es dem Freifahrerkaiser ernst war.

Im flachen Dach des Verwaltungsgebäudes befanden sich mehrere von normalenergetischen Energieschirmen überdachte, kreisrunde Löcher. Es handelte sich um die Öffnungen von herkömmlichen Antigravschächten – bis auf einen. Und auf diesen eilte Anson Argyris zu. Als er hineinsprang, merkte er, dass sein Begleiter ihm nicht gefolgt war. Doch es war zu spät, um noch einmal umzukehren.

Argyris sank tiefer. Ein Kodeimpulssender in seinem Ortungskopf sandte eine Nanosekunde lang einen Kodeimpuls aus. Daraufhin schaltete sich ein im Schacht verborgener Transmitter ein. Der Freifahrerkaiser wurde entstofflicht und rematerialisierte im gleichen Moment in einem Bereitstellungssektor seines subplanetarischen Reiches.

Er sah nicht, wie von einem der drei SVE-Gleiter ein Energiefinger auf das Dach des Verwaltungsgebäudes schoss und seine Energie sich entlud. Er sah auch nicht, wie Cronar Babusath von dem Glutball eingeäschert wurde, der den gesamten Dachteil des Gebäudes zerstörte.

Die Wiederverstofflichung des Vario-Roboters aktivierte das Sicherheitssystem des Bereitstellungssektors, in dem er ankam. Ein von dem Grundkörper abgestrahlter Impuls verhinderte, dass der Ankömmling angegriffen wurde. Ein weiterer Impuls bewirkte, dass eine kleine Transportkapsel lautlos heranglitt und sich vor der Öffnung eines Schachts ein grünlich flimmerndes Verteilerfeld aufbaute.

Anson Argyris sandte einen dritten Impuls aus. Die Kapsel öffnete sich. Behutsam zwängte sich der Freifahrerkaiser in die enge Kapsel, deren Öffnung sich hinter ihm wieder schloss. Argyris' positronische Gehirnsektion erteilte dem Kapselcomputer die Anweisung, welchen Weg er durch das vielfältig abgesicherte Labyrinth wählen sollte, um vor der Biostation anzukommen.

Wenig später fuhr die Kapsel ruckfrei an und tauchte in das grünliche Flimmern des hyperenergetischen Verteilerfelds ein. Danach begann eine rasende Irrfahrt durch die Unterwelt des Planeten Olymp. Als Anson Argyris diesen Teil seines subplanetarischen Transportsystems entworfen hatte, war er nicht in den Fehler verfallen, einen senkrecht verlaufenden Antigravschacht anzulegen, der seinen Regierungspalast mit der geheimen Biostation verband. Er hatte sich auch nicht auf eine einzelne Transmitterverbindung beschränkt.

Vielmehr existierte und funktionierte zwischen dem oberen Verteilerfeld und dem vor der Biostation ein Labyrinth von Leitschächten und Transmitterpunkten, in denen Unbefugte bis an ihr Lebensende umherirren konnten, ohne den Anfang oder das Ende zu finden. Allerdings würde ihr Lebensende nicht lange auf sich warten lassen, denn das Labyrinth wurde zusätzlich von tödlichen Fallen geschützt. Nur aus diesem Grund hatten die Laren die Geheimnisse des Freifahrerkaisers bisher nicht lüften können.

Es dauerte nur wenige Minuten, bis seine Transportkapsel aus dem unteren Verteilerfeld glitt und vor der Biostation anhielt. Anson Argyris stieg aus und erteilte über Funk der Kapsel den Befehl, in einem bestimmten Bereitstellungssektor auf seine Rückkehr zu warten. Sekunden später verschwand die Transportkapsel in dem hyperenergetischen Verteilerfeld.

Der Kaiser wandte sich dem tödlichen Energievorhang zu, der die Biostation schützte. Das Flimmern »stand« zwischen den beiden stählernen Türsäulen des Eingangs. Anson Argyris trat darauf zu, streckte die Hände aus und legte sie auf elektronisch markierte Stellen der Türsäulen. Der Türcomputer »blickte« über hyperenergetische Kanäle unmittelbar in Argyris' Bewusstsein und verglich es mit dem Erinnerungsmuster.

Dieser Wächter erfüllte zwei eminent wichtige Funktionen. Er überprüfte einmal die Identität des Besuchers und zum Zweiten dessen geistige Einstellung zur Menschheit. Wäre es einer feindlichen Organisation gelungen, Anson Argyris' Denkprozesse in ihrem Sinn zu beeinflussen, hätte der Türcomputer sofort die Paralysierung der organischen Gehirnsektion und die Desaktivierung der positronischen veranlasst.

Der flimmernde Energievorhang erlosch. Als sich die meterdicke Tür aus einer Terkonit-Ynkelonium-Legierung öffnete, betrat der Kaiser das energetische Gleitband dahinter und ließ sich durch die »Halle der letzten Prüfungen« befördern. Sein Ortungskopf registrierte die zahlreichen Taststrahlen, mit denen er abermals getestet wurde.

Am Ende der Halle öffnete sich mit leisem Zischen die so genannte Dienerschleuse, und als Argyris sie durchquert hatte, glitt das Schott am anderen Ende in die Wand zurück. Der Kaiser befand sich in der Biostation.

Nachdenklich musterte er die Reihe der an den Schultern aufgehängten Körper, darunter auch den der Anson-Argyris-Maske mit dem in der Mitte gescheitelten Haupthaar und dem schwarzen Bart, dessen Enden, zu Zöpfen geflochten, von zwei Schulterstücken aus Howalgonium festgehalten wurden.

»Unsere Zeit kommt auch wieder, alter Knabe«, flüsterte Argyris seiner Kaisermaske zu, als könnte sie ihn hören. Der Vario-Roboter wandte sich rasch ab. Der Anblick der Kokonmaske, in der er viele Jahre als Kaiser der Freifahrer geherrscht hatte, stimmte die Plasmasektion seines Gehirns wehmütig.

Mit schnellem Schritt ging der Vario-Roboter weiter. Ein heimlicher Beobachter hätte wahrscheinlich den Eindruck gewonnen, der zerlumpte Freihändler schritte die Front einer sonderbaren Ehrenformation ab, deren Angehörige an fahrbaren Spezialhalterungen hingen.

Vor dem vierunddreißigsten Körper blieb er stehen und blickte durch den aufklaffenden Rumpf in das Innenleben der alten Springerin, die diese Kokonmaske darstellte. Eine transparente Folie schützte die Organe wie Magen, Lunge und Herz vor Staub und eventuellen Keimen. Dünne Schläuche versorgten die Kokonmaske mit Sauerstoff, Nahrung und Vitalstoffen und entfernten die Abfallprodukte des Stoffwechsels.

»Alaya Krantek«, murmelte der Zerlumpte und grinste die fette Springerin an, als könnte sie ihn sehen. Er hatte diese Kokonmaske noch nie benutzt, deshalb erschien sie ihm passend für seinen nächsten Ausflug an die Oberfläche Olymps.

Die positronische Gehirnsektion sandte einen Befehlsimpuls aus. Irgendwo klickte es, dann glitt eine Halterung in ihrer Deckenschienenführung heran, stoppte vor dem zerlumpten Freifahrer. Spezialklammern legten sich um die Schultern des Individuums. Mit schnalzendem Geräusch öffneten sich Kleidung und Rumpf; das zuckende Herz und die sich aufblähenden und wieder zusammenfallenden Lungenflügel wurden vom Grundkörper, dem eigentlichen Vario-500, beiseite gedrängt.

Der Superroboter zog den Ortungskopf und die teleskopartig ausgefahrene Gliedmaßensteuerung ein. Dadurch wurde er zu einem eiförmigen Gebilde ohne alle Auswüchse. Gleichzeitig schaltete sich automatisch das Antigravaggregat des Vario-Roboters ein. Das metallisch schimmernde Ei schwebte aus der zuletzt benutzten Kokonmaske. Servoarme schnellten heran, griffen zu, wuschen den Roboterkörper, überprüften die Struktur des Atronital-Compositum-Mantels auf Festigkeit und ergänzten den Vorrat an Kernbrennstoff.

Dann schwebte der Vario auf den geöffneten Rumpf der fetten Springerin zu und zwängte sich hinein. Als die Rumpföffnung sich schloss, aktivierten die Reizkontakte an der Eihülle den Eigenkreislauf der Biomaske. Nacheinander fielen die nunmehr überflüssigen Versorgungsleitungen ab. Die Halterung transportierte Alaya Krantek zu einem Podest. Dort lösten sich die Schulterklammern. Allerdings wurde der Körper noch von energetischen Hilfsfeldern gestützt.

In die Augen der fetten alten Springerin kam Leben. Der schmallippige Mund verzog sich zu einem breiten Grinsen, das die hässlichen Zahnlücken der alten Dame offenbarte. Alaya Krantek blickte ausdruckslos dem geöffneten Körper des Freihändlers nach, der schaukelnd an seiner Halterung davonglitt.

»Ruhe sanft, mein schmutziger Liebling!«, rief die alte Springerin mit einer von Alkohol und Rauch zerstörten Stimme. Das war nicht etwa ein makabrer Scherz des Vario-Roboters, sondern gehörte zu den zahlreichen Überprüfungen, die auf der positronischen Checkliste standen. Wenn Vario – beziehungsweise Kaiser Anson Argyris – in einer neuen Maske an die Oberfläche zu gehen gedachte, musste er sich davon überzeugen, dass sie auch hundertprozentig funktionierte. Dazu gehörten die individuellen Verhaltensweisen ebenso wie das äußere Erscheinungsbild und die Stimme.

Nachdem Argyris die Checkliste seiner neuen Maske durchgegangen war und keinen Fehler entdeckt hatte, verließ er die Biostation und beorderte seine Transportkapsel zu sich.

»Vorwärts, alte Vettel!«, sagte er zu sich selbst.

Tak Son sträubte sich nicht, als sie kamen, um ihn abzuholen.

Sie, das waren zwei Überschwere und drei Laren, drei Fremde, die dennoch seltsam menschlich wirkten in ihren Bewegungen, ihren Gesten und in ihrem Benehmen.

Bevor die beiden Überschweren ihn auf die schimmernde Energiewand des larischen Gleiters zustießen, drehte Tak sich noch einmal um und winkte Yumeko zu, die in der Tür des Bungalows stand und mit leerem Blick herüberstarrte. *Verdammt, sie glaubt, mich niemals wiederzusehen!,* durchfuhr es den braunhäutigen Freihändler, dessen Urahnen von der Erde nach Olymp gekommen waren. *Aber ich werde wiederkommen, Yumeko!*

Er wusste, dass dieses unausgesprochene Versprechen keine Wunder bewirken konnte. Dennoch erkannte er, dass das Leben in die Augen seiner Yumeko zurückkehrte. Sie hob den Arm, um zu winken.

Ein heftiger Stoß beförderte Tak Son gegen den Gleiter, und der Transmittereffekt der strukturierten Energie versetzte ihn ins Innere des Fahrzeugs.

Die drei Laren folgten ihm. Die Überschweren dagegen kehrten zu dem Flugpanzer zurück, mit dem sie gekommen waren.

Der larische Gleiter hob ab, leicht und scheinbar schwerelos segelte er durch die kühle, würzige Morgenluft, deren Duft nicht vor der Energiewandung des Fahrzeugs Halt machte. Auch der Schall kam ungefiltert durch. Tak Son hörte das Zwitschern der Vögel, die in den Bäumen der Gärten umherturnten, er hörte das harte, metallische »Klick-Klack«, das die stählernen Füße eines Robot-Polizisten auf dem Gehweg verursachten, und er hörte gedämpftes Rufen von Kindern.

Kinder!, dachte er. *Auch Yumeko und ich wollen einmal Kinder haben! Doch in was für eine Welt werden diese Kinder hineingeboren werden? In eine Welt von Gnaden des Konzils und Leticrons?*

Als der Gleiter Trade City überflog, blickte Tak Son hinüber zu dem verwilderten Park, in dem nach wie vor die schwarz glänzende Pyramide stand. Er sah, dass sich rings um die Pyramide die Blätter und Bäume, die Blüten und selbst die Stämme, Äste und Zweige entfärbt hatten. Auf einem Streifen von rund fünfhundert Metern war die bunte Fülle der Pflanzenwelt einem leichenblassen Weiß gewichen.

Tak Son erschauderte. Er fragte sich, welche geheimnisvollen und unheimlichen Geschehnisse hier abrollten, und er versuchte, aus den Gesichtern der Laren eine Antwort darauf zu lesen. Doch die Mienen der Fremden verrieten nichts.

Der Gleiter schwebte über die Stadt hinweg, über die würfelförmigen

Komplexe, die Turmbauten, die Plätze mit den plätschernden Springbrunnen, über die gläsern schimmernden Kuppeln der Botschaften der galaktischen Sternenreiche, die Tempel, Kirchen, Minarette.

Trade City!

Zentrum des galaktischen Handels – bevor die Laren Besitz von Olymp ergriffen, gefolgt von den Truppen des herrschsüchtigen und beutegierigen Überschweren Leticron.

Als Tak Son erkannte, dass der Gleiter Kurs auf den Regierungspalast des Freifahrerkaisers jenseits der Stadt nahm, fragte er sich, was wohl aus Anson Argyris geworden sein mochte. Den Gerüchten nach, die aus zahllosen Quellen sprudelten, sollte er noch am Leben sein. Doch niemand wusste etwas Genaueres.

So, wie niemand etwas Genaues über das Schicksal der Erde und ihrer Bewohner wusste.

Leticron hatte offiziell bekannt gegeben, das Solsystem sei erobert worden und die Solarier habe ihre gerechte Strafe ereilt für ihre Widerspenstigkeit. Erde und Mond seien ausgelöscht worden.

Aber die Gerüchte, Perry Rhodan habe sich mit der Erde und ihrem Mond, einem Großteil der solaren Menschheit und dem Gros der Solaren Flotte in Sicherheit gebracht und bereite die Befreiung der Milchstraße vor, wollten nicht verstummen.

Tak Son wusste nicht, was er davon halten sollte, aber er wünschte sich, es möchte stimmen. Er war zwar nicht auf der Erde geboren, doch er fühlte, dass die Erde mehr war als nur ein Planet. Sie war die Urmutter der Menschheit, und ohne sie fehlte dem Leben der Menschen der tiefere Sinn ihrer Existenz.

Leicht wie ein welkes Blatt setzte der Gleiter auf einer Dachplattform des Kaiserpalasts auf. »Steigen Sie aus, Dr. Tak Son!«, befahl einer der Laren in einwandfreiem Interkosmo. »Kratos-Pyr möchte Sie sprechen.«

2.

Die drei Männer standen unbeweglich auf der energetischen Plattform, die sie über die Hügel in Richtung Stadt trug. Zwei von ihnen trugen Raumfahrerkombinationen von blassgelber Farbe. Sie waren, ihrer Statur und ihren Gesichtern nach zu urteilen, zweifellos Terraner.

Die Kombination des dritten Mannes war hellrot gefärbt, und er war kleiner als ein Terraner. Seine Haut hatte eine tiefschwarze Färbung, und der Kopf wirkte seltsam flach gedrückt. Sein Haar war dick, beinahe wie Stahlwolle, und kranzförmig auf dem ansonsten kahl geschorenen Schädel angeordnet. Die smaragdgrünen Augen lagen in tiefen Höhlen unterhalb der breiten Stirn, die Nase wirkte platt gedrückt und besaß vier Öffnungen. Darunter befand sich ein sehr breiter Mund mit vollen gelblichen Lippen. Die Ohren des Wesens glichen halbmondförmigen, filigranartig schimmernden Kiemen und reichten von der Mitte des Schädels bis zum Halsansatz.

Dieser Mann war ein reinblütiger Lare. Er unterschied sich von den Offizieren und Soldaten des Verkünders der Hetosonen, Hotrenor-Taak, nur durch seine Geisteshaltung. Er war ein Rebell, ein Widerstandskämpfer, der sich zum Ziel gesetzt hatte, das große larische Volk aus der Verknüpfung mit dem Konzil der sieben Galaxien zu lösen. Aus diesem Grund arbeitete er eng mit den Terranern zusammen, die für ihr Volk das gleiche Ziel verfolgten.

Der Lare hieß Roctin-Par, und seine Begleiter waren Ben Swanson und Chas Hiatt. Alle drei Männer waren auf abenteuerlichen Umwegen von der Dunkelwolke Provcon-Faust nach Olymp gekommen, um Verbindung mit Anson Argyris aufzunehmen. Die Landung auf Olymp war ihnen dank der technischen Mittel Roctin-Pars gelungen. Sie hätten allen Grund gehabt, sich über ihren Erfolg zu freuen. Stattdessen blickten sie mit düsteren Mienen zu der schwarzen Pyramide hinüber, in deren Nähe die Plattform schwebte.

»Sie sind schon da!«, stieß Roctin-Par durch zusammengebissene Zähne hervor. »So schnell hatte ich sie nicht erwartet. Es wird höchste Zeit, dass wir Argyris finden.«

»Wer sind ›sie‹?«, erkundigte sich Chas Hiatt. »Meinen Sie die Pyramide oder die Wesen, die sich in der Pyramide befinden?«

Doch der Lare antwortete nicht. Er starrte nur zu dem Gebilde hinüber, und in seinen Augen flackerte etwas, das Angst oder Hass sein konnte oder beides.

Langsam glitt die energetische Plattform von der Pyramide fort, näherte sich Trade City und setzte in einem Außenbezirk des ehemaligen galaktischen Handelszentrums auf. Roctin-Par desaktivierte die Plattform mit einem Gedankenimpuls. Sie verschwand von einem Augenblick zum anderen. Nur ein winziges schwarzes Kästchen blieb übrig, das der Lare in einer Hecke verbarg. In der Nähe gingen Menschen. Sie bewegten sich in eine bestimmte Richtung.

»Wahrscheinlich befindet sich in der Nähe eine Rohrbahnstation«, sagte Ben Swanson, der schon einmal in Trade City gewesen und deshalb zum Begleiter Roctin-Pars und Chas Hiatts ausgewählt worden war.

»Dann sollten wir die Rohrbahn benutzen, um in die City zu kommen«, meinte Hiatt.

»Einverstanden«, sagte Roctin-Par.

Sie schlossen sich dem spärlichen Menschenstrom an. Dabei musterten Swanson und Hiatt aufmerksam die Gesichter der Frauen und Männer. Sie lasen Niedergeschlagenheit aus ihnen, aber auch Verbitterung und Verachtung, wenn die Blicke der Menschen die beiden Begleiter des Laren trafen.

Die zwei Terraner störten sich nicht daran. Sie wussten, warum die Bewohner von Trade City sie mit Verachtung straften. Sie trugen die Kombinationen jener Menschen, die den Laren als Hilfstruppen dienten. Damit waren sie zu Verrätern am eigenen Volk abgestempelt.

Aber in ihrem Fall bot die Rolle von Kollaborateuren den besten Schutz gegenüber Patrouillen und Spitzeln. Dennoch stockte Ben Swanson und Chas Hiatt unwillkürlich der Atem, als sie um die nächste Ecke bogen und vor sich vier schwer bewaffnete Soldaten Leticrons sahen. Die Überschweren wirkten wie wandelnde Stahlklötze.

Zwei der Überschweren standen mit schussbereiten Paralysatoren im Hintergrund, während ihre beiden Kameraden ein Tor bildeten, durch das die Passanten gehen und ihre ID-Karten vorzeigen mussten.

Roctin-Par schlug, ohne zu zögern, einen knappen Bogen um die kontrollierenden Soldaten und ging zwischen den beiden anderen hindurch. Der Anführer der Patrouille sah den Laren und grüßte – ein wenig lässig, denn die Überschweren hatten von ihrem Befehlshaber immer wieder gehört, dass sie die Elite der galaktischen Raumlandesoldaten seien, die geballte Faust des Ersten Hetrans der Milchstraße. Daher betrachteten sie die Laren zwar als Verbündete, aber doch nicht als gleichwertige Kämpfer. Für sie waren die Laren Knopfdrucksoldaten.

Roctin-Par wusste, dass die Überschweren sich irrten, weil sie nur eine bestimmte Schicht von Laren kennen gelernt hatten. Doch das ließ ihn kalt. Für ihn war einzig und allein wichtig, dass Leticrons Soldaten ihn und seine terranischen Begleiter ohne Kontrolle passieren ließen.

Die drei Männer erreichten die Rohrbahnstation nach wenigen Minuten. Ben Swanson fühlte sich seltsam fremd. Als er zum ersten Mal auf Olymp gewesen war, hatte das Leben in den Rohrbahnstationen und Straßen lärmend und bunt pulsiert. Heute wirkte es leblos und grau, ein trister Abklatsch früherer Betriebsamkeit. Aber er fühlte sich immer noch wohler als in der Dunkelwolke Provcon-Faust, und er war froh, dass er neben Chas Hiatt vom Befreiungskomitee für den Flug nach Olymp ausgewählt worden war.

Die drei Männer bestiegen den nächsten Zug in Richtung Innenstadt. Wenige Minuten später verließen sie ihn auf der Station mit dem klangvollen Namen »Columbus Circle«.

Sie fanden sich am Rand eines rechteckig geformten Parks, neben dem turmähnliche Hochbauten in den Himmel ragten, riesige Gebäude aus Glasfaserbeton, Edelstahl und Glassit. Hier hatten die großen galaktischen Handelsgesellschaften ihren Sitz, von hier aus wurden ehedem Milliardenabschlüsse getätigt. Aber diese Zeiten waren vorbei. Die imposanten Gebäude waren nur noch Monumente einer besseren Vergangenheit und eine Mahnung für die Gegenwart, die Zukunft nicht den Abgesandten des Konzils zu überlassen.

Doch diese Mahnung fruchtete nichts angesichts der larischen SVE-Raumer und der Kampfschiffe der Überschweren. Dennoch waren Roctin-Par und seine terranischen Freunde nicht mutlos, denn noch gab es Hoffnung. Solange der Kaiser der Freifahrer sich noch auf freiem Fuß befand, war die Herrschaft der Laren über Olymp nicht vollkommen.

Die drei Männer wandten sich dem nächsten Standort für Robottaxis zu. Noch immer konnte jeder, der über einen Kreditchip verfügte, ein Gleitertaxi benutzen.

Die Männer ließen sich von einem Taxi zum Danton Center bringen, das inzwischen in Leticron Center umbenannt worden war. Es handelte sich dabei um eine Ansammlung von achtzehn Geschäftshäusern, in denen zahlreiche Freihandelsgesellschaften residierten. Es gab aber auch ein Kulturzentrum, zahllose Gaststätten, Bars, Sensofilmtheater und andere Freizeithallen.

Hier herrschte immer noch eine besondere Atmosphäre, wenn ihr auch der strahlende Glanz früherer Tage fehlte. Und es waren nicht mehr die Freihändler, die hier dominierten. Ihre Rolle war von den Akonen, Arkoniden, Springern, Überschweren und den Angehörigen der von Menschen gegründeten Sternenreiche übernommen worden: Offiziere, Soldaten, Wissenschaftler, Wirtschaftsfachleute und Händler, die teils mit den Flotten der verbündeten Sternenreiche, teils in ihrem Gefolge nach Olymp gekommen waren. Sie suchten in ihrer Freizeit Zerstreuung, und da sie reichlich mit Besatzungsgeld ausgestattet waren, konnten sie sich vieles leisten, was sich die Freihändler versagen mussten.

Da weder Roctin-Par noch die beiden Terraner Sehnsucht nach der Gesellschaft ungebetener Besucher verspürten, betraten sie eines der weniger luxuriösen Lokale, in dem sich jetzt die Freihändler trafen. Die Gespräche verstummten, als die Gäste Roctin-Pars ansichtig wurden. Unter gleichgültigen Mienen loderte unverkennbarer Hass.

Der Lare blieb gleichmütig. Er ließ sich an einem Tisch nieder, an dem fünf Freihändler saßen und Karten spielten. Als die Freihändler aufstehen wollten, flüsterte er: »Gegen die Vorherrschaft des Konzils – für die Freiheit aller Völker aller Galaxien!«

Die Leute blieben sitzen, aber ihre Blicke blieben teils feindselig, teils misstrauisch.

»Wer sind Sie, Lare?«, fragte ein schwarzbärtiger Mann.

»Ich heiße Roctin-Par und bin einer der Führer einer larischen Widerstandsorganisation, die die Vorherrschaft des Konzils bekämpft«, antwortete der Lare. Er wusste, welches Risiko er damit einging, aber er wusste auch, dass ihm gegenüber den Freihändlern nur völlige Offenheit helfen konnte.

»Können Sie das beweisen?«, fragte der Schwarzbart.

Ben Swanson und Chas Hiatt traten an den Tisch. »Wir bürgen für ihn«, sagte Ben Swanson.

»Verräter!«, sagte ein rothaariger Freihändler mit Sommersprossen verächtlich.

»Wir müssen die Kombinationen von Verrätern tragen, um die Patrouillen Leticrons zu täuschen«, erklärte Chas Hiatt.

»Und ich stelle für unsere Gruppe die Lebensversicherung dar, weil ich ein Lare bin«, ergänzte Roctin-Par. »Natürlich können wir das alles nicht beweisen, es sei denn, einer von Ihnen gehört einer Organisation an, die Verbindung zur Zentralen Widerstandsorganisation unterhält. In dem Fall könnten wir uns durch eine verschlüsselte Losung ausweisen.«

Der Schwarzbart musterte den Laren durchdringend. »Wir gehören keiner Organisation an«, sagte er. »Aber woher sollen wir wissen, dass Sie keine Spitzel sind, Lare?«

»Ein Lare eignet sich denkbar schlecht als Spitzel«, sagte Chas Hiatt ironisch. »Wenn wir Spitzel wären, wären wir ohne Roctin-Par erschienen.«

»Das klingt logisch«, meinte der Schwarzbart zögernd. »Was wollt ihr von uns?«

»Ich suche Anson Argyris«, flüsterte Roctin-Par.

Der Schwarzbart zuckte zurück. »Den Kaiser? Teufel noch mal! Was will ein Lare von unserem Kaiser?«

Ben Swanson lächelte. »Wir brauchen seine Hilfe, Freund.«

»Die Laren und Leticrons Schufte sind hinter dem Kaiser her wie der Teufel hinter einer Seele«, sagte der Rothaarige. »Selbst wenn ich wüsste, wo er sich verbirgt, würde ich es niemals verraten, nicht einem Laren.«

»Keiner von uns würde das tun«, versicherte der Schwarzbart. »Vielleicht tue ich Ihnen unrecht, aber das muss ich auf mich nehmen. Verschwinden Sie!«

Schweigend erhob sich Roctin-Par. Er wusste, wann er verloren hatte. Zusammen mit seinen terranischen Freunden verließ er das Lokal.

»Wenn Blicke töten könnten ...!«, versuchte Ben Swanson zu scherzen, als sie sich draußen befanden.

»Es war ein Versuch«, sagte Roctin-Par. »Ich verstehe das Misstrauen dieser Menschen.«

»Nur nützt uns das leider nichts«, meinte Chas Hiatt. »Von wem sollen wir erfahren, wo wir den Kaiser erreichen können, wenn nicht von den Freifahrern?«

»Wir versuchen es woanders noch einmal«, sagte Roctin-Par.

Sie wandten sich einem anderen Lokal zu, einem etwas teureren, in dem außer Freifahrern auch Springer und Arkoniden verkehrten. In dem Lokal herrschte ein turbulentes Treiben. Eine Horde von etwa fünfzig Springern belagerte die Theke. Die hünenhaften Männer mit ihren rostroten Bärten schwatzten, lachten und sprachen dem Alkohol reichlicher zu, als es gut für sie war.

»He, Lare!«, rief ein junger Springer Roctin-Par an. »Trink einen mit, ja?«

»Danke«, sagte Roctin-Par. »Aber ich sitze lieber an einem Tisch.«

Der Springer kämpfte mit einem Schluckauf, dann rief er: »Du arrogantes Drahthaar fühlst dich wohl zu vornehm, um mit uns an der Theke zu stehen, was?«

»Lass ihn in Ruhe!«, raunte ein älterer Springer ihm zu.

Der junge Springer lachte. Er war betrunken. Schwankend folgte er Roctin-Par, ein halb gefülltes Whiskyglas in der Hand. »Du sollst einen mittrinken, habe ich gesagt!«, lallte er. »Weißt du, was das ist, Superman?« Er hob die Hand mit dem Glas. »Das ist echter terranischer Whisky, eine Kostbarkeit, denn von der Erde wird nie mehr Whisky kommen.«

Der Lare blieb stehen und gab seinen terranischen Freunden einen verstohlenen Wink. Swanson und Hiatt packten je einen Arm des Springers und versuchten, den Betrunkenen in eine halbdunkle Nische abzudrängen. Doch der junge Springer wehrte sich und entwickelte mehr Kraft, als die Terraner vermutet hatten.

Durch das Gerangel wurden andere Springer aufmerksam. Drei von ihnen kamen ihrem Kameraden zu Hilfe. Eine Prügelei entwickelte sich, denn einige Freihändler ergriffen für die beiden Terraner Partei. Roctin-Par, der die Autorität des Laren auszuspielen versuchte, um den Streit zu beenden, erhielt eine leere Flasche über den Hinterkopf und ging für einige Zeit zu Boden. Als er wieder zu sich kam, kämpfte jeder gegen jeden. Es gab keine Spur von System – wenn man davon absah, dass die Einrichtung systematisch zertrümmert wurde.

Plötzlich wurden die Flügeltüren aufgestoßen. Vier Überschwere aus der Truppe Leticrons stapften herein, hoben ihre Paralysatoren und feuerten in die Menge. Zahlreiche Kämpfende brachen zusammen, die anderen ließen voneinander ab.

»Die Hände über die Köpfe!«, brüllte der Streifenführer mit dröhnender Stimme. »Ihr seid verhaftet!«

In diesem Moment entdeckte er Roctin-Par, der auf dem Boden saß und mit dem Rücken an der Wand lehnte. Er brüllte einige Befehle an seine Untergebenen, dann eilte er zu dem Laren und beugte sich über ihn.

»Was kann ich für Sie tun, Herr?«, erkundigte er sich. »Sind Sie angegriffen worden?«

»Nein!«, wehrte Roctin-Par ab, der sich vorstellen konnte, wie es dem jungen Springer erginge, wenn sich herausstellte, dass er einen Laren belästigt hatte. »Ich habe nur zu viel von diesem terranischen Whisky getrunken und bin glatt hingefallen. Helfen Sie mir hoch!«

Der Überschwere hievte ihn mühelos hoch und fragte: »Soll ich ein Fahrzeug für Sie anfordern, Herr?«

»Das ist nicht nötig«, sagte der Lare. »Sorgen Sie nur dafür, dass meine Untergebenen nicht versehentlich verhaftet werden. Es sind Terraner, und dieser Menschenschlag ist ja dafür bekannt, dass er physische Auseinandersetzungen liebt. Deshalb stürzten sich die beiden Kerle auch in die Prügelei. Ich werde sie gebührend bestrafen.«

Der Überschwere grinste. »Jawohl, Herr!«, brüllte er. »Bitte, zeigen Sie mir die Kerle!«

Roctin-Par wies auf Swanson und Hiatt, die mit erhobenen Händen zwischen Springern und Freihändlern standen und verlegen lächelten. Der Überschwere winkte sie zu sich heran, versetzte ihnen ein paar schmerzhafte Knüffe und ermahnte sie, ihrem Herrn in Zukunft aufs Wort zu gehorchen. Dann erschienen weitere Überschwere. Die Gefangenen wurden abtransportiert. Die Paralysierten ließ man einfach liegen. Schließlich verließen auch Roctin-Par und seine terranischen Freunde das Lokal. Als sie auf die Straße traten, flüsterte jemand: »Bitte, warten Sie noch!«

Ein Mann in der Kleidung der Freifahrer trat aus einer Nische. Er blickte sich sichernd um, dann sagte er leise: »Ich habe gehört, Sie suchen Kaiser Anson Argyris. Zuerst war ich sehr misstrauisch, doch als ich dann hörte, dass Sie ...«, er blickte Roctin-Par an, »... den Springer in Schutz nahmen, der sie belästigte, und nichts davon sagten, dass ein Freifahrer Sie niederschlug, wurde mir klar, dass Sie echt sind.«

»Ich bin echt«, versicherte Roctin-Par. »Was können Sie uns über den Aufenthaltsort des Kaisers verraten?«

Der Mann kam näher. »Ich weiß, dass Anson Argyris sich heute gegen 12.30 Uhr Ortszeit mit einigen Freunden im La Copoule treffen will, das ist ein großes Restaurant im GGC-Building. Der Kaiser wird sich als Springer verkleiden.«

»Danke«, sagte Roctin-Par. »Vielen Dank.«

»Nichts zu danken«, wehrte der Freifahrer ab. »Ich wünsche Ihnen viel Glück!« Damit verschwand er.

Ben Swanson blickte auf seinen Armband-Chronographen. »Kurz vor elf Uhr«, sagte er. »Wir haben also noch Zeit. Hoffentlich stimmt es, was der Mann uns erzählte.«

»Es ist unser einziger Anhaltspunkt«, sagte Roctin-Par. »Wir werden etwas früher ins La Copoule gehen.«

Kratos-Pyr war ein überdurchschnittlich großer Lare, und seine dunkelrote Raumfahrerkombination verriet, dass er zu den führenden Offizieren der larischen Raumflotte in der Milchstraße gehörte. Er war noch nicht sehr alt, und die kupferroten Haare kontrastierten auf eine exotische Art und Weise sehr reizvoll mit der schwarzen Haut, den gelblichen Lippen und den smaragdgrünen Augen.

Er empfing Tak Son im ehemaligen Audienzsaal von Kaiser Anson Argyris. Der Saal war in die Befehlszentrale umgewandelt worden, das Stimmengewirr der Offiziere war ohrenbetäubend.

Kratos-Pyr erhob sich bei Tak Sons Erscheinen, lächelte höflich und neigte leicht den Kopf. Im gleichen Moment erstarb die Geräuschkulisse der Befehlszentrale. Tak nahm an, dass die störenden Geräusche durch eine Energieglocke fern gehalten wurden.

»Ich freue mich, Sie bei mir begrüßen zu können, Dr. Son«, sagte

Kratos-Pyr in einwandfreiem Interkosmo. »Sie sind ein Mann der angewandten Wissenschaft; das verbindet Sie mit uns, denn auch wir existieren davon, dass wir uns die Erkenntnisse der Wissenschaft nutzbar machen.«

Tak Son fühlte sich von dem höflichen Empfang eigenartig berührt. Er hatte befürchtet, in einem Verhörzimmer oder in einer Zelle zu landen, stattdessen empfing ihn der Militärbefehlshaber der larischen Flotte des Sektors Boscyks Stern wie einen Gleichgestellten.

»Ich fühle mich geehrt«, erwiderte er. »Allerdings kann ich mir nur schwer vorstellen, dass ich Ihnen von Nutzen sein könnte.«

»Oh, sagen Sie das nicht, Dr. Son«, wehrte der Lare ab. »Nehmen Sie erst einmal Platz.« Er deutete auf einen bequemen Sessel. »Möchten Sie eine Erfrischung haben?«

»Vielleicht einen Kaffee?«, fragte Tak Son.

»Gern«, antwortete der Lare. Er drehte den haselnussgroßen, feuerroten Kristall in der Fassung seines Howalgoniumrings und flüsterte etwas, das Tak Son nicht verstand.

Gleich darauf erschien ein Servoroboter und stellte ein Tablett mit einer Kanne, einer Tasse, einem Zuckerspender und einem Kännchen Sahne auf den Tisch zwischen den beiden Männern.

Tak bediente sich. Als er am heißen Kaffee nippte, stellte er fest, dass es sich um eine ausgezeichnete Qualität handelte.

Kratos-Pyr wartete mit nachsichtigem Lächeln, bis sein unfreiwilliger Gast den Kaffee probiert hatte, dann sagte er: »Lassen Sie uns ein wenig plaudern, Dr. Son. Ich bin in meinem Leben schon weit herumgekommen und habe vieles gesehen, aber ich muss sagen, dass Ihre Galaxis, die Milchstraße, für mich bisher am interessantesten war.«

Tak Son fragte sich, was der Lare mit seinen offensichtlichen Schmeicheleien bezweckte. Er hütete sich allerdings davor, diese Frage offen auszusprechen, denn er zweifelte nicht daran, dass sein weiteres Schicksal in erster Linie vom Wohlwollen oder dem Zorn dieses Laren bestimmt werden würde.

»Ich kann mir vorstellen, dass ich Ihre Heimat ebenfalls sehr interessant finden würde«, erwiderte er deshalb. »Soviel ich weiß, kommen Sie aus der rund 21 Millionen Lichtjahre entfernten Galaxis, die wir unter der Bezeichnung NGC 3190 kennen.«

»Das stimmt«, erklärte Kratos-Pyr lächelnd. »Das ist eine gewaltige Entfernung, jedenfalls für einen Bewohner der Milchstraße.«

»Aber wir Menschen haben schon weit größere Entfernungen überwunden«, entgegnete Tak Son. »Beispielsweise die Entfernung zu

NGC 4594, rund 36 Millionen Lichtjahre – oder die Galaxis M 87, die rund 33 Millionen Lichtjahre von uns entfernt ist.«

Das Lächeln auf dem Gesicht des Laren gefror. Schroff erklärte er: »Das sind Ausnahmen, sozusagen Spitzenleistungen von Spezialraumschiffen. Für uns Laren bedeuten solche Entfernungen etwas Alltägliches.«

Warum regst du dich dann so auf?, dachte Tak Son, aber er sagte es nicht. »Gewiss, Sir«, erwiderte er vorsichtig.

Der Lare lehnte sich in seinen Sessel zurück, entspannte sich und gab seinem Gesicht wieder den teils überheblichen, teils onkelhaft jovialen Ausdruck, der so charakteristisch für hoch gestellte Laren der Konzilsstreitmacht war.

»Wie ich zu Anfang erklärte, verbindet uns beide unsere wissenschaftliche Weltanschauung«, sagte er. »Wir Laren betreiben die Wissenschaften zwar erheblich länger als Sie, die Menschen, aber auch bei Ihnen gibt es Leistungen, denen wir unsere Bewunderung nicht versagen. Ganz besonders erfreulich finde ich es, wenn angewandte Wissenschaft einen geradezu künstlerischen Charakter bekommt – wie es beispielsweise bei Ihnen der Fall ist, Dr. Son.«

»So habe ich es noch gar nicht gesehen«, sagte Tak.

»So ist es aber«, erklärte Kratos-Pyr. »Sie arbeiten mit den tiefsten Geheimnissen der Evolution und schaffen mit beinahe göttlicher Souveränität Lebewesen, die die Natur vielleicht niemals hervorgebracht hätte. Das sind effektiv schöpferische Akte, Dr. Son, und sie finden meine Bewunderung.«

Was will er nur?, grübelte Tak. *Worauf zielt er ab?* »Danke«, sagte er laut.

»Oh, bedanken Sie sich nicht!«, wehrte der Lare ab. »Ich spreche nur Tatsachen aus. Admiral Ithosz von den Streitkräften des Ersten Hetrans Leticron schenkte mir dieses Vogelwesen, das Sie geschaffen haben. Eine wirklich exzellente Leistung. Ich habe mich gefragt, ob Sie in der Lage sind, jedes beliebige vorstellbare Lebewesen herzustellen, Dr. Son. Was meinen Sie dazu?«

»Das kommt darauf an, ob die Vorstellungen auf wissenschaftlichen Gedankengängen beruhen«, antwortete Tak Son. »Trifft das zu, so sehe ich keine Schwierigkeiten, ein beliebiges vorstellbares Lebewesen zu erzeugen, vorausgesetzt, eine solche Komposition übersteigt nicht die Möglichkeiten meines Labors.«

»Ihre Arbeit fasziniert mich, Dr. Son«, sagte der Lare. »Ich möchte gern wissen, ob Sie auch fähig sind, ein Lebewesen zu produzieren, das autonome Fallensysteme wittert, ihnen ausweicht und das in der Lage ist, die Identität einer bestimmten Person trotz wechselnder perfekter Masken festzustellen. Was meinen Sie?«

Tak Son kniff die Augen zusammen und bemühte sich, sich sein Erschrecken nicht anmerken zu lassen. Plötzlich durchschaute er das ganze Vorgeplänkel des Laren, erkannte, dass es nur dazu gedient hatte, ihn in Sicherheit zu wiegen, ihm die inneren Spannungen zu nehmen und eine Person, die er sonst als Gegner einstufte, als wissenschaftlich qualifizierten Gesprächspartner anzuerkennen.

»Denken Sie ruhig erst nach«, sagte Kratos-Pyr einschmeichelnd – und doch mit unverkennbar drohendem Unterton, der klar machen sollte, dass der Lare über die Apparate der Macht verfügte.

Es war das uralte Prinzip von Zuckerbrot und Peitsche, erkannte Tak Son mit Bitterkeit. Nur war es wissenschaftlich verfeinert, auf eine höhere Ebene gehoben. Tak Son versuchte, sich darauf einzustellen, sich das Überleben zu sichern und gleichzeitig der Bevormundung auszuweichen. Er konnte nicht offen kämpfen, dafür waren die Machtmittel zu ungleich zugunsten des Laren verteilt, folglich musste er elastisch nachgeben und auf den Augenblick warten, an dem die Wachsamkeit des Feindes nachließ.

Er nickte. »Ich denke, das wäre zu schaffen«, erklärte er. »Es ist nur eine Frage der Gen-Komposition. Allerdings ist meine Auswahl an Ausgangsmaterial wegen der wirtschaftlichen Stagnation sehr beschränkt.«

»Ich freue mich schon auf unsere Zusammenarbeit, Dr. Son«, sagte der Lare in väterlich lobendem Tonfall. »Und was das Ausgangsmaterial betrifft, so werde ich es Ihnen beschaffen. Mein Adjutant wird Ihnen behilflich sein. Es war mir ein Vergnügen, mit Ihnen zu plaudern.«

Tak Son erhob sich. »Und mir wird es ein Vergnügen sein, Ihren Auftrag auszuführen«, log er.

Das La Copoule erwies sich als Bauch eines Riesen, als eine gigantische Art Markthalle, ein lang gestreckter Saal von mindestens fünfhundert Metern Länge, hundertfünfzig Metern Breite und zwanzig Metern Höhe. Auf halber Länge war außerdem noch eine Kuppel aufgebaut, die der Halle an dieser Stelle eine Höhe von mindestens vierzig Metern verlieh, und unter dieser Kuppel drehte sich behäbig eine transparente, mit vielfarbig angestrahltem Meerwasser gefüllte Kugel, in der die unterschiedlichsten Meereslebewesen schwammen.

Ansonsten gab es in dem Riesensaal nur rund anderthalbtausend

Servotische, dezente Musik und ein babylonisches Sprachengewirr. Angehörige zahlreicher galaktischer Völker gaben sich hier ein Stelldichein und labten sich an ausgefallenen Gaumenfreuden.

Roctin-Par und seine Begleiter entfernten sich weit genug von der Tür, durch die sie hereingekommen waren, um den ständig kommenden und gehenden Gästen nicht im Weg zu stehen. Dann sahen sie sich aufmerksam um.

»Reizender Schuppen«, stellte Chas Hiatt sarkastisch fest.

Ben Swanson lächelte milde. »Die Atmosphäre hier war früher ganz anders«, sagte er. »In normalen Zeiten konnten Sie hier die ausgefallensten Typen beobachten, angefangen bei reichen Händlern über prominente Showstars bis hin zu Diplomaten aus allen Ecken der Milchstraße.«

Roctin-Par räusperte sich dezent und sagte leise: »Bitte richten Sie Ihre Aufmerksamkeit auf die Gäste dieses Hauses! Überlegen Sie selbst, ob es logisch erscheint, dass der Kaiser sich ausgerechnet dieses Haus als Treffpunkt mit Freunden ausgewählt haben könnte.«

»Warum nicht?«, meinte Swanson. »Gerade in der Masse kann man sich am besten verbergen.«

»Das trifft zwar zu«, sagte der Lare kühl, »aber würde Anson Argyris in dieser Menge schießen, wenn er verhaftet werden sollte?«

»Das glaube ich nicht«, meinte Chas Hiatt. »Er könnte Unschuldige treffen.«

»Folglich erscheint es logisch, dass Argyris einen weniger belebten Ort als Treffpunkt wählen würde«, stellte Roctin-Par fest. »Ich kann mich des Verdachts nicht erwehren, dass wir irregeführt wurden. Haben Sie beispielsweise die acht Laren gesehen, die in der Nähe der Kugel an einem Tisch sitzen?«

»Ich sehe sie«, sagte Ben Swanson. »Etwas ungewöhnlich, dass sich das auserwählte Konzilsvolk mitten unter den Pöbel setzt.« Er warf Roctin-Par einen Seitenblick zu, der Verlegenheit ausdrückte. »Womit ich nicht Ihr Volk als Ganzes beleidigen möchte, Roctin-Par.«

Der Lare lächelte verloren. »Ich nehme es Ihnen nicht übel, dass Sie eine so schlechte Meinung von uns haben, Ben«, sagte er leise. »Schließlich waren es Angehörige meines Volkes, die die Menschheit ins Unglück stürzten.«

»Aber es waren auch Laren, die uns Terranern eine Zuflucht in der Provcon-Faust angeboten haben«, warf Chas Hiatt ein. »Keine Sorge, wir sind nicht von Hass verblendet. Wollen wir uns nicht endlich einen Tisch suchen und etwas bestellen? Mein Magen knurrt wie ein gereizter Tiger.«

»Ein Tiger knurrt nicht«, sagte Swanson.

»Woher soll ich das wissen? Ich habe noch nie einen Tiger gesehen!«, meinte Hiatt.

»Ich weiß nicht«, sagte Roctin-Par zögernd. »Dieses Restaurant könnte sich als Falle für uns erweisen. Wir sollten uns vorsichtshalber trennen. Wenn man uns hier eine Falle gestellt hat, dann sucht man einen Laren, der sich in Begleitung zweier Menschen befindet. Folglich dürfte weder ein einzelner Lare besonders auffallen, noch könnten zwei Menschen auffallen. Ich schlage vor, wir suchen uns zwei durch mehrere Tische getrennte Plätze auf der anderen Seite der Wasserkugel.«

»Einverstanden«, sagte Swanson.

Chas Hiatt nickte. »Es kann zumindest nichts schaden.«

Roctin-Par sah zu, wie die beiden Terraner nach links abschwenkten und sich einen Weg zwischen den Tischen und Gästen bahnten. Es fiel ihm schwer, sich in die Mentalität dieser Terranern zu versetzen. Bei Perry Rhodan hatte er solche Schwierigkeiten nicht gehabt, aber bei seinen derzeitigen Begleitern zweifelte er manchmal daran, dass sie ernst zu nehmende Partner waren.

Langsam schlenderte er durch die Tischreihen. Dabei vermied er es, zu dicht an den Tisch mit den anderen Laren zu kommen. Irgendwie kamen seine Artgenossen ihm hier deplatziert vor. Ben Swanson hatte sich zwar vorhin sehr drastisch ausgedrückt, als er bemerkte, dass sich das auserwählte Konzilsvolk normalerweise nicht unter den Pöbel setzte. Laren scheuten normalerweise den Kontakt mit Angehörigen tiefer stehender Völker nicht. Es war lediglich ungewöhnlich, dass sie sich in besetztem Feindgebiet mitten unters Volk mischten. Also mussten diese acht Laren einen besonderen Grund haben, sich ins La Copoule zu setzen.

Roctin-Par umging sie in weitem Bogen und steuerte einen freien Tisch auf der anderen Seite der transparenten Kugel an. Für einige Zeit musterte er das mehr oder weniger muntere Treiben der Meeresbewohner, die sich zwischen seltsamen Pflanzen durchschlängelten, sich abwechselnd jagten oder sich von der künstlich erzeugten Strömung treiben ließen. Manche Tiere sahen aus wie große irisierende Blumen; andere wiederum glichen Tauchbooten, deren Scheinwerfer nach Beute suchten.

Sekundenlang hatte der Lare nicht auf seine Umgebung geachtet, und als er sich nun von der Betrachtung der Meeresfauna losriss, erkannte er, dass seine Nachlässigkeit ihm beinahe zum Verhängnis geworden wäre.

Ein weniger gut geschulter Verstand hätte wahrscheinlich keinen Verdacht geschöpft. Doch Roctin-Par war durch die harte Lehre des Widerstands gegangen. Ihm fielen die vier Gruppen sofort auf.

Wahrscheinlich handelte es sich um verkleidete Raumlandesoldaten aus einem der mit dem Solaren Imperium verfeindeten Sternenreiche, verkleidet als Freihändler. Roctin-Par stellte diese Überlegungen völlig emotionslos an, während er gleichzeitig nach einem Fluchtweg suchte. Es gab nicht viele Möglichkeiten. Jemand, der mitten im überfüllten La Copoule flüchten wollte, würde sehr bald jeden Fluchtweg durch die Menge blockiert finden, während dem Gegner wahrscheinlich Flugroboter oder zusätzliche Kräfte mit Flugaggregaten zur Verfügung standen.

Die vier Gruppen rückten näher, waren jede noch ungefähr dreißig Meter von Roctin-Par entfernt. Der Widerstandskämpfer erkannte, dass die Falle sehr geschickt gestellt worden war. Typisch larische Geheimdienstplanung. Wissenschaftlich fundierte Schritte, die dem Delinquenten jeden Ausweg verwehrten.

Wirklich jeden ...?

Auch Roctin-Par beherrschte die wissenschaftlich fundierten Methoden der Aktions- und Reaktionsplanung. Logische Überlegungen führten ihn zu der Erkenntnis, dass es für ihn nur eine Alternative zum Eingeständnis der Niederlage gab. Er konnte einen der Faktoren, den seine Gegner zu ihrem Nutzen eingeplant hatten, so manipulieren, dass die Wirkung ins Gegenteil umschlug.

Totales Chaos schaffen!

Roctin-Par handelte kalt, nüchtern und kompromisslos. Er zog seine Energiewaffe, stellte sie auf maximale Wirkung und feuerte auf die transparente Wandung der riesigen Kugel. Dort, wo der Energiestrahl auftraf, wurde das Material erst milchig weiß, dann glühte es auf. Die Glut breitete sich schnell aus, Risse entstanden, dann barst die Kugel. Eine riesige Woge von Meerwasser, Pflanzenmassen und Tierleibern rollte über die Tische und Gäste, begrub alles unter sich und erstickte die Entsetzensschreie, die hier und da aufklangen.

Roctin-Par hob die Arme schützend vors Gesicht und hielt die Luft an, als die Woge ihn erreichte. Danach sah er einige Zeit lang nichts mehr, spürte nur noch den Aufprall auf weiche Leiber und harte Gegenstände, wurde fortgerissen, weggespült, hochgeschleudert, untergetaucht – und schließlich von einem Strudel gepackt und in die Tiefe gezogen.

Plötzlich hörte die heftige Bewegung auf. Roctin-Par öffnete die Augen und sah, dass er in einer silbrig schimmernden, großen Wasserblase einen Schacht hinabsank.

Ein Antigravschacht!, durchzuckte es ihn. *Hier ist die Anziehungskraft des Planeten neutralisiert. Das Wasser fällt nur mit der Geschwindigkeit, die ihm eigen war, als es, gebremst durch viele Hindernisse, in den Schacht strömte.*

Doch er erkannte auch die Gefahr, die ihm drohte. Das Wasser konnte nicht an ihm vorbeifließen, sondern hüllte ihn ein. Er würde ersticken, wenn er nicht handelte.

Roctin-Par machte noch einige Schwimmbewegungen, bis er die Wandung des Schachts erreichte. Dort stieß er sich ab. Seine Fallgeschwindigkeit erhöhte sich – und er schoss aus der Wasserblase hinaus. Erleichtert holte er Luft …

Als er das Ende des Antigravschachts erreichte, sprang Roctin-Par, ohne zu zögern, durch einen der vier Ausgänge. Er wusste, sobald das Wasser den Schacht verließ, würde es wieder eine höhere Geschwindigkeit erreichen und ihn einholen.

An zwei Wartungsrobotern vorbei, die sich nicht um ihn kümmerten, gelangte Roctin-Par an eine Stahltür. Sie war offen, und dahinter erkannte der Lare eine beleuchtete, nach unten führende Treppe. Er hatte keine Ahnung, ob er auf diesem Weg irgendwann und irgendwie aus dem Gebäude herauskommen konnte, aber ihm blieb keine Wahl.

Er trat durch die Tür, zog sie hinter sich zu und eilte die Treppe hinab. Über ihm erreichte das Wasser die Tür und streckte drei dünne Fontänen durch undichte Stellen. Da die Tür nach außen aufging, durfte Roctin-Par jedoch hoffen, dass sie dem Wasserdruck standhielt. Schließlich verteilten die Wassermassen aus der zerstörten Kugel sich ja auf mehrere Untergeschosse.

Über sieben Treppenabsätze gelangte der Lare erneut an eine Tür. Sie war geschlossen, ließ sich aber leicht öffnen. Dahinter lag ein schmaler Gang, der durch ein engmaschiges Gitter von einem Schacht getrennt wurde, in dem sich ein annähernd kontinuierlich fließender Strom von Abfällen aller Art bewegte: das Abfallbeseitigungssystem des La Copoule.

Roctin-Par fragte sich schon, welche Entkommenschancen ihm dieses System bieten könnte, als sich in der Wand rechts von ihm eine Tür öffnete, die vorher nicht zu sehen gewesen war. Unwillkürlich griff Roctin-Par nach der Waffe, die er wieder ins Gürtelhalfter zurückgeschoben hatte. Er ließ sie jedoch stecken, als ein ungefähr fußballgroßer Flugroboter aus der Öffnung schwebte.

Der Roboter richtete drei Linsenaugen auf den Laren und sagte mit unmodulierter Stimme: »Ich kann Ihnen helfen, wenn Sie mir folgen, Sir.«

Roctin-Par sah, dass der Roboter keine larische Konstruktion war. Er sah keinen Grund, sich dem Roboter nicht anzuvertrauen. In seiner Lage durfte er auch nicht wählerisch sein.

»Akzeptiert«, antwortete er.

Der Flugroboter summte und schwebte durch die Öffnung zurück. Roctin-Par folgte ihm. Hinter ihm schloss sich die getarnte Tür wieder. Der Lare sah sich um und stellte fest, dass er sich in einem Korridor von rechteckigem Querschnitt befand. Wände, Decke und Boden waren mit einem weichen, schallschluckenden Material überzogen; das schwache grünliche Licht kam von leuchtenden Bakterienkolonien an der Decke.

Roctin-Par begriff. Es gab keine Elemente, die auf energetischer Basis funktionierten, abgesehen von dem kleinen Roboter, der wahrscheinlich von einer Batterie mit Strom versorgt wurde. Auf diese Weise wurde die Anmessung durch Energietaster wirksam verhindert. Das schallschluckende Material seinerseits verhinderte, dass bei der Fortbewegung Geräusche erzeugt wurden, die sich mit Hochenergie-Richtmikrofonen auffangen ließen.

Der Roboter schwebte schneller voran, und Roctin-Par musste sich ebenfalls zu größerem Tempo bequemen. Nach etwa fünfhundert Metern knickte der Korridor im Winkel von zirka zwanzig Grad nach unten ab. In das schallschluckende Material seines Bodens war eine trogförmige Vertiefung eingearbeitet, deren Oberfläche mit Fluorplast überzogen war. Eine Rutsche, erkannte der Lare. Wieder ein Fortbewegungsmittel, dessen Funktion nicht durch Energietaster angemessen werden konnte.

Fluorplast war eine Substanz mit idealen Gleiteigenschaften. Entsprechend schnell kam der Lare auf der Rutsche voran. Er überholte dabei sogar den Flugroboter, dessen Möglichkeiten offenbar dadurch beschränkt waren, dass er nicht durch ein Antigravaggregat – dessen Tätigkeit sich wiederum hätte anmessen lassen – in der Schwebe gehalten wurde, sondern wahrscheinlich durch ein Gas mit extrem geringem spezifischem Gewicht.

Nach einer Weile verwandelte sich der Korridor in ein schneckenförmiges gewundenes Röhrengebilde. Die Neigung verringerte sich, und die schnelle Fahrt des Laren wurde allmählich aufgezehrt. Als er das Ende der Schnecke erreichte, wurde er unverhofft in rötlich aufblitzendes Licht getaucht und kam im nächsten Moment auf einem weichen Polster an, das in einer kleinen Halle mit stählernen Wänden lag.

Roctin-Par blieb sitzen. Nicht, weil er sich wehgetan hatte, sondern weil ihn der Anblick der fetten Springerin verblüffte, die etwa fünf Meter vor ihm auf einem wackligen Schemel saß und ihn angrinste.

Nach einer Weile erlosch das Grinsen der Springerin. Sie runzelte die Stirn und fragte: »Hat es dir die Sprache verschlagen, Bübchen? Was ist der Grund? Meine Schönheit oder die sonderbare Tatsache, dass Laren von Laren gejagt werden?«

Da wurde dem Laren klar, dass die Springerin die Vorgänge im La Copoule von hier unten aus beobachtet hatte. Das warf die Frage nach der wirklichen Identität dieser Person auf, denn Roctin-Par hätte nicht logisch denken können, wenn er nicht auf den Verdacht gekommen wäre, dass das äußere Erscheinungsbild dieser Person nur Maske war.

Er stand langsam auf, deutete eine Verbeugung an und sagte: »Ich bedanke mich für Ihre Hilfe, Madam, und ich wäre Ihnen sehr verbunden, wenn wir künftig kooperieren könnten.«

Die Springerin stand ächzend auf und produzierte vor ihm eine Art Knicks. »Sie sind sehr galant, mein Herr«, sagte sie. »Sie haben doch nicht etwa bestimmte Absichten? Vergessen Sie nicht, dass Sie nach Olymp gekommen sind, weil Sie eine bestimmte Person suchen.«

»Woher wissen Sie …?«, fragte Roctin-Par. Die Frau wurde ihm langsam unheimlich.

Die fette Springerin lächelte und zupfte an dem dicken Knoten, zu dem ihr rostrotes Haar am Hinterkopf geformt war. Sie steckte eine verrutschte Haarnadel zurecht und erklärte dann: »Wenn ich nicht über alles informiert wäre, was auf meinem Planeten vorgeht, hätten die Abgesandten des Konzils mich längst gefasst, Roctin-Par.«

»Auf Ihrem Planeten …?«, fragte der Lare atemlos. »Dann sind Sie Kaiser Anson Argyris …?«

»So ist es«, antwortete die Springerin ernst. »Stören Sie sich bitte nicht an meiner äußeren Erscheinung. Die Springerin ist nur eine meiner nahezu perfekten Masken. Aber in jeder meiner Masken bin ich stets der Kaiser der Freifahrer von Boscyks Stern, und deshalb bin ich auch in jeder Maske in Wirklichkeit Anson Argyris. Willkommen in meinem geheimen Reich, Roctin-Par. Ich nehme an, Sie sind gekommen, um mir zu helfen.«

»Nein, Majestät«, gestand Roctin-Par ein. »Ich bin gekommen, um Sie um Ihre Hilfe zu bitten.«

3.

»Kratos-Pyr will ein Lebewesen haben, das autonome Fallensysteme wittert, ihnen folgerichtig ausweicht und das in der Lage ist, die Identität einer bestimmten Person trotz wechselnder perfekter Masken festzustellen«, erklärte Tak Son. »Es ist doch klar, dass der Lare uns dafür einspannen will, eine Waffe zu entwickeln.«

Yumeko seufzte. »Du bist dir offenbar noch nicht ganz im Klaren darüber, was der Lare tatsächlich beabsichtigt, Tak«, erwiderte sie. »Früher setzte die Polizei auf der Erde Hunde ein, um gesuchte Personen aufzuspüren. Kratos-Pyr verlangt nicht mehr und nicht weniger, als dass wir ihm einen Superhund bauen, der den Kaiser in seinen durch Fallensysteme gesicherten subplanetarischen Geheimanlagen aufspüren und stellen soll.«

»Argyris?«, fragte Tak Son erschrocken.

»Jawohl, Anson Argyris!«, sagte Yumeko heftiger, als sie beabsichtigt hatte. »Lieber lasse ich mich umbringen, als den Laren dabei zu helfen.«

Tak Son gewann nach dem ersten Schreck seine klare Überlegung zurück. »Wir müssen einen Weg finden, Kratos-Pyrs Pläne zu durchkreuzen. Es hat aber keinen Sinn, den Helden spielen zu wollen. Die Laren würden uns bei einer Weigerung nicht töten. Es gibt subtilere Mittel, um jemanden gefügig zu machen.«

»Ja, ich weiß«, gab Yumeko zu. »Es bedeutet für die Laren keine Schwierigkeit, den Willen anderer Lebewesen zu brechen. Sie können Sinnestäuschungen und Wahnideen hervorrufen, können das Nervensystem verändern, können das Unterscheidungsvermögen für Gut und Böse beseitigen oder ins Gegenteil umkehren.«

Tak Son nickte. »Jede offene Weigerung würde dazu führen, dass man uns so lange behandelt, bis unsere Denkprozesse in ihrem Sinn verlaufen, bis wir für freie Willensentscheidung halten, was uns durch Eingabe von Signalen, Hypnotika oder Psychopharmaka aufoktroyiert wurde. Deshalb müssen wir sie glauben machen, wir würden für sie arbeiten, weil uns die Aufgabe reizt und weil wir uns bewusst sind, dass wir uns in ihrer Gewalt befinden.«

»Siehst du keine Möglichkeit, die Pläne der Laren zu durchkreuzen und trotzdem davonzukommen?«, fragte Yumeko leise.

»Nein«, antwortete Tak Son ernst.

»Dann lass uns anfangen!«, sagte Yumeko.

Nach einigen Stunden intensiver Arbeit wurden sie unterbrochen.

Das war, als ein von zwei larischen Gleitern eskortierter Transportgleiter vorfuhr und das Grundmaterial lieferte, das Tak Son angefordert hatte. Der wichtigste Bestandteil der Lieferung war ein junger Okrill. Das Tier war nicht größer als ein menschlicher Daumen, glich aber in seinem Äußeren bereits einem erwachsenen Okrill – und es benahm sich auch wie einer.

Tak Son fragte sich, ob Kratos-Pyr das Okrill-Baby von Oxtorne hatte holen lassen. Er hielt es jedoch für wahrscheinlicher, dass es von einem Okrill stammte, der auf einen anderen Planeten der Galaxis exportiert worden war. Die Laren würden sich hüten, auf der Extremwelt Oxtorne zu landen, nur um ein Okrill-Baby zu erbeuten. Zwar besaß Oxtorne keine eigene Raumflotte, aber auf ihrem eigenen Planeten konnten diese Menschen mit ihrer Kompaktkonstitution selbst den Laren einen Kampf liefern, der für die Invasoren mit einer Blamage geendet hätte.

Tak Son und Yumeko entnahmen dem Tier die Zellen, die sie benötigten, dann ließen sie es frei. Der winzige Okrill würde sich in eines der unbewohnten Gebiete Olymps zurückziehen und dort heranwachsen.

Anschließend wurden die entnommenen Zellen mit Viren und RNS behandelt und – jeweils eine für sich – in Multiplikationsapparate gesteckt. Einige von ihnen vermehrten sich nicht programmgemäß und mussten abgetötet werden. Aus den anderen bildete sich unter dem Einfluss verschiedener Strahlungsarten und Wachstumsbeschleuniger das heraus, was Tak und Yumeko vorausberechnet hatten. Die beiden Menschen arbeiteten ohne größere Unterbrechung. Sie aßen im Labor, schliefen abwechselnd für wenige Stunden auf der Liege, die sie im Labor aufgestellt hatten, und gingen nie aus dem Haus.

Als alle Exemplare die Größe eines terranischen Schäferhundes erreicht hatten, schläferten Tak und Yumeko sie bis auf eines ein. Dieses eine Tier schien ihnen die Voraussetzungen am besten zu erfüllen.

Es hatte zwar die Größe eines Schäferhunds, sein Kopf glich noch am ehesten dem Schädel eines Tapirs, der Rumpf war geschmeidig wie der einer Schlange, und die acht kurzen Beine besaßen tellergroße Tatzen. Das Tier bewegte sich äußerst geschickt durch das Labyrinth, das Tak und Yumeko aus dem Material aufgebaut hatten, das aus der larischen Lieferung stammte. Es witterte alle Fallen mit einer Art sechstem Sinn und wich ihnen so folgerichtig aus, als würde es von einer Hochleistungspositronik gesteuert.

Tak Son und Yumeko holten das Tier aus dem Labyrinth. Es gehorchte ihnen, als wäre es ein Hund. Sie führten es vor das Visiphon, dann rief Tak Son Kratos-Pyr an.

Auf dem Schirm erschien das Gesicht des Laren. Es wirkte gespannt. »Wir haben Ihren Auftrag erfüllt, Sir«, erklärte Tak. »Sollen wir das Tier zum Palast bringen oder lassen Sie es abholen?«

»Ich hole es selbst ab«, antwortete Kratos-Pyr.

Wenig später traf der Lare ein. Er kam unter dem Schutz einer Leibwache aus zehn Kampfrobotern und fünf larischen Elitesoldaten.

Lange musterte er das Tier, dann wandte er sich mit glitzernden Augen an Tak Son und fragte: »Wie heißt dieses Tier?«

»Wir haben es Loki genannt«, antwortete Tak. Er nahm nicht an, dass der Lare sich je mit den altterranischen Mythen befasst hatte und deshalb die hintergründige Benennung durchschaute, denn Loki wurde in diesen Mythen als verschlagener Diener und Helfer der Götter, aber auch als ihr listiger Feind bezeichnet.

»Ich will Loki im Labyrinth beobachten!«, forderte der Lare.

Kurz darauf verfolgte er mit glänzenden Augen die Aktionen des Tieres, registrierte seine Reaktionen auf Fallen, die auch die besten Spürgeräte nicht ohne weiteres gefunden hätten.

»Sie haben gute Arbeit geleistet«, meinte er abschließend. »Wenn Loki seine Aufgabe erfüllt hat, werde ich dafür sorgen, dass Ihnen ein entsprechendes Honorar überwiesen wird.«

Tak Son blickte den Laren mit unbewegtem Gesicht an. »Loki wird alle in ihn gesetzten Erwartungen erfüllen«, erklärte er.

»Sie bitten mich um meine Hilfe?«, fragte Anson Argyris. »Mich, einen entmachteten Kaiser, der sich in der Unterwelt seines Planeten vor seinen Feinden verbergen muss?«

»Ja, Majestät«, sagte Roctin-Par ernst. »In der Milchstraße ist offenbar das tertiäre Stadium angebrochen, viel früher, als meine Kameraden und ich es erwarteten. Es muss etwas geschehen, wenn diese Galaxis nicht für sehr lange Zeit im festen Griff des Konzils bleiben soll.«

Anson Argyris blickte den Laren lange an, dann sagte er: »Ich denke, es ist besser, wenn wir eine meiner Ausweichzentralen aufsuchen und das Problem in aller Ruhe erörtern. Bitte, folgen Sie mir!« Er ging zu einer Wand der Halle, die sich vor ihm öffnete und den Blick auf ein grünlich flimmerndes Energiefeld freigab.

Ohne dass Roctin-Par etwas von einem Schaltvorgang bemerkt hätte, tauchte aus dem Flimmern plötzlich eine ovale Kapsel auf. Sie öffnete sich. Der Lare sah zwei Kontursitze, aber keine Kontrollen oder Schaltungen.

Anson Argyris stieg zuerst ein. »Verzeihen Sie, dass ich so unhöflich bin«, sagte er zu seinem Besucher, »aber wenn ein Fremder zuerst in die Transportkapsel steigt, wird er sofort paralysiert – und wenn das nicht gelingt, fährt die Kapsel mit ihm in ein Auflösungsfeld. So, jetzt können Sie ebenfalls einsteigen!«

Roctin-Par kam zu dem Schluss, dass der Kaiser der Freihändler die Maschinen seines Unterweltreichs durch Gedankenbefehle steuerte und dass er von ihnen identifiziert und anerkannt wurde, indem sie seine individuelle hyperdimensionale Ausstrahlung kontrollierten.

Er stieg zu Argyris, und im nächsten Moment schloss sich die Kapsel. Im Innern war es dunkel. Es gab auch keine Scheiben oder Schirme, auf denen sich die Außenwelt beobachten ließ. Der Lare verlor jegliches Gefühl für Zeit und Raum und atmete auf, als die Kapsel sich wieder öffnete. Er hätte nicht sagen können, wie lange sie unterwegs gewesen waren, und erst recht nicht, welche Entfernung sie zurückgelegt hatten.

Er hatte allerdings mehrmals ein Ziehen im Nacken gespürt und daraus auf Ent- und Rematerialisationen geschlossen. Argyris' Fortbewegungssysteme schienen so kompliziert zu sein, dass es den Besatzern vermutlich nicht so bald gelingen würde, sie aufzuspüren.

Sie stiegen aus, und Roctin-Par blickte sich um. Er sah, dass die Transportkapsel wieder vor einer kleinen Halle hielt, die identisch zu sein schien mit der, aus der sie gekommen waren. Eine weitere Variante zur Täuschung eventueller Eindringlinge. Wo keine Unterschiede waren, konnte niemand sich an Unterschieden orientieren.

Die leere Transportkapsel glitt zurück in ein grünlich flimmerndes Energiefeld – und verschwand. Hatte sie sich aufgelöst? Roctin-Par zwang sich dazu, keine Fragen zu stellen, deren Bedeutung nur sekundärer Natur war. Er hatte gelernt, sich auf das Wesentliche zu konzentrieren.

Anson Argyris trat vor eine Wand. Eine rechteckige Öffnung bildete sich. Dahinter …

Roctin-Par erschauderte, als er an die Öffnung trat und hindurchblickte. Er sah einen dämmerigen Abgrund, der bis in die Unendlichkeit zu reichen schien, und hoch über ihm leckten gelbe Flammen an traubenförmig angeordneten, irisierend leuchtenden Kugeln. Etwas fuhr gleich einer silbernen Kugel zwischen den Kugeltrauben hindurch, hinterließ eine grellweiß leuchtende Spur, die erst nach Sekunden verblasste und schließlich erlosch.

Aber der Kaiser trat über die grundlos erscheinende Tiefe. Seine

Füße – die Füße von Alaya Krantek – schienen auf einer unsichtbaren Platte zu stehen. Ein Energiefeld, vermutete Roctin-Par.

Dennoch kostete es ihn Überwindung, der Logik zu gehorchen. Zu stark waren noch die aus animalischer Vergangenheit stammenden Instinkte, die das Überleben seiner fernen Vorfahren garantiert hatten, indem sie sie vor der Negierung tödlicher Gefahren schützten. Sie waren etwa in der Mitte des scheinbaren Nichts über dem dämmerigen Abgrund, als es unter ihren Füßen dunkelte. Der Untergrund wurde übergangslos sichtbar, ein mattschwarzer glatter Boden aus unbekanntem Plastikmaterial.

Zwei bequeme Konturliegen standen wie herbeigezaubert auf dem schwarzen Boden. Roctin-Par konnte nicht umhin, der ausgefeilten Technik, die das subplanetarische Reich des Kaisers ausfüllte, seine Bewunderung zu zollen. Sie mochte nicht den hohen Stand der Technik des Konzils erreichen, aber sie wurde optimal genutzt und war damit vielen larischen Produkten überlegen.

»Setzen wir uns«, sagte Anson Argyris und ließ sich in die Polster einer Liege sinken.

Der Lare folgte seinem Beispiel und wartete. Etwa zehn Minuten vergingen in Schweigen, ehe der Kaiser endlich sprach.

»Das tertiäre Stadium, von dem Sie sprachen, Par, hat es etwas mit dem Auftauchen der schwarzen Pyramiden in unserer Galaxis zu tun?«

»Ja«, antwortete der Lare. »Die schwarzen Pyramiden sind die Monumente der Macht. Sie symbolisieren die endgültige Machtergreifung des Konzils der Sieben in einer Galaxis und stellen gleichzeitig so etwas wie kosmische Grenzsteine dar, die den Machtbereich des Konzils markieren.«

»Die Pyramide von Olymp landete in der Art eines Raumschiffs«, sagte Anson Argyris. »Handelt es sich bei diesen Pyramiden um Raumschiffe, Roctin-Par? Wenn ja, wer fliegt sie?«

»Das sind viele Fragen auf einmal, Majestät«, meinte der Lare. »Auf die erste Frage muss ich mit Ja und Nein antworten. Die Pyramiden nehmen Ortsveränderungen in der Art von Raumschiffen vor, aber sie wurden nicht in erster Linie zu diesem Zweck konstruiert. Sie dienen den larischen Raumschiffen als Aufladeeinrichtungen für die Polungsblöcke der SVE-Raumer. Ich will es näher erklären, Majestät. Sie wissen, dass die SVE-Raumschiffe zum Aufbau ihrer Schiffshüllen Energien benötigen, die sie aus dem Linearraum zapfen. Dazu werden die Polungsblöcke verwendet, die ihre Funktion aber nur für eine bestimmte Zeit erfüllen können. Lässt ihre Leistungskraft nach, müssen die Polungsblöcke mit einer uns Laren unbekannten Energieart aufgeladen werden. Diese Funktion erfüllen die Pyramiden.«

»Interessant!«, sagte Anson Argyris. »Das bedeutet, dass die militärische Macht der larischen Raumflotten von dem rechtzeitigen Erscheinen der schwarzen Pyramiden abhängt. Damit stehen aber die Laren in einer permanenten Abhängigkeit von diesem Energielieferanten.«

»Das stimmt«, pflichtete Roctin-Par dem Kaiser bei.

»Wem gehören diese Pyramiden?«, fragte Argyris mit plötzlicher Härte in der Stimme.

Roctin-Par wirkte seltsam hilflos, als er antwortete: »Das weiß ich nicht, Majestät. Kein Lare, mit dem ich je sprach, wusste, wem diese Pyramiden gehören, aber alle waren sicher, dass es sich um ein Konzilsvolk handelt.«

»Das dritte, das bisher in der Milchstraße aufgetaucht ist«, meinte Argyris nachdenklich. »Erst kamen die Laren, die Militärmacht des Konzils der sieben Galaxien, dann erschienen die Hyptons, die Berater, und nun tauchten die Energielieferanten auf. Sie nehmen eine Schlüsselstellung innerhalb des Machtgefüges des Konzils ein. Ist Ihnen das klar?«

»Natürlich«, antwortete der Lare. »Jedenfalls scheint es so. Aber die Pyramiden erfüllen noch eine andere, nicht weniger wichtige Aufgabe – eine Aufgabe, die mit Psychologie und Okkultismus zu tun hat. Das ist aber auch schon alles, was ich über die zweite Aufgabe weiß. Mir ist nicht bekannt, ob die führenden Laren und Hotrenor-Taak mehr wissen als wir Laren aus dem Stamm der Provconer.«

»Wie sieht es im Innern der Pyramiden aus?«, forschte der Freifahrerkaiser weiter.

Diese Frage löste bei Roctin-Par eine Reaktion aus, die Anson Argyris nicht vorhergeahnt hatte. Der Lare sprang entsetzt auf. Seine Augen flackerten unstet, und sein ganzer Körper bebte in hochgradiger Erregung.

Anson Argyris griff nicht ein; er beobachtete den Laren nur aufmerksam, versuchte, sein Verhalten zu analysieren.

Nach einer Weile beruhigte sich Roctin-Par wieder. Mit tonloser Stimme sagte er: »Kein Lare würde sich jemals in eine solche Pyramide wagen, Majestät. Es würde bedeuten, dass er sein Gesicht verlöre. Das hätte schreckliche Folgen. Das Gleiche gilt übrigens auch für die Hyptons.«

Anson Argyris dachte nach. Die Funktionseinheit seiner positronischen und biologischen Gehirnsektionen rechnete, verglich, analysierte, wog gegeneinander ab, konstruierte Parallelen und wählte den logischen Schluss mit dem höchsten Wahrscheinlichkeitsgrad.

»Ich nehme an, Sie sind deshalb zu mir gekommen, weil Sie hoffen, ich könnte Ihnen dabei helfen, das Geheimnis der Pyramiden zu ergründen«, sagte er.

Pars Augen weiteten sich ein wenig. Der Lare war verblüfft über die Schnelligkeit, mit der Anson Argyris seine Beweggründe durchschaut hatte. Dann entsann er sich, wer dieser Freifahrerkaiser wirklich war, welches Geheimnis er hütete. Ihm, Roctin-Par, war es anvertraut worden.

»Niemand kann in eine solche Pyramide eindringen«, sagte er. »Aber ein Roboter von ganz bestimmter Konstruktion könnte es schaffen.«

»Sie wissen also, wer oder was ich bin«, stellte Anson Argyris nachdenklich fest. »Aber die anderen Laren wissen es vielleicht auch schon. Es macht wohl nicht mehr viel aus.«

»Wollen Sie es riskieren, Majestät?«, drängte der Lare.

»Ich werde darüber nachdenken«, versprach Anson Argyris. »Machen Sie es sich in der Zwischenzeit bequem. Es wird eine Weile dauern.«

Er lächelte. Roctin-Par sah dieses Lächeln, das wissende Lächeln einer fetten Springerin – und während er es sah, schlief er ein.

Als Roctin-Par erwachte, erblickte er über sich einen blauen Himmel und eine kleine bauschige Wolke. *Die Wolke vom Dienst!,* dachte er irrational, bevor er die Benommenheit des Schlafes endgültig abschüttelte. *Ich muss das irgendwo gehört haben. Oder ich habe es geträumt.*

Er setzte sich auf und sah sich um. Seine Konturliege stand auf dem Vorderdeck eines weißen Schiffs, das durch die glatte Oberfläche eines blaugrünen Meeres pflügte und eine schaumige Spur hinterließ. Ab und zu schnellten Meerestiere aus dem Wasser, vollführten graziöse Sprünge und begleiteten das Schiff mit spielerischer Anmut.

Ich träume noch immer!, dachte der Lare.

Von irgendwoher kam das Hallen eines elektronischen Gongs, und im nächsten Augenblick verwandelte sich das Meer in einen glatten schwarzen Fußboden. Das Schiff verschwand ebenso wie die Meerestiere. Nur der blaue Himmel mit der einsamen Wolke blieb.

»Ich hoffe, Sie fühlen sich erfrischt, Par!«, sagte Kaiser Anson Argyris, der noch immer die Maske einer fetten Springerin trug. »Sehen Sie hinauf! Es ist heller Tag.«

»Eine Projektion des Himmels?«, erkundigte sich Roctin-Par.

»Eine Projektion des Himmels über Trade City«, antwortete der Kaiser.

Fünf Walzenschiffe zogen in Keilformation über den Himmel, zerstörten die einsame Wolke und schleppten einen Schleier infernalischen Donners hinter sich her.

»Leticron lässt keine Gelegenheit aus, meinen Freifahrern zu demonstrieren, dass er die Peitsche schwingt, unter der sie sich zu ducken haben«, erklärte Argyris.

»Mich wundert, dass Hotrenor-Taak und die Hyptons diesen Psychopathen gewähren lassen«, meinte Roctin-Par. »Normalerweise bedienen sich die Laren subtiler Mittel, um eine eroberte Galaxis in den Konzilsverband zu integrieren. Das fängt bei der Präparierung der Völker durch Propaganda an und geht über die Aufrechterhaltung des ökonomischen und soziologischen Gleichgewichts, die behutsame Umstellung der Wirtschaft auf für das Konzil nützliche Zweige, den Abbau hemmender Traditionen, die Förderung nützlicher Traditionen und die Aufpfropfung neuer politischer Leitideen zur Heranzüchtung einer dem Konzil ergebenen Elite. Bei der Erfüllung solcher Aufgaben kann ein Mann wie Leticron nur als Störfaktor wirken.«

»Wahrscheinlich brauchen die Laren die starke Persönlichkeit des Überschweren als Gegengewicht zur Erinnerung an Perry Rhodan«, meinte der Kaiser. »Nachdem Rhodan mitsamt der Erde verschwunden ist, wird seine Gestalt auch von seinen Gegnern idealisiert werden. Das kann den larischen Plänen schweren Schaden zufügen. Deshalb muss jemand die Funktion des Ersten Hetrans ausüben, der eine ähnlich starke Persönlichkeit ist, wenn auch im negativen Sinn.«

»Das würde bedeuten, dass Leticron verschwinden muss, sobald er seine Aufgabe erfüllt hat, denn nur die Figur eines toten Leticron kann den galaktischen Völkern gegenüber idealisiert werden«, sagte Roctin-Par.

Argyris lachte humorlos. »Wie ich Leticron einschätze, hat er diese Absicht der Laren längst durchschaut. Ich finde es manchmal direkt unheimlich, wie dieser Überschwere reagiert, so als würde er die Aktionen seiner Gegenspieler und Verbündeten vorausahnen. Die Laren werden Schwierigkeiten mit ihm bekommen.«

»Sie nehmen an, er beabsichtigt, mit Hilfe der Laren die Macht im Konzil der Sieben an sich zu reißen?«, fragte der Lare. »Das schafft er nie, Majestät. Das würde nicht einmal Hotrenor-Taak schaffen. Denken Sie daran, dass es sozusagen eine Sicherheitsschaltung gibt, und zwar in Form der Abhängigkeit der SVE-Raumschiffe von den Pyramiden. Wenn die Pyramiden eines Tages die Polungsblöcke nicht mehr aufladen würden, wären alle SVE-Raumschiffe innerhalb kurzer Zeit aktionsunfähig.«

»Sie unterschätzen die Möglichkeiten eines skrupellosen Diktators«, erwiderte der Kaiser ernst. »Ein Mann wie Leticron würde auf alle Abmachungen eingehen und alle Anweisungen befolgen – bis er seine Stunde für gekommen hält. Dann schlägt er an zahlreichen Punkten gleichzeitig zu, gnadenlos, ohne Rücksicht auf eigene Verluste – und unberechenbar, weil er stets ein größeres Risiko eingehen wird, als alle Berechnungen als tragbar ausweisen. Leticron ist ein Spieler, bei dem sich Logik mit der Freude am Risiko paart.«

Der Lare dachte darüber nach und kam zu dem Schluss, dass es Leticron tatsächlich möglich sein könnte, erhebliche Anfangserfolge zu erzielen. Doch Roctin-Par kannte die Strukturen des Konzils der sieben Galaxien gut genug, um zu wissen, dass ein Außenseiter schlussendlich scheitern musste.

Im nächsten Augenblick ärgerte er sich darüber, dass er sich hatte hinreißen lassen, seine kostbare Zeit einem Problem zu opfern, das nicht seines sein konnte.

»Wann brechen wir auf, Majestät?«, erkundigte er sich.

»Wir sind bereits dabei«, antwortete Anson Argyris.

Er ging über den schwarzen Boden zur nächsten Wand, die sich vor ihm öffnete. Roctin-Par beeilte sich, dem Kaiser zu folgen. Wieder tauchte die Transportkapsel aus dem grünlichen Flimmern auf, wieder öffnete sie sich, und wieder stieg Anson Argyris als Erster ein.

Als Roctin-Par ebenfalls Platz genommen hatte, schloss sich die Kapsel – und abermals verlor der Lare jegliches Gefühl für Raum und Zeit. Diesmal hatte er jedoch vorher auf seinen Armband-Chronographen gesehen. Als die Kapsel sich öffnete, blickte Roctin-Par als Erstes auf das Gerät. Er sah, dass nur zweieinhalb Minuten vergangen waren.

Anson Argyris ließ die Springerin-Maske lächeln. »Ein Chronograph sagt nichts über die Zeit aus, die wirklich vergangen ist«, sagte er geheimnisvoll. »Ebenso wenig, wie ein Kilometerzähler etwas über die zurückgelegten Entfernungen verraten könnte.«

Er schwang sich behände aus der Transportkapsel und ging durch eine sich öffnende Tür in eine kleine Halle, die identisch mit der zu sein schien, in der Roctin-Par in der Unterwelt Olymps angekommen war. »Wir müssen einen Helium-Lift benutzen, um in die Nähe der Oberfläche zu kommen«, erklärte er seinem Begleiter. »Die Laren benehmen sich heute wie ein aufgescheuchter Hornissenschwarm.«

Roctin-Par wusste zwar nicht, was ein Hornissenschwarm war. Er konnte sich jedoch denken, was der Freifahrerkaiser meinte. Die Ankunft der Pyramide war bereits, für sich betrachtet, ein aufregendes Ereignis. Dazu kam, dass die Besatzungsmächte genau wussten, dass

Olymp ihnen erst dann ganz gehören würde, wenn sie den letzten Unsicherheitsfaktor, nämlich Anson Argyris, ausgeschaltet hatten.

In der Hallendecke bildete sich eine kleine Öffnung, aus der ein Seil fiel, an dessen Ende eine Haltestange befestigt war.

»Festhalten!«, sagte Argyris.

Vier Hände griffen zu. Sekunden später ertönte ein zischendes Geräusch. Die Öffnung in der Decke erweiterte sich, und der Lare sah die schlaffe Kunststoffhaut eines Ballons, der sich schnell füllte.

Das also ist ein Helium-Lift!, dachte er. Im nächsten Moment straffte sich das Seil, dann stieg der Ballon schnell nach oben.

»Im Schacht herrscht ein leichter Überdruck«, erklärte Anson Argyris. »Dadurch steigt der Ballon schneller. Wir müssen immerhin einen Höhenunterschied von zweitausend Metern überwinden. Lassen Sie bitte nicht los, Roctin-Par.«

Der Lare warf einen Blick nach unten und presste unwillkürlich die Lippen zusammen, als er sah, dass der Boden der Halle, auf dem er eben noch gestanden hatte, zur Größe einer Solarmünze zusammengeschrumpft war.

Nach einiger Zeit klappten unter dem Ballon zwei Metallplatten herunter. Sie bildeten eine Plattform, in deren Mitte eine Öffnung ausgespart blieb, die gerade groß genug war, um die beiden Personen passieren zu lassen.

Anson Argyris und Roctin-Par glitten durch das Loch, schwangen leicht vorwärts und bekamen wieder festen Boden unter die Fuße. Über ihnen hing der Ballon.

»Gehen wir!«, sagte der Freifahrerkaiser. Wieder ging er voran und führte seinen Besucher eine Wendeltreppe empor, die in einem verfallenen Gebäude mündete. »Ein alter Parkpavillon«, erklärte Argyris.

Sie kletterten über Schutt und Gerümpel und zwängten sich durch eine schief in rostigen Angeln hängende Tür, die noch aus dem präkosmischen Zeitalter zu stammen schien.

»Nostalgie«, sagte Argyris. »Roi Danton hatte eine Vorliebe für uralte Antiquitäten. Quand serat-il de retour!«

Roctin-Par hatte den letzten Satz nicht verstanden, aber er vergaß, nach seinem Sinn zu fragen, als er vollends ins Freie kam und sich unvermittelt mit dem Anblick der schwarzen Pyramide konfrontiert sah, die aus der verwilderten Parklandschaft aufragte.

»Da wären wir!«, stellte Anson Argyris nüchtern fest.

Der Militärbefehlshaber der larischen Flotte des Sektors Boscyks Stern schaltete sein Armbandvisiphon ein und erteilte den Befehl, Loki ins Konferenzzimmer zu bringen.

Danach blickte er die Offiziere seines Stabs frohlockend an. »Ich habe Ihnen eine Überraschung versprochen«, verkündete er, als ein Soldat eintrat und Loki an einer Kette hinter sich herzog. »Das ist sie, ein Lebewesen, das aus den modifizierten Zellen eines Okrills hergestellt wurde und das ganz erstaunliche Fähigkeiten besitzt.«

»Es sieht unscheinbar aus«, sagte Halpa-Toos, Kratos-Pyrs Stellvertreter.

Kratos-Pyr ließ sich seinen Unmut nicht anmerken. Er verdächtigte seinen Stellvertreter schon lange, dass er gegen ihn intrigierte, um seine Stellung einnehmen zu können. Die abwertende Bemerkung war nur ein weiteres Glied in der Kette aus Verdachtsmomenten.

»Lokis unscheinbares Äußeres war beabsichtigt«, log er. »Es soll bewirken, dass seine Fähigkeiten unterschätzt werden, und wie Sie uns bewiesen haben, Halpa-Toos, ist das gelungen.«

Er freute sich über das ärgerliche Gesicht, das sein Stellvertreter machte. Der Hieb hatte gesessen.

»Worin bestehen diese Fähigkeiten?«, fragte ein Offizier des Psychotaktischen Kommandos.

»Loki vermag autonome Fallensysteme weit besser aufzuspüren als mechanische Geräte«, erklärte der Befehlshaber. »Er weicht ihnen in jedem Fall folgerichtig aus, aber nicht, indem er sich zurückzieht, sondern indem er sie umgeht. Außerdem ist er in der Lage, die Identität einer bestimmten Person trotz wechselnder perfekter Masken festzustellen.«

Er hob seine Stimme. »Ich spreche von der Identität des Freifahrerkaisers Anson Argyris. Argyris hat uns in der Vergangenheit schweren Schaden zugefügt. Dennoch ist es den von Halpa-Toos befehligten Suchkommandos nicht gelungen, einen Eingang in sein subplanetarisches Reich zu finden, geschweige denn ihn selbst aufzuspüren und unschädlich zu machen.«

»Weil Sie mir nicht unbegrenzte Vollmachten gegeben haben!«, protestierte sein Stellvertreter. »Argyris hätte sich selbst gestellt, wenn wir ihm damit gedroht hätten, stündlich zehntausend Freifahrer zu töten, bis er sich in unserer Gewalt befindet.«

»Es zeugt von Einfallslosigkeit, Erfolge mit den brutalen Methoden von Barbaren erzwingen zu wollen!«, entgegnete Kratos-Pyr scharf. Seine Stimme triefte vor Sarkasmus, als er fortfuhr: »Wir Laren sind Vertreter einer Zivilisation, deren technischer und wissenschaftlicher Standard weit über dem der Völker dieser Milchstraße steht. Was sollen diese Völker von uns halten, wenn wir uns Methoden bedienen, die sogar von ihnen verachtet werden? Nein, wir können unsere geistige Überlegenheit nur beweisen, wenn wir einen so gerissenen Gegner wie den Freifahrerkaiser mit wissenschaftlichen Methoden besiegen.«

Er deutete auf Loki. »Das ist ein Erzeugnis der Wissenschaft, zwar von Olympiern hergestellt, aber nach einem Plan, den ich entworfen habe. Loki wird den Kaiser der Freifahrer besiegen, und an diesem Sieg werden die Völker der Milchstraße erkennen, dass wir ihnen geistig überlegen sind und nicht nur die bessere Technik besitzen.«

Er gab dem Soldaten, der Loki hielt, einen Wink. Der Mann verschwand mit dem Tier.

»Ich habe eine Demonstration von Lokis Fähigkeiten vorbereiten lassen«, erklärte Kratos-Pyr und erhob sich. »Bitte, folgen Sie mir. Überzeugen Sie sich davon, dass Loki ein perfektes Instrument zur Ausschaltung dieses Untergrundkaisers ist.«

Er freute sich über den finsteren Blick, den Halpa-Toos ihm zuwarf. Diesmal war es ihm gelungen, seinen Stellvertreter vor ihren gemeinsamen Untergebenen so zu erniedrigen, dass ihm nichts anderes übrig bleiben würde, als seine Versetzung zu beantragen. Und er, Kratos-Pyr, würde sehr bald den Ruhm ernten, mit einem der gefährlichsten Gegner des Konzils allein fertig geworden zu sein. Hotrenor-Taak musste ihn dafür auszeichnen. Wahrscheinlich würde er ihn in seinen Kommandostab holen, und eines Tages, wenn Hotrenor-Taak aus dem Dienst schied, trat er vielleicht seine Nachfolge an.

Kratos-Pyr befand sich in Hochstimmung, als er mit seinen Offizieren den Saal betrat, in dem Spezialisten ein Labyrinth aufgebaut hatten.

Gleich war es so weit!

Doch die Zeit verging, ohne dass Loki in den Saal geführt wurde. Verärgert fragte Kratos-Pyr über das Armbandvisiphon, wo das Tier bliebe.

»Es müsste eigentlich schon bei Ihnen sein«, antwortete ein Offizier. »Loki und sein Betreuer sind sofort nach Ihrem letzten Anruf losgegangen.«

Das begreife ich nicht!, dachte Kratos-Pyr. Laut sagte er zu seinen Offizieren: »Es ist alles in bester Ordnung. Loki muss gleich eintreffen.«

Sein Blick fiel auf Halpa-Toos, der ihn gespannt musterte. Sollte Halpa-Toos etwa dafür gesorgt haben, dass Loki unterwegs verschwand? Kratos-Pyr verneinte die unausgesprochene Frage. Sein Stellvertreter hatte nichts von der geplanten Demonstration gewusst, folglich konnte er sie auch nicht sabotiert haben.

Doch wo steckte dann Loki?

Als weitere Zeit verstrich, ohne dass sich der Betreuer Lokis meldete, wusste Kratos-Pyr, dass etwas geschehen war. Er wusste allerdings nicht, was.

Vorsichtshalber ließ er für den gesamten Palast Alarm geben und befahl, dass niemand den Palast verlassen durfte. Trupps wurden zusammengestellt, die nach Loki suchen sollten.

Sie suchten einen halben Tag lang, dann kannten sie praktisch jeden Winkel im Palast. Dennoch suchten sie weiter, denn niemand wollte der Erste sein, der Kratos-Pyr meldete, dass sowohl Loki als auch sein Betreuer nirgends zu finden waren.

So kam es, dass Kratos-Pyr sich noch Hoffnungen machte, als er dafür längst keinen Grund mehr hatte ...

»Das Gelände ist frei von Laren, Majestät«, sagte eine leise Stimme.

Roctin-Par wirbelte herum und sah, wie sich ein Mensch aus der Deckung eines Baumes löste, ein braunhäutiger Mann mit kupferfarbenem Haar und faltigem Gesicht. Er bewegte sich steif wie eine Marionette.

»Das ist Orge Lattik«, sagte Anson Argyris zu dem Laren. »Ein V-Mann von mir.« Er wandte sich an Lattik. »Waren heute schon larische Patrouillen hier?«, erkundigte er sich.

»Nein«, antwortete Lattik. Er sprach immer noch leise, obwohl offenkundig keine Notwendigkeit dazu bestand. »Nicht ein Lare hat sich blicken lassen. Nur eine Patrouille der Überschweren war hier, hat aus großer Entfernung Messungen angestellt und ist wieder verschwunden.«

Der Kaiser verzog das Gesicht der fetten Springerin zu einem wissenden Lächeln. »Leticron ist neugierig, aber auch vorsichtig«, meinte er. »Er will es wohl nicht mit den Angehörigen des vermuteten dritten Konzilsvolkes verderben und wartet deshalb ab.«

Anson Argyris betrat einen von Unkraut überwucherten Plattenweg, der zu der unheimlichen Pyramide führte. Er musterte die Vegetation, die sich in einem Umkreis von fünfhundert Metern rings um die Pyramide total entfärbt hatte. Es sah aus, als hätte jemand weiße Farbe über den Boden, die Büsche und Bäume gespritzt.

Als sie nur noch wenige Schritte von der entfärbten Zone entfernt waren, überholte Orge Lattik den Kaiser.

»Warten Sie!«, rief Argyris. »Wir wissen nicht, was passiert, wenn ein Mensch ...«

Orge Lattik hörte nicht auf ihn. Er überschritt die Grenze zwischen der grünen Vegetation und der weißen Zone. Plötzlich taumelte er und drehte sich um. Die braune Haut des Mannes hellte sich auf und wurde weiß. Auch die Haare wurden weiß. Sogar die Iris entfärbte sich. Die Pupillen standen als schwarze Punkte gespenstisch in den weißen Augen.

»Kommen Sie zurück!«, rief der Kaiser.

Orge Lattik verzog das Gesicht. Es sah aus, als lächelte er, dann brach er im Zeitlupentempo zusammen, zuckte noch einmal und rührte sich nicht mehr.

»Er ist tot«, sagte Roctin-Par. »Ich begreife nicht, wie ein denkender Mensch einfach in den Albinokreis marschieren kann. Das ist kein Mut, sondern einfach Dummheit.«

»Ich nehme an, er wollte sterben«, sagte Anson Argyris mit müder Stimme. »Lattiks Familie kam vorgestern um, als Überschwere ein paar Widerstandskämpfer erschossen und dabei einen ganzen Wohnblock einäscherten. Er selbst litt an einer unheilbaren Krankheit, einer fortschreitenden Nervenzersetzung.«

»Oh!«, sagte Roctin-Par. »Ich wunderte mich schon darüber, dass er sich so steif bewegte und immer nur flüsterte. Bitte, entschuldigen Sie mein vorschnelles Urteil, Majestät. Ich hätte mir denken sollen, dass Ihre Vertrauten keine Dummköpfe sind. Offenbar wollte Orge Lattik seinen Selbstmord mit einer Demonstration der Wirkung des Albinokreises verbinden.«

»Das denke ich auch«, stimmte der Kaiser zu.

Sein Blick löste sich von der verkrümmten Gestalt Lattiks und wanderte zu einem anderen Toten, der von einem entfärbten Strauch halb verborgen wurde. Nach einer Weile entdeckte er noch mehr Leichen, und in größerer Entfernung sah er zwei Männer außerhalb des Todeskreises stehen und zu der Pyramide spähen.

Er überlegte, was mit seiner Alaya-Krantek-Maske geschehen würde, wenn er den Todeskreis betrat. Seinem Grundkörper machte die entfärbende Wirkung sicher nichts aus, aber seine Kokonmaske bestand aus lebendem Gewebe mit lebenden Organen im Innern, wenn es auch einige Unterschiede zu menschlichem Gewebe gab.

Anson Argyris beschloss, vorerst noch abzuwarten. Er setzte die Taster seines Ortungskopfes ein, um noch mehr über die schwarze Pyramide herauszufinden. Nach einiger Zeit wusste er, dass die Außenhülle der Pyramide aus einem terkonitstahlähnlichen, sehr widerstandsfähigen Metallplastik bestand, dessen molekulares Gefüge durch Strahlenbeschuss verdichtet worden war. Diese Außenhülle war von einer sechs Zentimeter starken schwarzen Keramikmasse überzogen, deren Härtegrad allerdings dafür sprach, dass sie bei mechanischen Belastungen spröde werden und brechen konnte.

»Wahrscheinlich dient der Keramik-Überzug als Hochenergie-Isolator«, sagte er zu dem Laren.

»So ist es«, antwortete Roctin-Par. »Übrigens ist diese Pyramide eine sehr große Konstruktion. Es gibt erheblich kleinere.«

Anson Argyris ging nicht gleich darauf ein. Er beobachtete, wie die beiden Männer, die bisher in der Nähe der Todeszone verharrt hatten, plötzlich zurückwichen.

Er wunderte sich über die Verstörtheit, mit der das geschah, bis er mit dem Plasmateil seines Gehirns Schwingungen aufnahm, die ihn in Panik versetzen wollten, aber vom positronischen Teil unwirksam gemacht wurden.

Erneut stellte er mit seinem Ortungskopf Messungen an. Er fand die Frequenz, auf der diese Schwingungen ausgesandt wurden, und erkannte die Pyramide als Quelle. Eine kurze Analyse folgte. Das Ergebnis lautete, dass die Schwingungen auf organische Gehirne wie dumpfe Todesdrohungen wirkten, allerdings nicht im Bewusstsein, sondern im Unterbewusstsein. Dem Bewusstsein wurde nur das Unheimliche, Dunkle, Drohende deutlich, das von der Pyramide ausging.

Er wollte mit Roctin-Par darüber sprechen, schwieg aber, als am südlichen Horizont ein Verband von fünf SVE-Raumschiffen erschien. Die strahlenden Kugelgebilde flogen lautlos heran. Zielstrebig steuerte der Verband die Pyramide an, ging auf zirka fünfhundert Meter herunter. Heißer Wind kam auf, brannte in Argyris' Gesicht und wirbelte eine Wolke entfärbter Pflanzenteile auf. Eines der SVE-Schiffe scherte aus dem Verband aus und blieb direkt über der Pyramidenspitze stehen.

»Schützen Sie Ihre Augen, Roctin-Par!«

Der Lare holte eine dunkle Brille aus der Brusttasche seiner Raumfahrerkombination und setzte sie auf. Anson Argyris schloss die Augen seiner Kokonmaske, beobachtete aber mit Hilfe seines Ortungskopfes weiter.

Als der SVE-Raumer etwa hundert Meter über der Pyramidenspitze zum Stillstand gekommen war, bildete sich zwischen ihm und der Pyramide ein fluoreszierender Strahl. Es war ein diffuses Leuchten, das beziehungslos zwischen beiden Körpern schwebte.

Plötzlich zuckte ein gelber, grell leuchtender Energiestrahl aus der Pyramidenspitze, traf die Energiehülle des SVE-Schiffs und verschwand im Innern. Der Blitz erlosch nicht, sondern er blieb stehen, verband beide Körper wie eine Art energetische Nabelschnur, in der unheimliche und unbekannte Kräfte von der Pyramide zu dem SVE-Raumer wanderten. Es war ein fantastischer Anblick.

Wahrscheinlich findet der gleiche Vorgang zurzeit auf vielen Planeten der Milchstraße statt, dachte Anson Argyris.

Und plötzlich erwachte in ihm die Wissbegier. Er wollte unbedingt feststellen, wie es in einer solchen Pyramide aussah, von welchen Lebewesen sie besetzt war und welche unbekannten Maschinen dort arbeiteten. Die Gelegenheit war günstig. Der Kaiser sagte sich, dass sie vielleicht für ihn nicht so bald wiederkehren würde.

»Ich gehe!«, verkündete er.

»Viel Erfolg, Majestät«, flüsterte Roctin-Par.

Der Lare blickte dem Freifahrerkaiser nach, der furchtlos durch die Todeszone marschierte.

Roctin-Par war sicher, dass die entfärbende Strahlung dem Roboterkörper des Kaisers nichts anhaben konnte. Er nahm jedoch an, dass die Kokonmaske ebenso entfärbt werden würde wie die Vegetation und der Körper Orge Lattiks.

Aber nichts geschah. Die fette Springerin stapfte und watschelte durch die Todeszone, ohne dass sich auch nur ihre Haut entfärbte. Einmal rutschte eine Spange aus ihrem Haarknoten. Sie hielt an, bückte sich, hob die Spange auf und steckte sie zurück.

Als die grell strahlende »Nabelschnur«, die Pyramide und Schiff verband, erlosch, konnte Roctin-Par kaum noch etwas sehen. Er nahm die Brille ab.

Der »aufgeladene« SVE-Raumer entfernte sich von der Pyramide, stieg nach oben und ordnete sich wieder in die Formation der übrigen Schiffe ein. Ein zweiter SVE-Raumer löste sich aus dem Verband und senkte sich über die Pyramide. Rasch setzte der Lare die dunkle Brille wieder auf. Er wusste nur zu gut, dass der grelle Energiestrahl schon bei vielen Beobachtern zur Blindheit geführt hatte.

Wieder zuckte ein gelber Strahl von der Pyramidenspitze hinauf, verschwand im Innern des energetischen Raumschiffs und bildete eine Art Nabelschnur zwischen beiden Gebilden. Roctin-Par legte eine Hand schützend über die Augen und spähte hinüber zum Fuß der Pyramide. Die fette Springerin hatte die Pyramide fast erreicht, und noch immer schien sie sich nicht entfärbt zu haben.

Der Lare fragte sich, wie der Kaiser wohl in die Pyramide hineingelangen könnte, als die Springerin plötzlich verschwand. Sie musste durch eine Öffnung gegangen sein, die Roctin-Par von seinem Platz aus nicht sehen konnte.

Wieder wechselten die SVE-Raumschiffe ihre Position. Ein drittes Schiff setzte sich zur Aufladung über die Pyramidenspitze. Zum dritten Mal zuckte die grelle Nabelschnur hinauf. Roctin-Par wartete gespannt. Er hatte keine Ahnung, was der Kaiser in der Pyramide antreffen würde. Alles, was er je vernommen hatte, waren mehr oder weniger vage Andeutungen von Gefahren, die Fremde dort erwarteten. Da niemals ein Lare oder ein Hypton in einer solchen schwarzen Pyramide gewesen war, bestand die Möglichkeit, dass alle die Andeutungen über Gefahren Produkte der Fantasie waren.

Der Lare hoffte, dass Anson Argyris sich keinen Gefahren gegenübersah, die er nicht zu meistern vermochte. Er überlegte, ob es richtig gewesen war, den Robotkaiser in die Pyramide zu schicken. Wenn Argyris nicht zurückkehrte, was dann? Der Kaiser war eine wichtige Schlüsselfigur im Spiel um die Macht in der Milchstraße. Mit den geheimen Anlagen seiner Unterwelt konnte er noch immer empfindliche Schläge austeilen. Wenn er in der Pyramide umkam, waren diese Anlagen wertlos für seine Freunde, weil unzugänglich.

Zweifellos gab es Terraner, die den Schlüssel zu Argyris' Unterwelt besaßen, wie Perry Rhodan oder Galbraith Deighton, der Chef der Solaren Abwehr. Aber beide Männer waren mitsamt der Erde und dem Erdmond verschwunden und vielleicht mit beiden Himmelskörpern verglüht.

Roctin-Par wurde aus seinem Grübeln gerissen, als drüben bei der Pyramide etwas Unheimliches geschah. Aus der Pyramidenspitze wand sich ein halb transparenter Energieschlauch, schlängelte sich längs der energetischen Nabelschnur zu dem stillstehenden SVE-Raumschiff, dehnte sich aus und hüllte es ein.

Im nächsten Moment verwandelte sich das Gebilde in die halb transparente, riesige Figur der fetten Springerin, die dem Kaiser als Maske gedient hatte. Das gewaltige Energieweib hüllte den SVE-Raumer vollständig ein. Unwillkürlich hielt Roctin-Par den Atem an. Es erschien ihm unglaublich, was dort drüben geschah, unglaublich und unheimlich. Doch bald kehrte seine kühle Überlegung zurück, und er stellte logische Betrachtungen an.

Dann verstand er, was geschehen war. Anson Argyris musste sich im Wirkungsfeld der in der Pyramide arbeitenden Maschinen aufgelöst haben, war in Energie umgewandelt worden und vom Sog der von der Pyramide zum SVE-Raumschiff strömenden Aufladungsenergie mitgerissen worden.

Dennoch erklärte das nicht die Tatsache, dass der in Energie verwandelte Robotkaiser sich in der eindeutigen Form der fetten Springerin, wenn auch ins Gigantische vergrößert, um das SVE-Schiff gelegt hatte. Noch mehr aber beschäftigte den Laren die Frage, was aus der energetischen Zustandsform des Kaisers werden würde, ob er die Möglichkeit hatte, sich zurückzuverwandeln.

Roctin-Par erschrak, als die Konturen des SVE-Raumers und der riesigen Springerin sich vermischten. Die verschiedenartigen Energien wirbelten in ihrem Tanz durcheinander. Dann erfolgte eine heftige Explosion. Roctin-Par sah nur noch, wie über der Pyramide ein Feuerball entstand, der sich ausdehnte und die Spitze der Pyramide verschlang; dann erreichte ihn die heiße Druckwelle und hob ihn hoch.

Der Lare verlor das Bewusstsein, bevor er durch die Äste eines Baumes getrieben wurde und zu Boden stürzte.

4.

Kratos-Pyr schritt ruhelos in seinem Arbeitszimmer auf und ab. Zwar hatte niemand es ihm gesagt, aber er war inzwischen von selbst zu der Erkenntnis gekommen, dass Loki mitsamt seinem Bewacher den Palast verlassen hatte.

Wahrscheinlich war der Betreuer ein Mann seines Widersachers Halpa-Toos und hatte Loki entführt, um später eine fette Belohnung von Halpa-Toos zu kassieren. Kratos-Pyr beschloss, sich seinen Widersacher vorzuknöpfen. Er befahl seinem Adjutanten, sich ein paar Soldaten zu nehmen, Halpa-Toos zu verhaften und zu ihm zu bringen.

Nachdem sein Adjutant gegangen war, rief er den Leiter des Kommandos für Chemopsychologische Kriegführung an und erteilte ihm einige Befehle. Dann wartete er.

Er brauchte nicht lange zu warten.

Halpa-Toos erschien, angeführt von dem Adjutanten und bewacht von zwei Soldaten. Kratos-Pyrs Stellvertreter machte ein wütendes Gesicht. »Was soll das?«, schrie er seinen Vorgesetzten an. »Warum lassen Sie mich verhaften?«

Kratos-Pyr blickte den Mann ernst an, dann sagte er bedächtig: »Sie sind verhaftet, weil Sie unter dem Verdacht stehen, die Entführung Lokis veranlasst zu haben.«

»Sie sind ja verrückt!«, empörte sich Halpa-Toos. »Nur ein Wahnsinniger kann auf einen derartigen Verdacht kommen. Das ist ja absurd. Ich werde mich bei Hotrenor-Taak persönlich über Sie beschweren!«

»Das können Sie – wenn ich mit Ihnen fertig bin«, erwiderte Kratos-Pyr drohend. »Wir werden bald wissen, wie Sie die Entführung Lokis planten und wer Ihre Helfer waren.«

Er gab den Soldaten einen Wink. »Schafft ihn in das Chemopsychologische Labor!«

»Ich protestiere!«, schrie Halpa-Toos. »Sie haben kein Recht, einen Führungsoffizier chemopsychologisch behandeln zu lassen.«

Kratos-Pyr lächelte kalt. »Natürlich nicht«, sagte er sanft. »Ach, beinahe hätte ich vergessen, Ihnen mitzuteilen, dass Sie Ihres Amtes enthoben sind. Ich habe Sie zum gemeinen Soldaten degradiert. Damit dürften die rechtlichen Bedenken wohl ausgeräumt sein.«

Kratos-Pyrs Armbandvisiphon summte.

»Hier spricht Imman-Jeerd«, sagte eine Stimme. »Kommandeur, ich muss Ihnen melden, dass soeben der Leiter des Chemopsychologischen Kommandos tot aufgefunden wurde.«

»Was ...?«, schrie Kratos-Pyr. »Tot? Wurde die Todesursache festgestellt?«

»Ja, Kommandeur«, antwortete Imman-Jeerd. »Jemand hat ihm den Schädel eingeschlagen. Übrigens fehlen beide Beine. Sie müssen mit großer Kraft aus den Gelenken gerissen worden sein.«

»Geben Sie sofort Alarm und lassen Sie den Palast abriegeln!«, befahl Kratos-Pyr. »Niemand darf ihn verlassen.«

»Der Palast ist abgeriegelt, Kommandeur«, erinnerte ihn Imman-Jeerd an die Tatsache, die er vergessen hatte. »Der letzte Alarm wurde noch nicht aufgehoben.«

»Umso besser«, erklärte Kratos-Pyr und unterbrach die Verbindung.

Er blickte Halpa-Toos drohend an und sagte: »Sie scheuen also nicht einmal vor einem Mord zurück! Einen meiner besten Männer einfach umzubringen, nur damit er nicht die Wahrheit über Lokis Entführung aus Ihnen herausholen kann! Das ist ungeheuerlich.«

»Ich habe damit nichts zu tun«, stammelte Halpa-Toos. »Wirklich, Kommandeur! Wie sollte ich ahnen, dass Sie mich in der Chemopsychologischen Abteilung verhören lassen wollten? Folglich bestand für mich auch keine Notwendigkeit, den Leiter des CPK umbringen zu lassen.«

Für wenige Augenblicke fiel die Wut, die Kratos-Pyrs Gehirn vernebelt hatte, von ihm ab. Der Kommandeur überlegte sich, dass Halpa-

Toos' Argumente logisch klangen. Der Mann hatte tatsächlich nicht ahnen können, dass er durch das CPK verhört werden sollte. Außerdem gab es noch genug andere Spezialisten des CPK, die an der Stelle des Leiters tätig werden konnten.

Wieder summte das Armbandvisiphon. Kratos-Pyr meldete sich ungeduldig: »Was ist denn nun schon wieder los?«

»Hier spricht noch einmal Imman-Jeerd«, sagte der Offizier, der kurz zuvor angerufen hatte. »Kommandeur, wir haben einen Funkspruch vom Führungsschiff derjenigen Einheiten erhalten, die sich zwecks Aufladung ihrer Polungsblöcke bei der Pyramide aufhalten. Eines der Schiffe ist explodiert, nachdem es zuvor von einem riesigen Energieweib eingehüllt worden war.«

»Ein Energieweib?«, fragte Kratos-Pyr fassungslos und der Hysterie nahe. »Was ist das für Unsinn? Finden Sie heraus, was wirklich geschehen ist! Ich habe den Verdacht, die verantwortlichen Offiziere wollen mit ihrer Geschichte etwas vertuschen.«

Er hatte die Verbindung gerade beendet, als das Gerät erneut summte.

»Kratos-Pyr!«, meldete er sich mit kaum noch beherrschter Stimme. »Warum nur werde ich ständig angerufen?«

»Oh, Verzeihung, Kommandeur!«, schnarrte es aus dem Gerät. »Hier spricht Hutgen-Saart. Einer der Suchtrupps auf der oberen Plattform des Palasts wurde überfallen. Dabei wurden alle vier Soldaten getötet und teilweise ihrer Gliedmaßen beraubt.«

Kratos-Pyr fuhr von seinem Sessel hoch, als hätte ihn eine Natter in den verlängerten Rücken gebissen. Sein schwarzes Gesicht verfärbte sich grau. Er gab Vollalarm für den Palast, anschließend für den Planeten und das gesamte System. »Alarmstufe Weiß für den gesamten Sektor Olymp!«, schrie er. »Der Sitz der Militärverwaltung ist von unbekannten Gegnern überfallen worden. Das Dritte Geschwader nimmt sofort Fahrt auf und schließt den Palast ein. Danach sollen sich die Landungskommandos ausschleusen und in den Palast eindringen.«

Er ließ sich wieder in seinen Sessel sinken und wandte sich an Halpa-Toos. »Ich ziehe die Degradierung zurück. Sie sind frei und nehmen Ihren Dienst wieder auf. Organisieren Sie den Widerstand gegen die eingedrungenen Guerillas – und kämpfen Sie sie nieder. Ob Sie endgültig rehabilitiert werden, wird von einem schnellen Erfolg abhängen.«

Halpa-Toos, dessen Gesicht sich ebenfalls grau verfärbt hatte, nahm Haltung an. »Kommandeur, ich melde mich ab zur Befehlsausführung!«, sagte er, machte kehrt und verließ das Zimmer.

Kratos-Pyr blickte ihm nach.

Er hoffte, dass sein Widersacher bei den Kämpfen gegen die Guerillas den Tod finden würde. Das wäre seiner Ansicht nach die beste Lösung, denn es würde ihm, Kratos-Pyr, die Blamage ersparen, sich bei seinem Stellvertreter entschuldigen zu müssen.

»Sie bleiben hier!«, befahl er seinem Adjutanten und den beiden Soldaten. »Es wäre möglich, dass der Gegner versucht, die Kommandozentrale zu besetzen.«

Nachdenklich und nervös starrte er auf seine unmerklich zitternden Hände. Er fragte sich, wem es gelungen sein könnte, ungesehen in den schwer bewachten Palast einzudringen und ebenso ungesehen Laren umzubringen und ihre Körper auf grausame Weise zu verstümmeln.

Freifahrer?

Nein, das sah nicht nach einem Überfall von Freifahrern aus! Diese Menschen würden zwar nicht davor zurückschrecken, einige Laren zu töten, aber sie würden die Körper ihrer Opfer nicht sinnlos verstümmeln. Aber wer kam dann in Frage? Roboter vielleicht?

Konnte es sein, dass dieser Palast des abgesetzten Kaisers der Freifahrer noch unentdeckte Geheimtüren und -gänge enthielt, durch die sich beispielsweise Roboter eingeschlichen hatten? Aber auch Roboter verstümmelten ihre Opfer nicht.

Erneut summte sein Armbandvisiphon.

Kratos-Pyr schaltete es und blickte in das Gesicht eines jungen Offiziers. Er erkannte Hutgen-Saart, der ihm von dem Überfall auf den Suchtrupp berichtet hatte.

»Ein neuer Überfall?«, fragte Kratos-Pyr ahnungsvoll.

»Nein, Kommandeur«, antwortete Hutgen-Saart. »Ich habe im Auftrag von Imman-Jeerd das Führungsschiff der bei der Pyramide stationierten Einheiten angerufen und einen genauen Bericht verlangt. Der führende Offizier beharrt darauf, dass der explodierte Raumer von einem riesigen Energieweib eingehüllt wurde, das aus der Spitze der Pyramide kam, bevor die Explosion erfolgte. Das Energieweib hatte das Aussehen einer fetten, alten Springerin. Kommandeur, der Offizier äußerte den Verdacht, dass das Schiff einem Sabotageakt von Anson Argyris zum Opfer fiel.«

»Wie kommt er darauf?«, fragte Kratos-Pyr.

»Er führte zwei Gründe für seinen Verdacht an«, sagte Hutgen-Saart. »Erstens den, dass kurz vor dem Erscheinen des Energieweibs Impulse angemessen wurden, wie sie typisch für Kaiser Argyris sind. Zweitens wurde die Pyramide bei der Explosion beschädigt, sodass wir sicher sein können, dass der Angriff nicht von ihr aus erfolgte.«

Kratos-Pyr knirschte mit den Zähnen. »Wenn Argyris-Impulse angemessen wurden, warum hat man dann nicht sofort eine Suchaktion gestartet?«, erkundigte er sich wütend.

»Weil kurz darauf das Energieweib auftauchte und unser Raumschiff zur Explosion brachte«, erklärte Hutgen-Saart.

Kratos-Pyr knurrte etwas Unverständliches, dann sagte er: »Ich werde etwas unternehmen. Bestellen Sie das dem Führungsoffizier.«

Er wollte sich an seinen Adjutanten wenden, kam aber nicht dazu, weil erneut das Gerät summte.

Diesmal war es wieder Imman-Jeerd. Kratos-Pyr sah, dass der Offizier schwer verletzt war. Seine Kombination war zerrissen, aus den Rissen sickerte gelbes Blut und sein Schädel blutete aus einer Platzwunde.

»Kommandeur!«, stieß Imman-Jeerd entsetzt hervor. »Überfall! Die beiden Posten in meinem Vorzimmer wurden überfallen und getötet. Ich kam zufällig dazu und sah eine Gestalt mit vier Armen. Die Gestalt stürzte sich auf mich, war aber plötzlich verschwunden. Wahrscheinlich floh sie, weil Halpa-Toos in diesem Augenblick auftauchte.«

»Warum sollte sie ausgerechnet vor Halpa-Toos fliehen?«, fragte Kratos-Pyr.

»Ich weiß es nicht, Kommandeur«, erwiderte Imman-Jeerd hilflos. »Auf jeden Fall hat dieses Wesen unheimliche Kräfte. Es kam nicht durch die Tür in mein Vorzimmer, sondern brach einfach durch die Wand. Sie können das Loch besichtigen, wenn Sie wollen, Kommandeur.«

»Nein, nicht notwendig«, wehrte Kratos-Pyr ab und ließ seine Blicke unauffällig über die Wände seines Zimmers wandern. »Gehen Sie sofort zur Krankenstation!« Kratos-Pyr schaltete ab, zog seine Strahlwaffe und musterte erneut die Wände. Seine Gedanken beschäftigten sich ausschließlich mit einem vierarmigen Wesen, das durch Wände gehen konnte.

Er vergaß darüber, dass er den bei der Pyramide stationierten Schiffen Anweisungen geben wollte, die eine groß angelegte Suchaktion nach Anson Argyris einleiten sollten.

Das war Anson Argyris' Glück …

Als Roctin-Par zu sich kam, fühlte er sich wie zerschlagen. Er öffnete die Augen und stellte fest, dass er in einem dornigen Busch lag, der ihm Gesicht und Hände zerkratzt hatte. Doch das war nicht alles. Sein linker Arm brannte wie Feuer, sein Hinterkopf schmerzte, und als der Lare ihn betastete, fühlte er geronnenes Blut.

Roctin-Par erinnerte sich plötzlich wieder an die furchtbare Explosion und an die heiße Druckwelle, die ihn fortgeschleudert hatte.

Anson Argyris!

Der entstofflichte, in fremdartige Energie verwandelte Kaiser musste bei der Explosion ebenfalls umgekommen sein, so wie die Besatzung des SVE-Raumers.

Ich hätte ihn niemals bitten dürfen, in die Pyramide zu gehen, warf der Lare sich vor. *Nur ich bin schuld an seinem Tod. Ich habe ihn in eine Gefahr geschickt, die ich selber nicht kannte!*

Mühsam rappelte Roctin-Par sich auf, arbeitete sich aus dem Gestrüpp. Sein rechter Fuß schmerzte. Endlich hatte er sich befreit, richtete sich auf und blickte zu der schwarzen Pyramide hinüber. Die Spitze war verschwunden. Ansonsten schien sie unbeschädigt.

Er blickte nach oben und sah, dass die restlichen vier SVE-Raumschiffe auf eine Höhe von zirka tausend Metern gegangen waren und dort reglos verharrten, als warteten sie auf einen Befehl.

Ein schwaches Blinken lenkte seine Aufmerksamkeit wieder zur Pyramide. Er riss die Augen weit auf, als er einen kleinen ovalen Körper sah, der aus dem Leck in der Pyramide stieg und sich unsicher taumelnd durch die Luft bewegte.

Es dauerte eine Weile, bis Roctin-Par begriff, dass der blinkende ovale Körper nichts anderes war als der robotische Grundkörper des Kaisers, der nackte Vario-500. Und er begriff außerdem, dass mit dem Roboter etwas nicht stimmte, denn er schien Schwierigkeiten bei der Orientierung zu haben, und auch sein Flugaggregat arbeitete nicht mehr einwandfrei.

Der Lare riss sich zusammen und humpelte so schnell wie möglich zur Grenze des Todeskreises. Dort blieb er stehen und sah hilflos zu, wie sich der Vario-Roboter taumelnd abmühte.

Also ist nur seine Kokonmaske vom Energiesog erfasst, entstofflicht und mit dem SVE-Raumschiff vernichtet worden, überlegte Roctin-Par. Er fragte sich jedoch vergebens, welche wissenschaftliche Erklärung es dafür geben konnte, dass eine gewöhnliche, aus gezüchteten Körperzellen bestehende Masse einen SVE-Raumer zur Explosion gebracht hatte, denn die Masse konnte sich durch die Umwandlung in Energie nicht grundsätzlich verändert haben.

Roctin-Par stöhnte unterdrückt auf, als Argyris abstürzte und hart auf den von bleicher Vegetation bedeckten Boden prallte.

Verzweifelt suchte der Lare nach einer Möglichkeit, dem Freifahrerkaiser zu helfen, ihn in Sicherheit zu bringen. Aber er besaß keinen Traktorstrahler, mit dem er Argyris aus der Todeszone holen konnte, und selbst hineingehen durfte er nicht. Noch zu frisch war die Erinnerung an den schnellen Tod von Orge Lattik, als dass er das selbstmörderische Wagnis auf sich genommen hätte.

Er fühlte sich ein wenig erleichtert, als der Robotkörper sich wieder regte, langsam, ruckweise, über den Boden rollte. Doch dann sah er, dass Argyris die falsche Richtung eingeschlagen hatte. Er näherte sich der Pyramide, anstatt sich von ihr zu entfernen.

»Hierher!«, schrie er, so laut er konnte. »Hier bin ich!«

Tatsächlich hielt der Robotkörper an, dann bewegte er sich in der richtigen Richtung – aber viel zu langsam.

Roctin-Par spähte zu den vier SVE-Raumern hinauf. Wieso griffen sie nicht an? Wenn er die Schiffe befehligte, hätte er längst unten nach dem Rechten sehen lassen. Die Besatzungen mussten doch irgendwie auf die Vernichtung eines ihrer Schiffe reagieren. Sie mussten doch sehen, dass die Pyramide beschädigt war, und zu dem Schluss gelangen, dass die Explosion das Ergebnis eines Angriffs gewesen war.

Natürlich war er froh darüber, dass die Raumer nicht reagierten. Andernfalls wären Argyris und er in ernste Schwierigkeiten geraten, wahrscheinlich sogar gefangen oder getötet worden.

Schneller, schneller!, dachte er, als er sich wieder dem Kaiser zuwandte.

Für die Dauer eines Herzschlags stieg irrationale Heiterkeit in ihm auf, darüber, dass er den Kaiser aller Freifahrer von Boscyks Stern als ovalen Metallkörper über den Boden rollen sah. Gleich darauf schalt er sich einen Narren, denn für den logisch arbeitenden und wissenschaftlich geschulten Verstand war die äußere Form nebensächlich. Wichtig war nur die Funktion.

Als Argyris knapp einen halben Meter vor der Grenze der Todeszone zum Stillstand kam, fühlte Roctin-Par wiederum die Versuchung in sich aufsteigen, die Grenze zu überschreiten – nur einen einzigen Schritt. Aber dieser Schritt würde seinen Tod bedeuten und Argyris in keiner Weise helfen. Deshalb unterließ er ihn.

»Weiter, Majestät!«, flehte er. »Nur noch einen halben Meter, dann kann ich Sie tragen.«

Er zuckte nervös zusammen und blickte an der Pyramide vorbei nach Südwesten, als er ein schwaches Summen hörte. Roctin-Par sah einen Gleiter der Überschweren, der sich der Todeszone näherte, dann jedoch unschlüssig verharrte.

»Kommen Sie endlich, Majestät!«, bettelte er. »Ich bringe Sie zum Pavillon.«

Er atmete auf, als sich das Robotei weiter auf die Grenze zubewegte und endlich darüber hinwegrollte. Schnell bückte er sich, packte zu und wollte den Körper anheben.

Verblüfft stellte er fest, dass ihm das nur mit großer Mühe gelang. Auf keinen Fall würde er den Kaiser weiter als einige Meter schleppen können. Dabei war das Robotei nur fünfzig Zentimeter lang und in der Mitte zwanzig Zentimeter dick.

»Sie müssen mich rollen!«, sagte eine dumpfe Stimme – die Stimme des Robotkörpers.

Ächzend ließ Roctin-Par das Robotei wieder auf den Boden hinab, dann rollte er es in Richtung Pavillon. Als er ungefähr die Hälfte der Strecke zurückgelegt hatte und sich umblickte, erschrak er heftig. Über dem südlichen Horizont waren drei schimmernde Gebilde aufgetaucht, die sich schnell näherten. SVE-Gleiter!

Der Lare bückte sich wieder und rollte das Robotei weiter, so schnell er konnte. Er wusste, dass der Ausgang des Wettlaufs über sein und Argyris' Schicksal entscheiden würde. Kamen die Gleiter an, bevor er mit dem Robotei im Pavillon verschwunden war, würden die Besatzungen das Feuer eröffnen.

Roctin-Par war schweißüberströmt, als er den Pavillon erreichte. Er nahm sich nicht die Zeit, sich nach den Gleitern umzusehen, sondern hob das Robotei mit einer letzten Kraftanstrengung hoch und trug es durch die Tür. Drinnen verfing er sich mit den Füßen im Schutt und strauchelte beinahe. Er stieß eine Verwünschung aus und zwängte sich durch die Öffnung, hinter der die nach unten führende Wendeltreppe lag.

Im nächsten Moment entlud sich mit infernalischem Getöse ein Energiestrahl in dem alten Gemäuer. Roctin-Par ließ das Robotei einfach die Treppe hinabfallen und rollte sich hinterher, während über ihm der Pavillon aufglühte und in sich zusammenfiel.

Als Roctin-Par sich am Fuß der Wendeltreppe aufraffte und nach dem Robotei sah, hörte er hoch über sich ein mahlendes Geräusch. Schreck durchzuckte ihn. Der Lare wusste, was er von diesem Geräusch zu halten hatte. Eine Energiefräse räumte die glühenden Trümmer des Pavillons fort und wühlte sich in den Boden.

Das hieß, dass die Besatzungen der SVE-Raumer zu dem richtigen Schluss gekommen waren, zu dem nämlich, dass sich in oder unter dem Pavillon einer der bislang vergebens gesuchten Eingänge zu Anson Argyris' Unterwelt verbarg. Zweifellos würden die Männer die Wendeltreppe finden, und sie würden nicht zögern, sie zu benutzen.

»Können Sie nichts tun, Majestät?«, fragte Roctin-Par das Robotei. Doch es blieb stumm.

Stöhnend hob der Lare den Robotkörper hoch und trug ihn auf die klappbare Plattform, über der noch immer der Ballon hing. Zweifelnd musterte er das Seil mit der Haltestange. Er allein würde sich festhalten können. Aber wie sollte er sich festhalten und gleichzeitig den Roboter tragen?

Als das mahlende Geräusch verstummte, fasste Roctin-Par einen verzweifelten Entschluss. Er legte das Robotei noch einmal ab, dann zog er die Haltestange so tief, dass sie ihm bis zu den Knien reichte. Anschließend hob er den Robotkörper wieder auf, schwang erst das eine, dann das andere Bein über die Haltestange und setzte sich darauf, den Oberkörper nach vorn gegen das Seil gelehnt.

Die beiden Hälften der Plattform klappten nach unten. Roctin-Par fiel etwa zehn Zentimeter tief, bis das Halteseil sich straffte. Der Ruck war so stark, dass der Lare dachte, die Haltestange würde abreißen. Er zwang sich dazu, nicht nach unten zu blicken, während über ihm zischend Gas aus dem Ballon entwich und es tiefer und tiefer ging. Erst als er über sich Stimmen hörte, blickte Roctin-Par nach unten. Er sah, dass der Schachtboden nur noch etwa hundert Meter entfernt war. Hundert Meter zu viel, wenn jetzt jemand von oben auf den Ballon schoss!

Doch kein Schuss fiel. Die Landung verlief zwar nicht sanft, aber sicher. Roctin-Par biss die Zähne zusammen, hob die Beine nacheinander über die Haltestange, taumelte und fiel hin. Das Robotei entglitt seinen Händen, rollte an die Wand des Schachts und prallte mit dumpfem Schlag dagegen.

Plötzlich war eine rechteckige Öffnung in der Wand. Roctin-Par kroch auf das Robotei zu, stieß es weiter, durch die Öffnung hindurch, und kroch hinterher. Wieder hörte er Stimmen, larische Laute, dann schloss sich die Öffnung hinter ihm.

Erleichtert erschlaffte Roctin-Par. *In Sicherheit!,* dachte er. *Wir sind in Sicherheit! Doch als die Zeit verging, ohne dass eine Transportkapsel erschien, wurde dem Laren klar, dass er noch längst nicht in Sicherheit war – und Anson Argyris ebenfalls nicht.*

Offenbar funktionierte die Biopositronik in dem Robotei ebenfalls nicht mehr richtig. Roctin-Par raffte sich auf, suchte mit den Blicken nach dem grünlich flimmernden Energiefeld, aus dem sonst die Transportkapsel aufgetaucht war. Aber es gab kein Energiefeld, sondern nur einen matt erhellten, horizontal verlaufenden Schacht. Anscheinend bedurfte es der aktiven Ausstrahlung von Argyris' Gehirn, um die dienstbaren Geister seiner Unterwelt in Aktion treten zu lassen.

»Helfen Sir mir, Majestät!«, bat er. »Wie soll ich mich allein zurechtfinden? Wie sollen wir den Verfolgern entkommen?«

Aber das Robotei schwieg. Dafür bildete sich auf der Wand, durch die sie gekommen waren, ein glühender Fleck. Die Verfolger versuchten, mit Strahlwaffen eine Öffnung in die Wand zu brennen!

Roctin-Par seufzte, dann bückte er sich und rollte das Robotei vor sich her in den düsteren Tunnel hinein, dessen Ende nicht zu sehen war. Bald schmerzte sein Rücken, seine Hände drohten gefühllos zu werden, und die Platzwunde an seinem Hinterkopf pochte. Immer wieder sah sich der Lare verzweifelt nach einer Abzweigung um, wohl wissend, dass die Verfolger die Wand bald durchbrochen haben würden. Bis dahin musste er aus dem schnurgerade verlaufenden Tunnel, der keinerlei Deckung bot, verschwunden sein.

Endlich entdeckte er etwas, das ihm Hoffnung einflößte, eine Nische in der linken Seitenwand, in der eine schmale, matt leuchtende Leiste von links nach rechts verlief. Er rollte den Robotkörper in die Nische – in dem Moment, als weiter hinten eine grelle Energieflut durch die zerstrahlte Wand brach. Hastig überflog Roctin-Par die nebeneinander angeordneten Symbole auf oder unter der leuchtenden Leiste. Er kannte sie nicht, wusste nicht, was sie bedeuteten. Doch die Nähe der Verfolger, deren Stimmen er wieder hörte, ließ ihm keine Zeit, einen Modus zu suchen, nach dem er seine Auswahl treffen konnte.

Er wählte ein beliebiges Symbol aus und drückte den Daumen darauf.

Im nächsten Augenblick klappte die Rückwand der Nische nach außen, verwandelte sich in eine abschüssige Rampe, über die das Robotei rollte und über die Roctin-Par ihm wohl oder übel folgte, als die Rampe sich verschob, ihm einen Stoß versetzte und sich wieder in eine Wand verwandelte – diesmal aber hinter seinem Rücken.

Roctin-Par kniete auf einem unsichtbaren Boden, eine Hand auf das Robotei gelegt, und sah hinter dünnen gelblichen Nebelschwaden einen Schwarm bunter Lichter. Er hörte eine Folge von kurzen Tönen, rhythmische Sequenzen, doch ohne jeden Sinn.

»Wo sind wir, Majestät?«, rief er. Aber Anson Argyris antwortete nicht. Stattdessen ertönte ein hohles Brausen, schwarze Schattengebilde zogen sich über den bunten Lichtern zusammen, und die glockenhaften Töne verwandelten sich in ein knatterndes Stakkato.

Da wusste Roctin-Par, dass sie in eine der zahllosen Fallen geraten waren, mit denen sich Argyris gegen ungebetene Besucher abgesichert hatte …

»Ich habe etwas gefunden, Kommandeur!«, berichtete Halpa-Toos.

Kratos-Pyr sah Gesicht und Oberkörper seines Stellvertreters vor sich auf dem winzigen Schirm seines Armbandvisiphons.

»Was haben Sie gefunden?«, fragte Kratos-Pyr.

»Das lässt sich nicht mit Worten beschreiben, Kommandeur«, antwortete Halpa-Toos mit unbewegtem Gesicht. »Ich müsste es Ihnen schon zeigen. Es ist – etwas Ungeheuerliches.«

»Gefährlich?«, fragte Kratos-Pyr misstrauisch.

»Nicht mehr«, erklärte Halpa-Toos.

»Gut, wo sind Sie?«, fragte der Kommandeur.

»Sektor 01/233/00«, sagte Halpa-Toos.

»Ich komme«, erklärte Kratos-Pyr.

Er wusste, dass Sektor 01/233/00 tief unten lag, in einem Teil des Palasts, den die Suchkommandos erst nach wochenlanger Suche entdeckt hatten. Die Fallensysteme dort hatten mehrere Leben gekostet, bevor man sie hatte unschädlich machen können.

Kratos-Pyr schloss nicht aus, dass sein Stellvertreter ihn in eine Falle locken wollte. Deshalb befahl er seinem Adjutanten und den beiden Soldaten, ihn zu begleiten. Sie fuhren mit einem Pneumolift in die Subetage, die über dem ehemaligen Geheimsektor lag, der sich nur über eine Wendeltreppe erreichen ließ.

Es war alles ruhig, als sie die Wendeltreppe betraten. Dennoch fröstelte Kratos-Pyr plötzlich. Hinter jeder Biegung glaubte er, den Schatten des vertriebenen Kaisers auftauchen zu sehen. Er versuchte, diese irrationale Regung zu verdrängen, indem er sich sagte, dass es keinen Schatten geben konnte, wo das Objekt fehlte, das den Schatten warf.

Auf dem letzten Treppenabsatz blieb er stehen und schaltete sein Armbandvisiphon ein. Er rief nach Hutgen-Saart, und nach einer Weile meldete sich der Offizier.

»Hat es neue Überfälle der Guerillas gegeben?«, erkundigte sich Kratos-Pyr.

»Nein, Kommandeur«, antwortete Hutgen-Saart. »Weder unsere Suchkommandos noch die Raumlandetruppen konnten eine Spur der Guerillas entdecken. Es scheint, als habe es niemals welche im Palast gegeben. Aber eine unserer Patrouillen meldete aus der Pyramidenregion, sie hätte einen Eingang in die Unterwelt des Kaisers gefunden und …«

»Verschonen Sie mich mit so was!«, unterbrach Kratos-Pyr ihn schroff. »Wir haben ganz andere Probleme zu lösen. Später können wir uns darum kümmern. Lassen Sie den Palast immer und immer wieder durchsuchen. Irgendwo müssen die Guerillas doch stecken.«

»Ja, Kommandeur«, erwiderte Hutgen-Saart.

Kratos-Pyr beendete die Verbindung und bedeutete den beiden Soldaten durch eine Handbewegung, die Spitze zu übernehmen. Vorsichtig, mit schussbereiten Waffen, schlichen die Soldaten die letzten Stufen hinunter.

»Schneller!«, befahl Kratos-Pyr. Die offenkundige Furcht der Soldaten entnervte ihn.

Die Soldaten gingen schneller, verließen die Treppe, betraten einen Korridor.

Den Sektor 01/233/00.

Am Ende des Korridors befand sich ein Schott. Es öffnete sich, als die Soldaten noch zirka drei Schritte davon entfernt waren. Dahinter lag ein großer Saal mit einer Vorrichtung, die dazu diente, ein Labyrinth aus Feldspiegeln aufzubauen. Die Feldspiegel waren nicht aktiviert gewesen, als die larischen Suchkommandos diesen Sektor entdeckten.

Der Saal lag in düsterem Dämmerlicht, deshalb schalteten die beiden Soldaten die Scheinwerfer vor ihrer Brust an.

»Leer!«, stellte einer der Soldaten mit dumpfer Stimme fest.

Wo ist Halpa-Toos?, dachte Kratos-Pyr ärgerlich. *Er müsste doch hier sein! Aber der Saal ist leer.*

Wütend entschlossen, das Versteckspiel seines Stellvertreters zu entlarven, betrat er den Saal, gefolgt von seinem Adjutanten. Im nächsten Moment stieß er einen Schrei aus, wirbelte herum und starrte in die verzerrten Gesichter, die seine Gesichter waren.

Das Feldspiegellabyrinth hatte sich aktiviert.

Die beiden Soldaten wurden von panischem Entsetzen ergriffen. Sie schossen wild um sich, feuerten auf ihre Spiegelbilder und versuchten, aus dem Labyrinth zu entkommen.

Kratos-Pyr zwang sich dazu, stehen zu bleiben. Er überlegte, aus welcher Richtung er gekommen war, sah jedoch bald ein, dass er die Chance, das herauszufinden, vertan hatte, als er im ersten Schreck herumgewirbelt war. Um wie viele Grade hatte er sich gedreht?

Er zwang sich zur Ruhe. Der Saal war endlich, also musste jemand, der genau geradeaus ging, in kurzer Zeit auf eine Wand stoßen, und an der Wand entlang musste der Eingang zu finden sein.

Kratos-Pyr ließ sich fallen, als ein Energiestrahl dicht an ihm vorüberfauchte und seinen Adjutanten traf. Der Mann brach lautlos zusammen.

»Aufhören!«, schrie Kratos-Pyr. »Feuer einstellen!«

Doch die Soldaten hörten nicht.

Als Kratos-Pyr sich klar darüber wurde, dass er früher oder später getroffen werden würde, zog er seinen Handstrahler, zielte auf den Soldaten und schoss.

Er traf – aber der Soldat zeigte keine Reaktion.

Kratos-Pyr stieß eine Verwünschung aus. Er hatte auf ein Spiegelbild geschossen! Erneut zielte und feuerte er. Doch auch diesmal traf er nur ein Spiegelbild. Mit grimmiger Entschlossenheit schoss er das Energiemagazin leer, wechselte es gegen ein volles aus und feuerte weiter.

Er wechselte die Stellung, als der Soldat das Feuer gezielt erwiderte, warf sich hin, rollte einige Meter und schoss wieder.

Diesmal traf er. Der Soldat riss die Arme hoch, ließ seine Waffe fallen und brach zusammen.

Im nächsten Moment erloschen die Feldspiegel. Helles Licht strahlte von der Hallendecke.

Kratos-Pyr sprang auf, die Waffe noch immer schussbereit in der Hand. Aber er fühlte sich wie gelähmt, als er die beiden Gestalten sah, die in geringer Entfernung vor ihm standen.

Zweimal Halpa-Toos!

Gelächter ertönte, ohne dass einer der beiden Halpa-Toos' den Mund bewegt hätte. Es musste eine Aufzeichnung sein. Das Gelächter brach ab, und eine abgehackte, kehlige und von einem dumpfen Grollen begleitete Stimme sagte: »Du hast es nicht anders gewollt, Kratos-Pyr. Du wolltest ein Ungeheuer haben, das du auf Kaiser Anson Argyris hetzen konntest – und du bekamst Loki.«

Kratos-Pyr begriff mit plötzlicher Klarheit, was geschehen war.

Tak Son und Yumeko Chandri hatten ihn überlistet. Sie hatten ein Lebewesen geschaffen, das den molekularen Aufbau seines Körpers beliebig verändern konnte, einen Molekülverformer. Das erklärte das plötzliche und scheinbar spurlose Verschwinden von Loki. Das Wesen hatte einfach die Gestalt eines Laren angenommen, war durch den Palast gegeistert und hatte getötet. Offenbar brauchte es große Mengen an eiweißhaltiger Nahrung, um seinen Metabolismus unterhalten und die grauenhaften Kräfte entwickeln zu können, die es ihm erlaubten, durch feste Wände zu brechen. Es nahm sich die Nahrung dort, wo sie am leichtesten zu haben war, von seinen toten Opfern.

Und ich habe ihnen auch noch das Okrill-Baby geliefert!, dachte er erschüttert.

»Du siehst zweimal Halpa-Toos«, fuhr die grauenhafte Stimme fort. »Aber nur einer ist der richtige Halpa-Toos; der andere bin ich, Loki. Wenn du mich mit dem ersten Schuss voll triffst, hast du vielleicht noch eine Chance, zu überleben. Triffst du aber den echten Halpa-Toos, wirst du sterben.«

Kratos-Pyr blickte verzweifelt von einem zum anderen, versuchte festzustellen, wer der echte Halpa-Toos war. Doch er vermochte keine Unterschiede zu erkennen, auch nicht im Verhalten. Anscheinend stand der echte Halpa-Toos unter einem psychischen Schock, der ihm jede Reaktion verwehrte.

Einen Atemzug lang dachte Kratos-Pyr an Flucht, doch dann meldete sich sein Stolz.

Nein, er würde lieber sterben als feige vor einem Monstrum fliehen, dessen Herstellung er selbst befohlen hatte! Er musste nur schnell genug schießen, um beide Wesen zu treffen, den echten Halpa-Toos und den Molekülverformer.

Er drückte auf den Feuerknopf der Waffe und schoss auf den Halpa-Toos, der links von ihm stand. Der Mann verglühte.

Seine Waffe ruckte herum, zielte auf die Stelle, auf der eben noch der andere Halpa-Toos, der Molekülverformer, gewesen war.

Doch diese Stelle war leer.

Kratos-Pyr sah nur noch, wie ein grauenhaft geformtes Wesen mit vier Armen auf ihn zuschnellte, dann verlor er unter dem Anprall des Wesens die Besinnung.

Sekunden später richtete sich Loki über seinem letzten Opfer auf. Er besaß nur eine beschränkt funktionierende Pseudointelligenz. Dennoch spürte und wusste er, dass auch sein Leben sich dem unwiderruflichen Ende zuneigte. Was er nicht wusste, nicht wissen konnte, war, dass sein genetischer Kode so von seinen Schöpfern programmiert worden war, dass mit dem Tod von Kratos-Pyr der Zellverfall rapide einsetzte.

Langsam sank Loki über seinem letzten Opfer zusammen, und sein vierarmiger Körper verwandelte sich zurück in die Primärgestalt …

Als einige Zeit später Hutgen-Saart an der Spitze einer Gruppe Soldaten und Roboter den Saal erreichte, fand er nur noch die Leichen von Halpa-Toos, Kratos-Pyr und Loki.

Da Hutgen-Saart hochintelligent war und seit frühester Jugend zu streng logischem Denken erzogen worden war, erkannte er schnell die Zusammenhänge. Er schickte ein Kommando zum Haus von Tak Son und Yumeko Chandri.

Doch die Soldaten fanden die beiden Menschen nicht mehr lebend vor. Tak und Yumeko lagen eng umschlungen auf ihrem Bett, und auf ihren Gesichtern lag ein Lächeln, so als triumphierten sie noch im Tode über die Invasoren.

»Majestät!«, rief Roctin-Par. »Anson Argyris, hören Sie mich? Sie müssen mir helfen, sonst sind wir verloren!«

»Wo sind wir?«, ertönte eine dumpfe, von schwachem Rasseln begleitete Stimme aus dem Robotkörper.

Roctin-Par versuchte, ihre Umgebung genau zu beschreiben. Die schwarzen Schattengebilde wogten auf und ab, hin und her, wandelten ihre Formen, sahen einmal aus wie Ungeheuer, dann wieder wie Menschen mit Fledermausköpfen.

»Sektion Hazrol!«, sagte das Robotei knarrend. »Gelb sticht!« Dann schwieg es wieder.

Roctin-Par versuchte, die rätselhafte Bemerkung »Gelb sticht« in Beziehung zur Realität zu bringen. Sie musste etwas bedeuten. Aber was? Musste er sie als Kennwort ansehen?

»Gelb sticht!«, rief er.

Die Schatten wogten unverändert weiter, kreisten ihn und den Kaiser ein. Langsam sank der Boden tiefer. Oder schien es nur so? Was war hier überhaupt Realität und was war Schein?

Er blickte wieder zu den bunten Lichtern, die zum größten Teil von den Schatten verdeckt wurden. Einige waren gelb, und diese gelben Lichter befanden sich alle an einer Stelle.

Vielleicht war es das! Roctin-Par hob das Robotei hoch und wankte auf die gelben Lichter zu. Er biss die Zähne zusammen, um nicht unter der schweren Last zusammenzubrechen. Als er sah, dass die schwarzen Schatten den Weg zu den gelben Lichtem freigaben, fasste er neuen Mut. Neue Kraft durchströmte ihn. Er schritt weiter aus, erreichte die gelben Lichter – und hatte plötzlich das Gefühl zu schrumpfen, während eines der gelben Lichter vor ihm anschwoll, sich weiter und weiter ausdehnte und ihn schließlich verschlang.

In dem Moment, in dem Roctin-Par völlig von dem gelben Licht eingehüllt war, ertönte ein scharfes Klicken. Plötzlich veränderte sich die Umgebung. Der Lare sah, dass er auf dem Boden eines Lifts stand, eines mechanischen Lifts, dessen Kabine von mildem gelbem Licht erhellt wurde. Sein Gefühl sagte ihm, dass der Lift sank.

Als nach einiger Zeit der Lift anhielt und eine Öffnung sich in der Wand bildete, wankte Roctin-Par mit seiner Last hinaus. Er betrat eine kleine Halle, deren Wandung zur Hälfte transparent war. Dahinter erblickte er ein Gewirr von gläsernen Korridoren.

Langsam ging er in die Knie, legte das Robotei auf den Boden und verharrte in dieser Stellung, bis das Gefühl der bleiernen Schwere aus seinen Armen schwand. »Danke, Majestät!«, sagte er. »Hier sind wir wohl vorerst in Sicherheit.«

Sekunden später wurde ihm klar, dass sie das keineswegs waren. In einem der gläsernen Korridore tauchten fünf Laren in Kampfanzügen auf. Drei von ihnen trugen Energiewaffen, die beiden anderen kompakte Spürgeräte.

Roctin-Par knirschte mit den Zähnen. Die Messgeräte verschafften den Verfolgern einen großen Vorteil. Mit ihrer Hilfe konnten sie Hohlräume anmessen, die energetische Aktivität von Fallensystemen erkennen und blind endende Wege vermeiden. Sie hatten ihn und den Kaiser praktisch überholt und blockierten dadurch wahrscheinlich den Weg zur nächsten Zentrale.

Ob sie uns sehen können?

Die unausgesprochene Frage wurde bald darauf beantwortet. Zwei Laren blickten genau in die Richtung, in der sich Argyris und Roctin-Par befanden. Dann wandten sie sich ab und gingen in einer anderen Richtung davon.

Wir sind also für sie unsichtbar!

Erst etwas später ging ihm auf, was diese Feststellung außerdem bedeutete, nämlich dass selbst larische Spürgeräte nicht alle Hohlräume in Argyris' Unterweltreich anmessen konnten. Folglich konnten sie auch nicht alle Fallensysteme entdecken.

Roctin-Par empfand Erleichterung. Aber nicht für lange. Die Biopositronik des Robotkaisers war geschädigt. Anson Argyris musste in Sicherheit gebracht, vielleicht repariert werden, wenn das möglich war. In völliger Sicherheit aber war er in seiner Unterwelt so lange nicht, wie seine Biopositronik nicht voll funktionsfähig war und das gesamte System kontrollieren und beherrschen konnte. Argyris musste Olymp für einige Zeit verlassen.

Roctin-Par wusste, dass der Kaiser in seiner Unterwelt eine große Auswahl an unterschiedlichen Raumschiffen besaß, aber er wusste nicht, wo sich diese Schiffe befanden und wie sie zu erreichen waren. Sie brauchten aber ein Schiff, und wenn es noch so klein war, um zu dem Raumer zu gelangen, mit dem Roctin-Par aus der Provcon-Faust gekommen war und der im Ortungsschutz von Boscyks Stern wartete.

Natürlich besaß Roctin-Par ein eigenes Kleinraumschiff, aber darüber konnte er nicht verfügen. Es lag in einem Versteck außerhalb der Unterwelt. An die Oberfläche aber konnte sich Roctin-Par zurzeit nicht wagen, schon gar nicht mit dem Robotei, das seine Bewegungsfreiheit einengte. Oben würde es sicher von Patrouillen wimmeln.

Der Lare blickte wieder zu dem Suchtrupp. Die fünf Soldaten standen vor einer gläsernen Wand, die sie von einer großen, gläsernen Spirale trennte. Beide Spürgeräte waren auf die Wand gerichtet. Nach einiger Zeit zog einer der Laren einen Stab hervor und berührte mit der Spitze die Wand. Ein Teil der Wand löste sich auf.

Gleichzeitig aber löste sich auch die Spirale auf. Sie verwandelte sich in eine Wolke von Finsternis, die durch die Wandöffnung strömte und die Soldaten einhüllte. Einer ergriff die Flucht. Er kam aber nur ein paar Schritte weit, dann erstarrte er, wurde durchsichtig wie Glas, leuchtete auf und verschwand.

Die dunkle Wolke löste sich auf, und die vier Laren blickten sich suchend nach ihrem Kameraden um. Keiner von ihnen schien beobachtet zu haben, was mit ihm geschehen war.

Roctin-Par erschauderte. Dieses System von Fallen, die durch bestimmte Reaktionen von Eindringlingen ihre tödliche Wirkung entfalteten, war dazu angetan, intelligente Wesen zum Wahnsinn zu treiben. Es vernichtete Gegner nicht auf direkte, brutale Art, sondern ließ ihnen Chancen. Es spielte sozusagen mit ihnen, räumte ihnen ein gewisses Maß an Handlungsfreiheit ein und erfüllte damit gleichzeitig eine abschreckende Funktion.

Roctin-Par beugte sich zu dem Robotei, schlug mit der flachen Hand gegen die Hülle und sagte: »Wir brauchen ein Raumschiff, Majestät!«

»Raumschiff!«, echote das Robotei. »Sektion Ligatom!«

»Sektion Ligatom«, wiederholte der Lare. »Schön, aber wie kommen wir dorthin?«

»Roi«, sagte das Robotei. »Roi Danton.«

»Was ist mit Roi Danton?«, fragte Roctin-Par.

Doch diesmal antwortete Argyris nicht. Aus dem Robotei ertönte nur ein Knistern, dann wurde es still. Roctin-Par überlegte, was der Name von Rhodans Sohn in diesem Zusammenhang für eine Bedeutung haben könnte. Roi Danton, mit bürgerlichem Namen Michael R. Rhodan, war früher König der Freifahrer von Boscyks Stern gewesen, bis er sein

Amt an den Kaiser Anson Argyris abgetreten – oder delegiert – hatte. Seitdem hatte sein Name hauptsächlich eine symbolische Bedeutung für die Freifahrer.

Roctin-Par wurde abgelenkt, als er bemerkte, dass die vier überlebenden Laren einen ebenfalls gläsernen Pneumolift entdeckten und mit ihm abwärts, aus seinem Sichtbereich, fuhren. Der Lare verließ das Robotei und ging langsam an der Wandung der Halle entlang. Als ein elektronischer Gongschlag ertönte, zuckte Roctin-Par unwillkürlich zusammen. Dann sah er die Öffnung, die sich an einer Stelle der undurchsichtigen Wand gebildet hatte. Dahinter lag ein gläserner Korridor.

Roctin-Par wagte nicht, den gläsernen Korridor allein zu betreten, weil er nicht sicher war, dass ihm eine Rückkehr in die Halle und damit zu Anson Argyris möglich sein würde. Deshalb ging er zurück, hob den Roboter auf und trug ihn durch die Öffnung in den Korridor. Im nächsten Moment stürzte er, konnte sich gerade noch zur Seite wälzen, um zu vermeiden, dass das schwere Robotei auf ihn fiel.

Er sah die gläsernen Wände an sich vorüberhuschen und erkannte, dass sich auf dem Boden des Korridors ein hauchdünnes Energiefeld in der Art eines Transportbandes bewegte. Erleichtert darüber, dass er das Robotei vorerst nicht zu tragen brauchte, setzte Roctin-Par sich auf und genoss die Fahrt. Leider war es kein Genuss ohne Reue.

Roctin-Par und Argyris hatten vielleicht eine Strecke von einem halben Kilometer zurückgelegt, als sie eine gläserne Halbkugel passierten. Und auf dem Boden der gläsernen Halbkugel standen die vier Laren. Diesmal blieben Roctin-Par und der Kaiser nicht unsichtbar für sie.

Die Soldaten blickten herüber und riefen sich Worte zu, die Roctin-Par nicht hören konnte. Dann richteten sie ihre Spürgeräte auf die Wandung der Halbkugel, offensichtlich, um einen Verbindungsweg zu dem gläsernen Korridor mit dem Fließband zu finden.

Zwei Kilometer weiter mündete der Fließbandkorridor in einer weiteren Halle, deren Wände jedoch an keiner Stelle durchsichtig waren. Roctin-Par schnappte nach Luft, als er in die Halle gerollt wurde. Das Atmen fiel ihm schwer, aber nicht, weil die Luft nicht genug Sauerstoff enthalten hätte, wie er bald merkte, sondern weil sie von einem Energiefeld angefüllt war, das einen Druck ausübte und die Ausdehnung des Brustkorbs erschwerte.

Mit großer Wahrscheinlichkeit eine neue Falle, aber eine mit einem gewissen Maß an Handlungsfreiheit für das oder die Opfer. Findest du einen Weg aus der Halle, überlebst du; findest du keinen Ausweg, stirbt dein Ge-

hirn allmählich am Sauerstoffmangel, der durch die beschränkte Atmung unweigerlich eintritt.

Wieder ertönte ein Gongschlag. Roctin-Par schüttelte die Müdigkeit ab, die ihn zu überwältigen drohte. Einen Moment lang wurde ihm schwarz vor den Augen, dann sah er wieder besser. Und er sah Dinge, die vorher nicht da gewesen waren: einen schwebenden Pulk kleiner Objekte aus buntem Glas: Obelisken, Kugeln, Pyramiden, Prismen und Scheiben.

Als er eine der Scheiben näher betrachtete, hatte er das Gefühl, in seinem Kopf schlüge eine Glocke an.

Die Scheibe durchmaß etwa zwanzig Zentimeter, war zirka fünf Zentimeter dick und schimmerte in einem warmen Goldton – und auf ihrer Oberfläche prangte als Relief der Kopf des Königs der Freifahrer: Roi Dantons Kopf!

Roctin-Par zögerte nicht, denn das Atmen fiel ihm immer schwerer. Er streckte den Arm aus – auch das fiel ihm schwer – und ergriff die Scheibe mit dem Abbild von Roi Dantons Kopf.

Abermals ertönte ein Gongschlag. Mitten in der Halle baute sich der blau leuchtende Bogen eines Transmittertors auf. Der Bogen ging genau über Roctin-Par und das Robotei hinweg.

Ein schwarzes Wallen verschlang beide Wesen. Als es erlosch, sah sich Roctin-Par in einem Hangar, in dem auf einer Gleitschiene ein kleines, eiförmiges Raumschiff ruhte.

Geschafft!, dachte er – und brach bewusstlos zusammen.

Als Roctin-Par wieder zu sich kam, fühlte er sich ausgeruht. Die Ohnmacht musste unmerklich in einen regenerierenden Schlaf übergegangen sein.

Der Lare blickte sich um. Er lag noch immer auf dem Boden des Hangars, und nicht weit von ihm entfernt lag der Robotkörper von Anson Argyris.

Roctin-Par öffnete seine rechte Hand, die sich, wie er sich erinnerte, um die Scheibe mit Roi Dantons Konterfei geschlossen hatte. Sie war leer. Vielleicht war die Scheibe gar nicht materiell gewesen, überlegte der Lare. Eine Projektion erfüllte schließlich den gleichen Zweck.

Er blickte auf seinen Armband-Chronographen. Natürlich konnte er die Zeit, die er verschlafen hatte, nur schätzen, da er bei ihrer Ankunft im Hangar nicht auf den Chronographen gesehen hatte. Aber er kam immerhin auf eine Schlafpause von sieben bis neun Stunden. Das war viel, wenn er überlegte, dass die vier Soldaten versucht hatten, ihnen zu folgen.

Er wusste natürlich nicht, ob es ihnen gelungen war, den gläsernen Korridor mit dem energetischen Transportband zu erreichen, aber wenn, dann hätten sie längst hier sein müssen. Da sie nicht gekommen waren, hatten sie entweder den Korridor nicht erreicht oder, was Roctin-Par für wahrscheinlicher hielt, sie waren in der Druckfeldfalle gelandet und hatten das rettende Symbol verfehlt. In dem Fall waren sie längst erstickt.

Roctin-Par bedauerte diese Männer. Sie waren schließlich Laren wie er, nur mit dem Unterschied, dass sie ihren Einberufungsbefehlen gefolgt waren, anstatt zu den Rebellen zu gehen. Trotz seines Bedauerns musste er ihren Tod positiv werten, denn wären sie nicht gestorben, wären Anson Argyris und er in die Gewalt der Konzilsmächte geraten.

Natürlich machte sich Roctin-Par keine Illusionen. Der Feind kannte inzwischen einen Eingang in das Unterweltreich des Freifahrerkaisers. Er würde immer neue Suchtrupps losschicken, und wie viele Männer auch starben, allmählich würde das Geheimnis der Unterwelt Stück für Stück entschleiert werden.

Nur eine Person konnte das verhindern: Anson Argyris. Doch dazu musste der Robotkaiser erst einmal wieder voll funktionsfähig sein. Solange er das nicht war, war er selbst in seinem eigenen geheimen Reich gefährdet.

Roctin-Par ging zu dem kleinen Raumschiff, öffnete das einzige Schott und kletterte in die Kanzel, die gerade Platz für zwei auf dem Bauch liegende Personen bot. Nachdem der Lare die Kontrollen überprüft und sich mit ihnen vertraut gemacht hatte, checkte er alle Systeme gewissenhaft durch. Alles musste perfekt funktionieren, denn es galt, die Blockade um Olymp zu durchbrechen. Tausende von SVE-Raumschiffen und Tausende von Schiffen der Vereinten Milchstraßenflotte unter Leticrons Kommando lauerten im Raum über dem Planeten.

Zwei Stunden später war Roctin-Par sicher, dass alles in Ordnung war. Er stieg wieder aus und schaffte das Robotei in die Kanzel. Dann legte er sich daneben auf das zweite Konturbett und leitete den Start ein.

Vor dem Bug des Schiffs bildete sich eine Öffnung. Dahinter lag ein Stollen. Das Schiff setzte sich in Bewegung, raste auf der metallischen Startschiene entlang und auf das Transmittertor zu, das sich im Stollen bildete. Ent- und Rematerialisation erzeugten einen ziehenden Schmerz in Roctin-Pars Nacken. Er schüttelte ihn ab und sah, dass das Schiff jetzt auf einer energetischen Schiene durch einen Stollen mit energetischen Wänden raste. Innerhalb weniger Minuten erreichte es dreißig Prozent der Lichtgeschwindigkeit.

Dann schoss es durch eine Öffnung in die Atmosphäre über der

Oberfläche des Planeten, durchstieß eine dünne Wolkendecke – und ging noch vor Erreichen des Weltraums in den Linearflug über.

»Fantastisch!«, entfuhr es dem Laren. »Die Blockadeflotten hatten keine Chance, uns zu fassen. Wir müssen wieder verschwunden sein, kaum dass ihre Taster ansprachen und noch bevor sie die Tasterergebnisse auswerten konnten.«

Als das kleine Schiff in den Normalraum zurückkehrte, stellte der Lare fest, dass es genau im Zielgebiet gelandet war, nämlich dicht an der kleinen roten Sonne, die Boscyks Stern hieß.

Kurz darauf tauchten zwei Beiboote des terranischen Schiffs auf, das Roctin-Par in das System von Boscyks Stern gebracht hatte. Ihre Kommandanten stellten keine Fragen, sondern packten das kleine Schiff mit Traktorstrahlern und schleppten es zu ihrem Mutterschiff. Als das Kleinraumschiff in einen Hangar schwebte, schlug Roctin-Par vor Freude über die Rettung mit der flachen Hand auf das Robotei und rief: »Hallo, Majestät, jetzt wird alles wieder gut!«

An Bord des Mutterschiffs arbeiteten die besten Kybernetik-Spezialisten mehr als 24 Stunden mit dem Robotei. Da sie es nicht öffnen konnten – und auch nicht wollten –, führten sie Tests durch, ließen es an Planspielen mit der Bordpositronik teilnehmen und drückten dem Robotkaiser die Daumen.

Nach diesen 24 Stunden stellte sich endlich ein Erfolg ein. Ob er ihren Bemühungen zu verdanken war, ließ sich niemals klären. Roctin-Par hielt es für wahrscheinlicher, dass Anson Argyris sich aus eigener Kraft regeneriert hatte, war aber taktvoll genug, diese Ansicht nicht auszusprechen.

Zusammen mit dem Kommandanten und den anderen Führungsoffizieren an Bord, die Wissenschaftler eingeschlossen, stand der Lare vor dem Robotei, das einen halben Meter über dem Boden schwebte und seinen Ortungskopf ausgefahren hatte.

»Ich danke Ihnen allen«, sagte Anson Argyris mit deutlicher, gut modulierter Stimme. »Vor allem aber danke ich Ihnen, Roctin-Par. Ohne Ihre Hilfe befände ich mich jetzt in der Gewalt der Invasoren.«

Roctin-Par dachte an die alptraumhafte Flucht durch das fallenreiche Labyrinth zurück und konnte ein nachträgliches Gruseln nicht unterdrücken.

»Ohne Ihre Hinweise hätten wir es nicht geschafft, Majestät«, antwortete er. Mit Trauer in der Stimme fügte er hinzu: »Aber im Grunde genommen haben wir unsere Freiheit weder mir noch Ihren Hinweisen zu verdanken. Wie uns einer unserer Agenten mitteilte, wurden wir nur von einer einzigen kleinen Gruppe verfolgt.« Er holte tief Luft. »Sie waren in der Pyramide, Majestät. Was konnten Sie dort beobachten? Es ist sehr wichtig, dass Sie uns alles genau schildern.«

»Da gibt es nicht viel zu schildern, Roctin-Par«, antwortete Anson Argyris. »Nichts Konkretes, jedenfalls. Ich schaute nur über eine gewaltige Leere, symbolisch gemeint, natürlich. Und in dieser gewaltigen Leere war etwas, das lauerte und gierig wartete. Worauf, ich weiß es nicht. Mehr habe ich nicht mitbekommen.«

»Eine gewaltige Leere ...«, wiederholte Roctin-Par. »Etwas, das lauerte und gierig wartete ... Ich weiß noch nicht, was ich damit anfangen kann. Doch vielleicht, Majestät, haben Sie den ersten Ansatzpunkt gefunden, der uns hilft, das Geheimnis des Pyramidenvolkes zu entschleiern.«

»Ich wünsche es uns allen«, sagte Anson Argyris. »Doch nun muss ich zurück in meine Unterwelt, muss die Sektionen, in denen die Suchtrupps Fuß gefasst haben, von allen Verbindungen abschneiden.« Er schwieg eine Weile, dann fügte er hinzu: »Und ich muss eine neue Maske anlegen, um wieder aktiv werden zu können. Ich denke, ich weiß auch schon, welche Maske ich diesmal wählen werde.«

»Wir schicken Sie per Transmitter zurück«, sagte Roctin-Par. Er lächelte verlegen. »Und nehmen Sie nicht wieder die Maske einer fetten, alten Springerin, Majestät. Sie wirkte unästhetisch.«

5.

Juli 3460
Ertrus

»Gleich ist es so weit«, murmelte Wargor Kenson mit einem Blick durch das Fenster. »Zum ersten Mal werden wir den Vorgang des Aufladens der Polungsblöcke eines SVE-Raumers aus nächster Nähe sehen.« Lauter fügte der Ertruser hinzu: »Sind alle auf ihrem Posten?«

Die vier Ertruser in der provisorischen Beobachtungsstation bestätigten es. Insgesamt gab es vier solcher Beobachtungsposten rund um die Pyramide, die in einem westlichen Vorort der ertrusischen Hauptstadt Baretus gelandet war. Sie hatte eine Höhe von 245 Metern, ihre sechseckige Grundfläche besaß von Eckpunkt zu Eckpunkt einen

Durchmesser von 85 Metern. Gerade näherten sich ihr 50 SVE-Raumer; jeder war auf eine unbedeutende Größe von nicht mehr als 400 Metern stark zusammengeschrumpft.

Wargor Kenson hätte sich gerne mit den anderen Beobachtungsstationen in Verbindung gesetzt. Er unterließ das aus Gründen der Sicherheit. Um das Landegebiet der Pyramide wimmelte es nur so von Laren und Überschweren aus Leticrons Truppe. Wenn sie auch nur einen Funkspruch aufgefangen hätten, wäre das ganze Unternehmen gescheitert.

Kenson blickte kurz zu den Instrumenten, vor denen seine Leute mit angespannten Gesichtern saßen. Die Infrarot- und Ultraschallkameras liefen, die verschiedenen Hyperortungsgeräte waren eingeschaltet. Obwohl die Maschinerie in der Pyramide auf Hochtouren laufen musste, zeigten die Ortungsgeräte keine nennenswerten Ergebnisse. Die fünfzig Larenschiffe konnten überhaupt nicht angemessen werden, obwohl die Kameras von ihnen einwandfreie Bilder machten.

Die tagelange Beobachtung der Pyramide hatte bisher auch noch nichts ergeben. Wargor Kenson hatte sich mit seinen Leuten in einem leer stehenden Haus außerhalb des Albinorings eingenistet, nicht einmal einen Kilometer von der Pyramide entfernt. Trotz dieser Nähe war es ihnen noch nicht gelungen, irgendetwas über die Pyramiden herauszufinden, was sie nicht ohnehin schon aus den Berichten der Solaren Abwehr wussten.

Obwohl die äußere Beschaffenheit der Pyramiden und deren Bedeutung kein Geheimnis mehr waren, wusste man überhaupt nichts über ihr Inneres. Bisher hatte man noch niemanden von der Pyramidenbesatzung zu Gesicht bekommen und besaß keinerlei Informationen über dieses dritte Konzilsvolk – die dritte Macht im Hetos der Sieben. Die Untergrundorganisation, der Wargor Kenson angehörte, hatte sich zum Ziel gesetzt, dieses Geheimnis zu ergründen.

Während sich ein SVE-Raumer lautlos auf die Pyramide senkte, bildeten die anderen Schiffe in angemessener Entfernung eine Kette und nahmen in einer Höhe von zwei Kilometern Warteposition ein.

»Noch immer keine energetische Tätigkeit festzustellen«, meldete der Mann am Hypertaster. Als der SVE-Raumer nur noch hundert Meter über der Pyramidenspitze war, klappte Wargor Kenson den Schutzfilter seines Helmes vor die Augen.

Der SVE-Raumer schwebte noch etwas tiefer, dann hielt er an. Plötzlich stieß ein fluoreszierendes Leuchten aus der Pyramidenspitze hervor und schlug auf den SVE-Raumer über. Ein greller Energieschlauch entstand, der die Pyramide und das Schiff miteinander verband. Trotz des Schutzfilters musste Wargor Kenson für einen Moment geblendet die Augen schließen.

Hinter ihm ertönte ein Aufschrei. Kenson wandte sich vom Fenster ab. Einer seiner Männer war aufgesprungen und tastete verzweifelt um sich. Als Kenson sah, dass er den Schutzfilter nicht heruntergeklappt hatte, wusste er sofort, was los war.

»Ich kann nichts sehen!«, rief der Mann verzweifelt. »Um mich ist alles schwarz. Ich bin erblindet!«

»Nur ruhig, Borvek, du bekommst dein Augenlicht wieder zurück«, sagte Kenson, obwohl er selbst nicht daran glaubte. Er gab dem Mann am Monitor einen Wink. Dieser holte aus ihrer Medo-Ausrüstung ein Injektionspflaster und drückte es dem Geblendeten in den Nacken. Kenson fing den bewusstlosen Borvek auf und legte ihn in eine Ecke des kahlen Zimmers.

Inzwischen war der Aufladungsprozess abgeschlossen. Der Energieschlauch zwischen Pyramide und SVE-Raumer war abgerissen. Kenson bildete sich ein, mit bloßem Auge erkennen zu können, dass die Energiehülle des SVE-Raumers nun heller als zuvor erstrahlte. Er sah sich um.

»Keine Ortungsergebnisse«, wurde ihm auf seinen fragenden Blick hin geantwortet.

»Verdammt, alles soll umsonst gewesen sein?«, schimpfte Kenson. Er ballte seine mächtigen Hände zu Fäusten. »Wir müssen mit unseren Geräten näher an die Pyramide heran«, sagte er schließlich entschlossen.

»Das ist Wahnsinn!«, erklärte einer seiner Leute. »Du weißt, was passiert, wenn wir in den Albinoring geraten. Und abgesehen von den Larenpatrouillen und den Wachtposten der Überschweren gibt es noch die Panikstrahlung rund um die Pyramide. Das Risiko …«

»Wenn du Angst hast, Laptir, dann bleibst du eben bei Borvek zurück«, unterbrach Kenson den anderen. »Ich möchte mir diese Chance nicht entgehen lassen. Wer weiß, wann wir wieder SVE-Raumer aus nächster Nähe beim Aufladen beobachten können.« Kenson hob das Armbandfunkgerät an die Lippen. »An alle Beobachtungsposten! Wir treffen uns in der Westregion der roten Gefahrenzone, unmittelbar an der Grenze des Albinorings.«

Zwei Dutzend SVE-Raumer waren bereits abgefertigt, als Wargor Kenson und seine beiden Begleiter mit den anderen drei Gruppen zusammentrafen. Hoch über ihnen flammte an der Pyramidenspitze gerade wieder eine Energiesäule auf, als das nächste Larenschiff mit Hyperenergien aufgeladen wurde.

Die insgesamt fünfzehn Ertruser hatten die Deflektorschirme eingeschaltet, um von den Laren und Leticrons Wachmannschaften optisch nicht ausgemacht werden zu können. Sie konnten sich gegenseitig nur mit Hilfe der Ortungsgeräte »sehen«. Zwar konnten auch ihre Gegner sie orten, doch baute Kenson darauf, diese würden annehmen, dass nicht einmal Ertruser so verrückt waren, sich dem Bannkreis einer Pyramide so weit zu nähern.

»Weiter können wir nicht vordringen«, hörte Kenson jemanden sagen. An der Stimme erkannte er den Leiter der Beobachtungsgruppe Nord, seinen Freund Quevamar Ablonth.

»Dann baut die Geräte hier auf!«, befahl Kenson. »Sechs Mann beziehen Wache. Die anderen bleiben an den Messgeräten.«

Die grellgelbe Flammensäule an der Pyramidenspitze erlosch. Der SVE-Raumer nahm Fahrt auf, schlingerte ein wenig und verschwand dann im Himmel von Ertrus.

»Habt ihr das gesehen?«, rief jemand. »Das Schiff ist in Schlangenlinie geflogen, als sei der Pilot betrunken.«

Jemand anders meinte lachend: »Das ist auf die 3,4 Gravos Schwerkraft zurückzuführen. Auf die Dauer werden nicht einmal die Laren mit ihrer überragenden Technik damit fertig.«

»Es ist nicht die Schwerkraft, die den Laren zu schaffen macht«, berichtigte Wargor Kenson, »sondern die damit verbundenen fünf- und sechsdimensionalen Strahlungskomponenten. Aber das soll uns jetzt nicht kümmern. Geht an die Arbeit.«

Der nächste SVE-Raumer kam zur Pyramidenspitze geflogen und blieb dicht über ihr in der Schwebe. Der gleiche Vorgang wie die anderen Male spielte sich ab; ein grellgelber Energieschlauch entstand, der die Funktion hatte, die Anzapfungs-Polungsblöcke der SVE-Raumer derart aufzuladen und zu justieren, dass sie wieder in der Lage waren, das unermessliche Energiereservoir des Linearraums anzuzapfen. Kenson hoffte, durch Anpeilen dieses Energieschlauchs Informationen über die Vorgänge im Innern der Pyramide erhalten zu können.

»Was ist?«, fragte er ungeduldig, während die Männer im Schutz ihrer unsichtbar machenden Deflektorschirme an den Messgeräten hantierten.

»Wir verschwenden hier nur unsere Zeit«, antwortete einer. Es war der Leiter der Beobachtungsgruppe Süd. »Was wir auch anstellen, die Pyramiden bleiben für uns ein Mysterium. Wir müssten in eine eindringen, um mehr zu erfahren.«

»Du könntest Recht haben«, sagte Kenson wie zu sich selbst. Diese Möglichkeit war von ihrer Organisation schon längst in Betracht gezogen worden.

»Ich halte es nicht mehr aus!«

Kenson schreckte hoch, als er den panikerfüllten Ausruf vernahm. Bevor noch irgendjemand reagieren konnte, wurde einer der Männer seines Einsatzkommandos sichtbar.

»Schalt sofort wieder das Deflektorfeld ein!«, herrschte Kenson ihn an.

Aber der Mann schien ihn überhaupt nicht zu hören. »Diese Schwärze!«, schrie er. »Spürt ihr denn nicht ihr Gewicht? Ich ertrage es nicht mehr ... muss fort!«

Der Mann presste sich die Hände gegen den Kopf und taumelte in Richtung des Albinorings davon. Kensons Ortungsgerät zeigte, dass sich ihm jemand in den Weg stellte. Doch der Tobende entwickelte unerhörte Kräfte und stieß ihn beiseite.

»Die Panikstrahlung ist daran schuld!«, rief jemand. »Ich fühle es jetzt auch, wie etwas Unerklärliches, das dunkel und drohend ist, von mir Besitz ergreift. Flüchten wir! Ich ...«

Der Sprecher brach ab – und dann sah Kenson, wie er sichtbar wurde. Gleich darauf schalteten drei weitere Männer ihre Deflektorfelder ab. Ihre Gesichter waren angstverzerrt.

Für Kenson, der ebenfalls spürte, wie ihn eine unerklärliche Furcht beschlich, war es das Zeichen, die Aktion zu beenden. »Rückzug!«, ordnete er an. »Lasst die Ausrüstung zurück und rettet euer Leben!«

Der Mann, den die Panikstrahlung zuerst erfasst hatte, war bereits in den Wirkungsbereich des Albinorings gekommen. Kenson sah, wie zuerst seiner Haut schlagartig die Farbpigmente entzogen wurden. Das Bleichen seiner Kombination und seiner Ausrüstung ging etwas langsamer vor sich. Er gab ein Röcheln von sich, ruderte mit den Armen, seine Knie wurden weich. Er taumelte, suchte verzweifelt das Gleichgewicht wieder zu finden, dann brach er kraftlos zusammen.

»Wollt ihr das gleiche Schicksal erleiden?«, herrschte Kenson zwei seiner Leute an, die wie Motten vom Licht von der Pyramide angezogen wurden und mit großen, ausdruckslosen Augen darauf zustolperten. Sie hörten ihn nicht, und er holte gerade mit der Faust zum Schlag aus, um sie brutal in die Wirklichkeit zurückzureißen, als er an der Schulter gepackt und herumgewirbelt wurde.

»Leticrons Bluthunde!«, rief ihm der Kamerad zu, der ihn daran gehindert hatte, die beiden anderen zu retten. Es war Quevamar Ablonth.

Kenson konnte ihn erkennen, weil er ebenfalls seinen Deflektorschirm ausgeschaltet hatte. Erschrocken erkannte er, dass auch er nicht mehr unsichtbar war. Hatte ihn die Panikstrahlung unbewusst dazu veranlasst, den Deflektorschirm auszuschalten?

Er beschäftigte sich nicht länger mit der Frage. Denn jetzt erblickte auch er das halbe Dutzend Überschwere. Sie tauchten zwischen den klobigen Gebäuden am Rand des Landefelds der Pyramide auf und hatten die Strahlwaffen lässig geschultert. Sie mussten fest davon überzeugt sein, dass ihre Feinde dem Panikfeld der Pyramide hilflos ausgeliefert waren, da sie überhaupt keine Anstalten trafen, von ihren Waffen Gebrauch zu machen.

Ein Blick zurück zeigte Wargor Kenson, dass außer ihm und Quevamar Ablonth alle verloren waren. Die meisten von ihnen waren bereits von der pigmentzersetzenden Kraft des Albinorings gebleicht worden.

Kenson packte den schweren Thermostrahler und brachte ihn in Anschlag. Als die Überschweren das erkannten, rissen sie ihre Waffen ebenfalls von den Schultern und versuchten, auf dem von Strahlenenergien glasierten Boden des Landefelds Deckung zu finden.

Drei von ihnen verglühten in den Thermostrahlen, bevor sie sich zu Boden werfen konnten. Die restlichen drei wurden von Quevamar Ablonths Desintegratorstrahlen atomisiert. Kenson und Ablonth erreichten den Schutz der Häuser.

»Am besten, wir versuchen getrennt, aus dem Sperrgebiet zu gelangen«, schlug Kenson vor.

Sie verabredeten sich für den nächsten Tag in einem Geheimbüro des »Ertrusischen Befreiungskomitees«, wie ihre Untergrundorganisation hieß, und machten sich in verschiedenen Richtungen davon.

Ertrus war der dritte von insgesamt sechs Planeten der Sonne Kreit. Er besaß einen Äquatordurchmesser von 69.218 Kilometern und eine Eigenrotation von 13,8 Stunden. Seine ungeheure Masse und die damit verbundene Materiedichte ergaben eine Schwerkraft von 3,4 Gravos. Ertrus war von der Erde, dem Herzen des Solaren Imperiums, 6126 Lichtjahre entfernt ... gewesen!

Es gab keine Erde mehr, zumindest befand sie sich nicht mehr auf ihrer ursprünglichen Umlaufbahn um die Sonne Sol. Wofür kämpfte man dann aber noch?

Wozu hatten die imperiumstreuen Ertruser überhaupt das EBK, das »Ertrusische Befreiungskomitee«, gegründet? Was konnte diese Hand voll Anhänger Perry Rhodans am Lauf der galaktischen Geschichte schon ändern?

Diese Frage musste sich Wargor Kenson immer wieder stellen. Und er stellte sie auch Thorg Evargher, dem Führer ihrer Untergrundorganisation, und dem Schulungsoffizier der USO, dem Terraner Erzieff Brison, der bei ihnen Zuflucht gesucht hatte.

Erzieff Brison konnte seine Nervosität nicht verbergen. Immer wieder nahm er eine Feineinstellung seines Mikro-Gravitators vor, der die ungeheure Schwerkraft von Ertrus für ihn auf ein Gravo reduzierte. Er war ein wahrer Hüne von einem Terraner, zwei Meter groß, mit breiten Schultern und schmalen Hüften. Aber neben den 2,50 Meter großen Ertrusern wirkte er wie ein Gnom.

Er war einer der wenigen Terraner, wenn nicht überhaupt der letzte, die auf Ertrus im Untergrund lebten. Die Überschweren hatten ein Kopfgeld von einer Million Solar auf ihn ausgesetzt. Früher war dies ein kleines Vermögen gewesen, aber mit dem Zerfall des Solaren Imperiums kamen auch der wirtschaftliche Ruin und der Zusammenbruch der Währung. Eine galoppierende Inflation auch der menschlichen Werte war die Folge.

»Ertrus ist eine der letzten Bastionen der Menschen«, erklärte der ehemalige USO-Offizier. »Die Laren fürchten euch ebenso, wie euch Leticron fürchtet. Auf keiner anderen Welt treffen sie auf derart offenen Widerstand. Alle freiheitsliebenden Völker der Galaxis blicken ins Kreit-System. Ihr müsst die Fahne der Freiheit hochhalten, damit sich die Geknechteten und Unterdrückten an euch aufrichten können.«

»Hört euch diese Phrasen an!«, rief Quevamar Ablonth angewidert dazwischen. »Was soll all das Gefasel? Sage uns lieber klipp und klar, wofür wir wirklich kämpfen, Erzieff!«

»Noch klarer kann man sich nicht ausdrücken«, erwiderte der Terraner, so laut er konnte, damit ihn die versammelten Ertruser hörten. Er nestelte wieder an seinem Mikro-Gravitator herum und wischte sich den Schweiß von der Stirn. Trotz der auf Hochtouren laufenden Klimaanlage hatte es in dem Raum mindestens 35 Grad Celsius. Brison war sicher, wenn ihn die unheimliche Schwerkraft nicht umbrachte, dann schaffte es die Treibhausatmosphäre von Ertrus.

»Das Solare Imperium ist tot, gewiss«, fuhr er fort. »Aber auf geheimen Welten formiert sich eine neue Menschheit. Die Laren ahnen es, und sie wenden alle verfügbaren Kräfte auf, um diese Geheimwelten zu finden. Versteht ihr denn nicht, dass die Menschheit, die gerade im Begriff ist, sich zu konsolidieren, nicht in der Lage ist, den Kampf aufzunehmen? Sie muss im Verborgenen wachsen, und wir müssen ihr dabei helfen, indem wir die Aufmerksamkeit der Laren durch Terror und Sabotage auf uns lenken. Geheimkommandos der USO und der ehemaligen Solaren Abwehr sind ständig im Einsatz und teilen gegen Leticron und die Laren schmerzhafte Schläge aus. Aber hier ist die letzte offizielle Bastion der Ertruser. Ihr müsst den Vorteil nützen, dass ihr von den Überschweren und den Laren gleichermaßen gefürchtet werdet.«

»Wenn ich dich recht verstehe, Erzieff«, mischte sich Wargor Kenson zum ersten Mal in die Diskussion ein, »dann sollen wir unseren Kopf bloß für Ideale hinhalten. Wir sollen einen Kampf ohne effektiven Nutzen führen. Ertruser – die Märtyrer der Menschheit!«

»Halt!«, mischte sich Thorg Evargher ein. Alle schenkten ihm ihre Aufmerksamkeit. Selbst Erzieff Brison verkniff sich eine Entgegnung.

»Es ist nicht richtig, dass wir nur für irgendwelche obskuren Ideale kämpfen«, fuhr der Führer des EBK fort. »Zum Ersten führen wir den Kampf gegen Leticron und die Laren für uns. Wir wollen Freiheit für Ertrus und die Ertruser. Zweitens ist das Solare Imperium noch nicht tot. Solange Perry Rhodan lebt, ist die Menschheit noch nicht verloren ...«

»Rhodan ist geflüchtet!«, rief jemand dazwischen. »Ihm ging es nur darum, die Erde in Sicherheit zu bringen und seine geliebten Solarier zu retten.«

»Was für eine dumme Bemerkung!«, hielt Evargher dagegen, ohne den Zwischenrufer anzusehen. »Bisher hat der Großadministrator immer bewiesen, dass er galaxisbewusst denkt. Und wenn wir die Hintergründe für sein Handeln nicht sofort durchschauen, dann hat das sicherlich seine Gründe. Ich bin sicher, dass Rhodan eines Tages mit den Laren abrechnen wird. Und wenn dies auch nur ein Fernziel ist – wir müssen unsere Aufgabe darin sehen, das Terrain für den Tag X zu ebnen.«

»Du sprichst, als bildeten alle Ertruser eine starke Einheit«, warf Wargor Kenson ein. »Ja, wenn unser ganzes Volk wie ein Mann zusammenstehen würde, dann könnten wir die Laren das Fürchten lehren. Aber wir sind in zwei Lager gespalten. Auf der einen Seite wir, die wir noch an Rhodan und die Menschheit glauben. Auf der anderen Seite aber steht die PEI, die gegen unsere Interessen arbeitet. Sollten wir nicht zuerst einmal versuchen, unser eigenes Volk zu einen?«

»Und uns, während wir das versuchen, von den Laren und den Überschweren massakrieren lassen?«, erwiderte Thorg Evargher. »Nein. Abgesehen davon ist die Kluft zwischen uns und der PEI zu groß.«

Dem musste Kenson vorbehaltlos zustimmen. Die PEI, wie die »Partei für Ertrusische Interessen« kurz genannt wurde, war nur daran interessiert, aus der augenblicklichen Lage den größten Vorteil für Ertrus herauszuholen. Und den größten Vorteil sah die PEI darin, die Vormachtstellung der Laren zu akzeptieren, ihre Herrschaft anzuerkennen und einen »Ersten Hetran der Milchstraße« aus den eigenen Reihen zu stellen. Die PEI war für das Konzil der Sieben und gegen Rhodan – ebenso arbeitete sie auf Leticrons Sturz hin. Das »Ertrusische Befreiungskomitee« wollte aber von einem Pakt mit den Laren nichts wissen – und deshalb waren die Barrieren zwischen beiden Organisationen unüberbrückbar.

Thorg Evargher sah den Zeitpunkt gekommen, das Thema der Diskussion zu wechseln und die Probleme der gegenwärtigen Lage zur Sprache zu bringen.

»Vorerst wird unser Hauptziel sein, das Geheimnis der Pyramiden zu lüften und herauszufinden, wer hinter dem ›dritten Volk‹ steckt«, sagte der Führer der Untergrundorganisation. »Wargor, berichte uns über dein Unternehmen. War es wirklich so ein Fehlschlag, wie es scheint?«

Wargor Kenson hätte sich mit einem einfachen Ja begnügen können, denn inzwischen wusste jeder in der Organisation, dass es nur dreien aus dem siebzehnköpfigen Einsatzkommando geglückt war, sich zu retten. Und das negative Ergebnis ihrer Beobachtungen war inzwischen ebenfalls allgemein bekannt.

Dennoch schilderte er den Vorfall noch einmal und fügte überzeugt hinzu: »Für mich steht außer Frage, dass wir verraten wurden. Jemand, der in allen Einzelheiten über das Unternehmen informiert war, muss den Überschweren den Tipp gegeben haben.«

»Also jemand aus unserer Organisation?«, fragte Thorg Evargher.

»Jawohl«, behauptete Kenson und blickte dabei Laptir an.

Laptir sprang auf. »Was soll das?«, rief er wütend. »Willst du vielleicht behaupten, dass ich derjenige bin?«

»Ich habe keinen Namen genannt.«

»Aber dein anklagender Blick lässt wohl niemanden über deine Gedanken im Zweifel!«

Kenson blickte sein Gegenüber ruhig an. »Ich hätte gerne von dir gehört, was passierte, als wir dich mit dem erblindeten Borvek in dem verlassenen Haus zurückließen, Laptir«, sagte er.

»Das steht doch alles in meinem Bericht ...«

»Ich kenne den Bericht nicht. Deshalb wäre ich dir dankbar, wenn du mir, als deinem Einsatzkommandanten, die Geschehnisse erzählen würdest.«

Laptir blickte zu Thorg Evargher, und als dieser nickte, sagte er: »Na schön. Als ich mit Borvek allein war, schleppte ich mich mit ihm aus dem Haus. Ich sah unsere einzige Chance darin, den Weg durch die Kanalisation zu nehmen. Doch noch bevor wir uns dorthin flüchten konnten, wurden wir von einer Patrouille der Überschweren gestellt. Als Borvek das erkannte, stieß er mich von sich und begann wie verrückt zu feuern. Die Überschweren müssen ihn erschossen haben. Ich konnte mich gerade noch in Sicherheit bringen. Borvek hat mir das Leben gerettet.«

»Nun, vielleicht wollten dich die Überschweren sogar laufen lassen«, meinte Kenson. »Jetzt, da ich mich zurückerinnere, fällt mir ein, dass du nur zu bereitwillig bei Borvek bliebst, als wir zur Pyramide aufbrachen.«

Für einen Moment sah es aus, als wolle sich Laptir auf ihn stürzen. Doch er hatte sich sofort wieder in der Gewalt. »Ich bin auf deinen Befehl hin zurückgeblieben«, sagte er. »Mir scheint, du suchst nur einen Sündenbock für dein Versagen. Du hast bis auf Quevamar alle deine Leute verloren. Ist es nicht viel seltsamer, dass alle außer euch beiden in den Bannkreis der Pyramide gerieten? Und dann gelang es dir sogar noch, mit einem halben Dutzend Überschwerer fertig zu werden.«

»Die Überschweren sind keine ernst zu nehmenden Gegner für einen Ertruser«, behauptete Kenson.

»Ja, und schon gar nicht sind es Gegner für einen Ertruser, der sich mit ihnen abgesprochen hat!«

»Quevamar ist Zeuge dafür, dass mein Bericht in allen Einzelheiten stimmt.«

»Ach?« Laptir blickte sich mit spöttischem Lächeln um. »Was soll man denn von seiner Aussage schon halten, da jeder hier weiß, dass ihr beide unzertrennliche Freunde seid?«

Quevamar Ablonth, der bisher kein Wort gesagt hatte, sprang von seinem Platz und stürzte sich auf Laptir. Seinem wutverzerrten Gesicht nach zu schließen, hätte er ihn erschlagen, wenn Thorg Evargher nicht eingeschritten wäre.

»Jetzt ist es aber genug!«, rief der Leiter der Untergrundorganisation. Quevamar Ablonth ließ zögernd von seinem Kontrahenten ab. Evargher fuhr fort: »Wir können es uns nicht leisten, uns wegen irgendwelcher lächerlicher Verdachtsmomente gegenseitig zu zerfleischen. Der Fall wird von einer unparteiischen Kommission untersucht. Bis zum Abschluss der Untersuchungen möchte ich kein Wort mehr darüber hören. Wir vertagen die Sitzung auf morgen. Bis dahin werden sich die Gemüter hoffentlich beruhigt haben.«

»Aber das ist doch Unsinn, Thorg«, wandte Laptir ein. »Wegen einer solch unbedeutenden Meinungsverschiedenheit brauchen wir doch nicht die ganze Konferenz platzen zu lassen. Wenn Wargor sich bei mir entschuldigt, nehme ich auch meine Anschuldigungen gegen ihn zurück.«

»Das könnt ihr unter euch privat ausmachen«, sagte Thorg Evargher. »Die Sitzung ist geschlossen.«

»Und was ist mit den wichtigen Neuigkeiten, die du uns mitteilen wolltest?«, erkundigte sich Laptir – etwas zu eifrig, wie es Wargor Kenson schien.

Thorg Evargher schien Laptirs Ungeduld auch nicht recht zu behagen, denn er blickte ihn lange und durchdringend an, bis dieser den Blick senkte. Evargher sagte nur: »Es hat Zeit bis morgen.«

Die Mitglieder des EBK verließen nacheinander unauffällig und auf verschiedenen Wegen das Bürogebäude. Nur das Stammpersonal, als Angestellte verschiedener Firmen getarnt, blieb zurück, um die Räume und die geheimen Anlagen zu bewachen.

Thorg Evargher fuhr mit seiner Leibgarde im Lift zum Dach des zwanzigstöckigen Bürogebäudes hinauf, das im Herzen von Baretus stand und für ertrusische Begriffe ungewöhnlich hoch war. Die meisten anderen Gebäude wurden wegen der Schwerkraft in die Breite und nicht in die Höhe gebaut. Deshalb wirkte Baretus auch mehr wie eine ausgedehnte Festung als wie eine Siedlung.

Wargor Kenson und Quevamar Ablonth gingen zusammen. Sie begleiteten noch den Terraner Erzieff Brison in den Keller, wo für ihn eine luxuriöse Druckkammer eingerichtet war, in der er auf seine Bedürfnisse abgestimmte Verhältnisse vorfand.

Bevor er in seiner Druckkammer verschwand, fragte er Kenson: »Meinst du die Anschuldigungen gegen Laptir ernst?«

Kenson lachte so laut, dass Brison ein gequältes Gesicht machte. »Thorg hat verlangt, dass wir die Sache auf sich beruhen lassen. Also warte ich den Bericht der Disziplinarkommission ab.«

Der Terraner nickte, schien sich aber damit nicht zufrieden geben zu wollen. »Wenn du weitere dringende Verdachtsmomente gegen Laptir besitzt, solltest du sie nicht zurückhalten. Wir haben ein großes Projekt in Zusammenhang mit den Pyramiden vor ... Das heißt, es ist bereits angelaufen. Wenn es in eurer Organisation eine undichte Stelle gibt, dann wären alle unsere Bemühungen umsonst. Es könnte das Ende für das EBK – und auch für Ertrus bedeuten.«

»Wollte Thorg über dieses Projekt mit uns reden?«, fragte Quevamar Ablonth.

»Ja, aber ihr habt ihn wohl mit euren gegenseitigen Verdächtigungen verunsichert. Deshalb die Verschiebung auf morgen. Das Projekt muss unter allen Umständen geheim gehalten werden.«

»Ich werde Laptir im Auge behalten«, versprach Kenson. »Für die nächsten Stunden ist er ja auf Eis gelegt. Er hat heute Innendienst.«

Erzieff Brison nickte gedankenverloren. Er verabschiedete sich von den beiden Ertrusern und ging in seine Druckkammer. Wargor Kenson und Quevamar Ablonth begaben sich wieder nach oben und verließen das Bürogebäude durch den Hauptausgang. Als sie auf die Straße kamen, brach dort gerade die Hölle los. Aus dem Himmel stießen Gleiter herab und deckten das Gebäude mit Raketengeschossen ein. Kenson und Ablonth rannten geduckt über die Straße und retteten sich in ein gegenüberliegendes Gebäude.

Hinter ihnen kam es im Bürohaus immer wieder zu Explosionen. Die Straße war von Mauertrümmern übersät. Aus den von den Raketen gerissenen Einschusslöchern quollen Feuer und Rauch. Passanten brachten sich schreiend in Sicherheit. Kenson erblickte eine Patrouille von Überschweren. Die Soldaten Leticrons flüchteten in eine Querstraße.

»Statt einzugreifen, hauen diese Feiglinge ab«, sagte Wargor Kenson und folgte den Überschweren.

»Wargor!«, rief ihm Quevamar Ablonth nach. »Das hat keinen Sinn. Du bringst uns nur in Teufels Küche.«

Aber Kenson hörte ihn nicht mehr. Er hatte die Seitenstraße erreicht. Dreißig Meter vor ihm kletterten die Überschweren hektisch in ein Bodenfahrzeug.

»Überfall!«, schrie Kenson ihnen nach. Die Überschweren grinsten ihn nur an. Er erreichte das Einsatzfahrzeug gerade, als es startete. Kenson klammerte sich an die Karosserie. »Dort ist eine militante Organisation gerade dabei, ein Gebäude in Schutt und Asche zu schießen!«, brüllte er die Überschweren an. »Ihr müsst sie aufhalten!«

Das Fahrzeug wurde abgebremst. Kenson starrte in die Mündung eines Strahlenkarabiners.

»Da ist die PEI am Werk, wir wissen es«, sagte der Überschwere grinsend. »Wir halten uns heraus. Schlagt ihr Ertruser euch nur gegenseitig die Schädel ein. Das erspart uns eine Menge Arbeit.«

Ein Gewehrkolben traf Kenson am Hinterkopf. Er taumelte zurück und fiel rücklings auf die Fahrbahn. Der Wagen mit den Überschweren brauste davon.

Kenson fühlte sich hochgehoben, dann hörte er Quevamar Ablonth fragen: »Alles in Ordnung, Wargor?«

»Ein Überfall der PEI«, stammelte Kenson. »Wir müssen …« Dann wurde ihm schwarz vor Augen.

Stunden vorher …

Hemo Gollonk hatte die Pose eines Scharfrichters eingenommen. Mit seinen 2,60 Metern war er größer als die meisten Ertruser, und er war auch in den Schultern breiter. Sein sandfarbener Haarkamm reichte ihm bis tief in die Stirn, was ihm, zusammen mit seinen kalt glitzernden Augen, ein dämonisches Aussehen gab. Der Blick dieser Augen konnte selbst dem furchtlosesten Ertruser einen Schauer über den Rücken jagen, und wenn seine schneidende Stimme erklang, dann ging es einem durch Mark und Bein.

Hemo Gollonk hatte es nicht von ungefähr innerhalb kürzester Zeit zum Anführer der »Partei für Ertrusische Interessen« gebracht. Er war dabei über Leichen gegangen – unter anderem auch über die seines Vorgängers. In seinen Träumen, die er für gar nicht einmal kühn hielt, sah er sich bereits als »Ersten Hetran der Milchstraße«.

»Erzähle, Vlamin!«, forderte er sein Gegenüber mit unpersönlicher Stimme auf. »Erzähle mir den Vorfall in allen Einzelheiten.« Wie alle Gespräche, die er führte, wurde es mitgeschnitten.

Der Ertruser, der zusammengekauert vor seinem Schreibtisch saß, leckte sich die Lippen. Sein Kopf war kahl geschoren – eine besondere Demütigung, wie sie abtrünnige Mitglieder der PEI erfuhren. Oder Versager wie Vlamin Hercor.

»Zu Anfang ist alles genauso abgelaufen, wie wir es geplant hatten«, erzählte der Ertruser. »Wir sind fast ungehindert bis zum Waffenlager der Überschweren vorgedrungen. Zwei Wachtposten brauchten wir dabei nur zu erledigen. Als wir dann jedoch vor dem Depot standen, tauchte der Lare auf. Was hätten wir denn tun sollen …?«

»Und was habt ihr getan?«, fragte Hemo Gollonk scharf.

»Der Lare gab Alarm, da schoss ich auf ihn … Mir blieb keine andere Wahl.«

»Du hast den Laren also erschossen?«

»Ja, ich.«

»Und was passierte dann?«

»Von überall eröffneten die Überschweren das Feuer auf uns. Ich konnte als Einziger entkommen.«

»Deine Leute, die du bei diesem Unternehmen dabeihattest, fielen also alle?«

»Ja.«

»Du bist der einzige Schuldige, der überlebte?«

Die Augen Vlamin Hercors wurden groß. »Warum schuldig, Hemo? Ich habe in Notwehr gehandelt!«

»Es war ein unverzeihlicher Fehler, einen Laren zu erschießen«, sagte Gollonk kalt. »Du weißt, dass die Laren unsere Freunde sind.«

»Ja, aber …«

»Kein Aber, Vlamin!«

Hemo Gollonk drückte einen Knopf auf seiner Tastatur. Die Tür ging auf, und vier Laren traten ein.

»Diese ehrenwerten Herren haben dein Geständnis mitgehört«, erklärte Gollonk, ohne den Angeklagten noch eines Blickes zu würdigen. Gollonk nahm einen Speicherkristall aus einem Fach seines Schreibtischs und überreichte ihn den Laren mit den Worten: »Hier ist noch zusätzliches Beweismaterial.«

Vlamin Hercor wich zurück. »Du willst mich denen ausliefern, Hemo? Ich dachte, wir seien Freunde! Ich habe dir dazu verholfen, diese Organisation in den Griff zu bekommen.«

Gollonk unterbrach ihn mit einer Handbewegung. »Wir waren Freunde, bis du über das Ziel hinausgeschossen bist. Als du den Laren getötet hast, starb auch unsere Freundschaft. Ihr könnt ihn abführen.«

Die letzten Worte waren an die Laren gerichtet. Hercor wollte in seiner Verzweiflung einen Fluchtversuch unternehmen, doch ein Lare streckte ihn kurzerhand mit einem Strahl aus einem Paralysator nieder.

Gollonk verneigte sich vor den Laren, als sie mit ihrem Gefangenen den Raum verließen. Er würde selbst seinen Bruder an die Laren ausliefern, wenn er dadurch das Verhältnis zu ihnen verbessern konnte.

Zum Abschied sagte der Sprecher der Laren: »Hotrenor-Taak ist unterwegs nach Ertrus. Wir werden ihm über die gute Zusammenarbeit mit Ihnen berichten, Hemo Gollonk.«

Als Gollonk wieder allein war, hallten diese Worte in seinem Gehirn nach. Wenn tatsächlich Hotrenor-Taak auf Ertrus erwartet wurde, musste er etwas unternehmen, um auf sich aufmerksam zu machen. Die Laren mussten erkennen, dass er für sie unentbehrlich war und auch den Posten des Ersten Hetrans der Milchstraße einnehmen konnte. Diese Chance durfte er sich einfach nicht entgehen lassen.

Gollonk rief seinen engsten Mitarbeiterstab zusammen. Er musste einige Aktionen starten, die sich diesmal nicht gegen Leticrons Überschwere richteten, sondern gegen die Feinde der Laren. Und solche fanden sich nur in seinem eigenen Volk – und konzentriert waren sie alle in einer Organisation, die den Laren schon längst ein Dorn im Auge war.

Das »Ertrusische Befreiungskomitee«!

»Verdammt!«, fluchte Hemo Gollonk. »Für den Aufwand, den wir betrieben haben, ist das Ergebnis äußerst dürftig. Ein einziger Gefangener!«

»Er kann für uns noch sehr wertvoll sein«, wagte der Kommandant der Einsatzgruppe, die in Gollonks Augen versagt hatte, einzuwenden.

»Ja, vielleicht auf lange Sicht«, erwiderte der Führer der PEI wütend. »Aber wir brauchen sofort eindrucksvolle Ergebnisse. Nur ein durchschlagender Erfolg gegen das EBK kann die Aufmerksamkeit des Verkünders der Hetosonen auf uns lenken!«

»Der Gefangene ...«

»Der Gefangene!«, äffte Gollonk den Einsatzleiter nach. »Ich habe euch ausgeschickt, die Saboteure des EBK, die sich an die Pyramide heranmachen wollten, in einem Aufsehen erregenden Kampf zu vernichten. Das hätte uns bei den Laren in ein gutes Licht gesetzt. Aber ihr habt tatenlos zugesehen, wie die EBK-Leute im Albinoring zugrunde gingen. Da fällt für uns kein Ruhm ab. Alles, was ihr getan habt, war, eine Patrouille der Überschweren niederzumetzeln, nur um einen Gefangenen vor ihnen zu retten. Was habt ihr euch dabei gedacht? Was soll uns der Bursche nützen? Er ist blind!«

»Darf ich dir meinen Plan unterbreiten?«, fragte der Einsatzleiter ungerührt zurück. Gollonk gab einen Laut der Zustimmung von sich, und der andere fuhr fort: »Der Blinde hatte noch einen Begleiter, der aber floh, als er die Überschweren erblickte. Er ließ seinen Kameraden im Stich und muss wohl glauben, dass er im Beschuss der Überschweren umkam. Dieser Feigling heißt Laptir, das wissen wir von dem Blinden, dessen Name Borvek ist.«

»Fass dich kürzer!«, verlangte Gollonk.

»Ich bin gleich fertig«, sagte der Einsatzleiter. »Es ist falsch zu sagen, dass wir den blinden Borvek gefangen nahmen. Wir gaben uns nicht als Angehörige der PEI zu erkennen, sondern gaben uns als kleine Gruppe von Einzelgängern aus, die mit dem EBK sympathisieren. Wir haben Borvek Unterschlupf gewährt und uns sein Vertrauen erschlichen. Da er blind ist, hat er nicht einmal eine Ahnung, wo er sich befindet. Und natürlich weiß er nicht, dass er in unserem Hauptquartier ist. Er hat uns bereits eine Menge interessanter Informationen geliefert. Und eine davon dürfte für unsere Zwecke besonders nützlich sein. Er vertraute mir an, dass heute eine wichtige Konferenz der Führungsspitze des EBK stattfindet. Einzelheiten darüber will er aber nur dir verraten.«

»Mir?«, wunderte sich Hemo Gollonk.

»Na, ich meine, dir als dem Oberhaupt der fiktiven Terroristengruppe, die wir für ihn erfunden haben«, sagte der Einsatzleiter grinsend.

Jetzt musste auch Hemo Gollonk grinsen. Er klopfte seinem Untergebenen auf die Schulter. »Vielleicht ist dein Plan gar nicht mal so schlecht. Komm, sehen wir uns diesen Borvek an.«

»Er erwartet dich bereits sehnsüchtig.«

Sie begaben sich in den Wohnsektor ihres Hauptquartiers. In einer der aus mehreren Räumen bestehenden Unterkünfte wurde dem blinden Borvek der Alltag einer im Untergrund lebenden Ertruserfamilie vorgespielt. Drei von Gollonks Agenten und eine Agentin waren mit Waffenreinigen beschäftigt, Borvek saß lethargisch auf dem Rand eines Betts.

»Bosche wird sicherlich damit einverstanden sein, dass wir dich zu deinen Leuten bringen, Borvek«, sagte die Frau gerade. »Bosche« war der Deckname für Gollonk.

»Ich muss noch vor Sonnenuntergang am Konferenzort sein«, sagte Borvek. »Die Konferenz soll die ganze Nacht dauern und ist für unsere Organisation wichtig. Alle führenden Männer werden da sein. Wenn ich nicht rechtzeitig eintreffe, wird man annehmen, dass ich den Überschweren in die Hände gefallen bin.«

»Und wo findet die Konferenz statt?«, fragte Gollonk mit verstellter Stimme.

»Wer ist das?«, fragte Borvek misstrauisch und erhob sich halb.

»Bosche.«

»Wirst du mich hinbringen?«, fragte Borvek und hob den Kopf lauschend.

»Ehrensache«, sagte Gollonk und klopfte die Schulter des Blinden. »Ich freue mich, etwas für das EBK tun zu können. Wir sind nur wenige und schwach. Umso größer ist die Ehre für uns, dem großen Thorg Evargher einen Dienst erweisen zu können.«

»Woher kennst du diesen Namen?«

»Helden bleiben nie lange anonym«, antwortete Gollonk mit gespieltem Pathos und zwinkerte seinen Leuten grinsend zu. Wieder tätschelte er Borvek freundschaftlich die Schulter und meinte dann: »Ruh dich noch etwas aus, während ich die Marschroute festlege.«

Kaum hatte Gollonk den Raum verlassen, erteilte er die Befehle an seine Leute. »Wir werden diese Gelegenheit nutzen, um zum größten Schlag gegen das EBK auszuholen. Vielleicht können wir Thorg Evarghers Organisation diesmal den Todesstoß versetzen. Die Laren werden es uns zu danken wissen. Sobald uns Borvek den Konferenzort verraten hat, schlagen wir zu.«

Hemo Gollonk rieb sich seine mächtigen Pranken. Er würde seinem Ziel, Erster Hetran der Milchstraße zu werden, bald ein gutes Stück näher gerückt sein.

6.

Wargor Kenson wusste nicht, wie lange er ohne Besinnung dagelegen hatte. Als er endlich wieder zu sich kam, war sein Freund Quevamar Ablonth verschwunden. Der Kampflärm war verstummt.

Ein Medo-Roboter bemühte sich um ihn. Er stieß ihn zur Seite und taumelte auf das Bürogebäude zu, von dem nicht mehr viel übrig geblieben war. Hoch über der Straßenschlucht schwebten drei Energieblasen der Laren. Überschwere waren keine zu sehen. Sie hielten sich wohlweislich aus der Innenpolitik von Ertrus heraus.

Kenson bahnte sich einen Weg durch die Schaulustigen. Überall waren Spezialroboter dabei, die Trümmer wegzuräumen. Aus dem Gebäude kam eine Gruppe bewaffneter Ertruser gerannt, die Gesichter vermummt. Sie gaben einige Warnschüsse in die Luft ab, sprangen in einen Gleiter und flogen davon. Die Energieblasen der Laren griffen nicht ein. Es erschienen auch keine Fluggefährte der Überschweren.

Wenn Kenson eine Waffe gehabt hätte, hätte er nicht gezögert, dem Schweber nachzufeuern. So durchbrach er nur die Absperrung der Roboter und rannte auf die Ruine zu, die von dem Bürogebäude übrig geblieben war. Was war aus Quevamar Ablonth geworden? Kenson vermutete, dass er in die Kämpfe eingegriffen hatte, nachdem er selbst das Bewusstsein verloren hatte.

Er drang durch die staubige Halle, deren Decke beängstigend stark durchhing, in das Gebäude ein. Aus den Korridoren trieben Rauchschwaden. Überall lagen Tote. Die meisten der in diesem Gebäude Beschäftigten hatten nicht einmal gewusst, dass sie für das EBK arbeiteten. Sie glaubten, im Dienste irgendwelcher Firmen zu stehen. Nur die

Angestellten in Spitzenpositionen waren in die Hintergründe eingeweiht.

Kenson rannte über die Treppe in die oberen Etagen. Überall bot sich ihm ein Bild der Verwüstung. Doch fand er Anzeichen dafür, dass es einigen Mitgliedern der Organisation gelungen war zu fliehen. Die Überreste zerstörter Mini-Transmitter deuteten darauf hin.

Kenson irrte durch die verfallenen Gänge und Räume, ohne zu wissen, wonach er eigentlich suchte. Von unten drang bereits das Geräusch der robotischen Rettungsmannschaften herauf. Wenn ihn die von den Laren und den Überschweren eingesetzte Staatspolizei hier vorfand, konnte er sich auf einiges gefasst machen.

Trotz des Risikos durchsuchte er das Gebäude bis zum Dachgeschoss. Der Schlag der PEI gegen seine Organisation hatte gesessen! Kenson musste unwillkürlich wieder an Verrat denken. Und plötzlich wusste er auch, wonach er gesucht hatte.

Er wollte Laptirs Leiche mit eigenen Augen sehen. Er wusste, dass Laptir während des Überfalls im Gebäude gewesen sein musste und die Chance, dass er sich retten konnte, gering war. Wenn er allerdings der Verräter war, für den ihn Kenson hielt, dann …

Kenson bückte sich nach der Leiche einer Frau, die vor einem offenbar durch Selbstexplosion zerstörten Mini-Transmitter lag. In ihren noch nicht starren Fingern hielt sie ein Stück Stoff. Kenson nahm es an sich und wandte sich dem Treppenhaus zu.

Zu spät! Die Polizisten waren bereits eingetroffen und kamen herauf. Ihm blieb nichts anderes übrig, als sich dem Liftschacht zuzuwenden. Die Tür hing schief in ihren Angeln, sodass es ihm keinerlei Mühe bereitete, hineinzuklettern und über die Nottreppe hinunterzusteigen.

Ohne Zwischenfall erreichte er den Keller. Kaum hatten seine Beine den Boden berührt, als er von starken Armen gepackt wurde. Ein Lichtstrahl blitzte auf, und er sah eine Strahlwaffe auf sich gerichtet.

»Nicht schießen!«, stieß jemand erschrocken hervor. »Das ist Wargor.«

Die Stimme kam ihm bekannt vor, aber er hatte keine Ahnung, wem sie gehörte. Dann ertönte eine andere Stimme, und die konnte er einwandfrei identifizieren. Sie gehörte Quevamar Ablonth. Er sagte: »Beinahe hätte ich meinen besten Freund erschossen. Hast du oben noch Überlebende gefunden, Wargor?«

»Nein«, sagte Kenson. »Falls es noch Überlebende gibt, wird sich die Staatspolizei um sie kümmern.«

»Dann verschwinden wir von hier«, knurrte Ablonth.

Eine Taschenlampe leuchtete ihnen den Weg, als sie sich in Bewegung setzten. Jetzt erst erkannte Kenson, warum die Beamten noch nicht ins Kellergeschoss vorgedrungen waren. Beim Eingang verursachte eine Rauchbombe so viel Qualm, dass sie dahinter ein Feuer vermuten mussten.

»Ist da nicht Brisons Druckkammer?«, fragte Kenson nach einer Weile. »Was ist aus ihm geworden?«

»Hier!« Der Mann mit der Taschenlampe leuchtete durch die von einer Explosion zerstörte Schleuse in die Druckkammer. Die Einrichtung war wie von einer Riesenfaust in Trümmer geschlagen worden. Dazwischen lag eine zierlich anmutende Gestalt in unnatürlicher Verrenkung.

»Zwanzig Gravos!«, sagte Ablonth nur. Kenson verstand. »Was jetzt?«, fragte er.

»Evargher hat alles für einen Gegenschlag vorbereitet«, antwortete Ablonth. »Ein Transmitter wird uns zum Einsatzort abstrahlen.«

Sie kamen in einen Geheimgang, der vor einem flimmernden Transmitterfeld endete. Der Mann mit der Taschenlampe ging als Erster durch, dann folgte Kenson. Den Abschluss bildete Ablonth. Sie kamen irgendwo in der Kanalisation von Baretus heraus.

»Kommt noch jemand nach?«, fragte der Ertruser am Empfängertransmitter.

»Wir sind die Letzten.«

Der Techniker brachte den Sendetransmitter durch Fernzündung zur Explosion.

»Wo sind wir hier?«, fragte Kenson, als sie einen Schacht hochkletterten. Außer ihm und Ablonth gehörten noch fünf Männer ihrer Gruppe an. Sieben andere solcher Gruppen stiegen durch andere Schächte hoch.

»Das wirst du noch früh genug sehen«, wurde ihm geantwortet.

»Warum hat man uns nur mit Paralysatoren ausgerüstet?«, wollte ein anderer wissen. »Wenn wir schon zu einem Vergeltungsschlag ausholen, dann sollten wir es der PEI mit gleicher Münze heimzahlen.«

»Evargher will kein Blut vergießen«, erklärte der Gruppenführer. »Er will nicht, dass Unschuldige zu Schaden kommen. Das würde unsere Organisation nur in Misskredit bringen.«

Kenson konnte sich nicht vorstellen, warum um diesen Einsatz ein solches Geheimnis gemacht wurde. Aber Evargher würde schon seine Gründe haben. Sie kamen durch den Schacht in einen Garten. Es war finstere Nacht. Nacheinander stiegen sie ins Freie, ohne verräterische Geräusche zu verursachen.

»Ist das hier Privatgrund?«, wollte jemand wissen.

»Ganz so kann man es nicht ausdrücken«, meinte der Gruppenführer kichernd. »Schließt den Schachtdeckel hinter euch. Wir nehmen einen anderen Fluchtweg.«

Sie arbeiteten sich durch den Park. Plötzlich tauchte vor ihnen ein lang gestrecktes Prunkgebäude auf, das in hellem Scheinwerferlicht lag.

»Der Regierungspalast des Administrators!«, entfuhr es Kenson.

»Der ehemalige Regierungspalast«, berichtigte der Gruppenführer. »Bekanntlich haben die Laren die Regierung abgesetzt und ein Gremium von Überschweren zu Planetenverwaltern gemacht.«

»Was haben wir hier verloren?«, fragte Ablonth. »Die Sache stinkt doch zum Himmel. Ich mache keinen Schritt weiter, wenn ich nicht sofort Aufklärung erhalte.«

»Du widersetzt dich Evarghers Befehlen?«, fragte der Gruppenführer.

»Spiel dich nicht so auf«, erwiderte Kenson zornig. »Wenn Evargher uns tatsächlich hierher geschickt hat, dann wird es dafür einen triftigen Grund geben. Mir gefällt nur nicht, dass wir ihn nicht erfahren sollen.«

»In Ordnung, jetzt kann ich es euch ja verraten«, sagte der Gruppenführer wichtigtuerisch. Er deutete zu dem Prunkgebäude. »Dort findet gerade eine Versammlung statt, an der Spitzenfunktionäre der PEI zusammen mit Politikern und Bonzen aus der Wirtschaft teilnehmen. Die Politiker und Industriellen sollen für Gollonks Partei gewonnen werden.«

»Die werden ihm was erzählen!«, meinte Kenson.

»Das meinst du«, spottete der Gruppenführer. »Evargher ist gar nicht deiner Meinung, denn sonst hätte er uns nicht herbestellt. Ganz im Gegenteil, er glaubt sogar, dass Gollonks Chancen, die Politiker für sich zu gewinnen, besser denn je stehen. Die Vernichtung unserer Niederlassung hat Gollonk eine Menge Prestige eingebracht. Immerhin nimmt er an, Evargher endgültig ausgeschaltet zu haben. Der Überfall auf unsere Niederlassung fand nämlich zu einem Zeitpunkt statt, zu dem die Konferenz in vollem Gange hätte sein sollen. Gollonk wusste, dass Evargher daran teilnahm, konnte aber nicht ahnen, dass wir die Sitzung früher abgebrochen hatten.«

»Wieso wusste Gollonk so genau Bescheid?«

»Verrat!«

»Das geht wieder auf Laptirs Konto«, behauptete Kenson.

»Wie dem auch sei«, sagte der Gruppenführer, »Gollonk hat seine Position inzwischen so sehr gestärkt, dass die Politiker seinem Aufruf zu Verhandlungen Folge leisteten. Jetzt, da sie glauben, es gibt kein EBK mehr, werden sie seine Parolen schlucken. Sie können gar nicht anders, als die einzige Rettung für Ertrus darin zu sehen, dass ein Ertruser Erster Hetran der Milchstraße wird.«

»Wir werden ihnen die Suppe ordentlich versalzen«, sagte Kenson.

»Eben. Deshalb sind wir hier. Und jetzt versteht ihr hoffentlich auch, warum wir keine Waffen mit tödlicher Wirkung mitgenommen haben. Wir beabsichtigen nur, ein kräftiges Lebenszeichen von uns zu geben und die wankelmütigen Politiker nicht zu der PEI überlaufen zu lassen. Genug geredet. Jetzt wird gehandelt. Der Ausfall der Scheinwerfer ist das Zeichen für den Angriff. Gleichzeitig mit dem Lichtausfall werden im Palast Fluorophorbomben gezündet. Schießt auf alle Personen, von denen ein fluoreszierendes Leuchten ausgeht.«

Es dauerte nicht mehr lange, dann fielen die Scheinwerfer mit einem lauten Knall aus, und der Administratorpalast lag plötzlich im Dunkeln da. Von überall setzten die Männer des EBK zum Sturm auf das Gebäude an. Die Wachen wurden einfach niedergerannt.

Als Kenson durch ein offenes Fenster in das Gebäude sprang, eröffnete er sofort das Feuer aus seinem Paralysator auf die kopflos durcheinander laufenden leuchtenden Gestalten. Er konnte es leichten Gewissens tun, weil er wusste, dass die Betroffenen durch die Lähmung keine bleibenden Schäden davontragen würden. Dank ihrer besonderen körperlichen Konstitution hielten die Ertruser einiges mehr aus als normale Menschen.

Die Vergeltungsaktion war schnell abgeschlossen. Keine zehn Minuten nach dem Sturm auf das Gebäude konnten sich die Mitglieder des EBK wieder zurückziehen. Diesmal nahmen sie jedoch nicht den Weg über die Kanalisation, sondern bedienten sich einfach der auf dem Landeplatz abgestellten Gleiter und Schweber. Die Energieblasen der Laren und die Patrouillengleiter der Überschweren, die den Luftraum von Baretus beherrschten, kümmerten sich nicht um die Flüchtenden.

Zwei Tage später erlebte Wargor Kenson eine schwere Niederlage. Er hatte Nachforschungen angestellt und weitere Indizien gesammelt, die für Laptirs Schuld sprachen. Wie es Kenson nicht anders erwartet hatte, war Laptir bei dem Angriff der PEI mit dem Leben davongekommen. Jetzt sah Kenson den Zeitpunkt gekommen, ihn des Verrats an ihrer Organisation anzuklagen. Er ließ die Bombe bei einer Besprechung platzen, an der auch Laptir teilnahm.

Er stand unvermittelt auf und sagte: »Laptir ist ein Verräter.« Er hielt den Stofffetzen hoch, den er in den Fingern der toten Frau gefunden hatte. »Dieses Stück Stoff stammt aus einem seiner Kleidungsstücke. Ich habe es untersuchen lassen!«

»Was beweist das schon?«, rief Laptir.

»Alles«, sagte Kenson, und dann schilderte er, wie er sich Laptirs Verrat vorstellte: »Du hast gewusst, dass eine wichtige Konferenz anstand, an der auch Evargher teilnehmen würde. Du hast die PEI informiert! Wieso hast du dich sonst so sehr dagegen gewehrt, dass Evargher die Konferenz vorzeitig abbrach? Als du das vorzeitige Ende nicht verhindern konntest, hast du dich in dein Büro geschlichen und den Fluchttransmitter vorbereitet – und dabei überraschte dich die Frau!«

»Das ist eine verdammte Lüge!«, schrie Laptir mit sich überschlagender Stimme. »Eine hundsgemeine Intrige von Kenson!«

»Du hast wohl nicht damit gerechnet, dass in den Trümmern noch jemand nach Beweisen gegen dich suchen könnte, Laptir, was?«, fragte Kenson spöttisch.

Laptir machte Anstalten, sich auf ihn zu stürzen.

Da schritt Evargher ein. »Ich weiß nicht, was in Laptirs Büro vorgefallen ist«, sagte der Führer des EBK. »Aber an die PEI hat er uns ganz bestimmt nicht verraten.«

Er gab einem seiner Leibwächter einen Wink. Dieser ging zu einer Tür und öffnete sie.

»Borvek!«, entfuhr es Laptir überrascht, als der totgeglaubte Blinde, von zwei Kameraden gestützt, in den Raum kam. »Du lebst?«

Borveks Kopf reckte sich in alle Richtungen, die geblendeten Augen erschreckend weit aufgerissen, als könne er auf diese Weise zumindest einen Teil seiner Sehkraft zurückbekommen. »Sitzt ihr hier über mich zu Gericht?«, fragte er unsicher. »Das dürft ihr nicht. Ich bin unschuldig. Ich habe nicht in böser Absicht gehandelt.«

»Daran zweifelt niemand, Borvek«, sagte Thorg Evargher. »Erzähl uns noch einmal, wie alles gekommen ist, damit alle es erfahren. Fang damit an, wie Laptir dich im Stich gelassen hat …«

»Ich habe ihn nicht im Stich gelassen!«, brüllte Laptir. Evargher brachte ihn mit einem Wink zum Schweigen, und in die gespannte Stille hinein erzählte Borvek seine Geschichte. Wie er von der Terroristengruppe, die angeblich auf der Seite des EBK stand, aufgenommen wurde, dass man ihm versprach, ihn zu der wichtigen Versammlung zu bringen, und wie er daraufhin vertrauensselig den Ort der Zusammenkunft genannt hatte.

»Ich konnte doch nicht ahnen, dass ich der PEI in die Hände gefallen war«, schloss er. Es brach ihm die Stimme.

Evargher ließ ihn wieder hinausführen. »Nun wisst ihr, wem wir das Massaker zu verdanken haben«, sagte er in das bedrückende Schweigen hinein. »Aber will einer von euch, dass wir Borvek richten?« Niemand gab Antwort. »Damit wäre der Fall erledigt – und auch Laptirs Unschuld hinlänglich bewiesen. Nicht wahr, Wargor Kenson?«

Kenson nickte widerwillig. Als er jedoch Laptirs triumphierenden Blick sah, konnte er sich eine Bemerkung nicht verkneifen. »Er mag kein Verräter sein, aber ein erbärmlicher Feigling ist er auf jeden Fall. Er hat nicht nur Borvek schmählich im Stich gelassen, sondern auch den Tod einer Frau verschuldet, um sich selbst durch den Transmitter zu retten.«

Am Abend war Borvek tot. Er hatte sich selbst das Leben genommen.

»Thorg Evargher will euch sehen«, sagte der Mittelsmann, der Wargor Kenson und Quevamar Ablonth aus der Wohnung des Ersteren abholte.

»Warum hat Evargher so lange nichts von sich hören lassen?«, wollte Kenson wissen. »Wir warten schon seit zwei Tagen auf eine Nachricht von ihm.«

»Die turbulenten Ereignisse der letzten Tage haben ihn zur Vorsicht gemahnt«, erklärte der Mittelsmann. »Evargher ist untergetaucht. Aber jetzt ist es so weit. Das Großprojekt kann gestartet werden.«

»Handelt es sich um das Projekt, das Evargher zur Sprache bringen wollte, bevor die PEI unsere Niederlassung überfiel?«, fragte Ablonth.

»Genau. Was weißt du darüber?«

»Nichts«, antwortete Kenson an Stelle seines Freundes. »Aber du wirst uns hoffentlich mehr verraten.«

»An Ort und Stelle«, sagte der Mittelsmann knapp. »Einstweilen nur so viel: Wir wollen eine Pyramide knacken.«

Die beiden Freunde sahen einander an. Schweigend, jeder seinen eigenen Gedanken nachhängend, folgten sie dem Mittelsmann. Die Fahrt ging mit der Rohrbahn quer durch die Stadt und in südlicher Richtung aus der City hinaus.

Auf Ertrus waren insgesamt drei Pyramiden der dritten Konzilsmacht stationiert, alle drei auf dem Hauptkontinent Peyter und dort rund um Baretus. Jene Pyramide, die in den westlichen Vororten gelandet war, hatte Wargor Kenson mit seiner Einsatzgruppe beobachtet. Und dort hatte er auch das Desaster erlebt.

Die zweite Pyramide war im östlichen Bezirk Geyffa niedergegangen. Aber da sie in südliche Richtung fuhren, war klar, dass sich das EBK die Pyramide im Bezirk Chorzin zum Ziel ihres Unternehmens gemacht hatte.

»Wir werden eine Pyramide knacken!«, hatte der Mittelsmann verraten. Nun zerbrach sich Kenson den Kopf darüber, wie Thorg Evargher sich das vorstellte. Man kam an ein »Monument der Macht« einfach nicht näher als fünfhundert Meter heran, weil man sonst vom Albinoring gebleicht wurde. Und schon vorher machte einem die Panikstrahlung zu schaffen. Kenson und Ablonth hatten es am eigenen Leib verspürt – das heißt, eigentlich im Geist. Man wurde fast wahnsinnig vor Angst, die einem die Panikstrahlung suggerierte. Die Panikstrahlung hatte Kensons Leute letztlich auch dazu getrieben, sich in den Albinoring zu flüchten.

»Wir werden verfolgt«, stellte Ablonth fest, als sie die Rohrbahn verließen und den Weg durch den Vorort Chorzin zu Fuß fortsetzten. Es waren nur wenige Passanten unterwegs. Zwar war es unter den furchtlosen Ertrusern zur Mode geworden, sich in der Nähe von Pyramiden einzumieten, um das gewaltige Schauspiel des »Auftankens« aus nächster Nähe zu betrachten. Doch waren die Straßen in diesen Vierteln wie ausgestorben. Überschwere und Laren ließen sich hier ebenfalls kaum sehen. Sie saßen in ihren geheimen Kontrollstationen und verfolgten von dort die Vorgänge rund um die Sperrgebiete.

Als Kenson sich nach einer Weile nach ihrem Verfolger umsah, erblickte er ihn deshalb sofort. Es handelte sich um einen Ertruser, der durch den Kapuzenmantel auffiel, mit dem er sich anscheinend zu tarnen versuchte.

»Soll ich ihn mir vorknöpfen?«, bot Kenson sich an.

»Lass das!«, befahl der Mittelsmann. »Wir haben die von Evargher gemietete Villa gleich erreicht. Die Wachtposten werden sich um den Verfolger kümmern.«

Die Straße wurde breiter und beiderseits von den für Ertrus typischen Kriechbäumen umsäumt, deren knorrige Äste von der Schwerkraft tief zum Boden hinuntergezogen wurden.

»Wir sind da!«

Sie kamen zu einem schweren Tor in einer wuchtigen Kunststoffmauer. Der Mittelsmann flüsterte ein Kodewort, kurz darauf sprang das Tor auf. Gerade als sich Kenson in Bewegung setzen wollte, vernahm er hinter sich einen unartikulierten Aufschrei. Er wirbelte herum und sah den Mann mit dem Kapuzenmantel, der sich wie ein Wilder auf ihn stürzte.

Zuerst sah er nur das unterarmlange Vibratormesser in seiner Hand, dann erkannte er das wutverzerrte Gesicht Laptirs.

»Jetzt werde ich es dir heimzahlen!«, brüllte er in ungezügeltem Hass.

Aus einem der Kriechbäume sprang ein Wachtposten mit einem Paralysator. Doch noch bevor er auf Laptir schießen konnte, hatte dieser Kenson erreicht. Laptir stieß mit dem Vibratormesser nach ihm. Kenson wich aus, spürte einen brennenden Schmerz in der Seite und vernahm das leise Pfeifen, als die vibrierende Klinge den Stoff seines Gewands zerfetzte. Er schlug mit der Handkante nach Laptirs Waffenarm, woraufhin dieser das Vibratormesser mit einem Schmerzensschrei fallen ließ. Die Klinge tanzte über den Boden und bohrte sich dann in den Stamm eines Baumes.

Kenson wollte sich wieder auf seinen Gegner stürzen. Doch da war einer der Wachtposten da und bändigte ihn mit Ablonths Unterstützung.

»Los, bringt ihn hinein!«, verlangte der Mittelsmann, der sie hergebracht hatte. Laptir wurde unsanft durch das Tor gestoßen, das sich hinter ihm sofort wieder schloss.

»Was ist denn in dich gefahren Laptir?«, erkundigte sich Ablonth.

»Du hast mich angeschwärzt!«, schrie er ihn an. »Alle meiden mich, behandeln mich wie einen Aussätzigen. Und selbst Evargher tut, als sei ich gestorben. Das habe ich dir zu verdanken, Kenson. Dafür bringe ich dich um!«

»Dann wäre es wohl am besten, die Sache gleich zu bereinigen«, meinte Kenson.

»Was geht hier vor?« Thorg Evargher erschien am Eingang des Hauses. Er gab Ablonth und dem Wachtposten einen Wink, dass sie Laptir loslassen sollten. Dann ließ er sich in Stichworten erzählen, was vorgefallen war.

»Deshalb hat man dich nicht zu Hause angetroffen, Laptir«, sagte Evargher. »Habe ich dir nicht aufgetragen, dass du auf Nachricht von mir warten sollst?«

»Ich dachte …«

»Was auch immer, du hast falsch gedacht. Kommt jetzt ins Haus.«

Als sie in der schwach beleuchteten Halle waren, sagte Evargher zu Laptir: »Ich meine, dass du dich etwas ausruhen solltest, bis deine Erregung abgeklungen ist. Ich werde dir eine Beruhigungsspritze geben lassen. Wenn du wieder wach bist, werden wir uns über deine weitere Verwendung unterhalten.«

»Jawohl«, sagte Laptir und ließ sich widerstandslos fortbringen.

»Kommt«, wandte sich Evargher an Kenson und Ablonth. »Ihr müsst unbedingt die herrliche Aussicht genießen, die wir von hier haben.«

Die »herrliche Aussicht« war ein Ausblick auf die keine zwei Kilometer entfernte Pyramide, über der gerade ein kleinerer Verband von SVE-Raumern schwebte, um die Anzapfungs-Polungsblöcke aufladen und justieren zu lassen. Als der Energieschlauch von der Pyramidenspitze zu einem Larenschiff zum ersten Mal aufleuchtete, wandten sie sich geblendet ab und verließen die Aussichtsplattform.

Sie fuhren mit einem Antigravlift in die Tiefe. Die Fahrt dauerte überraschend lange.

»Ist der Lift so langsam, oder warum sonst fahren wir so lange?«, fragte Kenson.

»Ist das so schwer zu erraten?«, fragte Evargher lächelnd zurück.

Der Lift hielt an, eine Öffnung tat sich in der Schachtwand auf. Sie kamen in eine Höhle.

»Ach so«, meinte Kenson. Er blickte Evargher fragend an. »Wie tief unter der Oberfläche sind wir hier?«

»Fünfhundert Meter«, antwortete Evargher. Er ging tiefer in die Höhle hinein, die verlassen schien. In einer Ecke stand ein Atomreaktor, der genug Energie lieferte, um einen ganzen Stadtteil von Baretus zu versorgen.

»Ist es nicht gefährlich, einen Reaktor so nahe bei den Laren zu betreiben?«, fragte Ablonth. »Ich meine, bei ihrer Technik müsste es ihnen ein Leichtes sein, seine Energieemission anzupeilen.«

»Wir sind weit genug vom Schuss«, behauptete Evargher. »Wir haben alles von langer Hand geplant, glaub mir. Außerdem haben wir an exponierten Stellen überall Entstörungs- und Störgeräte eingebaut. Erzieff Brison hat uns das Material geliefert. Er hat es aus aufgelassenen USO-Stützpunkten geholt. Nein, die Laren fürchte ich nicht. Laptir macht mir mehr Sorgen. Ich habe eigentlich gedacht, dass er schneller darüber hinwegkommen würde, dass du ihn einen Feigling genannt hast, Wargor.«

»Ich kenne ihn besser«, sagte Kenson. »Er wird das nie vergessen. Und wenn er sich an mir nicht rächen kann, wird er seine Wut an unserer Organisation auslassen.«

»Daran habe ich auch schon gedacht«, meinte Evargher. »Nun, ich werde kein Risiko eingehen. Laptir wird bis zum Abschluss unseres Unternehmens hier bleiben.«

Damit waren sie wieder beim Thema.

»Ich habe mich schon gefragt, wie du an eine Pyramide herankommen willst«, sagte Kenson. »Bist du sicher, dass man es von unten schafft?«

»Mit den richtigen Männern schon«, antwortete Evargher.

Sie kamen zu einem horizontalen Stollen, der in gerader Richtung nach Süden führte. Am Stolleneingang stand ein batteriebetriebenes Luftkissenfahrzeug, das zwar keine hohe Geschwindigkeit entwickelte, aber dafür mit geringstem Energieaufwand auskam.

Evargher bestieg es, und Kenson und Ablonth folgten ihm. Als sich das Gefährt fast geräuschlos in Bewegung setzte, fragte Kenson: »Wieso hängt der Erfolg des Unternehmens von den daran beteiligten Personen ab? Ich habe noch nicht davon gehört, dass irgendjemand gegen den Albinoring immun ist. Das sind nicht einmal Roboter.«

»Und Anson Argyris?«, meinte Evargher.

Kenson horchte auf. »Ist er auf Ertrus?«

Evargher schüttelte lachend den Kopf. »Lass dich nicht in die Irre führen. Ich wollte nur andeuten, dass es unter gewissen Voraussetzungen möglich ist, den Albinoring ohne Schaden zu überbrücken. Und organische Materie ist gegen die pigmentzersetzende Strahlung des Albinorings weniger widerstandsfähig als tote Materie.«

»Das ist doch eine altbekannte Tatsache«, sagte Ablonth unbeeindruckt.

»Neu dürfte für euch aber sein, dass die Planetenkruste von Ertrus die Albinostrahlung abschwächt«, erwiderte Evargher. »Oder aber sie wirkt vom Boden der Pyramide nicht so stark wie von den Seiten. Wir haben durch Versuche herausgefunden, dass auch ein Mensch bis zum Boden der Pyramide vordringen könnte, ohne zu erbleichen. Wir sind da.«

Sie verließen das Luftkissenfahrzeug in einer geräumigen Höhle. Hier standen Desintegratorbohrmaschinen und einige Thermostrahlengeschütze, deren Mündungen zur Decke gerichtet waren. Ein Dutzend Ertruser war mit der Wartung der Geräte beschäftigt. Sie waren verschwitzt und schmutzig, ihre Hände und Gesichter wiesen Verbrennungen unbestimmten Grades auf. Die Verbrennungen stammten durchwegs von den Schmelzbohrungen, bei denen auch unter größter Vorsicht nicht zu verhindern war, dass man gelegentlich Spritzer der geschmolzenen Masse abbekam.

»Wir sind genau unter der Chorzin-Pyramide«, erklärte Evargher. »Wir haben mit dem Desintegrator bereits eine Bohrung in die Höhe bis hundert Meter unter den Pyramidenboden durchgeführt und dann Versuchssonden hinaufgeschickt. Wir haben es zuerst mit toter Materie versucht, ohne Anzeichen einer Erbleichung festzustellen. Danach kamen organische Zellkulturen dran, die die Tests ebenfalls überstanden. Dadurch ermutigt, haben wir Versuchstiere hinaufgeschickt. Auch bei ihnen trat kein Albino-Effekt auf. Aber sie wurden wahnsinnig.«

»Die Panikstrahlung«, sagte Kenson spontan.

»Ja, die Panikstrahlung ist nach unten ebenso stark wie nach den Seiten wirksam«, bestätigte Evargher. »Damit müssen wir unbedingt rechnen. Dagegen gibt es keinen Schutz. Aber es gibt Wesen, die stärker darauf reagieren, und solche, die nicht so stark davon betroffen werden. Deshalb sagte ich, dass ich es mit den richtigen Männern schaffen könnte, bis zum Pyramidenboden vorzudringen.«

»Du selbst willst das Risiko auf dich nehmen?«, fragte Kenson entsetzt.

»Natürlich«, antwortete Evargher. »Und ich habe daran gedacht, dass ihr beide mich begleitet. Natürlich nur, wenn ihr wollt. Es muss auf freiwilliger Basis geschehen.«

»Warum gerade wir?«

»Weil ihr schon einmal unter dem Einfluss der Panikstrahlung gestanden und erfolgreich dagegen angekämpft habt, während alle anderen ihr hoffnungslos verfallen sind. Deshalb vermute ich, dass ihr eine gewisse Immunität besitzt. Wollt ihr mich begleiten?«

Die beiden Freunde blickten einander an und nickten dann wie auf Kommando. Kenson wandte sich wieder dem Führer ihrer Organisation zu. »Wann soll es losgehen?«

»Sofort.«

Kenson ging alles zu schnell. Er hatte noch keine Zeit gefunden, sich psychisch auf die neuen Gegebenheiten einzustellen. Noch vor einer Stunde hatte er nicht einmal genau gewusst, was Thorg Evargher eigentlich plante. Und jetzt war er mitten in den Vorbereitungen zu einer gefährlichen Expedition. Eine unerklärliche Furcht beschlich ihn, obwohl er der Panikstrahlung noch nicht einmal ausgesetzt war. Aber er schämte sich dessen nicht, weil er sah, dass es Ablonth und Evargher nicht anders ging.

Kenson erhielt einen Druckanzug ohne Helm. Einer der Männer war ihm beim Anziehen behilflich und überprüfte die Geräte, die für ihr

Vorhaben wichtig waren. Vor allem ein einwandfreies Funktionieren der Antigraveinrichtung, mittels der sie in den senkrechten Stollen hinauffliegen sollten, war lebenswichtig. Auf die Ortungsgeräte baute Kenson dagegen weniger, weil er sich denken konnte, dass sie im Pyramidenbereich ohnehin ausfallen würden.

»Alles in Ordnung«, sagte Kensons Helfer und strich ihm aufmunternd über die Haarsichel. Dabei machte der Mann ein Gesicht, als wohne er einem Begräbnis bei. Die Stimmung der anderen Männer war ähnlich, obwohl sie sich bemühten, sie zu überspielen. Aber sie konnten es nicht verhehlen, dass sie die drei für Todeskandidaten hielten.

»Sprechprobe!«, befahl Evargher, der bereits in voller Ausrüstung dastand.

Die Funkgeräte funktionierten einwandfrei. Kenson, Ablonth und Evargher konnten sich damit untereinander und mit der Funkstation in der Höhle verständigen.

Evargher überprüfte die beiden Antigravplattformen, die mit verschiedenartigsten Ausrüstungsgegenständen beladen waren. Eine davon würden sie auf ihre Expedition mitnehmen, die andere war als Reserve vorgesehen. Bei der Zusammenstellung der Ausrüstung war an alles gedacht worden. Es fehlte weder an Medikamenten, an Lebensmitteln noch an Waffen, Sprengsätzen und Arbeitsgeräten. Man musste alle Möglichkeiten in Betracht ziehen, weil niemand wusste, worauf man in der Pyramide stieß.

»Glaubst du wirklich, dass wir in die Pyramide eindringen können?«, fragte Ablonth zweifelnd.

Evargher blickte nach oben. »Ich hoffe es ... Andererseits wieder ...« Er lächelte unsicher und zuckte die Schultern. »Ich weiß nicht, was größer ist – meine Angst vor dem Unbekannten oder meine Neugier.«

»Überleg es dir lieber noch mal, Evargher«, sagte einer der Techniker. »Wartet die nächste Versuchsreihe ab. Dann wissen wir mehr über die Pyramiden.«

Evargher schüttelte den Kopf. »Das glaube ich nicht. Wir versuchen nun schon seit dem Tag, als die drei Pyramiden auf Ertrus landeten, ihr Geheimnis zu ergründen. Aber ohne Erfolg. Und wisst ihr, wieso? Weil wir es mit ganz und gar unzulänglichen Mitteln versucht haben. Man muss die Pyramiden von innen her untersuchen.«

»Anson Argyris hat es versucht«, sagte einer der Wissenschaftler, »und dabei fast den Tod gefunden. Nur die Tatsache, dass er ein Roboter ist, rettete ihn.«

»Wir können uns seine Erfahrungen zunutze machen«, erwiderte Evargher. Er ließ sich einen schweren Kombistrahler reichen, überprüfte den Energievorrat, nickte zufrieden.

»Seid ihr bereit?«, fragte er seine beiden Begleiter.

»Von mir aus kann es losgehen«, sagte Ablonth.

Kenson schnallte sich seinen Kombistrahler um die Schulter. Er glaubte immer noch, dass er unnützer Ballast sei. Vielleicht konnten sie sich bis zum Pyramidenboden einen Weg schmelzen – falls sie nicht schon vorher dem Wahnsinn verfielen –, aber dort würde für sie Endstation sein. Kenson wäre gerne optimistischer gewesen, aber er konnte es einfach nicht.

Er verabschiedete sich von den Zurückbleibenden, die sich alle darum rissen, ihnen die Hände zu schütteln. Bei anderen Einsätzen war der Abschied immer formloser vor sich gegangen. Und selbst bei Unternehmen, bei denen es um Leben und Tod ging, war niemand um einen Scherz verlegen gewesen. Nicht so diesmal. Die Männer schienen davon überzeugt zu sein, dass es ein Abschied für immer war.

Evargher schaltete sein Antigravaggregat ein und hob als Erster vom Boden ab. Dann folgte Kenson. Er war schon in dem senkrechten Schacht verschwunden, als Ablonth nachkam.

Sie glitten langsam höher. Ihre um die Stirn geklemmten Scheinwerfer spiegelten sich in den geschmolzenen Wänden. Kenson konnte sich eines beklemmenden Gefühls nicht erwehren. Und je höher er schwebte, desto stärker wurde diese Beklemmung. Er fühlte sich wie bei einer Reise in eine andere Welt.

7.

Hotrenor-Taak fröstelte innerlich.

Von allen bewohnten Welten dieser Galaxis bereitete ihm Ertrus das größte Unbehagen. Nicht umsonst hatte er seinen Besuch so lange aufgeschoben.

Er kannte die Geschichte von Ertrus. Im Jahre 2026 irdischer Zeitrechnung siedelten sich terranische Kolonisten auf dem dritten Planeten der Sonne Kreit an. Da ihr schwächlicher Metabolismus aber nicht für eine Schwerkraft, die fast dreieinhalbmal so hoch war wie auf Terra, geschaffen war und sie die Lebensbedingungen von Ertrus nicht ihren

Bedürfnissen anpassen konnten, versuchten sie, sich dem Planeten anzupassen.

Sie züchteten genmodifizierte Menschen heran, die einen stärkeren Knochenbau, widerstandsfähigere Organe und kräftigere Muskeln entwickelten. Die umweltangepassten Ertruser wurden geboren. Sie veränderten sich von Generation zu Generation immer mehr, sodass sie schließlich kaum mehr eine Ähnlichkeit mit ihren Stammvätern hatten. Sie wurden zu wahren Riesen mit unheimlicher Widerstandskraft, überragenden Körperkräften und einer Lebenserwartung von 350 bis 500 Erdenjahren. Aber nicht nur Kraft und lange Lebensdauer zeichneten diese Furcht erregenden Umweltangepassten aus. Zu alldem waren sie noch überaus intelligent und übertrafen ihre terranischen Stammväter an Reaktionsschnelligkeit in demselben Maße wie an Kraft.

Hotrenor-Taak war es unverständlich, warum die Terraner nicht mehr von dieser Sorte Mensch gezüchtet hatten. Ein Heer aus diesen Soldaten hätte die Galaxis überrennen können. Und der Verkünder der Hetosonen dachte schaudernd daran, welche Schwierigkeiten selbst sein technisch hoch stehendes Volk gehabt hätte, eine Galaxis zu befrieden, die von solchen Riesen bevölkert wurde. Ihm genügte schon dieser eine Planet.

Hotrenor-Taak hatte die Milchstraße sicher in der Hand, Leticron bewährte sich als Erster Hetran besser als erwartet. Wenn man von einigen Widerstandsnestern absah, konnte diese Galaxis als erobert gelten. Perry Rhodan hätte ihm keinen besseren Gefallen tun können, als mit der Erde zu fliehen. Hätte er das nicht getan, wäre Hotrenor-Taak keine andere Wahl geblieben, als den Planeten zu vernichten. Das aber hätte die Terraner zu Märtyrern gemacht und die anderen Völker zu offenem Widerstand getrieben. Und ein galaxisweites Massaker war nicht das, was Hotrenor-Taak sich wünschte. Durch die Flucht der Terraner aber resignierten die anderen Völker der Milchstraße – bis auf einige unbedeutende Splittergruppen.

Nur die Bewohner eines einzigen Planeten beugten sich nicht: die Ertruser. Nicht, dass sie offen rebellierten und mit Waffengewalt um ihre Eigenständigkeit kämpften. Nein, dazu waren die Ertruser viel zu klug, denn sie wussten, dass sie durch kriegerische Handlungen ihm, Hotrenor-Taak, den Vorwand gaben, den er suchte, um sich dieses unliebsamen Volkes durch die Vernichtung ihrer Welt zu entledigen.

Die Ertruser bildeten nicht einmal eine geschlossene Einheit. Aber die Liebe zur persönlichen Freiheit drückte sich bei jedem Individuum unmissverständlich aus, wenn auch jeder etwas anderes darunter verstand. Und die Besatzungsmächte der Laren und der Überschweren bekamen das deutlich zu spüren. Man brachte ihnen nicht rohe Gewalt entgegen, sondern zog gegen sie alle Register versteckten Widerstands.

Hotrenor-Taak wollte dieses Volk von Riesen nicht herausfordern. Deshalb hatte er befohlen, dass sich die Besatzungstruppen nicht in innenpolitische Angelegenheiten einmischen sollten. Er ließ es sogar zu, dass sich Geheimorganisationen mit den unterschiedlichsten Zielen bildeten.

Der Verkünder der Hetosonen befürchtete nicht, dass die Ertruser die galaktische Situation irgendwie verändern konnten. Denn sie waren in der Isolation. Aber nun, da Hotrenor-Taak sie auf ihrer Welt aufsuchte, unterschätzte er ihre Gefährlichkeit nicht. Hinzu kam noch die große Schwerkraft, die mit technischen Hilfsmitteln wohl aufgehoben werden konnte, die aber dennoch psychisch eine ungeheure Belastung darstellte.

Hotrenor-Taak hatte mit kalter Berechnung den Palast des Administrators als Domizil gewählt. Zumindest wollte er hier die Abordnungen der verschiedenen ertrusischen Interessengruppen empfangen. Zwei Gründe waren für diese Maßnahme entscheidend gewesen: Erstens wollte er durch seine Anwesenheit im Administratorpalast zeigen, wer der wahre Herrscher über Ertrus war. Zweitens war dies der Ort einer Niederlage jener Organisation gewesen, deren Vertreter er jeden Augenblick erwartete.

Hotrenor-Taak hatte inzwischen Zeit genug gefunden, sich einen Überblick über die Ereignisse auf Ertrus zu verschaffen. Trotz vereinzelt aufflammender Unruhen hatten seine Leute nie rigoros durchgreifen müssen. Und die Überschweren aus Leticrons Reihen hielten sich auch in der Mehrzahl an seine Anweisung, sich nicht in die inneren Angelegenheiten von Ertrus einzumischen.

Der Lare war mit dieser Entwicklung zufrieden; wenn es so weiterging, würden sich die Dinge von selbst regeln, ohne dass das Hetos der Sieben seine Macht zu demonstrieren brauchte.

Hotrenor-Taak empfing die Abordnung der PEI im Arbeitszimmer des Administrators. Er begrüßte die drei Ertruser mit der Andeutung eines Nickens und wies ihnen Besucherstühle zu. Hotrenor-Taak blickte auf das für seine Besucher unsichtbare Holo vor ihm, von dem er ablas, dass der mittlere Ertruser Hemo Gollonk, der Führer der »Partei für Ertrusische Interessen«, war. Er hob sich nicht nur durch seine Größe von den anderen ab, sondern auch durch sein markantes Gesicht mit den stechenden Augen.

»Ich danke Ihnen dafür, dass Sie uns empfangen haben«, begann Hemo Gollonk das Gespräch, ohne jedoch in seiner unpersönlichen Stimme so etwas wie Dank durchklingen zu lassen. In schärferem Tonfall schloss er sofort an: »Ich muss aber gleichzeitig dagegen protestieren, dass man den überwiegenden Teil meiner Berater daran gehindert hat, mich zu begleiten.«

»Wenn man mich richtig unterrichtet hat, handelt es sich um dreißig bis an die Zähne bewaffnete Ertruser«, erwiderte Hotrenor-Taak gelassen. »Und da wundern Sie sich, dass man ihnen den Eintritt verwehrte? Es sah ja fast so als, als wollten Sie den Palast im Sturm erobern, Gollonk.«

»Ja, den Eindruck hatte ich, dass Ihre Leute das befürchteten, Hotrenor-Taak«, sagte Gollonk. »Aber ich versichere Ihnen, dass solche Befürchtungen grundlos sind. Sie dürften längst schon über die Ziele meiner Partei informiert sein und haben erkannt, dass sie den Wünschen der Laren sehr entgegenkommen.«

»Wirklich?«, tat Hotrenor-Taak erstaunt. Die Kühnheit des Ertrusers, ihn wie einen gleichwertigen Partner zu behandeln, verblüffte ihn. Leiser Ärger kam in ihm auf. »Bisher dachte ich, dass der Name Ihrer Organisation auch deren Ziele klar ausdrückt – Partei für Ertrusische Interessen.«

»Natürlich vertreten wir die Interessen der Ertruser«, erwiderte Gollonk. »Aber wie die PEI es sieht, laufen diese den Ihren nicht entgegen. Wir betrachten die Laren als Befreier, nicht als Eroberer.«

»Soso«, murmelte Hotrenor-Taak.

»Wir Ertruser sind ein freiheitsliebendes Volk«, fuhr Gollonk fort, »und bevor wir uns versklaven lassen, sterben wir lieber im Kampf. Aber dazu wird es nicht kommen, denn die PEI hat einen Weg gefunden, wie wir uns dem Hetos der Sieben unterordnen können, ohne unsere Selbständigkeit zu verlieren.«

»Die PEI ist nicht Ertrus«, warf Hotrenor-Taak ein.

»Wir sind die stärkste Partei«, erwiderte Gollonk, »hinter uns steht das Volk von Ertrus. Unsere erbittertsten Gegner, die auch erklärte Feinde der Laren waren, haben wir in einem einzigen groß angelegten Coup zerschlagen. Das EBK gehört der Vergangenheit an, ist so gut wie nicht mehr existent. Sie wissen, Hotrenor-Taak, dass dieses so genannte Befreiungskomitee für Rhodan eingestellt war?«

»Das ist mir nicht unbekannt«, sagte der Lare. »Nur glaube ich, dass dieses Befreiungskomitee entgegen Ihrer Behauptung noch immer ziemlich aktiv ist. War es nicht in diesen Räumen, wo Sie vor wenigen Ertrus-Tagen Ihre schwerste Niederlage einstecken mussten?«

»Das war nur ein unbedeutender Rückschlag.«

»Lassen wir diese Spitzfindigkeiten«, sagte Hotrenor-Taak. »Kommen wir lieber zum eigentlichen Grund Ihres Besuchs. Sie verfolgen doch einen ganz bestimmten Zweck damit, dass Sie mir Ihre Partei als die herrschende Macht auf Ertrus anpreisen. Was wollen Sie damit erreichen?«

»Darf ich mir eine Berichtigung erlauben, Hotrenor-Taak?«, bat Gollonk. »Ich möchte die PEI gar nicht so sehr als herrschende Macht anpreisen, denn dessen bedarf es gar nicht. Die Tatsachen sprechen für sich. Mir liegt vielmehr am Herzen, Ihnen deutlich zu machen, was für eine führende Position unser Volk innerhalb der Galaxis einnehmen könnte. Es gibt kein anderes Volk, das für die Führungsrolle innerhalb einer von den Laren gesteuerten Galaxis so geeignet wäre wie die Ertruser.«

Gollonk hatte gesagt, woran Hotrenor-Taak während der Landung auf diesem Planeten gedacht hatte: Eine ertrusische Armee würde unbesiegbar sein, schlagkräftiger noch als Leticrons Überschwere. Jetzt erkannte Hotrenor-Taak auch, worauf der Ertruser hinauswollte.

»Ich muss zugeben«, sagte der Lare vorsichtig, »dass mich allein die Erscheinung der Ertruser beeindruckt.«

»Sprechen Sie es nur ruhig aus – Sie halten uns für Wesen, die lediglich auf ihre körperliche Stärke setzen«, entgegnete Gollonk. »Aber wir vermögen viel mehr. Es kommt nicht von ungefähr, dass die Solare Flotte Emotionauten und Strategen vornehmlich aus unseren Reihen gewählt hat. Um Ihrem Einwand vorzugreifen: Das hat nichts mit unserer Imperiumstreue zu tun, sondern ist allein auf unser Können zurückzuführen. Wir würden auch im Dienste der Laren unser Bestes geben – und dem Hetos der Sieben wirkungsvoller dienen können als die Überschweren. Setzen Sie einen Ertruser als Ersten Hetran der Milchstraße ein – und bald gibt es in dieser Galaxis keine Probleme mehr für Sie!«

Hotrenor-Taak war froh, als Gollonk geendet hatte. Die dröhnende Stimme des Ertrusers tat ihm fast körperlich weh. »Sie bringen da ein seltsames Ansinnen vor, Gollonk«, sagte der Lare nach einer Weile. »Sind Sie sich eigentlich klar darüber, was Sie da sagen?«

»Jawohl, ich verlange, dass Sie Leticron abschieben und an seiner Stelle einen Ertruser als Ersten Hetran einsetzen!«, sagte Gollonk leidenschaftlich. »Leticron ist für diesen verantwortungsvollen Posten untragbar geworden. Das müssen Sie besser erkennen können als wir.«

»Allerdings«, erwiderte Hotrenor-Taak heftiger, als er eigentlich wollte. »Und ich weiß, dass ich mich auf Leticron verlassen kann.«

»Sagen Sie nicht, das sei Ihr letztes Wort!«, warnte Gollonk.

»Das werde ich doch, denn ich sehe die Diskussion über dieses Thema als beendet an«, sagte Hotrenor-Taak. Er hatte sich wieder völlig in der Gewalt und wunderte sich über sich selbst, warum er sich so hatte gehen lassen. Wie konnte er sich überhaupt mit diesem dahergelaufenen Ertruser auf eine Debatte über den Ersten Hetran einlassen! Gollonk mochte auf Ertrus ein mächtiger Mann sein, was aber kein Befähigungsnachweis dafür war, dass er sich auch für größere Aufgaben eignete. Hotrenor-Taak konnte Gollonk mühelos durchschauen. Der dachte natürlich, dass es für sein Volk von Vorteil sein würde, wenn ein Ertruser Erster Hetran der Milchstraße wäre. Das war sogar verständlich.

»Ich rate Ihnen dringend, Gollonk, Ihre Pläne in Bezug auf den Posten des Ersten Hetrans aufzugeben«, sagte Hotrenor-Taak eisig. »Es wird mich freuen, wenn die Ertruser dem Hetos der Sieben Loyalität beweisen. Aber Sie tun uns und Ihrem Volk einen schlechten Dienst, wenn Sie gegen Leticron intrigieren. Andererseits könnte ich mir aber vorstellen, dass Sie später einmal als Planetenverwalter im Rat der Hetosonen die Interessen von Ertrus wahrnehmen könnten. Das wäre eine Ihrer würdige Aufgabe.«

Der Lare merkte es dem Ertruser an, dass er ihn durch diesen Köder versöhnlicher gestimmt hatte. Zwar würde es in der Milchstraße nie einen solchen Posten geben, wie Hotrenor-Taak ihn in Aussicht stellte. Aber im Augenblick kam es nur darauf an, die Ertruser nicht zu verärgern.

»Glauben Sie, dass Sie die politischen Strömungen auf Ertrus in die Hand bekommen können, Gollonk?«, erkundigte sich Hotrenor-Taak jovial. »Wir Laren wollen uns da nicht einmischen, und es wird Ihnen auch lieber sein, wenn sich die Überschweren heraushalten. Deshalb können Sie vom Hetos der Sieben keine Unterstützung erwarten. Sie sind auf sich allein gestellt.«

Gollonk lächelte überheblich. »Meine Partei wird die Macht auf Ertrus übernehmen. Wenn Sie mir freie Hand lassen, Hotrenor-Taak, werden wir das Befreiungskomitee mit Stumpf und Stiel ausrotten.«

»Ich sagte schon, dass wir Laren uns nicht in ertrusische Angelegenheiten einmischen wollen – sofern es nicht zu Übergriffen gegen das Hetos der Sieben kommt.«

Gollonk nickte zufrieden. Er hatte einen kleinen Sieg errungen, und die große Niederlage, die er erlitten hatte, war schon wieder vergessen.

Er würde sich vorerst mit dem Erreichten begnügen. »Leider«, sagte er mit falschem Bedauern, »muss ich Ihnen mitteilen, Hotrenor-Taak, dass bereits in diesem Augenblick ein Komplott gegen das Hetos der Sieben im Gange ist. Aus sicherer Quelle weiß ich, dass das EBK alle verbliebenen Kräfte für einen Terrorakt mobilisiert hat.«

Hotrenor-Taak horchte auf. »Wissen Sie mehr darüber?«

»Nur, dass sich der Anschlag gegen eine der Pyramiden richten soll«, antwortete Gollonk. »Aber ich werde bald neue Informationen haben.«

Hotrenor-Taak entspannte sich wieder; er hatte Schlimmeres befürchtet. Er verzog seine gelben Wulstlippen zu einem breiten Grinsen und gab Laute von sich, die seine Belustigung zeigen sollten. »Vergessen Sie die Angelegenheit, Gollonk«, sagte er und machte eine wegwerfende Handbewegung.

»Sie sollten die Gefährlichkeit des EBK nicht unterschätzen«, warnte der Ertruser. »Ein in die Enge getriebenes Tier ist am gefährlichsten.«

»Vergessen Sie die Angelegenheit«, wiederholte Hotrenor-Taak amüsiert. »Damit werden die Mastibekks selbst fertig!«

Ihre Desintegratorstrahlen fraßen sich mühelos durch den Boden, Meter um Meter näherten sie sich der Pyramide.

»Noch dreißig Meter«, stellte Thorg Evargher fest und wischte sich den Schweiß von der Stirn. Im Licht von Kensons Scheinwerfer wirkte sein Gesicht blass und eingefallen.

»Was starrst du mich so an, Wargor?«, fragte Evargher und setzte den Kombistrahler ab. Quevamar Ablonth arbeitete unbeirrbar weiter; er schwebte im Antigravfeld langsam nach oben, während über ihm der Desintegratorstrahl ein Loch mit eineinhalb Meter Durchmesser in den felsigen Boden trieb.

»Wie sehe ich aus, Thorg?«, fragte Kenson.

»Um Jahre gealtert«, antwortete Evargher wahrheitsgetreu. »Ein ähnliches Bild des Jammers muss auch ich bieten. Ich fühle mich elend. Am liebsten würde ich umkehren.«

»Kein Grund zur Besorgnis«, kam die Stimme des Arztes aus den Kopfhörern. Sensoren übermittelten ihm einen stetigen Strom von Werten über die Verfassung der Männer. »Blutdruck etwas überhöht, aber nicht beunruhigend. Ablonths Gehirnaktivität gefällt mir weniger. Angst, Ablonth?«

»Verdammt, ja!«

Ablonth war bereits in dem Schacht verschwunden, den er während der Unterhaltung der beiden anderen nach oben getrieben hatte. Jetzt tauchte er daraus auf. »Mir wurde es da oben einfach zu eng«, erklärte er entschuldigend. Er war so blass, als wäre er in die pigmentzersetzende Strahlung des Albinorings geraten. »Plötzlich fühlte ich mich von allen Seiten bedroht, als ob mich unzählige Augen anstarrten.«

»Ich kenne das«, beruhigte Kenson den Freund. »Bleiben wir zusammen und arbeiten wir uns gemeinsam hoch.«

Sie schalteten wieder die Desintegratoren ihrer Kombistrahler ein. Kenson merkte, wie sich Evargher von Zeit zu Zeit abrupt umdrehte, so als hoffte er, eine unerwartete Entdeckung zu machen. Kenson wollte ihn schon darauf ansprechen, als er plötzlich das Gefühl hatte, beobachtet zu werden. Er blinzelte von der Seite zu Evargher und Ablonth hinüber in der Hoffnung, sie dabei zu ertappen, wie sie ihn anstarrten. Doch die beiden beachteten ihn überhaupt nicht. Sie hielten die Desintegratoren nach oben und schienen sich ganz auf diese Tätigkeit zu konzentrieren.

»Bald haben wir es geschafft«, murmelte Evargher.

»Körperlich haltet ihr es spielend durch«, hörten sie die Stimme des Arztes. »Die psychischen Spannungen müsst ihr aber irgendwie abreagieren. Denkt einfach nicht an die möglichen Gefahren. Legt eine Pause ein und schaltet geistig ab.«

»Der hat leicht reden«, schimpfte Ablonth und streifte die Sensoren ab.

Kenson schaltete das Funkgerät ab. Er konnte diese quälende Stimme ganz einfach nicht mehr ertragen. Wahrscheinlich war sie die Ursache dafür, dass er sich ständig beobachtet fühlte.

Evargher drehte sich ihm zu. »Mach keinen Unsinn, Wargor. Warum hast du die Verbindung unterbrochen? Wir müssen mit der Höhlenstation in Verbindung bleiben.« Er keuchte beim Sprechen. Seine Hände, die den schweren Strahler hielten, begannen zu zittern. »Ach, halt den Mund, Doc!«, schrie er plötzlich und riss sich die Kopfhörer herunter. Er atmete befreit auf. »Wie herrlich die Stille ist.«

»Wir müssen mit der Höhlenstation in Verbindung bleiben«, sagte Ablonth. »Hast du das nicht selbst behauptet, Thorg?«

»Machen wir weiter«, sagte Evargher nur. »Wir haben höchstens noch zehn Meter bis zum Pyramidenboden.«

Eine Weile war nur das leise Arbeitsgeräusch der Desintegratoren zu hören. Ihre Scheinwerfer beleuchteten die Decke, die sich Stück um Stück in einem Atomwirbel auflöste.

Kenson betrachtete seine Kameraden von Zeit zu Zeit verstohlen. Er hätte viel darum gegeben, ihre Gedanken zu erfahren. Was dachten sie über ihn? Er war sicher, dass sie sich mit nichts anderem als ihm beschäftigten.

Das rede ich mir nur ein, sagte er sich. Was sollten sie gegen ihn haben? Er erschrak über seinen seltsamen Gedankengang. Warum kam er auf die Idee, dass sie etwas gegen ihn haben könnten?

»Lebendig begraben«, murmelte Ablonth.

Kenson spürte dolchartige Blicke in seinem Rücken. Alles nur Einbildung. Er widerstand dem Wunsch, sich umzudrehen. Hinter ihm war nichts als glatt gefräster Boden und Gestein. Er wusste, dass hinter ihm niemand sein konnte. Trotzdem dachte er an nichts anderes als diese Augen, deren Blicke sich in seinen Rücken bohrten.

»Spürt ihr es auch?«, fragte Evargher.

»Was?«, fragte Kenson. »Die Blicke? Verdammt, wie sie brennen!«

Er wirbelte herum. Da war nichts. Nur die von Desintegratorstrahlen glatt geschliffene Wand. Als er sich wieder umdrehte und nach oben blickte, beschlich ihn schon wieder das unheimliche Gefühl, von unsichtbaren Augen beobachtet zu werden. Ja, die fremden Beobachter mussten unsichtbar sein, das war die einzige vernünftige Erklärung für dieses Phänomen.

»Das Gewicht wird immer unerträglicher«, sagte Evargher keuchend. »Es scheint fast, als ob wir uns nicht in die Höhe arbeiten, sondern dass die Decke sich senkt und uns hinunterdrückt.«

»Ja, ja!«, stimmte Ablonth eifrig zu, seine Augen glänzten fiebrig. »Ich habe ständig das Gefühl, von den Wänden erdrückt zu werden. Aber wenn ich dann die Arme ausbreite, entdecke ich, dass ich genügend Bewegungsfreiheit habe.«

»Es ist die Pyramide, die auf uns lastet«, keuchte Evargher.

»Es ist nur der Einfluss der Pyramide«, berichtigte Kenson. Diese Erkenntnis verschaffte ihm aber keine Erleichterung. »Die Panikstrahlung zermürbt uns.«

»Ich ertrage es nicht länger!«, stieß Ablonth hervor, schaltete den Desintegrator ab und ließ sich in seinem Antigravfeld nach unten sinken. »Ich bin wie lebendig begraben.«

Kenson ließ sich auf seine Höhe hinunterfallen. »Quev!«, herrschte er ihn an. »Das ist alles nur Einbildung. Wenn du es dir immer wieder vorsagst, dann kannst du dich diesem Einfluss entziehen.«

»Kann man sterben und sich einreden, dass man lebt?«, fragte Ablonth und stierte ins Leere. Langsam ließ er sich vom Antigravfeld wieder nach oben tragen. Er schlug Kenson freundschaftlich den Handrücken vor die Brust. »Ich werde mir einreden, dass ich lebe und freien Willens bin – was immer auch geschieht.«

»Geschafft!«, ertönte von oben Evarghers triumphierende Stimme. »Da ist die Pyramide ... Sie wird uns mit ihrem Gewicht zermalmen.«

Kenson ignorierte die unsichtbaren Augen, die ihn mit einer eigenen Lüsternheit beobachteten – etwa in der Art, wie Kannibalen ihr ahnungsloses Opfer betrachten würden.

Evargher presste sich mit dem Rücken gegen die Wand, die Arme waren wie Halt suchend ausgebreitet. Der Kombistrahler hing ihm an der Schlaufe von der Hand, die Augen waren unnatürlich nach oben verdreht.

Kenson schwebte rasch zu ihm empor. Als er auf seiner Höhe war, hatte er das Gefühl, gegen eine unsichtbare Barriere zu prallen. Aber das verursachte ihm keinen körperlichen Schmerz, sondern es war ein Schlag gegen seine Psyche. Er hatte das Gefühl, von einem Sog ergriffen zu werden. Schwärze war um ihn, eine unheimliche Macht erfasste ihn, wirbelte ihn davon. Schwerelosigkeit wechselte mit abrupter Gewichtszunahme. Er fiel. Senkrecht. Und oben lauerte Kälte. Schwärze. Der Tod im Gewand des absoluten Nichts.

Als er den Blick gewaltsam davon losriss, sah er Evargher gegenüber an der Wand kleben. Er blickte an sich hinunter und stellte fest, dass er die gleiche Stellung eingenommen hatte.

Jetzt bewegte sich Evargher, und auch Kenson konnte mit einiger Mühe seine unnatürliche Haltung aufgeben. Ablonth war vorsichtiger und kam langsam zu ihnen heraufgeschwebt.

»Ich habe den Pyramidenboden freigelegt«, sagte Evargher erschöpft, aber mit hörbarer Erleichterung in der Stimme.

Ablonth leuchtete mit seinem Scheinwerfer hinauf. Dann packte er Evargher unwillkürlich am Arm.

»Du hast nicht nur den Pyramidenboden freigelegt«, sagte er atemlos, »sondern ihn sogar durchdrungen!«

»Unmöglich!«

»Und doch ist es so«, behauptete Ablonth. »Der Desintegratorstrahl ist durch den Pyramidenboden gegangen wie durch Butter. Diese Schwärze, die einen zu verschlingen droht, ist das Innere der Pyramide. Wir haben es geschafft.«

Sie starrten zu dem Loch hinauf, während sie langsam darauf zuschwebten. Ihre Scheinwerfer vermochten das Dunkel nicht zu durchdringen.

Kenson war alles andere als erfreut darüber, dass sie es geschafft hatten. Er verspürte keinen Triumph. Ähnlich mochte es auch den beiden Kameraden gehen. Sie schwiegen.

Ablonth glitt, die Arme an den Körper gelegt, den Kombistrahler an der Armschleife nachziehend, steif in die Höhe. Sein Gesicht war eine starre Maske, angespannt, die Augen geweitet, als wolle er jede Einzelheit gierig in sich aufsaugen. Dabei gab es nichts zu sehen.

Evargher hatte die Arme etwas abgewinkelt, die Finger waren gespreizt. Diesen Eindruck gewann Kenson noch von seinem Kameraden, bevor sie in das Innere der Pyramide glitten. Kenson fühlte sich nicht von Antigravfeldern getragen, sondern ihm war, als würde er in der Strömung eines Meeres treiben. In einem Meer aus Schwärze. Das Dunkel war unglaublich gegenwärtig, so dicht wie Wasser, obwohl er eigentlich mühelos atmen konnte. Und im Sog dieser flüssig-dichten Schwärze glitten sie in die Höhe.

Die Strahlen ihrer drei Scheinwerfer waren zwar sichtbar, aber nicht als Licht. Der Schein bestand aus gesponnenen Fäden, die keine eigene Leuchtkraft zu haben schienen. Das Dunkel schluckte die elektromagnetischen Wellen, absorbierte sie, ohne ihnen jedoch das optische Auflösungsvermögen zu nehmen. Kenson bekam Eindrücke einer Umgebung, wenngleich diese noch nicht zu definieren war. Doch legten nicht die Strahlen ihrer Scheinwerfer diese Umgebung frei.

Als sich seine Augen halbwegs an die herrschenden Bedingungen gewöhnt hatten, erkannte er, dass es in dieser absolut scheinenden Schwärze Schattierungen gab. Es gab ein »festeres« Schwarz und dann unzählige Abstufungen von »transparenterem« Schwarz. Eiseskälte schlug ihnen entgegen.

Wir erfrieren!, hörte Kenson Ablonth sagen. Er nahm die Worte des Freundes nicht akustisch wahr. Schallwellen wurden hier ebenso geschluckt wie Lichtstrahlen. Kenson nahm die Worte auch nicht mit seinem Geist wahr – man konnte also nicht sagen, dass seine Gedanken für die anderen hörbar wurden. Keine Spur von einer Umkehrung in telepathische Impulse. Das hier hatte nichts mit einem parapsychischen Phänomen zu tun!

Wir erfrieren! Das stand vor Kensons Augen in einem seltsamen schwarz-schwarzen Kode zu lesen. Es kostete ihn keine Mühe, die Symbole zu entschlüsseln. Seine Sinne ertasteten das gesprochene Wort als festen Bestandteil seiner Umgebung. Feine Nuancen im Nichts.

Und wie kalt es auf einmal wurde! Kenson schaltete die Heizung seiner Kombination ein. Nur für einen Moment spürte er einen wohligen Wärmehauch, dann wurde auch dieser von der Schwärze und der Kälte geschluckt. Das Nichts entzog ihren Energiequellen alle thermische Strahlung – ja, es entzog sogar ihren Körpern die Wärme.

Haltet euch in Bewegung, um so der Kälte Herr zu werden, sagte Wargor Kenson – und die Worte wurden in die Luft gesetzt. Er machte mit den Armen rudernde Bewegungen, strampelte mit den Beinen.

Luft? War das überhaupt Luft? Oder bestand die Atmosphäre nicht aus einer ihnen unbekannten Substanz? Aus einem Gemisch, das sich in keiner Weise analysieren ließ?

Wenn Kenson atmete, so hatte er nicht das Gefühl, dass sich seine Lungen mit Luft füllten. Er konnte mit jedem Atemzug die Bedürfnisse des Körpers stillen. Aber ob das durch Aufnahme von Sauerstoff geschah, wagte er zu bezweifeln. Fast schien es, als ob sie beim Betreten der Pyramide in eine andere Zustandsform umgewandelt worden wären. Ein anderes, fremdartiges Sein? Eine bisher nicht gekannte Aggregatform des Lebens?

Man gewöhnte sich daran. Man konnte sich nicht ganz anpassen, denn in welchem Maße und welchem Sinne auch immer man sich verwandelt hatte – man behielt seinen Körper bei. Kenson war noch Mensch, er konnte seinen Körper ertasten: Er war eine humanoide schwarz-schwarze Projektion in der wallenden, lebendigen Schwärze.

Ja, das Dunkel lebte. Man gewöhnte sich an seinen Zustand. Aber eine Beklemmung blieb. Mit der Anpassung an die Umgebung wuchs auch die Angst vor einer unheimlichen Bedrohung. Die Eiseskälte kam nicht mehr von außen, sondern sie kam von innen. Jeder fror in seinen eigenen Ängsten.

Aus dem Dunkel schälten sich seltsame Apparaturen. Trotz ihrer Fremdartigkeit empfand Kenson darüber Erleichterung, dass sie nicht in einer endlosen Leere trieben.

»Fantastisch!«, entfuhr es Evargher. Und wenn das Gesprochene auch nicht Schall war, so glaubte Kenson, es zu »hören«. Er hatte sich bereits auf die Fremdartigkeit der Umgebung eingestellt.

»So sieht also das Innere der Pyramiden aus. Ich habe schon nicht mehr erwartet, hier die Zeugen einer fremden Technik anzutreffen.«

Evargher machte Schwimmbewegungen und steuerte so auf ein bizarres Gebilde zu, das wie eine abstrakte Skulptur aussah. Es gab daran keine gerade Linie, alles war abgerundet, geschwungen, kreisförmig, wenn auch kein einziger Kreis, ebenso wenig wie eine Kugel, vollendet war.

»Sieht aus wie eine Ansammlung von Kristallen«, meinte Ablonth, der Evargher gefolgt war.

»Mir erscheinen diese Gebilde eher wie Tautropfen«, sagte Kenson. Ja, es waren Tropfen aus irgendeiner Masse, von denen jedoch keiner ganz geblieben war. Irgendjemand oder irgendetwas hatte sie zerstückelt und dann willkürlich zusammengefügt.

Das Gebilde war zehn Meter breit, fünf Meter hoch – falls man das metrische System überhaupt anwenden konnte – und zweieinhalb Meter tief. Es klebte an der Pyramidenwand. Evargher versuchte, einen der sezierten Tropfen zu berühren, zuckte aber sofort zurück.

»Was ist?«, fragte Kenson. »Hast du einen Schlag bekommen?«

Evargher schüttelte wie in Zeitlupe den Kopf. »Mir ist überhaupt nichts passiert. Ich habe nur eine Scheu, das Ding zu berühren.«

»Das wird auch auf eine Art Panikstrahlung zurückzuführen sein«, behauptete Ablonth.

»Ja, eine Art Panikstrahlung«, meinte Kenson. Er hätte gerne einen passenderen Ausdruck gefunden.

Es fiel schwer, die Dinge innerhalb der Pyramide zu beschreiben. Sie war nicht in Etagen oder Decks unterteilt, sondern war ein einziger Hohlraum, in dem die fremdartigen Maschinen und Apparaturen schwebten und hingen und standen. Es gab keine sichtbaren Verbindungen zwischen den einzelnen Geräten, aber Kenson war sicher, dass sie zumindest »drahtlos« miteinander verbunden waren. Abgesehen davon, dass ihre Funktion nicht zu ergründen war, schienen sie auch nicht in Betrieb zu stehen. Sie erweckten den Eindruck, dass sie abgeschaltet waren.

»Da, schau«, forderte Evargher Kenson heraus und hielt ihm sein Armbandgerät hin.

»Keine Anzeige«, stellte Kenson unbeeindruckt fest. »Hast du etwas anderes erwartet?«

Evargher schüttelte den Kopf. Er ließ sich zu einer der Pyramidenwände treiben und tastete sich an ihr entlang.

»Feste Materie«, konstatierte er. »Und doch hat man das Gefühl, dass dies nicht die Grenze der Pyramide ist. Hinter dieser Wand scheint noch etwas zu sein … Ich habe das Gefühl, hineinzustürzen.«

Kenson wusste, was er meinte. Ihm erging es ebenso.

»Die Pyramide ist unbemannt«, erklärte Ablonth, während er eine grotesk anzusehende Maschine untersuchte, die etwas von einem unförmigen Stück Schlacke hatte, obwohl man erkennen konnte, dass die Unförmigkeit sinnvoll war. Ablonth war hundert Meter von ihnen entfernt, und doch konnten sie ihn ganz deutlich hören.

»Du irrst, Quev«, sagte Evargher. »Die Pyramide ist sehr wohl bewohnt. Spürst du denn nicht, dass sie voll von Leben ist?«

Ablonth blickte sich um, während er ein Gesicht machte, als lausche er in die Ferne. Plötzlich fröstelte ihn. »Ich ...«, begann er, unterbrach sich dann aber selbst.

Kenson hatte urplötzlich wieder das Gefühl wie auf dem Weg zur Pyramide, dass er von unzähligen Augen beobachtet wurde. Aber jetzt wusste er, dass es sich nicht um Augen im Sinne menschlicher Sehorgane handelte. Etwas belauerte sie. Etwas nicht Fassbares und doch Allgegenwärtiges. Es war ganz nahe und doch unendlich weit fort.

»Ich spüre die Anwesenheit von Lebewesen«, sagte Evargher leise. »Es müssen die Pyramidenerbauer sein, Mitglieder des dritten Konzilsvolks.«

»Warum zeigt ihr euch nicht?«, schrie Ablonth plötzlich. »Kommt aus eurem Versteck und tretet uns gegenüber! Wir wissen, dass ihr hier seid!«

Die drei Freunde blickten sich suchend um. Nichts geschah.

»Sie sind da«, flüsterte Kenson. »Ich fühle es ganz deutlich.«

»Ja, sie sind da«, bestätigte Evargher. »Aber wer sagt, dass sie sich uns nicht zeigen wollen? Vielleicht können wir sie nur nicht sehen.«

»Blödsinn«, sagte Ablonth, aber es klang nicht überzeugt.

Sie drängten sich aneinander. Jetzt wurde die Ausstrahlung von etwas Lebendigem immer stärker. Aber noch immer konnten sie die Lebewesen nicht sehen. Sie waren da, aber mit menschlichen Sinnen nicht fassbar. Und sie rückten näher. Kenson fühlte sich immer mehr bedrängt. Das Etwas, das auf ihn eindrang, war übermächtig, war die elementare Urgewalt des Lebens selbst. Es reckte sich gierig nach ihnen, lauerte irgendwo in der Schwärze hinter einer unendlichen Leere.

Und da erkannte Kenson, dass Dimensionen sie von dieser übermächtigen Kraft trennten. Dimensionen, die sie selbst nicht überbrücken konnten, die aber für das gierige, unersättliche Etwas kein Hindernis waren.

Plötzlich brachen die Barrieren. Die drei riesenhaften Ertruser fühlten sich auf einmal schwach und hilflos, als das lebende Dunkel über sie kam. Über ihnen wurde ein Teil der Pyramide transparent, und sie sahen den Himmel von Ertrus.

Eine mächtige Energiekugel verdrängte den Himmel. Ein SVE-Raumer. Die drei Freunde wussten, was dies zu bedeuten hatte, und hielten den Atem an. Aber keiner von ihnen konnte auch nur im Entferntesten ahnen, in welchen Strudel fantastischen Erlebens sie durch dieses Ereignis gerissen wurden.

8.

Kenson sah fasziniert zu, wie die Energieströme zu dem hoch über ihnen schwebenden SVE-Raumschiff hinaufflossen. Er verfolgte den Vorgang mit bloßen Augen, ohne geblendet zu werden. Er wunderte sich nicht darüber. Er fragte sich auch nicht, ob irgendwelche Einflüsse die Akkommodationsfähigkeit seiner Augen verbessert hatten oder ob es die ihn umgebende Schwärze war, die das Gleißen der Energien dämmte.

Es war nicht wichtig. Im Moment genoss er es nur, das »Auftanken« eines Larenschiffs aus dieser Perspektive zu beobachten. Aber er wurde jäh aus seiner Betrachtung gerissen. Das Dunkel machte sich wieder mit elementarer Wucht bemerkbar. Kenson erhielt einen so heftigen geistigen Schlag, dass er glaubte, von einer parapsychischen Explosion zerrissen zu werden. Und auf einmal war er wie körperlos.

»Was passiert mit uns?«, rief Ablonth verzweifelt.

Er erhielt keine Antwort. Kenson versuchte zu begreifen, was mit ihnen geschah, doch er brachte keinen zusammenhängenden Gedanken mehr zustande. Aber er verlor nicht nur sein Denkvermögen, sondern auch seine Persönlichkeit. Sein Ich schien zu zerfließen und aufzugehen in einem Kollektiv aus Millionen und Abermillionen namenloser Wesen.

Namenlos? Mitnichten!

Da war Elpert Trolk, ein tüchtiger Positronik-Ingenieur, der sich ein ausgiebiges Essen gönnte …

… Ivla, kein weiterer Name, nur Ivla, die in der Hauptgeschäftsstraße von Baretus mit ihrer Tochter einen Einkaufsbummel machte … Elhamina, die Tochter, die mit großen, staunenden Augen den Großstadtverkehr beobachtete und mit der überschäumenden Fantasie ihren verwirrenden Träumen nachhing ... Ein Gefühl der Zufriedenheit strömte von dem Mädchen auf Kenson über ...

... und der Alte auf der gegenüberliegenden Straßenseite. Ein Veteran vieler Kriege. Ein Zeuge vielen Leids. Träger einer schweren Bürde. Niedergeschlagenheit. Resignation nach einem unerfüllten Leben. 467 Jahre alt – Gedanken an den Tod ... Kenson litt mit ihm ...

Warum? Wie war es möglich, dass er an dem Schicksal – und mehr noch an dem Innenleben dieser Menschen teilnahm? Was legte ihre Emotionen frei? Was veranlasste ihn dazu, dass er sie in sich aufsog wie ein trockener Schwamm?

Kenson versuchte, sich der auf ihn einstürmenden Emotionen zu erwehren. Es gelang ihm, sie weiterzuleiten, dorthin, wo das Dunkel lauerte ... Und das Dunkel verschlang die Emotionen gierig.

Wie im Traum nur nahm Kenson die Vorgänge hoch über sich wahr. Der Energiestrom floss immer noch von der Pyramide zu dem SVE-Raumer hinüber. Aber er nahm das nur unterbewusst wahr. Es war ein Ereignis am Rande, eine Sekundärerscheinung.

Die anderen Energien, die auf die Pyramide einströmten, gehörten zu dem eigentlichen Geschehen. Ertrusischer Alltag. Menschen, die liebten. Menschen, die hassten.

Und Kenson hatte daran Anteil. Er durchlebte den Hass unzähliger Ertruser, den Hass, der versteckt in Gehirnen wohnte, den Hass, der in tragischen Handlungen ein Ventil suchte.

Alltag. Der Wissenschaftler, der unermüdlich über einem Problem brütete: Ein unmessbar kurzer Augenblick legte sein ganzes Seelenleben bloß. Der Schlafende: Eine Momentaufnahme seiner Seele zeigte die geheimsten Wünsche.

Emotionen. Gefühle, in Energie umgesetzt. Und Kenson ließ sie durch sich fließen. Er war nur eine Zwischenstation. Die Emotionen fielen durch ihn wie Lichtstrahlen durch Glas. Sie wurden dem Dunkel zugeführt, das sie gierig verschlang.

Die Justierung des SVE-Raumers ging weiter. Die Pyramide strahlte weiterhin Energie an das Larenschiff ab – und saugte gleichzeitig die Emotionen der Umgebung in sich auf.

Plötzlich glaubte Kenson, die Zusammenhänge erkannt zu haben. Wer immer auch die Pyramidenerbauer waren, sie handelten nicht uneigennützig, wenn sie die SVE-Raumer mit Energien aufluden. Während die Pyramiden nämlich die SVE-Raumer versorgten, entzogen sie gleichzeitig den Lebewesen ihrer Umgebung Energien besonderer Form und führten sie an Unbekannte ab.

Diese Energien waren die Emotionen von Lebewesen. Es gab keine andere Erklärung für die Geschehnisse. Es konnte kein Zufall sein, dass die Emotionen der auf dieser Welt lebenden Ertruser gerade in dem Augenblick in konzentrierter Form auf Kenson eingestürmt waren, als das Larenschiff mit Energien der Pyramide aufgeladen wurde. Dieser Vorgang war dafür verantwortlich, dass plötzlich die Gefühle vieler Millionen Frauen und Männer und Kinder von der Pyramide empfangen wurden.

Die Emotionen wurden konzentriert und anschließend gebündelt abgestrahlt. Und Kenson hatte sie wahrgenommen, weil er sich im Bereich dieses Richtstrahls befand.

Wer aber war ihr Empfänger? Zweifellos jenes Etwas, das gierige, unersättliche Dunkel, das hinter der Leere lauerte. Es schien nur auf diesen Vorgang gewartet zu haben. Aber wozu? Was für einen Nutzen konnte man aus den Empfindungen Millionen anonymer Lebewesen ziehen?

Kenson glaubte, unter den auf ihn einstürmenden Emotionen den Verstand zu verlieren. Er versuchte unter Aufbietung seines ganzen Willens, sich ihnen zu entziehen. Aber er konnte sich ihnen einfach nicht verschließen. Er erlebte den Gefühlsausbruch von unzähligen Ertrusern gleichzeitig. Er konnte die einzelnen Emotionen schon längst nicht mehr auseinander halten. Sie hatten sich zu einem Gefühlsorkan vereinigt. Ein Chaos aus verschiedenartigsten Empfindungen tobte in ihm. Fremde Empfindungen, mit denen er sich nicht identifizieren konnte.

Wahnsinn! Er würde an dieser Belastung zerbrechen, wenn er sich den Emotionen nicht entziehen konnte. Er versuchte, sich damit zu helfen, dass er sich auf die realen Vorgänge rund um ihn konzentrierte.

Hoch über ihm ging der Energieaustausch noch immer weiter. Wie lange schon – und wie lange noch? Nahm dies kein Ende? Er erinnerte sich daran, dass das Aufladen von SVE-Raumern nie länger als nur einige Minuten dauerte. Waren aber inzwischen nicht bereits Stunden oder Tage verstrichen?

Thorg Evargher. Er schwebte in der Schwärze. Neben ihm Quevamar Ablonth. Kenson hatte den Eindruck, als würden ihre Körper ständig von ungeheuren Energiestößen durchgeschüttelt. Er war sicher, dass er keinen anderen Anblick bot. Und so wie er würden auch seine beiden Freunde den Emotionen ihrer Millionen und Abermillionen Artgenossen ausgesetzt sein.

Es gab keinen Weg, sich ihnen zu entziehen. Kensons Psyche konnte dieser Belastung nicht mehr standhalten. Er ergab sich endlich in sein

Schicksal. Er stemmte sich nicht mehr gegen die fremden Emotionen, sondern ließ sich mit ihnen treiben.

Endlich kehrte Friede in ihn ein. Jetzt, da er sich nicht mehr einkapselte, verspürte er auch keine seelischen Schmerzen mehr. Seine Seele war frei, sein Bewusstsein konnte sich entfalten, sein Ich, all sein Fühlen und Denken, konnte dem Gefängnis seines Körpers entfliehen.

Ein furchtbarer Gedanke kam ihm. War es nicht möglich, dass seine eigenen Emotionen in den unheimlichen Sog gerissen und dem lauernden, gefräßigen Etwas zugeführt wurden? Angst brandete in ihm auf. Er versuchte noch einmal, sich gegen das Schicksal, in das er sich freiwillig ergeben hatte, aufzulehnen, konnte aber sein Ich, sein Bewusstsein und sein Innerstes, die Seele, nicht mehr zu fassen kriegen. Das, was Wargor Kenson ausmachte, wirbelte im Sog der Emotio-Sendung davon und ließ die leere Hülle seines Körpers in der Pyramide zurück.

Einige hundert Meter höher wurde der Aufladungs- und Justierungsprozess abgeschlossen. Der Energieschlauch fiel zusammen. Der SVE-Raumer nahm Fahrt auf.

Als Laptir zu sich kam, war sein erster Gedanke: Rache!

Er setzte sich auf, stützte die Hände auf den Bettrand und schüttelte den Kopf, um die Benommenheit zu verscheuchen. Sein Kopf wurde langsam wieder klarer. Die Nachwirkung der Beruhigungsspritze fiel von ihm ab. Sein Verstand begann wieder zu arbeiten.

Aber bei seinen Gedanken und Überlegungen ließ er sich nicht von Vernunft leiten, sondern von seinen Gefühlen. Und die hatte man mit Füßen getreten. Nicht nur Wargor Kenson hatte ihn beschimpft und gedemütigt. Auch Thorg Evargher hatte seinen Stolz verletzt, als er ihn daran hinderte, sich an Kenson zu rächen. Und Evargher war die Organisation.

Laptir war mit dem EBK fertig. Er wusste, dass auch Evargher ihn für einen Feigling hielt. Und so wie der Chef würden auch seine ehemaligen Kameraden denken. Er machte sich nichts vor, die Organisation würde ihn fallen lassen. Man hatte ihm die Spritze nicht gegeben, damit er sich beruhigte, sondern weil man ihn ausschalten wollte. Und dieses Zimmer war sein Gefängnis.

Er würde es ihnen zeigen! So konnte man mit ihm nicht umspringen.

Er ging zur Tür und rüttelte daran. Sie war abgeschlossen. Es war eine feste Metalltür, die selbst den Körperkräften einen Ertrusers standhielt. Laptir hämmerte dagegen.

»Ja?«, ertönte eine mürrische Stimme aus dem Lautsprecher des Visiphons; der Bildschirm blieb dunkel.

»Warum habt ihr mich eingeschlossen?«, fragte Laptir wütend.

»Wir wollten, dass du ungestört schlafen kannst.«

»Jetzt bin ich wach und habe Hunger.«

»Ich bringe dir etwas zu essen.«

Eine Viertelstunde später ging die Tür auf, und ein Wachtposten mit einem schwer beladenen Tablett kam herein. Er balancierte es mit einer Hand, während er die andere am Knauf seines Paralysators liegen hatte.

Laptir hieb dem Wachtposten mit aller Wucht die Faust ins Genick. Der Mann brach, ohne einen Laut von sich zu geben, zusammen. Das Tablett prallte scheppernd auf den Boden. Laptir nahm dem Bewusstlosen den Paralysator ab und rannte den Korridor hinunter. Er blickte durch ein Fenster in den Park hinaus, wo die Baumaschinen herumstanden. Keine Menschenseele war zu sehen.

Obwohl Laptir diesen Stützpunkt nicht kannte, war er sicher, dass Evargher überall Wachen postiert und Fallen aufgestellt hatte. Er würde nicht weit kommen, wenn er versuchte, durch den Park zu fliehen. Aber die Baumaschinen brachten ihn auf eine Idee.

Er öffnete das Fenster und sprang in den Park hinaus. Dann schlich er geduckt zu einer Planiermaschine. Es war ein riesiges Ding, fast so hoch wie die Villa. Würde das einen Aufruhr geben, wenn sich die Planierraupe auf einmal scheinbar selbständig machte!

Laptir sah zum Dach der Villa hinauf. Er erblickte dort keinen Wachtposten, wahrscheinlich hielt sich dieser beim Liftschacht oder beim Dachaufgang auf. Dafür sah Laptir ein Stück der Tragfläche eines Gleiters über den Dachrand ragen. Er überzeugte sich noch einmal davon, dass das Führerhaus der Planierraupe mit dem Dachniveau der Villa fast auf gleicher Höhe war, dann kletterte er über die Eisensprosse hinauf.

Ohne besondere Mühe setzte er die Planierraupe in Gang. Sie rollte stampfend und fauchend an.

Laptir kletterte auf das Führerhausdach, und als die Maschine der Villa am nächsten gekommen war, von dort auf deren Flachdach. Hinter dem Dachrand ging er sofort in Deckung.

Unten im Garten hob ein wildes Geschrei an. Die Wachtposten hatten entdeckt, dass jemand die Planierraupe in Gang gebracht hatte. Vielleicht waren sie sogar schon von seiner Flucht unterrichtet und nahmen an, dass er mit der Maschine zu entkommen versuchen wollte.

Sollten sie es nur glauben! Er schlich sich bis zum Gleiter und blickte vorsichtig über dessen Rand hervor. Er konnte nur einen Wachtposten ausmachen. Er stand, wie nicht anders zu erwarten, beim Treppenaufgang. Jetzt ging er allerdings zum Dachrand, um zu sehen, was dort unten vor sich ging. Auf halbem Wege traf ihn ein Lähmstrahl aus Laptirs Paralysator.

Laptir schwang sich in den Gleiter und schoss in einem Blitzstart in den azurblauen Himmel von Baretus. Jetzt konnte er seine Rachepläne wahr machen.

»Wir können uns diese Behandlung nicht gefallen lassen!«, rief Ettnar Paddo. »Dieser Hotrenor-Taak soll uns kennen lernen. Von nun an wird es keinen Pardon mehr für die Laren geben. Zeigen wir ihnen, welche Macht die PEI auf diesem Planeten hat!«

Zustimmendes Gemurmel wurde unter den Versammelten laut. Hemo Gollonk wartete mit verkniffenem Gesicht, bis die Unmutsäußerungen abebbten.

»Noch bin ich Parteiführer«, sagte er dann. »Gehst du nicht etwas zu weit, wenn du über mich hinweg Beschlüsse fasst, Ettnar?«

Ettnar Paddo wurde blass. »Das darfst du nicht so auslegen, Hemo«, beteuerte er. »Ich habe nur vorgeschlagen, was wir unternehmen könnten. Hotrenor-Taak hat sich einen unverzeihlichen Affront geleistet, als er dein Angebot zurückwies. Diese Schmähung dürfen wir schon aus Prestigegründen nicht auf uns sitzen lassen. Ich habe nur die allgemeine Meinung wiedergegeben, als ich sagte, wir sollten gegen die Laren einen Vergeltungsschlag führen.«

»Du tust gerade so, als seist du bei der Besprechung mit Hotrenor-Taak dabei gewesen«, meinte Gollonk. »Hotrenor-Taaks Haltung war in Wirklichkeit gar nicht ablehnend. Und von einem Affront kann überhaupt nicht die Rede sein. Zugegeben, ich bin selbst enttäuscht, dass er auf unsere Forderungen nicht eingegangen ist. Aber man muss es auch von seiner Warte aus sehen. Hotrenor-Taak kennt mich noch zu wenig, weiß nichts über meine Fähigkeit und die Schlagkraft der PEI. Wir müssen ihm unsere Stärke erst beweisen, um ihn für uns zu gewinnen.«

»Sag ich doch«, rief Paddo. »Geben wir den Laren einen Denkzettel, damit sie …«

»… einen Vorwand haben, Ertrus mit Waffengewalt einzunehmen«, vollendete Gollonk den Satz. »Nein, darauf dürfen wir uns nicht einlassen. Wir wollen Freunde der Laren sein. Nehmen wir ihnen die Arbeit ab und räumen wir mit den verbrecherischen Elementen auf Ertrus auf. Konkret meine ich, dass wir das EBK endgültig vernichten sollten.«

»Die pfeifen sowieso schon auf dem letzten Loch«, meinte Paddo abfällig.

»So? Aber immerhin sind sie noch stark genug, um einen Coup gegen die Pyramiden zu landen. Und uns – obwohl wir eine so mächtige Organisation sind – ist es noch nicht gelungen herauszufinden, was Evargher eigentlich plant. Wir wissen nicht einmal, gegen welche Pyramide sich sein Anschlag richtet. Oder hat das einer unserer Meisterspione herausgefunden?«

Betretenes Schweigen folgte. Einige Männer blickten an Gollonk vorbei zur Tür, die sich geöffnet hatte. Gollonk selbst hörte an den Geräuschen, dass jemand eingetreten war, kümmerte sich aber nicht darum.

»Vielleicht könnte ich dir einen Tipp geben«, sagte jemand hinter dem PEI-Führer.

»Mund halten! Rede, wenn du gefragt wirst.«

Gollonk drehte sich jetzt um und sah zwei seiner Männer mit einem Gefangenen. Sie gaben ihm einen Stoß, dass er Gollonk vor die Füße fiel.

»Wer ist das?«, fragte der Parteiführer.

»Ich heiße Laptir …«, begann der Unbekannte, verstummte aber sofort wieder, als sich ihm ein schwerer Stiefel ins Kreuz presste.

»Er hat im Hauptquartier angerufen und sich mit einem der Kodewörter ausgewiesen«, berichtete einer der beiden Männer, die den Gefangenen hereingebracht hatten, »und erklärt, er hätte Informationen über das EBK für uns. Wir vereinbarten einen Treffpunkt, schnappten ihn uns und brachten ihn her.«

»Woher kanntest du das Kodewort?«, fragte Gollonk und packte Laptir an seiner Haarsichel.

»Wie geheim es ist, kannst du erkennen, wenn ich dir sage, dass ich es von Evargher habe«, antwortete Laptir.

»Du bist also ein Spitzel des EBK«, sagte Gollonk. »Hat Evargher selbst dich geschickt?«

Laptir schüttelte schnell den Kopf. Dann erzählte er eine Geschichte, die er sich auf dem Flug hierher zurechtgelegt hatte. Er habe schon lange eingesehen, dass die PEI die richtige Partei für ihn sei, er glaube nicht mehr an Rhodan und das Solare Imperium, sondern meine, dass man das Beste aus der augenblicklichen Lage machen solle und danach streben müsse, dass ein Ertruser Erster Hetran der Milchstraße werde.

»Ich habe nur einen günstigen Augenblick abgewartet, um abspringen zu können«, fuhr Laptir fort. »Und ich wollte nicht mit leeren Händen zu euch kommen. Mein Warten hat sich gelohnt. Ich kann euch sagen, wie Evargher welche Pyramide zu knacken versucht.«

Laptir hütete sich zu verraten, dass ihm die PEI eigentlich gleichgültig sei und ihn nur gekränkter Stolz zum Verräter machte.

Gollonk betrachtete den Mann zu seinen Füßen. Er machte einen wenig Vertrauen erweckenden Eindruck, aber das hatten Verräter nun einmal so an sich. Gollonk verachtete Männer, die für ihren eigenen Vorteil ihre Freunde verrieten. Aber dass jemand seine Überzeugung änderte, konnte er sich vorstellen. Vielleicht steckte auch etwas anderes dahinter? Eine Falle des EBK?

»Los, heraus mit der Sprache!«, sagte Gollonk fast brutal. Und Laptir erzählte alles, was er wusste.

Gollonk hörte ihm mit wachsendem Interesse zu. Dabei überlegte er fieberhaft. Um welcherart Falle konnte es sich handeln, die ihm Evargher stellen mochte? Er konnte es sich nicht vorstellen. Selbst wenn besagte Villa in eine Festung umgebaut war, so besaß das EBK nicht genügend Männer und auch nicht die erforderliche Ausrüstung, um gegen die Übermacht der PEI etwas ausrichten zu können.

Als könnte Laptir seinen Gedankengang erraten, sagte er: »Die Villa ist nur schwach bewacht. Man könnte sie im Sturm nehmen. Wahrscheinlich hat Evargher sein Unternehmen bereits gestartet, und seine Hauptstreitmacht befindet sich am Einsatzort bei der Chorzin-Pyramide. Du musst schnell handeln, Gollonk.«

Plötzlich lächelte Gollonk. »Ja, ich werde handeln. Ich werde Alarm an alle meine Leute geben. Sie sollen sich bereithalten. Vielleicht brauchen wir aber selbst keine Hand zu rühren.«

»Was hast du vor?«, fragte Laptir unsicher.

Gollonk fand es unter seiner Würde, ihm eine Antwort zu geben. Er zog sich in sein Büro zurück und nahm mit Hotrenor-Taak Verbindung auf. Das war schwerer, als er geahnt hatte. Aber eine halbe Stunde später blickte der Verkünder der Hetosonen ihn vom Schirm des Visiphons an.

»Schon wieder Sie, Gollonk«, sagte Hotrenor-Taak unwirsch. »Was wollen Sie denn noch? Ich dachte, ich hätte mich klar ausgedrückt.«

»Noch nicht ganz«, meinte Gollonk. »Ich habe noch eine Frage an Sie, Hotrenor-Taak. Sind Sie für die Sicherheit der Mastibekk-Pyramiden verantwortlich? Oder welche Instanz wäre sonst dafür zuständig?«

»Was soll diese Frage?«, sagte Hotrenor-Taak ärgerlich. Aber Gollonk glaubte es in seinen tief in den Höhlen liegenden smaragdgrünen Augen interessiert aufblitzen zu sehen.

»Ich wende mich an Sie«, sagte Gollonk, »weil ich erfahren habe, dass das EBK einen Sabotageakt auf die Chorzin-Pyramide plant.«

»Das ist ungeheuerlich!«, entfuhr es Hotrenor-Taak. Aber er war nur für Sekundenbruchteile fassungslos und versteckte seine Gefühle sofort wieder hinter der Maske eines überlegenen und über allen Dingen stehenden Herrschers. »Es ist noch gar nicht lange her, dass ich mit meinem Schiff über der Chorzin-Pyramide war.«

»Und Ihnen ist gar nichts aufgefallen?«, erkundigte sich Gollonk mit leichtem Spott. »Haben Sie keinen Hilferuf der Mastibekks aufgefangen?«

»Machen Sie keine Witze«, rügte Hotrenor-Taak ihn. »Sind Sie ganz sicher, dass sich der Anschlag gegen die Chorzin-Pyramide richtet?«

»Absolut.« Gollonk sagte es in einem Tonfall, als gäbe es für ihn nicht den geringsten Zweifel. »Werden Sie der Sache nachgehen, Hotrenor-Taak?«

Zu Gollonks Überraschung antwortete der Lare mit einem entschlossenen Nein.

»Wollen Sie wirklich tatenlos zusehen, wenn die Terroristen die Pyramide stürmen? Wollen Sie nichts zur Unterstützung der Mastibekks unternehmen?«

»Ihre Sorge ist rührend, aber die Mastibekks kommen auch ohne die Hilfe der Laren aus. Ich werde mich in dieser Angelegenheit nicht engagieren.«

Gollonk hatte das Gefühl, als zeige der Lare eine gewisse Scheu vor den Mastibekks, wie er das dritte Konzilsvolk nannte. Er schien sie nicht zu fürchten, aber seine Haltung drückte deutlich aus, dass er ihnen gegenüber auf Distanz bleiben wollte. In welcher seltsamen Beziehung standen Laren und Mastibekks zueinander?

»Ich verstehe Sie nicht, Hotrenor-Taak«, sagte Gollonk. »Steht denn in der Not nicht ein Konzilsvolk dem anderen bei? Wollen Sie nicht wenigstens die Pyramide aufsuchen und nach dem Rechten sehen?«

Hotrenor-Taak schien über diese Forderung erschrocken. »Ein Lare geht niemals in eine Mastibekk-Pyramide. Er würde dabei sein Gesicht verlieren. Mehr gibt es dazu nicht zu sagen.«

Der Schirm wurde dunkel. Hotrenor-Taak hatte die Verbindung unterbrochen.

Na gut, dachte Gollonk. *Wenn sich Laren nicht in die Pyramiden wa-*

gen, dann müssen es eben ihre Verbündeten für sie tun. Gollonk war sicher, dass er damit nichts Unrechtes tat. Schließlich hatte der Lare ihm nicht ausdrücklich verboten, eine Mastibekk-Pyramide aufzusuchen.

Laptir saß neben Gollonk im Transportschweber. Der Führer der PEI und die zwanzig Mann der Landetruppen trugen Kampfanzüge und waren mit schweren Handstrahlern bewaffnet. Sie beabsichtigten nicht, Gefangene zu machen.

Laptir hatte Gollonk ebenfalls um Kampfausrüstung gebeten, doch der hatte mit der Begründung abgelehnt, dass er ihm nicht zumuten wolle, seine Hände mit dem Blut seiner ehemaligen Kameraden zu besudeln. Der tatsächliche Grund, ahnte Laptir, war ein anderer. Gollonk traute ihm nicht.

Hinter ihnen folgten zwei weitere Transportgleiter mit Landetruppen. Sie waren deutlich als PEI-Flugzeuge gekennzeichnet. Gollonk hoffte, auf diese Weise von den Laren und Überschweren unbehelligt zu bleiben.

Sie flogen bereits in den Luftraum des Bezirks Chorzin ein, als über ihnen Kampfgleiter auftauchten und im Sturzflug herabstießen. Sie kannten ihr Ziel. Laptir hatte ihnen den Standort der Villa verraten.

Als er aus dem Seitenfenster in die Tiefe blickte, sah er es unten aufblitzen, Raketen schlugen im Parkgelände und in dem bunkerartigen Bauwerk ein, und gleich darauf versperrten aufschießende Flammensäulen und Rauch die Sicht.

Als die drei Schweber im Park landeten und die PEI-Truppen herausstürmten, wurden sie von vereinzeltem Feuer empfangen. Zwei Soldaten erlitten durch Thermostrahlen Brandwunden, einer wurde von einem Desintegratorstrahl atomisiert. Die anderen schwärmten aus, und fünf Minuten später wurde Gollonk gemeldet, dass sich der Park in ihren Händen befand.

Inzwischen hatte bereits der Sturm auf die in Trümmer geschossene Villa eingesetzt. Die wenigen Verteidiger, die sich aus dem Park dorthin zurückgezogen hatten, mussten sich bald der Übermacht ergeben. Einer der Gefangenen wollte sich auf Laptir stürzen, als er ihn erblickte. Er bezahlte es mit dem Leben. Laptir wagte es nicht, seinen früheren Kameraden in die Augen zu sehen.

Gollonk nahm sich einen der Gefangenen vor. »Was wird hier gespielt?«, fragte er ihn. Der Gefangene schwieg.

»Bringt ihn zum Sprechen!«, befahl Gollonk seinen Leuten.

Sie nahmen ihn beiseite, führten ihn hinter eine halb eingestürzte Mauer. Laptir konnte nicht sehen, was sie mit ihm taten, aber er hörte seine Schmerzensschreie. Als die beiden Folterknechte ihn zurückbrachten, war er ein gebrochener Mann. Er sagte Gollonk alles, was er wissen wollte, und zeigte seinen Leuten auch die Stelle, wo sich unter den Trümmern der Antigravlift zu den subplanetaren Anlagen befand.

Die PEI-Soldaten schmolzen sich mit den Thermostrahlern den Weg frei. Aber als der Schacht vor ihnen lag, mussten sie erkennen, dass der Lift nicht mehr funktionierte. Gollonk schickte einen Stoßtrupp von zehn Mann in den Schacht hinein. Er blieb mit ihnen in Sprechverbindung. Auf diese Weise erfuhr er, dass die Vorhut in eine geräumige Höhle kam und in ein Sperrfeuer der Verteidiger geriet. Alle zehn Mann fielen. Einer lebte jedoch noch lange genug, um eine Bombe zu werfen.

Damit war der Weg für die anderen frei. Laptir hoffte, dass er jetzt wenigstens ein Antigravaggregat erhalten würde. Aber stattdessen nahmen ihn zwei Mann in Kampfanzügen unter den Achseln und schwebten mit ihm hinunter.

Die Bombe hatte eine verheerende Wirkung gehabt. Die halbe Höhle war verschüttet, und die Truppen mussten sich erst einen Weg freischmelzen, um an den Stollen zu gelangen, der in Richtung der Mastibekk-Pyramide führte.

Gollonk schickte wieder eine Vorhut voraus und folgte in einem angemessenen Sicherheitsabstand in dem Elektrowagen. Laptir durfte neben ihm Platz nehmen.

»Du siehst, ich habe nicht gelogen«, sagte der Verräter.

»Bisher haben wir Evargher noch nicht gefunden«, erwiderte Gollonk.

»Er wird bei der Pyramide sein.«

Sie kamen in die letzte Höhle, von der aus ein senkrechter Schacht zur Pyramide hinaufführte. Gollonks Leute hatten die Wissenschaftler in einem Winkel zusammengedrängt. Sie hatten sich kampflos ergeben, als sie sahen, dass sie keine Chance hatten.

»Wo ist Evargher?«, fragte Gollonk.

Einer der Wissenschaftler deutete wortlos mit dem Daumen nach oben. Gollonk schlug ihn und herrschte ihn an: »Ich will einen lückenlosen Bericht!«

Der Wissenschaftler hatte das Bewusstsein verloren, und ein anderer gab Gollonk die gewünschten Auskünfte. So erfuhr der PEI-Führer, dass die Verbindung mit den drei Männern knapp unterhalb der Pyramide abgebrochen war. Einer der Techniker, der hinaufflog, um nachzusehen, fand das Loch im Pyramidenboden, musste aber unter dem Druck der Panikstrahlen zurückkehren, ohne die Pyramide betreten zu haben. Man hatte Evargher und seine Begleiter schon längst aufgegeben.

»Wenn sie tot sind, dann will ich ihre Leichen haben«, erklärte Gollonk. »Wer meldet sich freiwillig, sie aus der Pyramide zu holen? Du, du, du – und du!« Gollonk deutete wahllos auf vier Männer. Dann fiel sein Blick auf Laptir. »Du wolltest doch einen Kampfanzug haben«, meinte er grinsend. »Du bekommst ihn – und darfst darüber hinaus das Kommando über den Suchtrupp übernehmen.«

Laptir erhielt seinen Kampfanzug, und dann schwebte er an der Spitze der fünfköpfigen Gruppe in den Schacht empor. Schon auf halbem Weg spürte er die Einwirkung der Panikstrahlung. Aber er unterdrückte die aufkommende Furcht und verdrängte den Wunsch, sofort umzukehren. Das wäre sein Tod gewesen.

Er stand unsägliche Qualen aus, bis er endlich die Öffnung im Pyramidenboden erreichte. Gerade als er hindurchglitt und von der undurchdringlichen Schwärze umfangen wurde, drehte einer seiner Leute durch und kehrte um.

Die anderen drei folgten Laptir in die Pyramide. Laptir hatte das Gefühl, von der Dunkelheit erdrückt zu werden. Das Licht seines Helmscheinwerfers wurde von den Pyramidenwänden, hinter denen eine endlose Leere zu sein schien, verschluckt. Laptir konnte nichts von seiner Umgebung erkennen. Aber ihm war, als würde er ständig von unheimlichen Schatten umtanzt.

Und dann entdeckte er die drei Körper. Er konnte sie zwar ebenfalls nicht sehen, aber auf eine unerklärliche Art orten. Sie unterschieden sich von der sie umgebenden Schwärze nur dadurch, dass sie dreidimensional waren.

»Da!«, wollte Laptir rufen. Aber kein Ton kam über seine Lippen. Dieser unheimliche Raum schluckte auch den Schall. Laptir sprang auf die körperlichen Gebilde zu, bekam etwas Kaltes, Steifes, Totes zu fassen. Das war ein Mensch – ein Ertruser! Er spürte, wie die unheimliche Eiseskälte dieses steifen Geschöpfes auf ihn übergriff, sich auf seine Organe legte und sie erstarren ließ.

Aber Laptir kämpfte gegen die fremde Macht, die ihn aushöhlen wollte, mit aller Kraft an – und blieb Sieger. Er brachte den Körper zur Pyramidenöffnung und ließ sich mit ihm in die Tiefe fallen.

Kaum hatte er den schwarzen Raum verlassen, setzte wieder sein Antigravaggregat ein. Er sank langsam hinunter in die Höhle, wo Gollonk ihn erwartete. Laptir nahm nur unterbewusst wahr, dass der vierte seiner Leute, der im letzten Moment umgekehrt war, mit einem faustgroßen Loch in der Brust auf dem Boden lag.

»Sieh an, ist das nicht Evargher?«, sagte Gollonk und fing den Körper auf. »Was wohl die Mastibekks mit ihm angestellt haben, dass er so steif ist? Ob er noch lebt?« Er winkte den Arzt herbei. »Untersuchen!« Inzwischen waren die drei anderen Männer mit Wargor Kensons und Quevamar Ablonths Körper eingetroffen.

»Seid ihr auf Mastibekks gestoßen?«, erkundigte sich Gollonk.

»Wenn das Mastibekks waren, was uns bedroht hat, dann kann ich die Laren verstehen, warum sie die Pyramiden nicht betreten wollen«, antwortete einer von ihnen.

»Bin gespannt, wie Hotrenor-Taak darauf reagiert, dass wir ihm diese Mühe abgenommen haben«, sagte Gollonk und versuchte eine Verbindung zu Hotrenor-Taak herzustellen. Nach einigen Minuten gelang es ihm.

Laptir konnte nicht verstehen, was gesprochen wurde. Er hörte Gollonk nur einmal ungläubig ausrufen: »Das kann nicht Ihr Ernst sein!« Dabei gestikulierte er wild mit den Armen. Als er sich wieder den anderen zuwandte, war sein Gesicht mit tiefer Zornesröte überzogen. Er spuckte vor den drei erstarrten Körpern aus.

»Wenn ich gewusst hätte, dass Hotrenor-Taak so entscheidet, hätte ich mir diesen Aufwand ersparen können.« Er trat wütend nach Thorg Evargher. »Ich hätte ihn erst gar nicht um seine Meinung fragen sollen.«

»Wie hat der Lare entschieden?«, wagte Laptir zu fragen.

»Hotrenor-Taak hat befohlen, diese drei Körper sofort wieder in die Pyramide zurückzubringen. Das wird deine Aufgabe sein, Laptir!«

Gollonk wandte sich ab und machte Anstalten, sich auf den zu einer Statue erstarrten Thorg Evargher zu stürzen.

»Los, schafft sie fort!«, brüllte er dann seine Männer an. Sein Blick kreuzte den des Arztes. »Was haben Sie herausgefunden, Doc?«

Der sagte mit leiser Stimme: »Das können unmöglich Evargher, Kenson und Ablonth sein. Das sind Versteinerungen.«

»Und wo ist dann der richtige Evargher?«, schrie Gollonk wütend. »Egal, wo er ist – wenn er von seiner Reise zurückkommt, werden wir ihn und seine Begleiter würdig empfangen!«

9.

Die Reise über die grenzenlose Leere war vorbei. Wargor Kenson hatte das Ziel erreicht. Die Emotionen der vielen Millionen Ertruser waren verblasst. Das Dunkel hatte sie sich einverleibt. Die Erregung war abgeklungen, Kenson befand sich in einer Aura höchster Befriedigung. Das Etwas, das noch immer spürbar, aber nicht definierbar war, hatte eine andere Zustandsform angenommen – oder aber Kenson sah es mit anderen »Augen«. Das wohl auch deshalb, weil Kenson seine Umgebung nicht mehr mit menschlichen Sinnesorganen wahrnahm, sondern ein gänzlich fremdartiges Sehvermögen hatte.

Das Etwas war nicht mehr dunkel und drohend. Es war auch nicht ein unentwirrbares, grenzenloses Kollektiv, sondern in viele Fragmente aufgeteilt. Und jedes dieser Fragmente lebte für sich. Es waren Schatten in einer Schattenwelt. Diese Welt war fremdartiger als alles, was Kenson bisher gesehen hatte – ja, sie war fremdartiger als alles, was er sich vorstellen konnte.

Er nannte diese Welt die X-Dimension. Er war selbst ein Schattenwesen. Er fühlte, dass er keinen Körper aus organischer Materie mehr besaß. Er war die reine Vergeistigung von Wargor Kenson. Sein Schattenkörper war sichtbar gemachte Psyche, sein Kenson-Bewusstsein. Die Para-Inkarnation seines Ichs. Und Kenson akzeptierte das. Er wunderte sich selbst am meisten darüber, dass er sich so rasch mit dieser parapsychischen Aggregatform des Lebens abfinden konnte.

Erst vor kurzem – vor einer unbestimmten Zeitspanne – wäre er unter dem Druck des im Dunkeln lauernden Etwas und der auf ihn einstürmenden Emotionen beinahe wahnsinnig geworden. Das war im ersten Stadium seiner Metamorphose gewesen. Jetzt, da diese abgeschlossen war, erinnerte er sich an seine seelische Zerrüttung mit leichter Belustigung.

Er – sein Ich-Bewusstsein, die reine Kenson-Psyche – war mitsamt den Millionen Emotionen und seinen beiden Kameraden über die unendliche Leere abgestrahlt worden. Seine Angst war es gewesen, ebenso wie die Emotionen verschlungen, aufgezehrt zu werden. Doch jetzt wusste er, dass diese Angst unbegründet war. Denn das Etwas genoss nur die Ausstrahlung von Intelligenzwesen, nicht deren Geist selbst. Sie waren wohl Emotiophagen, aber keine Psycho-Kannibalen.

»Was machen wir mit den Fremdkörpern?«

Die Frage stand plötzlich im Raum der X-Dimension. Kenson-Schatten zuckte zusammen. Er wusste, dass sich die Frage auf ihn und seine beiden Kameraden bezog, die, Schatten gleich ihm, sich in der fremden Welt zurechtzufinden versuchten.

»Wir sind fremd, aber wir haben keine Körper«, sagte Evargher-Schatten.

»Das ist nur bedingt richtig«, erwiderte eines der Psychofragmente, das in der X-Dimension schwebte. »Ihr habt wohl die Hüllen, die euch an die dritte Dimension binden, zurückgelassen. Aber auch der Geist ist körperlich, wenn auch auf andere Weise. Könnt ihr folgen?«

»Ja, das ist doch nicht schwer«, sagte Ablonth, und es klang leicht empört.

»Ihr habt euch überraschend schnell mit den neuen Gegebenheiten abgefunden«, kam es anerkennend. »Wir haben Generationen benötigt, um uns an diese neue Lebensform zu gewöhnen. Aber jetzt wissen wir, dass wir mit dieser Art des Lebens die Vollkommenheit gefunden haben.«

Vor Kenson entstand ein Wirbel, gerade so, als hätte sich der Geistesfragmente eine Unruhe bemächtigt.

»Was soll mit den Fremdkörpern geschehen?«, wurde wieder gefragt.

»Stoßen wir sie einfach wieder ab. Sie gehören nicht hierher!«, wurde aus anderer Richtung vorgeschlagen.

Kenson erschrak. Das war ihm wohl auch anzumerken, denn sein Schatten streckte sich wie ein Raubtier zum Sprung. Seine Haltung drückte Flucht aus.

Sofort kamen beruhigende Impulse von dem ihm am nächsten befindlichen Geisteswesen. »Habt keine Angst«, wisperte es. »Wir haben euch schon genug angetan. Es soll euch nichts mehr geschehen.«

»Sie sind selbst schuld an ihrem Schicksal!«, wogte es empört aus der Ferne herüber.

»Ja, sie sind unsere Feinde. Sie wollten uns um unseren Sinnesgenuss bringen. Sie wollten unsere Emotio-Sendung sabotieren.«

»Wir haben bei den Körperlichen weder Feinde noch Freunde«, erklärte das Geisteswesen, das sich so selbstlos für Kenson-Schatten und seine beiden Schattenfreunde engagierte. »Jenseits von Joyl gibt es nichts, was für uns böse oder gut sein könnte.«

»Doch, die Laren sind unsere Freunde«, wisperte es leidenschaftlich von tief unten. »Denn sie schicken uns die Sendungen. Und auch die Emotio-Spender sind uns wohlgesinnt.«

»Die Laren sind nicht unsere Freunde!«, sagte das Geisteswesen vor Kenson. »Sie sind höchstens unsere Partner. Wenn sie unsere Freunde wären, würden sie uns besuchen kommen. Wie diese drei hier. Aber die Laren fürchten uns. Sie haben Angst, bei der Konfrontation mit uns das Gesicht zu verlieren.«

»Diese drei sind Fremdkörper!«

Dieser Standpunkt wurde von den meisten der Geistesfragmente vertreten.

»Es sind Feinde der Laren und demnach auch die unseren. Lösen wir sie auf – und genießen wir sie!«

Kenson spürte, wie Eiseskälte in ihn fuhr. Ähnlich war es ihm beim Betreten der Pyramide ergangen. Doch war dies damals mehr ein körperliches Erlebnis gewesen, nun umkrallte die Kälte jedoch seinen Geist. Und er ahnte, was einige der Geisteswesen mit ihnen vorhatten.

»Wir sind doch keine Barbaren, dass wir töten!«, empörte sich das Geisteswesen, dessen Gunst Kenson und seine beiden Freunde genossen. »Was immer diese Geschöpfe in ihrer Welt sein mögen, wir können sie deswegen nicht richten. Wir stehen außerhalb dieser Dinge. Freuen wir uns über ihren Besuch. Denn es geschieht nicht oft, dass wir mehr als Emotionen von jenseits empfangen.«

»Es sind keine Gäste, sondern Eindringlinge!«

Kenson spürte wieder, wie eine Woge von Abneigung gegen ihn brandete. Er wusste nicht, wie er sich verhalten sollte. Er war viel zu verwirrt, um Entschlüsse zu fassen.

Da erklärte das Geisteswesen vor ihm seinen Artgenossen: »Es wird sich noch eine Lösung für dieses Problem finden. Bis wir wissen, was mit den Fremdkörpern zu geschehen hat, stehen sie unter meinem Schutz. Ich werde nicht zulassen, dass auf Joyl irgendein Unrecht geschieht. Es gibt jenseits dieser Welt zu viel davon.«

Unvermittelt zogen sich die meisten der Geistesfragmente zurück.

»Wie sollen wir dir danken, dass du uns vor einem schlimmen Schicksal bewahrt hast?«, fragte Evargher, und sein Schattenkörper drückte unsägliche Erleichterung aus.

»Eure Anwesenheit genügt mir«, sagte das Geisteswesen. »Ich koste euer Denken und Fühlen aus. Und ganz intensiv kann ich eure Neugier genießen. Neugier scheint überhaupt die treibende Kraft in euch zu sein.«

»Das mag stimmen«, antwortete Evargher. »Unser Wissensdrang war es auch, der uns in die Pyramide trieb und uns in diese Lage brachte. Wir wussten nichts über die Pyramiden. Wir wollten herausfinden, welchem eigentlichen Zweck sie dienen, wer in ihnen wohnt.«

»Ist jetzt eure Neugier gestillt?«

»Du weißt, dass dem nicht so ist«, antwortete Evargher. »Wir haben fantastische Dinge erfahren, aber noch mehr Fragen als vorher. Wärst du bereit, unseren Wissensdurst zu stillen? Sag, wie dürfen wir dich nennen?«

»Mastibekk.«

»Ist das dein Eigenname?«

»Nein, der Name, den die Laren meinem Volk gegeben haben. Wir Mastibekks benötigen untereinander keine Namen. Wir erkennen und unterscheiden uns an unseren Empfindungen.«

»Seid ihr die Erbauer der Pyramiden, Mastibekk?«

»Ja, das sind wir.«

»Seltsam ...« Die Eröffnung erstaunte Evargher, obwohl sie doch schon beim Betreten der Pyramide angenommen hatten, dass die unfassbaren Wesen, die sie aus dem Dunkel hinter der Leere belauerten, die Herren der Pyramiden waren.

Kenson wusste, wieso es Evargher verblüffte, dass die Mastibekks die Pyramiden erschaffen haben sollten. Und er sprach aus, was er dachte.

»Die Pyramiden sind ein Teil der dritten Dimension, ihr aber seid körperlos, reine Geisteswesen einer anderen Existenzebene. Wie könnt ihr in der dritten Dimension solch gewaltige und mächtige Monumente erschaffen haben? Gelang euch das allein kraft eures Geistes?«

»Nein«, sagte Mastibekk. »Der Geist hat einen Körper, auch wenn dieser tatsächlich nur auf einer anderen Existenzebene existent ist. Aber ich weiß natürlich, was ihr meint. Ein x-dimensionaler Körper kann kein dreidimensionales Gebilde erschaffen. Das ist richtig. Doch wir waren nicht immer Geisteswesen. Früher einmal, ihr würdet sagen, es sei Äonen her, waren auch wir an organische Körper gebunden. Aus dieser Zeit stammen die Pyramiden.«

»Soll das heißen, dass ihr eure Körper aufgegeben habt, um euch in diese Daseinsform zu flüchten?«, fragte Evargher. Er wollte es ganz genau wissen. »Ihr habt die Planeten aufgegeben, die ihr bewohntet, eure Zivilisation – alles, was ihr euch in Hunderttausenden von Jahren eurer Evolution erschaffen habt? Das alles ließt ihr einfach im Stich, um euch zu vergeistigen?«

Es hörte sich an, als seufze Mastibekk. War es ein Seufzer der Befriedigung, der sich ihm entrang, weil er Evarghers Emotionen auskostete? Kenson verspürte leisen Ekel über diese Art von Sinnesgenuss, den er als pervers empfand. Oder seufzte Mastibekk über Evarghers Unverstand?

Kenson kam zu dem Schluss, dass Letzteres eher zutraf, denn der

Mastibekk sagte: »Du sprichst wie ein Narr, Evargher. Was würdest du einem deiner Vorfahren antworten, wenn er vor dich hintritt und dir erklärt, wie dumm die Menschheit sei, weil sie ihre Höhlen verlassen und sich zum Sklaven der Technik gemacht hat? Wir haben mit unserer Existenzform die Vollkommenheit erreicht. Aber ich will nicht verhehlen, dass auch die Vollkommenheit ihre Nachteile hat.«

Darauf gab es nichts zu sagen. Kenson hätte gerne gefragt, welche Nachteile die vollkommene Vergeistigung den Mastibekks brachte, aber da ergriff bereits wieder Evargher das Wort.

»Welche Rolle spielt ihr im Hetos der Sieben? Welche Macht besitzt ihr wirklich? Als Geisteswesen können euch die Vorkommnisse in der dritten Dimension egal sein. Was interessiert es euch, ob das Konzil der Sieben eine Galaxis nach der anderen erobert oder nicht? Was für einen Nutzen habt ihr davon?«

»Um dir diese Frage zu beantworten – und damit du unsere Beweggründe auch wirklich verstehst –, muss ich dir die Geschichte unseres Volkes erzählen. Sieh dich hier um. Das ist Joyl, unsere Ursprungswelt. Ja, dies ist ein Planet, wenn auch von einer anderen Existenzebene aus betrachtet. Schade, dass du dich noch nicht an dein neues Sehvermögen gewöhnt hast. Denn dann würdest du diese Welt als Kugel erkennen, könntest in das Planeteninnere und den erkaltenden Kern sehen.

Als dieser Planet in seiner Blüte stand, waren wir Mastibekks schon ein altes Volk. Wir dachten, dass das Universum uns gehöre. Es gab viele solcher Planeten, die wir mit unserer Technik bezwangen. Wenn du dich genau umsiehst, wirst du hier überall Zeugnisse unserer Zivilisation finden.

Es kam der Tag, da hatten wir unsere Grenzen erreicht. Es gab kaum noch ein Geheimnis des dreidimensionalen Universums, das sich zu erforschen lohnte. Wir kannten das Geheimnis des Lebens, erreichten damit Unsterblichkeit – und das war das Ende. Wir standen am höchsten Gipfel, wir konnten nicht mehr höher hinauf, sondern nur noch in die Tiefe fallen. Und wir wussten, dass nach der Stagnation die Degeneration kommen würde, wenn wir nicht doch einen Weg fanden, nach noch Höherem zu streben.

Wir mussten umdenken, uns von der Technik lösen, in andere Bereiche vordringen. Und so gingen wir in uns, erforschten unser Inneres – und hier fand sich der Schlüssel zu anderen Dimensionen. Wir verließen unsere Körper – und waren auf einmal frei und ungebunden. Ihr erfahrt es in diesen Augenblicken an euch selbst, wie es ist, die Fesseln des Körpers abgestreift zu haben. Für euch kam diese Metamorphose nur zu schnell, deshalb empfindet ihr sie als beängstigend und beklemmend.

Wir Mastibekks aber wussten, dass wir die Vollkommenheit erreicht hatten. Oder wir glaubten es zumindest. Aber ich sagte schon, dass alles seine Nachteile hat. Die Höhle eines Steinzeitmenschen hat gegenüber einer technisierten Wohnzelle auch ihre Vorteile. Und die Technik hat gegenüber der absoluten Vergeistigung auch einige Vorzüge.

Uns brachte die Vollkommenheit vor allem Einsamkeit. Hatten wir zuerst geglaubt, der Körper hindere uns an der Entfaltung, so erkannten wir nun nach und nach, dass der Geist zu unserem Gefängnis wurde. Wir waren nicht mehr beengt, gewiss, aber unser Gefängnis war nun das gesamte Universum, in dem es außer uns Mastibekks nichts anderes gab.

Jenseits, in der dritten Dimension, wimmelte es nur so von vielfältigem Leben. Wir waren davon isoliert. So entschlossen wir uns, auf unsere Technik zurückzugreifen, um wieder Kontakt zu anderen Lebewesen zu haben. Überall in unserem Universum gab es noch Millionen unserer Pyramiden, mit denen wir einst die Sterneninseln erobert hatten. Nun bedienten wir uns ihrer, um den technisierten Völkern zu helfen. Wir taten es jedoch nicht uneigennützig, sondern nur deshalb, um am Leben dieser Völker Anteil zu nehmen.

Wir brachten die Laren in Abhängigkeit von uns. Wie ihr wisst, müssen sie uns in gewissen Abständen mit ihren SVE-Raumern aufsuchen, um sie mit Energien aufladen zu lassen. Bei diesem Vorgang werden jedoch auch noch andere Kräfte frei, die den Kontakt mit den Lebewesen herstellen, zu denen wir sonst keinen Zugang haben.

Wo immer eine Pyramide auf einer bewohnten Welt landet und wann immer ein SVE-Raumer diese Pyramide aufsucht, um von uns Energien zu tanken, beginnt gleichzeitig ein Prozess, der für uns höchstes Glück bedeutet. Wir empfangen für die Dauer des Aufladens die Emotionen der Bewohner dieser Welt. Wir saugen diese Emotionen begierig in uns auf. Aber nicht, wie ihr den Eindruck gehabt habt, um diesen Lebewesen etwas zu nehmen, sondern nur um an ihrem Glück und Leid teilzunehmen. Wir leben mit ihnen mit und geben uns so die Illusion, zu ihnen zu gehören.

So können wir unsere Einsamkeit vergessen. Und wir haben das Gefühl, in unserer Vollkommenheit nicht ganz nutzlos zu sein. Unser Dasein hat einen Sinn bekommen, denn ohne unsere Pyramiden wären die SVE-Raumer der Laren verloren. Die Konzilsvölker könnten nicht expandieren, könnten nicht ihre Botschaft von Sterneninsel zu Sterneninsel tragen. Und wir könnten andererseits nicht am Wachsen und Leben der Völker und ihrer Evolution teilnehmen.

Wir sind nicht die Ungeheuer, für die ihr uns vielleicht haltet. Es mag euch abartig erscheinen, dass wir uns an den Emotionen anderer delektieren. Aber ihr müsstet unsere Einsamkeit kennen, dann würdet ihr unsere Beweggründe verstehen. Das ist schwer, ich weiß. Nicht einmal die Laren können das, denn sie sind sehr darauf bedacht, keine unserer Pyramiden zu betreten. Und sie haben sich ausbedungen, dass wir an ihren Emotionen nicht rühren.

Ich fühle es, dass ihr euch bemüht, uns zu verstehen. Und ich genieße es, dass ihr neben eurem ehrlichen Bemühen um Verständnis kein Entsetzen und keinen Ekel vor uns empfindet. Eure Gefühle machen mich glücklich.«

Das war Joyl, der Heimatplanet der Mastibekks. Nur Sentimentalität konnte der Grund dafür sein, dass sie in ihrer neuen Daseinsform hierher zurückgekommen waren. Und entsprang nicht auch ihr Wunsch, an den Leiden und Freuden der Völker des Universums teilzunehmen, einer gewissen Sentimentalität?

Kenson konnte nunmehr daran überhaupt nichts Abartiges finden, dass sie sich durch die Emotionen der Körperlichen Sinnesgenuss verschafften. Den Geisteswesen war in ihrer Vollkommenheit nichts anderes mehr geblieben als diese eigentlich bescheidene Art von Glück.

»Ihr seid nicht schlecht«, sagte Kenson. »Was ihr Mastibekks auch immer tut – ihr steht jenseits von gut und böse. Niemand kann euch dafür verantwortlich machen, dass ihr mitgeholfen habt, Leid über die Völker vieler Galaxien zu bringen.«

Kenson hatte seine Worte sehr sorgfältig gewählt. Er wollte die Mastibekks nicht anklagen, ihnen aber zeigen, dass sie nicht frei von Schuld waren.

»Deine Worte schmerzen mich, Kenson.« Es klang bitter. »Aber sag ehrlich, kann es für die betroffenen Lebewesen ein solches Unrecht sein, dass wir an ihren Gefühlen, Gedanken und Empfindungen Anteil haben? Wir kosten ihr Leid nicht aus, sondern teilen es mit ihnen.«

»Das gerade wage ich zu bezweifeln«, sagte Kenson und hoffte, dass der Mastibekk seine Wut empfing. »Denn wenn euch nicht gerade das Leid der Körperlichen höchsten Genuss bereiten würde, hättet ihr nicht die Laren und das Hetos der Sieben zu euren Verbündeten gemacht. Denn von dieser Macht geht das Unheil aus.«

»Wir haben nie versucht, die Geschicke des Universums zu lenken«, rechtfertigte sich der Mastibekk. »Du selbst hast vorhin gesagt, dass wir über den Dingen stehen. Und so ist es auch. Ob die Laren einmal unrecht gehandelt haben, ist uns nicht bekannt. Wir haben uns nie darum gekümmert. Wir haben mit den Laren ein Geschäft auf Gegenseitigkeit abgeschlossen. Aber wir bleiben auf Distanz. So, wie sie sich nicht in unsere Lebensgewohnheiten einmischen, nehmen wir auch auf ihre Handlungen keinen Einfluss. Wir sind Partner, von denen jeder bekommt und gibt. Wenn ihr die Maßnahmen der Laren als Unrecht gegen euch empfindet, dann wendet euch an sie selbst. Oder an eine höhere Instanz des Konzils der Sieben. Ich bin sicher, dass man eurer Beschwerde stattgeben wird. Denn die Konzilsvölker sind ethisch hoch stehend und können kein Unrecht wollen. Allerdings respektiere ich, dass sie auf Einzelschicksale keine Rücksicht nehmen können, denn sie denken in kosmischen Maßstäben. Und so muss es auch sein.«

Kenson sah ein, dass man mit den Mastibekks nicht über das Konzil der Sieben diskutieren konnte. Sie waren dem Leben im Universum schon so entfremdet, dass ihnen der Maßstab für eine Bewertung von gut und böse fehlte. Und obwohl sie das dritte Konzilsvolk genannt wurden, besaßen sie überhaupt keine Entscheidungsmacht und keinen Einfluss auf das Hetos der Sieben.

»Ist es euer unumstößliches Prinzip, euch in die kosmische Geschichte nicht einzumischen?«, fragte Evargher. »Sind für euch Einzelschicksale wirklich so unbedeutend, dass ihr nie daran dächtet, sie zu lenken? Könntet ihr euch nie dazu überwinden, einem Volk außerhalb des Konzils oder wenigstens einer kleinen Gruppe bedrängter Lebewesen eure Unterstützung zu gewähren?«

»Das ist gerade geschehen«, antwortete der Mastibekk. »Habe ich nicht euren Schutz übernommen und so in die kosmische Geschichte eingegriffen?«

»Und würdest du darüber hinaus nichts für uns tun?«

»Doch. Es würde meinem Dasein einen neuen Sinn geben, wenn ich euch dreien in irgendeiner Form helfen könnte. Das verlangst du doch von mir, oder?«

»Wenn es nicht gegen deine Prinzipien verstößt, würde ich dich darum bitten.«

»Ein Mastibekk hat keine Prinzipien. Worum geht es dir also?«

Evargher schilderte dem Geisteswesen die Machtkämpfe, die unter den Ertrusern stattfanden. Der Mastibekk lauschte gespannt. Es war ihm anzumerken, dass er die bei Evarghers leidenschaftlicher Rede frei werdenden Emotionen begierig in sich aufsog. Als dieser mit der Schilderung der politischen Lage auf Ertrus fertig war, meinte er jedoch: »Ich kann dir nicht folgen, Evargher. Ich kann aus diesem Gewirr von Verstrickungen menschlicher Handlungsweisen weder das Positive noch das

Negative herausfinden. Deine Erzählung hat mich gebannt. Ja, das ist das Leben. Aber sage in einer mir verständlichen Form, was du willst.«

»Ich möchte, dass die Mastibekks uns eine Waffe geben, mit der wir die PEI zerschlagen können«, verlangte Evargher. »Dann würde wieder mehr Ruhe auf Ertrus sein.«

Das Geisteswesen war ganz Bedauern, als es sagte: »Mastibekks haben keine Waffen.«

»Ich verstehe.«

»Nein, du verstehst nicht, Evargher. Ich weiß, was du denkst. Aber du unterliegst einem großen Irrtum, wenn du glaubst, dass wir weitere Schätze unserer einstigen Technik gehortet haben. Wir haben nur die Pyramiden. Und deren bedienen wir uns nur aus den dir genannten Gründen. Wir besitzen nichts weiter als unser Geistesbewusstsein. Wir haben das, was wir sind.«

»Das habe ich auch gemeint – ihr müsst übermächtige Geisteswaffen besitzen!«, behauptete Evargher. Sein Schatten pulsierte erregt, und der Mastibekk sog die von ihm ausgestrahlten Emotionen förmlich in sich auf. Evargher fuhr eindringlich fort: »Mit eurer Hilfe könnten wir die Laren zur Vernunft bringen, könnten sie daran hindern, unsere Heimatgalaxis zu versklaven. Wenn ihr das Leben der Völker des Universums wirklich liebt, Mastibekk, dann müsst ihr helfen, dieses Leben in seinem ursprünglichen Sinn zu erhalten. Gebt uns die Waffen eures Geistes!«

Der Mastibekk schwieg lange. Kenson entdeckte erst jetzt, dass sie plötzlich von unzähligen Geisteswesen eingekreist waren. Sie hatten sich unbemerkt genähert und drängten, immer noch drohend, wie er meinte, näher.

»Wir haben uns entschieden!«, ertönte es da von überall her. »Es ist so, wie die Fremdkörper behaupteten. Es lag nicht in ihrer Absicht, unsere Ordnung zu stören. Ihre reinen Emotionen bezeugen das. Aber wenn sie länger hier verweilen, vergiften sie uns mit ihrem verderblichen Gedankengut. Denn Denken und Fühlen ist nicht immer eins. Deshalb wurde beschlossen, dass sie dorthin zurückkehren, woher sie kamen – in ihre Körper.«

Die schemenhaften Sphären der Geisteswesen zogen sich wieder zurück, verschmolzen mit den Leuchtgebilden und nebelhaften Gebilden dieser Existenzebene.

»Ihr habt es gehört«, sagte Mastibekk. »Kehrt zurück auf eure Welt und schenkt uns noch lange eure Emotionen. Ihr habt euch während eures Aufenthalts uns angeglichen – denkt daran, wenn ihr wieder in euren Körpern seid. Vieles von jenen Geisteskräften, die wir besitzen, ist in euch übergegangen und wird euch einige Zeit erhalten bleiben. Wendet eure Fähigkeiten sinnvoll an und – wenn ich euch raten darf – nicht als Waffen. Lebt wohl.«

Kenson spürte, wie ihn ein Sog erfasste. Schwärze umfing ihn, und dann stürzte er in eine endlos scheinende Leere. Hinter dieser Leere lauerte das Dunkel, das begierig nach den Emotionen der Körperlichen lechzte. Aber Kenson wusste jetzt, dass dieses Dunkel nicht bösartig war.

Ohne merkbaren Übergang fand er sich in seinem Körper wieder. Er stand auf dem Pyramidenboden. Die Wände, hinter denen die grenzenlose Leere war, die sie von den vergeistigten Mastibekks trennte, schluckten das Licht ihrer Scheinwerfer. Aber sie konnten ihre Umgebung dennoch in allen Einzelheiten erkennen.

Das Innere der Pyramide hatte seine Schrecken verloren. Die unbekannten Maschinen wirkten in ihrer Fremdartigkeit nur noch bizarr und überhaupt nicht drohend. Welche Gestalt mochten die Mastibekks einmal besessen haben?

»Verlassen wir die Pyramide«, sagte Evargher fest. »Für uns gibt es hier nichts mehr zu tun.«

»Haben wir das alles nur geträumt?«, fragte Quevamar Ablonth. »Waren wir wirklich in diesem … Jenseits? Ohne unsere Körper? Nur mit dem Geist?«

»Du wirst bald die Antwort erhalten, wenn du deinen *neuen* Geist erst besser kennen lernst«, antwortete Evargher und schritt zu dem Loch im Pyramidenboden.

»Was meint er damit?«, wunderte sich Ablonth, der sich noch nie durch besondere Fantasie ausgezeichnet hatte.

»Erinnere dich daran, was der Mastibekk zum Abschied sagte«, meinte Kenson. »Er sagte, dass einiges von den Geisteskräften seines Volkes auf uns übergeflossen sei. Es muss etwas Wahres daran sein. Schon deshalb, weil wir die Pyramide mit ganz anderen Augen als früher sehen.«

Ablonth schwieg nachdenklich. Kenson und er erreichten Evargher, der an der Öffnung im Pyramidenboden stand und in die Tiefe starrte. »Könnte es nicht eines Tages sein, dass es den Mastibekks keine Sinnesfreuden mehr bereitet, die Emotionen anderer Lebewesen in sich aufzusaugen?«, sagte er wie zu sich selbst.

»Möglich wäre es, dass sie das Leben des Universums satt bekommen und wieder die Einsamkeit ihrer Dimension suchen«, stimmte Kenson zu.

»Aber worauf willst du hinaus, Thorg?«

Evargher lächelte. »Ich überlege mir gerade, was dann passieren würde. Die Mastibekks würden sich nicht mehr ihrer Pyramiden bedienen. Und wenn ein SVE-Raumer über einer Pyramide schwebt, würde kein Energiestrahl überspringen, um die Polungsblöcke aufzuladen und zu justieren. Dann wären alle SVE-Raumer schlagartig nutzlose Wracks – und die Laren als militärische Macht erledigt …«

Sie schwebten hintereinander den Schacht in die fünfhundert Meter tiefer liegende Höhle hinab.

»Sie kommen!«

Die Kampftruppen der PEI hatten zwei volle Tage auf diesen Augenblick gewartet. Niemand rechnete mehr damit, dass die drei starren Körper in der Pyramide jemals wieder zum Leben erwachen würden. Gollonk wollte aber auf Nummer sicher gehen und hatte dreißig Mann in der Höhle unter der Pyramide zurückgelassen. Die anderen PEI-Soldaten hoben inzwischen die restlichen Widerstandsnester des EBK aus, die über den ganzen Kontinent verstreut waren. Laptir leistete dabei wertvolle Hilfe.

Dann schlugen die Energietaster aus.

Sie empfingen drei Impulse auf Hyperfrequenz. Schwache Impulse nur, und zwar im Gravitationsspektrum. Sofort wurde Alarm gegeben. Die Männer verteilten sich in der Höhle. Gollonk hatte Auftrag gegeben, Thorg Evargher lebend zu fangen. Aber falls er Widerstand leistete, sollte von den Waffen Gebrauch gemacht werden. Er durfte nicht entkommen. Das war oberstes Gebot. Das EBK musste endgültig ausgerottet werden.

Aus dem senkrechten Schacht schwebten hintereinander drei Gestalten und landeten weich auf dem Boden. Sie waren unbewaffnet, denn Gollonk hatte ihnen die Kombistrahler abnehmen lassen, bevor sie in die Pyramide zurückgebracht worden waren.

Der Anführer der Einsatztruppe glaubte, leichtes Spiel mit den dreien zu haben. Mit entsichertem Thermostrahler trat er aus dem Versteck und ihnen entgegen. »Ergebt euch!«, rief er. »Jeder Widerstand ist zwecklos, Evargher. Ihr seid von meinen Leuten eingekreist. Das EBK existiert nicht mehr.«

Thorg Evargher blickte sich um. Er sah, dass von überall Handstrahler und sogar Geschütze auf sie gerichtet waren. Ein mitleidiges Lächeln umspielte seine Lippen. »Wer hat uns verraten?«, fragte er.

»Das spielt jetzt keine Rolle mehr«, wurde ihm sarkastisch entgegnet.

»Doch!«, behauptete Evargher. »Der Verräter muss bestraft werden.«

»Aus deiner Rache wird nichts, Evargher. Gollonk hat Laptir zu seiner rechten Hand gemacht. Er ist zu einem besonders privilegierten Parteigenossen geworden.«

»Also doch Laptir. Ich hätte es mir denken können.«

Die bewaffneten Männer hatten ihre Positionen verlassen und kamen von allen Seiten näher. Die Haltung Evarghers und seiner beiden Begleiter irritierte sie. Obwohl sie wissen mussten, dass sie verloren waren, gaben sie sich selbstsicher.

»Halt!«, sagte Evargher und hob die Hand. »Geht keinen Schritt weiter, dann passiert euch nichts. Ich will euch eine Chance geben. Die Mastibekks wollen, dass wir unsere Fähigkeiten nicht als Waffen einsetzen, und ich möchte ihren Wünschen nicht gerne zuwiderhandeln. Wenn ihr euch ergebt, sollt ihr mit dem Leben davonkommen.«

Evargher ging mit ausgestreckter Hand auf den Anführer der PEI-Soldaten los. Dieser brach plötzlich in ein schallendes Gelächter aus – und während er noch lachte, drückte er seinen Thermostrahler ab.

Der Energiestrahl zuckte mit Lichtgeschwindigkeit auf Thorg Evargher zu – beschrieb jedoch einen Bogen um ihn und verlor sich hinter ihm im Nichts.

Da verloren die übrigen Soldaten die Nerven. Sie eröffneten das Feuer. Die Hölle brach los. Energieblitze zuckten kreuz und quer durcheinander, brandeten gegen die Höhlenwände und brachten sie zum Schmelzen.

Innerhalb dieses Infernos standen Evargher, Kenson und Ablonth reglos da. Sie blieben unverletzt. Sie taten überhaupt nichts zu ihrer Verteidigung. Zumindest schien es so. Plötzlich breitete sich von ihnen aber eine Aura des Unheimlichen aus. Sie entfesselten Kräfte, die jeden in ihren Bann schlugen.

Den Männern wurden zuerst die Waffen in den Händen heiß, als seien sie glühend. Die Komponenten an ihren Kombinationen und Helmen strahlten plötzlich eine unerträgliche Hitze aus. Sie warfen die Waffen weg, rissen sich schreiend die metallenen Bestandteile ihrer Ausrüstung vom Körper.

Noch während sie das taten, wurde der Boden um die drei Ertruser aus der Pyramide weiß. Eine unsichtbare Kraft sog mit unheimlicher Geschwindigkeit allen Farbstoff aus dem Boden. Der Anführer der Kampftruppe, der den dreien am nächsten stand, ließ plötzlich die Arme hängen, sein Gesicht wurde ausdruckslos, die Augen weiteten sich und starrten ins Leere. Langsam setzte er sich in Bewegung. Er erreichte den Albinoring und erstarrte. In Sekundenschnelle erbleichte er. Seine Gliedmaßen zuckten noch einmal wie im Reflex, dann brach er lautlos zusammen.

Panik brach unter den PEI-Soldaten aus. Sie drängten in den Stollen, suchten ihr Heil in der Flucht. Ein Gedränge entstand, bei dem jeder rücksichtslos versuchte, den rettenden Stollen zu erreichen. Aber nicht alle schafften es rechtzeitig. Ein halbes Dutzend wurde von Ausläufern des Albinorings erfasst, der sich inzwischen über die ganze Höhle ausgebreitet hatte. Sie drehten sich wie Marionetten um und taumelten auf Evargher, Kenson und Ablonth zu. Doch sie erreichten ihr Ziel nie. Nach wenigen Schritten waren sie erbleicht und brachen zusammen.

Evargher setzte sich in Bewegung. Ohne sichtbare Gemütsregung schritt er über die Toten hinweg, die so weiß waren wie der Boden und sich kaum davon abhoben. Kenson und Ablonth folgten ihm.

»Lass es genug sein, Thorg«, verlangte Kenson vom Chef des EBK. »Sollen sie nur fliehen. Wir haben ihnen einen solchen Schrecken eingejagt, dass sie es nicht wagen werden, noch einmal die Hand gegen uns zu erheben.«

»Ich kann sie nicht entkommen lassen«, presste Evargher hervor. Er schickte den Flüchtenden seine geballten Fähigkeiten nach, die einen nach dem anderen einholten. Der Stollen war bis zur anderen Höhle mit gebleichten Leichnamen übersät.

Nur einer lebte noch. Er schlug wie ein Besessener um sich und schien nichts von seiner wirklichen Umgebung wahrzunehmen. Und so war es auch. Er kämpfte gegen unsichtbare Ungeheuer an, die Evargher auf ihn losgelassen hatte. Als sie ihn erreichten, beruhigte er sich. Seine Haut zeigte überall weiße Flecken.

»Du wirst Gollonk meine Botschaft überbringen«, sagte Evargher zu ihm. »Sage ihm nichts von dem, was hier passiert ist. Das ist ein Befehl! Sage ihm nur, dass ich eine Stunde nach dir in seinem Hauptquartier erscheinen werde, um seine Kapitulation entgegenzunehmen.«

Das Hauptquartier der PEI glich einer Festung. Auf den umliegenden Gebäuden waren Geschütze aufgestellt worden. Gleiter und Kampfschweber sicherten den Luftraum ab. Gollonk hatte sich mit Laptir und seinen engsten Vertrauten in die Zentrale zurückgezogen und überwachte von dort die Sicherheitsmaßnahmen.

Alle Korridore wurden doppelt abgesichert. Überall waren tödliche Fallen errichtet. Von der Zentrale konnte jeder Raum des Gebäudes überwacht werden. Es war unmöglich, in das Gebäude einzudringen. Das hätte nicht einmal ein Siganese geschafft, geschweige denn ein Ertruser. Gollonk hörte sich immer wieder Evarghers Ultimatum an.

»In einer Stunde wird Thorg Evargher hier eintreffen«, lautete es. »Er verlangt die bedingungslose Kapitulation. Die PEI wird aufgelöst. Die Parteiführer werden einem ordentlichen Gericht übergeben. Den Verräter Laptir erwartet die Todesstrafe.«

Gollonk packte den Überbringer der Botschaft am Kragen und schüttelte ihn. »Wieso konnte Evargher fliehen? Dreißig Mann gegen drei! Was ist denn überhaupt passiert? Verdammt, was haben sie mit dir getan, Pehton? Womit haben sie dich so zugerichtet?«

Pehton schwieg.

»Sieht aus, als wäre er in den Albinoring geraten, Gollonk«, sagte Laptir. »Mir ist das unheimlich. Ich kenne Evargher. Es ist nicht seine Art, den Mund zu voll zu nehmen. Wenn er eine Drohung ausspricht, dann macht er sie wahr.«

»Du fürchtest wohl um dein Leben, Laptir?«, meinte Gollonk spöttisch. Dann hieb er mit der Faust auf den Tisch. »Verdammt will ich sein, wenn es Evargher gelingen sollte, unbemerkt hier einzudringen. Wir werden ihn schon entdecken, wenn er noch eine Meile von hier entfernt ist.«

»So sicher bin ich da nicht«, sagte Laptir zweifelnd. »Sieh dir nur Pehton an. Es würde mich nicht wundern, wenn er der einzige Überlebende aus der Höhle wäre. Wenn Evargher es geschafft hat, dreißig Mann zu erledigen, dann traue ich ihm auch zu …«

Gollonk schlug ihm mit dem Handrücken ins Gesicht. »Halt endlich den Mund, Feigling!«

Laptir rieb sich die brennende Stelle im Gesicht. »Was sagst du da?«, fragte er. »Du nennst mich einen Feigling?«

»Ich habe dich längst durchschaut. Du bist ein ganz erbärmlicher Kriecher. Hinterhältig, verschlagen, feige!«

Laptir wich zurück. »Das hättest du nicht sagen sollen, Gollonk.«

Plötzlich hielt er seinen Strahler in der Hand und richtete ihn auf den Führer der PEI.

Einige Kilometer vom Hauptquartier der »Partei für Ertrusische Interessen« entfernt saßen drei Männer wie in Trance versunken um einen Tisch: Evargher, Kenson und Ablonth.

Kenson blickte kurz auf und sagte: »Die Krise spitzt sich zu. Nicht mehr lange, dann haben wir sie alle dort, wo wir sie haben wollen.«

»Konzentrier dich, Wargor«, ermahnte Evargher, ohne seine Meditation zu unterbrechen. Sein Geist wanderte wieder weiter, bis er die Zentrale der PEI erreicht hatte. Dort nahm er von Laptirs Gehirn Besitz ...

»Ich werde dir zeigen, wer der starke Mann in dieser Partei ist!«, rief Laptir gerade. Es entging ihm, dass einer der Techniker den Interkom aktivierte, sodass das Gespräch aus der Zentrale überall im Hauptquartier zu hören war.

Gollonk lachte. »Steck die Waffe weg, Laptir, und ich will deinen kleinen Scherz vergessen.«

»Ich meine es ernst, Gollonk.«

Der Führer der PEI lachte wieder. Plötzlich spürte er einen Einschlag in seinem Körper. Er presste die Hand gegen die Brust, hob sie dann vors Gesicht und starrte mit ungläubigen Augen auf seine blutigen Finger. Ohne einen Laut von sich zu geben, brach er tot zusammen.

»Jetzt übernehme ich das Kommando!«, sagte Laptir barsch. Plötzlich wurde der Bann von ihm genommen.

»Was habe ich getan?«, fragte er sich verwundert, als er den toten Gollonk zu seinen Füßen liegen sah. Die anderen Männer schoben sich drohend näher.

»Zurück!«, herrschte Laptir sie an. »Evargher ist eingedrungen. Wir können es uns nicht leisten, uns gegenseitig zu bekämpfen.«

Als Laptir einen klaren Moment hatte, wunderte er sich wieder, warum er das gesagt hatte. Er glaubte geblufft zu haben, betrachtete seine Worte als plötzliche Eingebung. Und er hatte Erfolg damit.

Die Männer kümmerten sich wieder um die Verteidigungsanlagen. Als Laptir auf den Monitoren sah, dass in einigen Korridoren die Wachtposten ihre Stellungen verließen, gab er Befehl, auf sie zu feuern.

»Sie sind von Evargher bestochen!«, schrie er außer sich. »Sie wollen die Zentrale stürmen. Gebietet ihnen mit allen Mitteln Einhalt!«

Das war der Anfang vom Ende. Evargher bemühte sich nicht mehr länger, Laptir in seinem Sinn zu beeinflussen. Er konzentrierte sich zusammen mit Kenson und Ablonth auf die Gehirne jener Männer, die überall im Hauptquartier postiert waren. Sie infizierten sie mit Gedanken an Rebellion, suggerierten ihnen ein, dass der Feind in der Zentrale selbst zu suchen war – und hetzten sie auf diese Weise in den Tod, der überall in Form verschiedener Fallen auf sie lauerte, die eigentlich für sie – Evargher, Kenson und Ablonth – gedacht waren.

Es dauerte nicht mehr lange, bis alle im Hauptquartier der PEI stationierten Männer in Kämpfe miteinander verstrickt waren. Laptirs schrille Stimme gellte so lange aus dem Interkom, bis einer von Gollonks engsten Mitarbeitern den offenbar Wahnsinnigen überwältigte und den Tod seines Parteiführers rächte.

Evargher, Kenson und Ablonth erreichten, dass sich auch die Kampfgleiter und -schweber einschalteten und dass die Geschützstellungen auf den umliegenden Häusern das Feuer auf das Hauptquartier eröffneten. Damit war der Untergang der PEI besiegelt.

Die Bilder verblassten langsam in Kensons Geist. Er versuchte angestrengt, sie zu halten. Doch sie entglitten ihm wie ein flüchtiger Traum. Plötzlich war er wieder in dem Raum, fand sich mit Evargher und Ablonth am Tisch sitzen. Kenson wusste sofort, was das zu bedeuten hatte. Die Kraft, die ihn bisher so unbesiegbar gemacht hatte, war versiegt.

Ein Blick in die Augen seiner Kameraden zeigte ihm, dass es ihnen wie ihm erging. Der Mastibekk hatte es ihnen prophezeit, dass die Fähigkeiten, die sie aus der X-Dimension in ihre Welt mitnahmen, nur eine begrenzte Zeit anhalten würden.

Nach einer Weile bedrückten Schweigens ergriff Evargher das Wort. »Wir sollten unseren verlorenen Fähigkeiten nicht nachtrauern«, sagte er mit einem bitteren Lächeln. »Wir haben unser Ziel, die Zerschlagung der PEI, erreicht.«

»Ja, das ist uns gelungen. Aber was hilft uns das? Das EBK existiert praktisch auch nicht mehr.«

»Wir werden von vorne beginnen. Wir drei sind die Keimzelle des neuen Befreiungskomitees, das wie ein Phönix aus der Asche auferstehen wird. Bald schon werden wir den Kampf gegen die Unterdrückung wieder aufnehmen …«

Hotrenor-Taak überflog die neuesten Berichte. Es war gut, dass sich seine Leute und die Überschweren aus den Machtkämpfen der Ertruser herausgehalten hatten. Die beiden mächtigsten Widerstandsgruppen hatten sich gegenseitig selbst aufgerieben. Jetzt würde wieder eine Weile Ruhe auf Ertrus herrschen.

Er konnte das Kreit-System beruhigt verlassen und sich anderen Aufgaben zuwenden …

10.

Irgendwo zwischen den Systemen Gandomar und Kreytmagon trieb eine Insel der Greikos durch den Raum. Auf ihrer Unterseite war die Insel zerrissen und aufgewühlt von kosmischen Stürmen, Sonnenwind und Meteoreinschlägen, aber über ihrer Oberseite wölbte sich eine künstliche Atmosphäre, die von mehreren Atomsonnen beleuchtet wurde.

Im Innern der Insel brannten tausend kleine Buschfeuer, um die sich Hunderttausende von Greikos versammelt hatten, um gemeinsam zu meditieren. Wenn sie in die Flammen starrten, sahen sie Dinge jenseits der Feuerstellen.

Der Rausch der Greikos war still und erhaben, und wenn sie aus ihm erwachten, gab es kein Unbehagen, sondern Zufriedenheit und Freude. Nur Kroiterfahrn konnte an all diesen Dingen nicht mehr teilhaben. Von Buschfeuer zu Buschfeuer war er gewandert, aber der stille Rausch wollte nicht mehr über ihn kommen. Sein Verlangen nach Meditation ließ ihn allmählich verzweifeln, die Abruptheit seiner Bewegungen ließ eine innere Hektik vermuten.

Kroiterfahrn erkannte, dass er krank war. Seit er erfahren hatte, dass er zu den Auserwählten gehören sollte, die die befriedete Galaxis besuchen würden, fand er keine Ruhe mehr. Es war die Sehnsucht nach diesem unbekannten Paradies, die seine Gedanken beherrschte.

Nachdem er lange Zeit von Feuerstelle zu Feuerstelle gewandert war, zog er sich in ein Randgebiet der Insel zurück, wo er am Ufer eines Sees vor Erschöpfung zusammenbrach. Ein Erzähler, der zufällig vorbeikam, fand ihn dort liegen und alarmierte die Ärzte in den Zentralgebäuden im Inselinnern. Kroiterfahrn wurde in die kleine Klinik transportiert und untersucht. Man versetzte ihn in Tiefschlaf und maß dabei seine Gehirnströmungen. Die Ergebnisse machten deutlich, dass er sich in einem Zustand großer innerer Erregung befand.

»Er ist noch so jung, dass er seine Auswahl als Besucher der befriedeten Galaxis nicht verkraften kann«, sagten die Ärzte. »Er wurde von der Sehnsucht nach diesem neuen Paradies überwältigt, und diese Sehnsucht wird ihn aufzehren, wenn wir ihm nicht helfen.«

Kroiterfahrn erwachte und sah, dass er in einem Lichtbett lag. Die Decke über dem Raum war aufgeklappt, sodass Sonnenlicht und warme Luft in das Zimmer dringen konnten. Der Greiko brauchte nur Sekunden, um festzustellen, dass er sich noch immer auf der Insel befand. Er blieb reglos liegen und fragte sich, was in der Zwischenzeit passiert sein mochte. Nur dunkel konnte er sich daran erinnern, dass er an einem Seeufer das Bewusstsein verloren hatte.

Er stand auf, und das Lichtbett, plötzlich ohne materielle Belastung, erlosch. Kroiterfahrn verließ den Raum durch den Ausgangsschlitz und betrat die Gartenhalle, in die der Raum eingebettet lag. Um eine Kersavonablüte von ungewöhnlicher Pracht hatten sich drei Greikos versammelt und meditierten.

Kroiterfahrn sah, dass er sich in einer Klinik befand. Er gesellte sich zu den drei Patienten und blickte auf die Blüte. Sie wurde übermächtig groß und schien sich wie ein farbiger Schlund vor ihm zu öffnen. Aber der letzte Schritt in den stillen Rausch gelang Kroiterfahrn nicht. Das quälende Verlangen nach dem neu erschlossenen Paradies war zu stark, es überlagerte alle anderen Gefühle.

Er gab ein klagendes Geräusch von sich und wandte sich von der Blüte ab. In diesem Augenblick erschien ein Arzt im Garten. Er sah Kroiterfahrn vor der Blüte stehen und kam sofort zu ihm.

»Ich habe gerade wieder einen Versuch gemacht«, eröffnete ihm Kroiterfahrn. »Er ist misslungen.«

Der Arzt sah ihn nachdenklich und verständnisvoll an. »Du hast dich bereits zu sehr auf deinen Besuch in der befriedeten Galaxis konzentriert«, erklärte er. »Auf diese Weise blockierst du jene Teile in deinem Gehirn, die eine Meditation erst möglich machen. Wir hatten dich in Tiefschlaf versetzt, weil wir dachten, dass wir dir auf diese Weise helfen könnten. Aber es gibt keine Hilfe.«

»Also werde ich sterben?«, fragte Kroiterfahrn bestürzt.

»Wir haben uns entschlossen, etwas zu unternehmen«, sagte der Arzt. »Zweifellos müsstest du sterben, wenn du auf dieser Insel bliebest. Doch wir werden dich retten.«

»Was wird geschehen?«, wollte Kroiterfahrn wissen.

»Wir haben die Laren unterrichtet«, berichtete der Arzt. »Wir haben ihnen begreiflich machen können, dass sie in deinem Fall eine Ausnahme machen müssen. Du wirst lange vor der offiziellen Abordnung in die neu befriedete Galaxis reisen können.«

»Das ist ...« Mehr brachte der junge Greiko nicht heraus. Er war überwältigt von einem plötzlichen Glücksgefühl. Er brauchte nicht länger auf die Reise in das neue Paradies zu warten! Allein und vor allen anderen Mitgliedern des vierten Konzilsvolks würde er aufbrechen!

»Kehr jetzt in dein Lichtbett zurück!«, ordnete der Arzt an. »Du musst erholt sein, wenn der SVE-Raumer der Laren eintrifft, um dich abzuholen.«

»Das ist Wahnsinn!«

Hotrenor-Taak schnellte aus seinem Sitz empor und starrte auf den Schirm, von wo ein gleichgültig blickender Lare ihm soeben die Nachricht übermittelt hatte, dass ein Raumer mit einem Greiko an Bord in die Heimatgalaxis der Terraner unterwegs war.

»Es ist gegen jede Abmachung!«, protestierte Hotrenor-Taak weiter. »Hier ist längst nicht alles in Ordnung. Der Greiko würde schon bald nach seiner Ankunft merken, was wirklich gespielt wird. Sie wissen, was dann geschehen würde.«

»Das«, sagte der Sprecher, »ist nicht mein Problem. Sie sind der Verkünder der Hetosonen in der gerade eroberten Milchstraße. Lassen Sie sich etwas einfallen, wie Sie mit dieser Situation fertig werden wollen.«

»Die Greikoabordnung sollte erst in zehn terranischen Jahren hier eintreffen!«, erinnerte Hotrenor-Taak wütend.

»Dabei bleibt es auch«, sagte der Sprecher. Er war ein hohes Mitglied der larischen Regierung. »Sie werden es nicht mit einer Abordnung, sondern nur mit einem einzelnen Greiko zu tun haben, der, wenn unsere Berichte stimmen, zudem noch krank ist. Ich kann mir nicht vorstellen, dass es Ihnen nicht gelingen sollte, einem kranken Greiko ein Schauspiel vorzuführen, das ihn vollauf befriedigen wird.«

Seine Argumentation trug nicht dazu bei, Hotrenor-Taaks Empörung einzudämmen.

»Die Regierung muss verrückt sein, wenn sie ein derartiges Risiko eingeht!«, rief Hotrenor-Taak. »Ich lebe jetzt lange genug in dieser Galaxis, um die Situation richtig beurteilen zu können.«

»Ihren Berichten glaubten wir bisher immer entnehmen zu können, dass Sie alles fest im Griff haben«, sagte der Regierungssprecher ironisch.

»Sie verdammter Theoretiker!«, schrie der Verkünder der Hetosonen.

»Die Regierung hat das Für und Wider genau abgewogen«, erklärte der Sprecher. »Den Wunsch der Greikos abzulehnen wäre unter Umständen gefährlicher gewesen, als darauf einzugehen. Die Greikos hätten misstrauisch werden können. So entschied die Regierung, dass ein einzelner Greiko keine Gefahr sein und leicht getäuscht werden kann.«

Hotrenor-Taak holte tief Atem. »Was erwartet er hier vorzufinden?«, fragte er.

Der Mann auf dem Schirm lächelte schwach. »Das wissen Sie doch – ein Paradies!«

»Ein Paradies!« Hotrenor-Taak spie das Wort hervor. »Ich kenne keine von uns befriedete Galaxis, auf die diese Bezeichnung im Augenblick weniger zutreffen würde. So schnell geben diese Terraner nicht auf, das habe ich in meinen Berichten bereits wiederholt zum Ausdruck gebracht. Wir haben alle wichtigen Welten unter Kontrolle, aber es gibt immer noch unentdeckte Schlupfwinkel der Terraner. Wir mussten viele Strafplaneten einrichten. Was, glaubt die Regierung, wird geschehen, wenn die Greikos davon erfahren?«

»Wollen Sie der Regierung die Rolle der Greikos im Konzil der Sieben erklären?«, entrüstete sich der Sprecher. »Wir wissen genau, dass die Greikos die kosmischen Balanceure sind. Ohne ihre ausgleichende Tätigkeit könnten die Konzilsvölker keine gemeinsamen Aktionen mehr planen. Hyptons und Laren und alle anderen würden sich bei einem Rückzug der Greikos aus dem Konzil nicht mehr verstehen und übereinander herfallen. Wir haben uns oft genug über die Friedfertigkeit dieser Wesen lustig gemacht, aber wir sind uns auch darüber im Klaren, dass wir sie brauchen.«

»Trotzdem muss ich den Empfang eines greikoschen Besuchers ablehnen«, beharrte Hotrenor-Taak auf seinem Standpunkt. »Ich werde im Falle eines Besuchs die Verantwortung tragen müssen. Das kann ich nicht.«

»Ist das endgültig?«

»Ja!«

»Wir werden uns besprechen und uns wieder melden.«

»Einverstanden.«

Der Schirm wurde dunkel. Hotrenor-Taak ließ sich in den Sitz zurückfallen und blieb eine Zeit lang ermattet liegen. Er konnte noch immer nicht glauben, was er eben gehört hatte. Besonders schlimm war, dass man versuchte, ihn vor vollendete Tatsachen zu stellen. Nach den Worten des Regierungssprechers war der SVE-Raumer mit dem Greiko an Bord bereits unterwegs.

Hotrenor-Taak fragte sich, ob er überhaupt eine Chance hatte, dem Druck der gesamten larischen Regierung zu widerstehen. Hinter der Entscheidung der Führung standen fünf weitere Konzilsvölker, dessen konnte Hotrenor-Taak sicher sein. Die Laren hätten einen derart schwerwiegenden Entschluss niemals ohne Zustimmung der anderen Völker gefasst.

Hotrenor-Taak begab sich in die Zentrale seines Schiffs, wo eine Traube aus mehreren Dutzend Hyptonkörpern von der Decke hing. Der Lare wusste, dass die Hyptons das Funkgespräch mitgehört hatten, er brauchte sie deshalb nicht über Einzelheiten zu informieren.

»Wir wussten, dass Sie kommen würden«, sagte der Hyptonsprecher am unteren Ende des Körperknäuels. »Es war uns auch klar, dass Sie die Verantwortung ablehnen würden.«

Hotrenor-Taak ließ sich in einem freien Sitz nieder. Mit seinen Vertrauten, die sich an Bord dieses Schiffs aufhielten, brauchte er nicht erst zu sprechen. Er war sich darüber im Klaren, dass sie auf seiner Seite standen. Jeder Lare, der den Aufbau des Konzils kannte, musste den frühzeitigen Besuch eines Greikos ablehnen.

»Was hätte ich anderes tun sollen?«, fragte Hotrenor-Taak. »Die Greikos sind weltfremde Pazifisten, aber verrückt sind sie bestimmt nicht. Jeder Besucher würde beim derzeitigen Zustand dieser Galaxis eine eindeutige Feststellung treffen, nämlich die, dass ihre Völker von uns gewaltsam gezwungen werden, so zu leben, wie es den Vorstellungen des Konzils entspricht. Die Greikos arbeiten aber nur innerhalb des Konzils mit, weil sie glauben, dass wir fremde Galaxien von Krieg und Feindschaft befreien, indem wir die darin lebenden Völker von der Richtigkeit unserer Vorstellungen überzeugen.«

»Diese Vorlesung hätten Sie sich ersparen können«, meinte der Hypton unfreundlich. »Uns sind die Zusammenhänge besser bekannt als jedem anderen Konzilsvolk. Schließlich waren es wir Hyptons, die damals als Erste erkannten, dass wir die Greikos zur Stabilisierung unseres Bündnisses dringend benötigen.«

Der Lare hob die breiten Schultern. »Kommen wir zur Sache«, schlug er vor.

»Ich glaube nicht, dass es einen Sinn hätte, die Ankunft des Greikos verhindern zu wollen«, sagte der Hypton. »Das Schiff ist bereits unterwegs. Es zurückzuschicken hätte vielleicht schlimmere Folgen als ein Empfang des Besuchers. Außerdem lässt sich jeder Verkünder der Hetosonen austauschen.«

Hotrenor-Taak presste die Backenknochen aufeinander. Er verstand diese so kühl vorgetragene Drohung genau. Wenn er den Greiko nicht empfangen wollte, würde es ein anderer an seiner Stelle tun. Der Makel des Versagens würde für immer an ihm haften, und er durfte nicht hoffen, jemals wieder in eine vergleichbare Stellung aufzurücken.

Es war das alte Dilemma: Die Führungsspitze des Konzils weilte fernab vom eigentlichen Geschehen und verließ sich völlig auf die für die Gebiete Verantwortlichen.

»Es ist ein besonders eklatanter Fall der Weitergabe von Verantwortung«, sagte der Hyptonsprecher, als hätte er Hotrenor-Taaks Gedanken erraten. »Das ändert jedoch nichts an der Tatsache, dass wir hier draußen am ehesten wissen, wie man ein solches Problem meistern kann.«

Hotrenor-Taak starrte finster auf den Boden. »Ich habe nicht die Spur einer Idee!«, gestand er. »Ich kann nur hoffen, dass die Regierung ihre Entscheidung korrigiert. Stellen Sie sich vor: Ein Greiko soll jetzt diese Galaxis besuchen! Wo soll er den Frieden finden, den er zu finden erwartet?«

Der Hypton knarrte leise, und das Knarren pflanzte sich durch alle Körper fort: Die seltsamen Wesen kicherten. »Wir werden ihm einen Spezialfrieden präsentieren!«

»Ich habe bereits überlegt, ob wir einen Unfall inszenieren sollen«, sagte Hotrenor-Taak. »Wenn der Besucher stirbt, kann er keine Schwierigkeiten machen.«

»Aber es würden andere nachkommen, um seinen Tod zu untersuchen«, wandte der Hypton ein. »Diese Greikos halten bedingungslos zusammen. Der Bursche, den wir erwarten, ist krank. Wir sind sicher, dass diese Tatsache seinen Aktionsradius bedeutend einengen wird.«

»Ich sehe darin keinen Vorteil«, sagte der Lare hoffnungslos.

»Ihr Pessimismus erstickt alle anderen Überlegungen!«, warf ihm der Sprecher der Hyptons vor. »Dabei ergibt sich aus der Konstellation bereits eine brauchbare Lösung. Der Greiko ist krank. Das bedeutet, dass er nicht herumreisen kann, sondern gepflegt werden muss. In dieser Galaxis gibt es dafür einen hervorragenden Platz.«

Hotrenor-Taak hob den Kopf. »Tahun, das ehemalige Medo-Center der USO!«

»Natürlich!«, bekräftigte der Hypton. »Es ist reiner Zufall, dass wir von Anfang an dafür gesorgt haben, dass auf Tahun geordnete Verhältnisse bestehen blieben. Alle Ärzte und Mitarbeiter der USO auf Tahun wurden anständig behandelt. Soweit sie sich als loyal erwiesen haben, durften sie auf Tahun bleiben. Nur revolutionäre Elemente wurden auf Strafplaneten deportiert.«

»Das taten wir nur auf Drängen Leticrons«, gestand Hotrenor-Taak. »Er sagte uns immer wieder, wie wichtig Tahun auch für ihn und für uns sein könnte.«

Es entstand eine Pause von mehreren Sekunden, dann sagte der Hypton betont: »Wir waren schon immer der Ansicht, dass Leticron ein brauchbarer Erster Hetran dieser Galaxis ist.«

Hotrenor-Taak hätte die Hyptons liebend gern von Bord seines SVE-Raumers werfen lassen, aber eine solche Handlungsweise hätte zu einem Bruch des Bündnisses geführt. Der Lare wusste, dass sie es letztlich den Greikos verdankten, dass dieses Bündnis überhaupt noch funktionierte.

Im Verlauf ihrer Evolution hatten die Greikos eine parapsychologische Eigenschaft entwickelt, die sie zu einzigartigen Wesen machte. Sie strahlten psionische Gehirn- und Körperfrequenzen aus, die bei anderen Geschöpfen, gleichgültig, ob es sich um Intelligenzen oder um Tiere handelte, den Wunsch nach gegenseitiger Loyalität erweckten. Ohne die Greikos wäre das Bündnis der Sieben längst auseinander gebrochen. Allein Laren und Hyptons waren viel zu verschiedenartig, um untereinander Frieden bewahren zu können – wenn die Greikos nicht gewesen wären.

Bisher war es den sechs machtlüsternen Vertretern des Konzils immer wieder gelungen, die Greikos davon zu überzeugen, dass das Konzil nur lautere Absichten verfolgte. Bei Erkennen der Wahrheit hätten die Greikos sich sofort zurückgezogen. Die Folge davon wäre der totale Zerfall des Hetos der Sieben gewesen.

Nun hatte ein nicht einkalkulierbarer Zufall dazu geführt, dass die Greikos die Wahrheit entdecken konnten. Und Hotrenor-Taak sollte das verhindern.

»Tahun«, sagte er nachdenklich. »Natürlich sind die Verhältnisse dort besser als auf allen vergleichbaren Welten. Aber sie sind nicht gut genug.«

»Dann muss der Planet eben präpariert werden!« Der Hypton schien keine Zweifel daran zu haben, dass der Plan gelingen würde. »Wir haben genügend Zeit. Es wird keinen Verdacht hervorrufen, wenn Ihre Freunde den Greiko zunächst einmal ein bisschen in der Gegend herumfliegen und ihm ein paar unverfängliche Stellen zeigen.«

Hotrenor-Taak machte keinen Hehl daraus, was er von dieser Idee hielt. Er gestand sich jedoch ein, dass er keinen besseren Vorschlag hatte. Vielleicht hatte er Glück, und die Regierung überlegte sich die ganze Sache doch noch anders.

»Wir müssen vor allem darauf achten, dass die Terraner von dieser Geschichte nichts erfahren«, fuhr der Hypton fort. »Ich kann mir die Reaktion dieser Wesen vorstellen, wenn sie herausfänden, welch merkwürdigen Besucher wir empfangen haben. Sie würden alles tun, um ihm die Wahrheit begreiflich zu machen.«

»Ja«, sagte Hotrenor-Taak benommen. Er fühlte sich von der Vielzahl der sich auftürmenden Probleme geradezu überwältigt. Er brauchte jetzt Ruhe, um darüber nachzudenken. Doch der Hypton war noch nicht fertig.

»Der Greiko soll noch ziemlich jung sein«, sagte er. »Das bedeutet, dass er unerfahren ist. Wahrscheinlich würden ihm kleine Misshelligkeiten überhaupt nicht auffallen, aber dieses Risiko brauchen wir nicht einzugehen.«

Vielleicht werde ich alt!, dachte Hotrenor-Taak beklommen. Seine innere Spannkraft war im Verlauf des Kampfs gegen die Terraner schon oft auf die Probe gestellt worden. Ausgerechnet jetzt, da sich alles zum Besten gewandelt hatte, ergab sich diese Schwierigkeit, die niemand hatte voraussehen können.

Hotrenor-Taak verließ die Zentrale und rief ein paar seiner Vertrauten zu sich in die Kabine. Inzwischen hatte sich die Nachricht bereits im Schiff herumgesprochen. Die Laren, die sich bei Hotrenor-Taak versammelten, waren empört und voller Unruhe.

»Die Regierung muss ihren Entschluss zurücknehmen!«, rief Cerbonar-Vork, einer der ältesten Laren an Bord. »Die Verantwortlichen wissen genau, dass in der Milchstraße längst nicht alles so ist, wie wir es uns vorstellen. Die Interessen des Konzils werden vielerorts nach wie vor missachtet, und es gibt viele Revolutionäre. Überall wurden Strafplaneten errichtet, um die Widerspenstigen zur Räson zu bringen. Ich gestehe, dass ich mir bereits Sorgen darüber zu machen begann, ob wir in zehn Jahren so weit sein würden, um eine Delegation empfangen zu können. Nun soll bereits jetzt ein Greiko eintreffen.«

Seine leidenschaftlichen Worte lösten Zustimmung aus. Hotrenor-Taak wusste, dass es in der gesamten Galaxis keinen Laren geben würde, der die frühzeitige Ankunft eines Greikos begrüßt hätte. Jeder Lare, auch die einfachen Männer in den unteren Rängen, war sich darüber im Klaren, was das Erscheinen eines Mitglieds des vierten Konzilsvolks bedeutete.

Die Loyalität seiner Soldaten half Hotrenor-Taak jedoch wenig. Er musste sich mit einer unnachgiebigen Regierung auseinander setzen, die ihre Entscheidung bereits getroffen hatte und sie nötigenfalls über den Kopf des Verkünders der Hetosonen hinweg durchzusetzen bereit war.

Vielleicht, überlegte Hotrenor-Taak, war er einigen Mitgliedern der Regierung bereits zu mächtig geworden. Es war denkbar, dass man ihn auf diesem Weg kaltstellen wollte. Aber um welchen Preis! Begriffen denn die oberen Spitzen des Hetos nicht, wie groß die Gefahr eines Zerfalls für das gesamte Konzil war?

»Ich habe bereits bei der Regierung gegen diese Maßnahme protestiert«, berichtete Hotrenor-Taak der Versammlung. »Ich habe einen Aufschub erreicht, glaube aber nicht, dass das Hetos seine Meinung ändern wird.«

»Was bedeutet das?«, erkundigte sich ein Lare namens Kertror-Moog. »Werden Sie Ihre Stellung aufgeben?«

Hotrenor-Taak streckte sich. »Vielleicht wird das mancherorts erwartet«, meinte er. »Als Verkünder der Hetosonen und Oberbefehlshaber der größten larischen SVE-Flotte besitze ich große Macht. Ich habe die Regierung oft öffentlich wegen verschiedener Maßnahmen kritisiert. Erinnern Sie sich daran, dass ich die derzeitige Machtausdehnung des Konzils als für zu schnell durchgeführt bezeichnet habe.«

Ein fantastischer Gedanke entstand in seinem Gehirn. Was, wenn die Geschichte mit dem Greiko nur ein Bluff war, um ihn auf diese Weise zum Rücktritt zu bewegen?

Kroiterfahrn befand sich zum ersten Mal in seinem bewussten Leben an Bord eines larischen SVE-Raumers. Er war von der Ausstattung des Schiffs enttäuscht, aber noch mehr enttäuschte ihn das Verhalten der Besatzung. Die larischen Raumfahrer gingen ihm offensichtlich aus dem Weg. Sie hatten ihm einen Aufenthaltsraum angewiesen und versorgten ihn mit Nahrung. Niemand hatte ihm befohlen, in diesem Raum zu bleiben, aber auf unerklärliche Weise fühlte Kroiterfahrn sich gehemmt und zögerte, das Schiff zu durchforschen.

Kroiterfahrn hatte immer geglaubt, an Bord eines SVE-Raumers würde eine freundliche und aufgeschlossene Atmosphäre herrschen, aber bisher hatte er davon wenig gespürt. Er fühlte sich wie ein lästiger Fremder. Das konnte nur auf seine Krankheit zurückzuführen sein. Wahrscheinlich war er so deprimiert, dass er die Ereignisse in seiner Umgebung nicht mehr objektiv wahrnehmen konnte. Hoffentlich hielt dieser Zustand in der neu erschlossenen Galaxis nicht an. Kroiterfahrn sehnte sich nach diesem friedlichen Paradies; er wollte das Gefühl, Teil und Urheber eines solchen Friedens zu sein, endlich in sich aufnehmen.

Seine Bereitschaft, diesen neuen Frieden zu akzeptieren, war seit seinem Aufbruch von der Rauminsel noch gewachsen. Wäre es durchführbar gewesen, hätte er jedes fremde Wesen aus der befriedeten Galaxis persönlich umarmt und beglückwünscht. Sie würden sich jetzt gleich ihm im Gefühl des Friedens und der Freundschaft untereinander nach Kontakten zu jenen sehnen, die diese Situation allein durch Überzeugungskraft herbeigeführt hatten.

Wie jeder Greiko träumte auch Kroiterfahrn davon, einmal das gesamte Universum in einen Raum des Friedens verwandeln zu können. Dieses hohe Ziel war es auch, was die Greikos immer wieder anspornte, die Aktionen des Konzils in jeder nur möglichen Weise zu unterstützen.

Die Laren schienen das Glücksempfinden ihres Passagiers nicht zu teilen, obwohl sie doch ebenfalls Grund zur Freude hatten: Für die Besatzung war es der erste Flug in die erst kürzlich befriedete Galaxis.

Vielleicht sehe ich alles falsch!, überlegte der einsame Greiko in seiner Kabine. Abgesehen davon, dass ihn seine Krankheit an einer objektiven Betrachtung der Dinge hinderte, musste er berücksichtigen, dass die Laren einen schwierigen Flug durchzuführen hatten. Es war denkbar, dass sie davon völlig in Anspruch genommen wurden.

Kroiterfahrn tröstete sich damit, dass er diesen verhältnismäßig unbequemen Platz bald gegen einen Aufenthalt im Paradies des Friedens tauschen würde.

Obwohl Hotrenor-Taak den Entschluss gefasst hatte, diese Sache in jedem Fall durchzusetzen, wartete er voller Spannung auf eine Nachricht vom Hetos der Sieben. Noch immer machte er sich Hoffnung, dass die Regierung ihre Ankündigung zurückziehen würde.

Bisher hatte Hotrenor-Taak Leticron noch nicht über die Ereignisse informiert. Er wollte auf keinen Fall den Eindruck erwecken, dass er Rat oder Unterstützung von diesem Mann benötigte. Leticron besaß innerhalb der Galaxis längst mehr Macht, als Hotrenor-Taak ihm ursprünglich zuzugestehen bereit gewesen war. Er verdankte seine Position in erster Linie den Hyptons, die in diesem Überschweren den geeigneten Mann zur Durchsetzung ihrer Pläne sahen.

Hotrenor-Taak wusste, dass Laren und Hyptons in jeder unterworfenen Galaxis früher oder später zu Feinden geworden wären, wenn nicht jedes Mal die Greikos nach einem bestimmten Zeitpunkt der Machtübernahme durch das Konzil in den eroberten Gebieten aufgetaucht wären. Das Konzil war ein kompliziertes Gefüge, und nach jeder Vergrößerung war es schwieriger zu kontrollieren. Hotrenor-Taak hatte deshalb vor weiterer Machtausdehnung im bisherigen Tempo gewarnt. Er, der an vorderster Front kämpfen und arbeiten musste, sah die Dinge etwas anders als die Regierung des Hetos.

Endlich fand das erwartete Gespräch statt. Diesmal hatte ein führendes Mitglied der Regierung einige Minuten für ihn erübrigt. Hotrenor-Taak erkannte in dem Mann auf dem Schirm einen der drei oberen larischen Sprecher im Hetos der Sieben. Der Mann hieß Harvernor-Drong und galt als der einflussreichste larische Politiker des Konzils.

»Ich fühle mich geschmeichelt«, sagte Hotrenor-Taak, als er vor dem Schirm stand. Das war eine Höflichkeitsfloskel, aber die Ironie war nur allzu leicht erkennbar.

Harvernor-Drong ließ sich nicht reizen. »Ich bin von Ihren Bedenken unterrichtet worden und kann sie verstehen«, sagte er ruhig. »Es ist eine ernste und schwierige Situation eingetreten, für die es keinen Präzedenzfall gibt.«

»Es gärt nach wie vor in dieser Galaxis«, berichtete Hotrenor-Taak. »Der Greiko braucht keinen Strafplaneten zu sehen, um zu erkennen, was hier in Wirklichkeit gespielt wird.«

Der Politiker ließ sich mit der Antwort Zeit. »Sie fühlen sich wahrscheinlich übergangen«, stellte er schließlich fest. »Aber wir wurden von dem Wunsch der Greikos genauso überrumpelt wie Sie jetzt von der bevorstehenden Ankunft des Besuchers. Was hätten wir tun sollen? Eine Ablehnung hätte die Greikos misstrauisch gemacht. Wir mussten ihrem Vorschlag sofort und ohne Bedenkzeit zustimmen.«

»Sie wissen, dass diese Entwicklung zu einer Katastrophe führen kann!«

»Wir machen uns große Sorgen«, behauptete Harvernor-Drong. »Sie nehmen vielleicht an, dass wir die Probleme nicht erkennen, weil wir so weit von den Schauplätzen entfernt sind.«

»Es sieht oft danach aus«, sagte Hotrenor-Taak.

»Ihre Bitterkeit ist durchaus berechtigt, mein Freund! Aber nicht in dieser Situation. Sie müssen diese Angelegenheit meistern.«

»Die Regierung bleibt also bei ihrer Entscheidung? Der Greiko wird nicht zurückgeschickt?«

»Wir haben keinen Grund, unsere Entscheidung zu ändern.«

Obwohl sie über riesige Entfernungen zueinander sprachen, glaubte Hotrenor-Taak, die Gefühle des anderen zu verstehen. Harvernor-Drong fühlte sich durch die hartnäckig vorgebrachten Einwände des Verkünders der Hetosonen belästigt. Hotrenor-Taak wusste plötzlich, dass er allein war. Wenn er Verkünder der Hetosonen bleiben wollte, musste er mit diesen Schwierigkeiten fertig werden.

»Nun gut«, sagte er dumpf. »Ich werde den Greiko empfangen und dafür sorgen, dass er alles so vorfindet, wie er es erwartet.«

Harvernor-Drong lächelte. »Ich wusste, dass wir uns auf Sie verlassen können.«

»Wie heißt er?«, fragte Hotrenor-Taak.

»Kroiterfahrn«, antwortete Harvernor-Drong.

Bei Einbruch der Dämmerung hatte es Beltahun Mtaye riskiert, eine flugfähige Mikrokamera mit Infrarotspürer aus dem Versteck der USO-Spezialisten loszuschicken, um das Gebiet der Hauptkliniken von Tahun beobachten zu können. Die Gefahr, dass die Laren oder Soldaten Leticrons die bienengroße Kamera entdeckten und daraus Rückschlüsse auf die Anwesenheit von Gegnern zogen, war groß. Trotzdem hatte Braunter Schulz diese Aktion genehmigt, denn er wollte ebenso wie Mtaye und Traxin Sorgol herausfinden, was auf Tahun geschah.

Die drei Männer hockten nebeneinander auf dem Erdboden und beobachteten den Schirm, auf dem die Bilder der Kamera übertragen wurden. Das Versteck der drei USO-Spezialisten war so flach, dass keiner von ihnen stehen oder auf einem Stuhl sitzen konnte. Die mit einem Pflanzenteppich abgedeckte Bodenhöhle lag sechshundert Kilometer südlich von Amrhun-Stadt und dreihundert Kilometer südöstlich vom größten Raumhafen auf Tahun. Die Hauptkliniken waren nur sechzig Kilometer entfernt. Die Ausrüstung der kleinen Höhle war spartanisch, denn die Laren durften das Versteck auf keinen Fall aufspüren.

Schulz hatte das Versteck in die Nähe einer meteorologischen Kontrollstation gelegt, sodass zufällige Peilungen dem Wirken der robotischen Anlagen dieser Station zugeschrieben werden konnten. Bevor die Laren und Leticrons Männer Tahun besetzt hatten, waren die Spezialisten der USO in einem wesentlich größeren Versteck in den Praja-Bergen untergebracht gewesen. Schon sieben Tage nach Ankunft der Laren auf Tahun war diese Station gefunden und ausgeräuchert worden. Acht USO-Spezialisten hatten bei dieser Aktion den Tod gefunden oder waren verhaftet worden.

Schulz, Mtaye und Sorgol waren die letzten Vertreter der USO auf Tahun, und sie beabsichtigten, dies durch taktisch kluges Verhalten auch noch für lange Zeit zu bleiben. Dabei kam ihnen zugute, dass die Laren auf Tahun äußerst behutsam vorgingen. Den Konzilsvölkern war offenbar daran gelegen, die Ordnung auf Tahun zu bewahren, um das Medo-Center für die eigenen Zwecke benutzen zu können.

So war die Besetzung Tahuns relativ friedlich verlaufen. Nur ein paar Ärzte und Raumfahrer, die Widerstand geleistet hatten, waren verhaftet worden. Die meisten Einwohner Tahuns lebten mehr oder weniger ungestört und konnten ihren Arbeiten nachgehen. Allerdings waren sie sich der Macht im Hintergrund bewusst, und auch die Situation innerhalb der Galaxis war ihnen bekannt. Um nicht ein ähnliches Schicksal zu erleiden wie viele Einwohner anderer Planeten, fügten sich die Bewohner Tahuns in ihr verhältnismäßig günstiges Schicksal.

Bei ihren heimlichen Beobachtungen hatten die USO-Spezialisten festgestellt, dass die bisher schon nicht sehr strengen Bestimmungen für die auf Tahun lebenden Terraner weiter gelockert wurden. Es sah fast so aus, als sollten die ursprünglichen Verhältnisse auf dieser Welt in aller Eile wiederhergestellt werden.

Schulz und seine beiden Mitarbeiter standen vor einem Rätsel. Um es zu lösen, hatte Schulz der Entsendung einer Mikrokamera durch Spezialist Mtaye zugestimmt.

Mtaye hockte zwischen seinen beiden Freunden; er war so groß, dass sein schwarzes Kraushaar sogar in dieser Stellung die Höhlendecke streifte. »Da!«, sagte er mit seiner schwermütig klingenden Stimme. »Sie entfernen die Absperrung zwischen der Hauptklinik und der larischen Verwaltung.«

Sorgol blickte zu Schulz hinüber. »Was hältst du davon, Goethe?«

Der grauhaarige Mann mit den schweren Tränensäcken unter den wasserblauen Augen trug diesen Spitznamen aus zwei Gründen: wegen seines urdeutschen Namens und seiner Kenntnisse in klassischer Literatur.

Schulz zuckte die Achseln. »Vielleicht sind sie zu der Überzeugung gelangt, dass sie sich alle Sicherheitsmaßnahmen sparen können.«

»Was könnte sie dazu gebracht haben?«, forschte Sorgol weiter. Er war klein, hatte schütteres Haar und ein spitzes Gesicht. Er war der temperamentvollste der drei Männer – und der intelligenteste. Trotzdem besaß er nicht Schulz' Qualitäten eines echten Anführers.

»Vielleicht die Verhältnisse in der Galaxis«, vermutete Schulz. »Wer wollte schon von Tahun fliehen, wenn er weiß, wie es in der übrigen Milchstraße aussieht?«

»Vielleicht, vielleicht«, nörgelte Sorgol. »Du stellst deine eigenen Vermutungen immer wieder in Frage.«

Schulz kratzte sich am Kinn. »Ich habe eben keine Ahnung!«

»Die Kamera wechselt ihre Position!«, machte sie Mtaye aufmerksam.

»Genug!«, ordnete Schulz an. »Hol das Ding zurück, Beltahun. Ich will nicht, dass wir uns durch Leichtsinn verraten. Unsere Beobachtungen der letzten Tage haben sich bestätigt.«

Der schwere Afroterraner nickte. »Es ist wie auf einem Truppenübungsplatz vor der Besichtigung durch einen Kommandeur«, meinte er. »Alles wird auf Hochglanz gebracht, denn niemand möchte unangenehm auffallen.«

Schulz stieß einen Pfiff aus. »Daran habe ich noch nicht gedacht, Beltahun«, gab er zu.

Sorgol machte eine ärgerliche Bewegung. »Was soll das, Goethe? Wen sollten die Laren und Leticrons Schergen schon erwarten? Was sie hier getan haben, geschah mit voller Übereinstimmung Leticrons und Hotrenor-Taaks.«

»Vielleicht gibt es noch jemand«, meinte Schulz nachdenklich.

»Vielleicht«, spottete Sorgol.

»Wir wissen längst nicht alles über die Laren und das Konzil, Traxin«, erinnerte Schulz.

Mtaye lenkte die Mikrokamera in das Versteck zurück. Damit sie nicht entdeckt wurde, ließ er sie langsam dicht über den Boden fliegen. So dauerte es fast zehn Minuten, bis die Kamera zurück war.

Schulz atmete erleichtert auf, als er sah, dass Mtaye das wertvolle Gerät siganesischer Bauweise in der dafür vorgesehenen Magnetschatulle verbarg. Der Einsatz einer solchen Kamera stellte immer ein großes Risiko dar.

»Die Laren haben von Anfang an versucht, die auf Tahun lebenden Menschen bei guter Laune zu halten«, sagte Schulz nachdenklich. »Wenn sie jetzt diese Bemühungen noch verstärken, dazu in solcher Eile, muss das einen besonderen Grund haben!«

»Hör auf damit, Goethe!«, warnte ihn Sorgol. »Du machst nur deine Nerven fertig. Wenn du wissen willst, was wirklich gespielt wird, musst du zu den Laren gehen und sie nach der Ursache ihrer Bemühungen fragen. In ihrem derzeitigen Zustand wären sie vielleicht sogar bereit, einen USO-Spezialisten laufen zu lassen, der sie bisher bespitzelt hat.«

Schulz schob sich einen Wasserdrops in den Mund und rollte sich auf den Rücken. Die Decke über ihm war mit einer dünnen Folie bespannt. Sie stellte einen zusätzlichen, sicheren Ortungsschutz dar.

»Bisher haben die Laren auf Tahun für Ordnung gesorgt, weil sie der Ansicht waren, dass sie unsere Kliniken brauchen könnten«, sagte Mtaye. »Wenn sie ihre Anstrengungen jetzt verstärken, deutet das darauf hin, dass sie Tahun wirklich brauchen.«

»Ein prominenter Lare, der schwer erkrankt ist«, schlug Sorgol vor.

»Unsinn!«, rief Schulz. »Sie würden ihn in seine Heimatgalaxis bringen.«

»Ein prominenter Mitarbeiter Leticrons oder vielleicht sogar Leticron selbst!« Sorgol wurde nicht müde, seine Idee zu verfolgen.

»Die kennen sich alle aus. Ihretwegen müsste auf Tahun nichts verändert werden«, sagte Schulz. Er saugte die Dropshülle aus und spie sie aus. »Nein, es muss jemand sein, der krank, wichtig und nicht eingeweiht ist.«

»Eine solche Person gibt es nicht«, sagte Mtaye schläfrig.

»Du meinst, dass *wir* eine solche Person nicht kennen«, korrigierte ihn Schulz.

»Ich habe irgendwo einmal gelesen, dass die Deutschen ein besonders gründliches Volk waren«, sagte Sorgol amüsiert. »Das bricht bei dir jetzt wieder durch, Goethe.«

Schulz rieb sich die Augen. »Warum sehen wir nicht nach?«, fragte er seine beiden Freunde.

Sie starrten ihn an, ihrem Temperament entsprechend mit unterschiedlichen Reaktionen ihrer Mimik. Sorgols Gesicht zuckte, Mtaye hob nur eine Augenbraue.

»Ich bin nicht dafür, dass wir irgendwelche Verrücktheiten begehen«, sagte Traxin Sorgol nach einer Weile. »Es ist ein Wunder, dass wir noch nicht entdeckt und auf einen Strafplaneten deportiert wurden. Das scheint dich leichtsinnig zu machen, Goethe.«

»Ich bin nur neugierig!«

»Wir können die Kamera noch ein paarmal losschicken«, schlug Mtaye vor. »Es ist möglich, dass wir dann etwas herausfinden.«

»Wir machen noch einen Versuch mit der Kamera«, stimmte Schulz zu. »Wenn wir dann kein Glück haben, sehen wir selbst nach.«

Die Nachrichten vom USO-Stützpunkt auf Tahun waren bisher immer mehr oder weniger nichts sagend gewesen. Das lag einmal an der fast unveränderten Situation auf dieser Welt und zum anderen an der Unbeweglichkeit, zu der die Spezialisten Schulz, Mtaye und Sorgol verdammt waren. Die drei Männer sendeten in regelmäßigen Abständen eine kurze Routinenachricht, die dann nach Quinto-Center weitergeleitet wurde. Die letzte Nachricht jedoch unterschied sich erheblich von ihren Vorläuferinnen.

Atlan blickte auf den dechiffrierten Text und überlegte, wie er die Botschaft beurteilen sollte. Schulz hatte gemeldet, dass die Laren und Leticrons Truppen auf Tahun alles daransetzten, um die Bedingungen für die auf Tahun arbeitenden Mitglieder der Solaren Flotte in kürzester Zeit zu normalisieren und sogar zu verbessern. Diese Ereignisse standen im krassen Gegensatz zu den Ereignissen in der übrigen Galaxis, wo Leticrons Söldner weiterhin ungehindert Jagd auf alle Terraner und Terraabkömmlinge machten.

Schulz hatte seine Nachricht nicht kommentiert, aber es war anzunehmen, dass er einen bestimmten Verdacht hatte. Atlan kannte diesen erfahrenen Mann aus einigen gemeinsamen Einsätzen. Er erinnerte sich, dass Schulz ein Freund ungewöhnlicher Methoden war.

Er schob die Nachricht über den Schreibtisch und sah den Mann auf der anderen Seite ernst an. »Was halten Sie davon, Tek?«

Der berühmte USO-Spezialist und Zellaktivatorträger war gerade von einem Einsatz zurückgekommen. Er sah hager und müde aus.

Wie wir alle!, dachte Atlan.

Niemand fand zurzeit viel Ruhe. Alle USO-Spezialisten, die sich noch in Freiheit befanden, waren ständig damit beschäftigt, möglichst viele Menschen nach Gäa in die Provcon-Faust zu bringen und auf diese Weise vor dem Zugriff der Laren zu retten.

»Es könnte sich um ein Experiment handeln«, überlegte Ronald Tekener laut. »Ich glaube nicht, dass die Laren irgendetwas aus einer Laune heraus tun.«

»Nein, bestimmt nicht! Sie werden ihren Grund für ihr Verhalten haben.« Atlan stützte den Kopf in die Hand und stemmte den Ellbogen auf die Tischplatte. »Ich wüsste gern, was sie dazu veranlasst.«

Tekener streckte die Beine von sich. »Ist das ein Auftrag?«

»Vorläufig nicht«, sagte Atlan. »Wir warten weitere Nachrichten von Tahun ab. Schulz wird uns informieren, sobald er etwas herausfindet.« Er erhob sich. »Ich muss jetzt zurück nach Gäa. Sie werden sich inzwischen um alles kümmern. Halten Sie die Augen offen, Tek!«

11.

Allmählich bekam Kroiterfahrn den Eindruck, dass der Flug länger dauerte, als er ursprünglich angenommen hatte. Er schrieb diese Tatsache seiner Ungeduld zu. Die Laren hatten ihn davon unterrichtet, dass sie beabsichtigten, ihn nach Tahun zu bringen. Auf dieser Welt, so hatte er erfahren, gab es spezielle Einrichtungen, um erkrankte Intelligenzen der verschiedensten Abstammung zu behandeln. Kroiterfahrn sollte sich dort erholen.

Die Laren an Bord des SVE-Raumers machten nach wie vor einen schweigsamen Eindruck. Sie schienen eine gewisse Scheu davor zu haben, sich von Kroiterfahrn in ein Gespräch verwickeln zu lassen. Der Greiko bemühte sich, auch das zu verstehen.

Umso überraschter war er, als der larische Kommandant in seine Kabine kam, um ihm mitzuteilen, dass man die Zielgalaxis fast erreicht hatte.

»Sie sollen sich einen Eindruck von dieser Galaxis machen«, sagte Persagur-Treng. »Deshalb werden wir zunächst ein paar optisch besonders schöne Stellen anfliegen, bevor wir auf Tahun landen.«

»Das ist wirklich sehr zuvorkommend«, bedankte Kroiterfahrn sich höflich. »Trotzdem ist mir an einem Kontakt mit den Bewohnern dieser Galaxis mehr gelegen als einer Besichtigung von Sternenballungen oder Planeten.«

Täuschte er sich, oder wurde der larische Kommandant durch seine Worte aus der Fassung gebracht? Die Laren machten alle einen ausgeglichenen Eindruck, sodass auffiel, wenn sie in Erregung gerieten.

»Ich habe den Befehl, allen Ihren Wünschen nachzukommen«, versicherte Persagur-Treng. »Andererseits habe ich natürlich einen festen Flugplan, den ich nach Möglichkeit einzuhalten bemüht bin.«

»Oh!«, machte Kroiterfahrn. »Ich möchte Ihnen auf keinen Fall irgendwelche Ungelegenheiten bereiten.«

Persagur-Treng schien erleichtert. »Der Rundflug wird nicht viel Zeit in Anspruch nehmen. Ich bin sicher, dass Ihnen gefallen wird, was wir Ihnen zeigen werden. In dieser Galaxis gibt es ein paar unvergleichlich schöne Plätze.«

Kroiterfahrn ließ sich von der offensichtlichen Begeisterung anstecken und sagte: »Wäre es nicht gut, wenn wir einen einheimischen Führer bekämen? Ich kann mir vorstellen, dass einer dieser terranischen Raumfahrer bestens geeignet wäre, mir alles zu erklären.«

»Das wird nicht möglich sein!«, platzte Persagur-Treng heraus.

»Aber warum denn nicht?«, wollte der Greiko enttäuscht wissen.

»Sie … sie vertragen aus uns noch unbekannten Gründen den Aufenthalt an Bord der SVE-Raumer nicht.«

»So?«, sagte Kroiterfahrn. »Aber ich weiß, dass ihre führenden Persönlichkeiten an Bord eines SVE-Raumers zu einer Versammlungswelt des Konzils gebracht worden sind.«

»Das ist richtig«, stimmte der Lare zu. »Wir waren damals zu leichtfertig und haben zu wenig Rücksicht auf den Metabolismus dieser Wesen genommen.«

Kroiterfahrn fand diese neuen Informationen eher verwirrend als aufschlussreich. Vielleicht hätte er sich vor seiner Abreise doch mehr mit den Bedingungen, die ihn hier erwarteten, beschäftigen sollen. Nun war es zu spät, und er wurde vor vollendete Tatsachen gestellt. Den Laren durfte er keinen Vorwurf machen. Es war nur richtig, wenn sie Rücksicht auf die körperliche Verfassung aller Fremden nahmen. Damit handelten sie ganz im Interesse der Greikos.

»Es sieht also so aus, als müsste ich bis nach der Landung auf Tahun warten, um einen Terraner begrüßen zu können«, stellte der Greiko fest. »Ich habe eine andere Idee. Bestimmt wurden Speicherkristalle auf verschiedenen Welten dieser Galaxis hergestellt. Es würde mich brennend interessieren, einen Film zu sehen, der auf einem Planeten mit glücklichen Eingeborenen gedreht wurde.«

»Filme!«, sagte Persagur-Treng. Er schien wie betäubt zu sein. »Filme.«

»Ja«, sagte Kroiterfahrn. »Ich würde Sie bitten, Material zu beschaffen, damit ich mich auf das Zusammentreffen mit den Fremden vorbereiten kann.«

»Filme!«, stieß Hotrenor-Taak hervor. »Erst verlangt er einen terranischen Fremdenführer, und nachdem Persagur-Treng ihm das endlich ausgeredet hat, kommt er auf die absurde Idee mit den Kristallen.«

Fersten-Gengor, der larische Kommandant auf Tahun, stieß einen Seufzer aus. »Das sind nur die Anfangsschwierigkeiten. Wenn der Bursche geistig so aktiv ist, kann er nicht schlimm erkrankt sein. Warten Sie ab, was geschieht, wenn er erst einmal hier ist.«

Hotrenor-Taak war mit seinem Raumschiff vor drei Stunden terranischer Zeitrechnung auf Tahun gelandet und hatte sich sofort mit dem zuständigen Kommandanten in Verbindung gesetzt, um sich über den Stand der Arbeiten innerhalb des Medo-Centers unterrichten zu lassen. Unmittelbar danach war die erste Funkbotschaft von Persagur-Treng eingetroffen. Der SVE-Raumer mit dem Greiko an Bord hatte die Galaxis erreicht und flog nun in der Gegend umher, um den Laren auf Tahun Gelegenheit zu geben, alles in Ordnung zu bringen.

Ein junger Lare betrat den Raum und überreichte Hotrenor-Taak ein paar Speicherkristalle. »Das ist alles, was wir auf Tahun auftreiben konnten«, sagte er. »Einer dieser Filme ist meiner Ansicht nach sehr geeignet. Er zeigt Terraner, die aus Anlass einer Einweihung neuer Kliniken auf Tahun ein Fest feiern. Wir haben uns alles genau angesehen. Es gibt nur fröhliche Menschen in diesem Film.«

Hotrenor-Taak sah den jungen Mann prüfend an. »Wann wurde der Film gedreht?«

»Vor 17 Jahren!«

»Also vor unserer Zeit!«, stellte Fersten-Gengor fest.

Hotrenor-Taak verzog das Gesicht, als hätte er Schmerzen. »Der Greiko möchte einen Film sehen, der erst nach dem Eingreifen des Konzils gedreht wurde.«

»Es tut mir Leid«, sagte der junge Mann. »Wir müssten auf anderen Welten nach geeigneten Kristallen suchen.«

»Tun Sie das!«, befahl der Verkünder der Hetosonen. »Inzwischen werden wir Kroiterfahrn dieses unverfängliche Material präsentieren.«

Der Lare zog sich zurück. Fersten-Gengor sah Hotrenor-Taak fragend an: »Glauben Sie überhaupt, dass es klappen wird?«

»Ich weiß es nicht«, sagte Hotrenor-Taak. »Wenn wir die ganze Sache hier auf Tahun unter Kontrolle behalten können, dürfte es keine Pannen geben.«

Er verließ den Raum und begab sich ins Nachbargebäude. Dort versuchten die larischen Funkspezialisten seit einiger Zeit, Verbindung mit Leticron zu bekommen.

»Warum klappt es nicht?«, erkundigte Hotrenor-Taak sich ungeduldig.

»Leticron macht Jagd auf Terraner. Er sollte sich ursprünglich erst wieder in drei Tagen melden.«

»Ich weiß«, sagte Hotrenor-Taak. »So lange kann ich aber nicht warten. Versuchen Sie es weiter!«

Er überlegte, ob er zu Fersten-Gengor zurückkehren sollte, aber im Augenblick verspürte er wenig Neigung, mit irgendjemandem zu sprechen. Vielleicht war es gut, wenn er sich einmal auf eigene Faust in den Kliniken und Verwaltungsgebäuden umsah.

Auf einem Antigravband, das zwei Gebäudetrakte miteinander verband, gelangte der Larenführer in die Quartierräume der Terraner. Sein Erscheinen erregte dort nicht unbeträchtliche Aufmerksamkeit. Eine Gruppe junger Mediziner, die in einer Halle miteinander diskutierten, unterbrach ihre Gespräche und beobachtete ihn argwöhnisch.

Hotrenor-Taak ließ sich per Transmitter zum Raumhafen transportieren. Auch dort traf er nur auf wenig Laren. Die Mitarbeiter des Medo-Centers konnten sich frei und ungehindert bewegen. Zumindest der optische Eindruck war friedlich und unverfänglich. Sogar die Wachen an den Zugängen des Raumhafens waren abgezogen worden – entgegen dem Wunsch von Leticrons Stellvertreter, der die Söldner des Überschweren auf dieser Welt befehligte.

Arbeitsroboter waren damit beschäftigt, Absperrungen zu entfernen. Wachtürme wurden umgerissen und weggeschafft. Schilder, auf denen die Terraner zur Zusammenarbeit mit den Laren und Leticrons Truppen aufgerufen wurden, konnte Hotrenor-Taak nirgends mehr entdecken. Die äußeren Voraussetzungen für den Besuch des Greikos waren oder wurden geschaffen.

Hotrenor-Taak wusste, dass es genügend Terraner auf diesem Planeten gab, die man ohne jedes Risiko mit Kroiterfahrn reden lassen konnte. Diese Menschen hatten sich völlig untergeordnet und waren viel zu ängstlich und vorsichtig, um ein falsches Wort gegen die neuen Herren der Galaxis zu sagen.

All das hätte Hotrenor-Taak beruhigen müssen. Trotzdem spürte er keinen großen Optimismus. Die Greikos waren einfühlsame Wesen. Kroiterfahrn würde Dinge aufspüren, für die man gegebenenfalls gute Erklärungen bereithalten musste.

Hotrenor-Taak wurde unterbrochen, als das Vielzweckgerät an seinem Gürtel summte. Er meldete sich und erfuhr, dass es den Funkern gelungen war, Kontakt zu Leticron aufzunehmen. Hotrenor-Taak sprach nur ungern mit dem Ersten Hetran, aber er hatte keine andere Wahl, als den Überschweren in alle Details einzuweihen. Leticron und seine Soldaten mussten bei diesem Spiel mitwirken.

Hotrenor-Taak kehrte nicht in den von den Laren besetzten Teil der Klinik zurück, sondern begab sich an Bord seines Raumschiffs. Nach wie vor fühlte er sich dort am wohlsten. Die SVE-Raumer waren ein Teil seiner Heimat, in der er so selten leben konnte.

Hotrenor-Taak ließ die Verbindung mit Leticron in das Schiff legen. Er wartete, bis der Überschwere auf dem Bildschirm sichtbar wurde. Leticron war massiger geworden, sein Gesicht wirkte aufgeschwemmt. Er hatte die Augen zusammengekniffen, als müsste er sich vor heftigem Wind schützen. Seine Uniformjacke war blutverschmiert, offensichtlich hatte er sich einmal mehr an Kämpfen gegen Terraner beteiligt oder eines seiner berüchtigten Verhöre durchgeführt.

»Man könnte glauben, Sie hätten mich noch nie gesehen«, sagte der Erste Hetran.

»Ich entdecke immer wieder neue Wesenszüge an Ihnen«, antwortete Hotrenor-Taak. »Aber wir wollen jetzt nicht über Ihre Psyche diskutieren, sondern uns mit dem Wesentlichen beschäftigen.«

»Ist der Greiko eingetroffen?«

»Er befindet sich bereits in dieser Galaxis, aber wir können ihn noch hinhalten. Inzwischen laufen die Vorbereitungen hier auf Tahun weiter.

Ich möchte, dass Sie sofort nach Tahun kommen und mit Ihren hier stationierten Soldaten sprechen.«

»Das haben Sie doch bestimmt schon getan!«

»Ja«, gab der Lare zu. »Aber das genügt mir nicht. Nur Sie sprechen die Sprache dieser Männer und wissen, wie man sie anpacken muss.«

Leticron grinste breit. »Haben Sie Interkosmo verlernt?«

»Lassen Sie diese albernen Späße!«, warnte ihn Hotrenor-Taak. »Für uns geht es um alles. Diesmal haben Sie auch die Hyptons nicht auf Ihrer Seite. Wenn durch Fehlverhalten Ihrerseits irgendetwas schief gehen sollte, werden Sie bestraft. Sie können dann auf einer der von Ihnen selbst entwickelten Strafwelten darüber nachdenken, was Sie falsch gemacht haben.«

»Sie werden sich auf uns verlassen können«, sagte Leticron verbissen.

»Ich weiß nicht«, erwiderte Hotrenor-Taak. »Für einige Ihrer Söldner wird es schwer sein, ohne Waffe herumlaufen zu müssen.«

»Ich breche jetzt auf und komme nach Tahun«, kündigte Leticron an. »Wann erwarten Sie den Greiko?«

»Morgen«, sagte Hotrenor-Taak schwer. »Genau um zehn Jahre zu früh.«

Die Notbeleuchtung im Versteck der drei USO-Spezialisten flackerte. Das Notaggregat war reparaturbedürftig, aber Schulz und seine beiden Freunde wagten es wegen der Ortungsgefahr nicht, die Hauptenergieanlage der kleinen Station einzuschalten.

Vor einer knappen Stunde war es draußen dunkel geworden. Unmittelbar davor hatte Mtaye seine flugfähige Kamera erneut zurückgeholt. Die Beobachtungen der drei Männer hatten keine zusätzlichen Informationen gebracht. Zumindest was das äußere Bild anging, war die Normalisierung auf Tahun abgeschlossen. Es gab praktisch keine Anzeichen einer Besetzung durch das Konzil mehr.

Doch dass dies das erklärte Ziel der Laren gewesen war, hatten die drei Spezialisten bereits früher herausgefunden. Jetzt kam es darauf an, den Grund für diese Veränderung herauszufinden.

Sorgol, der unauffälligste der drei Männer, sollte das Versteck verlassen und versuchen, im Schutz der Nacht an eine der kleinen Siedlungen rund um die Hauptkliniken heranzukommen. Dort, so hofften Schulz und die beiden anderen, konnte man vielleicht zusätzliche Informationen bekommen.

Schulz sah Sorgol, der einen Technikeranzug angelegt hatte, aufmerksam an. »Wenn sie dich schnappen, wird man dich verhören«, sagte er.

»Ich weiß«, sagte Sorgol. »Und das Verhör wird so enden, dass ich euch verrate.«

»Hm!«, machte Schulz. »Trotzdem müssen wir das Risiko auf uns nehmen. Wenn du bei Tagesanbruch nicht zurück bist, werden wir dieses Versteck mit den wichtigsten Ausrüstungsgegenständen verlassen, denn wir werden dann annehmen müssen, dass du in Gefangenschaft geraten bist.«

Sie tauschten einen Blick. Jeder von ihnen wusste, dass auch eine Flucht aus diesem Versteck sinnlos war, wenn die Laren erst einmal herausgefunden hatten, dass es noch Terraner auf Tahun gab, die gegen sie arbeiteten. Die Invasoren würden eine groß angelegte Suchaktion beginnen.

Mtaye öffnete die Deckenplatte und ließ Sorgol hinausklettern. Der kleine Mann warf noch einen letzten Blick in das Versteck und setzte sich wortlos in Bewegung. Hinter ihm wurde der Einstieg des Verstecks wieder verschlossen.

Traxin Sorgol marschierte los. Er hatte keinerlei Ausrüstung bei sich, denn die konnte ihn im Fall einer Kontrolle nur verraten. Zum ersten Mal seit Ankunft der Laren auf Tahun versuchte einer der drei USO-Spezialisten, Kontakt zu den unterdrückten Menschen des Medo-Centers aufzunehmen. Die Siedlung, die Sorgols Ziel war, lag zwanzig Kilometer entfernt. Sorgol hoffte, dass er sie in vier Stunden erreicht haben würde. Dann blieben ihm zwei Stunden für seine Nachforschungen und vier weitere Stunden, um in das Versteck zurückzukehren.

Sorgol musste daran denken, dass Schulz, Mtaye und er seit Ankunft der Laren bereits zweimal die Gelegenheit gehabt hatten, Tahun zu verlassen. Sie hatten jedoch auf die Möglichkeit zur Flucht verzichtet, um den letzten USO-Stützpunkt auf dieser wichtigen Welt zu halten.

Die ganze Zeit über hatte Sorgol an der Richtigkeit ihres Entschlusses gezweifelt, denn sie hatten so gut wie nichts tun können. Jetzt sah die Sache allerdings etwas anders aus. Auf Tahun standen wichtige Ereignisse bevor. Wenn es ihnen gelang, die Hintergründe herauszufinden, konnten sie endlich wieder sinnvolle Arbeit liefern. Unter diesem Aspekt betrachtet, war es nur logisch, dass sie alle drei bereit waren, das erhöhte Risiko einzugehen.

Sorgol wurde auf seinem Marsch durch die Dunkelheit nicht gestört. Einmal flog ein schwerer Gleiter über ihn hinweg in Richtung von Amrhun-Stadt. Endlich, nachdem er einen langen Hügelzug überquert hatte, sah er unter sich die Lichter der Siedlung. Die flachen Gebäude inmitten der parkähnlichen Landschaft schlossen sich fast wie ein Ring um die Hauptkliniken. Sorgol kannte die Namen der einzelnen Siedlungen nicht; diese scheinbar sinnlos vollzogenen Anhäufungen von Wohngebäuden sahen alle gleich aus.

Einige Siedlungen trugen den Namen berühmter Ärzte, andere waren mit Fantasienamen belegt worden. Sorgol blieb oben am Hügel stehen und blickte auf die Siedlung hinab. Gemessen an der Anzahl der Lichter standen dort unten etwa zweihundert Gebäude. Das bedeutete, dass sich in diesem Gebiet etwa zweitausend Mitarbeiter des Medo-Centers aufhielten. Die meisten von ihnen waren Menschen. Sorgol wusste aber, dass sich auch Aras und Umweltangepasste dort befanden.

Es war windstill und kühl. Sorgol hörte keine Geräusche außer seinem eigenen Atem und dem lockenden Ruf eines Nachtvogels. Das friedliche Bild täuschte über die wahre Situation hinweg. Auch die Menschen unten in der Siedlung waren im Grunde genommen Gefangene des Konzils und mussten sich den Wünschen der Invasoren fügen. Aber aus einem Grund, den Sorgol herauszufinden beabsichtigte, ging es ihnen wesentlich besser als den Menschen auf anderen besetzten Welten. Die Menschen auf Tahun lebten freier und wurden anständig behandelt.

In den letzten Tagen waren die Laren dazu übergegangen, die ursprünglichen Verhältnisse wiederherzustellen. Sorgol stieg den Hügel hinab. Wenig später hörte er Musik und Stimmen aus verschiedenen Gebäuden. Er stieß auf die breite Straße, die mitten durch die Siedlung führte. Er überquerte sie und bewegte sich am Ufer eines Baches entlang. Dann musste er dem Scheinwerferlicht eines Prallgleiters ausweichen. Das Fahrzeug kam aus der Stadt und verschwand summend in der Nacht.

Sorgol erreichte das erste Gebäude abseits von der Straße. Plötzlich verspürte er den Drang in sich, umzukehren und den Hügel hinaufzustürmen. Wie sollte er hier etwas in Erfahrung bringen? Einfach in ein Haus gehen und den Menschen sagen, wer er war und was er wollte? Das war unmöglich.

Viele dieser Mediziner und Mitarbeiter des Medo-Centers waren eingeschüchtert und hätten auf ein solches Vorgehen vielleicht anders reagiert, als Sorgol voraussehen konnte. Sorgol ging weiter. Auf der anderen Straßenseite konnte er durch die transparente Frontwand eines Gebäudes in eine Art Gemeinschaftsraum blicken. Sorgol war überrascht, dass sich um diese Zeit dort noch so viele Menschen aufhielten.

Er überquerte die Straße und betrat den Gemeinschaftsraum. Im Vorzimmer saß ein alter Mann vor einem Simultanschachspiel. Er blickte nicht einmal auf, als Sorgol eintrat. Sorgol öffnete die Tür zum Hauptraum und ließ das Gewirr von Stimmen einen Augenblick auf sich einwirken. Sein Erscheinen löste keine Aufmerksamkeit aus, aber er wusste, dass sich das noch ändern konnte.

In der Mitte des großen Raums befand sich eine hufeisenförmige Bar, um die etwa ein halbes Dutzend Männer und Frauen versammelt waren. Andere Gruppen saßen an den flachen Tischen. Es wurde nur wenig gespielt. Fast alle unterhielten sich. Laren waren nicht anwesend. Damit hatte Sorgol auch nicht gerechnet. Die Frage war nur, ob ein Mitarbeiter Leticrons hier war.

Sorgol verließ seinen Beobachtungsplatz neben der Tür und ging zielstrebig auf die Bar zu. Dabei hatte er das Gefühl, von allen Anwesenden angestarrt zu werden. Das gleichmäßige Auf und Ab der Stimmen belehrte ihn jedoch, dass er sich täuschte.

Sorgol erreichte die Bar. Er stützte die Hände auf das massive Holz und fühlte sich augenblicklich sicherer.

Neben ihm stand eine junge Frau, die ihr rötliches Haar mit silbernen Spangen hochgesteckt hatte. Ihr Gesicht sah hochmütig aus, aber sie nickte ihm freundlich zu und sagte: »Heute ist Selbstbedienung.«

Sorgol nickte, aber seine Gelassenheit war gespielt. Das spürte er, als er über die Theke griff, um sich ein Glas zu holen. Seine Hände zitterten. Die Frau, die sich schon wieder von ihm abgewandt hatte, sah ihn jetzt wieder an. Ohne die Augen zu heben, wusste Sorgol, dass Misstrauen in ihrem Blick lag.

»Sie sind zum ersten Mal hier?«, fragte sie.

Sorgol sah sie an und lächelte. »Nicht zum ersten Mal«, sagte er gelassen. »Aber ich komme so selten, dass mich jedermann für einen Fremden hält, wenn ich hier auftauche. Meine Arbeit lässt mir wenig Zeit.«

»Sie sind in der Inneren?«

»Nein«, sagte Sorgol. »Verwaltung, Sektor West.«

»Seltsam, dass Sie dann hier in Frenton wohnen.«

»Ich wohne hier nicht, aber ich besuche ab und zu einen Freund, der hier lebt.«

»Wer ist das?«

»Hören Sie«, sagte Sorgol lächelnd. »Halten Sie mich vielleicht für einen Spion Leticrons?«

Die anderen Barbesucher hatten das Gespräch mitgehört. Ihr Gelächter befreite Sorgol von dem zunehmenden Druck, unter den er geraten war.

»Das würde uns keine Sorgen bereiten«, sagte die Frau. »Hier gibt es nichts zu spionieren. Wir leben wie früher. Allerdings sind wir uns über unsere Lage im Klaren.«

Ein Mann schob sich heran. Er war zwei Köpfe größer als Sorgol und hatte ein langes, traurig aussehendes Gesicht. »Wenn Sie in der Verwaltung sind, wissen Sie vielleicht etwas über den geheimnisvollen Besucher, der demnächst auf Tahun eintreffen soll«, sagte er.

In Sorgol spannte sich alles. »Ich habe davon gehört«, sagte er leichthin. »Aber Sie wissen ja, wie wenig wirkliche Informationen durchdringen.«

»Es ist doch sicher, dass die Laren diesen ganzen Rummel nur wegen dieses Besuchers veranstalten, Torgey!«, sagte ein anderer Mann zu dem ersten Sprecher.

»Ja«, sagte Torgey unwillig. »Deshalb rede ich ja gerade mit dem Mann hier.«

»Mein Name ist Sorgol«, sagte Sorgol freundlich. »Ich glaube, dass ich auch nicht viel mehr weiß als Sie. Die Laren und Leticrons Männer haben begonnen, Tahun in eine Art Ferienlager zu verwandeln.«

Die Frau mit den Silberspangen im Haar lachte auf. »Ferienlager!«, wiederholte sie. Der Begriff schien ihr Spaß zu machen.

»Ein Paradies!«, rief Torgey spöttisch. »Sie geben uns das Paradies zurück!«

Der Lärm hatte immer mehr Besucher an die Bar gelockt. Sorgol überlegte, wie er aus dem Mittelpunkt des Interesses entkommen konnte, ohne den Raum verlassen zu müssen.

»Es gibt unzählige Gerüchte über diesen angeblichen Besucher«, sagte ein Mann, den ein Namensschildchen am Jackenrevers als Dr. Corsenn auswies. »Es soll sich um einen sehr kranken Ersten Hetran aus einer anderen, von den Laren eroberten Galaxis handeln.«

»Unsinn!«, rief eine gutmütig aussehende Frau, die an einem nahe stehenden Tisch saß. »Es ist ein prominentes Mitglied eines uns noch unbekannten Konzilsvolkes.«

»Das ergibt keinen Sinn«, meinte Torgey. »Warum sollte man dieses Schauspiel ausgerechnet für ein Mitglied des Konzils veranstalten, Macara?«

»Das weiß ich nicht, aber meine Information stimmt in jedem Fall. Ich habe in der Vanson-Klinik das Gespräch von zwei Leticron-Offizieren mitgehört. Leticron ist auf dem Weg nach Tahun. Hotrenor-

Taak ist bereits eingetroffen. Die Sache scheint also äußerst wichtig zu sein.«

Sorgol hatte sich allmählich bis zum Ende der Bar zurückgezogen. Er brauchte sich nicht mehr an diesem Gespräch zu beteiligen, konnte aber weiterhin zuhören.

Wenn Hotrenor-Taak und Leticron einen Anlass sahen, nach Tahun zu kommen, mussten sich wirklich wichtige Dinge ereignen. Sorgols Hoffnung, weitere Einzelheiten erfahren zu können, wurde jedoch enttäuscht. Es stellte sich schnell heraus, dass diese Menschen außer ein paar Gerüchten nichts in Erfahrung gebracht hatten. Am interessantesten schienen dabei noch die Informationen Macaras zu sein.

Sorgol blieb noch eine halbe Stunde, um durch einen frühzeitigen Aufbruch keine Aufmerksamkeit zu erregen. Dann verließ er die Siedlung.

»Halt!« Mtaye trat hinter dem Baum hervor und richtete seine Waffe auf Sorgol. Der Lichtstrahl eines Scheinwerfers glitt über Sorgols Gesicht.

»In Ordnung«, sagte Mtaye.

Sorgol war noch ein paar Meilen vom Versteck entfernt. Mtayes plötzliches Auftauchen hatte ihn erschreckt.

»Nur eine Vorsichtsmaßnahme«, informierte ihn der Afroterraner. »Wir konnten ja nicht sicher sein, ob du allein zurückkommen würdest. Außerdem hätte ein Fremder an deiner Stelle auftauchen können.«

»Von dieser Vorsichtsmaßnahme habt ihr mir bei meinem Aufbruch nichts gesagt«, beklagte sich Sorgol.

»Richtig«, stimmte Mtaye gleichmütig zu. »Du hättest sie sonst bei einer eventuellen Gefangennahme an den Gegner verraten.«

»Schulz denkt wohl an alles!«

»Es war meine Idee«, sagte Mtaye. Sie kehrten gemeinsam zum Versteck zurück. Mtaye stellte keine Fragen, offenbar wollte er Sorgol ersparen, alles zweimal erzählen zu müssen.

Als Sorgol sich in die Bodenhöhle gleiten ließ, drückte Schulz ihm einen Becher mit einer dampfenden Flüssigkeit in die Hand. »Echter Kaffee!«, sagte er. »Für besondere Leistungen.« Er sah den Ankömmling lauernd an. »Du hast doch besondere Leistungen vollbracht?«

Sorgol schüttelte den Kopf. »Ein Kind hätte es erledigen können. Ich bin in die Siedlung spaziert, ging in den Gemeinschaftsraum und redete mit den Menschen. Ich frage mich, warum wir von dieser Möglichkeit nicht schon früher Gebrauch gemacht haben.«

Dann gab er seinen Bericht. Die beiden anderen hörten schweigend zu und unterbrachen ihn nicht.

»Ich weiß nicht, was man von all diesen Gerüchten halten soll«, sagte Sorgol abschließend. »Viel anfangen können wir jedenfalls damit nicht.«

Schulz wälzte sich auf den Bauch und stützte den Kopf in beide Hände.

»Wir waren bereits auf die Idee gekommen, dass wichtiger Besuch erwartet wird«, erinnerte er Sorgol. »Deine Informationen bestätigen das. Ein prominenter Kranker aus dem Konzil scheint hierher unterwegs zu sein. Jemand, der nicht wissen darf, wie die Laren und Leticrons Männer im Allgemeinen vorzugehen pflegen.«

»Das würde bedeuten, dass es im Konzil Wesen gibt, die nicht über alles informiert sind«, meinte Mtaye. »Glaubst du das wirklich, Goethe?«

»Ich denke darüber nach«, sagte Schulz. »Wir wissen zu wenig, um alle Zusammenhänge begreifen zu können. Eines scheint jedoch sicher zu sein: Es kommt jemand nach Tahun, der die Wahrheit nicht erfahren darf. Jemand, der außerordentlich wichtig ist, sonst wären Hotrenor-Taak und Leticron nicht aufgetaucht.« Er lächelte. »Das bringt mich auf eine Idee.« Sie sahen ihn fragend an. »Man braucht nur hinzugehen und dem Besucher die Wahrheit über die Invasion zu erzählen!«

»Wie einfach!«, rief Mtaye verblüfft. »Glaubst du im Ernst, dass jemand an diesen Besucher herankommt?«

»Vermutlich nicht«, gab Schulz zu.

»Deshalb werden wir uns damit begnügen müssen, das friedliche Bild, das die Laren ihrem Besucher zu präsentieren beabsichtigen, gründlich zu zerstören.«

»Du siehst, dass wir grenzenlos begeistert sind«, sagte Sorgol. »Nur ein Verrückter könnte sein Leben mit solchen Taten aufs Spiel setzen.«

»Ich werde es trotzdem versuchen«, sagte Schulz. »Sobald der Besucher eingetroffen ist – und damit ist schon in allernächster Zukunft zu rechnen –, werde ich mich um die Sache kümmern.«

»Du wirst keinen Erfolg haben«, prophezeite Mtaye. »Die Laren werden mit Zwischenfällen rechnen und darauf vorbereitet sein. Außerdem gründet sich dein Plan auf einer bisher unbewiesenen Theorie.«

»Er wird es trotzdem versuchen«, befürchtete Sorgol.

»Lasst uns jetzt schlafen«, schlug Schulz vor. »Zuvor werden wir jedoch einen Funkspruch an die USO senden, damit man dort über unsere neuesten Informationen unterrichtet ist.«

Mtaye, der für die Nachrichtenverbindungen zuständig war, verzog das Gesicht. »Wir sollten bis zum Morgen warten«, sagte er. »Erfahrungsgemäß nimmt dann der Funkverkehr zwischen den Laren auf Tahun und den Besatzungen der SVE-Raumer überall in der Galaxis stark zu. Es wird dann einfacher sein, einen Rafferimpuls durchzubringen, ohne dass die Gefahr einer Anpeilung besteht.«

Schulz gähnte. »Das ist deine Sache«, meinte er.

Die Vorführung war zu Ende. Kroiterfahrn stand noch unter dem Eindruck des Gesehenen. Er fühlte sich benommen. Die Bewohner dieser Galaxis, das hatte der Film gezeigt, schienen friedfertige und freundliche Wesen zu sein.

»Sicher war es nicht schwer, diese Wesen von der Richtigkeit unserer Ideen zu überzeugen«, sagte Kroiterfahrn zu Persagur-Treng. »Trotzdem hat mich der Film in einer Hinsicht enttäuscht.«

Der Lare sah ihn überrascht an.

»Es waren weder Laren noch andere Konzilsmitglieder zu sehen«, bemängelte der Greiko. »Man könnte fast glauben, sie hätten sich absichtlich im Hintergrund gehalten.«

»Das war ein Film über Terraner«, sagte Persagur-Treng unwillig.

Kroiterfahrn konnte jetzt deutlich fühlen, dass der Lare verärgert war. Das bestürzte ihn, denn er sehnte sich danach, zu allen Wesen ein gutes Verhältnis zu haben. Vielleicht war der Kommandant des SVE-Raumers müde und aus diesem Grund leicht reizbar.

»Ich hätte gern einen Film gesehen, der das freundliche Verhältnis zwischen den Völkern des Konzils und dieser Galaxis besonders gut zum Ausdruck bringt«, versuchte Kroiterfahrn zu erklären. »Sicher können Sie das verstehen.«

»Ja«, sagte der Kommandant, aber er wirkte überhaupt nicht verständnisvoll.

Das Gefühl, mit den Laren an Bord kein besonders gutes Verhältnis zu haben, belastete den Greiko schwer. Er fragte sich, was er tun konnte, um die traditionelle Freundschaft zwischen Laren und Greikos auch in seinem speziellen Fall zu bewahren. Er gab sich allein die Schuld an dem derzeitigen Verhältnis. Seine Krankheit war dafür nur eine schwache Entschuldigung.

»Ich kann mir vorstellen, dass Sie sich auf Tahun viele Filme ansehen werden«, sagte Persagur-Treng.

»Das wird sicher nicht nötig sein«, meinte Kroiterfahrn. »Auf Tahun werde ich Gelegenheit haben, das Zusammenleben zwischen Mitgliedern des Konzils und Bewohnern dieser Galaxis unmittelbar zu beobachten.«

Persagur-Treng antwortete nicht, aber er verließ den Raum so schnell, dass Kroiterfahrn den Verdacht hegte, seine Anwesenheit könnte dem Laren unangenehm sein. Kroiterfahrn unterdrückte alle ihn immer stärker quälenden Fragen. Sobald er sein Ziel erreicht hatte, würden die bedrückenden Schatten zurückweichen, dessen war er gewiss. Er hatte sich in den letzten Tagen von der Schönheit dieser fremden Galaxis überzeugen können. War es nicht ein erhebender Gedanke, dass durch den Einfluss des Konzils in diesen großen kosmischen Bezirk Frieden eingekehrt war? Früher, das hatte man ihm berichtet, war es oft zu kriegerischen Auseinandersetzungen gekommen. Das war jetzt vorbei. Das Konzil garantierte den Frieden.

Kroiterfahrn ließ sich auf sein Lager nieder. Hier an Bord gab es kein Lichtbett, aber die Laren hatten trotzdem alles getan, um für die Bequemlichkeit ihres Gastes zu sorgen. An ihren Bemühungen gemessen, hatten die Laren sich als wirkliche Freunde gezeigt. Kroiterfahrn wünschte, er hätte mehr Erfahrung im Umgang mit anderen Völkern des Konzils besessen. Sein Aufbruch von der Rauminsel war einfach zu schnell vonstatten gegangen, niemand hatte Zeit für Erklärungen gehabt.

Kroiterfahrn sehnte sich mehr denn je nach einem Leben auf einer befriedeten Welt dieser Milchstraße. An Bord des SVE-Raumers war alles zu nüchtern und zu sachlich. Der Film, den man ihm von dem Speicherkristall gezeigt hatte, war nur zu einem Teil in der Lage gewesen, die Wünsche des Greikos zu erfüllen.

Kroiterfahrn wurde schläfrig und fiel in einen leichten Schlummer. Er gelangte jedoch nicht in den Zustand des stillen Rausches. Er wusste nicht, wie viel Zeit seit der Filmvorführung vergangen war, als die Energiewand seines Raums eine Strukturlücke bildete und Persagur-Treng hereinließ. Der Lare machte einen aufgeräumten Eindruck.

»In wenigen Augenblicken werden wir auf Tahun landen«, kündigte er an. »Ich bin gekommen, um mich von Ihnen zu verabschieden, denn nach der Landung werden sich andere Ihrer annehmen.«

Kroiterfahrn wurde von einem Gefühl tiefer Zuneigung ergriffen. Dieser Mann war freundlich und hilfsbereit, es war geradezu unsinnig gewesen, seinen Charakter in Frage zu stellen. »Ich bedanke mich für alles, was Sie für mich getan haben«, sagte der Greiko herzlich. »Übermitteln Sie der Besatzung meine Grüße.«

»Das werde ich tun«, versicherte Persagur-Treng ernst. »Ich hoffe, dass Sie sich auf Tahun gut erholen werden.«

»Dessen bin ich sicher«, sagte der Greiko. »Ich gestehe, dass mir das Warten auf diesen großen Augenblick schwer gefallen ist, aber ich glaube, dass es sich gelohnt hat.«

»Ich hoffe es«, sagte der Lare mit einem seltsamen Unterton in der Stimme.

12.

Hotrenor-Taak, Leticron und zwei larische Raumfahrer verließen eines der großen Verwaltungsgebäude am Rand des Landefelds. Der Verkünder der Hetosonen war nervös. In kurzer Zeit würde Persagur-Trengs SVE-Raumer landen und den unbequemen Gast absetzen.

Hotrenor-Taak hatte einen ausführlichen Funkbericht von Persagur-Treng erhalten, sodass er sich ein Bild davon machen konnte, was ihn in den nächsten Tagen erwartete.

Fersten-Gengor, der larische Leiter auf Tahun, war in der Hauptklinik geblieben, wo Kroiterfahrn untergebracht werden sollte. Am Rand des Raumhafens wartete ein großer Prallgleiter, der den Greiko sofort zur Klinik transportieren sollte.

Hotrenor-Taak hatte darauf geachtet, dass sich möglichst wenig Laren auf dem Raumhafen aufhielten. Der Greiko sollte so wenig wie möglich von dieser Umgebung zu sehen bekommen, aber er sollte dabei den Eindruck gewinnen, dass die Terraner alle Vorgänge auf dem Raumhafen kontrollierten. Persagur-Treng hatte berichtet, dass der Greiko trotz seiner Krankheit erstaunliche geistige Aktivitäten zeigte und ständig nach Informationen verlangte.

Inzwischen waren einige Hyptons in jenen Teil der Klinik gekommen, der Kroiterfahrn aufnehmen sollte. Sie wollten den Greiko aus dem Hintergrund beobachten. Es war offensichtlich, dass auch die Hyptons trotz aller gegensätzlichen Behauptungen beunruhigt waren.

Doch jetzt, dachte Hotrenor-Taak verbissen, ließ sich nichts mehr rückgängig machen. Er wandte sich an Leticron. »Haben Sie Ihre Soldaten angewiesen?«

Der Erste Hetran nickte. »Auf Tahun sind nur Elitegruppen stationiert«, sagte er. »Sie wissen genau, worauf es ankommt. Von unserer Seite aus wird es keinen Anlass für Schwierigkeiten geben.«

Leticrons Gelassenheit ärgerte den Laren. »Sie werden sich nicht aus der Sache heraushalten können, wenn etwas passieren sollte«, sagte er. »Wenn die Greikos merken, was hier wirklich gespielt wird, sind Ihre Tage als Erster Hetran gezählt.«

»Sie erwähnten es bereits«, sagte Leticron ruhig.

»Da sind sie!«, rief einer der beiden larischen Raumfahrer und deutete auf einen leuchtenden Punkt am Himmel.

Hotrenor-Taak nickte. »Gehen wir zum Gleiter!«, befahl er. »Ich möchte den Greiko nach der Landung nicht lange warten lassen. Es muss uns gelingen, ihn möglichst schnell in die Klinik zu bringen.«

Sie stiegen in den Transporter. In der Steuerkanzel saßen zwei als besonders loyal bekannte terranische Techniker.

Hotrenor-Taak blickte aus dem Seitenfenster und sah den SVE-Raumer auf der scheinbar endlosen Kunstofffläche aufsetzen. »Fahren Sie los!«, ordnete er an.

»Sie versprachen, dass ich an Bord des Gleiters einen Translator bekommen sollte«, sagte Leticron.

»Ich habe es mir anders überlegt«, erwiderte Hotrenor-Taak. »Beschränken Sie sich darauf, dem Greiko zuzulächeln. Ich befürchte, dass er bald von selbst einen Translator verlangen wird, um mit Terranern sprechen zu können.«

»Ich bin der Erste Hetran«, sagte Leticron. »Er wird mit mir sprechen wollen.«

Der Lare sah ihn abschätzend an. »Für den Greiko sind Sie der Vertreter eines friedlichen Volkes. Die Greikos glauben, dass nur ein Wesen Erster Hetran werden kann, das freundlich und voller Wohlwollen ist.«

»Deshalb musste ich meine Waffen ablegen?«

»Ja«, bestätigte der Lare.

Leticron saß unbeweglich in seinem Sitz. »Sie glauben nicht, dass ich den Ersten Hetran so spielen kann, wie es notwendig ist, um den Greiko nicht misstrauisch zu machen?«

»Sie haben noch niemals zuvor einen Greiko gesehen«, erwiderte Hotrenor-Taak. »Sein Aussehen und die Art seines Auftretens werden Sie so verwirren, dass Sie sich auf keine anderen Dinge konzentrieren können. Deshalb halte ich es für besser, wenn Sie erst später mit ihm reden.«

Sie hatten den SVE-Raumer erreicht. Der Gleiter stand unmittelbar vor der energetischen Strukturlücke, die sich in der Hülle des leuchtenden Raumschiffs gebildet hatte. Eine Gestalt wurde sichtbar.

»Das ist Persagur-Treng, der Kommandant des Schiffs!«, sagte Hotrenor-Taak. »Kommt!«

Die kleine Delegation verließ den Gleiter. Etwa hundert Meter weiter entfernt wartete eine Gruppe von Terranern darauf, an Bord eines Kugelraumschiffs gehen zu können. Diese Szene war gestellt und sollte dazu beitragen, den Eindruck des Normalzustands auf Tahun zu verstärken.

Persagur-Treng schwebte mit seinem Antigravprojektor zu der kleinen Gruppe und begrüßte den Verkünder der Hetosonen. Alle anderen ließ er unbeachtet. »Ich bin froh, dass ich ihn jetzt los bin«, sagte der Raumschiffskommandant. »Er fing an, mich nervös zu machen. Sie können sich nicht vorstellen, wie belastend der Umgang mit einem freundlichen und friedfertigen Wesen sein kann.«

»Die ersten Stunden sind wahrscheinlich die entscheidenden«, meinte Hotrenor-Taak. »Dabei darf es keine Pannen geben.«

Persagur-Treng wandte sich zum Schiff um und rief ein paar Befehle. Die Strukturlücke in der Außenhülle des Schiffs vergrößerte sich, und der Greiko kam heraus.

Ronald Tekener hatte die Offiziere von Quinto-Center zu einer Besprechung zusammengerufen. Er bedauerte, dass Atlan sich nicht im Hauptquartier der USO aufhielt. Tekener hatte jedoch inzwischen einen Kurier zur Provcon-Faust losgeschickt, damit der Arkonide über die jüngsten Ereignisse auf Tahun unterrichtet wurde. Die letzte Nachricht, die die USO-Spezialisten von dort aus gesendet hatten, war überraschend und beinahe unglaubwürdig.

»Wir müssen damit rechnen, dass unser Stützpunkt auf Tahun nicht mehr existiert«, sagte Tekener zu den sieben Männern, die sich um ihn versammelt hatten. »Diese Nachricht ist so ungewöhnlich, dass sie fabriziert sein könnte.«

»Ich glaube nicht, dass sie eine Fälschung ist«, sagte Oberst Krathum. »Welchen Grund sollten die Laren haben, uns eine derartige Nachricht zuzuspielen? Wenn wir ehrlich sind, müssen wir zugeben, dass wir uns selbst überschätzen. Im Grunde genommen spielt die USO in der Milchstraße keine große Rolle mehr. Unsere Handlungsfreiheit ist weitgehend eingeschränkt. Unsere Hauptaufgabe besteht in der Rettung von Menschen aus der Gewalt der Laren und von Strafplaneten Leticrons.«

»Aber in dieser Nachricht wird behauptet, dass es ein Konzilsvolk geben muss, dem nichts von der gewaltsamen Unterdrückung der Völker dieser Galaxis bekannt ist«, wandte Major Fesgron ein. »Das klingt doch ziemlich unglaubwürdig. Ich glaube zwar auch nicht an eine fabrizierte Botschaft, aber ich bin sicher, dass unsere Freunde auf Tahun einem Gerücht aufgesessen sind, das sich nicht bestätigen wird.«

Tekener hörte sich diese Argumente schweigend an. Er wusste selbst nicht genau, was er von dieser Nachricht halten sollte. Sie wussten einfach nicht genug über das Konzil, um solche Informationen objektiv auf ihren Wahrheitsgehalt prüfen zu können.

»Ich kenne Braunter Schulz«, meldete sich Kerim Kayana. Er war Wissenschaftler und stand nicht im Offiziersrang. »Wenn er uns eine solche Botschaft schickt, wird er seinen Grund dafür haben.«

Tekener sah ihn an. »Sie meinen, wir sollten zwischen den Zeilen lesen? Vermuten Sie hinter der Geheimbotschaft einen besonderen Sinn?«

»Nein«, sagte Kayana. »Wir haben bisher in jedem Konzilsvolk einen Feind gesehen, obwohl wir bisher mehr oder weniger nur mit den Laren zusammengetroffen sind. Alles, was wir über das Konzil wissen, leiten wir von diesen Wesen ab.«

»Das Konzil hat eine unvorstellbare räumliche Ausdehnung«, fügte Krathum hinzu. »Es ist die mächtigste Organisation, mit der wir bisher konfrontiert wurden. Kayana hat völlig Recht, wenn er sagt, dass wir alles bisher nur aus einem Blickwinkel gesehen haben. Das war sogar richtig, denn die Konzilsmitglieder, mit denen wir es bisher zu tun hatten, ließen uns überhaupt keine andere Wahl.«

»Schulz sagt außerdem aus, dass er versuchen wird, Kontakt zu dem Fremden aufzunehmen, um ihn mit der Wahrheit zu konfrontieren«, erinnerte Tekener. »Dieser Teil der Nachricht erscheint mir nicht weniger aufregend zu sein als der erste.«

»Ich begrüße diesen Versuch«, meinte Kayana.

»Unsinn!«, widersprach Tekener. »Es ist *unsere* Aufgabe, das zu erledigen. Die drei Männer auf Tahun bringen keine Voraussetzungen mit. Sie sind zu schwach. Sie können es nicht schaffen.«

»Und wir?«, fragte Fesgron ironisch. »Rund um Tahun wird jetzt eine Flotte larischer SVE-Raumer stehen. Wir werden überhaupt nicht an diesen Planeten herankommen.«

»Das mag sein«, gab der Galaktische Spieler zu. »Aber wir könnten einen Plan entwickeln.«

»Dazu ist es jetzt zu spät«, sagte Krathum. »Schulz ist wahrscheinlich schon unterwegs. Warten wir ab, was er erreichen wird.«

Tekener versuchte sich vorzustellen, was sich in diesem Augenblick auf Tahun ereignen mochte, aber seine Fantasie ließ ihn im Stich. Niemand konnte genau sagen, was sich jetzt im Medo-Center der USO ereignete.

»Wir warten weitere Botschaften ab«, entschied Tekener. »Inzwischen wird Atlan meine Nachricht erhalten. Wir müssen es ihm überlassen, einen Entschluss zu fassen. Wenn wir uns jetzt intensiv auf die Vorgänge auf Tahun konzentrieren, können wir die geplanten Befreiungsaktionen nicht durchführen. Sie wissen alle, dass der Arkonide sehr daran interessiert ist, möglichst viele Menschen nach Gäa zu bringen, wo sie in Sicherheit sind.«

Krathums Augen blickten ins Leere, als er fragte: »Wer mag das sein, dass die Laren gezwungen sind, ihm einen Frieden vorzuheucheln, den es überhaupt nicht gibt?«

Die raue Luft, die ihm entgegenschlug, ließ Kroiterfahrn unwillkürlich zurückweichen. Er hielt inne und starrte auf die kahle Landefläche des Raumhafens hinab. Er nahm die kleine Gruppe kaum wahr, die zu seinem Empfang dort unten eingetroffen war.

Seine Blicke wanderten zum Rand des Landefelds, wo verschiedene Gebäude standen. Sie sahen so nüchtern und nichts sagend aus, dass der Greiko sich unwillkürlich fragte, wie die Wesen, die sie gebaut hatten, geartet sein mochten. Der gesamte Komplex, auf dem der SVE-Raumer gelandet war, machte einen zweckentsprechenden Eindruck. Nirgends gab es auch nur die Andeutung eines überflüssigen Schnörkels zu sehen. Kroiterfahrn blickte zur Seite. Aufgeregt stellte er fest, dass ganz in der Nähe ein Kugelraumschiff stand, in das gerade einige fremde Wesen einstiegen. Das mussten Terraner sein.

»Der Verkünder der Hetosonen und der Erste Hetran dieser Galaxis sind gekommen, um Sie zu begrüßen«, drang die Stimme Persagur-Trengs in seine Gedanken. »Ich möchte Sie mit Hotrenor-Taak und Leticron bekannt machen.«

Kroiterfahrn musste seine Blicke gewaltsam von dem Bild abwenden, das seine Aufmerksamkeit völlig in Anspruch genommen hatte. Es wäre unhöflich gewesen, dem Verkünder der Hetosonen und dem Ersten Hetran nicht die Beachtung zukommen zu lassen, die sie zweifellos verdienten.

An der Seite Persagur-Trengs glitt Kroiterfahrn auf das Landefeld hinab. Der wartende Gleiter war kein larisches Modell. Er sah wuchtig und unelegant aus.

Kroiterfahrn sah den Ersten Hetran an. Auf eine Weise, die er nicht zu erklären vermochte, erinnerte Leticron ihn an den Gleiter, mit dem das Empfangskomitee zum Landeplatz gekommen war. Der Erste Hetran wirkte klotzig. Eine animalische Ausstrahlung ging von ihm aus. Er machte alles andere als einen friedlichen Eindruck. Aber das, dachte Kroiterfahrn, musste eine seiner immer häufiger vorkommenden falschen Schlussfolgerungen sein.

»Ich begrüße Sie, Erster Hetran«, sagte er freundlich.

Leticron machte einen hilflosen Eindruck. Es war offensichtlich, dass er die Worte des Besuchers nicht verstanden hatte.

Kroiterfahrn wandte sich an Hotrenor-Taak: »Ich begrüße auch Sie, Verkünder der Hetosonen. Meine Bewunderung gehört Ihnen und Ihren Mitarbeitern.«

»Wir sind glücklich, dass Sie gekommen sind«, sagte Hotrenor-Taak.

Kroiterfahrns Blicke kehrten zu Leticron zurück. »Warum steht kein Translator zur Verfügung? Ich hätte gern mit ihm gesprochen.«

»Wir waren uns über Ihren Zustand nicht im Klaren«, antwortete der Lare freundlich. »Es hieß, dass Sie so krank seien, dass wir sofort zur Klinik fahren müssten. Sicher werden Sie in den nächsten Tagen und Wochen oft Gelegenheit erhalten, mit Angehörigen von Völkern aus dieser Galaxis zu sprechen.«

Kroiterfahrn fühlte sich überrumpelt. Irgendetwas an den Vorgängen während seiner Ankunft beunruhigte ihn. Zum ersten Mal in seinem Leben betrat er eine Welt in einer fremden Galaxis. Er hatte den Eindruck, dass etwas falsch war, ohne zu erkennen, was es sein könnte. Vielleicht hatte ihn der Flug hierher mehr angestrengt, als er wahrhaben wollte.

Inzwischen war Persagur-Treng an Bord des SVE-Raumers zurückgekehrt. Die kleine Empfangskommission umstand den Greiko und wartete offenbar darauf, dass er eine Entscheidung traf.

Kroiterfahrn wäre am liebsten auf eigene Faust losmarschiert, um diese Welt zu entdecken. Er musste jedoch an seinen Zustand denken und durfte sich nicht überschätzen. Es konnte jederzeit zu einem ähnlichen Zwischenfall wie auf der Rauminsel kommen. Zunächst einmal musste er sich in die Behandlung der berühmten Ärzte dieser Welt begeben. Er brauchte einige Zeit völlige Ruhe, dann konnte er sich mit seiner näheren Umgebung beschäftigen.

»Wir haben einen großen Transportgleiter nehmen müssen«, sagte Hotrenor-Taak entschuldigend. Kroiterfahrn lächelte verständnisvoll.

»Meine Figur bringt einige Schwierigkeiten für Sie mit«, sagte er. »Ich werde mich bemühen, Sie so wenig wie möglich zu belasten.«

Er ging auf den Gleiter zu. Hotrenor-Taak überholte ihn. »Wir fliegen Sie direkt zur Klinik!«

»Ich glaube, ich bin müde«, sagte der Greiko.

»Dieser Gleiter wird Ihnen von nun an zur Verfügung stehen«, informierte ihn der Verkünder der Hetosonen. »Wie Sie gleich sehen werden, haben wir im Innenraum einen Spezialsitz für Sie konstruiert.«

Kroiterfahrn schob sich durch die Luke und blickte ins Innere. Der Sitz, fand er, war eine glatte Fehlkonstruktion, aber er bewies einmal mehr, welche Mühe man sich mit ihm machte. Kroiterfahrn war gerührt. Er strengte sich an, um sich in den Sitz sinken zu lassen.

»Vielleicht«, meinte Hotrenor-Taak, »müssen wir ihn noch an einigen Stellen verändern.«

Die Tür glitt zu. Der Lare gab dem Piloten ein Zeichen. Kroiterfahrn drehte den Kopf und sah Leticron neben dem Seitenfenster sitzen. Das Gesicht des Mannes wirkte verschlossen.

»Ist der Erste Hetran ein unglücklicher Mann?«, wandte sich Kroiterfahrn an den Larenführer. »Ich könnte es nicht ertragen.«

»Er ist in Ordnung«, erwiderte Hotrenor-Taak. »Lassen Sie sich nicht täuschen. Die Wesen, die in dieser Galaxis leben, sind alle sehr zurückhaltend und verschlossen. Aber Sie werden bald feststellen, dass es liebenswerte Geschöpfe sind. Im Grunde genommen waren es nur Missverständnisse, die immer wieder zu Kriegen zwischen diesen Völkern führten. Wir haben ihnen die Motivation für den dauerhaften Frieden gebracht.«

Kroiterfahrn konnte seine Blicke nicht von dem Ersten Hetran wenden. Leticron hielt diesen Blicken stand, aber sein Gesichtsausdruck veränderte sich nicht. »Ich möchte unbedingt mit ihm reden«, sagte Kroiterfahrn. »Sobald wir die Klinik erreicht haben, müssen Sie einen Translator beschaffen.«

Braunter Schulz war die ganze Nacht über marschiert und hatte nur wenige Ruhepausen eingelegt. Bei Tagesanbruch erreichte er den Park, in dem die Hauptkliniken von Tahun lagen. Bisher war alles sehr einfach gewesen. Niemand hatte ihn aufgehalten. Schulz bezweifelte jedoch, dass er an die Kliniken ohne weiteres herankommen konnte. Die Laren waren bestimmt nicht so unklug, auf alle Vorsichtsmaßnahmen zu verzichten.

Schulz hatte seine Gefangennahme bereits einkalkuliert. Entscheidend war, wann und unter welchen Umständen diese Gefangennahme stattfinden würde. Der USO-Spezialist musste erreichen, dass der fremde Besucher auf die zu erwartenden Ereignisse aufmerksam wurde. Wenn es Schulz nicht gelang, diesen Plan zu verwirklichen, hatte sein Einsatz keinen Sinn. Man würde ihn sofort erschießen oder auf einen Strafplaneten bringen.

Schulz fürchtete weniger die Laren als Leticron und dessen geschulte Söldner. Den Laren war die terranische Denkweise nach wie vor fremd, sodass man sie leichter überraschen konnte als Mitglieder der eigenen Völkerfamilie.

Schulz bedauerte nicht, dass er allein aufgebrochen war. Natürlich hätte die Mitnahme von Mtaye und Sorgol die Aussichten erhöht – aber auch das Risiko einer vorzeitigen Entdeckung. Er hoffte nun, dass von Quinto-Center aus niemand seine Pläne durchkreuzte. Es war denkbar, dass Atlan in aller Eile eigene Maßnahmen getroffen hatte.

Schulz schlenderte langsam über einen der Hauptwege des Parks. Er trug die Kleidung eines Klinikinsassen. Das war keine besonders glückliche Wahl, denn es gab nur noch wenig terranische Patienten auf Tahun. Den USO-Spezialisten in ihrem kleinen Versteck hatte jedoch nichts anderes zur Verfügung gestanden.

Er verließ den Hauptweg, der direkt auf die Kliniken und damit auch auf Absperrungen zuführte. Der Spezialist glaubte nicht, dass die Laren einen alles umfassenden Schutzschirm rund um die Hauptkliniken aufgebaut hatten. Wenn alle Informationen stimmten, konnten sie das bei ihrem Besucher nicht riskieren. Schutzschirme passten nicht zu dem Bild des Friedens, das die Laren und Leticrons Männer dem geheimnisvollen Patienten übermitteln wollten.

Schulz überlegte, welche Überwachungsmaßnahmen er anstelle der Laren getroffen hätte. Er kam zu dem Schluss, dass der Gegner irgendwo in den Kliniken eine Gruppe verborgen hielt, die im Bedarfsfall sofort losschlagen konnte. Die Beobachtung des Gebietes rund um die Kliniken wurde wahrscheinlich von flugfähigen Mikrokameras übernommen. Für einen Mann ohne entsprechende Ausrüstung war es unmöglich, die Anwesenheit solcher Kameras festzustellen.

Schulz musste sich deshalb möglichst unauffällig benehmen, denn die Kameras konnten überall sein. Er war jetzt froh, dass er auf die Begleitung von Mtaye und Sorgol verzichtet hatte, denn einem einzelnen Mann würden die Wächter keine große Aufmerksamkeit schenken.

Der USO-Spezialist ging gemächlich weiter; er machte den Eindruck eines harmlosen Spaziergängers, der die Morgensonne nutzte. Wenig später kamen ihm zwei Männer entgegen. Es waren Terraner, die die

Kleidung von Patienten trugen. Trotzdem sah Schulz sofort, dass es Wächter waren. Irgendetwas war an ihrer Haltung, was ihn misstrauisch machte. Sie schlenderten heran, scheinbar in ein belangloses Gespräch vertieft. Dabei fixierten sie ihn unterbrochen.

Schulz blieb gelassen. Die Wächter konnten unmöglich alle Patienten kennen.

Als sie auf gleicher Höhe mit ihm waren, blieben die beiden Männer stehen. Ihre Blicke wurden forschend.

Schulz lächelte. »Guten Morgen«, sagte er freundlich.

»Früh unterwegs!«, meinte der eine.

»Ja«, sagte Schulz. »Nachdem die Bestimmungen weiter gelockert wurden, sehe ich nicht ein, warum ich den Vorteil nicht nutzen und spazieren gehen sollte.«

»Es gibt nicht mehr viele Patienten«, sagte der zweite Mann.

»Eigentlich schade«, meinte Schulz. »Es wird langweilig.«

Sie lächelten und gingen weiter. Schulz sah sich nicht nach ihnen um, denn er wusste, dass sie ihn weiter beobachteten. Kurze Zeit später kam er an eine Bank. Er ließ sich darauf nieder, verschränkte die Arme über der Brust und begann leise zu pfeifen. Er war überzeugt davon, dass in seiner unmittelbaren Nähe zumindest eine Mikrokamera kreiste. Sie würden sein Gesicht aufnehmen und es mit der Patientendatenbank abgleichen. Das bedeutete, dass er nicht mehr viel Zeit hatte, um seinen Plan zu verwirklichen.

Kroiterfahrn stand in einem langen, kühlen Gang der Hauptklinik. Hotrenor-Taak und Leticron hatten sich zurückgezogen. Der Verkünder der Hetosonen schien vergessen zu haben, dass der Greiko mit dem Ersten Hetran sprechen wollte.

Ein Ärzteteam umringte den Greiko. Es waren sieben Terraner. Der Chef des Teams hieß Callsa. Er war ein hagerer Mann mit einem schwarzen Spitzbart und kleinen Augen. Er machte einen nervösen Eindruck.

»Es ist üblich, dass wir jeden neuen Patienten zunächst einmal unter Quarantäne stellen«, sagte er. Er trug einen Translator, der die Worte in Kroiterfahrns Sprache übersetzte. »Danach kann jeder Patient sich frei bewegen.«

Kroiterfahrn sagte sanft: »Ich muss Sie darauf hinweisen, dass ich keine ansteckende Krankheit habe.« Callsa schien verwirrt. »Natürlich möchte ich nicht gegen die von Ihnen entworfenen Bestimmungen verstoßen«, fuhr Kroiterfahrn fort. »Ich sehe ein, dass es hier gewisse Regeln gibt, nach denen sich jeder richten muss. Ich will keine Ausnahme sein.«

Callsa atmete auf. »Im Verlauf der Quarantäne beginnen wir mit einer gründlichen Untersuchung«, sagte er. »Dazu wird es nötig sein, dass wir Ihren Metabolismus zunächst einmal gründlich studieren. Sie sind immerhin der erste Greiko, mit dem wir es hier zu tun haben. Keine Angst – wir sind gewohnt, Fremde zu behandeln.«

Alles, was Callsa sagte, schien er vorher einstudiert zu haben. Kroiterfahrn wünschte, diese unpersönliche Art der Einweisung wäre unterblieben. Er fühlte sich zurückgesetzt, obwohl er sich gegen dieses Gefühl wehrte.

Callsa stellte sein Team vor. Es war eine umständliche Prozedur, die Kroiterfahrn verlegen machte. Diese Terraner sahen sich unglaublich ähnlich, und ihre Namen klangen kompliziert. Kroiterfahrn bezweifelte, dass er sie so bald unterscheiden lernen würde.

»Ich glaube, dass unser Gast müde ist«, sagte einer der Ärzte. Er schien jünger zu sein als seine Kollegen. Vielleicht spürte er, dass der Greiko verwirrt war. Die Umgebung begann vor Kroiterfahrns Blicken zu verschwimmen. Die vielen Eindrücke, die in kurzer Zeit auf ihn eingewirkt hatten, erschöpften ihn. Die Kraft, die die Greikos aus dem stillen Rausch zu schöpfen pflegten, fehlte ihm.

»Wir bringen ihn auf seine Station!«, entschied Callsa.

Aus einem Seitengang schwebte eine Spezialliege heran. Kroiterfahrn nahm an, dass sie für fremde Wesen wie ihn konstruiert worden war. Sie war vielfach verstellbar. Callsa nahm ein paar Regulierungen vor und bat Kroiterfahrn, sich auf der Liege niederzulassen.

Kroiterfahrn tat ihm den Gefallen. Die Liege setzte sich in Bewegung. Callsa und sein Team folgten ihr wie ein Schwarm Insekten. Dabei sprach Callsa ununterbrochen auf seine Begleiter ein. Kroiterfahrn verstand so gut wie nichts, denn der Translator war leise gestellt.

Eine stählerne Wand glitt zur Seite, und Kroiterfahrn blickte in das, was Callsa als Kroiterfahrns Station bezeichnet hatte. Es war ein für greikosche Begriffe kleiner Raum, aber hier in der Klinik der Terraner gehörte er sicher zu den größten. Inmitten des Zimmers stand ein mächtiges Bett mit Antigravpolstern. Wahrscheinlich hatten die Terraner sie von den Laren erhalten. An der Decke hing eine Art Schirm, aus dem mehrere antennenähnliche Gebilde ragten. Die Wände waren mit Schränken verstellt. Auf der rechten Seite befand sich ein quadratisches Fenster, durch das der Greiko in den Park blicken konnte, den er bereits bei seiner Ankunft gesehen hatte.

Aus unsichtbaren Lautsprechern kamen seltsame Geräusche. Callsa schaltete den Translator lauter. »Gefällt Ihnen die Musik?«

»Ja«, sagte Kroiterfahrn höflich. Er fragte sich, wie es in Wesen aussehen mochte, die solche Musik produzierten. Es waren Töne voller Aggressivität.

Kroiterfahrn rollte sich von der Liege in das Bett. Er schien darin zu versinken. Callsa beugte sich über ihn. Sein Spitzbart wippte auf und nieder, als er ein paar Worte viel zu schnell hervorsprudelte.

»Ich werde Ihnen jetzt die Funktionsweise des Zimmers erklären. Sie werden staunen, was es alles kann.« Seine Worte wirkten auf seine Mitarbeiter wie ein Signal. Sie begannen umherzulaufen und alle möglichen Dinge in Bewegung zu setzen.

Entsetzlich!, dachte Kroiterfahrn. *Sie haben mich in einen Roboter gelegt.*

Das Bewusstsein, dass seine Mission so gut wie gescheitert war, drohte Schulz zu lähmen. Er saß auf der Bank wie festgeschweißt. In Sekundenschnelle fasste er Entschlüsse, die er sogleich wieder verwarf.

Als er schließlich aufstand, schlug sein Herz bis zum Hals. Es war zum ersten Mal in seinem Leben, dass eine gefährliche Situation ihn so in Erregung brachte. Sie wurde ausgelöst durch die Bedeutsamkeit seiner Entscheidungen. Unbewusst fühlte er, was in diesen Augenblicken alles von ihm abhing. Obwohl er längst nicht alle Zusammenhänge kannte, ahnte er, dass auf Tahun Dinge geschahen, die Auswirkungen auf kosmische Ereignisse haben konnten.

Ohne es zu wissen, war er in den Sog dieser Ereignisse geraten. Er fühlte sich überfordert, und in seiner Einsamkeit entschied er sich dafür, in der USO den Schuldigen für seine prekäre Lage zu sehen. Die USO, das war eine anonyme Institution, die für seinen gegenwärtigen Zustand verantwortlich war.

Ein gequältes Lächeln huschte über sein Gesicht. Seine Gedanken fanden in die Wirklichkeit zurück. Und das war gut so.

Am Ende des Weges tauchten die beiden Männer auf, denen er vor ein paar Minuten begegnet war. Sie bewegten sich nicht wie erholungsbedürftige Patienten.

Sie rannten.

Stille!

Kroiterfahrn nahm sie in sich auf und genoss sie. Er war dankbar, dass Dr. Callsa und seine Mitarbeiter endlich gegangen waren. Das Zimmer mit all seinen Einrichtungen war zur Ruhe gekommen. Die Ärzte hatten Kroiterfahrn gezeigt, wie er den Lärm abstellen konnte, den sie als Musik bezeichneten. Unmittelbar nachdem sie gegangen waren, hatte der Greiko von dieser Möglichkeit Gebrauch gemacht.

Alles Neue war mit ungeheuerlicher Wucht auf ihn niedergeprasselt, ohne dass er auch nur einen Teil davon verstanden hätte. Bei seinem Aufbruch von der Rauminsel hatte er sich gegen solche Ereignisse nicht gewappnet. In blindem Vertrauen, von einer friedlichen und angenehmen Umgebung aufgenommen zu werden, war er unvorbereitet in diese Galaxis gekommen. Nun musste er erfahren, dass die Fremdartigkeit der hier lebenden Intelligenzen doch größer war, als er angenommen hatte.

Frieden war offenbar nicht identisch mit allgemeinem Verständnis füreinander. Es war auch denkbar, dass die Verhältnisse auf Tahun sich von denen in der übrigen Galaxis unterschieden. Die Terraner, die hier lebten, schienen den Umgang mit Fremdintelligenzen gewohnt zu sein. Vielleicht erklärte das die Zurückhaltung und Kühle, mit denen sie ihm bisher begegnet waren.

Wenn Callsa und sein fleißiges Team sich mit ihm beschäftigten, hatte er den Eindruck, ein Objekt zu sein, ein Instrument, das repariert werden musste. Callsa hatte eingehende Untersuchungen angekündigt. Dann erst wollte er mit seiner Therapie beginnen. Kroiterfahrn bezweifelte ernstlich, dass der Terraner die Probleme eines Greikos verstehen konnte.

Außerdem war Kroiterfahrn nicht in diese Galaxis gekommen, um in Quarantäne abgeschlossen von der übrigen Bevölkerung zu leben. Das Konzil der Sieben hatte diese Galaxis in ein Paradies des Friedens verwandelt. Kroiterfahrn wollte dieses Paradies erleben.

Er beschloss, vorläufig keine Forderungen zu stellen. Schließlich war er Gast dieser Wesen, und sie schienen bemüht, ihm zu helfen. Wenn sie intelligent waren, mussten sie früher oder später merken, worauf es ihm ankam. Erstaunlich, dass sie so wenig Einfühlungsvermögen besaßen, um nicht schon jetzt auf die richtige Idee zu kommen.

Eigentlich hatten die Greikos nie ausführliche Berichte aus dieser Galaxis erhalten. Die Konzilsvölker, die hier tätig waren, in erster Linie die Laren, hatten lediglich von den Fortschritten bei den Friedensbemühungen berichtet.

Kroiterfahrn verließ sein Bett und begab sich zum Fenster. Er blickte in den Park hinaus. Die verschiedenen Bäume und der gepflegte Rasen mit den vielen bunten Blüten darin waren ein angenehmer Anblick. Trotzdem vermittelte das Bild nicht die Harmonie, die Kroiterfahrn von vergleichbaren greikoschen Anlagen her kannte. Auf eine Art, die der Kranke sich nicht erklären konnte, wirkte alles steril. Es schien, als hätte sich jemand beim Anlegen dieses Parks einer Pflicht entledigt. Die Anlage war ohne innere Anteilnahme der Erbauer entstanden.

Ein schrecklicher Verdacht stieg in Kroiterfahrn auf. Die Terraner hatten diesen Park überhaupt nicht eigenhändig angelegt, sondern diese Arbeit von Robotern verrichten lassen.

Unvorstellbar! Die Natur dem völligen Eingriff der Technik zu überlassen. Kroiterfahrn stand wie versteinert.

Ich muss hier weg!, dachte er.

Lange würde er es in der Quarantäne nicht aushalten. Er brauchte den ständigen Kontakt zu warmherzigen und freundlichen Wesen.

Weit im Hintergrund entstand im Park zwischen den Bäumen Bewegung. Kroiterfahrn sah einen Mann, der rannte. Er schien auf der Flucht zu sein.

13.

Braunter Schulz gab sich einen Ruck und rannte los. Einer inneren Eingebung folgend, zog er sich nicht in den Park zurück, sondern floh in Richtung der Klinik.

»Halt!«, rief einer der beiden Männer, die nun plötzlich auf ihn zugekommen waren.

»Stehen bleiben!«, rief der andere.

Schulz wusste, dass er von Mikrokameras verfolgt wurde. Schon in diesem Augenblick würden bewaffnete Männer aufbrechen, um ihn möglichst schnell zu stellen.

Die Laren brauchten keine Nachforschungen mehr anzustellen. Schulz demonstrierte durch sein Verhalten deutlich genug, auf welcher Seite er stand.

Schulz' Atem ging keuchend. Niemals zuvor in seinem Leben war er so schnell gerannt. Zwischen den Bäumen sah er einen Teil jener Gebäude, die zu den Hauptkliniken gehörten. Er griff in seine Jackentasche und zog die beiden Mikrobomben hervor, die er aus dem Versteck mitgebracht hatte. Sie sollten dazu dienen, die Aufmerksamkeit des Fremden zu erregen. Jetzt bezweifelte er allerdings, ob er noch Gelegenheit dazu bekommen würde, sie an geeigneter Stelle zu zünden. Der Knall der Explosion war für die Laren leicht zu erklären – sie brauchten dem Fremden nur zu sagen, dass bestimmte Arbeiten diese Detonationen erforderlich machten. Die beiden Bomben hatten nur einen Sinn, wenn sie die wahren Verhältnisse auf Tahun sichtbar machen konnten.

Wie habe ich nur glauben können, mit diesem Wahnsinnsplan Erfolg zu haben?, fragte sich Schulz.

Plötzlich war ein Gleiter mit stumpfem Bug über ihm. Männer mit Antigravprojektoren sprangen heraus. Schulz wurde mit Paralysatoren beschossen. Mit letzter Kraft zündete er die beiden Bomben und schleuderte sie in Richtung der Gebäude davon. Die Detonationen erfolgten kurz hintereinander, kleine Rauchpilze schossen in die Höhe.

Schulz' Beine wurden lahm. Er geriet ins Stolpern und schlug der Länge nach hin. Die Männer warfen sich auf ihn und rissen ihn brutal hoch. Sein Körper war schlaff und schwer, aber sie packten ihn und zerrten ihn auf den inzwischen gelandeten Gleiter zu. Sekunden später hatten sie ihn durch die offene Luke an Bord der Maschine geschoben. Zwei Männer folgten, dann hob der Gleiter bereits wieder vom Boden ab.

Es gab verschiedene Arten des Sterbens, und Kroiterfahrn erlebte einen Tod von innen heraus, der sich nicht auf seinen Körper erstreckte, sondern nur seine Gefühle und Ideale betraf. Der Körper des Greikos sollte erst viel später sterben, aber Kroiterfahrns Tod fand praktisch schon in diesem Augenblick statt, als er am Fenster stand und hinaus in den Park starrte, ohne richtig zu begreifen, was dort draußen vorging.

Er sah und begriff nur eines: Vor seinen Augen ereignete sich ein Akt brutaler Gewalt! Ein Terraner wurde verfolgt und überwältigt. Unmittelbar bevor ihn die zahlenmäßig überlegenen Gegner an Bord eines Fluggleiters brachten, erfolgten im Park zwei Explosionen, für die offenbar der Flüchtling verantwortlich war.

Unbewusst sah Kroiterfahrn bereits in diesem Augenblick die volle Wahrheit – und das ließ ihn von innen heraus sterben. Aber da er die

Wahrheit nicht bewusst akzeptierte, blieb sein Körper in diesen kritischen Minuten am Leben.

Alles geschah unheimlich schnell. Es verflog so schnell wie ein Spuk, sodass der Greiko sich ernsthaft fragte, ob sich das alles wirklich ereignete oder ob er einen ungeheuerlichen Alptraum erlebte. Aber dort, wo die Explosionen stattgefunden hatten, schwebten noch feine Rauchschleier und ließen keinen Zweifel daran, dass sich alles wirklich zugetragen hatte.

Kroiterfahrn machte erst gar nicht den Versuch, diesen Vorgang zu begreifen, er wusste nur, dass all seine unausgesprochenen Befürchtungen und Ängste mit einem Schlag Wirklichkeit geworden waren. Der Greiko hatte niemals zuvor einen Akt der Gewalt erlebt, aber er wusste aus Erzählungen, dass sich solche Dinge in Galaxien ereigneten, in denen das Konzil der Sieben den Frieden noch nicht zu einer ständigen Einrichtung gemacht hatte. Doch dass sich solche Dinge in einer Galaxis ereigneten, die vom Konzil befriedet worden war, hätte Kroiterfahrn für unmöglich gehalten.

Mit einer unvorstellbaren Willensanstrengung wandte Kroiterfahrn sich vom Fenster ab. Draußen gab es nichts mehr zu sehen. Der Gleiter war verschwunden und würde auch nicht wiederkommen. Kroiterfahrn erkannte seine eigene Stimme nicht mehr, als er losschrie: »Dr. Callsa! Dr. Callsa!«

Draußen im Gang wurden Schritte hörbar. Kroiterfahrn wurde von einem Zittern befallen und brach vor seinem Bett zusammen. Die Tür sprang auf, und Dr. Callsa stürmte an der Spitze seines Teams in die Station des Greikos.

Der Gefangene saß auf einem Stuhl. Seine Hand- und Fußgelenke waren mit Energiefesseln gehalten. Der Mann, dachte Hotrenor-Taak beim Eintreten, sah harmlos aus. Ein Durchschnittsterraner.

Leticrons Männer schienen anders darüber zu denken, denn obwohl der Gefangene zum größten Teil noch immer paralysiert und zusätzlich an den Stuhl gefesselt war, hielten sie ihre Waffen schussbereit in den Händen.

Man hatte den Mann in ein Verwaltungsgebäude von Amrhun-Stadt geflogen. Hier war das Hauptquartier von Leticrons Truppen auf Tahun.

Ein Überschwerer, offensichtlich ein Offizier aus Leticrons Armee, kam auf Hotrenor-Taak zu und fragte ärgerlich: »Warum durften wir noch nicht mit dem Verhör beginnen?«

»Weil ich nicht wollte, dass Sie ihn umbringen«, antwortete der Lare. Fersten-Gengor saß scheinbar unbeteiligt in einer Ecke. Auf einen Befehl Hotrenor-Taaks hin hatte er sich sofort ins Hauptquartier Leticrons begeben, um zu verhindern, dass der Gefangene gefoltert oder sogar getötet wurde.

Hotrenor-Taak sah, dass Leticron noch nicht eingetroffen war. Aber der Erste Hetran war hierher unterwegs. Der Verkünder der Hetosonen hatte in Zusammenhang mit diesem Besuch mit Aufregungen und Krisen gerechnet, aber er hatte nicht gedacht, dass sie so schnell beginnen würden.

»Wer war dabei, als er festgenommen wurde?«, fragte Hotrenor-Taak. Ein Mann meldete sich.

»Berichten Sie!«, befahl der Lare knapp. Er wollte möglichst schnell herausfinden, was hier gespielt wurde, denn er musste seine Gegenmaßnahmen treffen.

»Kreisor und ich patrouillierten als Patienten verkleidet im Park, als er uns zum ersten Mal begegnete«, berichtete der Mann. »Er wirkte unauffällig und ruhig. Trotzdem beschlossen wir, ihn beobachten zu lassen. Wenig später wurde eine Überprüfung angeordnet. Wir fanden ihn auf einer Bank, aber er floh, als wir ihn festnehmen wollten. Er wandte sich in Richtung zur Hauptklinik, das kostete uns Zeit, denn wir hatten mit einer Flucht in den Park gerechnet. Einer der von uns alarmierten Wachgleiter traf nur wenige Sekunden später ein, aber es gelang dem Mann, zwei Mikrobomben zur Explosion zu bringen, bevor wir ihn endgültig überwältigen konnten.«

»Hm!«, machte Hotrenor-Taak. »Das beweist eigentlich nur, dass unsere Sicherheitsmaßnahmen nicht ausreichen.«

»Inzwischen wurden alle Patrouillen verstärkt«, meldete sich Fersten-Gengor. »Ich bin sicher, dass jetzt niemand mehr bis zu den Kliniken vordringen kann.«

»Können Sie sich vorstellen, was geschehen wäre, wenn dieser Mann in das Gebäude eingedrungen wäre, in dem wir den Greiko untergebracht haben?« Hotrenor-Taak starrte den anderen Laren an. »Es wäre dazu …«

Er unterbrach sich, denn in diesem Augenblick kam Leticron herein. Er schien vom Landeplatz bis in dieses Zimmer gerannt zu sein, denn auf seiner Stirn standen Schweißperlen. Der Erste Hetran stampfte quer durch den Raum und blieb vor dem Gefesselten stehen. Dann holte er aus und schlug ihm mit der flachen Hand in das Gesicht. Der Kopf des Mannes flog zurück, seine Unterlippe platzte auf. Leticron holte erneut aus, aber Hotrenor-Taak trat dazwischen und hinderte ihn an einem zweiten Schlag.

»Lassen Sie mich!«, grollte Leticron. »Ich werde in zwei Minuten wissen, wer er ist und wer ihn geschickt hat.«

»Die Ermittlungen laufen«, erwiderte Hotrenor-Taak ruhig. »Außerdem wird er uns auch ohne Ihre Bemühungen alles gestehen.« Er wandte sich an den Gefangenen. »Wer sind Sie?«

»Mein Name ist Schulz«, antwortete der Mann schwerfällig. Seine anschwellenden Lippen machten ihm das Sprechen schwer. Er spuckte Blut.

»Was haben Sie in der Nähe der Hauptklinik getan?«, fuhr Hotrenor-Taak mit dem Verhör fort.

»Ich bin spazieren gegangen!«

Leticron wollte sich auf ihn stürzen, doch der Verkünder der Hetosonen trat erneut dazwischen. »Hören Sie«, sagte er. »Sie wissen, dass es Methoden gibt, um jeden zum Sprechen zu bringen. Ich möchte sie nicht anwenden. Also, erzählen Sie uns, was wir wissen wollen.«

Schulz erwiderte den Blick des Laren. In den Augen des Terraners erkannte Hotrenor-Taak Verzweiflung, aber auch Spuren entschlossener Wachsamkeit. Der Wille dieses Mannes war ungebrochen. Schulz war nach wie vor kampfbereit.

»Ich bin USO-Spezialist«, sagte Schulz. »Mein voller Name lautet Braunter Schulz. Ich wurde auf Tahun abgesetzt, um festzustellen, warum die Menschen auf dieser Welt im Gegensatz zu allen anderen anständig behandelt werden.«

»Er lügt! Niemand kann unbemerkt auf dieser Welt abgesetzt werden!«, rief Leticron.

»Sie haben sich bereits mit den Absperrungen rund um die Hauptklinik getäuscht«, bemerkte der Lare sanft. Dann richtete er seine Aufmerksamkeit wieder auf Schulz. »Wer hat Sie abgesetzt?«

»Ich kam mit einem kleinen Beiboot der SPHÄRE, eines unserer Schiffe. Es setzte mich in den obersten Schichten der Atmosphäre ab und verschwand wieder. Wir gingen das Risiko eines Angriffs auf die SPHÄRE bewusst ein.« Seine Augen wurden schmal. »Ich hoffe, dass sie entkommen konnte.«

»Weiter!«, befahl Hotrenor-Taak. »Was geschah dann?«

»Ich vergrub meinen Anzug mit den Flugaggregaten irgendwo in den Bergen. Ein Transporterpilot nahm mich mit bis zu einer Siedlung in der Nähe der Kliniken. Von dort aus begann ich mit meinen Erkundigungen.«

Hotrenor-Taak seufzte. »Bringt ihn an Bord eines SVE-Raumers!«, ordnete er an. »Da er uns nicht die Wahrheit sagen will, muss ich meine Methode ändern.«

Leticrons Männer wollten Schulz losbinden und abführen, als die Tür aufgerissen wurde und ein Überschwerer hereinkam.

»Doktor Callsa von der Hauptklinik hat angerufen«, sagte der Mann. »Er sagt, er muss Sie dringend sprechen – alleine.«

Leticron und Hotrenor-Taak wechselten einen Blick. Sie gingen in einen Nebenraum, wo sich Dr. Callsas Gesicht auf einem Schirm abzeichnete. Der Arzt war aufgeregt.

»Ich komme gerade von Kroiterfahrn«, berichtete er. »Der Greiko hat gesehen, dass im Park ein Mann festgenommen wurde. Er besteht darauf, diesen Mann zu sprechen.«

Schulz arbeitete auf einen Zeitgewinn hin, obwohl er sich darüber im Klaren war, dass ihm das letztlich wenig helfen würde. Früher oder später würden sie ihn dazu bringen, seinen gesamten Plan und die Lage des kleinen Verstecks zu verraten. Damit würde er auch den Aufenthaltsort von Mtaye und Sorgol preisgeben und die Verhaftung seiner beiden Freunde einleiten.

Er hätte aufgeben und sich viele Schwierigkeiten ersparen können. Doch Schulz brauchte irgendetwas, woran er sich aufrichten konnte, ein Ziel – wenn ein Mann in seiner Lage überhaupt noch ein Ziel haben konnte.

Schulz ließ sich durch die Zurückhaltung des Larenführers nicht täuschen. Trotz der Gewalttätigkeit Leticrons war Hotrenor-Taak der weitaus intelligentere und zielbewusstere Mann.

Nach einer Weile kamen Hotrenor-Taak und Leticron in das Zimmer zurück. Schulz spürte sofort, dass sich etwas Entscheidendes verändert hatte. Er wusste nicht, was nebenan geschehen war, aber offenbar hatte ein äußerst bedeutsames Gespräch stattgefunden. Leticron schien einen beunruhigten Eindruck zu machen, der Lare dagegen war zu fremd, um von Schulz richtig beurteilt werden zu können.

Der USO-Spezialist fragte sich, was die Veränderung im Verhalten seiner Bezwinger ausgelöst haben konnte. Etwas war passiert und hatte Schulz' Stellung verändert.

»Wahrscheinlich gibt es für Sie eine Möglichkeit, Ihr Leben zu retten«, sagte Hotrenor-Taak zu Schulz. »Ich werde mit Leticron beraten, dann erfahren Sie alle Einzelheiten.«

Sicher ging es dem Laren nicht um die Preisgabe von Geheimnissen, denn die hätte er leicht ohne Gegenleistungen von Schulz erpressen können. Dem USO-Spezialisten blieb jedoch keine Gelegenheit zu Fragen, denn Hotrenor-Taak und der Überschwere verließen den Raum erneut. Schulz war sicher, dass sie irgendwo in der Nähe in Ruhe beraten wollten.

Hotrenor-Taak wurde den Verdacht nicht los, dass Leticron sich trotz der für sie beide gefährlichen Situation amüsierte. Der Überschwere schien es zu genießen, dass der Mann, der ihm ständig Vorschriften machte, in erhebliche Schwierigkeiten geraten war. Eine solche Einstellung hätte ganz der Vorstellung entsprochen, die der Lare vom Ersten Hetran der Milchstraße hatte. Er beschloss jedoch, Leticrons innere Haltung zu ignorieren.

Die beiden Männer hatten Amrhun-Stadt verlassen und waren mit einem Gleiter zum Raumhafen geflogen, wo sie an Bord von Hotrenor-Taaks SVE-Raumer gegangen waren. Schulz sollte wenig später von einer Wachmannschaft nachgebracht werden.

Hotrenor-Taak bestand darauf, dass die Hyptons, die sich an Bord seines Schiffs aufhielten, ab sofort über alle Schritte unterrichtet wurden. Die Lage hatte sich so ungünstig entwickelt, dass der Lare jeden weiteren Schritt mit den Hyptons absprechen wollte.

Hotrenor-Taak wusste, dass er mit seiner Entscheidung, die Hyptons hinzuzuziehen, den Wünschen Leticrons entgegenkam, denn der Überschwere war von den geflügelten Wesen in seinen Maßnahmen schon oft gegen den Willen des Laren unterstützt worden. Diesmal ging es jedoch um hohe Konzilspolitik.

Hotrenor-Taak gab den Hyptons einen kurzen Bericht über die Ereignisse der vergangenen Stunde. »Kroiterfahrn verlangt den Gefangenen zu sprechen«, sagte er abschließend. »Wenn wir ihn daran hindern, wird sein Misstrauen nur noch stärker werden.«

»Sie haben also vor, Schulz mit Kroiterfahrn zusammenzubringen«, stellte der Sprecher der Hyptons fest.

»Das hängt davon ab, ob wir Schulz beeinflussen können.«

»Ich bin gegen diesen Plan«, sagte Leticron. »Wir sollten Schulz verhören, um die Wahrheit über ihn und seine Absichten herauszufinden. Danach müssen wir ihn töten. Ein toter Mann kann mit Kroiterfahrn nicht reden.«

Der Hyptonsprecher sagte: »Sie verkennen die Situation! Wenn wir Kroiterfahrn den Tod dieses Mannes mitteilen, wird der Greiko wissen, dass Schulz eines gewaltsamen Todes gestorben ist. Als Bewohner dieser Galaxis haben Sie keine Vorstellung über die Tragweite, die eine solche Erkenntnis des Greikos bewirken würde.«

»Dann müssen wir beide töten – Schulz und Kroiterfahrn«, sagte Leticron unerbittlich.

»Ich gestehe, dass ich auch bereits an diese Möglichkeit gedacht habe«, gestand Hotrenor-Taak. »Die Ermordung Kroiterfahrns würde jedoch mit großer Sicherheit das Auftauchen einer greikoschen Untersuchungskommission nach sich ziehen. Nachdem wir bereits Schwierigkeiten haben, zum jetzigen Zeitpunkt einen Greiko zu belügen, können Sie sich vielleicht vorstellen, wie das mit mehreren dieser Wesen aussehen würde.«

»Der Lare hat Recht«, stimmte der Hyptonsprecher zu.

Die Körpertraube, die vom Deck der Zentrale herabhing, war bemerkenswert unruhig. Die geflügelten Wesen krabbelten aufgeregt durcheinander. Hotrenor-Taak, der schon jahrelang mit den Hyptons zusammenarbeitete, war eine derartige Unruhe nicht gewohnt. Er vermutete, dass sie mit den jüngsten Vorgängen zusammenhing. Die Hyptons hatten allen Grund zur Unruhe, denn es war durchaus möglich, dass hier und jetzt über die Zukunft des Konzils entschieden wurde.

»Wie hoch schätzen Sie die Chancen ein, mit Schulz zu einer Einigung zu kommen?«, fragte der Hyptonsprecher.

Die Frage war an Hotrenor-Taak gerichtet, aber als dieser mit einer Antwort zögerte, ergriff Leticron das Wort: »Diese Chancen sind nicht vorhanden. Dieser Mann ist ein USO-Spezialist. Er glaubt an das, wofür er kämpft. Einen solchen Terraner können Sie weder bestechen noch überreden. Sie können ihn nur zwingen.«

»Sehen Sie dafür eine Möglichkeit?«

»Wir könnten ihn hypnotisieren und unter Drogen setzen«, schlug Hotrenor-Taak vor. »Wenn wir ihn geschickt präparieren, können wir ihn vielleicht auf Kroiterfahrn loslassen – jedenfalls für eine gewisse Zeit.«

»Wie lange haben wir Zeit?«, wollte der Hypton wissen.

»Es muss schnell gehen!«, sagte Hotrenor-Taak. »Jede Verzögerung wird Kroiterfahrn weiter verunsichern und ihn vielleicht dazu bringen, Kontakt mit seinen Artgenossen aufnehmen zu wollen. Dazu darf es auf keinen Fall kommen.«

Leticron verlor die Beherrschung. »Wenn Sie diesen Terraner für ein Zusammentreffen mit dem Greiko richtig vorbereiten wollen, brauchen Sie mehrere Tage!«, rief er. »Dazu haben Sie nach Ihren eigenen Worten aber keine Zeit. Sie müssten also improvisieren. Es gibt nur eine Alternative: Töten Sie ihn! Lassen Sie ihn nicht mit Kroiterfahrn zusammentreffen. Finden Sie eine andere Möglichkeit, um den Greiko zu beruhigen.«

»Sie wissen nicht, was ein Greiko ist und wie er denkt!«, sagte der Hyptonsprecher. »Nur deshalb können Sie solche Vorschläge machen.«

»Sie werden noch an meine Worte denken!«, prophezeite Leticron. »Sie sind im Begriff, den größten Fehler zu begehen, den man im Umgang mit Terranern überhaupt machen kann: Sie unterschätzen diesen Schulz. Er wird fanatisch jede Gelegenheit wahrnehmen, um seine Sache zu vertreten.«

»Er wird hypnotisiert sein und die Kontrolle über seinen Verstand verlieren«, kündigte Hotrenor-Taak an. »Wir machen ihn zu unserer Marionette. Er wird alles tun, was wir von ihm verlangen.«

Leticron erhob keine Einwände mehr, aber er wandte sich abrupt ab und verließ die Zentrale.

Hotrenor-Taak sagte: »Schulz wird in wenigen Augenblicken an Bord eintreffen.«

Sein neuer Status, für den es zunächst noch keine Erklärung gab, verführte Schulz nicht zu der Annahme, dass die Todesgefahr für ihn gebannt war. Früher oder später musste er damit rechnen, einem harten Verhör unterzogen zu werden.

Der Gleiter, mit dem man ihn transportierte, landete auf dem Raumhafen unmittelbar neben einem SVE-Raumer. Schulz musste aussteigen. Die Männer, die ihn begleiteten, führten ihn auf das larische Schiff zu. Es sah nicht besonders beeindruckend aus, aber Schulz ließ sich durch den äußeren Anblick nicht täuschen. Dieses Schiff war auch größeren terranischen Einheiten in vielen Beziehungen überlegen.

Die Wächter, die ihn hergebracht hatten, hielten ihre Waffen auf ihn gerichtet. Offenbar hatte man ihnen eingeschärft, dass er ein gefährlicher Mann war. Drei Laren erwarteten Schulz unmittelbar vor einer Strukturlücke in der Schiffshülle. Schulz erhielt eine energetische Fessel, die ihn praktisch bewegungsunfähig machte, dann hängte man einen Antigravprojektor an seinen Gürtel. Zusammen mit den Laren schwebte er ins Innere des Schiffs. Dort war es ungewöhnlich hell. Schulz' Augen mussten sich zunächst an das von allen Wänden und Decken abgestrahlte Licht gewöhnen. Aus der Lichtflut schälten sich allmählich dunkle Schatten verschiedener Größe und unterschiedlicher Form. Das waren die überall in die Energiewände eingebetteten Anlagen des Schiffs.

Unmittelbar vor Schulz erlosch eine Wand. Er blickte in einen fremdartig ausgestatteten Raum. Hotrenor-Taak stand neben einer Art Instrumententafel.

Schulz wurde in einen wannenförmigen Behälter gelegt, der dicht über dem Boden schwebte. Seine bisherigen Begleiter verschwanden, er war mit dem Verkünder der Hetosonen allein.

»Sie sind sich über Ihre Situation im Klaren«, sagte der Lare. »Ich brauche Ihnen nicht zu erklären, wie es um Sie steht.«

»Es ist Krieg«, entgegnete Schulz. »Wir kämpfen um unsere Freiheit und um unser Leben.« Er wollte aufstehen, aber eine Kraft, die stärker war als seine Muskeln, hielt ihn am Boden des Behälters fest.

»Ich habe ja bereits angekündigt, dass Sie eine Chance bekommen werden, Ihr Leben zu retten.« Hotrenor-Taak sprach einwandfreies Interkosmo. Er machte auf Schulz eher den Eindruck eines erfolgreichen Geschäftsmanns als den eines fremden Flottenkommandeurs.

»Mein Leben hat wahrscheinlich einen Preis«, vermutete Schulz.

»Sie bekommen einen Auftrag«, sagte Hotrenor-Taak. »Sie werden mit einem Wesen zusammengebracht, das Sie unter allen Umständen kennen lernen will.«

»Der geheimnisvolle Kranke, der sich seit kurzem auf Tahun aufhält«, vermutete Schulz. Triumphgefühl stieg in ihm auf. Die Worte des Laren konnten nur bedeuten, dass Schulz' Aktion doch erfolgreich verlaufen war. Der Fremde war auf ihn aufmerksam geworden.

»Es handelt sich um einen Greiko namens Kroiterfahrn«, stimmte Hotrenor-Taak zu. »Sie haben uns durch Ihren Auftritt im Park in erhebliche Schwierigkeiten gebracht. Nun sollen Sie Gelegenheit erhalten, alles wieder in Ordnung zu bringen.«

»Nein!«, rief Schulz spontan. »Das sind Ihre Schwierigkeiten. Ich werde Ihnen nicht helfen, auch nicht um den Preis meines Lebens.«

Hotrenor-Taak sah ihn nachdenklich an. »Wir werden Sie dazu zwingen«, sagte er nach einer Weile. »Die menschliche Psyche ist uns längst nicht mehr fremd. Wir verfügen über Mittel, um Sie gefügig zu machen. Sie werden in unserem Sinne präpariert und dann zu dem Greiko geschickt. Sie werden dort nur das sagen, was Sie sagen sollen.«

Schulz schwieg. Es hatte keinen Sinn, nur zum Schein auf die Bedingungen des Laren einzugehen. Hotrenor-Taak würde niemals zulassen, dass ein unbeeinflusster Terraner bis zu dem Greiko vordrang.

»Da wir wenig Zeit zur Verfügung haben«, fuhr Hotrenor-Taak fort, »werden wir sofort mit unseren Vorbereitungen beginnen.«

Die Wand hinter ihm bildete eine Strukturlücke. Vier Laren kamen herein. Zwei von ihnen trugen Instrumente.

»Es ist denkbar, dass Sie durch diese Behandlung dauernde Schäden davontragen«, sagte Hotrenor-Taak. Von der Decke senkte sich eine flache Scheibe herab. Schulz machte einen letzten Versuch, aus dem Behälter zu entkommen, aber er konnte weder Arme noch Beine bewegen.

Die neu eingetroffenen Laren befestigten eine Reihe von Instrumenten an seinen Armen und an seinem Kopf. Er fühlte bleierne Schwere in seinem Körper. Die Umgebung verschwamm vor seinen Augen. Es war, als wäre er betrunken. Unbewusst nahm er wahr, dass die Laren miteinander sprachen, aber er verstand den Sinn der Worte nicht. Entweder bedienten sie sich ihrer eigenen Sprache, oder Schulz konnte überhaupt nichts mehr verstehen.

Schulz spürte seine Sinne schwinden. Vergeblich versuchte er, sich an irgendetwas zu klammem, was ihn bei Bewusstsein halten konnte.

14.

»Es beruht alles auf einem schrecklichen Irrtum«, sagte Dr. Callsa zu Kroiterfahrn. »Schon seit Jahrhunderten führen die Terraner bestimmte Spiele durch, in deren Verlauf sie ihre körperlichen Kräfte messen. Sie nennen diese Spiele ›Olympische Spiele‹.« Er legte ein paar Kristalle auf den Bettrand. »Ich habe Ihnen hier entsprechende Dokumente mitgebracht. Natürlich veränderten sich die Regeln der Spiele im Verlauf der Jahrhunderte. Sie haben eine so genannte Verfolgungsjagd beobachtet, bei der es darauf ankommt, möglichst lange in Freiheit zu bleiben. Wer es am längsten schafft, bekommt den ersten Preis, die so genannte Goldmedaille.«

»Und was ist mit den Explosionen?«, fragte der Greiko.

»Es handelt sich um harmlose Nebelbomben, die der Verfolgte zur Irreführung seiner Gegner benutzen darf.« Callsa lächelte breit. »Aber das kann Ihnen der betroffene Sportler alles viel besser erzählen.«

Kroiterfahrn beobachtete die Gesichter der Ärzte. Sie lächelten ihm zu und schienen sehr besorgt zu sein.

»Ich befürchtete bereits, hier auf dieser Welt könnte irgendetwas nicht in Ordnung sein«, sagte Kroiterfahrn. »Ich machte mir ernsthaft Sorgen um den Frieden, den das Konzil zu bewahren hat. Vielleicht hat dieser Planet einen Sonderstatus, den ich noch nicht verstehe.«

Callsa hob beschwichtigend beide Arme. »Sie werden mit diesem Mann sprechen. Er heißt Schulz und wird Ihnen alles erklären.«

Kroiterfahrn versuchte nachzudenken, aber er musste feststellen, dass seine Gedanken sich noch immer nicht kontrollieren ließen. Seit den Ereignissen im Park befand sich Kroiterfahrns Verstand in einem desolaten Zustand. Er hatte Mühe, alles zu registrieren, was um ihn herum geschah. Noch schlimmer war es mit seinen Empfindungen. Er wunderte sich über sich selbst. Am ehesten ließ sich sein Zustand noch mit Gleichgültigkeit bezeichnen.

»Wir sind für Ihr Wohlergehen verantwortlich und bedauern außerordentlich, dass es zu diesem Zwischenfall, den wir als völlig normal ansehen, gekommen ist«, fuhr Dr. Callsa fort. »Wir haben Verbindung zu unseren larischen Freunden aufgenommen. Sie sind ebenfalls sehr besorgt, meinen aber, dass sich alles klären wird.«

»Ich möchte Sie etwas fragen«, sagte der Greiko langsam.

Dr. Callsa sah ihn an. In seinem Blick war etwas Unstetes, etwas Lauerndes. »Nur zu!«, ermunterte der Arzt den Greiko.

»Sind Sie glücklich, seit wir Ihnen den Frieden gebracht haben?«

Dr. Callsa geriet völlig außer Fassung. Kroiterfahrn überlegte, warum diese Frage den Mann derart verwirren konnte. Dr. Callsa schnaubte. Er sah sich zu seinen Kollegen um, als erwarte er von ihnen Hilfe.

»Natürlich bin ich glücklich«, sagte er schließlich. »Wir alle sind glücklich und zufrieden.«

Kroiterfahrn richtete den Oberkörper auf. »Sie können offen mit mir reden«, drängte er den Mediziner. »Ich bin ein Vertreter meines Volkes. Wir repräsentieren das Konzil. Wenn irgendetwas nicht in Ordnung ist, müssen Sie es mir sagen. Ich werde mich darum kümmern.«

Dr. Callsa schien zu zögern. »Sie sehen doch, dass alles in Ordnung ist!«, stieß er schließlich hervor.

»Ihre Mentalität ist mir weitgehend fremd«, erklärte der Greiko. »Ich versuche seit meiner Ankunft, Sie zu verstehen. Manchmal habe ich den Eindruck, dass Ihr Volk nicht sehr friedliebend ist, dass es einer großen Anstrengung des Konzils bedurfte, um Sie von den Vorteilen eines friedlichen Zusammenlebens zu überzeugen.«

Einer von Dr. Callsas Mitarbeitern stieß ein unverständliches Wort hervor und verließ das Zimmer. Der Teamchef selbst lächelte gequält.

»Wir verstehen uns gegenseitig nicht«, sagte er. »Aber Sie können sich darauf verlassen, dass alles in Ordnung ist.«

Das Aussprechen dieser Sätze schien ihn geradezu zu quälen, stellte Kroiterfahrn fest. War es dem Terraner unangenehm, über solche Dinge zu sprechen?

»Ich ... ich gehe jetzt!«, brachte Dr. Callsa hervor. Er stürmte aus dem Raum und wartete, bis die Tür hinter ihm zuglitt. Dann legte er sich mit dem Rücken gegen die Wand und schloss die Augen.

Ein Lare trat auf ihn zu.

»Wir haben alles beobachtet und mitgehört«, informierte er den Arzt. »Das Gespräch bewegte sich in gefährlichen Bahnen. Vergessen Sie nie, dass wir Sie und Ihre Leute hinrichten, wenn Sie einen Fehler begehen sollten.«

Dr. Callsa stieß sich von der Wand ab. Einen Augenblick sah es so aus, als wollte er sich auf den bewaffneten Laren stürzen, doch dann sagte er nur: »Ihre Friedensliebe überwältigt mich geradezu.«

»Holen Sie jetzt Ihre Leute heraus!«, befahl der Lare. »Schulz ist eingetroffen.«

Dr. Callsa sah ihn verblüfft an. »Sie wollen es wirklich zu einem Zusammentreffen kommen lassen?«

Der Lare nickte nur.

Dr. Callsa zuckte mit den Schultern, dann kehrte er in das Krankenzimmer zurück. »Wir gehen jetzt«, sagte er knapp. An Kroiterfahrn gewandt, fügte er hinzu: »Sie bekommen den erwarteten Besuch!«

Schulz kam den langen Gang herunter. Er bewegte sich sehr langsam, als müsste er jeden Schritt überlegen, den er ausführte. Obwohl seine sportlichen Bemühungen nicht den erwarteten Erfolg gebracht hatten, wollte ihn ein prominentes Mitglied des Konzils sehen.

Verrückt!, dachte er.

Er hatte nicht einmal eine Medaille gewonnen. Vielleicht war der Wunsch des Greikos damit zu erklären, dass Schulz einer der wenigen Sportler war, die ihre Bewertung auf Tahun durchführen ließen.

»Es kann sein, dass Kroiterfahrn für Ihren sportlichen Ehrgeiz kein Verständnis empfinden wird«, hatte Hotrenor-Taak zu Schulz gesagt. »Sie müssen ihm erklären, dass solche Wettkämpfe das Verständnis der Menschen untereinander fördern. Er könnte sonst auf den Gedanken kommen, dass es sich um eine Art Kriegsspiele handelt.«

Was hatte er eigentlich vor Beginn der Olympischen Spiele getan?, überlegte Schulz. Die Erinnerung daran war sehr verschwommen. Er erinnerte sich an eine kleine Stadt auf der Erde. Wie lange war das jetzt her?

Ein Lare trat ihm in den Weg. Es war Fersten-Gengor, der larische Oberbefehlshaber von Tahun.

»Er ist da drin!«, sagte Fersten-Gengor und deutete auf eine hohe Tür. »Kommen Sie heraus, sobald wir Sie rufen!«

»Ja«, sagte Schulz leise.

Die Tür glitt auf. Schulz schritt in den angrenzenden Raum. Er blieb unwillkürlich stehen, als er den Greiko sah. Die ganze Zeit über hatte er überlegt, wie dieses Wesen aussehen mochte. Er besaß eine ausgeprägte Fantasie, aber Schulz' Vorstellungen wurden von der Wirklichkeit übertroffen. Er nahm nicht wahr, dass die Tür wieder hinter ihm zuglitt. Seine Aufmerksamkeit war auf den Fremden konzentriert, der neben dem breiten Fenster stand.

Kroiterfahrn war fast vier Meter hoch. Kein Wunder, dass man ihn ausgerechnet in diesen großen Raum gebracht hatte. Der hagere und haarlose Körper des Greikos ruhte auf drei stelzenartigen Beinen, die bestimmt halb so lang wie der gesamte Körper waren. So, wie der Greiko dastand, bildeten seine Beine ein gleichschenkliges Dreieck. Die Füße des Wesens waren rund und besaßen an der Unterseite offenbar weiche Laufballen, die in dieser Stellung etwas unter den belasteten Füßen hervorquollen. Der Greiko besaß an jedem Bein ein Kniegelenk, aber Fußgelenke konnte Schulz nicht entdecken. Er fragte sich, wie das Wesen sich bewegen mochte.

Schulz war völlig in die Betrachtung des Kranken versunken. Niemals zuvor hatte er einen so nichtmenschlich aussehenden Fremden gesehen. Die Hautfarbe des Greikos glich sandfarbenem rauem Papier. Es fiel Schulz schwer, die genaue Form des Oberkörpers zu bestimmen, denn Kroiterfahrn hatte dünne Flughäute togaähnlich darum gefaltet. Der Oberkörper schien jedoch zylinderförmig und ohne jede Einschnürung zu sein.

Die Flughäute waren mit dem Körper und zwei langen, unglaublich dünnen Armen verbunden. Diese Arme waren fünfgelenkig und wirkten daher wie knochenlose Tentakel. Der kugelförmige Kopf des Greikos war im Verhältnis zum übrigen Körper klein, er durchmaß nicht mehr als zwanzig Zentimeter. Aus diesem Kopf ragte ein nach vorn gekrümmter Schnabel. Darüber saßen zwei ungewöhnlich große Augen. Ohren waren nicht zu sehen.

Schulz vermutete, dass er einen Nachkommen von Wasservögeln vor sich hatte, die einst auf ihren hohen Beinen durch sumpfiges Seegelände gewatet waren, um ihre Nahrung mit den scharfen Schnäbeln aus dem Wasser zu fischen. Aber dieses Stadium der Evolution hatten die Greikos längst hinter sich.

Der Greiko bewegte sich ein paar Schritte auf Schulz zu. Jetzt konnte der Terraner sehen, wie das Wesen ging. Es warf seine Beine von der Hüfte aus vorwärts, sodass ein staksiger, steif wirkender Gang entstand.

»Sie sind der Mann, den ich im Park beobachtet habe«, sagte der Greiko.

Seine Worte wurden von einem Translator übertragen, der sich irgendwo im Instrumentarium des Betts befand. Die Stimme des Greikos war nicht so schrill, wie Schulz erwartet hatte. Es war eine Anhäufung schnell hervorgestoßener Laute.

»Ja«, sagte Schulz.

»Ist Ihnen etwas zugestoßen?«

Schulz sah ihn überrascht an. »Wie kommen Sie darauf? Es handelt sich um Sport! Natürlich kann ich dabei Verletzungen davontragen, aber gefährlich ist die ganze Sache nicht.«

»Was treibt Sie dazu, an solchen Veranstaltungen teilzunehmen?«, wollte Kroiterfahrn wissen. »Es handelt sich doch um vergleichsweise kriegerische Wettkämpfe.«

»Es geht um die Befriedigung meines persönlichen Ehrgeizes«, antwortete Schulz.

»Aber es ist doch so, dass Sie Ihre Mitbewerber schlagen müssen, um zu gewinnen?«

»Ja.«

»Halten Sie dann diesen Wettbewerb nicht für eine besondere Art von Krieg?« Er deutete auf ein paar Kristalle, die auf dem Bett lagen, und auf ein Abspielgerät. »Ich habe mich über verschiedene Arten dieses Sports informiert und weiß nicht genau, was ich davon halten soll. Es ist doch sehr merkwürdig, wenn intelligente Wesen auf diese Art miteinander in Wettstreit treten.«

»Bei uns sind diese Sportarten sehr populär«, sagte Schulz.

»Und Sie würden alle als eine friedliche Angelegenheit betrachten?«

»Aber natürlich!«

Kroiterfahrn drehte sich um und blickte zum Fenster hinaus. »Ich konnte das Ende Ihrer Flucht von hier aus beobachten«, verkündete er. »Sie können nicht ermessen, was die Beobachtung dieses Ereignisses für mich bedeutete.«

Schulz spürte, dass ihn diese Worte erregten, ohne dass er den Grund für seine Empfindungen gleich erkannt hätte.

»Alles erschien mir wie ein Akt brutaler Gewalt«, sagte Kroiterfahrn. »Ich fürchtete, der Frieden könnte in bisher noch nie da gewesener Form gebrochen werden.«

»Es ist immer Frieden«, sagte Schulz lakonisch.

Kroiterfahrn stakste zum Bett. Sein seltsamer Gang ließ ihn hilflos wirken. Schulz wusste nicht, warum, aber er fühlte sich plötzlich zu diesem fremden Wesen hingezogen. Ein Gefühl der Trauer machte sich in ihm breit. Tränen liefen über sein Gesicht. Er konnte sich diesen Gefühlsausbruch nicht erklären.

Vor dem Bett breitete Kroiterfahrn die Arme aus und lüftete seine Flughäute. Obwohl er sie nicht völlig ausspannte, reichten sie von einer Seite des Zimmers zur anderen.

»Wir können nicht fliegen«, sagte er zu Schulz. »Aber es ist wichtig, dass unsere Flughäute ab und zu bewegt werden.« Er ließ sich auf dem Bett nieder. »Ich möchte Sie bitten, einige Zeit in meiner Nähe zu bleiben«, sagte er dann. »Es wird Zeit, dass ich mich eingehend mit einem Terraner beschäftige.«

»Ich weiß nicht«, sagte Schulz unsicher. Unwillkürlich blickte er zur Tür. Er fühlte plötzlich einen dumpfen Druck im Kopf. »Ich weiß nicht, ob ich bei Ihnen bleiben soll.«

»Natürlich!«, sagte Kroiterfahrn bestimmt. »Es macht Ihnen doch nichts aus?«

»Ich weiß nicht!«, wiederholte Schulz hilflos.

Er hatte den unbestimmten Eindruck, nicht mehr alles begreifen zu können, was um ihn herum geschah.

Leticron stieß eine Verwünschung aus und sprang aus dem Sessel hoch. Zusammen mit Hotrenor-Taak, Fersten-Gengor und einigen anderen Laren saß er im Nebenzimmer von Kroiterfahrns Krankenstation und verfolgte die Ereignisse auf dem Bildschirm.

»Ich habe Sie gewarnt!«, schrie der Überschwere die Laren an. »Nun ist es passiert! Wie wollen Sie Schulz dort herausholen, ohne dass der Greiko in seinem Misstrauen bestärkt wird?«

Hotrenor-Taak blickte auf die Uhr. Vorläufig brauchten sie sich keine Sorgen zu machen. Der Lare wusste, dass Schulz mindestens acht Stunden terranischer Zeitrechnung benötigen würde, um sich über seine eigene Rolle halbwegs klar zu werden. So lange würde die Wirkung der

Behandlung anhalten. In der Zwischenzeit mussten sie nach einer Lösung suchen.

»Bisher hat alles einwandfrei funktioniert«, sagte Fersten-Gengor. »Wir müssen uns nun über unsere weiteren Schritte einigen.«

»Sie hätten Schulz töten müssen!«, rief der Überschwere.

»Das hätte in letzter Konsequenz auch die Hinrichtung des Greikos bedeutet«, wandte Hotrenor-Taak ein. »Eine solche Verantwortung kann ich einfach nicht auf mich nehmen.« Er befahl einem Laren, die Hyptons über die jüngste Entwicklung zu unterrichten. »Sagen Sie dem Hyptonsprecher, dass ich selbst gekommen wäre, wenn ich meinen Beobachtungsposten aufgeben könnte. Das ist im Augenblick jedoch unmöglich.«

Er wandte sich wieder dem Bildschirm zu, auf dem die Ereignisse aus dem Nebenraum übertragen wurden. Auch die Tonübertragung funktionierte einwandfrei.

»Sie kommen mir bedrückt und unfrei vor«, sagte Kroiterfahrn gerade zu Schulz. »Hat man Sie in einer bestimmten Form beeinflusst? Ich meine, ob Sie nicht frei sprechen können?«

»Hören Sie sich den Burschen an!«, empfahl Leticron grimmig. »Er ist nicht halb so naiv, wie er uns immer beschrieben wurde.«

»Ich kann alles sagen«, meinte Schulz.

»Vielleicht müssen wir uns erst aneinander gewöhnen«, meinte der Greiko. »Schon aus diesem Grund ist es besser, wenn Sie einige Zeit bei mir bleiben. Dieser Raum ist groß genug für uns beide.«

Hotrenor-Taak konnte sich die weitere Entwicklung des Gesprächs gut vorstellen. Kroiterfahrn hatte keinen bestimmten Verdacht, seine Verhaltensweise schien eher unbewussten Vorstellungen zu entsprechen. »Der Wunsch, Schulz in der Nähe zu behalten und ständig beobachten zu können, kann nur einem bestimmten Misstrauen entsprechen, und um sein Misstrauen zu zerstreuen, wird er immer weiterbohren«, befürchtete der Verkünder der Hetosonen. »Wir müssen ihn ablenken und auf andere Gedanken bringen.«

»Solange dieser USO-Spezialist bei ihm ist, wird Ihnen das nicht gelingen«, sagte Leticron.

Hotrenor-Taak war sich darüber im Klaren, dass er sich im Augenblick in einer selbst konstruierten Falle befand. Er hatte Schulz zu Kroiterfahrn geschickt, um die Situation zu beruhigen. Nun nahm der Greiko den Besucher völlig für sich in Anspruch.

Der Lare hatte nicht damit gerechnet, dass sich ein Gespräch zwischen Kroiterfahrn und Schulz länger als über ein paar Stunden hinaus erstrecken würde. Er hatte dem Greiko nicht die Kraft für eine längere Aktion zugetraut. Offenbar war ihm eine Fehleinschätzung unterlaufen.

»Nötigenfalls schicken wir einen Flugrobot hinüber«, kündigte Hotrenor-Taak an. »Der Greiko wird nicht merken, wenn sein Besucher eine Injektion von einem Mikroroboter erhält und das Bewusstsein verliert. Kroiterfahrn wird Doktor Callsa rufen, und dieser wird einen Schwächeanfall diagnostizieren, der eine separate Behandlung des Terraners nötig macht.«

»Das ist alles zu kompliziert«, sagte Leticron. »Je tiefer Sie sich in diese Sache verstricken, desto schwieriger wird es dann für Sie werden, wieder herauszukommen.«

Der Erste Hetran schien allmählich zu begreifen, dass es auch um seine Belange ging. Wenn das Konzil in Schwierigkeiten geriet, würde es sich unter Umständen aus vielen eroberten Gebieten zurückziehen. Leticron hatte erkannt, dass mit der schwindenden Macht des Konzils auch sein eigener Einfluss nachlassen würde. Der Überschwere mit seinen Söldnertruppen war ohne die SVE-Raumer der Laren nicht in der Lage, die Galaxis zu kontrollieren.

Hotrenor-Taak sah den Ersten Hetran nachdenklich an. »Wir versuchen es so lange auf meine Weise, bis es keine Chance mehr gibt«, sagte er. »Dann sind Sie an der Reihe.«

Der Lare hoffte, dass es niemals dazu kommen würde, dass er Leticron einen Mordauftrag geben musste. Im Hetos der Sieben erwartete man von Hotrenor-Taak, dass er die Sache diplomatisch und ohne größeres Aufsehen erledigte.

Hotrenor-Taak war sicher, dass sein eigenes Schicksal eng mit dem von Kroiterfahrn verbunden war. Er wünschte, er hätte sich früher mehr um die Greikos gekümmert, das hätte seine Aufgabe leichter gemacht.

Im anderen Raum wurde wieder gesprochen. Hotrenor-Taak zwang sich, Kroiterfahrn zuzuhören. Jedes Wort war wichtig und konnte einen Hinweis darauf geben, wie die Laren sich am besten verhielten.

Hotrenor-Taak bedauerte die Passivität von Schulz bei dieser Unterhaltung, aber sie war eine Folge der Behandlung, die man dem USO-Spezialisten aufgezwungen hatte. Der Lare hoffte, dass Kroiterfahrn diese Haltung seines Besuchers entging. Zum Glück hatte der Kranke keinerlei Erfahrung im Umgang mit Terranern.

»Vielleicht kommen wir uns näher, wenn wir uns gegenseitig von unseren Heimatwelten berichten«, schlug Kroiterfahrn gerade vor. »Ich erzähle Ihnen von der Rauminsel, auf der ich geboren wurde, und Sie sagen mir, wie es auf Ihrer Heimatwelt zugeht.«

Das Gespräch, stellte Hotrenor-Taak voller Unbehagen fest, geriet immer mehr in gefährliche Bahnen.

»Möchten Sie beginnen?«, fragte Kroiterfahrn.

»Ich weiß nicht«, sagte Schulz unsicher. »Ich glaube, dass ich nicht sehr viel erzählen kann. Mein Heimatplanet ist Terra.«

»Der Urplanet der Menschheit!«, rief Kroiterfahrn begeistert. »Ich bin sehr gespannt, darüber zu hören. Vielleicht ergibt sich die Gelegenheit, diese Welt während meines Besuchs dieser Galaxis einmal zu sehen.«

Schulz strich sich über die Stirn. Er verzog das Gesicht, als müsste er angestrengt nachdenken. »Ich fürchte«, sagte er, »ich kann Ihnen nicht viel erzählen.«

»Was?«, fragte Kroiterfahrn enttäuscht. »Sie müssen sich doch an all die Dinge erinnern, die Sie auf Ihrem Heimatplaneten erlebt haben!«

Schulz schüttelte den Kopf. Er rieb sich die Augen. Es war deutlich zu sehen, dass er sich quälte. »Es ist, als hätte jemand einen Vorhang vor mein Gedächtnis gezogen. Ich kann mich nur schwach erinnern. Wahrscheinlich habe ich mich während des Wettkampfs überanstrengt.«

»Schon möglich«, sagte Kroiterfahrn. Auf dem Schirm war zu sehen, dass er auf die Tür zuging. »Doktor Callsa!«, rief er wenige Augenblicke später in den Gang.

»Was tut er jetzt?«, fragte Leticron bestürzt.

Hotrenor-Taak hob beschwichtigend einen Arm. »Ruhe!«, befahl er. »Wir wollen abwarten, was geschieht. Da kommt Shigter Vant.«

Shigter Vant war ein Arzt aus Dr. Callsas Team. Kroiterfahrn empfing ihn am Eingang der Station. »Ich wünsche, dass Sie diesen Mann untersuchen«, sagte der Greiko zu dem terranischen Arzt. »Er kann sich nicht an seinen Heimatplaneten erinnern. Halten Sie das für normal?«

»Nein«, sagte Shigter Vant. »Aber ich habe keinen Auftrag, ihn zu untersuchen.«

»Dieser Narr!«, zischte Fersten-Gengor.

»Wer erteilt Ihnen diese Aufträge?«, fragte Kroiterfahrn.

Hotrenor-Taak hielt unwillkürlich den Atem an, aber Shigter Vant reagierte geistesgegenwärtig und korrigierte seinen Fehler.

»Natürlich Doktor Callsa«, sagte er.

»Dann wird Doktor Callsa diesen Mann untersuchen!«, entschied Kroiterfahrn. »Ich habe den Eindruck, dass er krank ist. Etwas ist nicht mit ihm in Ordnung.«

»Ich gehe und hole Doktor Callsa!« Shigter Vant war offenbar froh, dass er einen Vorwand gefunden hatte und die Krankenstation verlassen konnte.

Hotrenor-Taak verließ den Beobachtungsraum und traf zu gleicher Zeit wie Shigter Vant im Aufenthaltsraum des Ärzteteams ein. »Ich möchte, dass Sie Schulz untersuchen«, sagte der Lare zu Dr. Callsa. Der Arzt starrte ihn finster an.

»Ich lasse Sie auf der Stelle erschießen, wenn Sie es nicht tun«, sagte Hotrenor-Taak. »Dann übernimmt ein anderer Ihre Aufgabe.«

Der Mediziner presste die Lippen aufeinander und ergriff seine Instrumente. Wortlos ging er auf den Gang hinaus. Hotrenor-Taak folgte ihm und sagte: »Sie werden Kroiterfahrn klar machen, dass Schulz von den sportlichen Anstrengungen völlig erschöpft ist und Ruhe braucht.«

Dr. Callsa nickte.

»Sie wissen, dass wir uns in einem Nebenraum befinden, wo wir alles hören und sehen können.«

Dr. Callsa hatte den Kopf zwischen die Schultern gezogen und blickte starr geradeaus. Der Lare spürte, dass der Arzt bis an die Grenze des Erträglichen gereizt war. Dr. Callsa war kein besonders mutiger Mann, aber er konnte an einen Punkt gelangen, wo er den Tod einer weiteren Unterwerfung vorziehen würde. Hotrenor-Taak musste aufpassen, dass er nicht zu weit ging.

Der Lare verschwand im Beobachtungsraum. Dr. Callsa begab sich in die Krankenstation des Greikos. Kroiterfahrn begrüßte ihn.

»Ich möchte, dass Sie Braunter Schulz untersuchen«, sagte der Greiko.

Dr. Callsa sah Schulz an. Er wusste, was die Laren mit Schulz gemacht hatten. Er wünschte, er hätte irgendetwas tun können, um Kroiterfahrn zu warnen, aber das war unmöglich. In seiner Unwissenheit würde der Greiko sofort einen Fehler begehen und dabei den Arzt verraten.

»Legen Sie sich auf das Bett«, sagte Dr. Callsa zu Schulz. »Ich glaube, dass Ihre Anstrengungen doch zu groß waren. Es ist besser, wenn Sie ein Beruhigungsmittel bekommen.«

Er bückte sich nach seiner Tasche. In diesem Augenblick schoss eine Idee durch seinen Kopf. Er konnte Kroiterfahrn nicht warnen, aber wie sah es bei Schulz aus?

Dr. Callsa führte zahlreiche Psychopharmaka in seiner Tasche mit, darunter auch solche, die das menschliche Gehirn in besonders starker Weise stimulieren konnten. Der Arzt wusste, dass er nicht zögern durfte. Er wurde vom Nebenraum aus beobachtet. Jede verdächtige Handbewegung würde die Laren misstrauisch machen. Dr. Callsa spürte, dass ihm der Angstschweiß auf die Stirn trat. Er konnte sich nicht erinnern, jemals freiwillig sein Leben riskiert zu haben. Jetzt war er im Begriff, es zu tun, obwohl ein Erfolg mehr als fragwürdig war.

Es stand nicht einmal fest, ob das Mittel, das er Schulz injizieren wollte, helfen würde. Selbst wenn das der Fall sein sollte, war nicht klar, wie Schulz darauf reagieren würde.

Während all diese Gedanken durch Callsas Kopf gingen, hatte er die kleine Injektionspistole bereits geladen und gegen den Arm des Mannes gepresst.

Dr. Callsa dachte über sich selbst, dass er mehr aus dem Unbewussten heraus handelte, als sei dort etwas verborgen, was er über sich selbst bis zu diesem Augenblick nicht gewusst hatte. Als er sich aufrichtete, fühlte er sich seltsam erleichtert.

»Es kann sich nur um sportliche Überanstrengung handeln«, sagte er zu Kroiterfahrn. »Ich würde mir seinetwegen keine Sorgen machen. Die meisten Sportler kommen schnell darüber hinweg. Trotzdem braucht er jetzt Ruhe.«

Die Blicke des Greikos trafen ihn. Sie glitten prüfend über ihn hinweg. Dr. Callsa fragte sich, ob man diesem Wesen überhaupt die Wahrheit vorenthalten konnte.

»Er wird hier auf meinem Bett bleiben, bis es ihm besser geht«, sagte der Fremde.

Dr. Callsa schloss seine Tasche und ging hinaus. Draußen im Gang warteten Hotrenor-Taak und Leticron auf ihn. Der Überschwere trat auf den Mediziner zu, packte ihn und riss ihn mühelos von den Beinen. Dr. Callsa spürte, wie er zitterte.

Sie haben es bemerkt!, dachte er entsetzt.

»Warum haben Sie keine Möglichkeit gefunden, Schulz von diesem verdammten Burschen wegzuholen?«, schrie Leticron ihn an.

Nichts!, dachte Dr. Callsa erleichtert. *Sie wissen nichts!*

Der Erste Hetran setzte ihn unsanft auf den Boden und ließ ihn los.

»Solange Schulz da drinnen bei dem Greiko ist, müssen wir damit rechnen, dass etwas passiert!«, sagte Leticron zu Hotrenor-Taak. »Überlegen Sie, wie wir ihn herausbekommen.«

»Er hat jetzt ein Beruhigungsmittel bekommen und wird schlafen«, hoffte der Lare. »In der Zwischenzeit haben wir Gelegenheit zum Nachdenken.«

Das Blut rauschte in Schulz' Ohren. Seine Augen brannten, und seine Stirnhaut spannte wie nach einem starken Sonnenbrand. Er lauschte in sich hinein und überlegte, ob dies wirklich die Auswirkungen einer Beruhigungsinjektion sein konnten. Sein Pulsschlag beschleunigte sich. Schulz drehte den Kopf seitwärts und sah Kroiterfahrn neben der Tür stehen. Der Greiko sah wie eine von Kindern gefertigte Riesenpuppe aus.

Schulz schloss die Augen. Das Pochen in seinen Schläfen ließ nicht nach. Er fühlte sich erregt und angespannt. Der Drang, irgendetwas zu tun, wurde immer stärker.

Vielleicht hatte ihm Dr. Callsa versehentlich ein falsches Mittel gegeben. Oder reagierte er anders als andere Menschen? Warum konnte er sich nicht an sein Leben vor den Olympischen Spielen erinnern? Was war überhaupt los? Er stöhnte leise.

Kroiterfahrn kam mit steifen Schritten auf das Bett zu und blickte auf den Terraner hinab. »Es geht Ihnen nicht gut«, stellte er fest. »Das Mittel muss erst wirken.«

»Ja«, sagte Schulz benommen. Er presste beide Hände gegen die Schläfen. Er hatte doch früher nie an Sportveranstaltungen teilgenommen. Und auf Tahun waren niemals Spiele ausgetragen worden.

Mein Gott, dachte er. *Ich träume!*

Er hatte niemals zuvor so etwas erlebt. Die Gedanken entglitten ihm, er konnte sie nicht festhalten. Er spürte ganz deutlich, dass irgendetwas nicht stimmte. Alles war unwirklich, nichts passte zusammen. Kroiterfahrn beobachtete ihn aufmerksam.

Wie kam er überhaupt hierher?, fragte sich Schulz verzweifelt. Er zwang sich zur Ruhe. Schließlich hatte er das während des autogenen Trainings oft genug geübt. Er klammerte sich an diesen Erinnerungsfetzen.

Autogenes Training. Die Schule. Major Kastor.

Major Kastor!

»Ich …!«, stieß er hervor. »Ich … bin …« Seine Stimme versagte.

»Soll ich den Arzt noch einmal rufen?«, fragte Kroiterfahrn besorgt.

Schulz wollte zustimmen, aber er schüttelte den Kopf. Er war im Begriff, gewisse Zusammenhänge zu begreifen. Jede Störung würde diesen Prozess aufhalten. Was war passiert?

Dann schlug die Erinnerung über ihm zusammen, und seine Gedanken hämmerten immer wieder den Satz: *Ich bin Gefangener der Laren!*

15.

Die Situation war mehr als ungewöhnlich, und es gab für sie sicher keine früheren vergleichbaren Vorgänge. Schulz lag auf dem Rücken in dem Bett, das eigentlich für den Greiko bestimmt war, und starrte zur Decke hinauf. Er erinnerte sich an alles!

Auch die Zusammenhänge waren ihm klar. Dieses Wesen, das Kroiterfahrn hieß, hatte beobachtet, wie man ihn im Park gefangen genommen hatte. Damit hatte Schulz sein Ziel erreicht, obwohl er nicht mehr damit gerechnet hatte. Kroiterfahrn hatte ihm wahrscheinlich das Leben gerettet. Schulz nahm an, dass der Greiko verlangt hatte, mit ihm zu reden. Anders war seine Zusammenkunft mit dem Fremden nicht zu erklären.

Die Laren mussten großen Respekt vor diesem Wesen haben, wenn sie seinen Wunsch respektierten. Normalerweise hätten sie Schulz verhört, die Wahrheit aus ihm herausgeholt und ihn dann getötet.

Doch das hatten sie nicht getan. Sie hatten ihm das Gedächtnis genommen und ihm dafür eine fragwürdige Erinnerung gegeben. Das musste sehr schnell und stümperhaft erledigt worden sein, sonst hätte er nicht so schnell in die Wirklichkeit zurückgefunden. Er vermutete allerdings, dass Dr. Callsa nachgeholfen hatte. Anstelle eines Beruhigungsmittels hatte der Arzt ihm ein Psychopharmakon injiziert. Schulz begriff, dass der Arzt ein großes Risiko eingegangen war.

Warum aber hatte ihm Dr. Callsa keinen Wink gegeben, warum hatte er nicht mit ihm gesprochen? Die Antwort war einfach! Kroiterfahrn und sein Besucher wurden ständig beobachtet und abgehört.

Die Laren konnten nicht riskieren, ihn unbeobachtet mit dem Greiko zusammen zu lassen. Wenn ihnen so viel daran lag, dass dieses Wesen nicht die Wahrheit erfuhr, mussten sie jedes Risiko ausschließen. Wenn Schulz nur den Versuch machte, Kroiterfahrn eine wahrheitsgemäße Information zu übermitteln, würde man den USO-Spezialisten aus der Station holen.

Er musste den Mann ohne Gedächtnis spielen. Nur wenn es ihm gelang, in dieser Rolle erfolgreich zu sein, würde er seine Chance bekommen. Es galt, den Greiko von der Wahrheit zu überzeugen, ohne dass die Laren davon etwas merkten. Schulz presste die Lippen aufeinander. Wie sollte er vorgehen? Wie würde Kroiterfahrn reagieren, wenn er die ersten Informationen erhielt? In seiner Unwissenheit reagierte der Greiko vielleicht so, dass die Laren sofort merkten, was gespielt wurde.

Was war das für ein Wesen?, fragte sich Schulz. Der Greiko gehörte zum Konzil. Warum durfte er nicht erfahren, dass die Laren und die Hyptons diese Galaxis erobert hatten und eine Schreckensherrschaft ausübten?

Die Greikos waren zweifellos ein Konzilsvolk. Sie spielten eine besondere Rolle, sonst hätten die Laren wegen dieses Wesens auf Tahun nicht geradezu paradiesische Zustände geschaffen. Den Menschen auf Tahun waren alle Freiheiten zurückgegeben worden, man hatte sogar alle Anzeichen einer gewaltsamen Besetzung des Medo-Centers aus der Umwelt getilgt. Daraus konnte man folgern, dass die Greikos die Maßnahmen ihrer Verbündeten auf keinen Fall gebilligt hätten.

Es war denkbar, dass Laren und Hyptons die Aufgaben des Konzils verfälschten, dass sie auf eigene Faust handelten. Womöglich hatten sie ursprünglich einen völlig anderen Auftrag bekommen.

Schulz schwirrte der Kopf. Ungeheure Perspektiven eröffneten sich. Was er vor seiner Gefangennahme bereits geahnt hatte, bestätigte sich: Dies war ein Fall von kosmischer Bedeutung.

Wenn es ihm gelang, Kroiterfahrn von der Wahrheit zu überzeugen, konnte er, ein einzelner Mann, erreichen, was die gesamte Menschheit bisher vergeblich versucht hatte: Er konnte das Konzil erschüttern!

Er blieb unbeweglich liegen, obwohl er voller Ungeduld war. Er musste sich jetzt verhalten wie ein Mann, dem man ein Beruhigungsmittel gegeben hatte. Das gab ihm die Zeit, die er brauchte, um sich in seiner neuen Rolle zurechtzufinden. Je klüger er sich verhielt, desto länger konnte er bei Kroiterfahrn bleiben. Und je länger er bei ihm blieb, desto größer wurden seine Chancen, dem Fremden die Wahrheit zu berichten.

Ein Schauer durchlief seinen Körper. Im Meer der Ereignisse hatte ihn das Schicksal an einen Platz gespült, auf dem er seine eigenen Bedürfnisse den Interessen der Menschheit unterordnen musste. Seine Sicherheit war zweitrangig geworden. Er hatte sich immer für sehr ichbezogen und egoistisch gehalten, aber jetzt stellte er zu seiner Überraschung fest, dass er sich mit dem Gedanken vertraut zu machen begann, unter Umständen sein Leben für einen Erfolg zu opfern.

Kroiterfahrn stand bewegungslos neben dem Bett. Schulz wünschte, er hätte irgendetwas über dieses Wesen oder das Volk der Greikos gewusst. Er musste sich völlig auf seinen Instinkt verlassen, sodass die Möglichkeit, dass er etwas falsch machte, sehr groß war.

Kroiterfahrn schwieg, wahrscheinlich wollte er seinem Besucher Ruhe gönnen. Obwohl es ihm nicht leicht fiel, ließ Schulz über eine halbe Stunde verstreichen, bevor er den Kopf hob und sagte: »Ich fühle mich jetzt etwas besser.«

»Ich will auf keinen Fall, dass Sie sich überanstrengen«, sagte Kroiterfahrn. »Trotzdem möchte ich mich mit Ihnen unterhalten. Das Ende Ihrer Flucht hat mich schockiert. Ihre Verfolger gingen doch sehr hart gegen Sie vor.«

»Natürlich«, sagte Schulz ruhig. »Täten sie es nicht, wäre der Ausgang eines Wettkampfs irregulär.«

Er sah den Greiko unentwegt an. Das hatte er vorher nicht getan. Er wollte durch sein Verhalten nur erreichen, dass Kroiterfahrn nachdachte. Dabei war er sich im Klaren, dass er unter Umständen eine unbedachte Äußerung des Greikos herausfordern konnte. Doch Kroiterfahrn zeigte keine Reaktion. Seine großen Augen erwiderten den Blick des Terraners.

»Hatten Sie Angst?«, fragte der Greiko.

Schulz lächelte. »Warum sollte ich Angst haben, wenn doch alles nur eine sportliche Veranstaltung ist?«

Kroiterfahrn senkte den Oberkörper nach vorn, als wollte er sich vor Schulz verneigen. »Ich habe eine Idee«, sagte er spontan. »Sie und ich lassen uns jetzt ein bisschen herumfliegen. Hotrenor-Taak soll uns einen Gleiter zur Verfügung stellen. Ich möchte, dass Sie mir diese Welt zeigen.«

Schulz hielt unwillkürlich den Atem an. Die Laren würden einen solchen Ausflug niemals zulassen. Im Gegenteil: Kroiterfahrns Vorschlag konnte bewirken, dass man Schulz und den Greiko endgültig trennte.

»Was halten Sie davon?«, fragte Kroiterfahrn, als der Terraner nicht auf seine Worte reagierte.

»Ich weiß es nicht«, sagte Schulz unglücklich.

»Und jetzt?«, fragte Leticron wütend. »Dazu hätte es überhaupt nicht kommen dürfen.«

»Er wird jeden Augenblick nach Doktor Callsa rufen, um seine verrückte Idee vorzubringen«, prophezeite Fersten-Gengor. »Wir müssen ihm das unter allen Umständen ausreden.«

Hotrenor-Taak schwieg verbissen. Er überlegte, was er tun sollte. Vielleicht war Kroiterfahrn noch immer misstrauisch. Unter Umständen maß er die Glaubhaftigkeit der Laren an ihrer Reaktion auf seinen Wunsch. Dieser Flug, den Kroiterfahrn durchzuführen beabsichtigte, war vielleicht das entscheidende Ereignis.

Der Verkünder der Hetosonen erhob sich. »Lassen Sie einen schweren Gleiter bereitstellen!«, ordnete er an. »Ein larischer Pilot wird ihn fliegen. Dieser Mann wird alles hören, was zwischen Kroiterfahrn und Schulz gesprochen wird. Also haben wir die beiden auch weiterhin unter Kontrolle. Der Pilot wird sofort eingreifen, wenn etwas Unvorhergesehenes passieren sollte.«

Leticron starrte ihn an. »Das kann doch nicht Ihr Ernst sein! Sie lassen ihn aus der Klinik?«

»Warum nicht? Tahun ist in Ordnung, wir haben alles beseitigen lassen, was einen Hinweis auf die wirklichen Verhältnisse bieten könnte.« Hotrenor-Taak verließ den Beobachtungsraum. Leticron folgte ihm.

»Früher oder später«, fuhr der Lare fort, »wäre er sowieso mit diesem Ansinnen gekommen.«

»Ja«, sagte Leticron dumpf. »Seit dieser verdammte Bursche auf Tahun angekommen ist, befinden Sie sich auf dem Rückzug. Das wird sich noch rächen. Wir sollten beide töten. Jetzt – solange noch Zeit ist!«

Hinter ihnen öffnete sich die Tür zur Krankenstation, und Kroiterfahrn erschien im Gang. »Doktor Callsa!«, rief der Greiko. Dann entdeckte er den Laren und den Überschweren.

»Hotrenor-Taak!«, sagte er zufrieden. »Ich habe eine Bitte. Braunter Schulz und ich wollen zusammen einen Rundflug machen. Der Terraner wird mir Tahun zeigen.«

»Sie sind beide krank«, meinte Hotrenor-Taak. »Wollen Sie nicht noch einige Zeit warten?«

»Wir wollen ja nicht selbst fliegen«, sagte Kroiterfahrn. »Ich möchte Sie darum bitten, uns einen Gleiter und einen Piloten zur Verfügung zu stellen.«

»Töten Sie ihn«, flüsterte Leticron eindringlich. »Töten Sie ihn endlich.«

»Ich habe nichts gegen diesen Ausflug einzuwenden«, sagte der Lare beherrscht. »Sie können in Ihr Zimmer zurückkehren, Sie werden gerufen, wenn alles vorbereitet ist.«

Leticron gab einen dumpfen Laut von sich. Er schien einfach nicht verstehen zu können, dass der Verkünder der Hetosonen auf diese Weise vorging. Für den Überschweren lag die Lösung des Problems auf der Hand.

»Ich bedanke mich«, sagte Kroiterfahrn und zog sich in die Krankenstation zurück.

Fersten-Gengor kam auf den Gang heraus. »Wir lassen uns auf etwas ein, was schnell außer Kontrolle geraten kann«, warnte er nervös.

»Haben Sie einen besseren Vorschlag?«, wollte Hotrenor-Taak wissen. Er warf einen Seitenblick auf Leticron und fügte hinzu: »Abgesehen davon, sie beide umzubringen.«

»Ein einzelner Greiko!«, rief Fersten-Gengor. »Es ist nicht zu fassen. Aber ich sehe ein, dass wir keine andere Wahl haben, als weiterhin zu versuchen, ihm etwas vorzumachen.« Er gab sich einen Ruck. »Ich werde den Gleiter selbst steuern«, entschied er. »Das ist in jedem Fall sicherer, denn Sie und ich wissen am ehesten, wann wir eingreifen müssen. Außerdem hätte ich keine Sekunde Ruhe, wenn ich zurückbleiben müsste und nicht wüsste, was an Bord der Maschine geschieht.«

Hotrenor-Taak erhob keine Einwände. Immerhin war Fersten-Gengor der larische Kommandant auf Tahun. Er lebte schon einige Zeit auf dieser Welt und wusste am ehesten, wohin er den Gleiter fliegen durfte.

Schulz befestigte den Translator an seinem Gürtel und folgte Kroiterfahrn, den die Ärzte auf eine Antigravtrage gelegt hatten und nun langsam aus der Krankenstation hinausschoben. Der USO-Spezialist fragte sich, was die Laren bewogen haben mochte, dem Vorschlag des Greikos so schnell zuzustimmen. Der Flug war für die Laren ein unkalkulierbares Risiko. Schulz zermarterte sein Gehirn, ob er vielleicht etwas übersehen hatte. Gab es im Verhältnis zwischen den Greikos und den übrigen Konzilsvölkern Beziehungen, von denen er nichts wusste, die er aber unter allen Umständen hätte berücksichtigen müssen?

Schulz blieb dicht neben der Trage. Er wollte auf jeden Fall immer im Blickfeld des Greikos bleiben, denn er rechnete damit, dass die Laren vielleicht versuchen würden, einen Unfall zu inszenieren. Kroiterfahrn sollte sehen, was geschah.

Es war möglich, überlegte Schulz, dass er bereits zum Tode verurteilt war. Deshalb musste er seine gesamte Aufmerksamkeit auf seine Umgebung konzentrieren. Was immer geschah – er musste noch Gelegenheit finden, Kroiterfahrn zu warnen. Schulz konnte sich vorstellen, dass seine Gegenspieler nicht weniger beunruhigt waren als er, obwohl sie nicht ahnen konnten, dass ihre vermeintliche Marionette sich inzwischen selbständig gemacht hatte.

Die Trage hatte den Hauptausgang der Klinik erreicht. Jetzt erst tauchten ein paar Laren auf, darunter Hotrenor-Taak. Von Leticron war nichts zu sehen. Hotrenor-Taak kam auf die Trage zu. Schulz ließ ihn nicht aus den Augen. Er sah, dass abseits neben dem Eingang ein Gleiter bereitstand, doch das beruhigte ihn wenig. Die Maschine war vielleicht nur als Werkzeug für ein tödliches Spiel gedacht.

Einen Moment lang ruhten die Augen des Laren auf Schulz, als wollte er fragen, was in dem Terraner vorgehen mochte. Schulz sah weg, seine Nerven waren gespannt wie niemals zuvor. Er glaubte, dass ihn das Zittern seiner Lippen verraten würde. Seine Kehle war ausgetrocknet, er bezweifelte, dass er einen Ton herausbringen konnte, wenn es darauf ankam.

»Fersten-Gengor wird den Gleiter fliegen«, sagte Hotrenor-Taak in diesem Augenblick. »Die Ärzte raten Ihnen, den Ausflug nicht zu sehr auszudehnen.«

»Ja«, sagte Schulz. Mehr brachte er nicht hervor. Er verfluchte seine mangelnde Beherrschung, aber er konnte sich einfach nicht von dem Gedanken lösen, dass das alles nur inszeniert wurde, um ihn auf eine möglichst unauffällige Weise umzubringen.

Die Ärzte setzten die Antigravtrage wieder in Bewegung. Schulz tappte daneben her wie ein Automat.

»Ich glaube«, sagte Kroiterfahrn zuversichtlich, »es wird sehr vergnüglich werden.«

»Ja«, krächzte Schulz benommen. »Ja, das glaube ich auch.«

Hotrenor-Taak und die anderen Laren waren beim Eingang der Klinik stehen geblieben, aber das war ein Umstand, der Schulz' Befürchtungen nur noch verstärkte. In der oberen Luke des Gleiters erschien jetzt ein Lare. Fersten-Gengor.

»Die Maschine ist startbereit!«, rief er. »Schieben Sie ihn herein!«

Die Trage wurde an Bord des Gleiters gebracht. Dr. Callsa und Schulz wechselten einen Blick. Schulz wagte nicht, dem Arzt ein Zeichen zu geben, obwohl dieser offenbar darauf wartete.

Ich muss es allein durchstehen!, dachte der USO-Spezialist. Er wich den Blicken des Arztes aus.

»Sie können gehen!«, sagte Fersten-Gengor zu den Ärzten. Kroiterfahrn richtete sich auf und blickte aus den Seitenfenstern. Er machte einen sehr zufriedenen Eindruck. Hier im Innern des Gleiters war es nicht besonders bequem für ihn, aber das schien ihn nicht zu stören. Schulz fiel auf, dass dieses Wesen trotz seiner enormen Größe zerbrechlich wirkte. Die dünnen Flughäute knisterten wie Pergament, als der Greiko sie um seinen Oberkörper schlang.

Die Hauptluke glitt zu. Schulz registrierte, dass der Gleiter ein raumtüchtiges Modell der Solaren Flotte war. Die Laren hatten ihn wahrscheinlich nach der Besetzung von Tahun übernommen. Es war auch denkbar, dass sie ihn von Leticron eigens für diesen Zweck bekommen hatten.

»Sie wollen sicher, dass Braunter Schulz die Führung übernimmt?«, erkundigte sich der larische Pilot.

»Natürlich«, bestätigte Kroiterfahrn. »Der Terraner soll sagen, wohin wir fliegen.«

Fersten-Gengor sah Schulz abwartend an. Schulz war unschlüssig. Was erwartete man von ihm? Wie hätte ein von den Laren präparierter Mann reagiert? Schulz fühlte sich plötzlich ohne Energie. Er starrte einen Augenblick ins Leere. Dann hörte er sich mit heiserer Stimme sagen: »Nach Amrhun-Stadt!«

»Gut«, sagte Fersten-Gengor und drehte sich um. Er nahm im Pilotensitz Platz und betätigte ein paar Kontrollen. Schulz wunderte sich, mit welcher Lässigkeit der Lare die technischen Einrichtungen der terranischen Maschine handhabte. Das Instrumentarium stellte ihn vor keine Probleme. Wahrscheinlich flog er solch einen Gleiter nicht zum ersten Mal.

»Gibt es einen besonderen Grund, warum ich zunächst einmal Amrhun-Stadt sehen sollte?«, fragte Kroiterfahrn.

»Hm«, machte Schulz unschlüssig. Dann fiel ihm etwas ein. »Dort leben die meisten Menschen auf Tahun. Sie sagten doch, dass Sie möglichst viele Menschen kennen lernen wollen.«

»Wir werden nirgends landen!«, mischte sich Fersten-Gengor ein. »Sie müssen beide an Ihre Gesundheit denken. Die Ärzte haben mir geraten, auf keinen Fall irgendwo zu landen.«

Schulz hielt es für das Beste, zu schweigen, und auch der Greiko erhob keinen Einwand. Die Maschine hob vom Boden ab. Sie kreisten ein paarmal über der Klinik, sodass der Greiko Gelegenheit erhielt, den gesamten Komplex zu betrachten. Es schien ihn nicht besonders zu beeindrucken, denn er ließ sich zu keinem Kommentar verleiten.

»Es geht los«, sagte Fersten-Gengor schließlich und änderte die Flugrichtung. Schulz löste den Translator vom Gürtel. Er kam um die Trage herum. So, dass Fersten-Gengor ihn nicht dabei beobachten konnte, holte er weit aus und schmetterte dem Laren das Gerät an den Kopf.

Der Lare sank schlaff in sich zusammen, kein Ton kam über seine Lippen.

Kroiterfahrn dagegen stieß einen entsetzten Schrei aus und richtete seinen Oberkörper bolzengerade auf. In dieser Stellung verharrte er, als wäre er versteinert.

Schulz schenkte ihm keine Beachtung, dazu hatte er im Augenblick keine Zeit. Er schwang sich mit einem Satz über den Sitz und stieß den Laren zur Seite. Blitzschnell schaltete er den Autopiloten ein, sodass der Gleiter seine Richtung nicht ändern konnte.

Fersten-Gengor bewegte sich wieder. Er ächzte leise und suchte mit den Händen nach einem Halt. Schulz griff mit einer Hand unter den Umhang des Laren und zog die Strahlwaffe aus dem Futteral, das Fersten-Gengor trug. Er richtete die Waffe auf den Laren und wollte abdrücken, als er sich plötzlich der Gegenwart Kroiterfahrns bewusst wurde. Er stieß einen Fluch aus, wirbelte die Waffe herum und schmetterte sie gegen Fersten-Gengors Kopf. Der Lare verlor erneut das Bewusstsein, und diesmal hatte Schulz berechtigte Hoffnungen, dass die Ohnmacht länger anhalten würde.

Solange er die Richtung auf Amrhun-Stadt beibehielt, brauchte er nicht zu fürchten, dass ihm etwas geschehen würde. Aber er musste dennoch die Richtung ändern. Nun, da er begonnen hatte, seine einmalige Chance zu nutzen, gab es kein Zurück mehr. Mit seinem Angriff auf Fersten-Gengor hatte er seine Karten ausgespielt.

Schulz war entschlossen, die Flucht von Tahun zu riskieren. Er war sicher, dass der Gleiter beobachtet wurde, aber mit einem Angriff auf den larischen Piloten rechnete auf Tahun bestimmt niemand.

Direkt über Amrhun-Stadt würde Schulz den Gleiter beschleunigen und versuchen, in den Weltraum zu entkommen. Die Maschine besaß ein kleines Lineartriebwerk. Alles hing davon ab, ob Schulz in den Linearraum vordringen konnte, bevor die ersten SVE-Raumer auf Schussnähe heran waren. Ein weiterer Trumpf für Schulz war die Anwesenheit Kroiterfahrns an Bord, denn es war nicht so sicher, ob die Laren auf einen Flugkörper schießen würden, an dessen Bord sich ein Greiko aufhielt.

Schulz schob Fersten-Gengor vom Sitz. Er nahm das Halteband des Translators und fesselte Füße und Hände des Laren zusammen. Dann ließ er sich in den Pilotensitz sinken. Er überprüfte den Translator und stellte fest, dass das Gerät noch funktionierte.

»Ich erkläre Ihnen alles später!«, sagte er zu Kroiterfahrn. »Ich versichere Ihnen jedoch, dass ich kein Sportler und die Laren keine friedliebenden Wesen sind.«

Er erhielt keine Antwort. Kroiterfahrn schien unter der Schockeinwirkung der letzten Ereignisse zu stehen. Schulz blickte aus der Kanzel und sah schräg unter sich die ersten Gebäude von Amrhun-Stadt auftauchen. Er schaltete den Autopiloten aus und ergriff die Steuerung. Wahrscheinlich erwarteten die Beobachter jetzt, dass Fersten-Gengor über der Stadt kreisen würde.

Sie werden eine böse Überraschung erleben!, dachte Schulz grimmig. Er schaltete auf volle Beschleunigung und raste himmelwärts. Sekunden später dröhnte eine larische Stimme, offensichtlich die von Hotrenor-Taak, aus dem Lautsprecher. Sie rief Befehle. Schulz grinste breit und schaltete das Gerät aus.

Er fühlte sich wie befreit. Er hatte alles riskiert. Jetzt hing es von der Reaktionsfähigkeit der Laren ab, wie seine Flucht ausgehen würde.

Er schaltete den Translator ein. Dann wandte er sich zu Kroiterfahrn um. »Sie glaubten, in ein Paradies zu kommen«, sagte er zu dem Greiko. »Ich werde Ihnen jedoch beweisen, dass es eine Hölle ist.«

16.

Die Straße zum Sonnenhügel war einhundert Meter breit und führte quer durch den Dschungel von Kelouq. Beiderseits der Straße befanden sich meterhohe Energiemauern. Die Straße war etwa fünfzehn Meilen lang. Sie führte vom Lager zum Sonnenhügel und endete dort. Der Sonnenhügel war ein künstlicher Berg, an den Flanken geglättet und mit einem besonderen Material beschichtet. Dieses Material reflektierte das Licht der Sonne in einer Weise, dass jeder, der sich länger als zehn Minuten auf dem Sonnenhügel aufhielt, schwere Verbrennungen davontrug.

Etwa um die dreitausend Terraner schleppten sich an diesem Mittag von den Lagern zum Sonnenhügel. Über der langen Kolonne schwebten Gleiter mit Wächtern. Jedes Mal, wenn unten auf der Straße jemand stehen blieb, schossen die Wächter.

Braunter Schulz schaltete die Übertragung ab und wandte sich an das Wesen, das neben ihm stand. »Das ist der Strafplanet Kelouq«, sagte er. »Es gibt etwa dreitausend Welten, auf denen es ähnlich zugeht.«

Der Greiko bewegte sich nicht. »Schalten Sie wieder ein«, bat er.

Schulz schüttelte den Kopf. »Ich will Sie nicht quälen. Aber Sie mussten eine dieser Welten sehen, um richtig begreifen zu können, was sich in dieser Galaxis abspielt.«

»Ich werde es nicht begreifen.«

Er hatte seine Arme mit den dünnen Flughäuten wieder wie schützend um den Oberkörper geschlungen. Vor vier Tagen waren Schulz und Kroiterfahrn von Tahun geflohen. Es war Schulz gelungen, Funkkontakt mit einem Schiff der USO herzustellen, das sie an Bord genommen und nach Quinto-Center gebracht hatte. Dort hatte man den Greiko über die wirklichen Verhältnisse in der Galaxis aufgeklärt.

Ronald Tekener, der in Abwesenheit Atlans den Oberbefehl auf Quinto-Center hatte, war mit Schulz und Kroiterfahrn an Bord des Schweren Kreuzers TILLHAVEN gegangen. Jetzt stand die TILLHAVEN im Ortungsschutz der Sonne Vecca, deren zweiter Planet die von Leticron ausgewählte Gefängniswelt Kelouq war. Eine Robotsonde der TILLHAVEN operierte in der Atmosphäre des Planeten Kelouq und übertrug die Bilder, die die Besatzung der TILLHAVEN gerade verfolgt hatte.

»Ich habe bis zuletzt gezweifelt, dass Sie die Wahrheit sagen«, gestand Kroiterfahrn. »Sie gehören offensichtlich einem gewalttätigen Volk an, und das macht es mir besonders schwer, Ihren Angaben zu trauen.«

Tekener wollte etwas sagen, doch Schulz bedeutete ihm zu schweigen.

»Sie können nicht ermessen, was die Wahrheit für mich bedeutet«, fuhr Kroiterfahrn fort. »Ich kam in diese Galaxis, um den absoluten Frieden zu finden. Mein Vertrauen in die Arbeit des Konzils war unglaublich groß. Jetzt sehe ich, dass wir Greikos von den sechs anderen Mitgliedern betrogen werden. Sie nutzen unsere Fähigkeiten aus, um hinter unserem Rücken blutige Eroberungsfeldzüge zu führen.«

Schulz glaubte, den Greiko inzwischen besser zu kennen als bei ihrer ersten Begegnung auf Tahun. Das Wesen, das jetzt in der Zentrale der TILLHAVEN stand, war nicht der richtige Kroiterfahrn. Sie hatten es mit einem Greiko zu tun, der sich nie wieder von dem Schock, den er erlitten hatte, erholen würde. Die Psyche des Greikos war zerstört worden. Die Zerstörung des Körpers musste folgen.

»Was hier geschieht, ist schrecklich«, sagte Schulz. »Trotzdem muss das Volk der Greikos unterrichtet werden. Die Greikos dürfen nicht im Konzil bleiben.«

Die großen Augen Kroiterfahrns richteten sich auf den USO-Spezialisten. Sie hatten jeden Glanz verloren. »Ich weiß, was Sie von mir erwarten«, sagte Kroiterfahrn. »Sie möchten, dass ich meinem Volk die Wahrheit berichte. Sie hoffen, von einer solchen Handlungsweise zu profitieren. Der Zerfall des Konzils wäre gleichbedeutend mit der Befreiung Ihrer Galaxis.«

»Das ist es, was wir erstreben!«, rief Ronald Tekener.

»Ich kann Ihnen nicht helfen«, sagte Kroiterfahrn. »Ich bin in einem SVE-Raumer in diese Galaxis gekommen. Keines Ihrer Schiffe hat die nötige Reichweite, um in meine Heimat fliegen zu können. Ich habe keine Möglichkeit, mit anderen Greikos Kontakt aufzunehmen. Auch wenn ich mich jetzt den Laren stelle, werden sie kaum so naiv sein und mich zurückbringen. Abgesehen davon würde ich den Flug kaum überleben. Ich kam als Kranker in diese Galaxis. Alles, was sich seit Schulz' Verhaftung auf Tahun zugetragen hat, verschlimmerte meine Krankheit. Inzwischen bin ich mir darüber im Klaren, dass der Schaden, den ich davongetragen habe, nicht mehr zu beheben ist. Ich werde sterben.«

Die Gelassenheit, mit der Kroiterfahrn diese Worte vortrug, erschütterte Schulz. In gewisser Weise fühlte er sich mitverantwortlich für den Zustand des Fremden. Schließlich hatte er alles getan, um Kroiterfahrn auf die Situation in der Galaxis aufmerksam zu machen.

In den letzten Tagen hatte Schulz begriffen, dass sie es mit einem Wesen zu tun hatten, das weder Feindschaft noch Lüge kannte. Selbst jetzt, nachdem Kroiterfahrn die Wahrheit kannte, kam kein Wort der Anklage aus seinem schnabelähnlichen Mund. In einer Umwelt, in der Gewalt und Hass regierten, konnte der Greiko nicht existieren. Er würde dahinsiechen und sterben.

Tekener schaltete den Translator aus und wandte sich an Schulz. »Unser Schicksal scheint ihm ziemlich gleichgültig zu sein. Er jammert über das Verhalten des Konzils, ist aber offenbar nicht bereit, uns zu helfen.«

»Sie verstehen ihn nicht«, sagte Schulz. »Für ihn sind Krieg und Gewalt schreckliche Dinge. Er hat Vorstellungen, die wir überhaupt nicht begreifen können. Wahrscheinlich müssten wir uns sehr lange um ihn kümmern, um zu begreifen, was in ihm vorgeht.« Er sah Tekener offen an. »Können wir uns überhaupt ein Wesen vorstellen, das so friedliebend ist wie dieser Greiko?«

Tekener verzog das Gesicht. »Ich verstehe, dass Sie ihn bedauern. Trotzdem sollten wir die Dinge realistisch sehen.«

Unwillkürlich fühlte Schulz sich in die Defensive gedrängt. Er erkannte, dass er bereits Partei war. Ohne es zu wollen, hatte er die Rolle des Beschützers von Kroiterfahrn übernommen.

Tekener beobachtete ihn aufmerksam. »Immerhin gehören die Greikos zum Hetos der Sieben«, sagte er. »Sie haben, unwissentlich oder nicht, dazu beigetragen, dass diese und andere Galaxien erobert und die Völker unterworfen wurden. Ihre Friedensliebe führte zur Verblendung. Wahrscheinlich wollten sie gar nicht begreifen, was bei diesen Friedensmissionen tatsächlich geschah. Sie selbst haben gesagt, dass Kroiterfahrn hochintelligent ist. Ich schätze, das trifft auch für andere

Vertreter seines Volkes zu. Solche Wesen hätten zumindest einen Verdacht haben müssen.«

»Sie sind eben anders«, sagte Schulz. »Uns, die wir seit Beginn unserer Evolution mit der Gewalt leben, hätte sich ein solcher Verdacht bestimmt schnell aufgedrängt. Aber die Greikos sind nun einmal friedlich, also werden sie auch niemanden verdächtigen.«

»Sie wissen, dass ich Sie sehr schätze, Goethe!« Tekener lehnte sich weit in den Sessel zurück und schlug die Beine übereinander. »Was Sie auf Tahun geleistet haben, verdient allerhöchste Bewunderung. Allerdings fürchte ich, dass Sie die Dinge jetzt zu sehr idealisieren.«

Der Greiko rührte sich nicht. Es schien ihm nichts auszumachen, dass die beiden Männer sich in ihrer Sprache unterhielten, ohne den Translator zu benutzen. Schulz empfand es als unfair, Kroiterfahrn von diesem Gespräch auszuschließen, denn schließlich ging es um die Belange des Greikos.

»Sie haben uns mit Ihrer Tat eine große Chance gegeben«, fuhr Tekener fort. »Ich glaube, dass Sie genau verstehen, was der Greiko für uns bedeutet. Er ist ein Ansatzpunkt, um Uneinigkeit und Auseinandersetzungen in das Konzil der Sieben zu tragen. Wir haben eine Waffe in den Händen, die, wenn wir sie richtig einsetzen, einen Umschwung herbeiführen kann.«

Kroiterfahrn als Waffe!, dachte Schulz. Der Greiko würde eher sterben, als sich ausnutzen zu lassen.

»Sie haben gerade gesehen, was sich auf Planeten wie Kelouq abspielt«, erinnerte Tekener rücksichtslos. »Glauben Sie, dass wir zur Befreiung der Menschen auf Leticrons Strafplaneten nicht alle verfügbaren Mittel einsetzen dürfen?«

Schulz hatte dieses Argument unbewusst gefürchtet. Er wusste keine Antwort auf diese Frage.

»Als Sie Kroiterfahrn von Tahun entführten, teilten Sie meine Überlegungen noch«, meinte Tekener. Er lächelte. »Erst das Zusammensein mit Kroiterfahrn hat Sie umgestimmt.«

»Ja«, sagte Schulz einfach.

Tekener schaltete den Translator wieder ein und wandte sich an den Greiko. »Das Konzil hat uns überfallen und uns unsere Freiheit geraubt«, sagte er. »Unsere Heimatwelt ist verschwunden; der Versuch, sie in Sicherheit zu bringen, ist womöglich gescheitert. Menschen und umweltangepasste Terraner müssen überall fliehen, denn sie werden von den Laren und den Söldnern des Ersten Hetrans gnadenlos gejagt. Leticrons Ziel ist die Ausrottung der Menschheit. Die Laren dulden seine Maßnahmen stillschweigend.«

»Sie quälen ihn!«, rief Schulz dazwischen. »Er hat doch längst erkannt, was gespielt wird.«

Tekeners Lippen wurden schmal. »Man muss ihn daran erinnern! Immer wieder! Dann fällt ihm vielleicht eine Möglichkeit ein, wie er uns helfen kann.«

»Was haben Sie mit ihm vor?«, fragte Schulz.

»Wir bringen ihn in die Provcon-Faust nach Gäa«, verkündete Tekener. »Dort können wir ihm vielleicht helfen. Atlan wurde inzwischen informiert und erwartet uns.«

Schulz begriff, dass Tekener bereits feste Pläne hatte. »Ich möchte bei Kroiterfahrn bleiben«, sagte er. »Ich fühle mich für ihn verantwortlich, denn schließlich habe ich ihn in diese Lage gebracht.«

»Sie werden bei ihm bleiben«, versicherte Tekener. »Sie werden es noch nicht gemerkt haben, aber dieses Wesen hat sich bereits an Sie gewöhnt. Ich glaube, wir würden seinen seelischen und körperlichen Zerfall beschleunigen, wenn wir Sie beide trennen würden.«

»Sie wollen ihn nur so lange am Leben erhalten, bis er uns den Dienst erwiesen hat, den Sie von ihm erwarten«, meinte Schulz.

Tekener nickte. »Ich bin kein großer Moralist«, sagte er. »Ich habe eine Aufgabe und versuche, sie zu lösen.«

Damit, dachte Schulz, *sind die Rollen verteilt. Tekener steht für die Menschheit ein – und ich für Kroiterfahrn.*

Der 15. Juli 3460 war der Tag, an dem die Laren den Entschluss fassten, dass Kroiterfahrn sterben musste. Der Mann, der die endgültige Entscheidung traf, war der Verkünder der Hetosonen.

Nach der Flucht Kroiterfahrns von Tahun hatte die larische Führung unter dem Schock eine Zeit lang wie gelähmt gewirkt; Hotrenor-Taak hatte sich in seinen SVE-Raumer zurückgezogen und abgelehnt, mit irgendjemandem zu sprechen. Zuvor jedoch hatte er eine Dringlichkeitsbotschaft an die Konzilsführung gerichtet, mit dem Erfolg, dass man ihm empfohlen hatte, alles zu tun, um einen Zerfall des Konzils zu verhindern. Diese vage Anordnung hatte Hotrenor-Taaks Verbitterung noch ansteigen lassen, denn er erkannte, dass man die gesamte Verantwortung auf ihn abwälzen wollte.

Nach einer zweitägigen Klausur an Bord seines Raumschiffs rief Hotrenor-Taak die führenden Persönlichkeiten der larischen Invasionsflotte zu sich. Auch einige wichtige Hyptonsprecher wurden eingeladen. Die Laren, die sich im Konferenzraum des SVE-Raumers versammelten, sahen, dass ihr Anführer müde und gereizt war.

»Vielleicht«, sagte Hotrenor-Taak anstelle einer Begrüßung, »sind einige unter Ihnen, die glauben, dass wir wertvolle Zeit haben verstreichen lassen. Wir hätten Kroiterfahrn längst zurückholen können.« Er machte eine Pause und sah die Besucher der Reihe nach an. Die kleine Gruppe der Hyptonsprecher hing als Pulk über dem Tisch von der Decke. »Es gibt immer noch starke terranische Gruppen«, erinnerte Hotrenor-Taak. »Sie werden längst herausgefunden haben, welche Waffe ihnen mit dem Greiko zur Verfügung steht. Allerdings werden sie noch einige Zeit benötigen, um in Erfahrung zu bringen, wie sie diese Waffe möglichst effektiv einsetzen können.«

»Es hätte niemals zu dieser Flucht kommen dürfen!«, warf einer der Hyptonsprecher dem Laren vor. »Die Sicherheitsmaßnahmen waren absolut unzulänglich.«

»Sie wissen doch, dass wir alle Maßnahmen, die verdächtig hätten wirken können, wegen des Besuchers unterlassen haben«, antwortete Hotrenor-Taak ruhig. »Natürlich hätte der Gleiter nicht entkommen dürfen, aber es kam zu einer Reihe unvorhersehbarer Ereignisse. In diesem Zusammenhang kann ich Ihnen sagen, dass der Arzt, der für die schnelle Wiederherstellung des USO-Spezialisten Schulz die Verantwortung trägt, inzwischen von Soldaten Leticrons hingerichtet wurde.«

»Dadurch werden wir Kroiterfahrn nicht zurückbekommen!«, meinte ein anderer Hypton.

»Das stimmt«, sagte Hotrenor-Taak. »Wir wollen ihn auch nicht nach Tahun zurückbringen. Unser einziges Ziel wird von nun an sein, den Greiko zu finden und zu töten, bevor er seinem Volk eine Nachricht übermitteln kann.«

»Aber sein Tod wird schwer zu erklären sein«, wandte einer der Laren ein. »Wie wollen wir den anderen Greikos das Ende ihres Artgenossen darstellen?«

»Kroiterfahrn wurde als Kranker zu uns geschickt. Das geschah zu spät. Der Aufenthalt in dieser Galaxis konnte ihn nicht mehr retten. Er starb an jener psychischen Krankheit, die ihn bereits auf seiner heimatlichen Rauminsel heimgesucht hat.« Hotrenor-Taak sah deutlich, dass seine Worte skeptisch aufgenommen wurden. Keiner der Anwesenden schien so richtig daran glauben zu können, dass man die sensiblen Greikos leicht täuschen konnte. Die Möglichkeit eines vorzeitigen Eintreffens einer greikoschen Untersuchungskommission stand bereits wie ein drohendes Gespenst im Raum. Trotzdem widersprach niemand. Laren und Hyptons hatten über die möglichen Maßnahmen nachgedacht und wussten daher genau, dass Hotrenor-Taaks Vorschlag die einzige Lösung anbot.

»Wir werden einen weiteren Sicherheitsfaktor einbauen«, fuhr Hotrenor-Taak fort. »Kein Lare und kein anderes Wesen aus dem Konzil wird das von uns gefällte Urteil an Kroiterfahrn vollstrecken. Diese Arbeit soll ein Mann verrichten, der uns allen bekannt ist: Leticron, der Erste Hetran dieser Galaxis.«

Diese Ankündigung löste Unruhe aus. Leticrons Rolle war, vor allem bei den Laren, nicht unumstritten. Vielen Laren war der Erste Hetran zu eigenmächtig. Leticrons Machthunger, der sich schon häufig offenbart hatte, war vielen Laren unbequem.

»Wir setzen Leticron als Kopfjäger auf Kroiterfahrn an«, sagte Hotrenor-Taak mit lauter Stimme, um die immer größer werdende Unruhe zu übertönen. »Wenn Kroiterfahrn getötet wird, darf es nicht durch die Hand eines Konzilsmitglieds geschehen. Ein Mörder aus dieser Galaxis bietet uns weitaus mehr Möglichkeiten für Erklärungen als beispielsweise ein larischer Täter.«

»Ich halte es nicht für gut, wenn wir uns auf diese Weise abhängig machen«, gab Kerschen-Spraang zu bedenken. Er war schon bei früheren Gelegenheiten als entschiedener Gegner Leticrons aufgetreten. Kerschen-Spraang gehörte zu den älteren Laren, für die die Invasion dieser Galaxis bereits der zweite große Feldzug ihres Lebens war. »Wir weihen Leticron in alle Geheimnisse ein. Dadurch laufen wir Gefahr, später einmal von ihm erpresst zu werden.«

»Da sind wir anderer Ansicht«, warf einer der Hyptons ein. »Leticron weiß genau, dass er nur mit unserer Unterstützung Erster Hetran bleiben kann. Wenn unsere Macht bröckelt, wird auch Leticron abtreten müssen. Deshalb wird er sich davor hüten, uns zu hintergehen.«

Kerschen-Spraang sagte heftig: »Er hat es bereits mehrmals versucht!«

»Damals kannte er die Situation nicht!«, erinnerte das Flugwesen.

Hotrenor-Taak stand auf und unterbrach die Debatte mit einer Handbewegung. »Natürlich gibt es Für und Wider«, sagte er. »Unter allen Lösungen müssen wir jene wählen, die am risikolosesten erscheint.«

Er ließ Leticron hereinrufen. Der Überschwere erschien wenig später. Sein Auftreten im Kreis der Laren und Hyptons wirkte unbefangen und selbstbewusst. Das bewies, dass er sich an den Umgang mit den Fremden gewöhnt hatte und sich als vollwertiges Mitglied dieser Versammlung verstand.

Er nahm am Tisch Platz und ergriff das Wort, bevor Hotrenor-Taak ihm über die gefassten Beschlüsse berichten konnte.

»Diese Konferenz findet zwei Tage zu spät statt«, stellte er fest. »Ich habe darauf gedrängt, von Hotrenor-Taak empfangen zu werden. Inzwischen bezweifle ich, dass dieser Greiko so wichtig ist, wie immer behauptet wurde.«

»Schweigen Sie!«, befahl Hotrenor-Taak barsch. »Sie sind nicht hier, um uns zu belehren, sondern um sich unsere Befehle anzuhören. Wir sind zu dem Entschluss gekommen, dass es besser ist, wenn wir Kroiterfahrn töten.«

»Das hatte ich bereits unmittelbar nach der Ankunft des Greikos auf Tahun vorgeschlagen!«, rief Leticron triumphierend.

»Sie werden den Greiko suchen«, sagte Hotrenor-Taak, ohne auf Leticrons Einwand einzugehen. »Alles andere ist für Sie im Augenblick unwichtig. Setzen Sie alle verfügbaren Mittel ein. Kroiterfahrn muss gefunden und getötet werden.«

»Habe ich alle Freiheiten?«

»Ja«, sagte Hotrenor-Taak und wusste genau, dass er damit das Todesurteil für unzählige Wesen aussprach, die Leticron bei seiner Jagd nach Kroiterfahrn im Weg stehen würden. Aber darauf konnte er keine Rücksicht nehmen. Die Suche nach Kroiterfahrn musste allumfassend sein. Es würde nötig sein, Tausende von Menschen und andere Intelligenzen zu verhören und nötigenfalls die Wahrheit gewaltsam herauszufinden. Für diese Arbeit war Leticron der richtige Mann – und er hatte die richtigen Mitarbeiter.

»Eines müssen Sie noch beachten«, sagte der Lare zu dem Überschweren. »Wir werden Sie bei Ihrer Arbeit nicht unterstützen können. Es darf nicht einmal der Verdacht aufkommen, dass wir an der Tötung eines Greikos beteiligt sein könnten. Die Gefahr, dass Kroiterfahrns Tod untersucht werden könnte, ist groß.«

»Ich verstehe«, sagte Leticron spöttisch. »Sie waschen Ihre Hände in Unschuld.«

»Was?«, fragte Hotrenor-Taak.

»Nichts!«, winkte Leticron ab. »Nur eine terranische Redensart. Wie viel Zeit steht mir zur Verfügung?«

»Das lässt sich nicht genau sagen«, antwortete der Lare. »Es hängt viel davon ab, wie lange die Terraner brauchen, um Kroiterfahrns Mentalität und Stellung zu begreifen. Danach wird wieder eine gewisse Zeit verstreichen, bis sie wissen, wie sie die unvermutet in ihre Hände geratene Waffe am besten einsetzen können.«

»Zwei Wochen?«

»Zwei Wochen sind eine lange Zeit«, sagte Hotrenor-Taak nachdenklich. »Es könnte eine zu lange sein.«

»Ich werde mich bemühen«, versprach Leticron. »Doch zuvor muss ich Sie bitten, mir alle Unterlagen über das Volk der Greikos zu übergeben. Bisher wurde aus diesen Wesen ein großes Geheimnis gemacht. Ich muss aber genau wissen, wen ich jage, damit ich seine Reaktionen und Handlungen abschätzen kann.«

Kerschen-Spraang erhob sich von seinem Platz und protestierte lautstark. »Das ist nur ein Vorwand!«, behauptete er. »Leticron will nur in den Besitz dieser Informationen kommen, um sich besser gegen uns absichern zu können.«

Leticron fuhr herum. »Warum spielen dann Sie nicht den Kopfjäger?«, schrie er. »Bei jeder Gelegenheit kritisieren Sie mich, aber Sie haben nichts dagegen, dass ich Ihre Schmutzarbeit übernehmen muss!«

Kerschen-Spraang senkte den Kopf. »Das ist schlimm genug«, sagte er dumpf. »Das ist wirklich schlimm genug. Ich wünschte, wir könnten auf Ihren Einsatz in dieser Sache verzichten.«

»Leticron ist der richtige Mann«, mischte sich ein Hyptonsprecher ein. Es war eine Feststellung, nicht etwa ein Versuch, zwischen Leticron und dem Laren zu vermitteln.

Hotrenor-Taak registrierte, dass die Gereiztheit der Versammelten wuchs. Die zunehmende Nervosität war jedoch nicht allein Leticron anzulasten, sondern der Tatsache, dass die Laren genau fühlten, was für sie auf dem Spiel stand. »Wir machen Schluss«, entschied er. »Bitte verlassen Sie alle mein Schiff. Nur Leticron wird an Bord bleiben, weil ich weitere Einzelheiten mit ihm besprechen möchte.«

Niemand verübelte ihm diese Unhöflichkeit. Die Laren und Hyptons schienen froh zu sein, endlich gehen zu können. Vielleicht glaubten sie unbewusst, sich auf diese Weise aus dem Kreis der Verantwortlichen lösen zu können. Auch Leticron fiel das auf.

»Sie haben nicht mehr viele Freunde«, stellte er fest, als er mit dem Laren allein war.

»Ich hatte niemals Freunde«, gab Hotrenor-Taak zurück. »Nur willige Untergebene. Doch darum geht es jetzt nicht. Ich möchte erreichen, dass Sie mit der richtigen Motivation an Ihren Auftrag herangehen. Dieser Greiko bedeutet Ihnen nichts, das weiß ich. Ihr Hass richtet sich gegen die Terraner. Wäre Kroiterfahrn ein Terraner, hätte ich keine Bedenken.«

Leticron grinste. Er verstand. Das war seine Sprache. »Ich werde diesen Schulz suchen«, kündigte er an. »Wo Schulz ist, hält sich auch Kroiterfahrn auf.«

Hotrenor-Taak blieb nachdenklich. Es widerstrebte seiner Veranlagung, sich in dieser wichtigen Angelegenheit auf ein Wesen zu verlassen, das er im Grunde genommen nicht leiden konnte. Gefühlsmäßig war Leticron ihm zuwider, aber sein Verstand sagte ihm, dass er diesen Mann brauchte.

»Die Terraner werden den Aufenthaltsort von Kroiterfahrn geheim halten können«, sagte Leticron. »Aber es wird Gerüchte geben. Auch als Einzelwesen ist Kroiterfahrn so bedeutsam, dass man über ihn sprechen wird. In der Galaxis wird man von einem friedliebenden Wesen sprechen. Nicht laut und nicht überall, aber es wird gesprochen werden. Zum Glück gibt es viele Menschen, die sich mit dem Überbringen wichtiger Informationen ein bisschen Freiheit erkaufen wollen. Auch mit diesen rechne ich.«

»Ja«, sagte Hotrenor-Taak. »Vielleicht haben Sie Recht. Ich hoffe es. Ich kann mir nur schwer vorstellen, dass jemand den Greiko finden wird.«

»Ich finde ihn«, versprach Leticron.

Die Veränderung, die mit Kroiterfahrn vor sich ging, vollzog sich langsam, aber mit alarmierender Deutlichkeit. Wenn Schulz sich mit dem Greiko unterhielt, stellte er fest, dass das Wesen langsamer sprach als früher. Kroiterfahrn schien Schwierigkeiten bei der Wahl treffender Worte zu haben, außerdem wirkte er abwesend und desinteressiert am eigenen Schicksal. Auch äußerlich veränderte sich der Greiko. Seine Körperfarbe verblasste zusehends. Die Flughäute knisterten bei jeder Armbewegung, als wären sie ausgetrocknet und brüchig. Die Augen des Wesens verloren ihren Glanz.

Tekener und Schulz waren vor wenigen Stunden auf Gäa angekommen. Hier war Kroiterfahrn vor eventuellen larischen Verfolgern sicher. Schulz war überzeugt davon, dass die Laren dieses Versteck niemals finden würden.

Die beiden Männer und Kroiterfahrn befanden sich in einem Versammlungsraum des neuen Regierungsgebäudes von Gäa. Man hatte den Greiko hierher gebracht, weil die großzügigen Räumlichkeiten des Gebäudes für ein Wesen seiner Größe wie geschaffen waren.

Schulz fiel auf, dass es innerhalb des Gebäudes sehr ruhig war. Überhaupt schienen die nach Gäa geflohenen Menschen nicht viel zu reden.

Sie waren mit dem Aufbau einer neuen Heimat beschäftigt. Alle, die hierher geflohen waren, wussten, dass das ehemalige Solare Imperium unrettbar verloren war. Die Menschheit war nicht mehr der bestimmende Faktor in dieser Milchstraße. Das Konzil, repräsentiert durch die Laren und durch Leticrons Soldaten, beherrschte die Galaxis.

Für Schulz, der zum ersten Mal auf Gäa weilte, war es erstaunlich, festzustellen, dass die hier lebenden Menschen nicht mit ihrem Schicksal haderten. Es wurde kaum über die Zustände in der Galaxis gesprochen. Schulz hatte sogar den Eindruck, dass die Invasion geradezu totgeschwiegen wurde. Fast täglich kamen kleine Gruppen mit neuen Flüchtlingen an. Diese Menschen reihten sich problemlos in die Gemeinschaft der Gäa-Bewohner ein. Verbissen wurde am Aufbau einer neuen Heimat gearbeitet. Schulz wurde vom Verhalten einiger Menschen merkwürdig berührt. Hier schien sich eine neue Lebensauffassung zu entwickeln. Die Terraner hatten schnell gelernt, sich nicht mehr als Mitglieder eines gewaltigen Imperiums zu verstehen. Sie waren Kolonisten, die hart um ihr Überleben kämpften. Auf Gäa, das bewiesen viele Anzeichen, entstand eine neue Menschheit. Schulz überlegte, ob er mit Tekener darüber sprechen sollte, doch der Zellaktivatorträger hatte jetzt sicher andere Sorgen.

»Atlan wird jeden Augenblick eintreffen«, sagte Schulz zu Kroiterfahrn. »Er wird sich Ihrer Probleme annehmen und bestimmt eine Lösung finden. In der Provcon-Faust gibt es zahlreiche gute Ärzte, die in der Behandlung extraterrestrischer Lebewesen Erfahrung haben.«

Kroiterfahrn antwortete nicht.

»Es wird schwer sein, ihn aus dieser Stimmung zu befreien«, befürchtete Ronald Tekener. »Der Schock hat ihn verwandelt.«

Zwei Offiziere der Solaren Flotte betraten den Raum. Sie schienen Tekener zu kennen, denn sie begrüßten ihn wie einen alten Bekannten. Schulz wurde ihnen vorgestellt. Der USO-Spezialist fand die Aufmerksamkeit, die sie ihm schenkten, übertrieben. Er schien für diese Männer beinahe noch interessanter zu sein als Kroiterfahrn. Also hatte sich seine Tat auf dieser Welt bereits herumgesprochen.

Wenig später sah Schulz Atlan mit drei weiteren Offizieren im Eingang auftauchen. Die drei Begleiter des Arkoniden sahen müde aus, aber ihre Bewegungen verrieten Entschlossenheit. Die Verantwortlichen auf Gäa fanden nur unzureichend Schlaf. Mit den ständig ankommenden Flüchtlingen wuchs die ohnehin nicht geringe Zahl der Probleme.

Im Gegensatz zu den Offizieren wirkte Atlan frisch. Seit Schulz zum letzten Mal mit ihm zusammengetroffen war, hatte der Arkonide sich überhaupt nicht verändert. Das war sicher nicht allein dem Zellaktivator zuzuschreiben, sondern lag auch an der persönlichen Einstellung des Lordadmirals.

»Ich habe genug mit den Laren zu tun gehabt, um zu verstehen, was Sie geleistet haben«, begrüßte er Schulz. »Sie haben der Menschheit einen besonderen Dienst erwiesen. Wie wertvoll dieser Greiko für uns ist, wird sich wahrscheinlich erst im Verlauf der Zeit herausstellen.«

»Er ist todkrank!«, sagte Schulz verbissen.

Atlan sah ihn fragend an.

»Zwischen Schulz und Kroiterfahrn besteht ein besonderes Verhältnis«, warf Tekener hastig ein. »Wenn es überhaupt möglich ist, dass ein Greiko und ein Terraner Freundschaft schließen, haben sie diese Beziehung erreicht. Schulz argwöhnt, dass wir ohne Rücksicht auf den Greiko nur unsere Interessen wahrnehmen könnten.«

»Ja«, sagte Atlan gedehnt. »Das kann ich verstehen.«

Er wandte sich dem Greiko zu. Der Translator am Gürtel Tekeners war eingeschaltet und übertrug alle Worte in die greikosche Sprache. »Wir werden uns mit Ihnen beschäftigen müssen«, sagte Atlan. »Die Informationen, die wir erhalten haben, helfen uns nicht weiter. Ich habe Verständnis für Ihre Lage, aber wir befinden uns in einem Krieg. Für die Menschen in der Galaxis geht es um den Fortbestand des terranischen Volkes. Das bedeutet, dass unsere Handlungsweise in erster Linie von dieser Situation geprägt wird.«

Kroiterfahrn antwortete nicht.

»Ist er immer so schweigsam?«, fragte Atlan Schulz.

Schulz nickte. »Seine Krankheit hat ihn verändert. Er siecht dahin.«

Der Arkonide dachte nach. »Ich habe eine Idee, wie wir ihn wieder auf die Beine bringen können«, sagte er.

»Was haben Sie vor?«, erkundigte sich Tekener.

»Auf Gäa halten sich die Bewusstseinsinhalte der acht Altmutanten auf. Ich werde Verbindung mit Tako Kakuta aufnehmen und ihn bitten, versuchsweise in den Körper des Greikos zu springen. Ich bin sicher, dass er Kroiterfahrn aufmuntern kann.«

»Das ist ein riskantes Experiment«, meinte Schulz. »Niemand kann vorhersagen, wie Kroiterfahrn auf diese Begegnung reagieren wird.«

»Sein Zustand kann sich nur bessern«, meinte Tekener.

Atlan wandte sich an den Greiko. »Ich werde ihm erklären, worum es geht«, kündigte er an. »Schließlich soll er nicht von dieser Aktion überrascht werden, sondern darauf vorbereitet sein.«

Schulz wollte protestieren, biss sich aber auf die Unterlippe. Er konnte nicht erwarten, dass er seine Vorstellungen durchsetzen konnte. Auf Gäa war sein Einfluss gering. Er hatte Kroiterfahrn von Tahun entführt, damit war seine Aufgabe erledigt gewesen. Die Tatsache, dass er sich noch in der Nähe des Greikos befand, hatte er nur dem Verhältnis zu verdanken, das sich zwischen Kroiterfahrn und ihm entwickelt hatte.

Atlan und die anderen Verantwortlichen hatten die weitere Behandlung von Kroiterfahrn übernommen. Die Aussagen des Arkoniden konnten nur bedeuten, dass er die Interessen der Menschheit höher einschätzte als die des Greikos. Im Grunde empfand Schulz nicht anders, aber die Sympathien für Kroiterfahrn verführten ihn immer wieder dazu, die Dinge nur vom Standpunkt des Greikos aus zu betrachten.

Schulz hörte kaum zu, was der Arkonide Kroiterfahrn erklärte. Es war auch nicht sicher, ob Kroiterfahrn zuhörte. Er stand da und starrte ins Leere.

»Wir wollen keine Zeit verlieren«, sagte Atlan abschließend. »Je schneller Sie wieder auf die Beine kommen, desto besser.«

»Kroiterfahrn scheint sehr gleichgültig zu sein«, stellte einer der Offiziere fest. Schulz warf ihm einen feindseligen Blick zu. Bevor er jedoch etwas sagen konnte, ergriff zu seiner Überraschung Kroiterfahrn das Wort.

»In dieser Galaxis geschehen schreckliche Dinge«, sagte er. »Sie geschehen im Namen des Konzils, deshalb ist jeder Greiko dafür verantwortlich. Das Schlimme ist jedoch, dass auch die Völker dieser Galaxis gewalttätig sind. In dieser Galaxis hat noch niemals richtiger Friede geherrscht.«

Atlan sah ihn an. »Ich glaube nicht, dass es in den anderen Galaxien, die vom Konzil beherrscht werden, besser aussieht!«

Doch Kroiterfahrn war zu keiner Antwort mehr zu bewegen. Er schwieg beharrlich, verließ aber widerspruchslos den Raum, als man ihn dazu aufforderte.

»Kommen Sie, Schulz!«, rief Atlan dem USO-Spezialisten zu. »Ich möchte, dass Sie dabei sind, wenn Ihr Schützling einen Bewusstseinsinhalt aufnimmt.«

Schulz setzte sich in Bewegung. Er überlegte, wie sein Schützling reagieren mochte, wenn er mit Tako Kakutas Bewusstseinsinhalt konfrontiert wurde. Ein für den Greiko und die Terraner gleichermaßen gefährliches Experiment stand bevor. Schulz kannte den Schicksalsweg der Altmutanten.

Sobald Kroiterfahrn und Tako Kakuta integriert waren, konnte der

Greiko Teleportationen ausführen. Wie würde er diese Fähigkeit nützen? Würde Kroiterfahrn die Kontrolle über den eigenen Körper behalten oder an den Mutanten abgeben?

»Sie machen sich Sorgen«, sagte Atlan, dem das Mienenspiel des USO-Spezialisten nicht entging. Schulz sagte, was ihn belastete.

»Ich glaube, dass wir Kakuta volles Vertrauen schenken können«, entgegnete der Arkonide fest. »Bisher hat er noch jede Situation dieser Art gemeistert.«

»Es kommt mir wie eine ... eine Beschmutzung vor!«, brach es aus Schulz hervor. Atlan wölbte die Augenbrauen. »Kroiterfahrn ist völlig unverdorben«, fuhr Schulz fort. »Er wird mit einem menschlichen Bewusstsein konfrontiert werden.«

»Ich glaube, dass Tako Kakuta allen moralischen Ansprüchen gerecht wird«, sagte Atlan scharf.

Schulz merkte, dass er zu weit gegangen war. Er war unglücklich, dass er nicht die richtige Einstellung zu der neuen Situation fand.

Vor dem Gebäude wartete ein großes Transportfahrzeug auf die Männer und Kroiterfahrn. Ein Arzt, der den Greiko betreuen sollte, stieß zu der Gruppe. Die Männer halfen Kroiterfahrn in den Transporter und stiegen ebenfalls ein.

Der PEW-Block, in dem die Bewusstseinsinhalte der Altmutanten den größten Teil ihrer Zeit verbrachten, befand sich in einem Gebäude am anderen Ende der Stadt. Schulz wünschte, er hätte am anderen Ende des Universums gelegen – unerreichbar für Atlan und seine undurchsichtigen Pläne.

17.

Zu Schulz' Überraschung war das Gebäude, in dem sich der PEW-Block befand, allen Menschen von Gäa zugänglich. Es gab weder Wachen noch Absperrungen an den Eingängen. Jeder, der Lust dazu verspürte, konnte das Haus betreten und Kontakt mit den Bewusstseinsinhalten aufnehmen. Auf diese Weise waren die Mutanten, soweit das bei einer so fantastischen Lebensform überhaupt möglich war, voll in das Leben auf Gäa integriert.

»Normalerweise sind um diese Zeit viele Besucher hier«, informierte der Arzt die Neuankömmlinge. Er hieß Caltheim. »Wir haben die Bewohner der Stadt jedoch gebeten, uns das Gebäude heute zur Verfügung zu stellen.«

Er sprach diese Worte völlig gelassen aus. Schulz warf Tekener einen fragenden Blick zu, aber der Mann mit dem Pockengesicht zuckte nur mit den Schultern. Auch Tekener schien einige neue Entwicklungen auf Gäa nicht zu begreifen.

Atlan schien die Ratlosigkeit seiner Gäste zu erahnen, denn er lächelte verständnisvoll. »Auf Gäa ist jeder Mensch Teil des Ganzen«, erklärte er. »Hier ist ein völlig neues Gemeinschaftsgefühl entstanden, geboren aus der Notlage, in der wir uns befinden. Alles, was sich auf Gäa befindet, gehört jedem Menschen, der hier lebt. Ich glaube, die Menschen hier würden Verbote und Absperrungen überhaupt nicht verstehen. Es ist bisher weder zu Diebstählen noch zu Zerstörungen gekommen. Wer nach Gäa kommt, scheint eine Entwicklung seines Bewusstseins durchzumachen.«

Schulz hatte den Eindruck, dass Atlan mit einem gewissen Stolz sprach. Der Arkonide schien sich als Initiator dieser neuen Lebensart zu betrachten.

»Wird das nicht dazu führen, dass die Menschen in der Provcon-Faust sich immer mehr von jenen in der übrigen Galaxis entfremden?«, wollte Tekener wissen.

Atlans Gesicht verfinsterte sich. »Es wird bald keine Menschen mehr außerhalb der Provcon-Faust geben«, prophezeite er. »Leticron wird sie jagen und vernichten. Gäa wird die letzte Heimat der Menschen sein.«

»Und die Erde?«, entfuhr es Schulz.

»Niemand weiß, wo sie sich befindet und ob auf ihr noch jemand am Leben ist«, antwortete Atlan.

Auf Gäa, merkte der USO-Spezialist, akzeptierte man die neue Lage, ohne zu klagen. Jeder Mensch, der hier lebte, versuchte, das Beste aus der Situation zu machen.

Kroiterfahrn wurde aus dem Transporter gehoben. Die Gruppe bewegte sich auf den Wohnsitz der Altmutanten zu. Ein paar Passanten blieben stehen, um den Vorgang zu beobachten. Sie redeten unbefangen über das ungewöhnliche Ereignis.

Schulz fühlte sich unbehaglich. Er erkannte, woraus dieses Gefühl resultierte. Unbewusst empfand er sich als Fremdkörper. Er kam von außerhalb und würde wieder nach außerhalb gehen. Er gehörte nicht zu denen, die auf Gäa eine neue Heimat für die Menschheit schufen.

Schulz war froh, als sich die Tore des Gebäudes hinter ihm schlossen. Hier im Innern fühlte er sich abgeschirmt. Ein langer Gang führte zu der großen Halle mit dem PEW-Block. Als die Gruppe sie erreichte, blieben die Offiziere zurück. Nur Atlan, Caltheim, Schulz und der Greiko gingen weiter.

In seiner Fantasie hatte Schulz sich den Aufenthaltsort der Altmutanten immer anders vorgestellt. Die Umgebung sah nüchtern aus. Die Wände waren schmucklos. An einigen Stellen hingen Kontrollinstrumente. Zu der gesamten Anlage gehörte eine mittelgroße Positronik. Sie war so geschaltet, dass sie von den Bewusstseinsinhalten mit Hilfe von Gedankenimpulsen benutzt werden konnte. Der PEW-Block selbst lag unter einer schalenförmigen Verkleidung und war kaum zu sehen.

»Das ist es«, sagte Atlan zu Kroiterfahrn. »Die Mutanten sind über Ihr Kommen bereits unterrichtet.«

Der Greiko stand ruhig da. Schulz war sicher, dass Kroiterfahrn nicht verstand, was um ihn herum vorging. Atlan trat an ein Schaltpult vor dem PEW-Block. »Unsere Wissenschaftler haben eine Möglichkeit der Kommunikation mit den Bewusstseinsinhalten geschaffen«, sagte er und schaltete eine Apparatur ein. »Wir können uns über diese Anlage mit den Altmutanten unterhalten. Das funktioniert allerdings nur so lange, wie sie sich innerhalb des PEW-Blocks befinden.«

»Guten Tag, Tako!«, rief Atlan. »Da sind wir! Kroiterfahrn ist bei uns.«

Eine Zeit lang blieb es still, aber Atlan wartete geduldig. Schulz wusste nicht, wodurch die Verzögerung zustande kam. Vielleicht lag es an der Konstruktion dieser ungewöhnlichen Kommunikationsanlage.

Schließlich meldete sich eine unpersönlich klingende Stimme: »Ich kann Sie hören, Arkonide.«

Es war eine technische Stimme, sagte sich Schulz. Ein Apparat, der von Bewusstseinsimpulsen aktiviert wurde, sprach anstelle eines Menschen. Trotzdem störte ihn der mechanische Tonfall.

»Sind Sie bereit, Tako?«

Wieder entstand eine Pause.

»Ja«, kam nach einer Weile die knappe Antwort.

Atlan ging zu Kroiterfahrn.

»Der Bewusstseinsinhalt eines parapsychisch begabten Menschen wird nun in Sie eindringen«, erklärte er. »Ich erhoffe mir von diesem Experiment eine Stabilisierung und vielleicht sogar Verbesserung Ihres psychischen Zustands. Sie dürfen nicht erschrecken. Kakuta wird sehr behutsam vorgehen. Solange er in Ihrem Körper weilt, werden Sie seine PSI-Fähigkeiten besitzen, das heißt, dass Sie teleportieren können.«

Kroiterfahrn schwieg. Er wirkte weiterhin teilnahmslos.

Atlan seufzte. Vielleicht hatte er eine andere Reaktion erwartet. Er wandte sich wieder an den Mutanten. »Also gut, Tako. Fangen wir an.«

Kroiterfahrn hatte sich so weit von der Wirklichkeit entfernt, dass er sie nur noch verschwommen wahrnahm. Alle Ereignisse schienen einem Traum zu entspringen. Kroiterfahrn hatte sich gegenüber den Eindrücken der fremden Umgebung völlig abgekapselt. Das war keine unbewusste Schutzmaßnahme, sondern eine Folge der schrecklichen Ereignisse nach seiner Entführung von Tahun.

Kroiterfahrn wartete auf den körperlichen Tod, ja, er sehnte ihn geradezu herbei. Psychisch war er bereits gestorben. Er wusste, dass er keine Chance mehr hatte, in seine Heimat zurückzukehren. Aber auch wenn ihm das gelungen wäre, hätte ihn auf der Rauminsel niemand retten können. Seine Artgenossen hätten ihn nicht verstanden, sie hätten sich wahrscheinlich voller Schrecken von ihm abgewandt.

Der Greiko war müde. Die Geschäftigkeit der Terraner war ihm zuwider. Auch diese Wesen drohten in einem Sumpf von Gewalt und Feindseligkeit zu ersticken. Sie waren sicher nicht so schlimm wie die Laren und die anderen verantwortlichen Völker des Konzils, aber von dem echten Frieden, wie ihn die Greikos erreicht hatten, waren sie weit entfernt.

Was wollten sie eigentlich von ihm? Warum ließen sie ihn nicht in Ruhe sterben? Kroiterfahrn hätte sich am liebsten in eine Ecke verkrochen und auf den Tod gewartet. Nur das Wesen, das sich Schulz nannte, schien Verständnis zu haben. Dieser Mann bemühte sich, seine Lage zu verstehen. Das gelang ihm zwar nicht immer, aber für Kroiterfahrn war das Zusammensein mit Schulz nicht unangenehm.

Plötzlich wurde Kroiterfahrn aufgeschreckt. Er spürte, dass etwas in ihn eindrang. Unwillkürlich zuckte er mit den Armen. Es waren hilflose Bewegungen. Im Innern des Greikos ging eine Veränderung vor. Er war nicht mehr allein mit sich und seinem Körper.

Eine seltsame Kraft strömte in seinen Körper. Etwas sagte telepathisch: *Du darfst nicht erschrecken! Ich bin Tako Kakuta, der Bewusstseinsinhalt eines Menschen.*

Kroiterfahrn wartete wie gelähmt darauf, was weiter geschehen würde. Die Anwesenheit des fremden Bewusstseins war unangenehm. Kroiterfahrn spürte, wie zusammen mit dem Bewusstsein ein Hauch von Feindseligkeit und Gewalt in seinen Körper eindrang.

Du musst völlig ruhig bleiben, beschwor ihn der Bewusstseinsinhalt. *Ich bin gekommen, um dir zu helfen. Wenn wir deine Schwierigkeiten teilen, werden sie leichter für dich zu ertragen sein.*

Alles in Kroiterfahrn sträubte sich gegen diesen fremden Geist in seinem Körper. Was war das für ein teuflisches Spiel, das die Terraner mit ihm trieben? Wollten sie ihn noch einmal mit der brutalen Gewalt konfrontieren?

»Geh weg!«, stieß Kroiterfahrn hervor. »Lass mich in Ruhe! Ich kann dich nicht ertragen.«

Ich will dir helfen! Du brauchst dich nicht zu fürchten!

Kroiterfahrn erbebte. Aber das hörte nach wenigen Augenblicken auf, denn das fremde Bewusstsein gewann die Kontrolle über den Greiko-Körper und brachte ihn zur Ruhe.

Trotzdem geriet Kroiterfahrn allmählich in Panik. Er wollte in Frieden gelassen werden.

Der fremde Bewusstseinsinhalt zog sich behutsam zurück, ohne jedoch den Körper des Greikos zu verlassen.

»Schulz!«, rief Kroiterfahrn in seiner Not. »Schulz, warum hilfst du mir nicht?«

Schulz setzte sich in Bewegung, doch Atlan war mit einem Schritt an seiner Seite und hielt ihn fest.

»Was wollen Sie tun?«, fragte der Lordadmiral rau. »Ihm die Seele herausreißen?«

Schulz war außer sich. Kroiterfahrns Angstschrei hatte ihn alarmiert. »Sie sehen doch, dass er es nicht erträgt!«, stieß er hervor. »Er ist viel zu empfindsam, um einen menschlichen Bewusstseinsinhalt in sich aufnehmen zu können.«

»Das sind nur die Anfangsschwierigkeiten«, sagte Atlan gelassen. »Er wird sich an Tako gewöhnen und früher oder später mit ihm zusammenarbeiten.«

Schulz bezweifelte das. Er sah, dass Kroiterfahrns Oberkörper hin und her schwankte wie ein dünner Baum, der einem heftigen Sturm ausgesetzt war.

»Tako besitzt Erfahrung«, redete Atlan auf Schulz ein. »Er wird einen Weg finden, um das Vertrauen Kroiterfahrns zu gewinnen.«

Er hatte seine Worte noch nicht zu Ende gesprochen, als der Greiko einen wimmernden Laut ausstieß und zusammenbrach. Er sank vor dem PEW-Block zu Boden. Arme und Beine zuckten.

»Sagen Sie, Tako soll ihn verlassen!«, beschwor Schulz den Arkoniden.

Unverhofft ergriff Dr. Caltheim seine Partei. »Die Entwicklung ist besorgniserregend«, sagte der Arzt. »Wenn wir verhindern wollen, dass der Greiko jetzt stirbt, müssen wir das Experiment abbrechen.«

Atlan senkte den Kopf. »Ziehen Sie sich zurück, Tako!«

Die Antwort kam aus dem Lautsprecher des PEW-Blocks. »Ich habe den Körper des Fremden bereits verlassen.«

Schulz starrte den Block an. »Was ... was ist geschehen?«, fragte er verwirrt.

»Er konnte mich nicht ertragen«, sagte Tako Kakutas mechanische Stimme. »Ich bin trotz allem ein Mensch, verstehen Sie? Und ein Greiko kann kein menschliches Bewusstsein in sich aufnehmen. Er stieß mich zurück.«

Atlan schob das Kinn vor. »Sie werden es noch einmal versuchen!«

»Nein«, wehrte der Teleporter ab. »Ich würde es nicht ertragen. Es war, als hätte ich ihn mit meiner Anwesenheit besudelt. Er ist so durch und durch anständig und friedfertig, dass er selbst den wunderbarsten Menschen nicht ertragen könnte.«

Atlan atmete schwer. »Dann war alles umsonst!«

»Das glaube ich nicht!«, widersprach Kakuta. »Ich habe seinem Gedächtnis viele brauchbare Informationen entnommen. Vor allem bin ich mir über die Rolle klar, die die Greikos innerhalb des Konzils der Sieben spielen.«

»Sprechen Sie!«, befahl Atlan.

Tako Kakuta berichtete, was er erfahren hatte. »Ich glaube nicht, dass wir uns richtig vorstellen können, wie wichtig diese Greikos für das Konzil sind«, sagte er abschließend. »Dazu wären ausführliche Nachforschungen nötig.«

Atlan wandte sich an Braunter Schulz. »Das bestätigt Ihre Aussage, Goethe.« Seine Blicke wanderten zu dem am Boden liegenden Kroiterfahrn. »Untersuchen Sie ihn, Doktor Caltheim. Ich denke, dass wir ihn brauchen werden.«

Schulz wagte nicht zu fragen, was Atlan mit dem Greiko vorhatte. Er fühlte sich elend und mitschuldig am Zustand Kroiterfahrns. Hatte er Kroiterfahrn nur entführt, um ihn endgültig vernichten zu lassen?

Unmittelbar nach diesem Vorfall wurde Kroiterfahrn in eine Klinik gebracht. Dr. Caltheim und einige andere Ärzte bemühten sich, den Greiko wieder auf die Beine zu bringen. Niemand außer den Ärzten durfte den Fremden besuchen, auch Braunter Schulz nicht. Man wies dem USO-Spezialisten ein Quartier zu und ließ ihn über die weiteren Pläne der Verantwortlichen im Unklaren.

Schulz bemühte sich um eine Genehmigung, Kroiterfahrn besuchen zu dürfen, doch man wies ihn ab. Sein anfänglicher Ärger über dieses Vorgehen wich schnell der Sorge um den Greiko. Schulz fühlte, dass sich eine Entwicklung anbahnte, die er auf keinen Fall wollte. Aber was sollte er tun?

Er wusste nicht einmal genau, wohin man Kroiterfahrn gebracht hatte. Die Versuche des USO-Spezialisten, ein Gespräch mit Atlan oder Tekener zu führen, scheiterten. Zwei Tage nach dem misslungenen Experiment mit Tako Kakuta erhielt Schulz endlich eine Nachricht von Atlan. Er wurde in ein Verwaltungsgebäude am Rand des Raumhafens von Gäa bestellt. Erklärungen fehlten, aber Schulz ahnte, dass es um Kroiterfahrn ging.

Der USO-Spezialist brach sofort auf. Unmittelbar nach seiner Ankunft am Raumhafen wurde er in ein kleines Büro geführt. Zu seiner Überraschung warteten dort nur Atlan und Tekener auf ihn. Schulz hatte mit einer größeren Versammlung gerechnet, jetzt spürte er sofort die Aura des Geheimnisvollen bei dieser Zusammenkunft.

»Man hat Sie in den beiden vergangenen Tagen nicht sehr freundlich behandelt, Goethe«, sagte Tekener. »Wir mussten jedoch verhindern, dass Sie mit Ihrer Einstellung zu Kroiterfahrn unsere Pläne durchkreuzten.«

Schulz starrte ihn an und fragte: »Was haben Sie mit ihm vor?«

»Wir werden ihn als Waffe gegen das Konzil benutzen«, sagte Tekener. Er sprach behutsam, als müsste er Schulz diese Neuigkeit in einer verträglichen Dosierung zukommen lassen. Schulz antwortete nicht. Wie hypnotisiert wartete er darauf, dass man ihm alles sagen würde – die ganze schreckliche Wahrheit.

»Wir haben gehört, dass Leticron die Jagd auf Kroiterfahrn eröffnet hat«, berichtete Tekener. »Er setzt alle ihm zur Verfügung stehenden Kräfte ein, um den Greiko zu finden. Die Laren haben sich offenbar entschlossen, Kroiterfahrn zu opfern. Nur wenn dieses Wesen tot ist, können die Invasoren hoffen, ihre Taten vor den Greikos weiter geheim zu halten.«

Schulz atmete auf. »In der Provcon-Faust werden sie ihn nie finden«, sagte er erleichtert. »Auf Gäa ist er vollkommen sicher.«

Tekener warf Atlan einen fragenden Blick zu.

»Es hat keinen Sinn, es vor ihm zu verheimlichen«, meinte der Arkonide. Er sah Schulz direkt an. »Kroiterfahrn wird nicht auf Gäa bleiben.«

Schulz war fassungslos. Er konnte nicht begreifen, was diese Auskunft bedeutete, aber er ahnte, dass sie mit schlimmen Konsequenzen für Kroiterfahrn verbunden war. »Wohin wollen Sie ihn bringen?«, brachte er schließlich hervor.

»Wir werden ihn Leticron auf einem silbernen Tablett servieren«, verkündete Atlan grimmig. »Es wird so geschehen, dass Leticron glauben muss, seine Jagd wäre erfolgreich verlaufen. Er wird nicht merken, dass wir ihm den Greiko freiwillig in die Hände gespielt haben.«

»Das ist nicht wahr!«, schrie Schulz. »Sie können ihn doch nicht opfern. Es bedeutet seinen sicheren Tod. Leticron wird den Greiko ermorden!«

»Es liegt in unserem Interesse, dass er das tut«, sagte der Arkonide.

»Das ist glatter Mord!«, rief Schulz.

»Wenn dieser Greiko getötet wird, haben wir Aussichten, dass seine Artgenossen Nachforschungen anstellen«, meinte Tekener. »Sobald die Greikos herausfinden, was wirklich geschieht, werden sie sich vom Konzil zurückziehen. Das bedeutet das Ende des Konzils. Kroiterfahrns Opfer wird nicht umsonst gewesen sein. Er wird die Menschheit vor der völligen Vernichtung bewahren und für den Beginn einer Befreiung unserer Galaxis sorgen.«

Ein übermächtiges Gefühl der Empörung schnürte Schulz daraufhin die Kehle zu. Alles in ihm drängte sich danach, etwas zur Rettung des Greikos zu tun. »Das ist ein kaltblütiger Mord«, sagte er tonlos. »Man kann es betrachten, wie man will. Mit dieser Handlungsweise stellen Sie sich auf eine Stufe mit den Laren.«

Atlan schwieg. Tekener wollte zu einer heftigen Erwiderung ansetzen, aber Atlan brachte ihn mit einem Wink zum Schweigen.

»Ich beschwöre Sie, es nicht zu tun!«, sagte Schulz. »Um einen solchen Preis dürfen wir nicht für unsere Freiheit kämpfen. Es ist nicht einmal sicher, ob wir auf diese Weise eine Chance bekommen werden. Haben Sie denn noch nicht gespürt, was für ein großartiges Wesen dieser Greiko ist? Können Sie ihn wirklich ruhigen Gewissens ans Messer liefern?«

»Ich habe lange über alles nachgedacht«, sagte Atlan. »Leticron macht Jagd auf Kroiterfahrn. Das kann nur bedeuten, dass die Laren den Greiko zum Tode verurteilt haben. Wir werden ihnen Kroiterfahrn in die Hände spielen, ohne dass sie auf den Gedanken kommen, dass wir ihren Wünschen entgegenkommen. Die Menschheit kann in dieser Galaxis nur überleben, wenn es innerhalb des Konzils zu Streitigkeiten kommt.«

Schulz begriff, dass alle Proteste und Einwände keinen Sinn hatten. Der Entschluss des Arkoniden stand unumstößlich fest.

»Wir werden Kroiterfahrn an Bord eines Raumschiffs bringen«, erläuterte Atlan seine Pläne. »Ich möchte, dass Sie ihn begleiten, Goethe.«

Schulz' Augen weiteten sich. »Das können Sie doch nicht von mir verlangen, Lordadmiral! Ich soll diesen Wahnsinn legitimieren?« Seine Stimme überschlug sich. »Ich soll den Mord, den Sie geplant haben, in die Tat umsetzen?«

»Sie werden nicht allein sein«, erwiderte Atlan. »Bevor Sie Gäa verlassen, werden Sie den Bewusstseinsinhalt von Tako Kakuta in sich aufnehmen. Das bedeutet, dass Sie über die Fähigkeit der Teleportation verfügen werden.«

Schulz schloss die Augen. Wenn er nur mehr Zeit gehabt hätte, um über alles nachzudenken.

»Ich ... ich lehne ab, mich an der Sache zu beteiligen«, sagte er.

»Das können Sie gar nicht«, meinte Tekener. »Sie sind bis über beide Ohren in diese Geschichte verwickelt. Wenn Sie ablehnen, schicken wir einen anderen Mann mit Kroiterfahrn los. Wollen Sie das?«

Schulz vermutete, dass er irgendetwas Wichtiges übersah. Der Plan, den Atlan und Tekener ausgearbeitet hatten, wirkte unvollkommen. Schulz glaubte jedoch nicht, dass die beiden erfahrenen Männer einen Fehler begingen. Er selbst, ahnte Schulz, übersah etwas.

Seine Gedanken wirbelten durcheinander. Wenn er den Befehl verweigerte, würde er Kroiterfahrn für immer aus den Augen verlieren. Blieb er jedoch bei dem Greiko, konnte er ihm vielleicht helfen. Warum gingen Atlan und Tekener dieses Risiko ein? Sie mussten doch damit rechnen, dass er ihren Plänen zuwiderhandeln und versuchen würde, Kroiterfahrn zu retten. Trotzdem hatten sie ihn als Begleiter für den Greiko ausgewählt. Je länger Schulz darüber nachdachte, desto unsicherer wurde er. Er kam sich vor wie ein Blinder.

»Sie wissen nicht, ob Sie mir trauen können«, sagte er. »Wird der Bewusstseinsinhalt von Tako Kakuta eine Art Bewacherfunktion haben?«

»Keineswegs«, versicherte Atlan. »Der Teleporter wird Sie in keiner Weise beeinflussen. Er soll nur zu Ihrer Unterstützung an diesem Flug teilnehmen.«

»Ich mache es«, hörte Schulz sich sagen.

Er sah, dass Atlan und Tekener einen Blick wechselten. Vielleicht waren sie überrascht, dass er so schnell zugestimmt hatte. War das für sie nicht ein Grund, ihm zu misstrauen? Was wurde hier wirklich gespielt? Schulz hatte das makabre Gefühl, dass er wie eine Schachfigur hin- und hergeschoben wurde.

»Kann ich ihn sehen?«, fragte er. Atlan schüttelte den Kopf.

»Das ist nicht möglich«, sagte er. »Kroiterfahrns Zustand hat sich bedeutend verschlechtert. Ihr Besuch könnte ihn unnötig aufregen. Ich muss Sie darum bitten, auch an Bord des Raumschiffs seine Nähe zu meiden.«

»Vielleicht ist es besser so«, meinte Schulz bitter. »Ich weiß nicht, ob ich ihm in die Augen sehen könnte.«

»Noch etwas«, sagte Atlan. »Nur Tek, Tako Kakuta, Sie und ich wissen von diesem Plan. Halten Sie also Ihren Mund.«

Schulz lachte auf. »Dachten Sie, ich erzähle jemandem, dass ich mich an einem Mord beteiligen werde?«

Schulz konnte in sein Quartier zurückkehren. Er dachte darüber nach, wo Kroiterfahrn jetzt sein mochte. Wahrscheinlich ging es dem Greiko wirklich schlecht. Das Zusammentreffen mit dem Bewusstseinsinhalt des Altmutanten hatte ihn weiter geschwächt. Schulz fragte sich, wozu sie sich eigentlich die Mühe machten, Kroiterfahrn an seinen Mörder auszuliefern – der Greiko würde früher oder später wahrscheinlich sowieso sterben.

»Verdammt!«, stieß Schulz hervor. Er musste sich Luft machen. Solange er wie ein gefangenes Tier in seinem Zimmer herumlief, würde sich nichts ändern.

Als er sein Quartier verlassen wollte, erreichte ihn ein Anruf vom Regierungsgebäude. Es war Atlan.

»Wir erwarten Sie in der Unterkunft der Altmutanten«, sagte der Arkonide. »Kommen Sie bitte dorthin!«

»Das geht ziemlich schnell«, meinte Schulz. »Ich habe mich noch nicht mit dem Gedanken abgefunden, dass ich den Flug mitmachen muss.«

»Sie werden sich daran gewöhnen«, meinte Atlan zuversichtlich.

Für Schulz war es unbegreiflich, dass dieser Mann keine Gewissensbisse empfand. Nach allem, was er über Atlan wusste, hätte er es bisher für unmöglich gehalten, dass der Arkonide zu einer solchen Tat fähig sein könnte. Was dagegen Tekener betraf, war Schulz seiner Sache nicht sicher. Der ehemalige Galaktische Spieler hatte auch innerhalb der USO einen zwielichtigen Ruf. Er war eine von Geheimnissen umwobene Persönlichkeit geblieben. Schulz hielt Tekener für hart und unerschrocken – aber war er auch ein Mann, der ein Wesen wie Kroiterfahrn kaltblütig einem Mörder auslieferte?

»Noch etwas«, unterbrach Atlans Stimme Schulz' Gedanken. »Nehmen Sie Ihre Sachen mit. Vom Gebäude der Mutanten aus werden Sie mit Tako Kakuta sofort zum Raumhafen gebracht.«

»Das geht mir alles zu schnell«, beklagte sich Schulz.

Er erhielt keine Antwort, die Verbindung war bereits unterbrochen worden. Der USO-Spezialist packte seine wenigen Habseligkeiten zusammen. Mit gemischten Gefühlen verließ er sein Quartier. Es war ein beunruhigender Gedanke, in ein paar Stunden das Bewusstsein eines Mutanten in sich aufnehmen zu müssen.

18.

Zu Schulz' Überraschung hielten sich nur Atlan und Ronald Tekener bei dem PEW-Block auf. Der USO-Spezialist hatte mit der Anwesenheit eines Arztes gerechnet, aber Atlan schien keine Zweifel daran zu haben, dass die Übernahme des Bewusstseinsinhalts durch Schulz ohne Komplikationen verlaufen würde.

»Gibt es irgendetwas, das ich beachten muss?«, fragte Schulz nervös.

»Nein«, sagte Atlan. »Entspannen Sie sich. Sie werden es kaum merken. Tako wird sich nicht stärker bemerkbar machen als ein zusätzliches Gewissen.«

Der Rat, Schulz solle sich entspannen, war leicht erteilt. Schulz dagegen war alles andere als entspannt. Die bevorstehende Prozedur hatte sogar seine Sorgen um Kroiterfahrn in den Hintergrund gedrängt.

»Ich bin bereit«, sagte er krächzend.

Er spürte, dass Tako Kakuta in ihn überging, ohne dass er dieses Gefühl hätte beschreiben können. Es erinnerte ihn an träges Dahingleiten im Wasser. Das Eindringen des Bewusstseins in seinen Körper war angenehm.

Schulz!, wisperten fremde Gedanken in seinem Kopf, *Ich hoffe, dass ich Ihnen nicht lästig werde.*

»Nein!«, stieß Schulz laut hervor. Er errötete und blickte von Atlan zu Tekener. Die beiden Männer blieben gleichmütig, für sie schien Schulz' Verhalten die normale Reaktion in diesem Fall zu sein.

Wir wollen uns langsam aneinander gewöhnen, schlug Kakuta vor. *Ich werde Sie weitgehend in Ruhe lassen. Sie allein sollen entscheiden, wann wir uns in Verbindung setzen. Sind Sie damit einverstanden?*

»Ja«, antwortete Schulz. Er spürte, dass Tako Kakuta sich zurückzog. So angestrengt er auch in sich hineinlauschte, er konnte keine Anzeichen mehr für die Anwesenheit eines fremden Bewusstseins feststellen. Trotzdem wusste er, dass Kakuta noch da war.

»Alles in Ordnung?«, fragte Atlan.

»Ja«, sagte Schulz irritiert. »Ich hatte mir das alles komplizierter vorgestellt.«

»Dann wollen wir aufbrechen!«, entschied der Arkonide.

Schulz ging auf den Ausgang zu, aber der Lordadmiral rief ihn zurück. »Unser Ziel ist der Raumhafen«, sagte Atlan. »Dort wartet ein Raumschiff auf Sie. Kroiterfahrn befindet sich bereits an Bord.«

Schulz wandte sich abermals dem Ausgang zu. Atlan sagte lächelnd: »Kommen Sie zurück und ergreifen Sie Tek und mich an einer Hand. Sie vergessen, dass Sie jetzt teleportieren können.«

Das Raumschiff, mit dem Schulz und Kroiterfahrn die Provcon-Faust verlassen sollten, war ein zweihundert Meter durchmessender Schwerer Kreuzer. Sein Name war KENSINGTON. Vor zwei Tagen war das Schiff mit zweitausend Flüchtlingen auf Gäa gelandet. Jetzt befand sich nur die Besatzung an Bord, fünfhundert Männer und Frauen der Solaren Flotte.

Atlan, Tekener und Schulz materialisierten in der Zentrale des Schiffs. Die Teleportation erinnerte Schulz an einen Transmittersprung und bereitete ihm keine Schwierigkeiten.

An Bord der KENSINGTON hatte man die drei Männer offenbar schon erwartet, denn der Kommandant hielt sich in der Zentrale auf, um die Ankömmlinge zu begrüßen.

»Das ist Major Jandoll«, stellte Atlan den Raumfahrer vor.

Jandoll war ein junger Mann, bestenfalls dreißig Jahre alt. Er hatte dichtes, kurz geschnittenes braunes Haar und ein offenes Gesicht mit hellblauen Augen. Er war groß und stämmig. Schulz und Jandoll begrüßten sich.

»Jandoll kennt sich trotz seiner Jugend innerhalb der Galaxis gut aus«, erklärte Atlan. »Vor der Invasion war er Kommandant eines Explorers, der einen Rundflug durch die Galaxis unternahm.«

»Jandoll ist der einzige Mann an Bord, der eingeweiht ist«, fügte Tekener hinzu.

Schulz sah den Raumfahrer an. »Macht es Ihnen etwas aus?«

»Nein«, sagte Jandoll. Sein freundliches Gesicht veränderte sich. Auf der Stirn zeigten sich ein paar Falten.

»Wo ist Kroiterfahrn?«, fragte Schulz weiter.

»Er befindet sich in einem der unteren Lagerräume«, antwortete Jandoll. »Niemand darf zu ihm.«

»Das gilt auch für Sie, Goethe!«, sagte Atlan.

»Warum mache ich dann diesen Flug mit?«

»Ich nehme an, dass Leticron auch nach Ihnen suchen wird. Wo Sie sind, ist der Greiko. Das dürfte Leticrons Parole sein.«

Atlan und Tekener besprachen jetzt mit Jandoll Einzelheiten des geplanten Flugs. Schulz kam sich überflüssig vor und fragte sich, warum man ihn überhaupt an Bord gebracht hatte.

Kakuta!, dachte er.

Sofort regte sich das Bewusstsein des Mutanten in seinem Innern.

Ja?

Sie sind mein Sicherheitsfaktor, nicht wahr?

Keine Antwort.

Sagen Sie die Wahrheit, drängte Schulz. *Man rechnet damit, dass ich zusammen mit Kroiterfahrn in Leticrons Hände fallen werde. Damit ich entkommen kann, sind Sie dabei.*

Das ist richtig, gab Kakuta widerstrebend zu verstehen.

Wie stehen Sie zu dieser ganzen Sache?, wollte Schulz wissen.

Es muss getan werden, dachte Kakuta zurückhaltend.

Sie stimmen dem Mord zu?

Ich sehe es anders, antwortete der Teleporter. *Indirekt sind die Greikos mitschuldig am Schicksal vieler unterjochter Völker. Sie sind so weltfremd, dass sie es bisher nicht für nötig hielten, sich intensiv um die Belange des Konzils zu kümmern. Sie vertrauen den sechs anderen Völkern.*

Das ist nur ein weiterer Beweis für ihre Gutmütigkeit.

Wenn wir mit Kroiterfahrns Hilfe das Konzil sprengen können, sollten wir es tun, beharrte Kakuta auf seinem Standpunkt.

Ihr telepathisches Gespräch wurde von Atlan und Tekener unterbrochen. Die beiden Männer verabschiedeten sich von Schulz und verließen die KENSINGTON. Schulz hatte das sichere Gefühl, dass sie ein Geheimnis mit sich nahmen, das er gern in Erfahrung gebracht hätte. Ein Geheimnis, das mit diesem mörderischen Plan in Zusammenhang stand.

»An Bord sind zahlreiche Kabinen frei«, sagte Jandoll zu Schulz. »Sie können sich eine davon aussuchen. Wir starten in einer halben Stunde.«

»Und das Ziel der Reise?«, wollte Schulz wissen.

»Es wird davon abhängen, wo Leticron nach uns sucht.«

Schulz hatte den Eindruck, ständig ins Leere zu stoßen. Die anderen behandelten ihn wie ein unreifes Kind. Er verließ die Zentrale. Auf dem Weg zu den Aufenthaltsräumen zögerte er. »Wo ist Kroiterfahrn untergebracht?«, fragte er Kakuta laut.

Sie haben es doch gehört, antwortete das Bewusstsein des Altmutanten. *In einem der Lagerräume.*

»Ich möchte zu ihm!«, sagte Schulz, einem spontanen Entschluss folgend. »Ich will versuchen, mit ihm zu sprechen.«

Er konnte spüren, dass Kakuta zögerte. Wieder erwachte in ihm der Verdacht, dass irgendetwas nicht in Ordnung war. Man gab ihm nicht alle Informationen.

Ich glaube nicht, dass es einen Sinn hätte, den Greiko zu besuchen, dachte Kakuta schließlich. *Der Zustand, in dem er sich befindet, lässt einen Besuch nicht ratsam erscheinen.*

Schulz blieb hartnäckig stehen. Er fragte sich, ob Kakuta in der Lage war, ihn zu irgendetwas zu zwingen.

Das könnte ich tun, meldeten sich sofort die Gedanken des Teleporters. *Aber Sie können sicher sein, dass ich von dieser Fähigkeit keinen Gebrauch machen werde.*

Schulz wurde verlegen.

Versuchen Sie, Kroiterfahrn zu vergessen!, schlug Kakuta vor.

»Ist das Ihr Ernst? Ich möchte jetzt zu ihm. Vielleicht braucht er mich. Auf keinen Fall möchte ich mich vor der Verantwortung drücken, die ich ihm gegenüber habe.«

Man hat Sie längst aus dieser Verantwortung entlassen!

»Nur ich kann mich daraus entlassen!«, widersprach Schulz. »Ich möchte, dass wir jetzt zu Kroiterfahrn teleportieren.«

Kakuta lehnte es ab, seine Kräfte für einen solchen Besuch einzusetzen. *Sie werden sich hinbemühen müssen*, sagte er zu Schulz. *Ich kann Sie in dieser Sache nicht unterstützen.*

Schulz setzte sich in Bewegung. Er wusste, dass sich die Lagerräume im unteren Deck befanden. In einem Antigravschacht schwebte er hinab. Kakuta hatte sich völlig zurückgezogen und regte sich mit keinem Gedanken.

Im Schachtausgang blieb Schulz stehen und sah sich unschlüssig um. Hier unten gab es mehrere Lagerräume. Schulz hielt einen jungen Raumfahrer an, der den Gang entlangkam. »Wo befindet sich der Fremde?«, fragte Schulz den Raumfahrer. Der Mann deutete in den Gang hinein, aus dem er gekommen war.

»Raum sieben! Aber Sie werden nicht zu ihm können.«

»Und warum nicht?«, wollte Schulz wissen.

»Der Lagerraum wird bewacht. Niemand darf zu dem Greiko.«

Schulz fühlte Groll in sich aufsteigen. Kroiterfahrn wurde wie ein Gefangener behandelt, obwohl er völlig harmlos war. Für diese Handlungsweise gab es keine Entschuldigung. »Ich glaube nicht, dass dieses Verbot auch für mich zutrifft«, sagte Schulz und schritt in den Gang hinein. Er wartete darauf, dass Kakuta sein Vorgehen kommentieren würde, doch der Bewusstseinsinhalt verhielt sich still.

Am Zugang zum Lagerraum standen drei bewaffnete Besatzungsmitglieder der KENSINGTON. Einer von ihnen, ein junger Leutnant, trat Schulz in den Weg. »Sie können hier nicht hinein. Kroiterfahrn befindet sich in diesem Raum.«

»Das weiß ich!«, schnaubte Schulz wütend. »Wissen Sie, wer ich bin?«

»USO-Spezialist Braunter Schulz!«

»Gut!«, sagte Schulz. »Das Verbot gilt nicht für mich!«

»Es gilt für Sie ebenso wie für jedes andere Besatzungsmitglied.«

Schulz brauchte nur einen Blick in das Gesicht des Raumfahrers zu werfen, um zu erkennen, dass dieser nicht nachgeben würde. Er wandte sich ab. Er hob das Armbandfunkgerät, dann senkte er den Arm wieder, ging zu einem Visiphon und rief die Zentrale. Der Stellvertretende Kommandant meldete sich. Schulz verlangte Jandoll zu sprechen. Wenig später erschien Jandolls Gesicht auf dem Schirm. Er lächelte, als er Schulz sah.

»Ich möchte zu Kroiterfahrn!«, verlangte Schulz ohne Umschweife. »Sagen Sie Ihren Männern, dass sie mich durchlassen sollen.«

»Nein«, entgegnete Jandoll gelassen.

Das Blut schoss Schulz in den Kopf. Er fühlte sich unvermittelt und völlig zu Unrecht von der Entwicklung der Ereignisse abgeschlossen.

Ich bin nichts als ein zusätzlicher Lockvogel für Leticron!, dachte er bitter.

»Sie sind über meine besondere Beziehung zu Kroiterfahrn unterrichtet«, wandte er sich abermals an Jandoll. Er bemühte sich, beherrscht zu sein, denn der Major tat wahrscheinlich nichts anderes, als Befehle Atlans in die Tat umzusetzen. »Es besteht kein Grund, mich von dem Greiko fern zu halten.«

»Ich werde Sie davon unterrichten, wann Sie zu ihm dürfen.«

Bevor Schulz weitere Einwände erheben konnte, wurde der Schirm dunkel. Jandoll hatte einfach abgeschaltet. Dieses Verhalten machte Schulz noch wütender, obwohl er sich eingestand, dass seine Wut auch eine Folge seiner Hilflosigkeit war.

»Kakuta!«, sagte er. »Verstecken Sie sich nicht vor den Tatsachen. Ich möchte mich mit Ihnen unterhalten!«

Nur zu!, ermunterte ihn der Mutant.

»Es gibt eine Möglichkeit, wie wir das Verbot umgehen können!«

Ja?

»Sie teleportieren mit mir in den Lagerraum. Niemand darf es merken. Ich kann dann mit Kroiterfahrn reden, ohne dass jemand etwas davon erfährt.«

Kakuta dachte: *Sie haben offenbar noch immer nicht verstanden, worum es geht, Goethe. Niemand darf zu dem Greiko. Ich teleportiere mit Ihnen an jeden verdammten Platz in dieser Galaxis – nur nicht in den Lagerraum Nummer sieben der KENSINGTON.*

Von diesem Augenblick an war Schulz sicher, dass im Lagerraum der KENSINGTON etwas geschah oder geschehen war, was niemand erfahren durfte.

Nach den Gesetzen der Wahrscheinlichkeit hatte er keine Chance, sein Opfer jemals zu finden. Gemessen an der Größe der Galaxis und der Anzahl von Versteckmöglichkeiten war das Aufspüren eines einzelnen Wesens eine unlösbare Aufgabe – auch für einen Mann wie den Corun of Paricza.

Leticron ließ sich davon jedoch nicht beeindrucken. Er war Erster Hetran der Galaxis und verfügte als solcher über ungewöhnliche Machtmittel. Außerdem konnte er sich auf seine parapsychischen Fähigkeiten verlassen. Leticron war Handlungsahner, Überzeugungsinjektor und Hirnoffensor. Diese Fähigkeiten machten ihn zu einem ungewöhnlichen Gegner.

Seit drei Tagen befand Leticron sich wieder auf Paricza im Punta-Pono-System. Auf diesem Planeten, der Keimzelle seiner Macht, fühlte er sich am wohlsten. Das gesamte Punta-Pono-System war ein Freihandelssystem nach den uralten Gesetzen der Springer. Zwar hatte sich auch auf Paricza vieles geändert, aber die herrschende Kaste der Überschweren genoss nach wie vor viele Freiheiten. Leticron wusste genau, dass es so lange dabei bleiben würde, wie sie die Befehle der Laren und Hyptons ausführten.

Paricza war von Leticron zur Zentrale für alle eingehenden Informationen bestimmt worden. Alle Nachrichten, die vielleicht mit Kroiterfahrn in Zusammenhang standen, wurden auf Paricza gesammelt und ausgewertet.

Leticron gestand sich ein, dass die Nachrichten spärlich flossen und zum größten Teil nicht verwendbar waren. Doch die Nachforschungen hatten gerade erst begonnen. Leticron hatte den Besatzungen seiner Schiffe befohlen, jeder noch so unwichtig erscheinenden Spur nachzugehen. Die Verfolgung terranischer Kolonisten und Flüchtlinge war weitgehend eingestellt worden. Die gesamte Flotte des Überschweren beteiligte sich an der Jagd nach Kroiterfahrn. Leticron hatte den Befehl erteilt, bei der Suche keine Rücksicht walten zu lassen.

Leticron verschwendete keinen Gedanken daran, dass in diesem Augenblick Tausende von Überschweren und bezahlten Söldnern überall in der Galaxis verhafteten, verhörten, folterten und töteten. Alles das stand im Interesse des Ziels, das erreicht werden musste, wenn Leticron seine Macht festigen wollte.

Der Erste Hetran bedauerte, dass die Laren und Hyptons ihn nicht unterstützten. Ursprünglich hatte er Hotrenor-Taaks Äußerung nur für eine Floskel gehalten, doch inzwischen hatte er begriffen, dass die Konzilsvölker sich tatsächlich zurückhielten. Sie wollten nicht in diese Sache verwickelt werden, um sich einen letzten Ausweg freizuhalten.

Leticron stand am Fenster seines Arbeitszimmers in der oberen Etage des Palasts, in dem seit jeher die Coruns of Paricza gelebt und regiert hatten. Der gewaltige Mann war nicht allein. Zwei seiner Berater saßen am Tisch und warteten auf seine Anweisungen.

Leticron blickte über die Stadt hinweg. Am brodelnden Leben und Treiben unten in den Straßen hatte sich nichts geändert. Die Überschweren und Springer, die auf dieser Welt lebten, genossen den Vorzug, nicht vom Konzil verfolgt zu werden. Leticron aber wusste, dass seine Macht nicht vollkommen sein würde, solange er von den Laren abhängig war.

Dieser Umstand belastete ihn umso mehr, da er wusste, dass er all seinen Mitarbeitern bekannt war. Leticrons Abhängigkeit von den Konzilsvölkern war eine Schmach für den ehrgeizigen Corun of Paricza. Schon wiederholt hatte er mit Erfolg versucht, seine Machtbefugnisse zu überschreiten. Es gab jedoch eine Grenze, die ihn die Laren nicht überschreiten ließen.

Leticron war kein sehr geduldiger Mann. Das Warten auf die absolute Macht fiel ihm schwer. Sein Traum war eine Galaxis mit ihm selbst als absolutem Herrscher.

Leticron drehte sich unvermittelt um und sah seine beiden Besucher der Reihe nach forschend an. Er merkte belustigt, dass sie unter seinen

Blicken unsicher wurden. Sie wussten um seine Fähigkeiten und seine Grausamkeit und fürchteten beides.

»Wann kommen die beiden Gefangenen?«, erkundigte er sich.

»Sie befinden sich an Bord der MACRIA, die jeden Augenblick landen muss«, antwortete einer der Berater. »Wir haben bereits veranlasst, dass die Männer sofort hierher gebracht werden, Corun.«

Die Männer, von denen die Rede war, hatten das Pech gehabt, in die Hände einer Söldnertruppe zu fallen. Es handelte sich um zwei hohe Offiziere der Solaren Flotte. *Der ehemaligen Solaren Flotte!,* verbesserte Leticron sich in Gedanken. Was von der einstmals stolzen Armada noch übrig war, konnte man schlecht als Flotte bezeichnen.

Nur die USO schien nach wie vor einigermaßen zu funktionieren. Sie arbeitete im Untergrund, machte aber dem Ersten Hetran oft erhebliche Schwierigkeiten. Sobald der Greiko gefunden war, wollte Leticron sich auf die Zerschlagung dieser letzten intakten terranischen Organisation konzentrieren. An erster Stelle stand dabei die Hinrichtung Atlans.

Leticron hoffte, dass er von den beiden Offizieren Hinweise erhalten würde. Die Gefangenen waren bisher noch nicht verhört worden, weil die Überschweren wussten, dass hohe terranische Offiziere Gedächtnissperren besaßen, die immer dann in Tätigkeit traten, wenn Informationen gewaltsam erlangt werden sollten. Niemand hatte das Risiko eingehen wollen, Leticron zwei von Amnesie befallene Männer zu präsentieren.

»Die Terraner werden sich denken können, dass wir die Jagd auf Kroiterfahrn eröffnet haben«, sagte Leticron. »Ich frage mich, welche Taktik sie entwickeln.«

Bros Tandemar, einer der beiden Berater, antwortete: »Sie werden ihn in ein sicheres Versteck bringen.«

»Da bin ich nicht so sicher«, meinte Leticron. »Ein Fremder wie Kroiterfahrn erregt überall Aufsehen und gibt zu Gerüchten Anlass. Es sei denn, die Terraner würden ihn völlig abkapseln und wie einen Gefangenen behandeln. Das aber werden sie nicht tun, denn ich kann mir denken, dass sie die Freundschaft dieses Wesens erringen wollen, um es für ihre Pläne einzusetzen.«

Er wandte sich an den zweiten Mann. »Was halten Sie davon, Mannjock?«

Mannjock zögerte mit einer Antwort.

»Genieren Sie sich nicht«, ermunterte Leticron ihn spöttisch. »Solange wir nur theoretisieren, können Ihnen falsche Auslegungen nicht schaden.«

Mannjock errötete, eher aus Zorn als aus Verlegenheit. »Wenn sie Kroiterfahrn nicht in ein sicheres Versteck bringen, weil sie ihn nicht wie einen Gefangenen behandeln möchten, werden sie gezwungen sein, mobil zu bleiben.«

»Richtig!«, stimmte Leticron zu.

»Sinnvolle Mobilität wäre aber nur mit einem Raumschiff zu erreichen«, warf Tandemar ein. Er wölbte die Augenbrauen. »Natürlich! Er befindet sich an Bord eines Raumschiffs.«

Leticron formte mit den Händen einen Kreis, als wollte er die Idee darin festhalten. »Nehmen wir an, Kroiterfahrn befände sich tatsächlich an Bord eines Schiffs. Wohin würden Sie dieses Schiff schicken, Mannjock?«

»Schwer zu sagen, Corun. In den Ortungsschutz einer schwer auffindbaren Sonne.«

»Falsch!«, rief Leticron. »Sie vergessen, dass die Terraner Kroiterfahrn benutzen wollen.«

»Schon jetzt?«, zweifelte Mannjock.

»Sie haben nicht viel Zeit.« Leticron sah Tandemar an. »Was denken Sie, Bros?«

»Ich würde das Schiff so fliegen lassen, dass ich es ständig an bestimmte Brennpunkte dirigieren könnte. Unter Brennpunkten verstehe ich Orte, wo Kroiterfahrn als Waffe gegen das Konzil eingesetzt werden könnte.«

Leticron schloss die Augen. »Genau das denke ich auch!«

Ihr Gespräch wurde durch einen Anruf vom Raumhafen aus unterbrochen. Die Gefangenen waren eingetroffen. Leticron befahl, sie sofort in den Palast zu bringen. Dann wandte er sich wieder an seine Berater.

»Wir müssen feststellen, wo diese Brennpunkte liegen. Die Terraner beurteilen die Situation sicher anders als wir, weil sie von anderen strategischen Überlegungen ausgehen. Doch die sich daraus ergebenden Verschiebungen sind sicher nicht von großer Bedeutung.« Eine dreidimensionale Projektion der Milchstraße entstand in der Mitte des Raums. Einige Abschnitte waren farbig markiert »Ich habe mir bereits Gedanken darüber gemacht, wo wir suchen müssen. Das sind die Sektoren, die ich ausgewählt habe. Sehen Sie sich alles in Ruhe an.«

Ein paar Minuten später wurden die beiden Gefangenen hereingeführt. Sie trugen Energiefesseln und wurden von vier bewaffneten Überschweren begleitet. Leticron sah, dass die Terraner erschöpft waren. Man hatte sie zwar nicht verhört und gefoltert, aber sie waren offenbar schlecht behandelt worden. Leticron trat auf den größeren der beiden Gefangenen zu.

»Oberst Schallmeyer, wenn ich nicht irre?« Er genoss die Verwirrung des Gefangenen. Er wusste nicht, dass den Überschweren ein großer Teil der Datenbestände der Solaren Flotte in die Hände gefallen war.

Den zweiten Mann kannte er nicht. »Und Sie?«, fragte er barsch.

»Major Leeson«, sagte der Gefangene ruhig.

»Name des Schiffs?«

»Wir fliegen verschiedene Schiffe«, sagte Schallmeyer. »Die Zahl der Offiziere ist begrenzt, sodass wir ständig variieren müssen.«

»Sie verraten Geheimnisse an den Feind?«

Schallmeyer grinste ungeniert. »Ich verrate nichts, was Sie nicht schon wissen.«

»Hm!«, machte Leticron. Er verließ sich völlig auf die Wirkung, die er bei den Gefangenen erzielte. Als Überzeugungsinjektor konnte er sicher sein, dass die Terraner ihn für großartig und einmalig hielten – in positiver oder negativer Hinsicht.

Leticron war sich darüber im Klaren, dass er nach diesen beiden Männern noch unzählige andere verhören würde. Was er brauchte, war eine Spur, ein Hinweis, auf dem er aufbauen konnte. Es war unsinnig, anzunehmen, dass er bereits jetzt Erfolg haben würde.

Braunter »Goethe« Schulz hielt die Methode, mit der Kroiterfahrn in Leticrons Hände gespielt werden sollte, für umständlich und übertrieben kompliziert. Als er jedoch mit Jandoll darüber sprach, merkte er schnell, dass der Kommandant der KENSINGTON völlig anderer Ansicht war.

»Wir dürfen den Überschweren nicht unterschätzen«, sagte Jandoll. »Auf keinen Fall darf er den Verdacht haben, dass sein Erfolg von uns begünstigt wurde. Im Grunde genommen werden wir nichts tun, was den Abschluss unseres Unternehmens beschleunigen könnte. In gewisser Weise verhalten wir uns so, als wollten wir Kroiterfahrn unter allen Umständen retten. Umso schwerer wird es sein, den Greiko loszuwerden.«

»Warum geben Sie Leticron keine Informationen?«, fragte Schulz.

»Das wird geschehen, aber in sehr vorsichtiger Form. Vorläufig verlassen wir uns auf den Instinkt des Ersten Hetrans.«

»Was heißt das?«, fragte Schulz.

»Leticron wird bestimmte Überlegungen anstellen«, erklärte Jandoll geduldig. »Er wird Schlüsse ziehen und genau festlegen, wo seine Jagd vielleicht Erfolg haben könnte. Schließlich kann er nicht die gesamte Galaxis absuchen.«

Schulz begriff, dass man auf terranischer Seite versuchte, Leticrons Aktionen vorherzusehen. Man überlegte, was Leticron tun würde. Mehr noch – man überlegte, was Leticron von terranischer Seite erwartete, und handelte entsprechend. Jandolls nächste Worte bestätigten Schulz' Gedanken.

»Wir haben versucht, uns in Leticrons Überlegungen zu versetzen«, sagte der Kommandant. »Wir wissen ziemlich genau, was er annimmt. Er erwartet, dass wir Kroiterfahrn als Waffe gegen das Konzil einsetzen wollen. Dass diese Annahme besteht, beweist in eindeutiger Form die Jagd, die die Überschweren veranstalten. Leticron weiß natürlich nicht, dass wir Kroiterfahrn auf die von uns erdachte Weise benutzen wollen. Er muss annehmen, dass wir den Greiko schnellstens in die Nähe seiner Artgenossen bringen wollen.«

»Aber das ist doch unmöglich! Wir wissen es – und Leticron weiß, dass wir es wissen.«

»Wir sind verzweifelt. Als Verzweifelte handeln wir nicht rational. Leticron schätzt die Terraner so ein, dass sie in dieser Situation nach einem Strohhalm greifen.« Jandoll holte Atem. »Also wird er annehmen, dass wir Kroiterfahrn an Bord eines Schiffs gebracht haben und in bestimmten Gebieten operieren. Diese Gebiete sind jene, wo wir uns am ehesten eine Möglichkeit erhoffen, Kroiterfahrn einsetzen zu können.«

Schulz antwortete nicht. Je mehr er über den von Atlan und Tekener ausgearbeiteten Plan nachdachte, desto teuflischer erschien er ihm. Er hätte nie geglaubt, dass diese beiden Männer einen Mord so kaltblütig vorbereiten könnten, noch dazu an einem Wesen wie Kroiterfahrn.

Hören Sie auf, sich zu quälen!, regten sich Kakutas Gedanken. *Sie können Kroiterfahrn nicht helfen.*

Schulz verließ die Zentrale. Er hatte inzwischen noch mehrmals versucht, Tako Kakuta zu einer Teleportation in den Lagerraum Nummer sieben zu bewegen, doch Kakuta zeigte kein Verständnis für die Wünsche seines Wirts.

Schulz überlegte, wie er Kakuta und die Wachen gleichzeitig überlisten und zu Kroiterfahrn vordringen konnte.

Geben Sie es auf!, empfahl Kakuta. *Sie können nichts tun. Mir bleibt nichts verborgen.*

»Warum verschwinden Sie nicht aus meinem Körper?«, rief Schulz aus. »Sie rauben mir meine persönliche Freiheit. Ich bin nicht länger damit einverstanden, dass Sie in mir sind.«

Er spürte die Betroffenheit des Bewusstseinsinhalts. *Wenn Sie es wirklich wünschen, werde ich Ihren Körper verlassen*, dachte Kakuta.

Schulz hätte gern einen Rückzieher gemacht, denn er sah ein, dass Kakuta nur zu seinem Schutz an diesem Unternehmen teilnahm. Aber Schulz' Ärger war so stark, dass er sich nicht beherrschen konnte.

»Ich wünsche es, ja, verdammt, ich wünsche es!«

Und Kakuta ging. Schulz spürte, wie die seltsame Kraft, die eine Zeit lang in seinem Körper gewohnt hatte, aus ihm hinausströmte.

»Wohin ... werden Sie gehen?«, fragte er stockend. »Welchen Körper werden Sie von nun an benutzen?«

Er bekam keine Antwort. Kakuta war gegangen. Schulz sah sich unwillkürlich im Gang um. Welchen Körper hatte Kakuta jetzt ausgewählt?

Ich werde mich nicht darum kümmern!, dachte er trotzig.

Er begab sich in seine Kabine und warf sich aufs Bett. Die ersehnte Ruhe fand er jedoch nicht. Es war leicht für ihn, Kakuta zu vergessen, aber seine Gedanken kreisten pausenlos um Kroiterfahrn. Welche seelischen Qualen mochte dieses Wesen im Lagerraum erdulden? Kroiterfahrn würde sich fragen, warum nicht wenigstens Schulz kam, um sich um ihn zu kümmern. Die Vorstellung, dass Kroiterfahrn ihn brauchte, setzte sich in Schulz' Gedanken fest.

Ich muss ihm helfen!, dachte er.

Er stand auf und ging in dem kleinen Raum hin und her. Sein Grübeln half ihm jedoch nicht weiter. Nach einer Weile nahm er seine kleine Strahlwaffe aus dem Wandschrank und verließ die Kabine. Er hatte keinen festen Plan, nur den Wunsch, irgendetwas zu tun. Ziellos wanderte er durch die Gänge des Schiffs. Bei den Besatzungsmitgliedern, die ihm begegneten, erregte er keine Aufmerksamkeit, denn sie kannten ihn alle. Schulz sah alle Vorbeikommenden prüfend an, denn jeder von ihnen konnte der neue Wirt des Bewusstseinsinhalts von Tako Kakuta sein.

Schulz kam in die Zentrale, aber Jandoll, mit dem er reden wollte, war nicht da. Keiner der Offiziere wusste, wohin der Kommandant gegangen war. Schulz hegte den Verdacht, dass Jandoll bei Kroiterfahrn war. Vielleicht war Jandoll der einzige Mann an Bord der KENSINGTON, für den das Besuchsverbot nicht zutraf.

Aber was tat Jandoll bei dem Greiko? Zweifellos war der Kommandant ein anständiger Mann, aber er hatte seine Befehle. Wurde Kroiterfahrn vielleicht psychologisch auf seine Rolle vorbereitet? In seiner Fantasie malte Schulz sich aus, was im Lagerraum geschah. Seine Unruhe wuchs.

Er verließ die Zentrale und benutzte den zentralen Antigravschacht des Schiffs, um in das untere Deck zu gelangen. Er näherte sich Kroiterfahrns Aufenthaltsort durch einen schmalen Seitengang. Er konnte einen der drei Wächter sehen, der am Eingang des Lagerraums lehnte.

Plötzlich begriff Schulz, was er die ganze Zeit über geplant hatte. Sein Unterbewusstsein hatte ihn hierher geführt. Er nahm die Waffe aus der Tasche und schlich bis zum Ende des Korridors. Jetzt konnte er alle drei Wächter sehen. Sie wandten ihm den Rücken zu.

Schulz spähte um die Ecke. Außer den drei Männern war niemand in der Nähe. Der USO-Spezialist spürte, dass sein Herz bis zum Hals schlug. Er stand im Begriff, etwas völlig Verrücktes zu tun. Auch unter den gegenwärtigen Umständen konnte man seine Handlungsweise nur als Meuterei bezeichnen. Schulz war sich über die eventuellen Konsequenzen im Klaren, aber er stand wie unter einem inneren Zwang. Er musste das, was er begonnen hatte, zu Ende führen.

Er gab sich einen Ruck und trat auf den Hauptgang hinaus. Die Wächter drehten sich zu ihm um und starrten ihn an. Schulz richtete seine Waffe auf sie.

»Sie werden jetzt die Hände hochnehmen und mich zu dem Greiko lassen!«, sagte der USO-Spezialist.

19.

Der rauschgiftsüchtige Akone war unterhalb der Hüften paralysiert worden, damit er nicht weglaufen konnte. Leticron betrachtete ihn verächtlich. »Wie lange leben Sie schon hier?«

»Dreizehn Jahre, Sir!« Die Stimme klang brüchig. »Ich lebe abgeschieden von der Kolonie.«

Leticrons Blicke streiften die baufällige Hütte am Waldrand.

»Das sehe ich«, sagte er ironisch. »Aber wir wissen, dass Sie für die USO gearbeitet haben.«

»Ich habe nur ein paar Informationen an einen Stützpunkt gegeben«, sagte der Mann verzweifelt. »Nach der Invasion habe ich aber diese Arbeit eingestellt. Ich weiß nicht einmal, ob der Stützpunkt noch existiert.«

Leticron wusste, dass der Akone log. Der Mann hatte Angst. Der Überschwere war sicher, dass die USO diesen Mann vor dreizehn Jahren auf dieser Welt eingeschleust hätte. Der Planet Chumkano lag im

Yasso-Sektor. Etwa zweihundert Lichtjahre von Chumkano entfernt befand sich ein großer Stützpunkt der Laren. Leticron hatte errechnet, dass der Yasso-Sektor einer der Orte war, an dem Kroiterfahrn vielleicht versteckt gehalten wurde. Deshalb war er hierher gekommen, um den USO-Agenten, den seine Soldaten aufgespürt hatten, zu verhören. Die terranische Kolonie auf Chumkano existierte praktisch nicht mehr. Ein Teil der Bevölkerung war geflohen, die anderen hatte man auf einen Strafplaneten gebracht. Leticron war sicher, dass der Akone noch immer Verbindung zur USO hatte.

»Sie können Ihr Leben retten, wenn Sie uns alles sagen, was Sie wissen«, sagte er zu dem Gefangenen. Er sah zu seinen Begleitern hinüber. Sie standen neben dem Gleiter, mit dem sie vom kleinen Raumhafen aus hierher gekommen waren. »Oder soll ich diese Männer auf sie loslassen?«

»Nein!«, rief der Akone bestürzt. Seine hohe Stirn war schweißbedeckt. Die Augen lagen in tiefen Höhlen und hatten ihren Glanz verloren, eine Folge seines Rauschgiftkonsums. Leticron wusste, dass Akonen besonders stark unter den Folgen dieser Sucht litten. Er empfand jedoch kein Mitleid mit diesem Wrack.

»Also reden Sie!«, drängte er. »Welche Informationen haben Sie in letzter Zeit erhalten oder weitergegeben?«

»Man hat mir nicht mehr viel gesagt«, behauptete der Süchtige. »Die Männer, die mich ab und zu besuchen, befürchten offenbar, dass ich in die Hände der …« Er unterbrach sich.

Leticron wusste, was der Mann sagen wollte. Dass die Terraner viel zu klug waren, um diesem Akonen wichtige Informationen zu geben. »Haben Sie Koordinaten oder Hinweise auf bestimmte Stützpunkte?«

»Nein!«

Leticron sah ihn nachdenklich an. »Mich interessieren in erster Linie Schiffsbewegungen. Wissen Sie, ob in den letzten Tagen Schiffe der Solaren Flotte im Yasso-System aufgetaucht sind?«

»Nein! Man hat nie mit mir über diese Dinge gesprochen.«

»Wann hatten Sie den letzten Kontakt mit USO-Spezialisten?«

»Vor drei Tagen«, antwortete der Akone nach kurzem Zögern.

Leticron spürte, dass der Mann die Wahrheit sagte. »Was wollte man von Ihnen?«

»Nicht viel! Zwei Männer kamen und wollten wissen, ob Schiffe des Konzils auf Chumkano gelandet sind.«

Leticron ging langsam zum Gleiter zurück. Er wusste, dass er von dem Süchtigen nichts mehr erfahren konnte. Immerhin hatte er herausgefunden, dass die Terraner sich für Aktivitäten des Konzils im Yasso-

Sektor interessierten. Bisher hatte Leticron geglaubt, dass der Gegner sich in erster Linie um die eigene Sicherheit kümmerte. Natürlich konnte die Befragung des Akonen durch USO-Spezialisten Routine sein.

»Zurück zum Raumschiff!«, befahl Leticron seinen Begleitern.

»Was haben Sie herausgefunden?«, fragte Tandemar.

»Terraner waren hier. Sie interessieren sich für unsere Aktivitäten.«

Tandemar zuckte mit den Schultern. »Das kann Zufall sein.«

Sie stiegen in den Gleiter und starteten. Leticron fragte sich, ob er seine Kräfte nicht verschwendete. Bisher hatte er keinen einzigen konkreten Hinweis finden können. Besonders beunruhigend erschien ihm die Tatsache, dass es nicht einmal Gerüchte über die Anwesenheit eines seltsamen Fremden in der Galaxis gab. Das konnte bedeuten, dass die Terraner sich vielleicht doch entschlossen hatten, Kroiterfahrn in ein sicheres Versteck zu bringen und ihm den Kontakt mit allen anderen Wesen zu verweigern.

Leticron gab sich einen Ruck. Er durfte sich nicht verunsichern lassen. Die Suche hatte erst begonnen. Seine Überlegungen waren zweifellos richtig. Wenn er auf dieser Ebene weiterarbeitete, musste er früher oder später den ersten Erfolg haben.

»Ich werde unsere Flotte im Yasso-Sektor verstärken lassen«, kündigte er an. »Außerdem werden Patrouillen regelmäßig alle als Versteck in diesem Gebiet in Frage kommenden Welten untersuchen.«

»Und was tun wir?«, wollte Mannjock wissen.

»Wir kehren zunächst einmal nach Paricza zurück«, ordnete der Erste Hetran an. »Dort sind inzwischen wieder zahlreiche Gefangene eingetroffen, die verhört werden müssen.«

Sein Gesicht verfinsterte sich, denn er erinnerte sich an das letzte Verhör, das er durchgeführt hatte. Oberst Schallmeyer war gestorben, ohne dass Leticron von ihm Informationen erhalten hatte.

Die Laren warteten auf eine Erfolgsmeldung. Mit jedem Tag, der verstrich, wuchs die Gefahr, dass Kroiterfahrn von den Terranern gegen das Konzil eingesetzt wurde.

Die drei Wächter wichen bis zur Wand zurück. In ihren Gesichtern zeichnete sich Unglaube ab. Schulz hatte den Eindruck der Unwirklichkeit. Alles in ihm drängte danach, die Waffe zu senken und den drei Männern zu erklären, dass er sich nur einen dummen Scherz erlaubt hatte. Doch sein Körper handelte wie ein selbständiger Mechanismus.

»Nicht bewegen!«, drohte er. Er blickte zum Eingang des Lagerraums. »Ist er verriegelt?«

Niemand antwortete ihm. Schulz bewegte sich auf den Eingang zu, ohne die drei Männer aus den Augen zu lassen. Er hoffte, dass sie nicht versuchen würden, ihn aufzuhalten. Wahrscheinlich war er überhaupt nicht fähig zu schießen, sollten sie ihn angreifen.

Vor dem Eingang blieb Schulz stehen. Als er nach dem Öffnungsschalter greifen wollte, glitt die Tür plötzlich zur Seite. Jandoll trat aus dem Lagerraum.

»Ich habe auf Sie gewartet«, sagte der Kommandant der KENSINGTON.

Schulz ließ die Waffe sinken. Jandoll nahm sie ihm aus der Hand. Trotz der für ihn veränderten Situation fühlte Schulz sich erleichtert. Er wusste, dass sein fragwürdiges Unternehmen mit Jandolls Auftauchen beendet war.

»Ich bin nicht allein«, fügte Jandoll hinzu. »Tako Kakuta ist bei mir.«

Der Kommandant war also der neue Träger des Bewusstseinsinhalts.

Jandoll schloss die Tür. »Gehen Sie zurück in Ihre Kabine und ruhen Sie sich aus!«, befahl er Schulz. »Wir wollen diesen Zwischenfall vergessen. Überlegen Sie, ob Sie Kakuta nicht wieder aufnehmen wollen.«

»Was ist mit Kroiterfahrn?«, fragte Schulz dumpf.

Jandoll deutete hinter sich. »Sie wissen, wo er ist. Damit müssen Sie sich begnügen.« Er lächelte schwach. »Natürlich ist es schwer für Sie, sich mit der Entwicklung abzufinden, aber Sie können sich darauf verlassen, dass die Verantwortlichen genau wissen, was zu tun ist.«

Schulz wandte sich ab und ging davon. Er hatte das untrügliche Gefühl, dass die Verbindung zwischen ihm und dem Greiko endgültig zerstört worden war.

Die Landung der KENSINGTON auf Karramisch verlief ohne Zwischenfälle. Karramisch war eine kleine Sauerstoffwelt im Faltro-System, das zum Geryl-Sektor gehörte. Vor ein paar Jahren noch hatten hier einige terranische Prospektoren gelebt, doch sie waren vor Leticrons Söldnern geflüchtet. Die meisten von ihnen hatten sich auf USO-Stützpunkte zurückgezogen und waren nach Gäa gebracht worden.

Die sieben Stahllitkuppeln, die die Prospektoren in einem Tal von Karramisch errichtet hatten, standen noch. Die KENSINGTON landete in diesem Tal. Die Besatzung ging bis auf eine kleine Wachmannschaft von Bord. Schulz, der darauf wartete, dass man auch Kroiterfahrn vom Schiff bringen würde, sah sich erneut enttäuscht. Der Greiko blieb im Lagerraum eingeschlossen.

Als Schulz das Schiff verließ und von der Gangway aus in das lang gezogene Tal blickte, hatte er unwillkürlich das Gefühl, dass sie sich in einer Falle befanden, in die sich die KENSINGTON freiwillig begeben hatte. Wenn Leticrons Schiffe diesen Planeten fanden und mit einem Flottenaufgebot abriegelten, gab es für die KENSINGTON kein Entkommen mehr. War es das, was Jandoll herbeiführen sollte?

Als Schulz langsam die Gangway hinabstieg, wurde er von Jandoll eingeholt. Der Major sagte beiläufig: »Sie können in einer der sieben Kuppeln wohnen oder an Bord bleiben.«

»Was werden Sie tun?«, fragte Schulz.

Jandoll deutete zu den Kuppeln hinüber. »Für einen Mann, der den größten Teil seines Lebens an Bord von Raumschiffen verbringen muss, ist die Entscheidung nicht schwer. Ich werde es mir in einer der Kuppeln gemütlich machen.«

Schulz sah den Raumfahrer offen an. »Warten wir hier auf Leticron?«

»Wir versuchen es«, erwiderte Jandoll ausweichend. »Natürlich können wir nicht mit Gewissheit sagen, ob er kommen wird. Wenn es hier nicht klappt, versuchen wir es auf einer anderen Welt.«

»Das hört sich beinahe selbstmörderisch an.«

»Ja«, sagte Jandoll einfach.

Schulz warf einen Blick zurück zur Hauptschleuse. Sollte er den Kommandanten nach Kroiterfahrn fragen?

Jandoll schien seine Gedanken zu erraten. »Er wird an Bord bleiben«, sagte er.

Obwohl Hotrenor-Taak nicht mit einem schnellen Erfolg gerechnet hatte, wurde er immer ungeduldiger. Von Leticron kamen keine Nachrichten. Von den Kommandanten einiger SVE-Raumer, die die Aktionen der Überschweren aus sicherer Entfernung beobachteten, erfuhr der Lare, dass Leticron seine gesamten Kräfte auf die Suche nach Kroiterfahrn konzentrierte. Vom Hauptquartier des Konzils war eine eindeutige Botschaft an Hotrenor-Taak ergangen. Man erwartete von dem Verkünder der Hetosonen, dass er den Fall so schnell und unauffällig wie möglich erledigte.

Hotrenor-Taak wusste, dass es keinen Sinn hatte, die Politiker in der Führungsspitze des Konzils jetzt an die Warnungen zu erinnern, die er in aller Deutlichkeit vor der Ankunft des Greikos in der Galaxis ausgesprochen hatte.

Der Lare war auf dem Weg zu einer Versammlung mit den führenden

Hyptonsprechern. Die Hyptons hatten sich an Bord eines großen SVE-Raumers versammelt. Hotrenor-Taak wunderte sich über die Loyalität, die die geflügelten Wesen seit Kroiterfahrns Entführung von Tahun ihm gegenüber zeigten. Niemals zuvor hatte er sich mit den Hyptons so gut vertragen wie seit diesem Tag.

Kein Wunder,! dachte er ironisch. Jetzt, da sie aufeinander angewiesen waren, verhielten sich die Angehörigen der verschiedenen Konzilsvölker in dieser fremden Galaxis anständig zueinander. Hotrenor-Taak bedauerte, dass man sich im Hetos der Sieben so lange auf die Greikos verlassen hatte. Bei einiger Anstrengung hätte man vielleicht einen brauchbaren Ersatz für diese Wesen finden können. Nun, da es zu einem Eklat gekommen war, hatten solche Überlegungen nur noch theoretischen Sinn.

Als Hotrenor-Taak vor die kleine Gruppe der führenden Hyptonsprecher trat, war er einigermaßen ruhig. Er wusste, dass seine Autorität von dieser Gruppe im Augenblick nicht angezweifelt wurde. »Ich habe keine Nachrichten von Leticron«, berichtete er den Flugwesen. »Natürlich hoffe ich, dass er inzwischen eine Spur gefunden hat.«

»Er braucht zu lange«, sagte einer der Hyptons. Obwohl er schon seit seiner Jugend mit diesen Wesen zu tun hatte, fiel es Hotrenor-Taak noch immer schwer, sie voneinander zu unterscheiden. Ihre Namen waren außerdem unaussprechlich. Hotrenor-Taak hatte sich angewöhnt, sie als Kollektiv zu betrachten.

»Wir können ihm nicht helfen«, behauptete Hotrenor-Taak. »Sobald wir eingreifen, versperren wir uns den letzten Ausweg, wenn in absehbarer Zeit andere Greikos in dieser Galaxis eintreffen, um nach dem Verbleib ihres Artgenossen zu forschen.«

»Trotzdem haben wir einen Plan für den Fall entwickelt, dass Leticron versagen sollte«, verkündete der Hyptonsprecher. »Wir werden einen abtrünnigen Laren aufbauen, einen Mann, der ein Rebell wider das Konzil ist.«

»Ich verstehe«, sagte Hotrenor-Taak unbehaglich. »Und wer soll dieser Mann sein?«

»Sie!«

Hotrenor-Taak stand wie versteinert. Die Aussage des Hyptons bedeutete nicht mehr und nicht weniger, als dass man ihn für das Konzil opfern wollte.

»Wir werden eine Frist setzen«, fuhr der Hyptonsprecher fort. Seine Artgenossen knarrten zustimmend. Hotrenor-Taak kannte die Hyptons gut genug, um zu wissen, dass dieser Vorschlag bereits der Konzilsführung unterbreitet worden war. Deshalb hatte es auch keinen Sinn, dort gegen das Vorhaben der Flugwesen zu protestieren.

Immerhin, dachte der Verkünder der Hetosonen, *habe ich noch Zeit.* Jeden Augenblick konnte eine positive Nachricht von Leticron eintreffen. Hotrenor-Taak sehnte sie herbei.

Der Lare beging daher nicht den Fehler, gegen das Vorhaben der Hyptons zu protestieren. In der Frist, die ihm noch verblieb, würde er seine Maßnahmen treffen, um sich abzusichern.

Damit hatten die Auseinandersetzungen zwischen zwei Völkern des Konzils begonnen.

Die Serie von Verhören und Besuchen fremder Planeten hatte Leticron müde, aber nicht mutlos gemacht. Er genoss die wenigen Stunden der Erholung in seinem Palast auf Paricza.

Inzwischen suchten die Schiffe des Ersten Hetrans alle in Frage kommenden Gebiete der Galaxis ab.

Leticron konnte sich vorstellen, dass die Laren bereits ungeduldig auf eine Nachricht warteten. Er war froh, dass er im Augenblick keine Verbindung zu Hotrenor-Taak hatte, denn das hätte ihn nur belastet. Leticron fragte sich, wie lange Hotrenor-Taak warten würde. Bestimmt würde der Lare eingreifen, wenn der Erste Hetran in absehbarer Zeit keinen Erfolg erzielen sollte.

Auf der anderen Seite des Raums leuchtete ein Schirm auf. Der Überschwere erhob sich von der Massageliege, auf der er sich entspannt hatte.

»Ich begrüße Sie, Corun!«, sagte Tandemar. Am Klang seiner Stimme merkte Leticron sofort, dass er interessante Nachrichten hatte. Leticron trat näher.

»Wir haben eine neue Spur«, berichtete Tandemar. »Sie führt in den Geryl-Sektor.«

»Das ist einer der Sektoren, die unserer Ansicht nach als Aufenthaltsort für Kroiterfahrn in Frage kommen.«

»Sie sagen es, Corun. In der Nähe des Faltro-Systems registrierte eine unserer Robotsonden eine Flugbewegung, die von keinem unserer Schiffe herrühren kann.«

Leticron war enttäuscht. »Die Impulse stammen wahrscheinlich von einem SVE-Raumer. Sie wissen ja, dass die Laren in diesem Sektor operieren.«

»Die Raumfahrer, die uns den Bericht geschickt haben, schließen die Anwesenheit eines SVE-Raumers aus«, erwiderte Tandemar. »Sie behaupten, dass die Impulse so deutlich waren, dass sie genau feststellen konnten, dass es sich nicht um einen SVE-Raumer handelte.«

»Wir werden uns im Geryl-Sektor umsehen«, entschloss sich Leticron. »Vor allem im Gebiet des Faltro-Systems.«

»Diesmal könnte uns eine Ihrer parapsychischen Fähigkeiten sehr helfen«, meinte der Berater.

»In welcher Form?«

»Sie sind Handlungsahner, Corun.« Tandemar lächelte. »Sie können bis auf eine Entfernung von fünf Lichtjahren feststellen, was ein Wesen, mit dem Sie schon einmal Kontakt hatten, zu tun gedenkt.«

»Sie glauben, dass wir uns jenem System nur bis auf fünf Lichtjahre zu nähern brauchen, um festzustellen, ob Kroiterfahrn sich dort aufhält?«

»Ja, Corun.«

»Auf diese Weise würden wir viel Zeit sparen«, stimmte der Überschwere zu. »Allerdings können wir nicht ausschließen, dass Kroiterfahrn einen gewissen Psi-Schutz besitzt.«

Er unterbrach das Gespräch und begab sich in die Transmitterstation des Palasts. Von dort aus gelangte er zum Raumhafen, wo bereits ein Raumschiff für ihn bereitstand. Unmittelbar nach dem Start gab Leticron bereits Befehle an seine Flotte. Er befahl, möglichst viele Schiffe im Geryl-Sektor zusammenzuziehen.

Tandemar, der mit an Bord gegangen war, erhob Einwände. »Halten Sie es für richtig, alle anderen in Frage kommenden Gebiete völlig zu entblößen?«

»Ich habe diesmal ein gutes Gefühl, dass wir auf der richtigen Spur sind«, entgegnete Leticron.

Tandemar sah ihn aufmerksam an. »Sie denken, dass wir im Geryl-Sektor unsere letzte Chance haben?«

Im Allgemeinen akzeptierte Leticron solche Fragen seiner Berater nicht. Diesmal jedoch war er bester Stimmung. Tandemar, der gelernt hatte, sich den Launen des Mutanten anzupassen, wusste genau, wann er bestimmte Fragen riskieren konnte.

»Wir bekämen weitere Chancen, wenn wir nur genügend Zeit hätten«, sagte Leticron. »Wenn wir diesmal keinen Erfolg haben, müssen wir nach neuen Spuren suchen. Ich glaube nicht, dass die Laren uns noch viel Zeit lassen.«

»Sie werden es nicht wagen, Kroiterfahrn zu jagen.«

»O doch!«, prophezeite Leticron. »Ich glaube, dass wir noch gar nicht richtig begriffen haben, in was für einer verzweifelten Lage sich die sechs Konzilsvölker befinden, die sich in gewisser Weise in die Abhängigkeit der Greikos begeben haben. Wenn es uns nicht gelingt, Kroiterfahrn zu töten, werden die Laren diese Aufgabe übernehmen.«

Leticron ließ offen, welche unmittelbaren Folgen eine solche Entwicklung für ihn selbst haben würde. Er brauchte es Tandemar auch nicht zu erklären. Der Berater war klug genug, um zu begreifen, dass Leticron als Erster Hetran ausgespielt haben würde, wenn ihm der Erfolg versagt blieb. Und mit Leticron würden all jene von der Bühne abtreten müssen, die ihn unterstützt hatten.

Im Geryl-Sektor stieß ein Verband von 36 Einheiten der Leticron-Flotte zur BELLTRAG. Leticron sprach mit dem Kommandanten des Verbandes und erfuhr, dass sich insgesamt 614 Schiffe im Geryl-Sektor aufhielten. Zwei Drittel davon schirmten das Faltro-System ab.

Von der BELLTRAG aus nahm Leticron Funkverbindung mit Jellkathan auf. Jellkathan war kein Überschwerer, aber er genoss Leticrons volles Vertrauen. Unmittelbar nach seiner Ernennung zum Ersten Hetran hatte Leticron den Springerpatriarchen zum Oberbefehlshaber der Flotte berufen. Bisher hatte Jellkathan ihn nie enttäuscht.

Für einen Springer besaß Jellkathan ein fein gezeichnetes Gesicht und glatte, rötlich schimmernde Haare. Leichte Speckwülste über den Augen ließen ihn immer müde und gereizt aussehen. Als das Gesicht dieses Mannes sich auf dem Schirm des Hyperkoms abzeichnete, wuchs Leticrons Optimismus. Jellkathans Anwesenheit war schon immer die Garantie dafür gewesen, dass entscheidende Ereignisse bevorstanden.

»Was haben Sie bisher unternommen?«, wollte Leticron wissen.

»Nur Fernortungen!«, antwortete Jellkathan.

»Mit welchem Erfolg?«

»Ohne!«, lautete die knappe Antwort. »Wir sind allerdings nicht weit ins Faltro-System vorgestoßen, weil wir übereilte Reaktionen eventueller Gegner vermeiden wollten.«

Mit anderen Worten, dachte Leticron amüsiert, *überlässt Jellkathan die Verantwortung dem Ersten Hetran!*

»Gut«, sagte er. »Wir werden mit der BELLTRAG bis auf drei Lichtjahre an das Faltro-System herangehen. Dann werden wir vielleicht wissen, ob es eine richtige Spur war.«

Je näher die BELLTRAG an das Faltro-System herankam, desto schweigsamer wurde Leticron. Innerlich hatte er fest mit einem Erfolg gerechnet. Nun wartete er vergeblich auf den parapsychischen Kontakt, der ihm die Nähe Kroiterfahrns anzeigen würde.

In der Zentrale der BELLTRAG wagte niemand eine Frage an den Corun of Paricza zu richten. Die Männer spürten, was in Leticron vorging. Als sich das Schiff der kleinen Sonne Faltro bis auf drei Lichtjahre genähert hatte, warf Leticron einen Blick auf die Kontrollen und winkte ab.

»Flug stoppen!«, befahl er mit rauer Stimme. »Es ist nichts!«

Nur wenige Augenblicke später schwebte die BELLTRAG ohne Fahrt im Raum.

»Ich würde ihn spüren, wenn er im Faltro-System wäre«, wandte Leticron sich an Tandemar.

»Vielleicht müssen wir näher heran«, schlug Mannjock vor.

»Sie haben selbst gesagt, dass der Greiko vielleicht über eine Psi-Sperre verfügen könnte, Corun«, fügte Tandemar hinzu.

»Richtig«, sagte Leticron gereizt. »Aber ich habe nicht daran geglaubt. Bisher habe ich jeden gespürt, wenn ich nur nahe genug an ihn herangekommen bin. Warum sollte es jetzt anders sein?«

Seine Enttäuschung war so deutlich, dass weder Tandemar noch Mannjock weitere Einwände erhoben. Sie warteten auf Leticrons weiteren Entscheidungen.

»Wir stehen wieder am Anfang«, sagte Leticron langsam. »Wahrscheinlich ist es angebracht, dass wir uns aus dem Geryl-Sektor zurückziehen.«

Er konnte nicht ahnen, dass er im Begriff war, die Pläne der Terraner in diesem Augenblick zunichte zu machen. Das seltsame Spiel um die Macht in der Galaxis hatte sich so kompliziert, dass Leticrons Fehlschlag in Wirklichkeit eine Niederlage für die Terraner war.

Braunter Schulz hatte den Kommandanten der KENSINGTON noch nie unbeherrscht gesehen. Aber als sich die Flotte Leticrons aus dem Faltro-System zurückzog, stieß er eine Serie von Verwünschungen aus und sprang von seinem Sitz an den Kontrollen auf. Die ganze Zeit über hatten die Raumfahrer von Bord der KENSINGTON aus die Bewegungen im Raum beobachtet.

Schulz erlebte den einzigartigen Fall, dass die Besatzung eines terranischen Schiffs ihre Entdeckung durch den Gegner förmlich herbeisehnte. Der USO-Spezialist war vermutlich der einzige Mann an Bord, der beim Rückzug der gegnerischen Schiffe triumphierte. Kroiterfahrn war zunächst gerettet.

»Wir können sie nicht mit der Nase auf unser Schiff stoßen!«, sagte Jandoll wütend. »Ich frage mich, was Leticron veranlasst haben könnte, die Aktion wieder abzublasen.«

»Vielleicht hat er das Unternehmen durchschaut«, meinte einer der Offiziere.

»Dazu waren wir zu vorsichtig«, widersprach Jandoll. Er registrierte den selbstzufriedenen Ausdruck in Schulz' Gesicht. »Sie haben keinen Grund, erleichtert zu sein, Goethe.«

»Ich weiß nur, dass ein Mord verhindert wurde«, gab Schulz zurück.

Jandoll setzte zu einer heftigen Erwiderung an, gewann dann aber seine Fassung zurück und schwieg.

»Vielleicht darf ich jetzt zu ihm?«, fragte Schulz.

Jandoll schüttelte den Kopf. »Das Verbot bleibt bestehen.«

»Sie weichen also nicht von Ihrem Plan ab?«

»Nein«, sagte Jandoll. »Ich glaube zwar nicht, dass sich noch eine Gelegenheit ergeben wird, aber wir wollen es versuchen, solange Leticron die Jagd fortsetzt.«

Schulz überlegte, ob der Erste Hetran nicht seinerseits ein für die Terraner undurchschaubares Spiel spielte. An Bord der KENSINGTON hatte man sich bereits für eine Auseinandersetzung mit Leticron gerüstet – und nun geschah das.

»Was wird mit Kroiterfahrn geschehen, wenn der Plan endgültig fehlschlagen sollte?«, fragte der USO-Spezialist.

»Darüber wurde noch nicht entschieden«, erwiderte Jandoll ausweichend. Schulz war sicher, dass der Raumfahrer nicht die Wahrheit sagte. Wieder hatte er das Gefühl, von der gesamten Entwicklung ausgeschlossen zu sein. Ihm fehlten Informationen, um alles zu verstehen.

»Wir verlassen das Faltro-System, sobald alle Schiffe Leticrons verschwunden sind«, ordnete Jandoll an. »Es hat keinen Sinn, noch länger hier zu warten. Wir müssen den Versuch auf einer anderen Welt in einem anderen Sektor wiederholen.«

»Halt!«, rief Leticron plötzlich. »Wir verlassen dieses System vorläufig noch nicht.«

Tandemar sah ihn überrascht an. »Was ist geschehen? Haben Sie Kontakt mit Kroiterfahrn?«

»Nein«, sagte Leticron. »Aber nachdem ich mich nicht mehr auf den Greiko konzentriere, spüre ich die Impulse eines anderen Wesens.«

»Wer ist es?«, wollte Tandemar wissen.

»Schulz!«, rief Leticron triumphierend. »Ich spüre die Impulse des USO-Spezialisten, der Kroiterfahrn von Tahun entführt hat.«

»Wo Schulz ist, ist auch Kroiterfahrn!«, stellte Mannjock begeistert fest.

»Vermutlich«, dämpfte Leticron die Erwartungen seiner Berater. »Immerhin haben wir gute Aussichten, Schulz gefangen zu nehmen.«

»Ich werde die Flotte alarmieren«, sagte Tandemar. »Wir müssen eine Landungsoperation auf Karramisch vorbereiten.«

»Nein«, widersprach Leticron. »Nur die BELLTRAG wird auf Karramisch landen. Alle anderen Schiffe sollen einen Sperrriegel um diesen Planeten ziehen, damit kein Schiff entkommen kann.«

Er ließ sich in seinen Sitz zurücksinken und konzentrierte sich auf Schulz. Er wollte herausfinden, welche Handlungen dieser Mann vorbereitete. Nach wenigen Augenblicken richtete der Überschwere sich überrascht auf. »Schulz beschäftigt sich offenbar mit dem Problem, wie er an Kroiterfahrn herankommen kann«, sagte er zu seinen Beratern. »Sie sind also nicht zusammen.«

Tandemar wollte etwas erwidern, doch Leticron hob eine Hand und brachte ihn zum Schweigen. Er wollte sich jetzt nicht ablenken lassen. Wenn es ihm gelang, Schulz' Handlungen in allen Details zu erahnen, konnte er bereits vor der Landung der BELLTRAG wertvolle Informationen erlangen.

Die BELLTRAG beschleunigte und näherte sich der kleinen Sauerstoffwelt der Sonne Faltro. Wenig später tauchten auch die Schiffe unter Jellkathans Kommando wieder auf.

»Die Spur hat sich doch noch als richtig erwiesen«, informierte Leticron den Springer über Hyperkom. »Sie werden mit Ihren Schiffen den Planeten so abriegeln, dass kein Schiff entkommen kann. Die BELLTRAG wird landen. Ich informiere Sie sofort, falls wir Verstärkung brauchen sollten.« Leticron brach das Gespräch ab und konzentrierte sich wieder auf Braunter Schulz, dessen Nähe er jetzt immer deutlicher spüren konnte. Dagegen fühlte er immer noch keine Impulse von Kroiterfahrn.

Leticron wurde aus Schulz' Handlungsabsichten nicht klug. Dieser Mann dachte und handelte, als stünde er im Gegensatz zu einer anderen Gruppe von Terranern.

Als Handlungsahner war Leticron kein Telepath. Es war ihm nicht möglich, Schulz' Gedanken zu lesen, sondern er konnte nur dessen Handlungen erahnen. Dabei waren Täuschungen möglich.

Leticron befahl dem Kommandanten der BELLTRAG, den Flug vorläufig zu stoppen. »Ich werde aus Schulz' Absichten nicht schlau«, erklärte er seinen Beratern seinen Entschluss. »Irgendetwas ist auf Karramisch nicht in Ordnung.«

20.

Schulz wollte sich gerade aus der Zentrale der KENSINGTON zurückziehen, als Jandoll einen überraschten Ruf ausstieß.

»Sie kommen zurück!«

Schulz blickte auf die Schirme der Raumortung. Was er sah, ließ ihn die Lippen aufeinander pressen. Leticrons Schiffe drangen wieder in das Faltro-System ein. Die Energieimpulse ließen keine andere Deutung zu.

»Glauben Sie, dass sie uns jetzt angreifen werden?«, fragte der Chef-funker den Kommandanten.

»Abwarten!«, empfahl Jandoll. »Auf jeden Fall stimmt mich dieses Manöver optimistisch. Leticron muss irgendetwas entdeckt haben, was ihm vorher entgangen ist.«

Die Männer und Frauen, die sich in der Zentrale der KENSINGTON aufhielten, drängten sich jetzt um die Schirme. Schulz verstand nicht, dass sie so ruhig blieben. Der Anblick einer so großen Flotte musste ihnen doch bewusst machen, dass ihr Leben in Gefahr war.

Jandoll wandte sich im Sitz um. »Kommen Sie zu mir!«, rief er Schulz zu. Widerwillig nahm der USO-Spezialist an der Seite des Kommandanten Platz. »Es wird Zeit, dass ich Sie in weitere Einzelheiten unseres Planes einweihe.«

Schulz wartete ab.

»Im Lagerraum Nummer sieben befindet sich außer dem Greiko noch eine Transmitteranlage«, fuhr Jandoll fort. »Sobald das erste Schiff der gegnerischen Flotte auf Karramisch landet, wird die gesamte Besatzung durch den Transmitter fliehen.«

Schulz runzelte die Stirn. »Sie wollen ihnen den Greiko kampflos überlassen?«

»Sie werden zurückbleiben, Goethe«, erwiderte Jandoll gelassen.

In Schulz regte sich ein ungeheuerlicher Verdacht. Sollte er etwa zusammen mit Kroiterfahrn geopfert werden? War das der Teil des Planes, den er bisher vergeblich zu ergründen versucht hatte?

»Aber Sie werden nicht allein sein«, fügte Jandoll hinzu. »Tako Kakuta wird wieder in Ihren Körper übergehen und Sie im Ernstfall aus der Gefahrenzone teleportieren.«

Neue Rätsel!, dachte Schulz. Warum sollte ausgerechnet er zurückbleiben?

»Wann erfahre ich alles?«

»Später«, erwiderte Jandoll. »Aber ich will Ihnen verraten, warum Sie nicht den gesamten Plan kennen dürfen. Leticron ist Mutant. Eine seiner Fähigkeiten besteht im Erahnen von Handlungen jener Personen, denen er bereits einmal begegnet ist. Er könnte also über Sie die Wahrheit herausfinden, wenn wir Sie informieren würden. Das darf aber auf keinen Fall geschehen.«

Für Schulz waren diese Worte eine Bestätigung seines Verdachts, dass er längst nicht alles von jenem verzweifelten Plan wusste, den Atlan und Ronald Tekener ausgearbeitet hatten. Jetzt keimte Hoffnung in ihm auf. Er vermutete, dass Kroiterfahrn durch einen Trick gerettet werden sollte. Vielleicht gelang es, den Greiko in Sicherheit zu bringen und doch den beabsichtigten Effekt zu erzielen.

»Zerbrechen Sie sich jetzt nicht den Kopf«, empfahl ihm Jandoll. »Sie werden früh genug begreifen, was hier gespielt wird.«

»Wohin werden Sie mit der Besatzung fliehen?«, wollte Schulz wissen.

Diesmal gab Jandoll bereitwillig Auskunft. »Der KENSINGTON folgt seit ihrem Start von Gäa aus ein zweites Raumschiff in einem Sicherheitsabstand von sieben Lichtjahren. Dieses Schiff steht also jetzt sieben Lichtjahre vom Faltro-System entfernt. An Bord befindet sich ein Transmitter. Durch ihn werden wir herauskommen. Das Schiff wird auch nahe genug sein, wenn Tako mit Ihnen in Sicherheit teleportieren wird.«

In diesem Augenblick spürte der USO-Spezialist, dass Tako Kakuta in seinen Körper zurückkehrte.

Die Gedanken des Altmutanten überlagerten Schulz' Gefühle. *Hallo*, meldete sich der Teleporter. *Ich hoffe, dass ich diesmal nicht so schnell wieder verstoßen werde. Schließlich bin ich in Sie gedrungen, um Sie zu retten.*

Schulz fühlte sich überrumpelt, aber er erhob keine Einwände. Jandoll konzentrierte seine Aufmerksamkeit wieder auf die Ortungsanlagen. Die Flotte der gegnerischen Schiffe zog sich um Karramisch zusammen. Das bedeutete, dass der Planet abgeschirmt werden sollte. Jetzt, da Schulz von dem Transmitter an Bord wusste, war ihm die Gelassenheit der Besatzung kein Rätsel mehr. Die Männer und Frauen wussten, dass sie sich im Ernstfall durch den Transmitter retten konnten. An ein umfassendes Bombardement glaubte niemand an Bord der KENSINGTON. Leticron musste sich in jedem Fall überzeugen, dass er den Tod Kroiterfahrns herbeigeführt hatte.

»Da!«, rief einer der Ortungsoffiziere. »Dieses einzelne Schiff nähert sich Karramisch. Wahrscheinlich wird es ein Landemanöver einleiten.«

»Vermutlich wird man uns zur Kapitulation auffordern«, sagte Jandoll lächelnd. »Ich bedaure, dass ich Leticrons Gesicht nicht sehen kann, wenn ihm alle Gefangenen im letzten Augenblick entkommen.«

Schulz wollte von Kroiterfahrns Schicksal sprechen; er wollte endlich herausfinden, ob man den Greiko tatsächlich kaltblütig ermorden lassen würde. Da regten sich die Gedanken von Tako Kakutas Bewusstseinsinhalt: *Sie dürfen nicht wieder damit anfangen, Schulz.*

Ich will aber!, dachte Schulz trotzig zurück. *Nach allem, was ich bisher von Ihnen gehört habe, wundert es mich, dass Sie diese Mordvorbereitungen unterstützen.*

»Das fremde Schiff kommt zum Stillstand!«, rief einer der Raumfahrer. Jandoll stieß eine Verwünschung aus.

»Was bedeutet das schon wieder?«, fragte er verwirrt.

»Leticron ist eben besonders vorsichtig!«, sagte ein junger Offizier.

Sie blickten gespannt auf die Schirme, aber das Schiff, das sich dem Planeten genähert hatte, stand jetzt still im Raum. Schulz fragte sich, was an Bord des gegnerischen Schiffs vorgehen mochte.

»Ich bin sicher, dass Leticron persönlich an Bord ist«, sagte Jandoll grimmig. Schulz sah, dass die Hände des Kommandanten zitterten. Wieder sah Jandoll seinen Erfolg gefährdet. Es war unfassbar, dass dieser sympathische Mann Kroiterfahrns Tod auf so niederträchtige Weise herbeizuführen half.

»Ob der Überschwere Verdacht geschöpft hat?«, fragte jemand. Niemand antwortete.

»Wir können nur abwarten«, sagte Jandoll schließlich.

Es war ein gegenseitiges Belauern. Keine Seite wusste genau, was die andere eigentlich vorhatte. Unter weniger schrecklichen Vorzeichen hätte Schulz dieser Situation vielleicht einige interessante Seiten abgewonnen, doch hier ging es um das Leben des friedfertigsten Wesens, das der USO-Spezialist kannte.

Tako!, dachte er intensiv in sich hinein. *Sie können ihn retten, wenn Sie mit ihm aus der KENSINGTON teleportieren.*

Ich werde meine Befehle ausführen, dachte Kakuta zurück. *Bleiben Sie ruhig, Goethe. Sie werden Ihre Nervenkraft noch brauchen.*

Das Warten wurde für Schulz immer unerträglicher. Er schwankte zwischen Niedergeschlagenheit und immer wieder aufflackernder Hoffnung. Obwohl alles darauf hindeutete, dass der Mord an Kroiterfahrn unmittelbar bevorstand, glaubte Schulz noch immer an eine unvorhergesehene Wendung. Allerdings war schwer abzusehen, von welcher Seite sie erfolgen sollte. Wo war der Trumpf auf der Seite der Terraner? Gab es ihn überhaupt?

Schulz merkte, dass Kakuta ihn zu beruhigen versuchte, aber er reagierte nicht darauf.

»Nun komm schon!«, flüsterte Jandoll beschwörend. »Tausende von Morden hast du begangen, ohne zu zögern. Warum bist du diesmal so vorsichtig, du Ungeheuer?«

Schulz schloss die Augen. Er wünschte, er hätte den Greiko nie gesehen. Ihn und all die anderen nicht, die nichts anderes im Sinn hatten, als Kroiterfahrn umzubringen.

»Ich befürchte, dass ich mich nicht lange genug mit diesem Schulz beschäftigt habe«, sagte Leticron nachdenklich. »Die Handlungen, die ich erahnen kann, ergeben keinen Sinn. Es kann sogar sein, dass dieser Mann schizophren ist. Ich kann spüren, dass er zu dem Greiko will. Andererseits denkt er an Flucht.«

»Man hat uns also entdeckt?«, fragte Tandemar.

»Vermutlich«, antwortete Leticron. »Allmählich habe ich den Verdacht, Karramisch könnte eine Falle sein.«

»Eine Falle?«, wiederholte Mannjock ungläubig. »Ich kann mir nicht vorstellen, wie die Terraner das bewerkstelligen wollen.«

»Ich auch nicht«, sagte Leticron. »Aber wir müssen aufmerksam sein. Wir dürfen keine Fehler machen.«

Er stellte eine Hyperfunkverbindung zum Flaggschiff her und wartete, bis Jellkathans Gesicht auf dem Schirm erschien. »Ich habe über unser Vorhaben nachgedacht«, sagte er. »Durch verschiedene unerklärliche Vorgänge auf Karramisch habe ich den Verdacht, dass man uns in eine Falle locken könnte.«

Der Springer blieb unbewegt. »Die letzten Masseortungen haben ergeben, dass höchstens zwei Schiffe auf Karramisch stehen«, berichtete er. »Wahrscheinlich handelt es sich sogar nur um ein einzelnes Schiff. Bei unserer augenblicklichen Überlegenheit kann ich mir nicht vorstellen, dass uns der Gegner gefährlich werden könnte.«

»Ich bin nervös«, gestand der Erste Hetran. »Die lange Suche zeigt ihre Folgen. Ich möchte auch nur erreichen, dass Sie alle Vorgänge mit höchster Aufmerksamkeit beobachten.«

»Wir können jederzeit eingreifen!«, versicherte Jellkathan. »Ich schlage jedoch vor, dass Sie nicht landen. Verlassen Sie die BELLTRAG mit einem Beiboot. Sie können alle Vorgänge von Bord des Flaggschiffs aus beobachten.«

Leticron gestand sich ein, dass er auf einen solchen Vorschlag gewartet hatte. Nun besaß er den Vorwand, von Bord der BELLTRAG zu gehen. Er hörte sich jedoch sagen: »Ich werde dieses Schiff als Erster verlassen – auf Karramisch.«

»Bedeutet das, dass wir wieder Fahrt aufnehmen?«, erkundigte sich Tandemar.

Die Dinge müssen zu einer Entscheidung kommen!, dachte der Corun of Paricza. *So oder so!*

»Landemanöver vorbereiten!«, befahl er. »Wir werden zunächst eine Umlaufbahn um den Planeten einschlagen und versuchen, Funkkontakt zu den Terranern zu bekommen.«

»Sie wollen sie zur Übergabe auffordern?«, fragte Mannjock.

»Inzwischen haben sie uns bestimmt entdeckt«, sagte Leticron. »Sie werden verzweifelt darüber nachdenken, wie sie entkommen können. Wir werden ihnen einen annehmbaren Vorschlag machen. Wenn sie uns Kroiterfahrn ausliefern, lassen wir sie ziehen.«

»Glauben Sie wirklich, dass sie darauf eingehen werden?«, fragte Tandemar überrascht.

»Nein«, sagte Leticron. »Aber wir werden ihnen so einheizen, dass sie schließlich keine andere Wahl haben werden.«

Die Aufforderung zur Kapitulation erfolgte schneller, als Jandoll erwartet hatte. Unmittelbar nachdem ein Schiff des Gegners eine Kreisbahn um Karramisch eingeschlagen hatte, empfingen die Raumfahrer an Bord der KENSINGTON einen Funkruf auf der Welle der Solaren Flotte.

»BELLTRAG an unbekanntes terranisches Schiff! Sie sind umzingelt und haben keine Chance zur Flucht. Wir verlangen die Auslieferung Kroiterfahrns und bieten dafür freien Abzug.«

»Sehr großzügig«, sagte Jandoll spöttisch. Dann wandte er sich an den Funker. »Antworten Sie, dass wir den Greiko nicht an Bord haben und außerdem nicht daran denken, vor ihnen zu kapitulieren.«

Er aktivierte den Interkom. »An alle Besatzungsmitglieder. Verlassen Sie jetzt Ihre Stationen und begeben Sie sich zur Transmitterstation. Es kann sein, dass wir schnell fliehen müssen.«

Auch die Zentrale leerte sich. Zum Schluss waren nur noch Jandoll und Schulz in dem großen Raum. Zu Schulz' Überraschung erhellte sich einer der Schirme. Leticrons Gesicht zeichnete sich darauf ab. Jandoll stieß einen leisen Pfiff aus.

»Tatsächlich! Der Erste Hetran persönlich!«

»Leticron an den terranischen Kommandanten! Wir wissen, dass Sie Kroiterfahrn an Bord haben. Außerdem befindet sich an Bord Ihres Schiffs ein USO-Spezialist namens Braunter Schulz. Diesen Mann möchte ich sprechen.«

Schulz warf Jandoll einen überraschten Blick zu, doch der Kommandant reagierte nicht darauf.

»Wir haben über fünfhundert Schiffe im Faltro-System stehen«, fuhr Leticron fort. »Einhundert weitere manövrieren außerhalb des Systems, um eventuelle Verstärkungen für Sie abzufangen. Sie können das alles auf Ihren Ortern beobachten. Deshalb sind Sie sich über Ihre Lage im Klaren.«

Jandoll schaltete die Bildübertragung zu, sodass er für Leticron an Bord der BELLTRAG sichtbar wurde.

»Hier ist Jandoll von der KENSINGTON«, sagte er. »Sie können uns nicht einschüchtern.«

»Sind Sie der Kommandant?«

»Ja«, bestätigte Jandoll.

»Ich hoffe, dass Sie vernünftig sind«, sagte Leticron. »Kapitulieren Sie. Und jetzt möchte ich Schulz sprechen.«

Zu Schulz' Erstaunen machte Jandoll eine einladende Geste in Schulz' Richtung. Der USO-Spezialist nahm nur zögernd vor dem Schirm Platz.

»Schulz!«, rief Leticron, als er den Terraner erblickte. »Ich weiß nicht, ob ich Sie verdammen oder bewundern soll. Auf jeden Fall haben Sie mit der Entführung von Kroiterfahrn Erstaunliches geleistet. Es ist schade, dass Sie auf der anderen Seite stehen.«

Schulz konnte sich auch diesmal des Eindrucks nicht entziehen, den dieser Mann auf ihn machte. Er wusste, dass Leticron Überzeugungsinjektor war, aber dieses Wissen machte ihn nicht immun gegen die persönliche Ausstrahlungskraft des Überschweren. Er spürte, dass sogar der Bewusstseinsinhalt des Altmutanten in seinem Körper von dieser Ausstrahlung berührt wurde.

»Was wollen Sie?«, stieß Schulz hervor.

»Den Greiko!«, sagte Leticron. »Retten Sie Ihr Leben und das der Besatzung, indem Sie ihn ausliefern.«

»Sie haben doch gehört, dass er sich nicht an Bord aufhält.«

»Pah!«, machte der Erste Hetran nur.

Als Schulz sich Hilfe suchend nach Jandoll umblickte, stellte er fest, dass der Kommandant verschwunden war. Er hatte den Verdacht, dass Jandoll auch in den Lagerraum gegangen war, um durch den Transmitter zu fliehen.

Ich bin allein!, dachte Schulz betroffen.

Nein!, erreichten ihn die Gedanken Tako Kakutas. *Ich bin nach wie vor bei Ihnen.*

Schulz fragte sich, warum Jandoll ihn zurückgelassen hatte, ohne ihm Anweisungen zu geben. Er fühlte sich hilflos, denn er wusste nicht, wie er sich verhalten sollte. Was erwartete man von ihm?

»Nun?«, drängte Leticron.

»Sie bekommen ihn nicht«, erwiderte Schulz trotzig. »Sie werden ihn sich holen müssen.«

Mit Leticrons Gesicht ging eine Veränderung vor. Er sah drohend aus. »Nun gut«, sagte er grimmig. »Sie haben es nicht anders gewollt.«

Der Bildschirm wurde dunkel.

»Was jetzt?«, fragte Schulz benommen.

Warten, meinte der Altmutant lakonisch. *Was sollen wir sonst tun?*

»Kann ich jetzt zu dem Greiko?«, wollte Schulz wissen.

Nein, antwortete Kakuta.

Die drei Strukturerschütterungen erfolgten unmittelbar hintereinander. Tandemar und Mannjock tauschten einen Blick. Sie brauchten Leticron nicht zu erklären, was sie bedeuteten.

»Transmitterschocks!«, stieß der Erste Hetran hervor. »Sie kommen von Karramisch. Verdammt, Kroiterfahrn darf uns nicht entkommen. Sofort Landemanöver einleiten. Zwei Lenkbomben gegen die KENSINGTON. Ich will sicher sein, dass der Transmitter nicht mehr funktioniert.«

Seine Befehle wurden sofort ausgeführt. Während das Schiff in die Atmosphäre eindrang, wechselten auf den Schirmen der Außenbeobachtung blitzschnell die Bilder. Leticron fragte sich, ob der Greiko bereits durch den Transmitter gegangen war oder sich noch an Bord der KENSINGTON befand.

Für wenige Augenblicke wurde das Bild der KENSINGTON sichtbar. Eine der beiden Bomben war über der oberen Polkuppel des Schiffs detoniert und hatte die Wandung aufgerissen.

Leticron nickte. »Die empfindliche Transmitteranlage dürfte gestört sein. Wer sich jetzt noch an Bord befindet, kann nicht mehr entkommen.«

»Ich befürchte, dass sie den Greiko zuerst durch den Transmitter geschafft haben«, sagte Mannjock.

Leticron bezweifelte das. Die Terraner wussten genau, welche Folgen ein Entzerrungsschmerz für ein Wesen haben konnte, dem Transmittersprünge unbekannt waren. Bei dem schlechten Zustand, in dem Kroiterfahrn sich zweifellos befand, mussten die Terraner besonders vorsichtig sein.

Die zweite Bombe detonierte jetzt, aber zu weit vom Schiff entfernt, um Schaden anzurichten.

Die BELLTRAG schwebte mit eingeschalteten Schutzschirmen über der KENSINGTON.

Leticron wartete auf Abwehrfeuer, doch es geschah nichts. Entweder war die Besatzung der KENSINGTON wirklich geflohen, oder die Bordgeschütze waren bei der Explosion der ersten Bombe beschädigt worden.

Leticron erhob sich, klappte seinen Helm zu und schloss den Waffengürtel. »Wir steigen aus!«, befahl er. »Jellkathan soll mit ein paar Schiffen den gesamten Geryl-Sektor absuchen. Irgendwo muss ein terranisches Schiff stehen, das als Gegenstation fungiert hat. Vielleicht hat der Springer Glück.«

Er begab sich in die Hauptschleuse. Dort hatte sich inzwischen die gesamte Landungstruppe der BELLTRAG versammelt. Die Schleusentore öffneten sich. Die Männer schalteten ihre Flugaggregate ein und sprangen aus dem Schiff.

»Umzingelt die KENSINGTON!«, befahl Leticron über Helmfunk.

Seine Furcht, zu spät gekommen zu sein, wurde stärker. Wenn der Greiko durch den Transmitter entkommen war, hatte Leticron alle Chancen verspielt. Ein zweites Mal würden die Terraner diesen Fehler nicht begehen.

Gleichzeitig wuchs sein Unbehagen. Der Eindruck, etwas Wichtiges übersehen zu haben, beunruhigte ihn. Die Terraner hatten ihr Schiff schneller aufgegeben, als Leticron angenommen hatte. Allerdings erschien diese Handlungsweise angesichts der Überlegenheit von Leticrons Flotte nur vernünftig.

Tandemar flog an Leticrons Seite. »Es sieht so aus, als befände sich niemand mehr an Bord«, sagte der Berater.

Leticron nickte nur. Er stellte eine Verbindung zur Zentrale der KENSINGTON her, aber sein Versuch, Kontakt mit einem Besatzungsmitglied aufzunehmen, hatte keinen Erfolg.

»Alle Schleusen sind geschlossen«, stellte Tandemar fest. »Aber wir können durch das Leck in der oberen Polkuppel in das Schiff eindringen.«

»Langsam!«, befahl Leticron. »Wir schicken zunächst ein paar Roboter in das Schiff. Ich möchte nicht in eine Falle geraten.«

Die BELLTRAG schleuste ein halbes Dutzend Roboter aus. Leticron sah sie auf das terranische Schiff hinabschweben. Bisher hatte er wenig auf die Umgebung geachtet. Die Schönheit des Tales entging ihm völlig.

Die Roboter verschwanden durch das Leck im Innern der KENSINGTON. Es blieb alles ruhig.

»Jetzt sind wir an der Reihe«, sagte Leticron.

Er übernahm die Spitze. Tandemar und Mannjock folgten unmittelbar hinter ihm. Im Allgemeinen operierte Leticron bei solchen Unternehmungen vorsichtiger. Es kam selten vor, dass er sein eigenes Leben riskierte. Er konnte sich nicht erklären, was ihn zu diesem totalen Einsatz antrieb.

Die Männer um ihn herum hielten ihre Waffen schussbereit. Sie schwebten jetzt über der Polkuppel der KENSINGTON, in der sich das Leck befand. Der Überschwere erwartete, es unten in der Dunkelheit aufblitzen zu sehen, doch der Feuerstoß blieb aus. Er schaltete den Helmscheinwerfer ein und schwebte durch die Öffnung. In unmittelbarer Nähe der Explosionsstelle waren Wände und Decken völlig deformiert. Leticron wunderte sich, dass man an Bord der KENSINGTON vor dem Angriff keine Schutzschirme aufgebaut hatte.

Hatte man nicht mit diesem Angriff gerechnet? Vielleicht glaubten die Terraner, dass Leticron den Greiko lebend in die Hände bekommen wollte.

Der Erste Hetran leuchtete die nähere Umgebung ab. Niemand war zu sehen. Inzwischen waren weitere Besatzungsmitglieder der BELLTRAG in das terranische Schiff eingedrungen. Leticron fand zu seiner üblichen Überlegenheit zurück.

»Durchsucht alle Räume!«, befahl er. »Tandemar und Mannjock folgen mir in die Zentrale.«

21.

Die Explosion im oberen Teil des Schiffs hatte die Zentrale schwer beschädigt. Der größte Teil der Instrumente war ausgefallen, und die Orter zeigten falsche Werte. Die Funkanlage funktionierte nur noch einseitig; Schulz konnte zwar Nachrichten empfangen, aber er war nicht in der Lage, zu senden.

Schulz konnte nicht feststellen, was außerhalb der KENSINGTON vorging, aber er konnte es sich vorstellen. Er wunderte sich, dass keine weiteren Angriffe erfolgten. Vielleicht war Leticron sicher, dass er sein Ziel bereits erreicht hatte.

Der USO-Spezialist fragte sich, wie Kroiterfahrn die Erschütterung überstanden haben mochte. Es war nicht anzunehmen, dass in den unteren Decks schlimmere Zerstörungen entstanden waren. Schulz dachte auch mehr an die psychischen Auswirkungen, die der Angriff auf den Greiko gehabt haben musste.

Ich will jetzt zu ihm, Tako, dachte er. *Warum widersetzen Sie sich immer noch? Es ist doch alles entschieden. Er wird in jedem Fall sterben müssen. Lassen Sie mich in den letzten Minuten seines Lebens bei ihm sein. Er soll nicht nur in einer Atmosphäre der Gewalt und der Einsamkeit sterben.*

Nein!, dachte Kakuta.

Schulz richtete sich auf, aber zum ersten Mal wurde sein eigener Wille von dem des Altmutanten unterdrückt.

Es tut mir Leid, dass ich so handeln muss, sagte Kakuta. *Ich hoffe, dass Sie mich verstehen werden, wenn alles vorbei ist.*

Schulz stand breitbeinig da und kämpfte gegen den Einfluss des fremden Willens an. Er merkte schnell, dass er dem Mutanten nicht gewachsen war. *Sie unterstützen diesen Mord!,* dachte er verzweifelt. *Sie tun alles, dass es dazu kommt.*

Es hat keinen Sinn, wenn wir jetzt darüber diskutieren, antwortete der Telepath.

Schulz wurde abgelenkt, denn draußen im Hauptgang wurden schwere Schritte hörbar. Stimmen klangen auf.

Der USO-Spezialist wollte nach seiner Waffe greifen, doch Kakuta hinderte ihn daran. *Wollen Sie sofort erschossen werden?,* fragte der Altmutant. *Sie müssen jetzt ruhig bleiben.*

Schulz starrte zum Eingang der Zentrale hinüber. Wenige Augenblicke später wurden dort drei ungefüge Gestalten in schweren Schutzanzügen sichtbar. Es waren Überschwere.

Der Mann, der an der Spitze ging, öffnete seinen Helm und klappte ihn zurück.

»Hallo, Schulz!«, sagte Leticron drohend.

Jandoll war nicht überrascht, dass Atlan und Tekener sich an Bord der VELLIKA aufhielten. Der Lordadmiral erwartete den Kommandanten der KENSINGTON vor dem Transmitter. Die Besatzungsmitglieder der KENSINGTON wurden von Offizieren der VELLIKA empfangen und in die verschiedenen Aufenthaltsräume des Schiffs geführt.

Jandoll strich sich die Haare aus der Stirn und holte tief Atem. »Es scheint zu klappen, Sir«, sagte er zu Atlan. »Jetzt befinden sich nur noch Schulz, Kroiterfahrn und Kakutas Bewusstseinsinhalt an Bord der KENSINGTON.«

»Wie geht es Schulz?«

»Sie wissen, was er von der Sache hält. Ich glaube nicht, dass sich seine Meinung geändert hat. Er hält uns für Mörder. Leticron ist für ihn nur die ausführende Person, in Schulz' Augen jedoch sind wir die wahren Schuldigen.«

»Daran lässt sich im Augenblick nichts ändern«, meinte der Arkonide. »Wichtig ist jetzt nur, dass alles so funktioniert, wie wir es uns vorgestellt haben.«

»Glauben Sie, dass Schulz durchhalten wird?«, fragte Tekener den Raumfahrer.

»Die Gefahr ist, dass er nicht alles weiß«, antwortete Jandoll nachdenklich. »Natürlich konnten wir ihn nicht einweihen, weil die Gefahr bestand, dass Leticron unseren Plan vorzeitig erfahren würde. Wenn Tako nicht bei ihm wäre, bestünde Anlass zum Zweifeln. Doch mit der Hilfe des Teleporters wird Schulz es schaffen.«

Atlan warf einen Blick auf die Uhr. »Wahrscheinlich wird Leticron nach unserem Schiff suchen. Die Überschweren haben die Transmitterschocks mit Sicherheit angemessen und daraus den Schluss gezogen, dass ein zweites terranisches Schiff im Geryl-Sektor operiert.«

»Wie wird Leticron reagieren, wenn er merkt, dass er uns in die Falle gegangen ist?«, fragte Jandoll.

Der Arkonide lächelte. »Es wird ihm keine andere Wahl bleiben, als auf unser Spiel einzugehen. Er darf den Laren gegenüber niemals die Wahrheit sagen.«

Jandoll seufzte. »Noch kann ich nicht glauben, dass es klappen wird.«

»Es gehört Glück dazu«, stimmte Atlan zu.

Eine Zeit lang starrten sich die beiden so verschiedenartigen Männer an. Schulz spürte die psychische Überlegenheit des anderen und senkte den Kopf. Seine Schwäche machte ihn ärgerlich, aber Kakuta versuchte ihn zu beruhigen.

Es ist keine Schande, in diesem Duell der Blicke einem Überzeugungsinjektor zu unterliegen.

Schulz hörte Leticron lachen. Er spürte, dass der Erste Hetran ihn verachtete. Er hatte schon davon gehört, dass Leticron alle Menschen verachtete, aber er empfand dies jetzt zum ersten Mal. Die beiden Männer, die zusammen mit Leticron in die Zentrale gekommen waren, hatten ihre Waffen gezogen und auf Schulz gerichtet.

»So sieht man sich wieder«, sagte Leticron amüsiert. »Warum sind Sie nicht mit den anderen durch den Transmitter geflohen?«

Schulz schwieg verbissen. Er konnte nicht an den Teleporter denken, denn der Bewusstseinsinhalt blockierte solche Gedanken, um seine Anwesenheit nicht zu verraten.

»Vielleicht wollten Sie bei Ihrem Freund bleiben«, vermutete der Erste Hetran. Er machte einen Schritt auf Schulz zu. In seinem Anzug sah er noch größer und übermächtiger aus. Er schien die gesamte Zentrale auszufüllen. Schulz konnte sich vorstellen, dass man von einer solchen Persönlichkeit förmlich erdrückt wurde.

»Wo ist er?«, fragte Leticron.

Schulz wollte einen verzweifelten Versuch machen, Kroiterfahrn vor dem Zugriff des Überschweren zu retten. Er wollte Leticron berichten, dass der Greiko mit den anderen Besatzungsmitgliedern der KENSINGTON durch die Transmitterstation geflohen war. Doch Kakuta hinderte ihn daran.

Leticron entging sein Zögern nicht. »Wir finden ihn auch ohne Ihre Hilfe! Wir werden das gesamte Schiff durchsuchen.«

Es war Tako Kakuta, der mit Schulz' Stimme antwortete: »Er befindet sich im Lagerraum Nummer sieben im unteren Deck.«

Nein!, tobten Schulz' Gedanken. *Dazu hätten Sie mich nicht zwingen dürfen.*

Er schwankte. Das Blut pulsierte in seinen Schläfen. Er wollte irgendetwas unternehmen. Ohne Kakutas Anwesenheit hätte er sich in diesem Augenblick mit bloßen Händen auf den Überschweren gestürzt.

Leticron schien die inneren Qualen des Terraners zu erahnen. »Sie werden schwach, Schulz! Es hat auch keinen Sinn, an zwei Fronten zu kämpfen. Dachten Sie wirklich, Kroiterfahrn schützen zu können?«

Wieder war es Tako Kakuta, der antwortete: »Tun Sie, was Sie nicht lassen können.«

Leticron winkte einen seiner beiden Begleiter zu sich. »Tandemar, Sie und Mannjock bleiben bei diesem Mann und bewachen ihn. Ich werde nachsehen, ob der Greiko sich tatsächlich an dem angegebenen Platz aufhält. Danach werde ich entscheiden, was mit Schulz geschehen soll.«

»Ich lasse ihn nicht aus den Augen!«, versicherte Tandemar. »Aber ich würde es für vernünftiger halten, wenn Sie nicht allein zu dem Greiko gehen.«

»Glauben Sie, dass er mich angreifen wird?«, spottete Leticron.

»Es könnten sich noch Terraner im unteren Deck aufhalten«, warnte Tandemar.

»Ich schicke die Roboter voraus«, kündigte Leticron an.

Er verließ die Zentrale. Schulz beobachtete die beiden Überschweren, die zurückgeblieben waren, um ihn zu bewachen. Sie konnten nicht ahnen, dass ihr Gefangener die Fähigkeit besaß, blitzschnell aus diesem Raum zu teleportieren.

Schulz überlegte, dass er jetzt eine einmalige Gelegenheit hatte, Leticron zu töten. Wenn Kakuta mit ihm in den Lagerraum teleportierte, konnte er den Überschweren überraschen.

Schlagen Sie sich das aus dem Kopf!, dachte Kakuta. *Diesmal geht es nicht um den Ersten Hetran, sondern um die Ausführung unseres Plans. Wenn wir Leticron töten, machen wir damit alle Vorbereitungen illusorisch. Vergessen Sie nicht, dass es für das Konzil leicht sein wird, einen neuen Ersten Hetran zu finden. Mit Leticrons Tod hätten wir nicht viel erreicht.*

Sie glauben, dass wir mit Kroiterfahrns Tod mehr erreichen?, fragte Schulz bitter.

Der Teleporter antwortete nicht. Schulz wusste, dass er gegen den Willen des Bewusstseinsinhalts nichts erreichen konnte. Er musste sich Kakutas Wünschen unterordnen.

Leticron war unterwegs, um den Greiko zu ermorden. Niemand war da, der ihn aufhalten konnte.

Da die Roboter ungehindert in den unteren Teil des Schiffs vordrangen, brauchte Leticron sich keine Sorgen zu machen, dass sich vielleicht noch Besatzungsmitglieder an Bord aufhielten. Die Roboter hätten die Terraner sofort aufgespürt und angegriffen.

In den Räumen und Gängen, die Leticron jetzt betrat, entdeckte er kaum Spuren des Bombenangriffs. Das Schiff hatte die Explosion gut überstanden. Trotzdem bewegte Leticron sich vorsichtig. Sein Instinkt sagte ihm, dass irgendetwas nicht in Ordnung war. Was bedeutete die Anwesenheit von Braunter Schulz an Bord der KENSINGTON? Warum war er nicht mit den anderen geflohen?

Schulz hatte eine besondere Beziehung zu dem Greiko – und er hatte offenbar Pläne, die denen der anderen Besatzungsmitglieder nicht entsprochen hatten. Das Verhalten des USO-Spezialisten war rätselhaft. Leticron entschloss sich, es zu ergründen, wenn er diese Sache hinter sich gebracht hatte.

Nicht weniger merkwürdig erschien Leticron die Tatsache, dass Kroiterfahrn sich noch an Bord aufhielt. Jedenfalls hatte Schulz das ausgesagt.

Natürlich gab es mehrere einleuchtende Erklärungen für den Umstand, dass die Terraner Kroiterfahrn nicht zuerst durch den Transmitter geschickt hatten. Das Verhalten des Gegners war undurchsichtig. Eine untrügliche Ahnung sagte dem Überschweren, dass er längst nicht alle Absichten und Pläne der Terraner kannte. Noch schlimmer war seine Befürchtung, dass er bestimmte Dinge übersah. Die Ereignisse auf Karramisch waren zu glatt verlaufen, beinahe planmäßig.

Leticron gab sich einen Ruck. Er musste in den Lagerraum und nachsehen, was mit Kroiterfahrn los war. War der Greiko erst einmal tot, brauchte der Erste Hetran sich keine Sorgen mehr zu machen.

Unmittelbar vor dem Landemanöver der BELLTRAG hatte Leticron einen Funkspruch an die Laren geschickt. Er fragte sich, ob er seinem Triumphgefühl zu früh nachgegeben hatte. Wenn jetzt noch ein Zwischenfall passieren sollte, würde die Ernüchterung für die Laren umso größer sein.

Leticron stieg einen Notschacht hinab und erreichte auf diese Weise das untere Deck. Die Antigravschächte waren bei der Explosion der Bombe ausgefallen.

Im Hauptgang stieß Leticron auf die Roboter der BELLTRAG. Sie standen in einer Reihe an der Wand, die Waffenarme auf den Boden gerichtet. Das war ein weiteres Zeichen dafür, dass sich keine Gegner mehr hier unten aufhielten.

Leticron näherte sich dem Eingang des Lagerraums Nummer sieben. Seine Schritte verlangsamten sich. In seinem Innern wurde der Wunsch wach, einfach umzukehren. Er konnte sich dieses Gefühl nicht erklären, aber es machte ihn argwöhnisch und wachsam.

Als er das stählerne Tor erreicht hatte, blieb er stehen. Er konnte nicht glauben, dass Kroiterfahrn sich auf der anderen Seite befinden sollte.

War es tatsächlich so leicht, den Greiko umzubringen? Leticron stieß eine Verwünschung hervor und riss das Tor auf. Er sah den Transmitter, durch den die Terraner geflohen waren. Die Explosion hatte das empfindliche Gerät irreparabel beschädigt.

Leticrons Blicke wanderten langsam weiter. Und dann begriff er mit einem Schlag alles. Er war in eine raffinierte Falle der Terraner gegangen.

Obwohl Hotrenor-Taak immer ungeduldiger auf die Nachricht gewartet hatte, löste sie bei ihrem Eintreffen keine Erleichterung in ihm aus. Die Botschaft war knapp und entsprach der Mentalität des Ersten Hetrans.

Kroiterfahrn auf Karramisch im Faltro-System gefunden!

Immerhin hatte die Suche endlich Erfolg gehabt. Wenn Leticron den Greiko gefunden hatte, würde es nicht lange dauern, bis er auch den zweiten Teil seines Auftrags, die Ermordung Kroiterfahrns, ausführte.

Zusammen mit zwei larischen Offizieren begab der Verkünder der Hetosonen sich in jenen Raum seines SVE-Schiffs, in dem sich die Hyptonsprecher aufhielten. Die Flugwesen hatten die Nachricht bereits erhalten. Hotrenor-Taak und seine beiden Begleiter nahmen an dem Tisch Platz, über dem die Hyptons als Körpertraube von der Decke hingen.

»Ich gehe davon aus, dass wir die endgültige Erfolgsmeldung noch während dieser Besprechung erhalten werden«, eröffnete Hotrenor-Taak das Gespräch. »Allerdings werden unsere Probleme mit dem Tod des Greikos nicht erledigt sein. Kroiterfahrns Ermordung stellt einen einmaligen Vorgang in der Geschichte des Konzils dar. Über die möglichen Konsequenzen für das Bündnis brauchen wir nicht mehr zu sprechen, diese Dinge wurden bereits oft genug erörtert.« Er holte tief Atem und fuhr fort: »Sobald Kroiterfahrn tot ist, brauchen wir nicht mehr zu fürchten, dass er die Wahrheit über unser Vorgehen an sein Volk verrät. Aber damit sind wir nicht aller Sorgen ledig. Wir müssen darüber nachdenken, wie wir den Greikos das Ende ihres Artgenossen erklären wollen.«

Die Hyptons regten sich. Hotrenor-Taak hatte noch immer nicht herausgefunden, nach welchem System sie ihren jeweiligen Sprecher auswählten.

Das Wesen am unteren Ende der Körpertraube fragte: »Besteht überhaupt eine Notwendigkeit, die Greikos zu unterrichten?«

Hotrenor-Taak hatte mit diesem Einwand gerechnet, denn er hatte die Möglichkeit, den Greikos Kroiterfahrns Ende zu verschweigen, bereits selbst überdacht. »Wir haben keine andere Wahl«, erwiderte der Lare. »Früher oder später werden die Greikos sich nach Kroiterfahrn erkundigen. Dann müssen wir ihnen sagen, dass er tot ist. Sie werden den Fall untersuchen und feststellen, dass wir Nachrichten zurückgehalten haben. Das geht auf keinen Fall, denn wir würden auf diese Weise das Misstrauen dieser Wesen geradezu herausfordern. Ich bin der Ansicht, dass wir die Greikos sofort benachrichtigen müssen. Sobald Leticron meldet, dass Kroiterfahrn tot ist, müssen wir die Greikos informieren.«

»Wie sollte Ihrer Ansicht nach diese Nachricht lauten?«, wollte der Hypton wissen.

»Wir erklären, dass der Greiko sich nicht mehr von seiner Krankheit, die er sich ja bereits in seiner eigenen Heimat zugezogen hat, erholen konnte. Kroiterfahrn starb an den Folgen der psychischen Störungen, die sich bei ihm bereits auf seiner Rauminsel bemerkbar machten.«

»Die Greikos sind unvoreingenommen«, meinte der Hypton. »Wir können davon ausgehen, dass sie uns glauben werden. Dennoch ist zu befürchten, dass sie eine Untersuchung anstellen werden. Nicht etwa, um unsere Angaben zu überprüfen, sondern um herauszufinden, was mit Kroiterfahrn eigentlich nicht in Ordnung war. Wir wissen um die Anhänglichkeit dieser Wesen untereinander. Der mysteriöse Tod eines Artgenossen muss unter den Greikos große Unruhe auslösen.«

»Das ist unser Risiko!«, stimmte Hotrenor-Taak zu. »Es wird auch viel davon abhängen, ob die Konzilsführung dazu in der Lage ist, die Greikos davon zu überzeugen, dass eine verfrühte Entsendung einer Untersuchungskommission nicht nötig ist.«

Hotrenor-Taak bereitete der Gedanke eine gewisse Genugtuung, dass die Ruhe in der politischen Führung des Konzils erheblich gestört war. Die Theoretiker, wie Hotrenor-Taak die Politiker in der Heimat verächtlich nannte, würden endlich damit aufhören müssen, sich nur in der Macht zu sonnen, die andere für sie errangen.

Der Lare richtete sich auf. Es hatte keinen Sinn, den Hyptons solche Überlegungen mitzuteilen. Die Flugwesen waren viel zu sachlich.

»Wir werden eine Nachricht an die Greikos formulieren«, verkündete der Hyptonsprecher.

Hotrenor-Taak war froh, dass ihm diese Aufgabe abgenommen wurde. Bevor er jedoch antworten konnte, meldete sich ein Lare aus der Zentrale des SVE-Raumers.

»Soeben ist eine neue Nachricht Leticrons eingetroffen«, wurde Hotrenor-Taak mitgeteilt.

»Wie lautet sie?«, fragte Hotrenor-Taak ruhig. Innerlich war er angespannt. Trotz der letzten Erfolgsnachricht hatte er noch immer damit gerechnet, dass etwas schief gehen könnte.

»Kroiterfahrn ist tot!«, sagte der Lare in der Zentrale. »Leticron wird hierher kommen, um mit Ihnen zu sprechen.«

Leticron begriff den Plan der Terraner jetzt in allen Einzelheiten. Er lehnte mit dem Rücken gegen die Wand neben dem Eingang zum Lagerraum. Die ganze Zeit über hatte er geahnt, dass etwas nicht in Ordnung war. Es war ihm jedoch nicht gelungen, die Wahrheit zu ergründen.

Der Gegner hatte alles so geschickt vorbereitet, dass Leticron keine andere Wahl hatte, als das Spiel mitzumachen. Er musste das tun, was die Terraner erwarteten.

Leticron fühlte ohnmächtigen Zorn in sich aufsteigen. Er, der Erste Hetran, der Mutant, war von den Terranern gedemütigt worden. Sie hatten seine Motivation und seine Handlungsweise vorhergesehen und entsprechend gehandelt. Leticron wusste, dass er mit den Laren nicht darüber sprechen durfte. Er musste Hotrenor-Taak mitteilen, dass der Auftrag im Sinne des Konzils ausgeführt worden war. Andernfalls war seine Rolle als Erster Hetran in dieser Galaxis ausgespielt.

Leticron beglückwünschte sich, dass er allein in den Lagerraum gekommen war. Nur er und die Terraner kannten jetzt die Wahrheit. Die Terraner würden schweigen, denn es lag in ihrem Interesse, dass niemand im Konzil die Wahrheit erfuhr. Schockiert erkannte der Überschwere, dass seine verhassten Gegner und er auf diese Weise ein stillschweigendes Abkommen getroffen hatten.

Leticron schaltete das Helmfunkgerät ein. »Tandemar!« Er merkte, dass er seine Stimme nicht in der Gewalt hatte.

Sein Berater reagierte sofort. »Corun? Brauchen Sie Hilfe?«

»Unsinn!« Leticron war ärgerlich auf sich selbst. Er durfte sich jetzt keine Blöße geben, daraus würden nur unnötige Redereien resultieren. »Kroiterfahrn ist tot. Veranlassen Sie eine entsprechende Botschaft an die Laren.«

»Sie haben ihn erledigt«, stellte Tandemar befriedigt fest.

»Ja«, sagte Leticron verbissen. »Tun Sie jetzt, was ich Ihnen gesagt habe. Mannjock soll Schulz gut bewachen, ich habe mit diesem Mann zu reden.«

Dieses Gespräch, dachte Leticron grimmig, würde für Schulz sehr unangenehm werden. Der USO-Spezialist kannte offenbar den Plan seiner Artgenossen nicht vollständig. Das änderte nichts an der Tatsache, dass er ein Terraner war, an dem Leticron sich rächen konnte.

Der Überschwere drehte sich abrupt um und ließ den Lagerraum hinter sich. Er würde Robotern den Auftrag erteilen, Kroiterfahrn in die BELLTRAG zu bringen, denn die Laren wollten sicher einen Beweis sehen.

Schulz hatte das Funkgespräch zwischen Leticron und Tandemar mitgehört. Kroiterfahrn war tot – ermordet von Leticron.

Es hatte keinen Sinn, die Augen vor der Wirklichkeit zu verschließen. Leticron hatte die Tat begangen, aber für Schulz waren Atlan und Tekener zusammen mit Jandoll die wirklichen Mörder, denn sie hatten nichts unversucht gelassen, den Greiko in Leticrons Hände zu spielen.

Ich werde nie mehr für unsere Sache kämpfen können, dachte Schulz niedergeschlagen. *Bis zum letzten Augenblick hatte ich gehofft, dass etwas Unvorhergesehenes geschehen würde. Ich wollte nicht daran glauben, dass man den Greiko an seinen Mörder ausliefern würde. Verlassen Sie mich, Tako. Es stört mich nicht, allein hier zurückzubleiben.*

Das Bewusstsein des Altmutanten reagierte nicht. Schulz fragte sich unwillkürlich, ob Kakuta sich vielleicht bereits zurückgezogen hatte. Sollte auch das zum Plan des Arkoniden gehören?

Tandemar verließ die Zentrale, aber der zweite Überschwere blieb bei Schulz.

»Ich hoffe, dass Sie jetzt zufrieden sind!«, rief Schulz ihm zu. »Nun haben Sie erreicht, was Sie wollten. Aber Sie täuschen sich, wenn Sie denken, dass es allein Ihr Erfolg war.«

Mannjock sah ihn irritiert an und winkte drohend mit seiner Waffe. »Halten Sie den Mund!«, befahl er. »Ich will dieses Geschwätz nicht hören.«

Schulz wollte trotzdem weitersprechen, doch da regte sich der Bewusstseinsinhalt Kakutas und hinderte ihn daran. *Wollen Sie sich umbringen, Sie Narr?*, fragte Tako. *Verhalten Sie sich endlich vernünftig!*

Schulz war viel zu verwirrt, um auf die Impulse des Mutanten zu hören. Seine Gedanken beschäftigten sich nur mit Kroiterfahrn. Er hatte die ganze Zeit über nicht daran glauben wollen, dass es zu diesem Mord kommen würde.

»Bleiben Sie stehen!«, befahl Mannjock nervös. »Machen Sie keine falschen Bewegungen!«

Wenige Augenblicke später betrat Leticron die Zentrale. Er hielt eine Waffe in den Händen.

Das ist die Waffe, mit der er Kroiterfahrn erschossen hat!, dachte Schulz in ohnmächtiger Wut.

Leticron sah verändert aus, in seinem Gesicht zeigten sich Spuren von Müdigkeit. Die Jagd auf den Greiko schien ihn strapaziert zu haben.

»Gehen Sie hinaus, Mannjock!«, sagte der Erste Hetran dumpf.

Mannjock sah ihn unschlüssig an. Der Befehl schien ihn zu überraschen. »Er ist gefährlich!«, wandte er mit einem Seitenblick auf Schulz ein. »Es ist besser, wenn wir ihn beide bewachen.«

Die Blicke des Ersten Hetrans schienen ihn durchbohren zu wollen. Unwillkürlich wich Mannjock vor dem Überschweren zurück.

»Gehen Sie!«, wiederholte Leticron. Der Tonfall seiner Stimme erlaubte Mannjock keine weiteren Einwände. Beinahe fluchtartig verließ der Berater die Zentrale der KENSINGTON.

Leticron löste sich vom Eingang und stampfte auf die Kontrollen zu. Der Überschwere schien unter dem Eindruck eines schwerwiegenden Ereignisses zu stehen. Schulz fragte sich, ob Leticron etwa Gewissensbisse wegen des Mordes an dem Greiko empfand. Er konnte es sich nicht vorstellen.

Vor den Kontrollen blieb der Erste Hetran stehen. »Sie haben geholfen, mich in diese Falle zu locken!«, sagte er.

Schulz starrte ihn an. Leticron wusste also alles! Wie hatte er es herausgefunden?

»Ich war von Anfang an gegen diesen Mord«, sagte Schulz leise. »Aber das bedeutet nicht, dass ich auf Ihrer Seite stehe. Sie haben ihn schließlich umgebracht.«

Aus unerfindlichen Gründen lachte der Hetran lautstark los. »Man hat Sie also auch betrogen!«, rief Leticron.

Der USO-Spezialist fragte sich verwirrt, was dieser Auftritt zu bedeuten hatte. Was wollte Leticron erreichen?

Schulz erhielt keine Gelegenheit, noch länger darüber nachzudenken, denn in diesem Augenblick hob Leticron seine Waffe und zielte auf den Kopf des Terraners. »Sie waren nur ein zusätzlicher Lockvogel für mich, Schulz! Deshalb durften Sie nicht die ganze Wahrheit wissen.«

Schulz' Selbsterhaltungstrieb erwachte. *Tako!,* riefen seine Gedanken. *Tako, er wird mich erschießen!*

Nur ruhig!, kamen die Impulse des Teleporters. *Es wird nichts passieren!*

Noch während ihn diese Gedanken erreichten, hatte Schulz das Gefühl, als würde er schwerelos. Die Umgebung verschwamm vor seinen Augen. Das Letzte, was er wahrnahm, war der verblüffte Gesichtsausdruck Leticrons, dann schlug der Entzerrungsschmerz der Teleportation über ihm zusammen und löschte alle weiteren Empfindungen aus.

Sekundenlang war Leticron wie gelähmt. Länger als üblich hinderten ihn die Folgen dieses zweiten Schocks innerhalb kürzester Zeit daran, die Ereignisse richtig einzuschätzen. Er begriff schließlich, dass Schulz aus der Zentrale der KENSINGTON teleportiert war.

Nicht nur das – Schulz hatte die absolute Sicherheit erreicht. Leticron konnte nicht hoffen, diesen Mann noch einmal wiederzusehen. Er hätte wissen müssen, dass die Terraner den USO-Spezialisten nicht schutzlos zurückgelassen hatten. Die Tatsache, dass er eine Serie von Fehlern begangen hatte, belastete Leticron mehr als die eigentlichen Folgen, die sich nun abzeichneten. Er musste schnell wieder zu sich selbst finden, sonst konnte er den Laren nicht ruhig gegenübertreten.

Er setzte sich in Bewegung. Auf dem Hauptgang vor der Zentrale stieß er auf Mannjock, der dort Wache hielt. Auch ein paar Roboter der BELLTRAG hatten sich versammelt.

»Wir gehen!«, befahl Leticron. »Kroiterfahrn befindet sich im unteren Deck. Ich möchte, dass er an Bord der BELLTRAG gebracht wird, denn die Laren werden ihn sicher sehen wollen.«

Mannjock blieb wie angewurzelt stehen. Leticron konnte sehen, wie es hinter der Stirn des Mannes arbeitete. »Und Schulz?«, fragte der Berater schließlich.

»Tot!«, erwiderte Leticron knapp. »Haben Sie erwartet, dass ich ihn am Leben lassen würde?«

»Nein, nein!«, versicherte Mannjock und eilte hastig davon. Das Verhalten des Mannes gab Leticron einen Teil seines Selbstbewusstseins zurück. Es war nichts geschehen, was ihn in den Augen der Konzilsvölker oder seiner Söldner in einem anderen Licht erscheinen lassen würde. Im Gegenteil: Sowohl die Laren als auch Leticrons eigene Söldner mussten annehmen, dass der Erste Hetran einmal mehr einen großen Erfolg errungen hatte. Nur die Terraner, Leticrons Gegner, kannten die Wahrheit. Und sie mussten aus eigenem Interesse schweigen.

Irgendwo zwischen den Systemen Gandomar und Kreytmagon trieb eine Insel der Greikos durch den Raum. Auf ihrer Unterseite war die Insel zerrissen und aufgewühlt von kosmischen Stürmen, Sonnenwind und Meteoriteneinschlägen, aber auf ihrer Oberseite wölbte sich eine künstliche Atmosphäre, die von mehreren Atomsonnen beleuchtet wurde.

Im Innern der Insel brannten tausend kleine Buschfeuer, um die sich Hunderttausende von Greikos versammelt hatten, um miteinander zu beraten.

Etwas Bedauerliches war geschehen. Aus der gerade befriedeten Galaxis war die Nachricht eingetroffen, dass der junge Greiko Kroiterfahrn nicht mehr am Leben war. Die seelische Krankheit, die ihn bereits auf der Rauminsel befallen hatte, war stärker gewesen als der Lebenswille Kroiterfahrns.

In ihrem gemeinsamen Schmerz starrten die Greikos in die Flammen der Buschfeuer und meditierten. Die Beratung war nur kurz gewesen. Entschlüsse waren noch nicht gefasst worden. Zunächst einmal mussten sie mit dem Schmerz fertig werden, der sie alle beherrschte. Die Trauer über den unverhofften Verlust konnte nur in der gemeinsamen Meditation überwunden werden. Der Rausch der Greikos würde wie immer still und erhaben sein. Wenn sie aus ihm erwachten, würde es kein Unbehagen, sondern nur noch Zufriedenheit und Freude geben.

Doch davon waren die Greikos, die die Buschfeuer umstanden, nicht mehr so überzeugt wie früher. Etwas war geschehen, was auch nach dem gemeinsamen Rausch für Unruhe sorgen würde. Es würde nicht mehr alles so sein wie früher, denn sie würden sich mit dem Tod des jungen Greikos beschäftigen müssen.

Die Greikos waren keine schnell planenden und handelnden Wesen. Sie kannten keine Hast. Aber sie vergaßen auch nichts.

Höher loderten die Flammen der Buschfeuer im Innern der Rauminsel. Die großen Augen, die den Tanz der Funken beobachteten, drückten Nachdenklichkeit aus.

Von seinem Platz in der energetischen Strukturlücke des SVE-Raumers aus konnte Hotrenor-Taak beobachten, wie Kroiterfahrn aus der Schleuse der BELLTRAG geschoben und langsam auf das Schiff der Laren zugetragen wurde.

Hotrenor-Taak wandte sich an den neben ihm stehenden Leticron. »Ist es nicht merkwürdig, dass ich erst jetzt, da ich die Leiche sehe, an den Tod des Greikos glauben kann?« Es war einer der seltenen Momente, da der Lare lächelte. Er sah, dass Leticron zusammenzuckte, als wäre er unverhofft aus den Gedanken gerissen worden.

Vor einer knappen halben Stunde waren Hotrenor-Taaks SVE-Raumer und die BELLTRAG auf Tahun gelandet. Hier sollte Kroiterfahrn aufgebahrt werden.

»Sie haben gute Arbeit geleistet«, sagte der Lare. »Es ist wichtig, dass am Körper Kroiterfahrns keine Spuren von Gewaltanwendung sichtbar sind. Immerhin ist es denkbar, dass eine Untersuchungskommission der Greikos ihren toten Artgenossen zu sehen wünscht.«

»Ja«, sagte Leticron. Er machte einen abwesenden Eindruck. Hotrenor-Taak schrieb die Verfassung des Überschweren den anstrengenden letzten Tagen zu.

»Vielleicht«, sagte er versöhnlich, »habe ich Sie unterschätzt. Die Hyptons standen ja von Anfang an völlig auf Ihrer Seite. Sie sind offenbar doch der richtige Mann für uns.«

»Das wird sich noch herausstellen«, sagte Leticron. Sie schwebten gemeinsam zu der Antigravbahre hinab, auf der Kroiterfahrn lag. Hotrenor-Taak blickte in die erloschenen Augen des seltsamen Wesens.

»Eigentlich ist es erstaunlich, welche Bedeutung dieser Greiko errungen hat«, philosophierte der Lare. »Ein einzelnes sterbliches Wesen – kaum vorstellbar, wenn man es jetzt hier vor sich liegen sieht.«

»Wenn Sie erlauben, werde ich jetzt gehen«, sagte der Erste Hetran schroff. »Ich bin müde.«

Hotrenor-Taak entließ ihn mit einer Handbewegung. Einen Augenblick noch nahm er das Bild des toten Greikos in sich auf; er würde es lange in seinem Gedächtnis bewahren, dann winkte er den Männern, die die Bahre schoben, freundlich zu. »Sie wissen, wohin Sie ihn bringen sollen.«

Er trat zur Seite und sah zu, wie die Bahre lautlos davonschwebte. Eine Zeit lang – die Gruppe mit Kroiterfahrn war längst seinen Blicken entschwunden – blieb er noch stehen, dann kehrte er in sein Schiff zurück. Er begab sich in seine Kabine und ließ sich auf sein Lager fallen.

Alles, was sich ereignete, geschah im Interesse des Konzils!, dachte er. Dieses Konzil war ein gefräßiges lebendiges Wesen, das alles verschlang. In der Regel war Hotrenor-Taak davon überzeugt, die Geschicke des Konzils tatkräftig bestimmen zu können, doch in Augenblicken wie diesem hatte er das niederschmetternde Gefühl, nur der Sklave einer schrecklichen Institution zu sein.

Als Schulz an Bord der VELLIKA ankam, war er froh, dass sich zunächst niemand um ihn kümmerte. Er wollte niemanden sehen und auch mit niemandem sprechen.

Man wies ihm eine Kabine an, in der er sich ausruhen konnte. Das Schiff beschleunigte und zog sich aus dem Geryl-Sektor zurück, denn die Gefahr, dass es von Schiffen Leticrons gefunden wurde, bestand nach wie vor.

Unmittelbar nach seiner Ankunft spürte Schulz, dass Tako Kakuta sich aus seinem Körper zurückzog. Er verschwand, ohne noch einmal mit dem USO-Spezialisten Kontakt aufzunehmen.

Trotz seiner großen Müdigkeit fand Braunter Schulz auch in der Kabine der VELLIKA keinen Schlaf. Ein ums andere Mal ließ er die Vorgänge an Bord der KENSINGTON vor seinem geistigen Auge abrollen. Er hatte das Gefühl, der Lösung nahe zu sein, doch er fand sie nicht. Was blieb, war das bittere Gefühl, an einem kaltblütigen Mord teilgenommen zu haben.

Als er bereits entschlossen war, in der Bordklinik nach einem Beruhigungsmittel zu fragen, bekam er überraschenden Besuch. Lordadmiral Atlan und Jandoll erschienen in seiner Kabine.

»Warum lassen Sie mich nicht zufrieden?«, fragte Schulz angriffslustig. »Es ist schlimm genug, dass Sie mich gegen meinen Willen in diese Sache verwickelt haben.«

Atlan hockte sich auf die Bettkante. »Ich hatte gedacht, dass Sie von selbst darauf kommen würden«, sagte er bedauernd.

»Es war Mord!«, rief Schulz aufgebracht. Seine Lippen bebten. Er rang mühsam nach Fassung. »Ganz einfach Mord!«

»Hören Sie erst einmal zu«, sagte Jandoll ärgerlich. »Sie haben sich in eine Idee verrannt und kommen nicht davon los.«

Atlan erhob sich wieder. Er sah Schulz nicht an. »Die Falle, die wir Leticron vorbereitet haben, sah völlig anders aus, als Sie wissen durften«, sagte er.

Schulz antwortete nicht. Er wartete auf weitere Informationen.

»Wir mussten Leticron mit aller Gewalt an Bord der KENSINGTON locken«, fuhr Jandoll an Atlans Stelle fort. »Verstehen Sie? Es musste so aussehen, als hätte Leticron den Greiko ermordet. Und Leticron hatte aufgrund seines Auftrags auch keine andere Wahl, als den Köder anzunehmen.«

Schulz blinzelte verwirrt. »Wovon reden Sie überhaupt?«, fragte er.

Atlan sah ihn an und lächelte. »Dachten Sie wirklich, wir würden ein Wesen wie Kroiterfahrn einem gnadenlosen Mörder wie Leticron ausliefern? Sie hätten mehr Vertrauen zu uns haben sollen. Leticron hat einen Toten gejagt. Er konnte den Mord überhaupt nicht mehr begehen.«

Schulz' Augen weiteten sich. »Das bedeutet ...« Seine Stimme versagte ihm den Dienst.

»Das bedeutet, dass Kroiterfahrn bereits auf Gäa starb, an psychischer Schwäche«, erklärte Atlan. »Wir haben einen toten Greiko quer durch die Galaxis transportiert, um ihn noch zusätzlich ›ermorden‹ zu lassen.«

Schulz begann zu lächeln. Das war es also! Seine Blicke trafen sich mit denen Atlans.

»Ich hoffe«, sagte der Arkonide, »dass Sie jetzt keine Skrupel haben, wenn Sie weiter für die USO arbeiten.«

»Ich bin stolz auf die USO«, sagte Braunter »Goethe« Schulz spontan. »Und ich bewundere ihren Chef.«

22.

April 3460
Mahlstrom der Sterne

Das Ding sah so fremdartig aus, dass ich es zunächst nicht für einen Sternengleiter hielt. Ich dachte, es sei ein Feshet oder ein Meteorit.

Neugierig beschleunigte ich und raste hinter dem Gebilde her, das mit einer Geschwindigkeit durch den Raum flog, als wolle es von einem Ende des Universums zum anderen jagen.

Ich gestehe, dass ich einige Wengen benötigte, um meine Verwirrung zu überwinden. Immerhin begriff ich schnell genug, dass ich handeln musste, wenn mir dieser Körper nicht entkommen sollte.

Als ich ihn endlich besser erfassen konnte, wurde mir klar, dass es eigentlich nur zwei Wracks sein konnten. Es sah aus, als seien zwei Sternengleiter gegeneinander geprallt und dabei miteinander verschmolzen. Der kleinere hatte die Form einer Kugel, der andere die einer Scheibe. Er war beträchtlich größer und schob die Kugel vor sich her, die mit einem Teil ihres Körpers in ihn eingedrungen war.

Ich hatte Mühe, mit der unerwarteten Situation fertig zu werden. Hatte ich die Hoffnung nicht schon längst aufgegeben, irgendetwas Lebendes könnte meinen Wirkungsbereich durcheilen? Daher hatte ich in meiner ersten Verblüffung auch einige Wengen verloren. Kaum hatte ich das Objekt er-

kannt, als es auch schon an mir vorbei war. In seinem Sog wirbelte ich hinterher. Aber das genügte mir nicht.

Ich schickte meine Fühler aus und hätte fast eine Kaskade von Licht von mir gegeben, als ich herausfand, dass es im Innern des Doppeldings von Leben geradezu sprühte. Erschrocken stellte ich fest, dass meine Energiereserven fast verbraucht waren. Ich setzte auf Sieg. Mir blieb keine andere Wahl. Sollte ich nicht gewinnen, würde ich mich auflösen und als Energiewolke verwehen.

Wie lange hatte ich doch im Nichts verbracht, einzig damit beschäftigt, die Sterne zu zählen, über den Sinn der Energie nachzudenken und auf meine Chance zu warten, die etwa eins zu der Zahl der Sterne betrug! Jetzt war das Ende gekommen – so oder so.

Unbändiges Vergnügen überwältigte mich, als ich das Etwas vor mir auftauchen sah. Ich streckte mich mit letzter Kraft und erreichte es. Meine Kapsel schlug gegen ein Material, das weich und dünn war. Es gab so leicht nach, dass ich mich wunderte. Warum platzte es unter der Belastung, unter der es bei dieser Geschwindigkeit doch fraglos stand, nicht auseinander?

Ich verließ meine Bricca, die mir seit einem Sternenalter als Heimat gedient hatte, und schwamm durch die Wand hindurch mitten in das summende und singende Leben hinein.

Ich konnte mich an nichts entsinnen, was schöner gewesen wäre als dieser Moment. Wie oft hatte ich versucht, mir vorzustellen, wie es war, wenn ich gerettet war. Die Wirklichkeit sah ganz anders aus als meine Fantasien. Nie hatte ich geglaubt, dass ich unter dem Ansturm der Emotionen fast den Verstand verlieren könnte. Ich glitt durch Wände hindurch, schmiegte mich an Energieflüsse und sog Kraft in mich auf, die meinen erstarrten Körper wieder geschmeidig machte.

Das Ding hatte mehrere Räume in seinem Inneren, die durch Wände aus einem zerbrechlichen Material voneinander getrennt waren. Geradezu spielerisch leicht überwand ich es.

Nur mit Mühe konnte ich mich beherrschen. Alles in mir drängte nach vorn, und ich überlegte, ob ich einen Schwerpunkt in der Mitte dieses Gebildes schaffen sollte, um den ich mich schwingen konnte. Auf diese Weise hätte ich eine Art Kreisbahn einschlagen können, die mich durch die Außenbezirke dieses Doppeletwas geführt hätte. Auf diese Weise hätte ich Wand auf Wand durchschlagen und meine Geschwindigkeit mehr und mehr steigern können, bis ich so viel Energie gewonnen hatte, dass ich mich selbst zu den nächsten Sternen schleudern konnte.

Ich besann mich rechtzeitig. Was hätte ich gewonnen? Ich flog auch jetzt durch den Weltraum. Intelligente Wesen befanden sich an Bord. Das ließ darauf schließen, dass dieses Doppelding doch so etwas wie ein Sternengleiter war und ein Ziel hatte. Ich verharrte auf der Stelle. Es wäre gefährlich gewesen, diesen Körper zu zerstören, ohne vorher zu wissen, was er überhaupt war.

Ich schwebte über den Boden und streckte meine Beine aus. Ich musste mich allerdings etwas absenken, damit sie auf den Boden hinabreichten. Danach fuhr ich meinen Sinnesturm aus und blickte mich um. In der Wand entstand ein eckiges Loch, und ein unvorstellbar fremdartiges Lebewesen trat ein. In diesem Moment erkannte ich, dass ich mich tatsächlich auf einem Sternengleiter befand.

»Unzerstörbares Leben!«, rief ich. Meine Stimme erschreckte das Geschöpf, und ich streckte einen Taster aus, um es besänftigend zu berühren. Leider erwies sich der Körper als nahezu gasförmig. Er besaß keine harte Außenschale. So drangen die Sensoren tief ein, und die Entität brach tot zusammen. Betroffen blickte ich auf das Wesen. Es lag vor mir, und ich sah eine rote Flüssigkeit aus ihm herausfließen. Meine Verwirrung steigerte sich. Welch seltsame Geschöpfe die Natur doch geschaffen hatte!

Ich erinnerte mich an Cosbah. Plötzlich wurde mir kalt. Die Gesetze des Universums waren unerbittlich. Sie zwangen die Lebenden, sich ständig zu vervollkommnen. Stillstand bedeutete Tod. Nur wer sich weiterentwickelte, hatte eine Zukunft. Gegen diese Grunderkenntnis der Kultur meines Volkes hatte ich mich aufgelehnt. Aber nicht nur dagegen. Ich hatte in vieler Hinsicht rebelliert, bis der Metabolismus meines Volkes mich ausgestoßen hatte. Ich war eliminiert worden. Das Unterbewusstsein hatte mich als pathogenen Faktor identifiziert und dafür gesorgt, dass ich durch die Dimensionsbrücke stürzte.

Ich empfand keinen Groll bei dem Gedanken an Cosbah. Ich wusste, dass er von niemandem bewusst ausgelöst worden war. Gab es nicht in meinem Körper ebenfalls Zellen, die meine Gesundheit überwachten? Sie würden jede Zelle zerstören, die entartet war und mich bedrohte. Das war es, was mein Volk stark gemacht hatte, was uns geholfen hatte, uns zu den vollkommensten Geschöpfen des Universums auszubilden.

Ich betrachtete das tote Wesen. Obwohl es ungeheuer fremdartig war, empfand ich eine gewisse Sympathie für das Wesen – allerdings auch Mitleid. Es war einfach zu schwach gewesen. Ich stieg zur Decke auf und wanderte grübelnd daran entlang. Ich erzitterte vor Erregung. Vielleicht hatte ich doch eine Möglichkeit gefunden, alles zu verwirklichen, was ich in Äonen erdacht hatte?

Oberst Danzien Germell, Kommandant der MEBRECCO, eines DINO-Tenders vom neuen Typ der Superklasse, wandte sich vom Schirm ab und kehrte an den Tisch zurück, an dem Jasser Kanscho saß. Der Astronom rührte entnervend laut mit einem Löffel in seiner Kaffeetasse. Germell blickte kurz zu einem Ersten Offizier hinüber. Pelpto Papp bewegte nichts sagend dic Schultern.

»Rhodan muss weg«, sagte der Oberst.

Der Chefastronom und Leitende Kartograph der MEBRECCO zuckte wie unter einem körperlichen Schlag zusammen. »Was sagen Sie da, Danzien?«, fragte er fassungslos.

»Rhodan muss weg«, wiederholte der Kommandant.

»Das ist nicht Ihr Ernst.«

»Warum nicht, Jasser? Die Zeiten haben sich geändert. Auch ein Rhodan kann nicht tun und lassen, was er will, ohne dabei Kritik auszulösen.«

»Das ist kein Grund, ihn abzulösen. Niemand kann den Großadministrator ersetzen. Kein Mensch hat das, was er nun einmal hat.«

»Rhodan ist für Sie die heilige Kuh, die niemand schlachten darf, wie?«, warf Pelpto Papp gelangweilt ein. Er schien nicht gewillt zu sein, sich mit den Argumenten des Astronomen zu befassen.

Kanscho griff nach seiner Tasse und trank. Seine Hand zitterte. Er war ein eingeschworener Rhodan-Anhänger, der davon überzeugt war, dass der Großadministrator Vertrauen verdiente.

Er war ein kleiner Mann. Seine wenigen Haare kämmte er sich so sorgfältig, dass sie seinen Schädel gleichmäßig bedeckten. Dadurch konnte er jedoch nicht vertuschen, dass sämtliche Versuche gescheitert waren, seine Haarpracht zu retten. Die Entwicklung ging ganz eindeutig zur Glatze. Dafür wucherten Augenbrauen und Bart umso mehr, sodass die gesamte untere Gesichtspartie unter dem Bart verschwand. Die Augenbrauen bildeten dicke Büschel über der rand- und glaslosen Brille. Kanscho trug das schimmernde Howalgoniumgestell keineswegs, weil seine Augen schlecht waren. Er kleidete sich damit, weil er der Ansicht war, dass es sein Gesicht verschönerte.

»Jeder Mensch macht Fehler«, fuhr Papp fort. »Aber Fehler ist nicht gleich Fehler. Es kommt darauf an, wie groß der Haufen ist, den man produziert. Rhodans Scherbenberg überschreitet jedes erträgliche Maß.«

Kanscho stellte die Kaffeetasse auf den Tisch zurück. Er rückte seine Brille zurecht und blickte Papp missbilligend an. »Man kann verschiedener Ansicht darüber sein, ob es richtig war, die Erde aus dem Solsystem herauszunehmen, oder nicht. Ich jedenfalls bin der Ansicht, dass Rhodans Entscheidung einfach genial war.«

»Und wohin hat sie uns geführt?«, fragte der Kommandant zornig. »Welche Zukunft hat die Erde noch? Wir sind in einer unbekannten Region des Universums gelandet. Wir wissen nicht, wo wir sind und was aus der Erde und uns werden soll.«

»Sind wir nicht mit der MEBRECCO aufgebrochen, um herauszufinden, wo die Milchstraße ist?«, erkundigte sich der Astronom. »Haben Sie etwa unseren Auftrag vergessen?«

»Natürlich nicht«, antwortete Oberst Germell abweisend. »Ich werde meinen Auftrag erfüllen – und damit basta! Das hat aber nichts damit zu tun, dass ich dafür bin, Rhodan als Großadministrator endlich abzusägen. Dieser Mensch hat noch gar nicht begriffen, dass kein galaktisches Imperium mehr hinter ihm steht, sondern nur noch die schwache Erde. Er benimmt sich, als wäre es allerhöchste Zeit, den Mahlstrom und einige der umliegenden Galaxien zu erobern, als müsse er den Mahlstrom zerschlagen, die Ploohns vernichten und dann mit Gebrüll gegen das Konzil der Sieben vorpreschen. Dieser Mann führt die Menschheit in den Abgrund.«

»Sie sind ein Verräter.«

»Und Sie sind blind! Sie sehen nicht, was Rhodan anstellt. Er ist so alt, dass er vergessen hat, was ein Mensch empfindet, der gerade einhundertfünfzig Jahre oder ein paar mehr zu leben hat. Verstehen Sie, Kanscho, ich will hier und heute menschenwürdig leben. Ich habe nichts davon, wenn meine Nachfahren in sieben- oder achthundert Jahren sagen können: Hallo, hier sind wir, die Herren des Universums! Aber das geht wohl über Ihren Horizont.«

Jasser Kanscho erhob sich ruckartig. Mit nervös bebender Hand rückte er seine Brille zurecht. »Ich denke, es ist sinnlos, mit Ihnen über ein derartiges Thema zu diskutieren. Sie begreifen einfach nicht ...«

»Ich würde Rhodan absetzen. Ja, ich würde ihm sogar den Zellaktivator abnehmen lassen.«

Jasser Kanscho erbleichte. »Das ist ungeheuerlich. Das käme einer Hinrichtung gleich.«

»Na und?«, fragte Pelpto Papp gelassen. Er lehnte neben dem Eingangsschott der Kommandantenkabine. »Jeder Mensch muss einmal sterben. Warum nicht auch Rhodan?«

»Niemand hat das Recht, ihn zu töten. Er hat zu viel für die Menschheit getan.«

»So viel, dass ein Teil der Menschheit mit ihrer Erde aus dem Solsystem verschwunden ist«, erwiderte Oberst Germell ironisch. »Wenn wir ihn noch länger schalten und walten lassen wie bisher, dann wird er es auch noch schaffen, den Rest der Menschheit zur Legende zu machen.«

»Das ertrage ich nicht«, erklärte der Astronom und ging zum Schott. »Danzien, Sie gehen zu weit. Sie rebellieren gegen Ihren Dienstherrn. In meinen Augen ist das Meuterei.«

»Machen Sie sich nicht lächerlich«, sagte der Oberst. »Wir diskutieren lediglich über Denkmalspflege. Sie fühlen sich als Denkmalspfleger, während ich für Landschaftsbereinigung bin.«

Jasser Kanscho blickte den Kommandanten voller Abscheu an. Oberst Danzien Germell war etwa 2,20 Meter groß und überragte ihn damit um wenigstens sechzig Zentimeter. Er wog ungefähr einhundertfünzig Kilogramm. Sein Gesicht war füllig und hatte dennoch harte Konturen. Der Kommandant machte den Eindruck eines Mannes, der immer genau wusste, was er tat. Wenn er sich gegen Rhodan aussprach, dann tat er das nicht einfach nur im Rahmen einer mehr oder minder belanglosen Diskussion. Germell war der Mann, der stets versuchte, seine Überzeugungen auch in die Tat umzusetzen.

»Sie sind ein Narr, Danzien«, sagte Jasser Kanscho verächtlich. »Sie begreifen einfach nicht, dass Rhodan immer nur für die Menschheit gearbeitet hat, nicht aber für persönliche Vorteile oder aus Eitelkeit. Sie denken nicht an die Zukunft der Menschheit. Sie wollen die Hände in den Schoß legen und die Vorräte verzehren, die gerade vorhanden sind. Was danach kommt, ist Ihnen egal.«

»Wenn Sie sich noch mehr ereifern, werden Ihnen die letzten Haare auch noch ausgehen«, bemerkte Pelpto Papp spöttisch.

»Haarausfall hat nichts mit Ereiferung zu tun, sondern ist allein auf eine mangelnde Versorgung der Haarwurzeln mit ...«, erwiderte der Astronom. Dann erst fiel ihm auf, dass der Erste Offizier geradezu niederträchtig grinsend auf ihn herabblickte. Er unterbrach sich, hüstelte und fuhr fort: »Für mich war Rhodans Entscheidung, die Erde aus dem Solsystem herauszuholen, einfach genial. Sie werden das nie begreifen. Derartige Erkenntnisse gehen einfach nicht in Ihre Militärschädel hinein.«

Pelpto Papp strich über sein dichtes Haar. »Vermutlich ist es zu warm bei uns hier oben«, sagte er. »Bei Ihnen wird das Gehirn besser gekühlt. Sollte dadurch bei Ihnen einiges besser funktionieren als bei uns?«

Oberst Danzien Germell lachte. Jasser Kanscho schnaubte wütend und verließ die Kommandantenkabine.

»Der Sternengucker ist schockiert«, stellte Pelpto Papp fest. »Für ihn ist die Diskussion beendet. Er kann sich nicht vorstellen, dass sie erst anfängt.«

Kommandant Germell ging zu seinem Arbeitstisch und setzte sich. Er blickte auf den großen Schirm, der sich in der gegenüberliegenden Wand befand. Die MEBRECCO näherte sich einer roten Sonne. Das Zielgebiet war erreicht.

»Was ist los mit Ihnen, Jasser?«, fragte Kergijin Vasnotsch, als Kanscho das Observatorium der MEBRECCO betrat. »Sie machen ein Gesicht, als ob Ihnen ein paar Sterne abhanden gekommen wären.«

»So ähnlich fühle ich mich auch.« Der Astronom und Kosmokartograph berichtete über das Gespräch, das er mit dem Kommandanten und dem Ersten Offizier des Flottentenders geführt hatte. Er lehnte an der SPARTAC-Steuerung und blickte auf die Plattform des Tenders aus der Typenserie 3392 hinunter. Etwa eintausend Männer arbeiteten auf der kreisförmigen Fläche, die einen Durchmesser von dreitausend Metern hatte. Sie waren damit beschäftigt, die SPARTAC-Projektoren vorzubereiten.

»Verstehen Sie das denn nicht, Jasser? Die psychologische Belastung war für viele Menschen einfach zu groß. Rhodans Plan, die Erde dadurch zu retten, dass er sie mit dem Sonnentransmitter aus dem Solsystem herauskatapultierte, war richtig. Niemand konnte damit rechnen, dass aus diesem Manöver eine Odyssee der Erde werden würde. Männer wie Oberst Germell waren überzeugt davon, dass Terra sogleich eine neue Sonne finden und dass dann alles in Ordnung sein würde.«

»Was hat das mit Rhodan zu tun, Kergijin?«

»Sehr viel. Bei allem Draufgängertum haben wir Terraner nun einmal ein ausgeprägtes Sicherheitsgefühl. Wir müssen wissen, dass wir auf einer Basis stehen, auf die wir uns immer wieder zurückziehen können. Rhodan hat uns die Basis genommen, an der wir uns orientieren können.«

»Sie täuschen sich. Wir haben nach wie vor unsere Erde – auch wenn sie sich nicht mehr in der Milchstraße, sondern im Mahlstrom befindet.«

»Das ist es ja eben, Jasser. Die Erde bietet keine Sicherheit mehr. Im psychologischen Sinne ist sie nicht mehr die Mutter, in deren Arme wir zurückkehren können. Wir befinden uns in einem unbekannten Winkel des Universums und müssen uns neu orientieren. Ich wäre nicht überrascht, wenn Oberst Germell und seine Anhänger sich eine Ersatzerde suchen würden, die ihnen neuen Rückhalt bieten soll.«

»Das wäre Meuterei.« Jasser Kanscho sah Kergijin Vasnotsch erschrocken an. Er nestelte nervös an seiner Brille herum und schüttelte den Kopf. »Ich kann mir nicht vorstellen, dass Germell so weit gehen würde. Er muss sich darüber klar sein, dass er damit zwei Lager an Bord schaffen würde. Eine Kluft würde entstehen, die zwanzigtausend Menschen in Meuterer und Rhodantreue teilen würde. Glauben Sie, er wüsste das nicht?«

Vasnotsch verbarg seine wahren Gedanken hinter einem jungenhaften Grinsen. Er wirkte sorglos, als er eine abwertende Geste machte. »Sie sehen das viel zu dramatisch, Jasser.« Er deutete zu den Männern hinunter, die auf der Plattform des Tenders arbeiteten. »Warten Sie nur ab. Wenn es uns gelingen sollte, die Milchstraße zu finden, dann lösen sich alle Probleme von selbst.«

»Meinen Sie wirklich?«, fragte Kanscho unsicher. Er fuhr sich mit den Fingern durch das Haar, ohne darauf zu achten, dass er dabei seine Frisur durcheinander brachte.

»Machen Sie sich keine Sorgen, Jasser. Wichtig ist nur, dass wir endlich Erfolg haben. Mit dem neuen SPARTAC haben wir die besten Chancen.«

»Vielleicht haben Sie Recht, Kergijin. Ich hätte wenig Lust, den Rest meines Lebens auf einem unbekannten Planeten zu verbringen und in Rhodans Augen als Verräter zu gelten.«

Er überlegte noch einen kurzen Moment, dann wandte er sich den Instrumenten der SPARTAC-Steuerung zu. Unmittelbar darauf hatte er alles vergessen, was nicht mit seiner Arbeit zusammenhing. Konzentriert überprüfte er die Einstellungen. Mit Hilfe der Projektoren, die von den Männern draußen auf der Plattform vorbereitet wurden, sollte ein Spiegelenergiefeld mit einem maximalen Durchmesser von sechstausend Kilometern aufgebaut werden. Dieses Hochenergiefeld verfügte über optische Eigenschaften, die sich kaum noch mit denen vergleichen ließen, die gläserne Spiegelteleskope erbrachten.

Naturgemäß blieb ein Hochleistungsinstrument dieser Art ein empfindliches Ding, das nur mit Hilfe von Großpositroniken ausgesteuert werden konnte. Der geringste Spannungsabfall in den Energiefeldprojektoren musste bereits zu optischen Störungen führen, die eine Beobachtung außerordentlich erschwerten, wenn nicht gar unmöglich machten. SPARTAC war wegen seiner gigantischen Ausmaße nur dann verwendbar, wenn es keine Störfaktoren gab.

»Ich rechne damit, dass wir Sektorverstärkungen machen müssen«, sagte Kanscho.

»Hoffentlich nicht.«

»Es wird schon gut gehen.« Jasser Kanscho war fest von der Leistungsfähigkeit SPARTACS überzeugt. Die Lichtausbeute des Energiefelds war so groß, dass sie normalerweise ausreichen musste, auch Galaxien zu identifizieren, die sich an der Grenze der Wahrnehmbarkeit befanden. Waren die Ergebnisse dennoch nicht befriedigend, ließen sich die Werte durch Laserzusatzgeräte nochmals verstärken. Dabei genügten allerdings kleine Störfaktoren, das gesamte Spiegelbild wertlos zu machen, weil auch sie durch Laser millionenfach anwuchsen.

Die MEBRECCO schwebte nunmehr fast bewegungslos im Raum. Kanscho hatte darauf bestanden, dass der Tender beim ersten Versuch keine Fahrt machte. Er hoffte, dadurch zu optimalen Ergebnissen kommen zu können.

Kergijin Vasnotsch überprüfte die Energiefeldprojektoren. Jasser Kanscho widmete sich derweil der Justierung von SPARTAC. Die bereits bei vorherigen Experimenten und Untersuchungen erfassten Bereiche des Kosmos brauchten nicht noch einmal beobachtet zu werden. Zunächst wollte man in jene Teile des Universums vorstoßen, die man bisher noch nicht erreicht hatte.

Innerlich zitterte Kanscho. Plötzlich war eine zusätzliche Belastung auf ihn zugekommen, mit der er nicht gerechnet hatte. Niemals zuvor hatte er an der Loyalität von Oberst Germell gezweifelt. Er kannte diesen oft bärbeißigen Mann schon seit über zehn Jahren. Gerade deshalb hatten ihn die Worte des Kommandanten so hart getroffen.

Am siebten April des Jahres 3460 wandte sich Kommandant Germell mit einer Ansprache an die Besatzung der MEBRECCO.

»Wir haben einen Auftrag erhalten, den wir auf jeden Fall abschließen werden. Vielleicht sind wir sogar erfolgreich und finden die Heimatgalaxis, zu der wir alle gern zurückkehren würden.« Der Oberst machte eine kleine Pause. »Wir alle wissen, dass wir das nicht können. Uns bleibt nur die Erde – die nach unserer festen Überzeugung keine Zukunft mehr hat. Ja, es gibt sogar Wissenschaftler, die die Ansicht vertreten, dass die Menschen, die jetzt auf der Erde leben, bereits den Kulminationspunkt ihrer Entwicklung überschritten haben. Andere Umweltbedingungen werden die Menschen verändern und dazu führen, dass sie sich wieder zurückentwickeln.

An Bord der MEBRECCO befinden sich zwanzigtausend Männer und Frauen. Das Schiff verfügt über sechs Waringsche Kompaktkonverter, von denen jeder dreimal so leistungsfähig ist wie die vorhergehende Generation der Kalups. Damit hat die MEBRECCO eine Reichweite von etwa drei Millionen Lichtjahren. Das ist mehr, als zwanzigtausend Menschen je benötigen werden. In der Plattform befinden sich noch einmal 12 Reservekalups, die unsere Reichweite noch einmal verdreifachen. Wir können sie einsetzen, wenn es notwendig werden sollte. Damit, meine Freunde, werden wir wahrscheinlich unsere heimatliche Milchstraße noch nicht erreichen. Das ist auch nicht unsere Absicht.

Wir verfügen über hervorragende Waffensysteme. Wir haben zehn Beiboote zu einhundert Metern Durchmesser. Fünf Leichte Kreuzer der Städte-Klasse stehen in den Hangars der Plattform. Hinzu kommen noch zwanzig Beiboote der Korvettenklasse. Wir haben zwanzig Transformkanonen, vierzig Impulskanonen und Desintegratoren. Damit repräsentieren wir eine Macht, die sich in jeder Galaxis behaupten kann. Und damit bin ich beim Kern meiner Mitteilung an Sie.«

Oberst Germell machte wiederum eine Pause. Ruhig blickte er in die Kamera. Er schien jedes einzelne Besatzungsmitglied anzusehen.

»Ich wiederhole: Weder die heimatliche Galaxis noch die Erde bieten uns eine Zukunft. Rhodan hat schwere Fehler gemacht. Doch wir sind der Meinung, dass wir nicht dazu da sind, sie wieder auszubügeln. Deshalb hat die Schiffsführung der MEBRECCO beschlossen, alle Möglichkeiten des Tenders dazu auszunutzen, eine Welt für uns zu finden, auf der wir einen eigenen, zukunftsträchtigen Staat gründen können. Wir werden unsere Arbeiten fortführen und Rhodan benachrichtigen, wenn wir die Galaxis gefunden haben. Aber danach werden wir nicht zur Erde fliegen, sondern in ein Paradies, das uns mehr bietet, als wir zum Leben benötigen. Das uns vor allem ein Leben in Frieden ermöglicht und uns von den gefährlichen militärischen Spekulationen eines Perry Rhodan unabhängig macht. Ich danke Ihnen.«

Oberst Germell schaltete ab und überließ zwanzigtausend Menschen ihren Gedanken.

»Jetzt bin ich gespannt, wer alles in der Zentrale antanzen wird«, sagte Pelpto Papp. »Ich schätze, einer der Ersten wird der gute Kanscho sein.«

Beide Männer traten auf den Gang hinaus und eilten zu einem der Antigravschächte, die zur Hauptleitzentrale hinaufführten.

»Erwarten Sie ernsthaften Widerstand von Kanscho?«, fragte Papp.

»Nein. Ich glaube nicht, dass er der Mann ist, der zu kämpfen versteht.«

»Auf jeden Fall wird es einige unruhige Stunden geben.« Der Erste

Offizier stieg aus dem Schacht und wartete, bis der Oberst bei ihm war. Zusammen mit ihm betrat er die Hauptleitzentrale. Die Offiziere, die hier ihren Dienst versahen, waren bereits vor der Rede des Kommandanten über dessen Absichten informiert gewesen. Mit ihnen hatte Germell seine Pläne sorgfältig durchgesprochen, und keiner hatte ernsthaft protestiert.

»So was«, sagte Pelpto Papp und tat, als sei er maßlos überrascht. »Brille ist schon da!«

Jasser Kanscho trat dem Kommandanten entgegen. Er sah blass aus. Sein Haar hing ihm wirr vom Kopf. Zum ersten Mal, seit Germell ihn kannte, nahm er seine Brille ab und drehte sie in den Händen. »Ich habe nicht erwartet, dass Sie Ernst machen würden, Oberst.«

»Das Leben besteht aus lauter Überraschungen«, sagte der Kommandant.

»Sie können unmöglich zwanzigtausend Menschen in dieser Weise vergewaltigen«, sagte Kanscho erregt. »Was berechtigt Sie, sich einfach über die Wünsche und Vorstellungen aller hinwegzusetzen und zu bestimmen, was zu geschehen hat? Sie meutern gegen Rhodan, aber damit sind wir nicht einverstanden.«

»Wir?«, fragte da Germell gedehnt. »Wir – wer ist das? Die Mehrheit? Eine Minderheit? Oder nur Sie allein, Jasser?«

»Sagen Sie es mir doch, Danzien.«

»Warum? Das wird die Abstimmung ergeben.«

»Sie wollen nach einem demokratischen Verfahren entscheiden, ob Sie eine Kolonie gründen oder zur Erde zurückkehren?«

»Aber natürlich. Dachten Sie etwas anderes?« Oberst Germell lächelte überlegen. Er legte dem Astronomen die Hand auf die Schulter. »Wir werden niemanden zwingen. Wir werden abstimmen und das tun, was die Mehrheit will.«

»Und was geschieht mit jenen, die Sie nicht begleiten wollen?«

»Die werden mit uns kommen. Wir werden ihnen vielleicht später erlauben, mit einem Beiboot zur Erde zu fliegen.«

»Sie sind also fest davon überzeugt, dass die Mehrheit sich für eine Meuterei entscheiden wird?«

»Klar doch, Brille«, bemerkte Pelpto Papp. »Sonst würden wir gar keine Abstimmung durchführen.«

Kanscho wollte etwas erwidern, doch in diesem Moment betrat ein Sergeant die Hauptleitzentrale und näherte sich ihnen. Ein Offizier fing ihn ab, wechselte einige Worte mit ihm und führte ihn dann zum Kommandanten.

»Was wollen Sie?«, fragte Germell unwirsch.

»Sir, die MEBRECCO ist von einem unbekannten Objekt beschädigt worden. Dabei ist ein Mechaniker ums Leben gekommen.«

Oberst Germell blickte erst den Offizier, dann den Sergeanten an. Er schüttelte missbilligend den Kopf. »Wo sind wir denn hier?«, fragte er zornig. »Mit welchen Lappalien werden Sie mich noch belästigen?«

»Sir, entschuldigen Sie«, erwiderte der Sergeant mit stockender Stimme. »Das Objekt ist im Heck eingedrungen.«

»Ja – und?«

»Sir, es muss passiert sein, als der Tender sich im Linearraum befand.«

Oberst Germell schnaufte hörbar durch die Nase. »Sie schlagen einen seltsamen Weg ein, eine dienstliche Meldung zu machen«, stellte er fest.

»Wir haben befürchtet, dass man uns nicht glaubt, Sir. Deshalb bin ich selbst gekommen. Es stimmt. Ein Objekt hat die Schiffswand im Heckbereich durchschlagen, als der Tender sich im Linearraum befand.«

»Und wo ist dieses Objekt jetzt?«, forschte Germell, der nach wie vor skeptisch war.

»Verschwunden, Sir.«

»Sehen Sie sich den Schaden an, Papp, und geben Sie mir dann einen Bericht, mit dem ich auch etwas anfangen kann!«, befahl der Oberst. Er gab dem Sergeanten mit einem Wink zu verstehen, dass er die Zentrale verlassen sollte. Gern Bowotzky atmete auf. Er war froh, dass er es hinter sich hatte. Er konnte es dem Kommandanten nicht verdenken, dass er an der Richtigkeit der Meldung zweifelte.

Pelpto Papp war nicht weniger skeptisch als der Kommandant. Auch er konnte sich nicht vorstellen, dass irgendetwas in den Schiffskörper eingedrungen war, während sich die MEBRECCO im Linearraum befand. Die Gefahr, von einem noch schnelleren Objekt während des Flugs durch den Linearraum im Heck getroffen zu werden, bestand praktisch nicht.

Papp überlegte sich daher, ob irgendjemand eine Falle für ihn oder den Kommandanten gestellt haben konnte. Er war auf der Hut, als er mit dem Sergeanten über Gleitstraßen in den Heckbereich des Tenders eilte.

»Hier ist es gleich«, sagte Bowotzky, als sie einen Hangar betraten, der bis in den letzten Winkel mit Ausrüstungsgütern gefüllt war. Einige Männer arbeiteten daran, verschiedene Geräte zu warten. Papp und der

Sergeant gingen an ihnen vorbei und gelangten auf einen breiten Gang, auf dem zahlreiche Ingenieure und Techniker diskutierend beisammenstanden. Sie wichen dem Ersten Offizier respektvoll aus. Pelpto Papp stützte seine rechte Hand auf den Gürtel, sodass sie sich ständig in der Nähe seines Strahlers befand. Alles in ihm spannte sich. Jetzt musste sich zeigen, was wirklich hinter der Meldung steckte.

Einer der Ingenieure kam ihm entgegen. »Ich bin Ehouvzez Schneider«, sagte er. »Ich bin froh, dass Sie gekommen sind. Wir haben das Leck mittlerweile von außen abgedichtet, sodass man die Räume wieder ohne Druckanzug betreten kann. Ich begreife das alles nicht. So etwas habe ich noch nicht erlebt.«

Er schob ein Panzerschott zur Seite und gab den Blick in einen Schaltraum frei. Papp sah das Leck sofort.

»Als ob jemand mit einer Riesenfaust die Außenwand durchschlagen hätte«, stellte der Ingenieur fest.

Das Loch hatte einen Durchmesser von etwa anderthalb Metern. Unter der Wucht des Aufpralls war die Ynkeloniumlegierung der Außenverkleidung regelrecht auseinander gerissen worden. Die Bruchstücke waren deutlich nach innen gebogen.

Pelpto Papp schritt staunend zu dem Leck hinüber und ließ seine Finger über die Bruchstellen gleiten. Eine Panzerplatte war von außen über dem Leck angebracht worden.

»Und sehen Sie sich die Decke an«, bat der Ingenieur.

Papp blickte nach oben. Sieben zentimetertiefe Schrammen zogen sich vom Leck bis zum Schott hin. Aber nicht nur das wies darauf hin, dass hier irgendetwas eingedrungen war. Auch in der Seitenwand klaffte ein großes Loch. Hier waren die Ränder jedoch nicht verbogen, sondern glatt durchgeschnitten worden.

»Ich verstehe das nicht«, sagte Schneider. »Das unbekannte Etwas ist nach nebenan geflogen und von dort in die anderen Räume weitergewandert. Dabei hat es jedes Mal eine Wand überwunden. Zu Anfang war das Loch groß. So wie hier. Dann aber wird es immer kleiner, bis schließlich überhaupt keine Öffnung mehr in der Wand entstand. Doch das Isoplastmaterial ist an diesen Stellen nur noch dünn wie Papier.«

»Das will ich mir ansehen.«

Der Ingenieur führte den Ersten Offizier in die angrenzenden Räume. Pelpto Papp konnte feststellen, dass Schneider die Wahrheit gesagt hatte. Irgendetwas war ins Schiff gekommen und darin verschwunden. Die anfangs noch so deutliche Spur verlor sich allmählich, bis sie am Ende überhaupt nicht mehr erkennbar war.

»Wir haben natürlich die entsprechenden Untersuchungen schon vorgenommen, Sir. Ohne Ergebnis. Selbst ein Infrarottest weist kaum etwas auf. Das Ding hat keine Wärme entwickelt, als es durch die Wände gegangen ist.«

»Es sieht aus, als hätte es von Wand zu Wand an Substanz verloren.«

»Es könnte auch von Wand zu Wand raffinierter geworden sein.« Schneider führte den Ersten Offizier in den Raum mit dem großen Leck zurück. Er deutete auf den Boden, wo acht deutliche Vertiefungen zu erkennen waren. Papp kniete nieder. Er steckte die Finger in die Löcher. Sie passten gerade hinein.

Jeweils vier Abdrücke befanden sich in einer Reihe. Beide Reihen waren etwa zwei Meter lang.

»Geben Sie mir einen Destaer-Grün!«, befahl Papp.

»Sir, Sie zweifeln doch wohl nicht daran, dass hier wirklich etwas ins Schiff gekommen ist? Sie glauben doch nicht, dass wir etwas – äh – manipuliert haben?«

»Haben Sie mich nicht verstanden?«

»Doch, Sir. Moment, bitte.«

Schneider eilte aus dem Raum. Er kehrte in wenigen Sekunden zurück und übergab dem Offizier das gewünschte Testgerät, mit dem sich eindeutig feststellen ließ, ob Desintegratorinstrumente eingesetzt worden waren. Pelpto Papp ließ die Sensoren über die Vertiefungen auf dem Boden gleiten. Der Destaer-Grün zeigte nichts an, obwohl er vollkommen intakt war, wie eine kurze Prüfung ergab.

»Es hat einen Toten gegeben?«, fragte Papp.

»Er hat hier gelegen, Sir«, antwortete der Ingenieur und zeigte auf eine Stelle an der Tür. Einige Blutflecken befanden sich auf dem Fußboden.

»Der Mann, ein Techniker, hatte den Auftrag, hier einige Reparaturarbeiten auszuführen. Er betrat einen praktisch luftleeren Raum, und damit war es aus für ihn. Das Ding hat ihn zwar noch berührt und ihm eine Verletzung zugefügt, die tödlich war, aber er wäre auch so gestorben.«

»Sie reden so, als ob es sich um ein Lebewesen handelte, das hier eingedrungen ist.«

»Sieht es nicht so aus, Sir?«

»Nein«, entgegnete Papp barsch. »Setzen Sie keine Gerüchte in Gang, Schneider. Was auch immer hier hereingekommen ist, es ist bestimmt kein lebendes Wesen.«

Schneider widersprach und beharrte auf seiner Meinung. »Kann ich Ihnen noch Fragen beantworten?«, fragte er schließlich.

»Ja, ich möchte wissen, wie Sie zu der Ansicht kommen, das unbekannte Etwas sei ausgerechnet während unseres Linearraumflugs ins Schiff eingedrungen.«

»Dafür gibt es eindeutige Beweise, Sir. Der getötete Mechaniker war zusammen mit einem Techniker nach Beginn des Linearraumflugs in dem Raum, in dem er später gestorben ist. Da war noch alles in Ordnung. Zehn Minuten später, als der Techniker allein zurückkehrte, war es bereits passiert. Wir wurden Sekunden darauf durch den Druckabfall alarmiert. Und das war, während der Tender sich noch immer im Linearraum aufhielt. Er kehrte erst etwa sieben Minuten danach in das Einstein'sche Kontinuum zurück.«

»Das ist eindeutig. Kommen Sie mit. Wir müssen ein Protokoll anfertigen.«

Schweigend kehrte Pelpto Papp mit dem Ingenieur in die kugelförmige Raumzelle zurück, in der sich die Hauptleitzentrale des Tenders befand. Der Offizier führte Schneider jedoch nicht in die Zentrale, sondern in seine geräumige Kabine. Er bot dem Ingenieur einen Platz an und setzte sich selbst an seinen Arbeitstisch.

»Sprechen Sie Ihren Bericht. Ich informiere inzwischen den Kommandanten.« Er grinste dem Ingenieur zu und verließ die Kabine.

Der Ingenieur räusperte sich und wollte gerade seinen Bericht aufsprechen, als Germell mit seinem Ersten Offizier eintrat. Der Oberst musterte den Ingenieur mit grimmigen Blicken, als sei dieser dafür verantwortlich, dass etwas Unbegreifliches geschehen war.

»Also gut, Schneider. Erzählen Sie, was in Ihrem Verantwortungsbereich passiert ist.«

Der Ingenieur berichtete mit stockender Stimme. Oberst Germell blickte immer wieder zu Pelpto Papp hinüber, als wolle er sich vergewissern, dass er nicht träume. Der Erste Offizier nickte mehrmals, um ihm zu bestätigen, dass er alles so angetroffen hatte, wie Schneider behauptete.

»Gut. Sie können gehen«, sagte Germell endlich.

Der Ingenieur verließ erleichtert den Raum.

Papp bemerkte, dass Schweißtropfen auf der Stirn des Kommandanten standen. Der Oberst sah besorgt aus.

»Pelpto, untersuchen Sie die Sache!«, befahl Germell. »Der Vorfall muss auf jeden Fall geklärt werden.« Er kehrte in die Hauptleitzentrale zurück.

Pelpto Papp begann mit seinen Nachforschungen. Er zog einige Wissenschaftler und zwei Sicherheitsoffiziere hinzu. Sorgfältig untersuchten sie jede Spur, die sie finden konnten, ohne dabei nach vier Stunden zu einem Ergebnis gekommen zu sein. Der Erste Offizier musste seinem Kommandanten melden, dass er nicht einen einzigen Schritt vorangekommen war.

»Was auch immer an Bord gekommen ist, es ist verschwunden«, teilte Papp bestürzt mit. »Es ist, als ob es sich in nichts aufgelöst habe.«

Oberst Germell führte den Ersten Offizier in seine Kabine, um sich hier ungestört mit ihm unterhalten zu können. Er ließ sich über jeden Schritt informieren, den Papp unternommen hatte.

»Ich habe den Eindruck, dass Sie keinen Fehler gemacht haben, Pelpto«, stellte er schließlich fest. »Damit wird mir die Sache unheimlich. Niemand und nichts kommt an Bord, um dann anschließend gleich wieder zu verschwinden.«

»Sie sagen – niemand! Sie sind also auch der Ansicht, dass es sich um ein denkendes Wesen handelt?«

»Die Spuren, die Sie mir geschildert haben, lassen keinen anderen Schluss zu.«

»Bei der Suche nach diesem Etwas wurde mir mal wieder bewusst, wie groß der Tender eigentlich ist«, gestand Papp. »Wer sich auf diesem Schiff verstecken will, hat größere Chancen als die, die ihn suchen.«

Germell nickte nur grimmig.

23.

Jasser Kanscho stand vor den Holo-Projektoren, die in wenigen Minuten bereits die ersten Projektionen des SPARTAC-Schildes aufnehmen sollten. Es fiel ihm schwer, sich zu konzentrieren. Er wusste, was von dem Ergebnis seiner Arbeit alles abhing, doch die Gefahr, auf einem fremden Planeten weitab von der Erde zu enden, belastete ihn allzu sehr.

Er nahm die ersten Schaltungen vor. SPARTAC wurde aktiviert. Ein Chaos von Lichtpunkten, Farbstrichen und Farbschleiern erschien vor ihm. Nur an wenigen Stellen zeigte sich ein wirklich klares Sternenbild. Die Störungen wurden durch ungenaue Einjustierungen der Energiefeldprojektoren verursacht. Kanscho griff sich unwillkürlich an den Kopf. Er hatte nicht damit gerechnet, dass das erste Bild so schlecht ausfallen würde. Jetzt wurde ihm bewusst, dass es ein Fehler gewesen war, sich nicht ausschließlich auf eine Aufgabe zu konzentrieren. Er verdrängte den Meutereiaufruf des Kommandanten und befasste sich nur noch mit SPARTAC.

Kanscho rückte seine Brille zurecht, die ihm bis zur Nasenspitze hinuntergerutscht war. In mühseliger Arbeit kontrollierte er Projektor um Projektor. Dabei blickte er immer wieder zu der Holo-Darstellung hinüber. Allmählich klärte sich das Bild. Die Farbschleier verschwanden. Deutlich schälten sich die Sterne und Galaxien heraus. Die MEBRECCO befand sich außerhalb des Mahlstroms, dessen energetische Störungen hier nicht mehr wirksam waren. Alle Voraussetzungen für einen Erfolg waren gegeben. Der Tender flog bereits in den Randregionen der der Ploohn-Galaxis entgegen liegenden Milchstraße, am anderen Ende der Nabelschnur.

Der Astronom schloss seine Vorbereitungen ab und rief die Hauptleitzentrale. »Wir sind so weit«, sagte er nur und unterbrach die Verbindung wieder.

Er wusste, dass in diesem Augenblick die Ergebnisse des SPARTAC überall auf den Schirmen des Tenders zu sehen waren. Das bedeutete, dass sämtliche Besatzungsmitglieder die Suche nach der Milchstraße mitverfolgen konnten.

Jasser Kanscho wurde sich dessen bewusst, dass er die Möglichkeit besaß, ebenfalls einige Worte an alle zu richten. Damit hätte er den Worten des Kommandanten einige stichhaltige Gegenargumente hinterherschicken können. Aber er verzichtete darauf, diese Chance zu nutzen. Er wusste, dass alle zwanzigtausend Menschen auf die Schirme blickten und hofften. Lange, allzu lange lebten sie nun schon in Ungewissheit. Sie wollten endlich wissen, ob es noch eine Spur von Hoffnung gab, die Milchstraße jemals wieder zu finden.

Kanscho konnte nachempfinden, was die Terraner gefühlt hatten, als die Erde aus der heimatlichen Galaxis verschwand. Es musste ein Schock für sie gewesen sein. Sie mussten sich heimatlos gefühlt haben. Für alle Menschen, die jemals die Erde verlassen hatten, war eine tief verwurzelte Sehnsucht nach diesem Planeten geblieben. Daran änderte auch die Tatsache nichts, dass sich viele Planeten-Staaten später von Terra abgewendet oder sogar Krieg gegen die Erde geführt hatten.

Ebenso war es für die Menschen, die die Heimatgalaxis mit der Erde verlassen hatten. Die Milchstraße war für sie die wirkliche Heimat. Dafür gab es keinen Ersatz. Dorthin zog es sie zurück, obwohl es auch hier Sonnen gab, unter denen die Erde leben konnte.

Kanscho selbst erging es ebenso. Auch er konnte sich nicht mit dem Gedanken abfinden, dass die Erde für alle Ewigkeiten im Mahlstrom bleiben sollte. Für ihn war der Auftrag, die Milchstraße zu finden, daher mehr als ein wissenschaftliches Experiment.

Mit leiser, eindringlicher Stimme begann er, die Sternenbilder zu kommentieren, wählte aus und vergrößerte einzelne Sektoren des Alls. Zur gleichen Zeit tastete die Hauptpositronik des Tenders das Spiegelbild ab, das SPARTAC erfasste. Zusammen mit der kleineren, aber stark spezialisierten Positronik des Observatoriums verglich sie die Daten. Auf diese Weise analysierte sie Sektor für Sektor und versuchte, Übereinstimmungen mit den gespeicherten Daten zu finden.

Stunde um Stunde verrann. Allmählich ließ die Spannung nach. Die Menschen an Bord verloren die Hoffnung, dass sich dieses Mal ein Erfolg einstellen könnte. Dann aber schrie Jasser Kanscho plötzlich auf.

»Wir haben etwas gefunden!«, rief er. »Der erste Anhaltspunkt!«

Oberst Danzien Germell meldete sich Sekunden später.

»Reden Sie schon, Jasser! Was ist los?«, fragte er.

»Stören Sie mich gefälligst nicht!«, entgegnete der Astronom unerwartet scharf. Er schaltete ab und widmete sich seiner Arbeit mit glühendem Eifer. Er hatte das Bild einer Galaxis identifizieren können, das annähernd mit den gespeicherten Daten übereinstimmte.

Eine halbe Stunde verstrich, Kanscho und Vasnotsch arbeiteten fieberhaft. Schließlich rief Kanscho die Hauptleitzentrale. »Danzien«, sagte er energisch. »Wir müssen unsere Position verändern.«

»Sagen Sie doch schon, was Sie aufgespürt haben!«, forderte der Kommandant.

»Gedulden Sie sich noch eine halbe Stunde, Danzien.« Er gab den Kurs durch, den der Tender nach seinem Willen einschlagen sollte. Oberst Germell war einverstanden. Dies war ihr Auftrag, und noch wollte er sich daran halten.

Die MEBRECCO nahm Fahrt auf. SPARTAC brauchte nicht abgeschaltet zu werden. Das gigantische Spiegelfeld raste mit durch den Raum, da die Energiefeldprojektoren fest mit dem Raumschiff verbunden waren. Die Astronomen arbeiteten mit höchster Konzentration.

Fast eine Stunde lang flog der Tender mit einer Geschwindigkeit, die nur knapp unter der des Lichts lag, auf dem Kurs, den Kanscho bestimmt hatte. Dann endlich ließ der Chefastronom den Raumflug abstoppen.

»Jasser – was ist los?«, fragte der Kommandant erregt an. »Wollen Sie uns nicht endlich sagen, was Sie gefunden haben?«

»Wir werten noch aus«, antwortete Kanscho mit fiebrig glänzenden Augen.

Wiederum verstrich eine halbe Stunde, dann wandte sich der Astronom an die gesamte Besatzung des Tenders. »Wir haben Erfolg gehabt«, teilte er mit fast nüchtern wirkender Stimme mit. »Wir wissen jetzt, wo die Milchstraße ist. Alle Zweifel sind ausgeschlossen. Das Ergebnis ist von der Positronik vierfach überprüft und bestätigt worden.«

Eine Welle der Sympathie überflutete mich, als ich das Schicksal der Gasförmigen erriet. Nein – ich muss mich korrigieren. Die so seltsam geformten Lebewesen waren nicht gasförmig. Dieser erste Eindruck hatte getäuscht. Ihre Körper waren weich, und das Innere schien hauptsächlich flüssig zu sein. Aber das war ein Nachteil, mit dem sie offenbar recht gut fertig geworden waren. Immerhin war es ihnen gelungen, eine Entwicklungsstufe zu erreichen, auf der sie den Raumflug bewältigten.

Ich tastete mich vorsichtig durch den Raumgleiter, wobei ich darauf achtete, keiner dieser fremdartigen Intelligenzen zu begegnen. Ich wollte dramatische Ereignisse wie bei dem Eintritt in den Sternengleiter vermeiden.

Jetzt erschienen mir die Wesen, die mit diesem Raumkörper flogen, wie Kinder. Noch nie hatte ich erlebt, dass irgendeine Intelligenz ihren Planeten verließ, in die Weite hinausjagte und dann nicht zurückfinden konnte. Ich war versucht, mich ihnen offen zu präsentieren und ihnen meine Hilfe anzubieten. Sie konnten sie gut brauchen. Doch würden sie sie auch annehmen?

Vielleicht nicht, denn nun glaubten sie zu wissen, woher sie gekommen waren. Ich drängte mich in ihr Kommunikationssystem und lauschte. Keineswegs überrascht stellte ich fest, dass ich es nicht verlernt hatte, eine fremde Sprache schnell zu analysieren, zu verstehen und zu erlernen. Ich war ein wenig enttäuscht, weil sich die Fremden mit simplen Lautgruppen zufrieden gaben. Wiederum fragte ich mich, ob sie wirklich die Erbauer des Sternengleiters waren.

Plötzlich sah ich eine Aufgabe für mich. Sollte ich zusehen, wie diese Entitäten hilflos durch den Weltraum irrten? Es wäre ehrenhaft für mich gewesen, sich ihnen behutsam zu nähern und sie sanft zu lenken, sodass sie es selbst kaum merkten. In Gedanken versunken, ließ ich mich durch den Boden eines Raums gleiten, der mit Ausrüstungsgütern gefüllt war. Als ich sah, was ich angerichtet hatte, war es schon zu spät.

In dem Raum darunter befanden sich acht Fremde. In drei von ihnen stürzte ich hinein. Meine Gliedmaßen durchbohrten sie, bevor ich mich noch zurückziehen konnte.

Ich vernahm die angstvollen Schreie der anderen, die aufsprangen und auf eine Wand zueilten. Offensichtlich wollten sie vor mir fliehen. Ich streckte ih-

nen zwei Taster entgegen, wobei ich mich so achtsam wie möglich bewegte. Drei von ihnen waren in ihrer Panik zu ungeschickt. Sie warfen sich gegen meinen Arm, als wollten sie ihn zur Seite schieben. Er zerschnitt ihre Leiber.

Namenloses Entsetzen erfasste mich. Ich zog mich bis in den äußersten Winkel des Raums zurück und winkte freundlich mit einem Tastfühler. Ich sah, dass einer der beiden noch Lebenden in ein Gerät sprach, und begriff, dass er seine Freunde benachrichtigte.

»Du brauchst keine Angst vor mir zu haben«, verkündete ich. »Niemand braucht sich vor mir zu fürchten. Ich bin als Freund an Bord dieses Sternengleiters gekommen, um euch zu helfen.«

Er sprang auf und griff nach dem anderen, der bei ihm war. »Mein Gott!«, schrie er. »Er versteht uns!«

Glücklich darüber, eine erste Verbindung zu ihnen geschafft zu haben, sprühte ich eine Kaskade von Licht von mir. Viel zu spät merkte ich, dass ich ihre physische Belastbarkeit wieder einmal unterschätzt hatte. Sie warfen ihre Arme hoch. Ihre Leiber verfärbten sich schwarz. Ihre Kleider flammten auf. Tot sanken die beiden Fremden zu Boden.

Ich stürzte in ein Sakrto der Enttäuschung. In diesen Momenten wusste ich einfach nicht, was ich tun sollte. Hatte ich Äonen im Nichts verbracht, nur mit meinen eigenen Gedanken beschäftigt, um als Schänder unter die Lebenden zurückzukehren? Solange ich an Bord dieses Sternengleiters war, hatte ich nichts weiter getan als meinen Rettern den Weg zum Strahlenden Berg verlegt.

Ich weiß nicht, wie lange ich im Nichts gewesen war, eingeschlossen in eine Kapsel. Zeit spielte schließlich keine Rolle für mich. Ich war nichts als ein denkendes Hirn, das versuchte, den Geheimnissen des Universums und der Schöpfung auf die Spur zu kommen. War ich nicht zu dem Schluss gekommen, dass ich ein sinnvolles Leben geführt hatte? Hatte sich nicht die Überzeugung in mir verfestigt, dass es sowohl den Unsichtbaren als auch den Strahlenden Berg tatsächlich gab? Ich glaubte sogar zu wissen, in welchem Bereich des Universums das Ziel aller Lebenden zu suchen war.

Und jetzt? Mussten mich die Fremden nicht für ein Monstrum halten, das lediglich tötete?

»Das Ungeheuer hat zugeschlagen, Sir«, sagte Pelpto Papp. »Acht Menschen sind dabei getötet worden.«

Kommandant Danzien Germell, der eine kurze Ansprache an die Besatzung der MEBRECCO vorbereitete, erhob sich. Seine großen Hände strichen unruhig an seinem Gürtel entlang. »Wo?«, fragte er.

»Im Kontrollraum der HÜ-Feldgeneratoren.«

Der Oberst zuckte zusammen. Der bezeichnete Raum, von dem aus die Feldgeneratoren zum Aufbau der HÜ-Schirme gesteuert wurden, lag fast im Zentrum der Tenderplattform und wurde von zahlreichen doppelt gepanzerten und gesicherten Anlagen umgeben. Wenn das unbekannte Objekt bereits so weit vorgedrungen war, ohne dass eine der Alarmvorrichtungen angeschlagen hatte, dann bestand höchste Gefahr für das ganze Schiff.

»Das Ding kann sich also frei an Bord bewegen«, stellte Germell beunruhigt fest. »Kommen Sie, Pelpto, ich möchte mir das ansehen.«

Durch Antigravschächte und über Gleitstraßen gelangten die beiden Männer innerhalb weniger Minuten zu dem bezeichneten Kontrollraum, der von Sicherheitsoffizieren abgeschirmt wurde. Überall auf dem Weg dorthin merkte der Kommandant, dass äußerste Unruhe an Bord herrschte. Die Besatzung litt unter der mehrfachen Belastung.

Eine Gasse öffnete sich vor ihm. Germell betrat den Kontrollraum. Er war ein harter Mann, der schon viel gesehen hatte. Beim Anblick der verstümmelten Leichen aber wurde ihm übel. Er fing sich jedoch rasch wieder.

»Ingenieurin Bromkey konnte noch melden, dass das Ding hier eingedrungen war«, teilte einer der Sicherheitsoffiziere mit. »Sie behauptete, es sei durch die Decke herabgekommen. Wir konnten noch nicht feststellen, ob das wirklich stimmt.«

Germell blickte nach oben. Nichts deutete darauf hin, dass irgendetwas die Lumisplastschicht durchbrochen hatte.

»Was hat dieses – hm – Ding getan?«, fragte der Oberst. Er räusperte sich. »Ich meine, außer dass es diese Leute getötet hat? Fehlt etwas?«

»Nichts«, antwortete der Sicherheitsoffizier.

»Lassen Sie die Leichen ins Medo-Center bringen. Doc Holly soll sie genau untersuchen. Teilen Sie ihm mit, dass ich den Befund in spätestens einer Stunde erwarte.«

»Eine Stunde, Sir?«

»Sie haben mich richtig verstanden. Kommen Sie, Pelpto.« Germell stürmte auf den Gang hinaus und eilte mit dem Ersten Offizier in die Hauptleitzentrale zurück. »Haben wir einen Kosmopsychologen an Bord?«, fragte er, als sie sie betraten.

»Soweit ich informiert bin, ist der Assistent von Kanscho nicht nur Astronom, sondern auch Kosmopsychologe.«

»Rufen Sie ihn zu mir.« Der Kommandant ging zum Panoramaschirm hinüber und blieb nachdenklich davor stehen. Er betrachtete das Bild der heimatlichen Milchstraße, das von SPARTAC auf die gesamte Bildfläche projiziert wurde. Auch er zweifelte nicht im Geringsten daran, dass Jasser Kanscho die richtige Galaxis gefunden hatte. Damit war zugleich auch der Hauptauftrag, den die MEBRECCO erhalten hatte, erfüllt.

Er riss sich los und nahm auf dem Sessel des Kommandanten Platz. Er blickte ernst in die Linsen der Aufnahmekameras, als er sich mit einer weiteren Durchsage an die Besatzung wandte.

»Wir wollen uns keine falschen Hoffnungen machen«, erklärte er ohne Einleitung. »Wir haben die Milchstraße entdeckt. Sie ist einwandfrei identifiziert worden. Ein Irrtum ist ausgeschlossen. Das bedeutet nun aber noch lange nicht, dass Rhodan mit der Erde in unsere Galaxis zurückkehren kann. Ganz und gar nicht. Wir alle wissen, dass die Laren nur darauf warten, dass der Großadministrator ein derartiges Manöver unternimmt. Es würde in den Untergang führen. Rhodan wird also hier im Mahlstrom bleiben. Er hat keine andere Möglichkeit.

Wir werden uns von ihm trennen. Je schneller, desto besser. Selbstverständlich werden wir ihn darüber informieren, dass wir Erfolg hatten. Wir werden ihm sämtliche Daten übergeben. Aber wir werden nicht zur Erde zurückkehren. Wir bauen uns unsere eigene Zukunft auf einem paradiesischen Planeten auf, der uns ein sorgenfreies Leben erlaubt.

Bis dahin werden wir ein Problem lösen, das uns erheblich beschäftigt. Es ist ein unbekanntes Objekt an Bord gekommen. Bis jetzt haben wir es noch nicht stellen können, aber das ist nur eine Frage der Zeit. Ich weiß, dass wir mit dem Unbekannten leicht fertig werden können. Unser Programm wird deshalb nicht unterbrochen. Wir fliegen in zwei Stunden tiefer in diese Galaxis hinein, sodass wir weit genug vom Mahlstrom entfernt sind. Während des Flugs werden wir über den Beschluss, eine eigene Kolonie zu gründen, abstimmen. Ich weiß, dass eine klare Mehrheit sich für die Kolonie entscheiden wird. Ich danke Ihnen.«

Germell schaltete ab und erhob sich. Er lächelte unergründlich, als er Kergijin Vasnotsch sah, der zusammen mit Pelpto Papp in die Zentrale kam. Der Astronom und Kosmopsychologe war flachsblond. Sein Äußeres wirkte vernachlässigt. Er bewegte sich ungelenk.

»Papp hat Sie über Ihre Aufgaben unterrichtet?«, fragte der Oberst.

»Er hat es versucht, Sir.«

»Versucht?« Überrascht blickte der Kommandant Pelpto Papp an.

»Kergijin Vasnotsch ist der Ansicht, dass seine Aufgabe einzig und allein darin liegt, Brille zu unterstützen.«

»Wenn Sie damit Jasser Kanscho meinen, Sir, haben Sie Recht«, sagte

Vasnotsch. »Wir haben genügend zu tun.« Er musterte Oberst Germell, als habe er ihn noch nie gesehen. »Außerdem nehme ich von Meuterern keine Anweisungen entgegen.«

»Zeigen Sie ihm die Leichen, Pelpto!«, befahl der Kommandant ruhig. Er wartete, bis die beiden Männer die Zentrale verlassen hatten, dann gab er dem Piloten der MEBRECCO Anweisungen, einen Kurs zu berechnen, der das Schiff noch weiter von der Erde wegführen würde. Die Entfernung zu Terra würde dann annähernd anderthalb Millionen Lichtjahre betragen.

»Das wird ausreichen«, sagte Danzien Germell kaum hörbar. »In ein oder zwei Generationen wird Rhodan vergessen sein.«

Professor Dr. Dr. Ashmil Horindolly, von den Offizieren und Mannschaften der MEBRECCO allgemein nur respektlos Doc Holly genannt, drehte sich mit seinem schwenkbaren Sessel herum. Er blickte den Ersten Offizier mürrisch an. Das schlohweiße Haar reichte ihm bis auf die Schultern herab. Die buschigen, ebenfalls weißen Augenbrauen bildeten zwei mächtige Schwingen.

»Die Stunde ist noch nicht um, Pelpto«, sagte er.

»Das weiß ich, Doc. Ich möchte Vasnotsch nur die Leichen zeigen. Darf ich?«

»Wenn's sein muss.«

Der Erste Offizier verzichtete darauf, dem Mediziner Fragen über die bisherigen Ergebnisse seiner Arbeit zu stellen. Er wusste, dass Doc Holly nichts mehr hasste, als Zwischenberichte zu geben. Er führte den Kosmopsychologen in den Kühlraum, in dem die Leichen lagen. Während er am Eingangsschott stehen blieb, ging Vasnotsch bis zu den Kühlwannen weiter.

Der Kosmopsychologe sah sich die Wunden der Toten genau an, drehte sich danach um und kehrte zu Papp zurück. Sein Gesicht zeigte keine Regung.

»Nun?«, fragte der Erste Offizier.

»Was – nun?«

»Was sagen Sie dazu?«

Vasnotsch zuckte mit den Schultern. Er schob die Hände in die Hosentaschen und ging an Papp vorbei in das Labor, in dem der Arzt mit seinen Mitarbeitern arbeitete. Papp folgte ihm und legte ihm die Hand an den Arm.

»Ich möchte etwas von Ihnen hören«, sagte er energisch.

»Sie werden enttäuscht sein«, entgegnete der Kosmopsychologe. »Ich arbeite nicht mit Ihnen zusammen.«

»Dieses Ding könnte auch Sie erwischen.«

»Dann habe ich Pech gehabt.«

Der Offizier versteifte sich. Drohend verengten sich seine Augen. »Moment mal, Vasnotsch. Ob es Ihnen passt oder nicht, Sie unterstehen dem Kommandanten. Wenn er Ihnen einen Befehl erteilt, werden Sie ihn ausführen.«

»Nein, das werde ich nicht tun.« Der Astronom lächelte harmlos. »Zwingen können Sie mich nicht.«

»Der Kommandant wird entscheiden, was mit Ihnen geschieht.« Papp wandte sich an den Mediziner. Er versuchte, sich seine Erregung nicht anmerken zu lassen, und lenkte sich durch eine Frage ab, die er normalerweise nicht gestellt hätte: »Haben Sie schon etwas herausgefunden, Doc?«

Dr. Horindolly blickte von Papp zu Vasnotsch und von diesem wieder auf den Ersten Offizier. Er erkannte die angespannte Situation und überwand seinen Widerwillen gegen Zwischenergebnisse. Er nickte. »Allen Leichen ist sämtliches Acetylcholin entzogen worden«, antwortete er.

»Damit kann ich nichts anfangen«, entgegnete Papp. »Was hat das zu bedeuten?«

»Das weiß ich noch nicht. Acetylcholin ist ein Stoff, der an den Nervenendfasern elektrische Nervenimpulse in chemische umsetzt. Wo er fehlt, funktioniert nichts mehr. Aber das war nicht die Todesursache. Die Menschen sind durch die äußeren Verletzungen getötet worden. Dennoch muss ich vor einer Berührung dieses Wesens warnen. Es könnte sein, dass schon ein flüchtiger Körperkontakt zum Verlust dieses Gewebshormons führt. Das würde den sofortigen Tod bedeuten.«

»Danke, Doc.«

Pelpto Papp gab Vasnotsch einen befehlenden Wink und eilte mit ihm hinaus. Als sie wenig später die Hauptleitzentrale des Tenders betraten, saß Oberst Germell in seinem Sessel und verfolgte auf einem der Schirme den Verlauf der Abstimmung. Am Bildrand war eine Zeitangabe eingeblendet: In 58 Minuten würde sie zu Ende gehen.

Germell bemerkte den Ersten Offizier und den Kosmospsychologen, die darauf gewartet hatten, dass er sich ihnen zuwenden würde. Er verschränkte die Arme vor der Brust. Papp und der Astronom kamen zu ihm.

»Nun, Vasnotsch, sind Sie zu einer Zusammenarbeit gegen das unbekannte Ding bereit?«

»Nein.«

Die Miene des Kommandanten verdüsterte sich. Er drehte sich um und kehrte zu seinem Sessel zurück. Über die Schulter hinweg befahl er: »Vasnotsch wird in der Schall-Null-Zelle Gelegenheit haben, über seine Entscheidung nachzudenken.«

Der Kosmospsychologe erschrak. Er wollte protestieren, aber Papp und ein weiterer Offizier packten ihn bei den Armen und führten ihn aus der Zentrale.

»In der Zelle befindet sich ein Interkom. Sie können ihn einschalten, wenn Sie es sich überlegt haben. Dann holen wir Sie heraus. Hoffentlich beeilen Sie sich«, sagte Pelpto Papp.

Sie sanken in einem abwärts gepolten Antigravschacht zwei Decks nach unten. Dann öffnete sich ein Schott vor Vasnotsch. Die Offiziere schoben ihn hindurch. Das Schott schloss sich, und der Kosmopsychologe befand sich in einem Raum, in dem es keine Geräusche gab.

Er klatschte in die Hände, aber es half nichts. In diesem Raum gab es keine Laute.

»Mein Gott, das halte ich nicht aus«, sagte er. Unwillkürlich hob er den Kopf. Eine eigenartige Spirale schob sich durch die Decke herab. An ihrer Spitze saß so etwas wie ein Auge. Es starrte ihn durchdringend an.

Kommandant Danzien Germell saß in seinem Sessel und verfolgte die Abstimmung. Pelpto Papp stand hinter ihm.

Eine halbe Stunde nach Beginn der Aktion hatten sich 67 Prozent der abgegebenen Stimmen für eine Meuterei gegen Rhodan ausgesprochen. 19 Prozent waren dagegen.

»Das sieht nach einem klaren Sieg aus«, sagte der Erste Offizier. »Daran ändert sich nichts mehr.«

»Ich habe es vorher gewusst, Pelpto. Geben Sie Order, das ermittelte Zielgebiet anzufliegen.«

»Sie wollen das Ende der Abstimmung nicht abwarten?«

»Bis jetzt sind über neuntausend Stimmen abgegeben worden. Das Ergebnis steht schon fest. Wir suchen uns unser Paradies.«

Der Erste Offizier gab den Befehl an den Piloten weiter. Die Vorbereitungen für den Start begannen. Minuten später sprangen die Waringschen Konverter an. Die MEBRECCO nahm Fahrt auf und beschleunigte mit mittleren Werten. Pelpto Papp kehrte zum Kommandanten zurück.

»Wie weit sind Sie mit Ihrer Untersuchungskommission?«, fragte Germell.

»Ein Team von Positronikern arbeitet an einer Überwachsungsschaltung. Wir werden in Kürze 88 Prozent aller Räumlichkeiten an Bord überwachen können. Sobald sich das Ding irgendwo zeigt, schlägt die Positronik Alarm. Ich habe vorgeschlagen, unseren ungebetenen Gast mit Desintegratorstrahlern anzugreifen und aufzulösen.«

»Lassen Sie es mich wissen, wenn Sie den blinden Passagier erwischt haben.« Germell erhob sich und ging auf das Ausgangsschott zu. In diesem Moment trat Jasser Kanscho ein. Er stellte sich dem Oberst in den Weg.

»Weshalb nimmt die MEBRECCO Fahrt auf?«, fragte er erregt. »Noch hat sich die Mehrheit nicht für die Befehlsverweigerung entschlossen.«

»Doch, das hat sie, Jasser«, erwiderte Germell gelassen. Er zeigte auf die Zwischenergebnisse. Zwölftausend Stimmen waren abgegeben worden. 68,5 Prozent waren für den Weg, den der Kommandant vorgeschlagen hatte. Nur 18,7 Prozent sprachen sich dagegen aus. »Daran ist nichts mehr zu rütteln. Die Entscheidung ist gefallen.«

Kanscho wischte sich den Schweiß von der Stirn. Er rückte seine Brille zurecht und blickte sich nervös in der Zentrale um. »Okay, Danzien. Dann habe ich wohl verloren«, sagte er schließlich. »Ich werde mit allen, die mit Nein gestimmt haben, von Bord gehen. Wir benötigen eine Korvette.«

»Abgelehnt, Jasser.«

Oberst Germell schritt an dem Astronomen vorbei durch das Schott, doch Kanscho folgte ihm. »Was soll das heißen?«, fragte er scharf. Danzien Germell drehte sich um und lächelte herablassend.

»Ist das so schwer zu verstehen?«

»Sie wollen uns zwingen, bei Ihnen zu bleiben?«

»Erraten, Brille.«

»Dazu haben Sie kein Recht! Sie fürchten, wir könnten Rhodan verraten, wohin Sie sich gewendet haben, nicht wahr?«

»Möglicherweise.«

»Sind Sie sich dessen bewusst, was geschehen wird, wenn Ihr Entschluss an Bord bekannt wird?«

»Es wird nichts passieren, Brille.« Germell kreuzte die Arme vor der Brust. »Überhaupt nichts.«

»Sie täuschen sich, Danzien. Wir werden uns nicht von Ihnen terrorisieren lassen.«

Jasser Kanscho ballte die Hände. Vor Erregung versagte ihm die Stimme. Er drehte sich um und eilte davon. Oberst Germell betrat die Kommandantenkabine. Er setzte sich an seinen Arbeitstisch und holte ein Bündel von dicht beschrifteten und mit Zeichnungen versehenen Folien daraus hervor. Er vertiefte sich in die von ihm entworfenen Pläne für die neue Kolonie, die nach seinen Vorstellungen paradiesischen Zuständen nahe kommen sollte. Für nahezu eine halbe Stunde vergaß er alle Probleme, die sich in den letzten Tagen ergeben hatten. Dann meldete sich der Erste Offizier bei ihm.

»Das endgültige Ergebnis liegt vor, Sir.« Papp reichte ihm einen Zettel.

»68,7 Prozent dafür, 18,4 Prozent dagegen, 9,6 Prozent Enthaltungen und 3,3 Prozent ungültige Stimmen«, las Germell laut. »Na, was wollen wir mehr? Dann ist ja alles in Ordnung.« Der Kommandant zerknüllte die Folie achtlos und warf sie in den Müllvernichter. Germell schien gelangweilt zu sein.

»Sie freuen sich nicht?«, fragte Papp.

»Warum? Haben Sie an dem Ergebnis gezweifelt? Wenn ich nicht von Anfang an gewusst hätte, dass meine Entscheidung richtig ist, hätte ich sie gar nicht erst getroffen.« Er erhob sich und holte sich ein Erfrischungsgetränk aus dem Automaten. »Unterrichten Sie die Besatzung. Geben Sie auch bekannt, dass die Neinsager bei uns bleiben werden!«, befahl er.

24.

»Das war Germells großer Fehler«, sagte Jasser Kanscho. »Damit ist er zu weit gegangen.«

Der Astronom blickte sich im Kreise seiner zwanzig Assistenten um. Einige Wissenschaftler anderer Disziplinen betraten den großen Kartenraum, in dem die Gegner der Anti-Rhodan-Politik zusammengekommen waren. Kanscho begrüßte sie mit fahriger Handbewegung.

»Wir haben ein Recht darauf, zur Erde zurückzufliegen!«, rief einer der Assistenten. »Und ich bin dafür, dass wir für unser Recht kämpfen.«

»Ich werde notfalls auch allein versuchen, ein Beiboot zu bekommen«, verkündete Jasser Kanscho. »Oberst Germell ist ein Meuterer. Seine Befehle sind für mich nicht mehr bindend. Ich will zur Erde. Je mehr mich begleiten, desto besser.«

Jetzt wirkte Kanscho energisch und kraftvoll. Erhebliche Unruhe entstand. Mehrere Assistenten sprachen gleichzeitig, bis der Chef die Arme hob und um Ruhe bat.

»Ich habe mich entschlossen, das nächste Waffendepot im Handstreich zu nehmen«, gestand er. »Dafür benötige ich etwa acht Männer. Wer ist dabei?«

Fast alle Anwesenden meldeten sich spontan. Kanscho suchte acht Assistenten aus, die in seiner Nähe auf den Tischen saßen.

»Wir werden Sie sofort informieren, wenn wir die Waffen haben«, beschied er den Übrigen. »Sie werden dann zu uns durchstoßen, sodass wir Sie ausrüsten können. Wir müssen schnell und konsequent handeln – sonst sehen wir die Erde nie wieder.«

»Wollen Sie damit sagen, dass Sie die Waffen auch einsetzen werden, wenn es notwendig sein sollte?«, fragte die Biologin Akshek Meyroshon, eine Sino-Terranerin.

»Aber selbstverständlich«, antwortete Kanscho entschlossen. »Der Kommandant behandelt uns wie Gefangene. Er will uns in eine Gegend des Universums fliegen, die uns nicht gefällt. Damit entführt er uns für alle Zeiten von unserem Zuhause. Was Germell macht, lässt sich nur noch mit dem Wort Verbrechen definieren. Wenn wir keine Waffen einsetzen, haben wir auch keine Chancen mehr. Dessen sollten wir uns bewusst sein.« Er lächelte begütigend. »Niemand zwingt Sie, sich uns anzuschließen, Akshek. Wir werden Ihnen keinen Vorwurf machen, wenn Sie ebenfalls meutern wollen.«

Er ging auf den Ausgang zu. Seine Assistenten folgten ihm. Einer der anderen Wissenschaftler übernahm die Leitung der Diskussion. Eine verschworene Gemeinschaft bildete sich, die bereit war, um ihre Freiheit zu kämpfen. Akshek Meyroshon verließ den Raum nicht. Sie blieb.

Jasser Kanscho stürmte mit seinen Männern bis zu einem Antigravschacht und sank in ihm zwei Decks nach unten. Danach eilten sie über eine Gleitstraße bis fast zur Peripherie des kugelförmigen Teils des Flottentenders. Vor ihnen erhob sich ein feuerrotes Panzerschott. Kanscho rief einen Befehl. Ein Interkom leuchtete auf. Das Gesicht eines Sergeanten formte sich auf dem Bildschirm.

»Öffnen Sie, schnell!«, rief der Chefastronom. »Dieses verfluchte Ding ist dort hinten wieder aufgetaucht. Beeilen Sie sich! Es hat schon mehrere Tote gegeben.«

Das Panzerschott glitt zur Seite. Damit verstieß der Sergeant eindeutig gegen seine Dienstvorschriften. Er hätte bei seinem vorgesetzten Offizier nachfragen müssen. Jasser Kanscho sprang durch den entstehenden Spalt in das Waffenmagazin. Der Sergeant kam ihm entgegen. Unerwartet wuchtig schlug ihm der Astronom die Faust unter das Kinn. Damit konnte er ihn jedoch noch nicht fällen. Der Verwalter des Magazins taumelte überrascht zurück. Er prallte mit dem Rücken gegen eine Wand und griff nach seiner Impulsautomatik. Kanscho warf sich auf ihn und hielt ihm den Arm fest. Jetzt kamen ihm die Assistenten zu Hilfe. Einer von ihnen betäubte den Sergeanten mit einem Faustschlag gegen das Kinn.

Kanscho nahm die Impulsautomatik an sich und schoss damit auf das Schloss eines Waffenschranks. Er wusste, dass im gleichen Moment eine Alarmsirene in der Zentrale aufheulte.

»Schnell!«, drängte Kanscho. »Wir haben wenig Zeit.«

Die Assistenten nahmen an Impulsautomatiken, Strahlern und Thermoblastern an sich, was sie tragen konnten. Innerhalb von zwei Minuten war der Überfall beendet. Kanscho eilte seiner Truppe voraus und auf den Gang hinaus.

Ein Offizier kam ihnen vom Antigravschacht her entgegen. Er hielt ein Desintegratorgewehr schussbereit in den Händen. Als er Kanscho sah, schoss er sofort. Der grüne Energiestrahl fauchte über den Kopf des kleinen Astronomen hinweg und fuhr einem der Assistenten mitten in die Stirn.

Kanscho blieb entsetzt stehen. Er benötigte einige Sekunden, bis er das Schreckliche erfasst hatte. »Sind Sie wahnsinnig?«, rief er keuchend. »Was tun Sie da?«

»Wenn Sie die Waffen nicht sofort fallen lassen, erschieße ich Sie ebenfalls, Brille«, antwortete der Offizier.

Kanscho zögerte. Er hatte zwar erklärt, dass er mit aller Energie um seine Freiheit kämpfen würde, doch jetzt stand er einem Mann gegenüber, den er schon lange Jahre kannte. Er konnte nicht so ohne weiteres auf ihn schießen, auch wenn er sein Feind war.

»Seien Sie doch vernünftig«, sagte er. »Wir können doch ...«

Einer der Assistenten feuerte kalt und überlegt. Der sonnenhelle Strahl aus atomarer Energie durchbohrte die Brust des Offiziers und schleuderte ihn zurück.

»Weiter!«, schrie einer der anderen Helfer Kanschos. Sie drängten den Astronomen voran. Kanscho rannte los. Er nahm das Desintegratorgewehr des Offiziers an sich und sprang in den Antigravschacht.

Überall im Schiff heulten die Alarmsirenen. Die Truppe ließ sich nicht mehr aufhalten. Als ihnen einige Soldaten entgegenkamen, kurz nachdem sie den Schacht verlassen hatten und sich dem Observatorium näherten, schoss einer der Assistenten. Er verletzte niemanden. Die Warnung genügte jedoch. Der Weg war frei. Die Soldaten flüchteten auf Seitengänge. Kanscho registrierte, dass sie alle unbewaffnet waren. Er war froh, dass es nicht zu einem Kampf mit ihnen kam.

Er rannte in den Versammlungsraum, wo die übrigen Assistenten und die Wissenschaftler anderer Disziplinen auf sie warteten. Rasch verteilte er die Waffen.

Der Interkom schaltete sich ein. Das gerötete Gesicht des Kommandanten zeichnete sich auf dem Schirm ab. Unwillkürlich wandte sich der Chefastronom dem Gerät zu.

»Sind Sie wahnsinnig geworden?«, brüllte Oberst Germell.

»Der Wahnsinnige an Bord sind Sie, Danzien«, entgegnete Kanscho gefasst.

»Sie haben einen meiner Offiziere ermordet, Brille!«, fuhr der Oberst mit zornbebender Stimme fort. »Dafür werden Sie zahlen. Ich bringe Sie vor ein Kriegsgericht.«

»Machen Sie sich nicht lächerlich, Danzien«, sagte Kanscho. »Sie haben sich mit Ihrer Aktion außerhalb der Gesetze gestellt. Ich handle aus Notwehr heraus. Sie sind ein Meuterer. Wenn Sie uns keine Schiffe geben, mit denen wir zur Erde zurückkehren können, werden wir uns sie erkämpfen.«

»Brille«, erklärte Germell mühsam beherrscht. »Wir haben Sorgen genug. An Bord befindet sich ein unbekanntes Objekt. Es gefährdet uns alle. Wir können uns Auseinandersetzungen an Bord nicht leisten. Sie könnten uns alle Kopf und Kragen kosten.«

»Das sind Ihre Probleme, Danzien. Stellen Sie die Korvetten ab, und Sie vermeiden alle Unannehmlichkeiten.«

Oberst Germell schaltete den Interkom ab. Der Bildschirm wurde milchig. Jasser Kanscho blieb stehen, wo er war. Auch ihn beunruhigte das unbekannte Wesen an Bord. Er wäre erleichtert gewesen, wenn er gewusst hätte, wo es war, bestand doch die Möglichkeit, dass es sich gerade an Bord eines jener Schiffe versteckt hielt, mit denen er und seine Männer und Frauen zur Erde fliegen wollten – denn nach dem Ergebnis der Abstimmung hatten sie ihre Forderung aufstocken müssen. Trotzdem war es ihnen nicht möglich, alle Rhodan-Treuen mitzunehmen. Er war sich darüber klar, dass sie ein offenbar gefährliches Fremdwesen nicht mit zur Erde nehmen durften. Ein derartiger Fehler konnte unabsehbare Folgen für die Menschheit haben.

Kergijin Vasnotsch schrie vor Angst und Entsetzen, aber die schallschluckenden Wände sogen alle Laute in sich auf, sodass er sich selbst kaum hören konnte.

Ein rundes, kopfgroßes Ding kam durch die Decke, ohne diese zu beschädigen. Es war mit violetten Borsten dicht besetzt. Dazwischen lagen zahlreiche augenähnliche Ovale. Daneben senkten sich vier weiße Zähne herab. Sie waren etwa einen Meter lang und kamen aus in vielen Farben schillernden Fortsätzen hervor. Das ganze Wesen blieb dem Kosmopsychologen jedoch verborgen, denn es verharrte über der Decke.

Das, was Vasnotsch für Zähne hielt, machte kreisende Bewegungen über ihm, sodass er den Eindruck gewann, das fremde Wesen warte auf den Moment, in dem es am besten zubeißen könne. Der Kosmopsychologe lag flach auf dem Boden, die Arme und Beine gespreizt. Als einige Sekunden verstrichen waren, ohne dass der Fremde ihn getötet hatte, beruhigte er sich wieder. Er überlegte. Dies war die fremdartigste Entität, der er je begegnet war. Er hatte keinerlei Anhaltspunkte über Sozialverhalten, Psychologie und Kommunikationsstreben. Er wusste, dass er etwas tun musste, aber er wusste nicht, was.

»Du hast Angst?«, fragte der Unheimliche.

Vasnotsch richtete sich überrascht auf. Er wunderte sich, dass der Null-Schall-Effekt plötzlich aufgehoben war. »Ja«, antwortete er. »Bisher hast du alles getötet, was dir in den Weg gekommen ist.«

»Das war nicht meine Absicht.«

Kergijin Vasnotsch beruhigte sich innerhalb weniger Sekunden. Er begriff. »Du hast schon mehrmals versucht, dich mit uns zu verständigen?«

»Das habe ich.«

»Du darfst uns nicht berühren. Damit tötest du uns.«

»Ich werde es nicht tun.«

Vasnotsch atmete auf. Plötzlich erschien ihm das, was er von dem Fremden sehen konnte, nicht mehr so bedrohlich und gefährlich. Jetzt wünschte er, den ganzen Körper betrachten zu können.

»Wer bist du?«, fragte er.

»Ich verstehe nicht.« Die Stimme des blinden Passagiers klang schrill und quietschend. Sie war nicht leicht zu verstehen.

»Woher kommst du?«

»Das verstehst du nicht.«

»Also gut, was willst du?«

»Die Wesen an Bord des Sternengleiters suchen das Paradies?«

»Allerdings«, antwortete Vasnotsch seufzend. »Sie bilden sich ein, dass es das gibt.«

»Es gibt das Paradies. Und ich weiß, wo ihr es finden könnt.«

Der Kosmopsychologe schluckte. Vor Überraschung wusste er nichts zu antworten.

»Ich werde euch dorthin führen«, behauptete der Fremde. »Ich werde euch …«

Er sprach den Satz nicht zu Ende. Plötzlich verschwand er durch die Wand, so, wie er gekommen war. Verblüfft blickte Vasnotsch auf die unbeschädigte Wand. Er griff sich an den Kopf und massierte sich die Schläfen. Hatte er geträumt? Natürlich nicht!

Er ging zum Interkom. Vier Minuten später öffnete sich das Schott. Pelpto Papp stand ihm gegenüber und lud ihn mit einer großzügigen Geste ein, die schallschluckende Kabine zu verlassen. Nur zu gern folgte der Kosmopsychologe dieser Aufforderung.

»Ich habe den Fremden gesehen«, erklärte er erregt. »Und ich habe mit ihm gesprochen.«

»So?«

»Sie glauben mir nicht, Pelpto? Ich schwöre Ihnen, dass ich die Wahrheit sage. Er hat gesagt, dass er uns zu dem Paradies führen will, das wir suchen. Stellen Sie sich das vor.«

Papp grinste herablassend. »Wissen Sie, Kergijin, alle, die bisher in dieser Kabine waren, haben Halluzinationen und sonstige verrückte Vorstellungen gehabt.«

Als sich das Schott der schallschluckenden Kabine wieder hinter dem Kosmopsychologen geschlossen hatte, schrillten die Alarmsirenen. Papps Armbandfunkgerät schlug an.

»Erster Offizier sofort in die Hauptleitzentrale!«

Pelpto Papp sprintete los. Er benötigte knapp eine Minute bis zu seinem Ziel, wo er von einem wutschnaubenden Kommandanten erwartet wurde.

»Das wird aber auch Zeit, Papp«, sagte Germell. »Kanscho spielt verrückt. Sorgen Sie für Ordnung. Der Sicherheitsoffizier ist bereits mit einem Kommando unterwegs. Beeilen Sie sich.«

Papp rannte zum Antigravschacht. Das Observatorium befand sich sieben Decks senkrecht über der Hauptleitzentrale. Der Offizier plante, in seiner Mitte aus dem Antigravschacht zu kommen. Als er jedoch das sechste Deck überwunden hatte, sah er, dass über ihm die Läufe von zwei Desintegratorstrahlern in die Liftröhre ragten. Er sprang hinaus und eilte zu einem anderen Liftschacht, der weiter von der Mittelachse des Kugelteils des Tenders entfernt war. Als er in ihm nach oben glitt, hörte er Schüsse. Eine Hitzewelle schlug ihm entgegen.

Auf dem Deck unter dem Observatorium, auf dem die Positroniken verschiedener wissenschaftlicher Abteilungen untergebracht waren, kämpften die Männer Kanschos mit dem Sicherheitskommando. Pelpto Papp suchte hinter einem halb offenen Schott Schutz. Zwanzig Meter von ihm entfernt lagen einige wissenschaftliche Assistenten hinter einer Barrikade aus Ausrüstungscontainern. Nur zehn Meter weiter standen zwei Kampfroboter, die durch flimmernde Energiefelder geschützt wurden. Die Rhodan-Anhänger feuerten mit Desintegratorstrahlern und Impulsgewehren auf sie, ohne irgendeine Wirkung zu erzielen. Die Kampfmaschinen rückten unaufhaltsam näher.

Papp verließ seine Deckung. »Halt!«, rief er. »Kampf einstellen! Sofort aufhören!«

Ein Assistent drehte sich um und schoss sofort. Der grüne Energiestrahl strich dicht über den Kopf des Ersten Offiziers hinweg.

»Schluss jetzt!«, schrie Papp. »Verdammt noch mal! Hier wird nicht geschossen.«

»Verschwinden Sie!«, brüllte einer der Assistenten. Sein Gesicht war zur Hälfte schwarz verbrannt. Er musste ungeheure Schmerzen haben. »Ich habe nichts gegen Sie, aber wenn Sie bleiben, töte ich Sie.«

Papp ging auf die Männer zu. Seine Waffe steckte noch immer im Halfter an der Hüfte. »Ich dulde nicht, dass mit Waffengewalt vorgegangen wird«, sagte er scharf. »Stehen bleiben, Robots!« Die Kampfautomaten hatten ihn längst identifiziert. Sie gehorchten. »Ihr habt wohl den Verstand verloren, wie?«

»Wir wollen Schiffe. Weiter nichts. Mit einer Korvette, von der bisher die Rede war, ist uns nach der Abstimmung nicht geholfen. Das wissen Sie doch, Papp.« Der Assistent richtete seine Impulsautomatik auf ihn. »Bleiben Sie stehen. Wenn Sie noch einen Schritt weitergehen, werde ich Sie töten.«

Pelpto Papp erkannte, dass der Mann es ernst meinte. Er tat, was man von ihm verlangte. Er sah, dass hinter den Robotern die Männer des Sicherheitskommandos heranrückten.

In diesem Moment brach der Fremde durch die Decke.

Pelpto Papp griff nach seiner Waffe. Ein Assistent schoss gegen die Decke. Glutflüssige Tropfen spritzten nach allen Seiten weg. Einer der Männer aus dem Sicherheitskommando feuerte mit einem Desintegrator auf das monströse Gebilde, das so unerwartet zwischen ihnen aufgetaucht war.

Der Fremde schrie auf. Er schien geblendet. Mit zweien seiner Gliedmaßen schlug er zur Seite aus und zertrümmerte dabei die Kampfroboter. Die Bruchstücke wirbelten durch den Gang und töteten einen der Sicherheitsbeamten. Die Reste eines der beiden Roboter explodierten. Zwei Assistenten starben in der Glut. Die drei überlebenden Assistenten feuerten blind auf die fremde Intelligenz, verfehlten sie jedoch und zerstrahlten zwei Männer und eine Frau aus dem Sicherheitskommando.

Pelpto Papp, der die Gefahr erkannte, schnellte sich mit einem mächtigen Sprung in einen Seitenraum hinein. Schon im nächsten Moment verwandelte sich die Szene auf dem Gang endgültig in eine Gluthölle.

»Nicht schießen!«, schrie jemand mit schriller, quietschender Stimme. Pelpto Papp erkannte nicht, wer es war.

Unerträgliche Hitze flutete durch das offene Schott herein. Papp, der zu Boden gestürzt war, raffte sich auf und floh durch eine Nebentür in einen anderen Raum. Er rief die Hauptleitzentrale über das Armbandfunkgerät.

Oberst Germell meldete sich augenblicklich. »Was, zum Teufel, ist da oben los?« fragte er.

»Alles war fast in Ordnung, bis der Fremde kam. Er hat abermals einige Besatzungsmitglieder getötet«, berichtete Papp. »Lassen Sie den Kampf gegen Kanscho einstellen, Sir. Im Augenblick erreichen wir damit überhaupt nichts.«

»Ich ziehe die Truppen zurück. Wo ist der Fremde?«

»Ich vermute, dass er tot ist. Er kann in dieser Glut nicht überlebt haben. Ich versuche, nach unten zu kommen, Sir.«

»Einverstanden.«

»Bitte, holen Sie Kergijin Vasnotsch. Er hat vorhin behauptet, mit dem Fremden gesprochen zu haben. Ich habe ihm nicht geglaubt. Jetzt allerdings … Ich möchte mit ihm reden.«

Kergijin Vasnotsch zitterte am ganzen Leib vor Erregung.

»Ich habe kein Verständnis für Ihr Verhalten«, sagte er. »Dieses Wesen wollte vermitteln.«

»Dann war es aber ziemlich ungeschickt«, entgegnete Pelpto Papp.

»Es will Frieden. Wir haben es gründlich missverstanden.«

»Kommen Sie mit. Wir gehen nach oben. Sie sollen sehen, was da passiert ist.« Der Offizier führte den Kosmopsychologen zu einem Antigravschacht und schwebte mit ihm nach oben. Vasnotsch beruhigte sich nicht. Er hatte unter der Haft in der schallschluckenden Zelle deutlich gelitten. Zudem hatte ihn Papps Bericht über den Kampf schockiert. Eine derartige Auseinandersetzung hatte er ebenso wenig wie alle anderen gewollt.

»Papp, der Fremde weiß viel über uns. Er hat uns belauscht. Er weiß, dass wir uns uneinig sind. Er weiß, dass zumindest ein Teil der Mannschaft einen paradiesischen Planeten sucht. Er hat gesagt, er will uns hinführen.«

»Bei dem Talent, das dieses Biest bisher gezeigt hat, kann das eigentlich nur schief gehen.«

»Was haben Sie vor?«

Die beiden Männer verließen den Schacht. Sie erreichten den Bezirk, in dem noch vor kurzer Zeit gekämpft worden war. Die automatischen Sicherheitsanlagen hatten alle Brände gelöscht. Zwei Offiziere schirmten die Kampfstätte ab. Papp bemerkte den Chefastronomen Kanscho, der im Hintergrund mit einigen seiner Anhänger stand.

»Wo ist der Fremde?«, fragte Papp die Offiziere.

»Weg«, antwortete einer von ihnen. Während Vasnotsch stehen blieb, ging der Erste Offizier weiter. Erschüttert blickte er auf die Toten hinab. Keiner der Assistenten Kanschos hatte den Kampf überlebt. An den Wänden und auf dem Boden waren deutliche Spuren des Fremden zu sehen. Mit seinen Gliedmaßen hatte er das harte Material förmlich aufgeschlitzt.

Vasnotsch kam zu Papp. Er würgte und bemühte sich, die Leichen nicht zu beachten. Er sah die Spuren des Fremden. »Das begreife ich nicht«, sagte er. »Einmal gleitet dieses Wesen durch Wände und Decken hindurch, als seien sie nur eine Illusion, dann wieder zerfetzt es sie. Warum sind sie mal für ihn vorhanden, mal nicht?«

Papp führte ihn von der Kampfstätte hinweg. »Sorgen Sie dafür, dass die Toten geborgen werden!«, befahl er den Offizieren.

»Wie sah der Fremde eigentlich aus?«, fragte Vasnotsch.

»Wieso? Sie haben doch mit ihm gesprochen.«

»Sicher, aber dabei zeigte er nur einen Teil seines Körpers.«

»Ich gestehe, dass ich Ihre Frage nicht beantworten kann. Alles ging so schnell, dass ich keine Einzelheiten erkennen konnte. Der Fremde ist jedoch so bizarr geformt, dass er mich an nichts erinnert, was mir je begegnet ist.«

»Und was haben Sie jetzt vor?«, fragte Vasnotsch.

»Mir fiel auf, dass der Fremde nicht durch den Energiebeschuss verletzt wurde. Deshalb überrascht es mich nicht, dass er entkommen ist. Wir müssen aber Verbindung mit ihm aufnehmen, um weiteres Unheil zu verhüten. Und dabei sollen Sie mir helfen.«

Zahlreiche Männer der Bodentruppen kamen auf die Gänge. Sie transportierten die Toten ab und begannen mit den Reparaturarbeiten. Gleichzeitig sicherten sie den Bereich ab, in dem sich Kanscho mit seinen Männern befand.

»Ich werde Ihnen helfen, Pelpto, allerdings nur unter einer Bedingung.«

»Da bin ich aber wirklich gespannt, Kergijin.«

»Geben Sie Kanscho und seinen Freunden die Korvetten, damit sie zur Erde zurückkehren können.«

Der Offizier schüttelte den Kopf. »Wenn mir Ihre Ideen nicht gegen den Strich gehen würden, könnte ich Sie fast bewundern. Ich muss wohl auf Ihre Mitarbeit verzichten.« Er führte Vasnotsch zum Antigravschacht und glitt mit ihm wieder nach unten. »Was meinen Sie, wie lange halten Sie es noch in der Zelle aus?«

Vasnotsch strich sich das flachsblonde Haar aus der Stirn. Er schwitzte. Stumm blickte er Papp an. »Sie werden es noch bereuen, mich gefoltert zu haben«, sagte er.

Pelpto Papp setzte zu einer spöttischen Antwort an, als die Alarmsirenen erneut aufheulten. Die beiden Männer verließen den Schacht und rannten zur Hauptleitzentrale. Als sie einem Adjutanten des Kommandanten begegneten, befahl Papp ihm, den Kosmopsychologen wieder einzusperren. Er eilte allein weiter.

Oberst Germell tobte. »Höchste Zeit, dass Sie kommen«, sagte er. »Kanscho schießt schon wieder. Er ist durchgebrochen und befindet sich auf dem Weg zu einem Hangar. Er scheint entschlossen zu sein, sich die Korvetten zu holen. Bis jetzt haben wir nur Warnschüsse abgegeben, aber das reicht nicht mehr. Stellen sie sich Kanscho entgegen. Versuchen Sie, ihn mit Paralysatoren zu stoppen.«

Papp informierte sich über Kanschos Standort und verließ die Zentrale wieder.

Der Chefastronom stürmte mit einer Gruppe von vierzig Männern, die aus allen Bereichen des Schiffs zu ihm gestoßen waren, über eine Fließstraße auf Hangar vier zu. Papp erteilte über sein Armbandfunkgerät Befehle an die Sicherheitstruppen des Tenders, um Kanscho rechtzeitig abfangen zu können. Dabei stellte er betroffen fest, dass sich die Situation an Bord schlagartig geändert hatte. Die Männer und Frauen, die sich gegen eine Absonderung von Rhodan und der Erde ausgesprochen hatten, überfielen die Wachen. Offenbar waren sie zu dem Schluss gekommen, dass sie nur diese eine Chance hatten, sich von der MEBRECCO abzusetzen, und sie nutzten sie mit äußerster Konsequenz. Wie entschlossen sie vorgingen, konnte Papp schon wenig später feststellen, als mehrere Männer von den Bodenkampftruppen aus einem Antigravschacht kamen und mit ihm zusammen weitereilten. Sie mussten ein Panzerschott mit Desintegratorstrahlern aufbrechen, weil Kanscho den Öffnungsmechanismus zerstrahlt hatte.

Als Papp durch das entstandene Loch kletterte, sah er etwa zwanzig Männer auf dem Boden liegen. Er beugte sich über sie und sah, dass sie paralysiert worden waren.

»Einer der Männer, die Kanscho helfen, ist Waffenoffizier«, sagte ein Sergeant. »Er hat die Truppe mit Paralysatoren und Desintegratoren ausgerüstet.«

»Weiter!«, befahl Papp.

Er befürchtete, dass es schon zu spät sein könnte. Als er und seine Helfer jedoch in den Hangar vier kamen, hatte Kanscho sein Ziel noch nicht erreicht. Hinter den Landebeinen einer Korvette und in den offenen Schleusen lagen und standen Männer. Sie warfen Kanscho und seine Begleiter zurück. Der Astronom stand aufrecht und völlig ungedeckt zwischen zwei Toten, während die anderen hinter Maschinen, Hilfsgeräten und Ausrüstungsgütern Deckung suchten.

»Aufhören!«, befahl Pelpto Papp mit schneidender Stimme. Er ging auf Kanscho zu.

»Kommen Sie mir nicht näher!«, schrie Kanscho. Er streckte seinen rechten Arm aus und zielte mit einer Desintegratorautomatik auf den Ersten Offizier. »Ich werde eher sterben, als mit Ihnen und Ihrem verbrecherischen Kommandanten zu fliegen.«

»Ich werde mich für eine vernünftige Lösung einsetzen. Das verspreche ich Ihnen«, sagte Papp. Er ging langsam auf den Astronomen zu. Kanscho schob sich mit der linken Hand die Brille hoch, die ihm bis zur Nasenspitze herabgerutscht war.

In diesem Moment schoss einer der Männer hinter Papp mit einem Paralysator auf Kanscho. Diesem entfiel die Waffe. Er hielt sich noch für einige Sekunden aufrecht. Dann stürzte er auf den Boden und blieb regungslos liegen.

Einer der anderen Rhodan-Anhänger schrie wütend auf. Er kam aus seiner Deckung hervor und schoss auf den Ersten Offizier. Papp warf sich zur Seite, konnte dem Energiestrahl jedoch nicht mehr ganz entgehen. Die Glut verkohlte seinen rechten Arm und seine Schulter. Er brach bewusstlos zusammen.

Dieser heimtückische Anschlag war das Signal für die Sicherungstruppen. Sie feuerten mit allen Waffen auf die Rhodan-Treuen. Innerhalb weniger Sekunden verwandelte sich der Hangar in eine Hölle aus Glut, Flammen und Rauch. Der Kampf dauerte nicht lange. Als er vorbei war, lagen zweiunddreißig tote Rhodan-Anhänger auf dem Boden. Nur sieben Männer und fünf Frauen, die für Kanscho gekämpft hatten, waren paralysiert worden.

Oberst Germell war bleich, als er aus dem Medo-Center in die Hauptleitzentrale zurückkehrte. Schweigend ging er zu seinem Sessel und setzte sich. Der Zweite Offizier kam zu ihm.

»Jetzt haben wir den Fremden«, sagte er.

»Wo ist er?«, fragte der Kommandant. Er blickte auf, und es schien, als habe er die Nachricht noch nicht in ihrer ganzen Tragweite erkannt.

»Er befindet sich direkt über uns, Sir.«

Unwillkürlich legte Germell den Kopf in den Nacken. Die Decke der Hauptleitzentrale sah so aus wie immer. Der Zweite Offizier zeigte auf einen Schirm. »Er hat sich im Interkomnetz verfangen, Sir. Einmal mussten wir ihn ja erwischen.«

Einer der anderen Männer schrie erschrocken auf. Der Funkleitoffizier verließ seinen Platz und floh zum Haupteingangsschott. Andere Offiziere folgten. Kommandant Germell blieb in seinem Sessel sitzen. Er war der Einzige, der sich in diesen Sekunden gelassen blieb.

Ein bizarr geformtes Lebewesen schob sich durch die gewölbte Decke der Zentrale. Eine Reihe von Augen erschien zuerst. Sie drangen durch die Ultraplastwandung, als bestehe diese nicht aus einem hochverdichteten und mit mechanischen Mitteln kaum verformbaren Material. Dann folgte der lang gestreckte Körper, der teils violett, teils giftgrün gefärbt war. Acht dünne Beine bildeten ein scheinbar unentwirrbares Durcheinander. Überall ragten fächerartige und spiralförmige Fortsätze aus dem unregelmäßig geformten Körper hervor. Zwei dünne, halsartige Gebilde wuchsen aus der Oberseite des Rumpfs hervor. Auf beiden thronte etwas, das Danzien Germell mit einiger Fantasie als Kopf zu identifizieren glaubte. Auch an ihm erkannte er eine Reihe von Organen, die er für Augen hielt.

»Nicht schießen«, sagte Germell. »Es wäre sinnlos.«

Schweißperlen erschienen auf seiner Stirn. Er war entschlossen, so lange wie möglich ruhig zu bleiben. »Einer soll Vasnotsch holen!«, befahl er, ohne den Fremden aus den Augen zu lassen. Das Wesen aus dem Nichts war mittlerweile ganz durch die Decke gekommen und schwebte herab. Dabei bemühte es sich offenbar, hastige Bewegungen zu vermeiden. Germell beobachtete den ungebetenen Gast genau. Er sah, dass sich die gezackten Füße in den Boden der Zentrale drückten, sich jedoch sofort wieder davon lösten. Deutliche Vertiefungen blieben zurück. Das zeigte dem Kommandanten, dass der Fremde sich nicht so gut unter Kontrolle hatte, wie er zunächst geglaubt hatte.

»Ich werde euch in das Paradies führen, das ihr sucht!«, rief der Fremde mit schriller, nur schwer verständlicher Stimme. Er befand sich kaum zwei Meter von Germell entfernt.

»Das finden wir auch allein«, sagte der Kommandant. »Wir wollen deine Hilfe nicht.«

Alle Augen des Fremden richteten sich auf den Oberst. »Ich führe euch in ein Paradies«, wiederholte das Wesen. Es setzte sich erneut in Bewegung. Der vordere Teil seines Rumpfs drang bereits in die Hauptpositronik ein.

»Nein!«, rief Germell. Er sprang auf. Nun war es mit seiner Ruhe vorbei. »Das nicht!«

Er ging auf den Fremden zu. Unwillkürlich legte er seine Hand auf den Kolben seiner Impulsautomatik. Doch er konnte nichts tun. Hilflos musste er zusehen, wie der bizarr geformte Körper in der Positronik verschwand. Er sickerte einfach ein, als sei der Rechner holographische Projektion. Schließlich ragten nur noch einige der Spiralen und Stielaugen daraus hervor. Der Fremde blickte Germell an, und der Kommandant sah, dass eine Kette von kleinen blauen Blitzen um die Augen herum entstand. Dann tauchte auch der Rest des exotischen Wesens in die Positronik.

Danzien Germell legte beide Hände auf die kühle Metallplastlegierung, als könne er nicht glauben, was er soeben gesehen hatte. Für ihn war das Material hart und undurchdringlich.

»Ist es schon weg?«, fragte Kergijin Vasnotsch, der die Zentrale in diesem Moment betrat. Der Kommandant drehte sich um. Sein Gesicht sah plötzlich eingefallen aus. Germell schien in Sekunden um Jahre gealtert zu sein. Er fuhr sich mit seinen großen Händen durch das Haar. Er wirkte unentschlossen und hilflos. Der Erste Offizier fehlte ihm. Das war der Eindruck, den der Kosmopsychologe sofort gewann.

»Sind Sie blind?«, fragte Germell. »Oder sehen Sie das Ding noch hier?«

»Es hat Sie also auch geschockt, Danzien«, stellte Vasnotsch fest. Er lächelte schadenfroh. »Wollte es sich Ihren Anweisungen nicht beugen? Es scheint immer mehr denkende Wesen an Bord zu geben, die das nicht tun.«

»Halten Sie den Mund!«

»Wie Sie wünschen.«

»Sir!«, rief der Zweite Offizier. »Wir ändern unseren Kurs.«

Germell fuhr herum. Er blickte auf die Schirme. Obwohl der Sessel des Piloten verwaist war, wanderte das bisher angesteuerte Sternengebiet deutlich aus dem Erfassungsbereich. Die MEBRECCO gehorchte der Positronik nicht mehr.

»Das ist der Fremde«, sagte der Oberst bestürzt. »Verdammt, Vasnotsch, tun Sie etwas!«

»Was sollte ich tun, Sir?«, fragte der Kosmopsychologe. »Glauben Sie, ich könnte das Ding daran hindern, das zu tun, was es will?«

Die beiden Männer blickten sich an. Vasnotsch blieb kühl und gelassen, während Germell immer nervöser wurde.

»Sie könnten es zumindest versuchen, Kergijin. Sie sind Kosmopsychologe. Sie sind der Fachmann. Wenn Sie wollen, dann können Sie auch etwas erreichen.«

»Aber ich will nicht.« Vasnotsch lächelte überlegen. Er schob die Hände in die Hosentaschen und gab Germell mit einem Achselzucken zu verstehen, dass es ihm nicht gelingen würde, ihn von seinem Entschluss abzubringen.

»Sie sind ein Schuft, Vasnotsch. Sie verraten zwanzigtausend Menschen, die auf Ihre Hilfe hoffen.«

»Sie irren sich, Danzien. Ich verrate niemanden. Der Fremde hat doch angekündigt, dass er uns ins Paradies führen will – oder nicht?«

»Das hat er allerdings.«

»Weshalb lehnen Sie sich dann gegen ihn auf? Es war doch Ihre erklärte Absicht, das Gleiche zu tun. Haben Sie Ihren Anhängern nicht versprochen, sie ins Paradies zu fliegen? Damit haben Sie sie doch dazu veranlasst, gegen Rhodan zu meutern. Haben Sie das schon wieder vergessen?«

»Gehen Sie nicht zu weit, Vasnotsch. Ich warne Sie. Täuschen Sie sich nicht. Sie haben keinen Grund, über mich oder irgendjemand anderen zu triumphieren. Und Sie begehen einen gefährlichen Fehler, wenn Sie sich blind einer völlig fremdartigen Intelligenz anvertrauen.«

»Ach, tatsächlich?«

»In der Tat, Vasnotsch. Woher wollen Sie wissen, dass dieses Ding das Gleiche unter Paradies versteht wie wir?«

Kergijin Vasnotsch wurde unsicher. Er blickte sich in der Zentrale um. Plötzlich sah er sich in die Enge gedrängt. Die Offiziere umgaben ihn und warteten darauf, dass er sie aus der Abhängigkeit von dem Fremden lösen würde.

»Ich bin der Überzeugung, dass der Fremde ungeheuer intelligent ist. Er ist uns in jeder Hinsicht überlegen«, antwortete er schließlich. »Wenn er von einem Paradies gesprochen hat, das auch für uns das Paradies ist, dann weiß er genau, was das zu bedeuten hat. Sie haben Angst, Danzien. Sie stehen plötzlich mit leeren Händen da. Bisher waren Sie der unumschränkte Alleinherrscher an Bord. Nun ist jemand gekommen und hat Sie zum Popanz gemacht. Das ist eine Situation, mit der Sie nicht fertig werden. Glauben Sie nur nicht, dass ich Ihnen helfen werde, sie zu überwinden. Das ist Ihre Aufgabe.«

»Vasnotsch, ich werde …«

»Ich habe gesagt, dass das Ihr Bier ist. Lassen Sie mich also damit in Ruhe.« Der Kosmopsychologe drehte sich um und ging auf den Ausgang zu.

»Sperren Sie ihn wieder ein«, sagte Germell resignierend.

25.

Danzien Germell betrat das Medo-Center der MEBRECCO. Dr. Horindolly kam ihm entgegen.

»Wie geht's Pelpto?«, fragte der Kommandant.

»Na ja«, antwortete der Arzt nichts sagend. Er führte den Oberst in einen lichten Krankenraum, in dem der Erste Offizier zusammen mit einem ebenfalls verletzten Wissenschaftler in einem bioregulatorischen Regenerationsbad lag. Sein Kopf ragte aus der milchigen, zähflüssigen Masse heraus. Die Umrisse der sich neu bildenden Schulter und des Arms waren bereits zu erkennen.

»Hallo, Pelpto, wie geht's Ihnen?«, fragte Germell.

»Wie ist eigentlich die Regelung der Krankengeldzahlung, Sir?«, erkundigte sich der Erste Offizier, ohne auf die Frage des Kommandanten einzugehen. »Zahlt das Raumfahrtministerium weiter, oder habe ich einen Verdienstausfall, während ich hier in der Wanne liege und mir einen vergnügten Tag mache?«

»Wir werden Rhodan irgendwann die Rechnung schicken«, antwortete Germell lächelnd. »Da Sie schon wieder Witze machen können, kann ich wohl annehmen, dass es Ihnen wieder besser geht.«

»Wie ist die Situation, Sir?«, fragte Papp. Er beobachtete den Kommandanten aufmerksam, um aus seinen Reaktionen Schlüsse ziehen zu können.

»Kanscho hat nachgegeben«, antwortete Germell. »An Bord ist alles ruhig. Die Kämpfe sind zu Ende.«

»Aber ...?«

»Was – aber?«

»Sie verschweigen mir doch etwas, Sir!«

»Sie brauchen Ruhe, Pelpto. Regen Sie sich nicht auf.«

»Das ist leicht gesagt, Sir. Wenn ich nicht weiß, was los ist, rege ich mich noch viel mehr auf. Bitte, sagen Sie mir, was passiert ist.«

Germell berichtete von dem Fremden. »Er hat das Schiff übernommen«, fuhr er danach fort. »Uns sind die Hände gebunden. Wir können nichts tun. Die MEBRECCO nähert sich einem Sonnensystem mit gelber Sonne und sieben Planeten. Wir haben bereits ermitteln können, dass der dritte Planet eine große Ähnlichkeit mit der Erde hat.«

»Das Paradies«, sagte Papp mit glänzenden Augen. »Warum vertrauen Sie dem Fremden nicht, Sir? Es ist doch möglich, dass er uns tatsächlich in ein Paradies führt.«

»Wir wollen es hoffen, Pelpto. Ich gehe wieder in die Zentrale. Beeilen Sie sich mit dem Gesundwerden.«

»Zu Befehl, Sir.«

Germell ging zur Tür.

Dr. Horindolly führte den Kommandanten zum Hauptausgang. »Lassen Sie sich nicht täuschen, Sir«, bat er. »Papp geht es nicht so gut, wie es den Anschein hat. Ich mache mir Sorgen. Die Krise kommt erst noch. Er hat einen schweren Schock erlitten.«

»Ich habe schon verstanden, Doc.« Germell eilte auf einen Antigravschacht zu und glitt in ihm nach oben. Das kurze Gespräch mit Papp hatte ihm gut getan. In gestraffter Haltung kehrte er in die Hauptleitzentrale zurück. Keiner der Posten war besetzt. Die Offiziere standen tatenlos herum, wechselten hin und wieder einige Worte miteinander und tranken Kaffee. Niemand konnte etwas tun. Die MEBRECCO stand vollkommen unter dem Einfluss des Fremden, der die Positronik noch nicht verlassen hatte. Es war unmöglich, ihn daraus zu vertreiben, ohne gleichzeitig den Tender zu einem manövrierunfähigen Wrack zu machen.

Der Kommandant blieb vor dem Panoramaschirm stehen. Der dritte

Planet des Zielsystems war bereits deutlich zu erkennen. Germell sah ihn als türkisfarbene Kugel gegen das schwarze All. Auch noch in diesem Bereich der fremden Galaxis waren die Abgründe zwischen den Sternen groß und weit. Nur wenige helle Punkte zeichneten sich auf dem Bildschirm ab. Vom Mahlstrom war nichts zu sehen. Er befand sich Zehntausende von Lichtjahren von ihnen entfernt und wurde von Milliarden Sonnen verdeckt.

Die MEBRECCO raste mit annähernd Lichtgeschwindigkeit auf die lichtblaue Kugel zu, die sich rasch vergrößerte. Die Ähnlichkeit mit der Erde war verblüffend. Die Offiziere gruppierten sich um Germell herum. Schweigend betrachteten sie die Welt, die ihnen als Paradies angekündigt worden war.

Als die MEBRECCO spürbar verzögerte, waren die Kontinente bereits zu erkennen. Der Oberst schätzte, dass die Meere etwa sechzig Prozent der Oberfläche des Planeten ausmachten. Die Kontinente verliefen in deutlicher Nord-Süd-Richtung, ähnlich wie Nord-, Mittel- und Südamerika auf der Erde. Weiße Wolkenschleier verdeckten einen Teil des Äquatorbereichs.

»Das sieht wirklich paradiesisch aus«, bemerkte der Funkleitoffizier. »Ich bin gespannt, wo er die MEBRECCO landet.«

Oberst Germell stellte fest, dass der Fremde den Tender absolut beherrschte. Er machte keinen Fehler. Sicher lenkte er das Raumschiff an den Planeten heran, verzögerte rechtzeitig und vermied jegliche Überlastung des Materials, als er es in die Lufthülle der blauen Welt gleiten ließ. Die Fahrt der MEBRECCO verringerte sich immer mehr.

Der Tender senkte sich auf einen Kontinent im Norden hinab. Die Landschaft war lieblich, Wälder und Seen wechselten einander ab.

Der Fremde führte den Tender auf eine Ebene, die von einem breiten Fluss durchteilt wurde. Er landete das Schiff am Fuß einer flachen Bergkette in einem waldreichen Gebiet. Doch niemand an Bord hatte Augen für die Landschaft. Alle blickten auf einen blauen Berg, der sich im Norden bis in eine Höhe von etwa dreitausend Metern erhob. Seine Flanken sahen wie poliert aus, und eine blausilbern schimmernde Aura umgab ihn. Von diesem Berg ging eine einzigartige Faszination aus. Er wirkte wie etwas Lebendes auf die Männer und Frauen der MEBRECCO.

Der Fremde durchbrach die Stille, die an Bord herrschte. »Dies ist euer Paradies«, verkündete er über sämtliche Lautsprecher des Tenders. »Nehmt es euch. Es gehört euch.«

Danach liefen die Triebwerke aus. Das bordeigene Antigravsystem schaltete sich ab. Die natürliche Schwerkraft des Planeten wurde wirksam. Sie lag nicht spürbar über einem Gravo.

Oberst Germell räusperte sich. Er setzte sich in den Kommandantensessel und gab seine Befehle. »Die Schleusen werden nicht geöffnet, bevor wir eine exakte Analyse der Atmosphäre und die Ergebnisse von Untersuchungen über Pflanzen, Tierwelt und Mikroorganismen vorliegen haben. Richten Sie sich darauf ein, dass noch ein bis zwei Tage vergehen werden, bevor Sie das Schiff verlassen können.«

Er erhob sich. Jasser Kanscho, der unbemerkt die Zentrale betreten hatte, trat auf ihn zu und streckte ihm zögernd die Hand entgegen.

»Jetzt bleibt uns wohl nur noch eine Zusammenarbeit, Danzien«, sagte er.

Germell ergriff die Hand und schüttelte sie. »Einverstanden. Kanscho. Ich würde mich freuen, wenn Sie auch Vasnotsch zur Vernunft bringen könnten. Habe ich Ihr Versprechen, dass Sie nicht versuchen werden, mit den Beibooten zu verschwinden?«

»Sie haben mein Wort, Danzien. Ich hätte wohl auch keine Chance, Rhodan zu finden, da mir sämtliche Unterlagen fehlen und die Reichweite der Beiboote wohl auch zu gering ist.«

»Auf gute Zusammenarbeit, Jasser.«

Als Jasser Kanscho die Hauptleitzentrale zwei Tage später betrat, fand er Oberst Germell allein vor. »Nanu?«, fragte er. »Der oberste Herr aller Mebrecconer ohne seine Untergebenen?«

Der Kommandant erhob sich aus seinem Sessel. Er legte einen Stapel mit bedruckten Folien zur Seite. Er wirkte entspannt, fast heiter. »Ich bereite gerade eine Mitteilung an alle vor«, erklärte er und reichte dem Astronomen die Hand. »Alle notwendigen Daten über Paradise liegen vor.«

»Paradise?«

»Die Mannschaft hat gestern Abend über den Namen für den Planeten abgestimmt. Über 70 Prozent haben sich für Paradise ausgesprochen.«

»Davon habe ich nichts gehört. Ich habe im Observatorium gearbeitet.« Kanscho nahm die Brille ab und massierte die Druckstellen auf der Nase. »Nun, wie sind die Daten? Darf ich es schon wissen?«

»Hervorragend. Ich glaube, wir haben wirklich das Paradies gefunden. Wir finden hier alles, was wir uns nur erträumen können. Wir können uns von den Pflanzen und Tieren ernähren, die es hier gibt. Bis jetzt sind die Sonden nicht auf ein einziges Tier gestoßen, das uns gefährlich werden könnte. Sie haben nicht einmal ein Pflanzengift entdeckt, vor dem wir uns hüten müssten. Wir hätten es wirklich nicht besser treffen können.« Er nahm die Folien auf. »Ich gehe in den großen Konferenzraum. Dort sind alle wichtigen Männer und Frauen der neuen Kolonie versammelt. Wir werden darüber beraten, wie wir ohne große Fehler eine eigene Zivilisation und Kultur aufbauen können. Mein Rang gilt bald nichts mehr. Ich werde nur noch für eine Übergangszeit die Verantwortung tragen. Wollen Sie mich begleiten?«

Jasser Kanscho nahm die Einladung erfreut an. Er hatte ohnehin die Absicht, sich von Anfang an am Aufbau zu beteiligen. Germell gegenüber hatte er zwar – zumindest nach außen hin – kapituliert, dennoch hatte er seine ursprünglichen Pläne nicht aufgegeben. Er arbeitete mit dem Kommandanten zusammen, weil er darin für den Moment die besten Möglichkeiten sah. Dennoch war er entschlossen, die Männer und Frauen der MEBRECCO irgendwann in naher Zukunft wieder zur Erde zurückzuführen.

Er hatte eine anstrengende Nacht hinter sich. Zusammen mit Kergijin Vasnotsch hatte er alles durchgesprochen und Schritt für Schritt eine neue Strategie entworfen. Sie hatten nicht aufgegeben, und sie dachten auch gar nicht daran, das zu tun. Das Mindeste dessen, was es für sie zu erreichen galt, war, Rhodan über die Existenz und die Position dieser Welt zu informieren.

In dem von Germell bezeichneten Konferenzraum waren Wissenschaftler aller Disziplinen versammelt. Sie warteten auf den Kommandanten. Sie waren die Ersten, die erfuhren, dass der Fremde die MEBRECCO wirklich ins Paradies geführt hatte.

»Meine Damen und Herren«, begann Oberst Germell, als er sich auf seinen Sessel gesetzt hatte, von dem aus er alle Konferenzteilnehmer sehen konnte. »Die Schleusen der MEBRECCO werden sich in einer Stunde öffnen, und sie werden nie mehr geschlossen werden. Wir haben endlich unser Paradies gefunden.«

Die Männer und Frauen sprangen begeistert auf. Sie jubelten dem Oberst zu. Er hob abwehrend die Hände. Als es endlich ruhiger geworden war, sagte er: »Ich habe diese Welt nicht gefunden. Der Dank gebührt dem Fremden. Er war es, der uns hierher geführt hat.«

»Wo ist er eigentlich?«, fragte Kanscho.

»Ich glaube, dass er noch immer in der Positronik steckt. Es ist mir nicht gelungen, Kontakt mit ihm aufzunehmen.«

Ich habe das Paradies gefunden! Aus tiefster Verzweiflung bin ich zu höchstem Glück aufgestiegen.

Durch das lichte Material des Sternengleiters hindurch kann ich den Energieberg sehen. Er schimmert silbrig blau. Der Glanz unvorstellbarer Erhabenheit geht von ihm aus. Ich spüre seine Nähe, und ich zittere. Bis zuletzt habe ich nicht geglaubt, dass es dies wirklich gibt.

Ich genieße die Nähe des Endes. Bald werde ich zum Berg hinübergleiten und mit ihm verschmelzen. Das wird das Ende meiner bisherigen Existenz sein. Und ich werde alle Lebenden vom Sternengleiter mit mir nehmen, weil ich weiß, dass auch sie die Auflösung als das höchste Glück empfinden werden.

Sie glauben wie ich an ein Leben nach dem Tode. Das gibt ihnen ihre bewundernswürdige Kraft und ihre Energie. Deshalb glauben sie an die Zukunft. Noch sind sie unwissend. Bald aber werden sie begreifen, dass dies auch ihr Paradies ist – wenn auch in einem ganz anderen Sinne, als sie es sich jetzt vorstellen.

Zwanzigtausend Männer und Frauen verließen die MEBRECCO durch die Schleusen an der Unterseite der Plattform und durch die Schleusen des Kugelteils. In Antigravfeldern sanken sie nach unten. Eine geradezu euphorische Stimmung machte sich breit.

Die Gründungskommission hatte die Pläne für die Zukunft bekannt gegeben. Jeder Bürger von Paradise sollte danach völlige Freiheit genießen. Niemand brauchte in der Nähe des Schiffs zu bleiben. Wer sich in irgendeinem anderen Winkel des Planeten als Einsiedler niederlassen wollte, konnte das ebenso tun wie jemand, der in der Nähe eine Farm aufbauen wollte. Die meisten Männer und Frauen hatten der Kommission bereits ihre Wünsche übermittelt. Oberst Danzien Germell war inzwischen zu dem Schluss gekommen, dass der Aufbau der Kolonie in etwa einem Jahr abgeschlossen sein konnte. Dann würde sie bereits autark sein und unabhängig von der Schiffsausrüstung leben können.

Vier Wochen später begleitete Oberst Germell die beiden Astronomen Kanscho und Vasnotsch an die große Hangarschleuse, die sich in der Plattform befand und auf gleicher Höhe lag wie die Hauptleitzentrale. An der äußersten Kante der Schleusenkammer blieben die drei Männer stehen.

»Nun bleiben nur noch Sie an Bord, Danzien«, sagte Kanscho und schob sich das Brillengestell höher auf die Nase hinauf. »Wann werden Sie in ein Haus übersiedeln?«

»Nur ich? Sie täuschen sich, Jasser. Lotse, wie wir den Fremden genannt haben, ist auch noch hier. Wenn ich nur wüsste, warum er immer noch in der Hauptpositronik steckt.«

Germell blickte auf Paradise City hinunter. Die Stadt war in der Form eines Blattes errichtet worden, sodass sämtliche Straßen kreuzungsfrei gebaut werden konnten. Es gab überall nur Einmündungen. Nur an wenigen Stellen arbeiteten noch die robotischen Baumaschinen. Die meisten von ihnen waren mit gartenbaulicher Verschönerung befasst. In den Straßen der Stadt herrschte lebhaftes Treiben. Die Siedler fühlten sich wohl unter der fremden Sonne.

»Ich kann es noch gar nicht fassen, Jasser«, sagte Germell begeistert. »Wir hätten es wirklich nicht besser treffen können.«

»Sie sollten das Schiff auch endlich verlassen«, entgegnete der Astronom. »Es ist nicht gut, wenn das gewählte Oberhaupt des Planeten nicht mitten unter den anderen Menschen lebt.«

»Sie haben Recht, Jasser. In ein paar Tagen werde ich umziehen. Ich bereite noch zwei Beiboote für einen Automatikflug zur Erde vor. Ich will, dass Rhodan erfährt, dass wir die Milchstraße gefunden haben und wo sie liegt.«

»Sie fürchten nicht, dass Sie dadurch unerwünschte Gäste hierher locken könnten?«

»Nein. Wir haben das gesamte Sonnensystem durchsucht. Wir sind die einzigen intelligenten Lebewesen hier.« Er reichte den beiden Männern die Hand. Auch Vasnotsch erwiderte den freundschaftlichen Gruß. Er schien dem Kommandanten verziehen zu haben.

Danach traten die beiden Astronomen in das flimmernde Antigravfeld hinaus und ließen sich von ihm nach unten transportieren. Germell blickte ihnen lange nach. Als er sich abwenden wollte, fiel ihm eine schwarze Wolkenfront auf, die sich von Nordwesten heranschob.

»Das sieht nach einem Unwetter aus«, murmelte er. Er nahm sich vor, die Stadt zu warnen. Zuvor jedoch wollte er sämtliche Schleusen des Tenders schließen, obwohl er damit gegen seine ursprüngliche Absicht verstieß. Zunächst hatte das Raumschiff offen bleiben sollen, obwohl es dadurch auf lange Sicht zerstört worden wäre. Nun aber sagte Germell sich, dass sich keine Kolonie einen derartigen Luxus leisten konnte. Der Tender mit den Beibooten war ein derart wertvolles Vermächtnis der Erde, dass es fast ein Verbrechen gewesen wäre, es aus der momentanen Begeisterung für Paradise heraus verkommen zu lassen. Spätere Generationen konnten unter Umständen darauf angewiesen sein.

Der Kommandant eilte in die Hauptleitzentrale zurück und verriegelte die Schleusen. Dann erst rief er Pelpto Papp an. Mit knappen Worten unterrichtete Danzien Germell ihn über die drohende Gefahr.

»Wir haben noch kein schlechtes Wetter auf Paradise erlebt, Pelpto. Wir sollten vorsichtig sein.«

»Ich werde eine Warnung hinausgehen lassen.«

»Denken Sie vor allem an die Leute, die weiter unten beim Fluss wohnen. Es könnte sein, dass er über seine Ufer tritt.«

»Warum so pessimistisch, Danzien?« Pelpto Papp lächelte breit. Er war von der Sonne tief gebräunt und sah gesünder aus denn je zuvor. »Sie zweifeln doch wohl nicht an unserem Paradies?«

»Ein wenig, Pelpto.«

Papp wollte etwas erwidern, doch das Donnergrollen eines heraufziehenden Gewitters lenkte ihn ab. »Das klang nicht gut«, gab er zu. »Ich muss mich beeilen. Ich melde mich später wieder.«

Er schaltete ab. Germell blickte zum Panoramaschirm hinauf, der ihm ein übersichtliches Bild der gesamten Szenerie bot. Er hatte ein ungutes Gefühl. Die Siedler waren allzu begeistert von Paradise. Sie waren leichtsinnig geworden. Niemand konnte sich vorstellen, dass dieser Planet auch seine Schattenseiten hatte.

Es begann zu regnen. Damit verschlechterte sich die Sicht. Zu Anfang sah noch alles harmlos aus, aber dann öffnete der Himmel seine Schleusen, und eine wahre Wasserflut stürzte über Paradise City herab. Oberst Germell konnte kaum noch etwas erkennen. Er hielt es nicht mehr in der Zentrale aus. Er eilte zur Peripherie des Schiffs und stieg in einen Kampfgleiter. Die schwere Hochleistungsmaschine raste in den Regen hinaus, ohne von ihm beeinträchtigt zu werden. Doch schon bald verringerte der Oberst die Geschwindigkeit. Er konnte nichts mehr sehen. Der Gleiter flog durch eine Wasserwand. Etwas Vergleichbares hatte Germell nie zuvor gesehen. Er hatte das Gefühl, mitten in einen Wasserfall hineingeraten zu sein.

Allmählich tastete er sich an die ersten Häuser der Stadt heran. Und dann sah er, welche Katastrophe das Unwetter auslöste. Die Häuser waren auf einem Untergrund errichtet worden, der einer derartigen Regenschwemme nicht gewachsen war. Er wurde ausgewaschen, und die Gebäude rutschten auf den Fluss zu.

Germell landete neben einem Mann und zwei Frauen, die sich verzweifelt durch einen morastigen Boden kämpften, der langsam und stetig unter ihnen weg zum Fluss hin rutschte.

»Kommen Sie hierher!«, schrie der Kommandant und stieß die Türen auf. Der Gleiter schwebte Zentimeter über dem Matsch. Germell sprang hinaus. Er versank sofort bis zu den Oberschenkeln im Dreck. Mühsam arbeitete er sich zu den beiden Frauen vor. Er schleppte sie zum Gleiter zurück. Dann half er dem Mann, der bereits vollkommen erschöpft war.

Germell ließ sich auf seinen Sitz sinken. Er wusste nicht, wohin er die Geretteten bringen sollte. Es wäre sinnlos gewesen, zum Raumschiff zu fliegen, denn zur gleichen Zeit waren vermutlich Tausende von Menschen in ähnlicher Gefahr.

Er zögerte. »Wissen Sie einen Ort, der hoch genug liegt, um sicher zu sein?«, fragte er. Die Geborgenen antworteten ihm nicht. Eine der Frauen war ohnmächtig geworden. Der Mann lag apathisch in einem Sitz.

Jetzt endlich begriff Germell, dass nur eine groß angelegte Rettungsaktion wirkliche Hilfe für Paradise City bringen konnte. Die Gefahr war weitaus größer, als er bisher angenommen hatte. Das Unwetter ließ keineswegs nach. Der Regen fiel eher noch dichter. Die Stadt würde nicht überleben, wenn er nicht die ganze Macht der MEBRECCO ins Feld warf. Die Erkenntnis dieser Tatsache war ein Schock für ihn. Sie vernichtete alle bisherige Begeisterung für den Planeten, machte schlagartig klar, dass diese Welt nicht ohne Schattenseiten war.

Germell riss den Gleiter herum und beschleunigte mit Höchstwerten. Innerhalb weniger Minuten jagte er zum Raumschiff zurück. Der Autopilot lenkte ihn sicher in die erste Schleuse hinein. Der Oberst sprang aus der Maschine, ohne sich um die Geretteten zu kümmern. Er rannte zur Hauptleitzentrale und aktivierte die Roboter des Schiffs. Danach erweckte er Hunderte von Gleitern zum Leben. Die Maschinen flogen zusammen mit den Robotern aus den offenen Schleusen und senkten sich über der Stadt hinab, wo sie den verzweifelten Menschen eine Fluchtmöglichkeit boten.

Germell war erschüttert. Die Außenkameras blickten nur in bleiche Gesichter, in denen sich das Entsetzen und eine abgrundtiefe Bestürzung widerspiegelten. Er nahm Funkkontakt mit den Gleitern auf. »Beginnen Sie sofort mit der Suche nach anderen, die in Not sind!«, rief er. »Und wenn Sie noch so erschöpft sind. Wir haben nicht genügend Gleiter zur Verfügung, wenn jede Maschine nur mit drei bis vier Mann besetzt wird. Retten Sie, wen immer Sie sehen können!«

Er rüttelte die Siedler mit seiner Aufforderung auf. Sie gehorchten, und Germell konnte verfolgen, dass die Kabinen sich mit durchnässten und schlammbedeckten Menschen füllten.

Er forderte die Männer und Frauen auf, die Gleiter zur MEBRECCO zu fliegen, sobald genügend Personen an Bord waren.

Die Arbeiten der Roboter konnte er nicht so gut beobachten. Er stellte lediglich fest, dass immer mehr Automaten zur MEBRECCO zurückkehrten und dort Geborgene absetzten. Die Hangars füllten sich mit verzweifelten Menschen.

Der Regen dauerte sieben Stunden. Darüber brach die Nacht herein. Als die Sonne am nächsten Morgen über den Horizont stieg, war der Himmel klar. Paradise City war nur noch ein einziger Trümmerhaufen. Neunzig Prozent aller Häuser waren zerstört. Die Stadt glich einer Schutthalde. Die Ebene ringsum stand unter Wasser. Der Fluss war nicht mehr auszumachen. Die Reste von Paradise City lagen in einem riesigen See. Es dauerte drei Tage, bis der Wasserspiegel so weit gesunken war, dass der Verlauf des Flussbetts wieder zu erkennen war. Die Kolonie hatte über tausend Menschen verloren. Die meisten von ihnen waren ertrunken.

Das Paradies hatte seine ersten Opfer gefordert.

26.

Am 1. Juni 3460 – vier Wochen nach der Katastrophe – zog Oberst Germell in sein Haus ein, das auf sicherem Felsgrund an einem Hang errichtet worden war. Paradise City war neu erstanden. Die Kolonisten hatten den Schock überwunden. Man glaubte wieder an das Paradies und war entschlossen, von nun an keine Fehler mehr zu machen. Die neue Stadt war so erbaut worden, dass sie von keinem Regen weggeschwemmt werden konnte.

Germell war gerade dabei, seine Sachen in den Schränken zu verstauen, als Professor Horindolly sich bei ihm meldete.

»Hallo, Doc«, sagte der Oberst erfreut. »Was gibt's?« Er blickte den Arzt an. »So ernst? Ist etwas passiert?«

»Allerdings. Ich habe einen Patienten.«

»Das sollte eigentlich mal vorkommen, Doc.« Oberst Germell wartete darauf, dass der Arzt sagen würde, er habe einen Verletzten. Er fürchtete sich davor, dass es anders sein könnte. Auf Paradise gab es keine Mikroorganismen, die Krankheiten auslösen konnten. Deshalb hatte Paradise City darauf verzichtet, ein Krankenhaus zu bauen. Der Mediziner verfügte nur über eine kleine Praxis, in der er bisher jedoch noch keine ernsthaften Fälle zu behandeln gehabt hatte. Im Auftrag des Obersten hatte er ausschließlich an wissenschaftlichen Aufgaben gearbeitet und weitere Untersuchungen über Fauna und Flora des Planeten angestellt.

»Ich habe einen Patienten, Danzien, keinen Verletzten. Bitte, kommen Sie in meine Praxis.«

»Muss das sein? Ich möchte die Bevölkerung nicht beunruhigen.«

»Niemand wird sich etwas dabei denken, wenn wir ruhig hinübergehen.«

»Also gut«, stimmte Germell seufzend zu. Zusammen mit dem Professor verließ er sein Haus und schlenderte zur Praxis hinüber, die nicht weit entfernt war. Auf dem Wege dorthin begrüßte er einige Freunde und Bekannte, die ihnen begegneten, und wechselte einige Worte mit ihnen. Er ließ sich nicht anmerken, wie es tatsächlich in ihm aussah.

Professor Horindolly führte ihn in ein Nebenzimmer seiner Praxis. Dort lag ein Mann in einem schimmernden Antigravfeld. Er war unbekleidet. Seine Haut war bläulich verfärbt. Haarbüschel, die direkt neben seinem Kopf schwebten, verrieten, dass er nicht schon seit längerer Zeit kahlköpfig war. Die Augen waren unnatürlich geweitet. Hätte der Kranke keine Howalgoniumbrille getragen, dann hätte der Oberst ihn nicht erkannt.

»Kanscho«, sagte er erschüttert. Er blickte den Arzt an. »Warum haben Sie mir das nicht schon vorhin gesagt?«

»Weil Sie dann nicht so ruhig gewesen wären, wie Sie es glücklicherweise waren, Danzien. Die Leute hätten Ihnen etwas angemerkt.«

»Hört er uns?«

»Ich weiß es noch nicht. Er ist weder wach noch bewusstlos. Er zeigt keinerlei Reaktionen. In seinem Blut habe ich keine Erreger gefunden, und auch in seinen Ausscheidungen gibt es nichts, was ungewöhnlich wäre. Ich muss zugeben, dass ich im Augenblick nicht weiß, was ich noch tun könnte.«

Germell verließ das Krankenzimmer. Er setzte sich in der Praxis auf einen Stuhl. Ratlos stützte er den Kopf in die Hände. »Alle Siedler sind vor unserem Start von der Erde immunisiert worden, wenn sie es nicht schon vorher waren. Auf Paradise gibt es, soweit wir wissen, keine Mikroorganismen, die uns schaden könnten. Sie haben auch keine in dem Kranken gefunden. Was also hat Kanscho?«, fragte er.

»Ich bin so ratlos, wie Sie es auch sind, Danzien. So etwas ist mir noch nicht vorgekommen.«

»Lotse!«, rief der Oberst.

»Lotse? Was ist mit dem Fremden?«

»Könnte er nicht Krankheitskeime an Bord gebracht haben?«

»Das wäre durchaus möglich«, antwortete der Professor nach kurzer Überlegung, »aber wenig wahrscheinlich. Danzien, unsere diagnostischen Methoden sind so hoch entwickelt, dass uns pathogene Organismen nicht mehr entgehen können. Es gibt aber keine in Kanscho. Er müsste eigentlich gesund sein.«

»Bringen Sie ihn an Bord der MEBRECCO!«, befahl Germell. »Im Medo-Center haben Sie größere Möglichkeiten als hier.«

»Ich verspreche mir nicht viel davon, aber ich werde ihn dorthin überführen. Da fällt mir ein – was macht Lotse? Ist er noch immer an Bord?«

»Ich weiß es nicht«, gestand der Kommandant. »Er kann sich längst entfernt haben, ohne dass wir es gemerkt haben.«

Germell erhob sich und verließ das Haus durch den Hintereingang. Dort parkte der Gleiter des Arztes. Der Oberst öffnete die Türen und kehrte dann zu Horindolly zurück. Dieser nahm den Kranken auf und trug ihn hinaus. Dann startete er allein und flog zur MEBRECCO hinüber. Germell ging nachdenklich zu seinem Haus. Er blieb stehen, als er es erreicht hatte, und drehte sich um. Er wohnte am höchsten Punkt der neuen Stadt, die zehn Kilometer vom Fluss entfernt aufgebaut worden war. Hielt Paradise eine neue Überraschung für sie bereit?

Er sah zum blauen Berg hinüber. Bis jetzt war noch niemand von ihnen bis zu ihm vorgedrungen. Doch Germell reizte es, das zu tun. Warum waren seine Flanken so glatt, als seien sie geschliffen worden? Was war das für ein Material, das so eigenartig glänzte?

Germell wunderte sich, dass in den vergangenen acht Wochen niemand zum blauen Berg geflogen war. Diese Naturerscheinung war so überraschend und ungewöhnlich, dass sie eigentlich längst den Forscherdrang eines Geologen hätte ansprechen müssen. Warum war das nicht geschehen?

Der Oberst ging entschlossen zu seinem Gleiter und startete. Er flog auf den Berg zu, der etwa dreißig Kilometer von der Stadt entfernt war. Für einige Minuten wurde er durch ein fingerlanges, feuerrotes Insekt abgelenkt, das über das Armaturenbrett kroch. Er öffnete das Fenster und schleuderte es nach einigen vergeblichen Bemühungen hinaus. Danach stellte er fest, dass das ameisenähnliche, geflügelte Tier einige Plastikteile angefressen hatte. Er kümmerte sich nicht darum, sondern konzentrierte sich wieder auf den blauen Berg. Je näher er ihm kam, desto stärker wurde der Eindruck, dass es sich dabei um ein künstliches Gebilde handelte. Die Flanken waren so gleichmäßig und glatt, wie sie die Natur sonst nur im Mikrobereich bildete. Insofern erinnerte der Berg an einen Kristall.

Germell schätzte, dass er etwa dreitausend Meter hoch war. Überraschenderweise war seine Spitze wolkenfrei, während der Himmel sonst leicht bewölkt war. Jetzt fiel dem Oberst auf, dass das immer so gewesen war in den verstrichenen zwei Monaten. Stets war ein blaues Loch über der Spitze des Bergs in der sonst weißen Wolkendecke gewesen, doch das war niemandem als ungewöhnlich aufgefallen. Man hatte diese Erscheinung hingenommen, ohne über sie nachzudenken.

Germell verringerte die Geschwindigkeit. Er lenkte den Gleiter in weitem Bogen um den Berg herum und umkreiste ihn einmal, um ihn von allen Seiten betrachten zu können. Dabei entdeckte er nichts Neues. Der Berg sah von allen Seiten gleich aus. Das Gehölz reichte bis auf etwa einen Kilometer an die erste Steigung heran. Von der Waldgrenze an wuchs nichts mehr. Das Vorgelände des Bergs war völlig kahl. Es bestand aus zahllosen blauen Steinen unterschiedlicher Größe.

Irgendetwas warnte Germell davor, einfach bis an die Flanken des Bergs heranzufliegen. Er landete mit dem Gleiter an einer lichten Stelle und legte die Strecke bis zur Baumgrenze zu Fuß zurück. Unter den letzten Bäumen blieb er stehen. Er fühlte einen leichten Druck auf dem Herzen und ziehende Schmerzen, die bis weit in den linken Arm hineinreichten. Diese Tatsache beunruhigte ihn, deutete sie doch auf eine Erkrankung seiner Herzkranzgefäße hin. Eine Verengung der Koronarien mit nachfolgend mangelhafter Durchblutung des Herzmuskels aber war so gut wie ausgeschlossen. Die Medizin versorgte längst alle Menschen mit Medikamenten, die Ablagerungen in den Blutgefäßen verhinderten.

Der Oberst versuchte, die Schmerzen zu ignorieren. Er ging weiter und trat unter den Bäumen hervor. Dann gehorchten ihm seine Beine nicht mehr. Er wollte weitergehen, aber er konnte nicht. Befremdet blickte er an sich hinab. Alles sah ganz normal aus. Er hob die Arme und streckte sie aus. Ihm schien, als stießen sie auf Widerstand.

Er konzentrierte sich und überwand die Schwäche. Er kam ungefähr zwei Meter weit. Dann wurden die Schmerzen in seiner Brust unerträglich. Die Beine versagten ihren Dienst. Sie knickten ein. Irgendetwas Unsichtbares schnürte ihm die Kehle zu.

Germell warf sich mit einem Aufschrei zurück. Er wälzte sich über den Boden, bis er wieder im Schatten der Bäume lag. Sein Herz beruhigte sich. Die Schmerzen verebbten. Mit tränenden Augen spähte er zum Berg hinüber, der ihm rätselhafter denn je zuvor erschien. Als er sich ein wenig erholt hatte, erhob er sich und zog sich noch weiter unter die Bäume zurück. Danach hatte er keine Beschwerden mehr.

Um sich davon zu überzeugen, dass tatsächlich eine abwehrende Kraft vom Berg ausging, näherte er sich ihm erneut, bis die Schmerzen ihn zu überwältigen drohten. Schwer atmend kehrte er zum Gleiter zurück. Er war froh, dass er vorher mit der Maschine gelandet war. Mit Schrecken dachte er daran, was hätte passieren können, wenn er mit hoher Geschwindigkeit in das Schmerzen erzeugende Feld eingeflogen wäre, das den Berg umgab.

Er startete, flog einige hundert Meter an der Baumgrenze entlang und landete. Erneut versuchte er das Vorfeld des Bergs zu betreten. Das Ergebnis war das gleiche wie zuvor. Jetzt brach Germell seine Versuche ab. Er beschloss, die Wissenschaftler von Paradise City zuzuziehen. Er wusste, dass er allein nicht weiterkommen würde.

Als er den Gleiter vor seinem Haus aufsetzte, wartete Pelpto Papp auf ihn. Der ehemalige Erste Offizier der MEBRECCO saß im Gras und lehnte sich mit dem Rücken an die Hauswand.

»Hallo, Großadministrator«, sagte er. »Was machen die Dienstgeschäfte?«

»Administrator genügt«, entgegnete Germell mit einem schwachen Lächeln. »Groß sind wir noch lange nicht. Ich war beim blauen Berg.« Er bat Papp ins Haus und berichtete.

»Sie meinen also, dass der Berg künstlichen Ursprungs ist und dass es in ihm so etwas wie Energiefeldprojektoren gibt?«

»Das ist eine kühne Behauptung, Pelpto. So weit würde ich nicht gehen.«

»Wie erklären Sie sich dann die Abwehrkraft?«

»Sie könnte durchaus natürlich begründet sein. Wir wissen ja nicht, aus welchem Material der Berg besteht. Das können wir erst sagen, wenn Roboter zu ihm vorgedrungen sind und Proben geholt haben.« Germell nahm ein Handtuch und tötete ein Insekt, das sich auf einem Schrank niedergelassen hatte. Es war von der gleichen Art wie jenes, das er aus dem Gleiter vertrieben hatte.

Dr. Horindolly trat ein. Bevor der Oberst es verhindern konnte, sagte er: »Wir haben drei weitere Kranke. Sie haben alle die gleiche Krankheit. Ich habe sie ins Schiff bringen lassen.«

Pelpto Papp blickte Germell überrascht an. »Und davon haben Sie mir nichts gesagt, Danzien? Warum nicht?«

»Wir wollten niemanden beunruhigen.«

»Kommen Sie. Wir fliegen zur MEBRECCO.« Die drei Männer verließen das Haus und stiegen in den Gleiter des Arztes.

»Die gleichen Symptome?«, fragte Germell.

»Völlig gleich«, antwortete der Mediziner. »Und bevor Sie fragen: Ich bin keinen Schritt weitergekommen.«

Wenige Minuten später standen die drei Männer am Krankenbett Jasser Kanschos. Der Astronom hatte sich weiter verfärbt. Er wirkte wie leblos. Seine Augen standen offen, und sein Körper war nunmehr völlig haarlos. Plötzlich veränderte sich das Gesicht des Kranken. Die Augen bewegten sich und richteten sich auf den Oberst. Germell schien es, als ob Kanscho lächle.

»Das Paradies, Kommandant! Sie haben uns ins Paradies geführt«, flüsterte der Astronom. Danach wurde sein Blick wieder starr.

Der Arzt beugte sich erregt über ihn. »Kanscho, hören Sie mich?«, fragte er eindringlich. »So antworten Sie mir doch!«

Kanscho reagierte nicht, obwohl Dr. Horindolly immer wieder versuchte, ihn aus seiner totenähnlichen Haltung aufzuwecken. Pelpto Papp beobachtete die Anstrengungen des Mediziners zunächst interessiert, wandte sich dann aber Germell zu. Dieser stand bleich neben ihm und ließ Kanscho nicht aus den Augen, obwohl er bestimmt nichts versäumt hätte, wenn er sich abgewendet hätte. Seine Wangen sahen eingefallen aus. Die großen Hände glitten unstet am Gürtel hin und her.

»Danzien, Sie dürfen sich den Stiefel nicht anziehen«, sagte Papp. »Nicht Sie haben das Schiff hierher gebracht, sondern Lotse. Er ist dafür verantwortlich.«

Der Oberst schüttelte den Kopf. »Nein, Pelpto, Sie irren sich. Ich habe zur Meuterei aufgerufen. Damit habe ich die Entscheidung gefällt, die uns schließlich hierher geführt hat.«

Dr. Horindolly richtete sich auf. Fragend blickte er Germell an. »Ich weiß nicht mehr, was ich tun soll«, gestand er. »Ich bin mit meiner Kunst am Ende.«

»Das sagen ausgerechnet Sie, Doc? Sie sind einer der fähigsten Diagnostiker der Erde. Wenn Sie nicht mehr weiterkommen, wer sollte es dann wohl schaffen?«

»Übertreiben Sie nicht.«

»Ich weiß, was ich sage, Doc. Schließlich habe ich Sie angefordert, nachdem wir eine Art Vorentscheidung getroffen hatten.«

»Dann haben Sie den Entschluss, sich von Rhodan abzuwenden,

nicht spontan während des Flugs gefasst? Sie wussten schon vorher, dass Sie nicht zur Erde zurückkehren wollten?«

»Wir haben uns vorbereitend mit dem Gedanken befasst«, sagte der Oberst. »Das ist auch der Grund dafür, dass so viele Menschen mit so viel Ausrüstungsmaterial an dem Flug teilgenommen haben. Während unserer Suche nach der Milchstraße wurde das Planspiel dann zur Wirklichkeit.«

Einer der Assistenten des Arztes betrat das Krankenzimmer. »Professor, wir haben drei weitere Kranke«, sagte er. »Sie wurden von Freunden zum Schiff gebracht.«

»Jetzt wird es Zeit, die Bevölkerung der Stadt zu benachrichtigen«, sagte Germell. »Ich werde das von der Hauptleitzentrale aus erledigen.«

Er eilte aus dem Medo-Center. Pelpto Papp schloss sich ihm schweigend an. Als sie die Hauptleitzentrale erreicht hatten, rief ihn Dr. Horindolly über Funk.

»Jetzt haben wir schon zwanzig Kranke, Oberst«, meldete er.

»Ich komme gleich, Doc.«

Oberst Germell unterbrach die Verbindung. Papp sah, dass dichter Schweiß auf seiner Stirn stand.

»Hoffentlich geht das gut«, sagte Germell. »Ich werde die Stadt unter…« Der Kommandant unterbrach sich. Überrascht blickte er auf das tentakelähnliche Gebilde, das sich vor ihm aus dem Pult erhob. Ein bläuliches Auge mit gelber Pupille blickte ihn forschend an.

»Verdammt!«, sagte Germell wütend. »Du hast mir gerade noch gefehlt.« Er holte aus, um mit der Faust nach Lotse zu schlagen, doch Papp sprang blitzschnell auf und hielt seinen Arm fest.

»Lassen Sie mich los, Pelpto!«

»Wollen Sie sich die Faust zerschlagen, Sir? Bedenken Sie, wie hart Lotse sein kann.«

»Schon gut. Ich werde mich beherrschen.« Germell ließ die Faust sinken. »Verschwinde, du Biest«, sagte er heiser.

Der Tentakel senkte sich in das Pult zurück. Germell ließ seine Fingerspitzen über die Verschalung des Geräts gleiten. Er verspürte keine Veränderung. Der Fremde war wieder einmal durch das Material geglitten, als sei es nicht vorhanden.

»Jetzt wissen wir wenigstens, dass Lotse noch an Bord ist«, stellte er fest.

»Wir gehen ins Medo-Center«, sagte Germell, ohne die Blicke zunächst von dem Schaltpult zu lösen. »Es muss doch einen Weg geben, den Kranken zu helfen.«

»Und noch etwas wissen wir«, bemerkte Papp, als habe er die Worte des Kommandanten gar nicht gehört.

»Was denn?«, fragte Germell.

»Wir haben den falschen Namen für diesen Planeten gewählt.«

Der Oberst ging nicht auf Papps Bemerkung ein. Er zuckte mit den Schultern und eilte zum Antigravschacht. Professor Horindolly saß tatenlos in einem Sessel neben Jasser Kanscho, während einer seiner Assistenten Messungen vornahm.

»Was ist los mit Ihnen, Doc?«, fragte Germell.

»Darauf kann ich Ihnen keine Antwort geben«, entgegnete der Mediziner. »Ich bin so ziemlich am Ende. Mittlerweile haben wir hundert Personen an Bord. Sie leiden alle unter den gleichen Symptomen.«

Der Assistent wandte sich von Kanscho ab. »Sie hatten Recht«, sagte er zu Horindolly gewandt.

»Womit?«, fragte Germell scharf.

»Die Kranken sind geistig unglaublich aktiv«, antwortete der Assistent. »So starr und unbeweglich sie äußerlich erscheinen, so rege sind sie in geistiger Hinsicht. Sie senden parapsychische Impulse aus.«

»Das verstehe ich nicht«, sagte Germell verwirrt. »Kanscho ist kein Mutant. Wieso strahlt er parapsychische Impulse aus? Und wohin? Was bewirken sie?«

»Das wissen wir nicht«, antwortete Doc Holly. »Wir sind praktisch nicht weiter als vorher. Wenn wir einen einzigen Telepathen an Bord hätten, wäre alles leichter. Warum haben Sie daran nicht gedacht, Oberst?«

»Können Sie wenigstens anmessen, in welche Richtung die Impulse gehen?«, fragte der Kommandant, ohne auf den versteckten Vorwurf des Mediziners einzugehen.

»Wir können es immerhin versuchen. In einer Stunde gebe ich Ihnen Bescheid.«

Germell nickte Papp zu. Dieser fasste die stumme Geste als Aufforderung auf, den Oberst zu begleiten. Zusammen mit ihm verließ er das Medo-Center. Als sie die Schleuse betraten, flogen dem Kommandanten drei feuerrote Insekten ins Gesicht. Er schlug sie mit der Hand zur Seite, dann schrie er auf. Eines der Tiere hatte ihm eine heftig blutende Wunde beigebracht.

»Die Biester werden auch immer häufiger«, sagte er mit gepresster Stimme. Die Wunde schmerzte unerwartet stark.

Pelpto Papp zeigte auf die Stadt hinunter. »Sehen Sie doch, Sir!«, rief er.

Ein dichter Schwarm der gleichen Insekten taumelte über den Dächern von Paradise City hin und her. Germell beobachtete, dass einige Männer und Frauen mit Handtüchern um sich schlugen. Aber das war nicht das Schlimmste. In den Wäldern, die die Stadt umgaben, war eine tiefe Schneise von etwa hundert Metern Breite entstanden. Sie zeigte genau auf den blau schimmernden Berg, und in ihr wimmelte es von feuerroten Insekten.

»Sie haben alles gefressen, was ihnen in die Quere gekommen ist.«

»Und jetzt werden sie die Stadt vernichten, Pelpto«, sagte Germell mit bebender Stimme. »Sie zerstören unser Paradies!« Er packte den Arm Pelpto Papps. »Los, Pelpto, wir holen uns Desintegratorstrahler, und dann zeigen wir dieser Pest, was wir von ihr halten.«

Die beiden Männer rannten durch den Hangar zur nächsten Waffenkammer. Die Schotten öffneten sich, nachdem ein ID-Sensor den Kommandanten identifiziert hatte. Germell riss zwei schwere Desintegratorgewehre aus den Halterungen, während Papp die entsprechenden Energiepatronen besorgte. Sie luden die Waffen durch. Bevor sie zur Schleuse zurückkehrten, nahm Germell noch einmal Verbindung mit dem Arzt auf. Er unterrichtete ihn über die erneute Katastrophe, die Paradise City drohte.

»Mittlerweile haben wir herausgefunden, dass die parapsychischen Impulse zum blauen Berg gehen«, erklärte Dr. Horindolly.

»Also doch«, sagte der Oberst. Er unterdrückte einen Fluch. »Ich habe es geahnt. Wir melden uns später.«

Er schaltete ab und eilte zusammen mit Papp zum Hangar zurück. Dort sprangen sie in einen abgestellten Kampfgleiter. Während der ehemalige Erste Offizier die Maschine durch die Schleuse hinauslenkte, schickte der Kommandant einen Rundruf an alle ehemaligen Offiziere der MEBRECCO. »Rüsten Sie sich mit Kampfgleitern und Waffen aus den Beständen des Schiffs aus!«, befahl er. »Wir versuchen, der Insektenplage Herr zu werden. Danach stoßen wir zum blauen Berg vor. Beeilen Sie sich!«

Der Gleiter raste über die Häuser der Stadt hinweg. Ein roter Teppich ergoss sich bereits über ein ganzes Stadtviertel. Germell beobachtete zahlreiche Menschen, die schreiend vor den roten Insekten flüchteten, und er sah, dass mehrere Häuser in sich zusammenbrachen.

»Das Plastikmaterial könnte sie angelockt haben«, sagte Papp. »Sie fressen es auf. Es macht sie völlig verrückt.«

Die Schneise, die die Tiere gefressen hatten, war wie eine rote Straße. Die Insekten bildeten teilweise ganze Berge. Gierig krabbelten sie übereinander hinweg. Nur wenige flogen.

Papp ließ den Gleiter bewegungslos am Anfang der Schneise in der Luft schweben. Er und Germell richteten die Desintegratorgewehre auf den lebenden Strom. Die grünen Energiestrahlen schossen nach unten und lösten zu Staub auf, was sie trafen, aber eine erkennbare Wirkung erzielten sie nicht. Zu viele Insekten drängten nach. Es waren Billionen.

»Sie müssen die Bordwaffen einsetzen, Sir«, sagte Papp. »So schaffen wir es nicht.«

»Damit vernichten wir die Landschaft auf Jahrzehnte hinaus.«

»Uns bleibt keine andere Wahl, Danzien.«

Der Oberst zögerte noch immer, obwohl er erkannte, dass Papp Recht hatte. Der Strom der alles vernichtenden Insekten war nicht mit Handfeuerwaffen aufzuhalten.

»Wir machen einen Versuch«, erklärte Germell endlich. Er drückte die Finger auf die Auslöseknöpfe der Bordwaffen. Zwei sonnenhelle Energiestrahlen zuckten fauchend in den roten Strom hinein und schufen zwei Bahnen weißer, brodelnder Glut, die sich den Insekten in einer Breite von etwa zwanzig Metern in den Weg legte. Die beiden Männer erwarteten, dass die Allesfresser zurück- oder ausweichen würden. Aber das taten sie nicht. Sie krochen blind in die Glut hinein, wo sie verbrannten. Sie starben zu Millionen, bis sich endlich eine schwarz verkrustete Schicht gebildet hatte, die sie als Brücke benutzen konnten. Dann drangen sie mit unverminderter Schnelligkeit weiter gegen die Stadt vor.

Mittlerweile näherten sich weitere Kampfgleiter, die mit ehemaligen Offizieren der MEBRECCO besetzt waren. Germell befahl ihnen, die Insektenflut mit Energiestrahlern der Gleiter aufzuhalten. Er selbst ließ seine Maschine steil ansteigen und beschleunigte. Mit hoher Fahrt raste er auf den blauen Berg zu, die Blicke stets nach unten auf den Insektenstrom gerichtet.

»Ein feines Paradies haben wir uns ausgesucht«, sagte er verbittert.

Pelpto Papp antwortete nicht. Germell verringerte die Geschwindigkeit. Sie konnten sehen, dass sich ein roter Ring aus Insektenleibern rund um den blauen Berg herum gebildet hatte. Der Oberst lenkte den Gleiter nördlich um den Berg herum.

»Sie kommen hier überall aus dem Boden«, stellte Papp fest.

Germell stoppte die Maschine. Er blickte nicht nach unten, sondern auf den geheimnisvollen Berg, der sich blau strahlend vor ihnen erhob. Plötzlich erschien es ihm, als ob das massive Gebilde lebe. Eine eigenartige Macht ging von ihm aus. Er glaubte spüren zu können, dass in ihm etwas war, was wie eine Spinne im Netz saß und auf irgendetwas wartete.

Er warf den Gleiter herum und entfernte sich vom Berg. Als er Papp anblickte, war dieser bleich, und sein Gesicht war schweißüberströmt.

»Ich hatte plötzlich das Gefühl, dass etwas Uraltes im Berg steckt und wie ein Krake in der Höhle auf seine Opfer lauert«, erklärte der ehemalige Erste Offizier. »Ich war froh, dass Sie gewendet haben.«

»Mir erging es ähnlich«, erwiderte Germell, »aber so leicht dürfen wir es uns nicht machen. Wir müssen die Insektenflut dort stoppen, wo sie herkommt.«

Er flog zum Berg zurück und feuerte mit den Bugstrahlern auf den Ring, der sich gebildet hatte. Pelpto Papp forderte vier weitere Kampfgleiter zur Unterstützung an. Dabei blickte er ständig nach draußen. Er war froh, dass Oberst Germell weit genug vom Berg wegblieb, sodass sich das Gefühl des Unheimlichen gar nicht erst einstellte.

Weiße Blitze schossen in die rote Flut hinein und vernichteten sie. Der Boden verflüssigte sich unter der ultrahohen Hitzeeinwirkung, und allmählich bildete sich eine harte, glasige Schicht, die die Höhlen der Insekten nach oben hin versiegelte. Weitere Kampfgleiter rückten heran und eröffneten ebenfalls das Feuer, sodass sich nunmehr ein rot glühender Ring um den Berg schloss.

Von Paradise City her schoben sich sieben Kampfgleiter heran. Sie verbrannten das Meer der Insekten mit atomarer Glut. Germell brach die Aktion ab, als abzusehen war, dass sich keine weiteren Allesfresser bis zur Stadt durchschlagen konnten. Damit war der Angriff zusammengebrochen. Paradise City war noch einmal davongekommen. Die Bevölkerung tötete alle Insekten, die den schweren Bordwaffen entgangen waren.

Müde und enttäuscht landete Oberst Germell bei seinem Haus.

»Kommen Sie mit herein, Pelpto«, sagte er. »Ich gebe noch einen aus.«

Als er die Tür öffnete, bog Kergijin Vasnotsch um die Hausecke. Er hatte blaue Flecken im Gesicht. »Danzien, warten Sie!«, rief er.

Der Oberst und Papp blieben stehen. »Was gibt's, Kergijin?«

Der Mitarbeiter Kanschos kreuzte die Arme vor der Brust. Mit zornig verengten Augen blickte er den Kommandanten an. »Ich möchte nur eine Antwort von Ihnen haben.«

»Bitte – welche?«

»Können Sie mir sagen, ob sich die Meuterei gegen Rhodan gelohnt hat?«

»Seien Sie still, Kergijin«, sagte Papp heftig.

»Warum? Kann mir niemand diese Frage beantworten? Ich möchte wissen, welche Zukunft der Kommandant uns bieten kann, da Rhodan uns doch – wie er behauptet – überhaupt keine Zukunft eröffnet.«

»Melden Sie sich bei Doc Holly!«, befahl Germell. »Sie sind krank. Es wird Zeit, dass Sie in Behandlung kommen.«

»Behandlung! Dass ich nicht lache. Womit denn? Der Professor weiß ja noch nicht einmal, was diese Krankheit ist.« Er deutete mit den Fingern auf die Verfärbungen in seinem Gesicht. Dann drehte er sich um und ging davon.

27.

Oberst Germell legte Pelpto Papp die Hand auf die Schulter. Er blickte über die dreißig Kampfgleiter und siebzig Kampfroboter hinweg, die unter dem Tender warteten.

»Sie bleiben hier, Pelpto. Ich will die Stadt nicht ohne jemanden lassen, auf den ich mich stützen kann. Ich glaube zwar nicht, dass irgendetwas passieren wird, was die Lage noch verschlechtert, aber es beruhigt mich, Sie hier zu wissen.« Die beiden Männer reichten sich die Hand. »Eines verspreche ich Ihnen, Pelpto. Wenn es mir nicht gelingt, den Berg zu knacken, dann verschwinden wir von hier und fangen irgendwo auf einem anderen Planeten neu an.«

»Glauben Sie denn, dass Lotse das zulässt? Er hat uns hierher geführt – aus welchem Grund auch immer.«

»Ich weiß. Und deshalb habe ich mir vorgenommen, Lotse zu überlisten. Auch das ist ein Grund dafür, dass ich Sie hier zurücklasse.« Er erklärte mit knappen Worten, was er plante. »Treffen Sie die notwendigen Vorbereitungen, damit wir notfalls sofort beginnen können, wenn wir keinen Erfolg haben.«

Oberst Germell stieg in seinen Gleiter und aktivierte das Funkgerät. Dr. Horindolly meldete sich fast augenblicklich.

»Gibt es etwas Hoffnung, Doc?«

»Leider nein, Oberst. Wir haben jetzt fast zweitausend Kranke.«

»Danke, Doc. Wir werden versuchen, die Entwicklung zu stoppen.«

Er schaltete ab und gab das Startzeichen. In dichter Formation flogen Gleiter und Kampfroboter über die Stadt hinweg, die unter dem Angriff der roten Insekten gelitten hatte. Etwa zwanzig Prozent aller Häuser und Anlagen waren zerstört worden. Germell blickte nicht nach unten.

Er richtete seine Aufmerksamkeit voll und ganz auf den blauen Berg. Der Fluss hatte sein Bett verschoben. Er floss nunmehr so dicht an dem blau strahlenden Gebilde vorbei, dass er tief in das Schmerz erzeugende Energiefeld hineinreichte.

Germell sah auf die Schirme. Die Anzeige war eindeutig. Der Berg strahlte sowohl radioaktiv als auch sechsdimensional. Damit wurde das Geheimnis, das ihn umgab, noch undurchsichtiger. Weniger denn je glaubte der Kommandant daran, dass die Natur ihn geschaffen hatte. Er musste durch eine Einwirkung von außen her entstanden sein. Aber auch diese Erklärung war nicht befriedigend für Germell, da es auf diesem Planeten keine Intelligenzen gab, die eine Erscheinung dieser Art hätten erzeugen können.

Germell lehnte sich in seinem Sitz zurück. Er stoppte den Flug des Gleiters, als er die Baumgrenze fast erreicht hatte. Die anderen Maschinen verteilten sich, wie vorher abgesprochen, rund um den Berg. Jetzt rückten die Kampfroboter von allen Seiten gegen das strahlende Gebilde vor. Gespannt beobachtete der Oberst, wie sie den vegetationslosen Bereich betraten. Nichts hielt sie auf. Sie kamen schnell voran und hielten sich streng an ihr Programm. Einige Roboter bewegten sich auf ihren Beinen voran, andere flogen, wobei sie sich dem Berg in unterschiedlicher Höhe näherten.

Als sie die Hälfte der Strecke bis zu den ersten Steilwänden zurückgelegt hatten, atmete Germell auf. Er glaubte nicht mehr daran, dass sie nun noch etwas aufhalten würde.

Doch dann explodierte ein Roboter. Eine rote Stichflamme schoss aus seiner Brust hervor. Seine Verschalung zerriss. Die Trümmerstücke flogen jedoch nicht wie erwartet in weitem Bogen davon, sondern kehrten zu ihm zurück. Die Maschine hüllte sich in blaue Flammen und stürzte in sich zusammen. Verblüfft stellte der Oberst fest, dass buchstäblich nichts übrig blieb.

»Feuer eröffnen!«, befahl er.

Sekundenbruchteile später blitzten die Abstrahlfelder der Energiegeschütze der Gleiter auf. Dreißig sonnenhelle Strahlen aus purer atomarer Energie rasten auf die blauen Flanken des Bergs zu. Sie erreichten sie jedoch nicht, sondern verschwanden ungefähr zehn Meter vor ihnen im Nichts.

»Nicht weiterschießen!«, rief Germell.

Die nächsten Roboter explodierten. Auch sie vergingen unter den gleichen rätselhaften Erscheinungen, die wie Mischformen aus Ex- und Implosionen wirkten.

Der Kommandant senkte den Kopf. Er war froh, dass er in diesen Minuten allein war. Nie zuvor war er derart eklatant gescheitert. Nichts war so verlaufen, wie er es sich vorgestellt hatte, seitdem er den Entschluss gefasst hatte, gegen Rhodan zu meutern.

Germell wusste, dass er am Ende war. Er konnte nichts mehr tun. Es wäre unsinnig gewesen, auch noch die mächtigen Energiestrahlwaffen der MEBRECCO einzusetzen. Germell zweifelte sogar daran, dass er mit den Transformkanonen einen Erfolg erzielen konnte. Der Berg hatte keine Mühe, mit der gegen ihn eingesetzten Energie fertig zu werden.

Er hob den Kopf wieder und beobachtete, wie die letzten Roboter in blauer Glut vergingen. Er wollte gerade den Rückzugsbefehl geben, als es über ihn hereinbrach. Wiederum hatte er das Gefühl, dass sich etwas Lebendes im Berg verbarg. Er spähte hinüber, und es schien ihm, als seien die Flanken des Bergs durchsichtig geworden. Er glaubte, die gierig lauernden Tentakel eines uralten Wesens sehen zu können.

Panik überfiel ihn. Er verlor die Kontrolle über sich selbst. Er schrie auf und zitterte am ganzen Körper. Mit fliegenden Händen warf er den Gleiter herum. Er duckte sich, weil er spürte, dass etwas nach ihm griff. Als der Bug des Gleiters auf Paradise City zeigte, beschleunigte er voll. Ihm war, als habe er sich in einem zähen Brei verfangen, aus dem er sich nur mühsam befreien konnte. In seiner Angst schlug er um sich.

Erst als er mehrere Kilometer von dem Berg entfernt war, beruhigte er sich wieder. Er stoppte die Maschine und drehte sie herum, sodass er sehen konnte, wie es zwischen ihm und dem blau strahlenden Gebilde aussah. Etwa zwanzig Fluggleiter rasten auf ihn zu. In ihnen befanden sich Männer, die vor Angst und Entsetzen fast wahnsinnig waren. Er konnte ihre verzerrten Gesichter erkennen. An mehreren Stellen schlugen Flammen aus dem Wald. Germell wusste sofort, dass dort die anderen Maschinen abgestürzt waren.

Er fluchte. Jetzt war alles vorbei. Die Bevölkerung von Paradise würde den Abzug fordern. Das stand für ihn fest. Er beschloss, zur Stadt zurückzukehren und Vorbereitungen für den Start der MEBRECCO zu treffen.

Professor Dr. Horindolly zuckte überrascht zusammen, als Jasser Kanscho sich plötzlich aufrichtete und sich ihm zuwandte.

»Jasser«, rief er und eilte auf das Antigravlager des Kranken zu. »Geht es Ihnen besser?«

Kanscho schüttelte benommen den Kopf. Er rieb sich die Augen. Seine Haut war nach wie vor verfärbt und sah nun blauschwarz aus. Der Astronom seufzte. Er rollte mit den Schultern und massierte sich die Armmuskeln.

»Ich bin wohl ziemlich lange krank gewesen, wie?«, fragte er und lächelte. Mit der Zunge stieß er einige lockere Zähne aus dem Mund.

»Einige Tage«, antwortete der Arzt ausweichend.

Jasser Kanscho ging zum Ausguss und wusch sich die Hände. Dann griff er nach einem Skalpell, das auf dem Tisch daneben lag.

»Jasser, was haben Sie vor?«, fragte der Mediziner, der ihm gefolgt war.

»Nichts weiter«, antwortete Kanscho. Sein Arm fuhr hoch. Das scharfe Instrument fuhr Professor Horindolly quer durch die Kehle und tötete ihn.

Der Astronom verließ das Krankenzimmer, ohne dem Arzt noch einen Blick zu gönnen. Als er auf den Gang hinaustrat, kam ihm ein Assistent entgegen.

»Kanscho, Sie können wieder aufstehen?«, fragte er überrascht. »Kann ich etwas für Sie tun? Möchten Sie etwas zu trinken haben?«

»Danke, ich bin restlos glücklich«, erwiderte der Astronom. Sein Skalpell bohrte sich dem Mediziner in die Brust.

Fassungslos blickte der Mann Kanscho an. »Was tun Sie denn?«, fragte er keuchend.

Der Astronom warf sich auf ihn und stach wieder und wieder zu, bis sein Opfer tot zusammenbrach. Nachdenklich betrachtete er danach das Instrument.

»Ich muss ein großes Messer haben«, sagte er. »Damit dauert es nicht so lange.«

Eine Tür öffnete sich. Zwei blau verfärbte Gestalten kamen auf den Gang heraus. Kanscho ging weiter. Sie folgten ihm, bis sie auf eine Krankenschwester trafen, die aus ihrem Arbeitsraum kam. Kanscho durchschnitt ihr die Kehle. Die beiden anderen Männer versorgten sich im Arztzimmer mit weiteren Tötungsinstrumenten. Sie waren kaum damit ausgestattet, als etwa zehn ausgemergelte Gestalten heranrückten. Sie teilten an Waffen unter ihnen auf, was sie abgeben konnten.

Kergijin Vasnotsch betrat das Medo-Center. Er erkannte die Situation augenblicklich und wandte sich zur Flucht. Kanscho schnellte sich ihm nach, packte ihn und schleuderte ihn zu Boden. Fünf blauschwarze Gestalten stürzten sich zugleich auf ihn und begruben ihn unter sich. Als sie sich wieder erhoben, lag der ehemalige Assistent Kanschos regungslos in einer Blutlache.

Immer mehr Türen öffneten sich, und bald drängten sich Hunderte von Männern und Frauen auf den Gängen, die bis zu dieser Stunde starr und reaktionslos in ihren Krankenbetten gelegen hatten.

Jasser Kanscho verließ das Medo-Center als Erster. Er führte eine Gruppe von Männern zu einer Waffenkammer. Mühsam brachen sie sie auf. Kurz darauf eilten sie, mit Energie- und Desintegratorstrahlern bewaffnet, durch die Gänge des Schiffs. Sie töteten jeden gesunden Menschen, der ihnen in die Quere kam.

In flirrenden Antigravfeldern verließen sie den Tender. Sie landeten auf dem Boden unter dem Schiff und rückten gegen die Stadt und ihre ahnungslosen Bewohner vor.

Oberst Germell richtete sich überrascht auf, als er es in den Straßen von Paradise City aufblitzen sah. Er beschleunigte sofort mit Höchstwerten und befahl den Offizieren in den anderen Kampfgleitern, ebenfalls auf Höchstgeschwindigkeit zu gehen.

Namenlose Angst erfasste ihn. Er wusste, dass wieder etwas passiert war, was den Bestand der Kolonie gefährdete. Er versuchte die Bilder der Außenkamera hochzuzoomen, aber er war zu nervös, seine Finger gehorchten ihm nicht. Schließlich schlug er mit der Faust gegen den Schirm und gab auf. Er konnte nun auch schon mit bloßen Augen sehen, dass überall zwischen den Häusern der Stadt gekämpft wurde. Er konnte sich diese Tatsache nicht erklären, denn nur wenige Siedler in Paradise City verfügten über Waffen.

Endlich erreichte er die ersten Häuser. Er blickte nach unten. In den Gärten lagen Tote. Und dann entdeckte er den ersten Kranken. Der Anblick war ein Schock für ihn. Die Gestalt war völlig unbekleidet und blauschwarz verfärbt. Sie schwankte vor Schwäche. In der Armbeuge hielt sie ein schweres Desintegratorgewehr, mit dem sie pausenlos auf alles feuerte, was sich bewegte.

Germell legte die Hände auf die Tasten der Bordwaffen. Er löste einen Impulsstrahler aus, und der Mordschütze verschwand in einem Glutball.

Sofort flog der Oberst weiter. Er drehte sich kurz um und überzeugte sich davon, dass die anderen Flugmaschinen die Stadt ebenfalls erreicht hatten. Er beschleunigte wieder. Und dann übersah er das ganze Ausmaß der Katastrophe.

Je näher er dem Stadtzentrum kam, desto mehr Leichen sah er. Die Siedler waren vollkommen überrascht worden. Erst als Germell das Stadtzentrum passiert hatte, bemerkte er einige noch lebende Siedler. Bevor er jedoch bei ihnen landen und sie aufnehmen konnte, blitzte es zwischen den Häusern auf. Die Frauen und Männer starben in der mörderischen Glut der Energiestrahlen.

Germell drückte den Gleiter nach unten. Er sprang aus der Maschine, als sie aufsetzte. Keuchend rannte er auf einen freien Platz zu, auf dem er einige dunkle Gestalten ausgemacht hatte. Er lief an ungefähr zwanzig Toten vorbei. Der Zorn übermannte ihn fast. Er wusste sich kaum noch zu beherrschen, als er um die Hausecke herumsehen konnte.

Von hier aus führte ein sanfter Hang bis zum Flussufer hinunter. Von allen Seiten näherten sich blauschwarze Gestalten. Fast alle hatten ihre Waffen weggeworfen. Mit geneigtem Kopf und baumelnden Armen strebten sie dem Wasser zu. Am Flussufer blieben sie kurz stehen und ließen sich dann kopfüber in den Strom fallen. Germell beobachtete, wie sie versanken und von der Strömung mitgerissen wurden. Sie tauchten nicht wieder auf. Wie die Lemminge stürzten sie sich ins Wasser, als suchten sie den Tod.

Germell hörte, dass erneut geschossen wurde. Er fuhr herum und hetzte zu einem anderen Haus hinüber. Eine Gruppe von ungefähr fünfzig Männern, Frauen und Kindern floh auf ihn zu. Sie wurden von zwei Blauschwarzen verfolgt. Germell riss seine Impulsautomatik hoch und schoss. Er tötete einen der beiden Kranken. Der andere löste den Desintegrator aus, den er in der Armbeuge trug, und mähte die Menschen damit nieder. Jetzt wurde deutlich, dass er sie in eine Falle getrieben hatte, denn von allen Seiten fauchten Energiestrahlen heran.

»Pelpto!«, schrie der Oberst mit gellender Stimme. »Hierher!«

Der ehemalige Erste Offizier winkte ihm zu. Er duckte sich tief und lief los. Ein Energiestrahl fuhr über ihn hinweg und verbrannte eine Frau.

Der Kommandant sprang hoch, krallte seine Finger um eine Dachkante und zog sich daran hoch. Er schwang sich auf das Dach und konnte die Kampfstätte nun von oben gut übersehen. Er machte zwei Mordschützen aus und erledigte sie mit gezielten Schüssen. Doch er hatte viel zu spät eingegriffen. Innerhalb weniger Sekunden war alles vorbei. Nur Pelpto Papp und eine Frau, so schien es Germell, hatten sich retten können.

Die Kranken warfen ihre Waffen weg und kamen aus ihrer Deckung hervor. Mit blicklosen Augen wandten sie sich dem Fluss zu. Germell hob seine Impulsautomatik und tötete einen von ihnen, doch dann ließ er die Waffe sinken. Seine Augen füllten sich mit Tränen. Es war sinnlos, seine Wut an diesen Menschen auszulassen. Sie waren nicht mehr sie selbst, und sie gingen nach ihrer Tat ohnehin in den Tod.

Germell ließ sich vom Dach sinken. Die Frau lag tot auf dem Boden.

Pelpto Papp kniete neben ihr. Ihm fehlten beide Hände. Mit schmerzverzerrtem Gesicht blickte er den Kommandanten an. Er schüttelte den Kopf. Tränen liefen ihm über die Wangen. »Sie brauchen nicht mehr zu suchen, Danzien«, sagte er mühsam. »In der Stadt lebt niemand mehr. Wir waren die Letzten.«

Germell legte seine Hände an die Arme Papps. »Sind alle tot?«

»Alle«, antwortete der Offizier. »Ich konnte nichts tun. Sie kamen zu plötzlich.«

»Kommen Sie, Pelpto, ich bringe Sie ins Medo-Center.«

»Wozu, Danzien? Doc Holly lebt auch nicht mehr. Sie sind tot. Sie sind alle tot.«

Papp kippte nach vorn. Er wäre aufs Gesicht gefallen, wenn Germell ihn nicht aufgefangen hätte. Jetzt sah der Kommandant, dass der Offizier eine große Brandwunde auf dem Rücken hatte. Behutsam drehte er ihn herum. Dann erst merkte er, dass Papp tot war.

Er ließ ihn ins Gras sinken. Langsam erhob er sich. Sein Gesicht war maskenhaft starr. »Das Paradies«, sagte er leise. Er drehte sich um sich selbst. Dann wurde ihm schwarz vor Augen. Er brach zusammen und verlor das Bewusstsein.

Als er wieder zu sich kam, beugte sich einer der anderen Offiziere über ihn. »Danzien – sind Sie okay?«

Der Oberst schüttelte die Benommenheit ab. Er richtete sich auf. Die Männer gehörten zu dem Stoßtrupp, mit dem er den Berg angegriffen hatte.

»Wie viele haben es überlebt?«, fragte er.

»Nur wir, Danzien. Dreißig Männer und zwölf Frauen.«

»42 von zwanzigtausend«, sagte der Kommandant stöhnend. »Mein Gott, wie konnte das passieren?«

Seine Blicke richteten sich auf den Flottentender, der nur wenige Kilometer von Paradise City entfernt stand und fast achthundert Meter in die Höhe ragte. »Lotse«, sagte er. »Lotse war es, der uns ins Verderben geführt hat.«

Er schüttelte die Hand eines Offiziers ab und eilte zu einem Kampfgleiter. Mit ihm flog er auf die Plattform des Tenders hinauf. Durch eine offene Schleuse gelangte er in das Innere des Schiffs. Er rannte, bis er die Hauptleitzentrale erreicht hatte.

»Lotse!«, schrie er. Vor der zentralen Positronik blieb er stehen und hämmerte mit den Fäusten auf die Verschalung. »Lotse – wo bist du Teufel?«

Ein Tentakel, der in einem gelben Auge endete, hob sich aus der Positronik hervor. »Was willst du von mir?«, fragte eine schrille Stimme, die von überall her zu kommen schien.

»Ich will eine Antwort!«, brüllte Germell in ohnmächtigem Zorn.

»Ich verstehe nicht, Kommandant.«

»Du hast versprochen, uns ins Paradies zu führen. Du hast das Schiff übernommen und uns zu diesem Planeten gebracht. Warum? Dies ist die Hölle.«

»Du irrst, Kommandant. Dies ist das Paradies!«

Germell verlor die Beherrschung. Er zückte seine Impulsautomatik und feuerte auf das Auge. Der Energiestrahl verschwand dicht davor im Nichts.

»Du kannst mich nicht verletzen«, sagte Lotse. »Schieß nicht auf mich. Das stört unsere Unterhaltung.«

Der Oberst ließ sich in einen Sessel sinken. »Wo ist das Paradies?«, fragte er.

»Es ist der Berg«, antwortete die schrille Stimme. »Wusstest du das nicht? Deine Freunde sind auf dem Weg dorthin. Der Fluss wird sie an ihr Ziel tragen, und ihre Seelen werden in den Berg eingehen. Ich weiß inzwischen, dass die ehemaligen Ureinwohner dieser Welt den Berg ungewollt bei einem atomaren Krieg erschufen, der den ganzen Planeten verwüstete. Er wurde zur radioaktiv und sechsdimensional strahlenden Einheit, der die Urbewohner in gleicher Weise verwandelte wie deine Freunde. Viele Tiere, ja sogar Pflanzen sind in den Berg eingegangen und füllen ihn mit einem Leben, das du dir noch nicht vorstellen kannst. Glaubst du nicht auch an ein Leben nach dem Tode – an eine Wiedergeburt?«

»Ja«, gab Germell widerwillig zu.

»Warum wehrst du dich dann gegen das Paradies?«

Oberst Germell fiel es wie Schuppen von den Augen. Lotse verstand im Grunde genommen doch dasselbe wie sie unter dem Begriff Paradies. Bezeichneten die Menschen nicht die Welt, in der sie nach ihrem Tode existieren würden, als Paradies? Genau das hatte Lotse auch getan. Er hatte die Besatzung des Tenders tatsächlich beim Wort genommen und sie in das Paradies geführt, das ihnen ein Leben nach dem Tode ermöglichte. Er konnte nicht ahnen, dass die Terraner entsetzt vor einem derartigen Paradies zurückweichen würden. Dies war nicht das, was sie sich wünschten. Der Berg war ein Monstrum, das bei einem Atomkrieg wie ein Krebsgeschwür entstanden war. Es hatte die Ureinwohner gefressen und sie vermutlich über den Fluss an sich herangeholt. Jetzt sog es Menschen – oder was noch von ihnen übrig war – in sich hinein.

»Kommandant, du kannst messen, wie der Berg ständig an Energie gewinnt. Mit jedem Terraner, den er in sich aufnimmt, wird er stärker. Spürst du die Impulse noch nicht? Warum gehst du nicht?«

»Warum tust du es nicht?«, schrie Germell.

»Weil es noch einen Menschen auf dieser Welt gibt, der sich dagegen wehrt, in das Paradies zu kommen.«

»Einen?«, fragte Germell entsetzt.

»Ja – dich!«

Der Panoramaschirm leuchtete auf. Der Kommandant stieg aus seinem Sessel. Er wich vor der Positronik zurück. Auf dem Bildschirm konnte er die Offiziere beobachten, die die Katastrophe bisher überlebt hatten. In der kurzen Zeit, die verstrichen war, hatten sie sich schwarz verfärbt. Sie liefen zum Fluss und ließen sich ins Wasser fallen.

»Warum gehst du nicht, Kommandant? Geh doch endlich, damit auch ich meine Existenz beenden kann.«

»Niemals«, sagte Germell keuchend. »Niemals, Lotse.«

Er fuhr voller Entsetzen herum und verließ die Hauptleitzentrale. Unmittelbar hinter ihm schloss sich das Panzerschott. Zu spät. Lotse war zu langsam gewesen. Germell warf sich in einen abwärts gepolten Antigravschacht und sprang schon wenig später wieder hinaus. Über eine Gleitstraße hetzte er auf die Peripherie des Raumschiffs zu. Er erreichte einen Großhangar, in dem eine Korvette parkte. Die Schleuse stand offen. Er lief an Bord und stieg im zentralen Antigravschacht bis zur Hauptleitzentrale hoch. Heftig nach Atem ringend, ließ er sich in den Sitz des Piloten sinken. Er schaltete mit zitternden Händen. Die Konverter des Raumschiffs liefen an. Die Schirme erhellten sich.

Germell betätigte einige Tasten, doch das Hauptschott der Schleuse des Tenders bewegte sich nicht.

»Na warte«, sagte er keuchend. Er hetzte zum Waffenleitstand hinüber und löste die Desintegratorstrahler der Korvette aus. Die Schleusenschotten lösten sich in ihre Atome auf. Germell lachte schrill. Er kehrte zum Pilotensitz zurück. Jetzt waren seine Hände ganz ruhig. Die Korvette löste sich vom Tender und schwebte durch die offene Schleuse hinaus. Germell gab Vollschub. Sonnenhelle Glutstrahlen schossen aus den Abstrahlschächten. Das Beiboot raste durch die Atmosphäre des Planeten und stieg steil auf.

Germell wischte sich den Schweiß von der Stirn, als die Korvette in den freien Raum hinausraste. Er wechselte abermals zum Waffenleitstand hinüber. Einige Sekunden schleuderten die Transformpolkanone und zwei Energiestrahler atomare Energien. Auf Paradise explodierte der Flottentender.

»Leb wohl, Lotse«, sagte der Kommandant. »Ein solches Ende hast du dir wohl nicht vorgestellt.«

Die Korvette beschleunigte weiter und trat in den Linearraum ein.

Vier Tage später hatte Germell sich der Erde, deren Position er überraschend leicht gefunden hatte, so weit genähert, dass er eine Hyperfunkverbindung aufnehmen konnte. Die Tatsache, dass er sich meldete, rief einige Aufregung hervor. Man schien nicht mehr mit ihm gerechnet zu haben.

Oberst Germell verlangte Rhodan zu sprechen. Sein Wunsch wurde ihm erfüllt.

Rhodan erschien wenig später im Bild. Sein Gesicht war hart. »Oberst, wir sind erstaunt, dass Sie sich so lange nicht gemeldet haben. Immerhin ist fast ein Vierteljahr verstrichen.«

»Ich habe schwerwiegende Fehler gemacht, Sir«, antwortete der Kommandant. »Doch zunächst möchte ich Ihnen mitteilen, dass wir die Milchstraße gefunden haben. Ich sende Ihnen jetzt die von den Astronomen ermittelten Daten.« Mit einem Tastendruck schickte er den komprimierten und verschlüsselten Funkspruch ab. Nichts war ihm wichtiger, als die Daten an die Erde durchzugeben. Das war sein Auftrag gewesen. Er wollte ihn auf jeden Fall erfüllen.

Wenig später erschien Rhodan wieder. Sein Gesicht entspannte sich. »Berichten Sie, Oberst.«

Ein tentakelförmiges Etwas mit einem gelben Auge stieg vor dem Kommandanten aus der Positronik der Korvette. Oberst Germell fuhr zurück.

»Nein!«, rief er keuchend. »Nein – es ist nicht wahr!«

»Du irrst dich nicht, Kommandant«, sagte die schrille Stimme. »Glaubtest du wirklich, du könntest mich täuschen und mich im Tender zurücklassen?«

»Du Teufel!«

»Was reden Sie denn da, Oberst?«, fragte Rhodan scharf. »Erzählen Sie endlich, was bei Ihnen los ist!«

»Du wirst zur Erde fliegen und mich zu deinen Freunden bringen«, erklärte Lotse. »Sie sind wie du. Ich werde sie zum Paradies führen und sie glücklich machen.«

»Nein, niemals«, entgegnete Germell keuchend. Er erhob sich und eilte zu einem versiegelten Hebel. Er brach das Siegel.

»Rhodan!«, brüllte er. »Ich kann nicht zurückkommen! Ich habe den Satan an Bord. Ich dachte, ich sei ihm entflohen, aber ich habe mich geirrt. Ich werde ihn nicht zur Erde bringen.«

»Oberst Germell, Sie …«

Der Kommandant legte den Hebel um. Er fühlte die Glut nicht mehr, die ihn überschwemmte, als das Schiff explodierte. Er löste sich bis in seine Atome auf.

Ich verstehe das alles nicht. Was habe ich falsch gemacht?

Jetzt bin ich allein. Lange werde ich nicht mehr leben, denn ich bewege mich ohne Kapsel durch ein fremdes Universum, weitab von den nächsten Sternen, die ich aus eigener Kraft nicht erreichen kann. Meine Chancen, einen Sternengleiter zu finden, der mich aufnimmt, sind gleich null. Ein zweites Mal kann eine solche Begegnung nicht stattfinden. Ich hätte es ahnen müssen. Von Anfang an. Diese Wesen sind zu fremdartig. Ihre Mentalität ist nicht zu begreifen. Sie denken völlig anders als ich.

Was habe ich falsch gemacht? Ich habe sie zum Paradies geführt. Ich weiß, dass ich mich nicht geirrt habe. Sie glauben an den Unsichtbaren und an die Existenz nach ihrem Tod – wenngleich in einer Form, die mir ewig unverständlich bleiben wird. Warum sind sie nicht freiwillig hinübergeglitten?

Nach ihrer seltsamen Zeitrechnung werde ich noch etwa drei Millionen Jahre leben, bevor die Weltraumkälte unerträglich wird und mich umbringt. Aber ich fürchte, diese Zeit wird nicht ausreichen, zu begreifen, was mir widerfahren ist.

Ich war dem Ewigen Glück so nahe. Könnte ich doch lachen, wie sie es hin und wieder tun! Sie sind wahrhaft exotische Wesen.

Wenn ich nur wüsste, was ich falsch gemacht habe. Aber um das zu begreifen, müsste ich diese Wesen wohl verstehen können. Und das ist für einen schlicht denkenden Geist wie mich unmöglich. Ich habe mich ja noch nicht einmal an ihre seltsame Gestalt gewöhnen können, wie sollte ich dann mit ihrer Logik vertraut werden?

28.

Juli 3460

Aus dem Translator dröhnte die Stimme des Unterhändlers: »Die Erhabenheit der Königin hält den Plan des Wesens von Terra nicht für gut. Eine andere Vorgehensweise muss entwickelt werden. Das Wesen namens Zeus muss auf dem schnellsten Wege unschädlich gemacht werden. Erst dann ist eine friedliche Zusammenarbeit zwischen den Ploohns und den Terranern möglich.«

Bitter starrte Perry Rhodan an dem hochgewachsenen, feingliedrigen Insektenwesen vorbei. Die Halle, in der er mit seinen Begleitern stand, war annähernd kugelförmig. Der Boden war gerundet. Es gab keine Abgrenzung zwischen Boden, Wänden und Decke. Das war die Bauweise, die die Ploohns aus der primitiven Urzeit in die hoch technisierte Gegenwart gerettet hatten: Noch immer waren ihre Räume kugelförmig wie die Nestzellen der Vergangenheit, und die Verbindung wurde von langen, verschlungenen Gängen mit kreisförmigem Querschnitt gebildet. Mehr als ein Dutzend solcher Gänge mündeten in diesen Raum: hoch oben unter dem Zenit der Kugel, in halber oder auch Viertelhöhe, ein paar sogar durch den Boden herauf. Der Raum war fensterlos. Für die Beleuchtung sorgte buntes, lumineszierendes Geflecht, das sich wie wilder Planzenwuchs an dem Innern der Kugelschale emporrankte, gestaltlose, abstrakte Ornamente, wie die Ploohns sie liebten, gleichzeitig mit einer Funktion versehen: Licht zu spenden.

Die Königin thronte im Hintergrund des Raums. Ihr gewaltiger, fünf Meter hoher Körper ruhte in einem Gespinst aus leuchtenden Fäden, gestaltet wie ein nach einer Seite hin offener Kokon. Sie war umgeben von ihrem Hofstaat, einigen Dutzend prächtig gekleideten Klaschoys, Offizieren ihrer Leibgarde, und mehr als hundert Peggoys, Arbeitern in unauffälligem Gewand, die aus unerfindlichen Gründen ständig hin und her eilten.

Dass die Königin nicht direkt, sondern durch den Mund eines Unterhändlers sprach, war ein Zeichen, dass sie sich überlegen fühlte. Perry Rhodan war nach Caysire gekommen, um von Jaymadahr Conzentryn, der Herrscherin der Ploohns, drei Drohnen oder Mopoys zu erbitten. Zeus, abtrünnige Ploohn-Königin auf Goshmos Castle, hatte nach den Drohnen verlangt, mit deren Hilfe sie ein neues Volk zu gründen beabsichtigte. Nur für diesen Preis war Zeus bereit, den Terranern bei der Errichtung eines stabilen Orbits für die Erde behilflich zu sein.

Der Unterhändler stand fünf Meter von Rhodan entfernt. Er trug den Translator, den die Terraner der Königin als Gastgeschenk überbracht hatten. Er war an die zweieinhalb Meter groß. Im Licht der lumineszierenden Ranken schimmerte sein harter Chitinpanzer und sandte funkelnde Reflexe in die Runde. Die großen Facettenaugen starrten den um zwei Köpfe kleineren Terraner seelenlos an. Die Fühlerpaare zu beiden Seiten des mächtigen, runden Schädels waren in stetiger, zitternder Bewegung.

»An Versuchen unsererseits, die abtrünnige Königin zu beseitigen, hat es nicht gefehlt«, erwiderte Rhodan. Auch er trug, obwohl solche Redundanz nicht notwendig war, einen Translator, aus dem die Übersetzung seiner Worte in der aus sirrenden, knackenden Geräuschen bestehenden Sprache der Ploohns hervordrang. »Aber die Abtrünnige verfügt über technische Mittel, die unseren Waffen mehr als gewachsen sind. Wir dachten daran, Zeus drei Mopoys zur Verfügung zu stellen und einem der Mopoys den Auftrag zu geben, die abtrünnige Königin zu töten.«

Das war, als er auf Caysire gelandet war, sein stärkstes Argument gewesen. In fünf Verhandlungen hatte er es seitdem fünfmal vorgetragen, ohne bei Jaymadahr Conzentryn auch nur den geringsten Eindruck zu hinterlassen, wie es schien. Auch diesmal blieb ihm der Erfolg versagt. Der Unterhändler stand ein paar Augenblicke lang starr. Er schien zu horchen – in sich hinein oder auf eine Botschaft, die ihm auf unhörbare Weise übertragen wurde. Perry Rhodan war sicher, dass er in diesen Sekunden mit seiner Königin in irgendeiner Art von Verbindung stand, über die sie ihn ihre Entscheidung wissen ließ.

»Die Erhabenheit der wahren Königin«, ließ der Unterhändler sich schließlich vernehmen, »hält den Plan noch immer nicht für gut.«

»Dann soll Ihre Erhabenheit mich wissen lassen, welchen Plan sie vorschlägt!«, antwortete der Terraner scharf. Abermals gab es ein paar Sekunden Pause.

»Es bedarf einiger Überlegung«, verkündete der Unterhändler dann. »Man muss sich morgen um dieselbe Zeit zu einer weiteren Unterredung treffen.«

Abrupt drehte Rhodan sich um. Es lag ihm daran, den Ploohns zu zeigen, dass seine Geduld nahezu erschöpft war. Ohne das übliche Abschiedszeremoniell ging er mit seinen wenigen Begleitern auf die nächste Gangmündung zu.

Die K-MP-9, das Beiboot der MARCO POLO, lag in einem von sanften Berghängen eingeschlossenen Tal voll üppiger Vegetation. Es war ein Bild voller Friedlichkeit, das die Mitglieder der Unterhändler-Delegation begrüßte, als sie an Bord ihres Gleiters vom Palast der Jaymadahr Conzentryn zurückkehrten. Perry Rhodan begab sich auf dem geradesten Weg in jenen unmittelbar neben der Kommandozentrale gelegenen Raum, der ihm bei der Enge der Verhältnisse an Bord der K-MP-9 als Quartier und Arbeitsraum zur gleichen Zeit diente. Von den Männern, die im Palast der Königin sein Gefolge gebildet hatten, blieb nur Roi Danton bei ihm. Außerdem folgte ihm Gucky, der Mausbiber.

»Also, Kleiner«, sagte Rhodan lächelnd, nachdem sich das Schott hinter ihnen geschlossen hatte. »Was gab's zu hören?«

Der Ilt schüttelte den Kopf. Wer die Physiognomie eines Mausbibers zu lesen verstand, der sah, dass Gucky sich in diesem Moment ziemlich kläglich fühlte. »Nichts, Perry«, antwortete er niedergeschlagen. »Wenigstens nichts Verständliches.«

Rhodan hatte diese Antwort offenbar erwartet. »Das alte Spiel, wie?«

»Das alte Spiel«, bestätigte der Ilt. »Entweder verstehen sie es äußerst wirkungsvoll, die Ausstrahlungen ihrer Gehirne zu blockieren, oder ihr Denkmechanismus ist wirklich so grundverschieden von unserem, dass selbst der beste Telepath mit dem, was aus ihren Schädeln dringt, nichts anfangen kann.«

Perry Rhodan ging ein paar Schritte auf und ab. Er hatte die Arme auf dem Rücken verschränkt und starrte nachdenklich vor sich hin. »Irgendwann werden wir uns die Mühe machen müssen, das Phänomen in allen Einzelheiten zu erforschen. So, wie es aussieht, werden die Ploohns für geraume Zeit unsere Nachbarn sein. Da ist es von Nutzen, wenn man sich mit ihnen auskennt.«

»Ich kann ihre Kasten mittlerweile voneinander unterscheiden, Perry«, sagte der Mausbiber. »Vorhin, im Palast, wusste ich ganz deutlich, ob ich die Gedankenimpulse eines Klaschoys oder eines Peggoys empfing ...«

»Würdest du auch Mopoys erkennen können?«, fiel ihm Roi Danton ins Wort.

»Ich weiß es nicht«, antwortete Gucky. »Ich habe darin noch keine Übung. Aber ich nehme an ...« Er sprach den Satz nicht zu Ende. Er wusste, worauf Roi hinauswollte, und versuchte, die Erfolgsaussichten des Planes abzuschätzen, den der ehemalige König der Freihändler in diesen Augenblicken zu entwickeln schien. »Ich glaube, es wird sich machen lassen«, sagte er schließlich.

»Was?«

»Nun – das, was dir vorschwebt.«

»Ilt!«, explodierte Roi Danton in vorzüglich gespieltem Zorn. »Ich will dich lehren, meine Gedanken zu lesen!«

Gucky machte eine wegwerfende Bewegung mit der rechten Pfote. »Ich kann deine Gedanken nicht lesen«, wies er den Vorwurf zurück. »Das weißt du ebenso gut wie ich. Aber ich bin andererseits nicht auf den Kopf gefallen. Ich erkenne einen brauchbaren Plan, wenn ich ihn sehe.«

Jahrhundertelange Zusammenarbeit hatte die beiden Männer und den Ilt so aufeinander eingespielt, dass sie ohne langatmige Erklärungen verstanden, was der andere wollte.

»Ich möchte, dass du dich so bald wie möglich auf den Weg machst, Gucky«, sagte Rhodan. »Wir kennen zwar diese Welt nicht, aber wir wissen, wie die Ploohns leben. Die Drohnen bringen sie in ihren Burgen unter. Du musst die …«

»Ja, ich weiß: die Burgen eine nach der andern abklappern und zusehen, wo wir ein paar Mopoys finden. Das sollte nicht allzu schwierig sein. Aber wie steht es mit dem Rest der Vorbereitungen?«

Perry Rhodan warf einen Blick auf die Uhr. »Ich erwarte Goshmo-Khans Meldung jeden Augenblick«, sagte er. »Davon hängt dein Einsatz jedoch nicht ab. Ich würde vorschlagen, du nimmst die Sache sofort in Angriff.«

Der Ilt überlegte ein paar Augenblicke. »Wir haben Höhenaufnahmen, auf denen die Burgen deutlich auszumachen sind«, murmelte er. »In unmittelbarer Nähe unseres Landeplatzes gibt es wenigstens ein halbes Dutzend davon. Die lasse ich aus. Die Jaymadahr wird mit einem Vorstoß unsererseits rechnen. In diesem Fall werden besonders die nahe gelegenen Burgen stark gesichert sein.«

Perry Rhodan gab sein Einverständnis mit dieser Überlegung durch ein kurzes Nicken zu erkennen.

»Also dann …«, sagte Gucky halblaut, und im nächsten Augenblick war er spurlos verschwunden.

Nur einen Augenblick später leuchtete in der Rückwand des kleinen Raums eine Bildfläche auf. Der Schädel eines Manns von offenbar mongolischer Herkunft erschien, geziert durch langen, straff nach hinten gezogenen Haupthaarwuchs und einen weniger straffen, dafür womöglich noch längeren Vollbart, der zu einzelnen Zöpfen geflochten war. Der Mann blickte finster drein. Mit grollender Stimme verkündete er: »Das war die verdammteste Arbeit, die ich je zu verrichten hatte. Ich wollte, Sie würden Ihre Zeitpläne mit größerer Sorgfalt zusammenstellen.«

Rhodan lächelte matt. »Ich werde an Sie denken, Goshmo-Khan, wenn ich beim nächsten Mal etwas übers Knie brechen muss. Wie steht's?«

»Wie soll's stehen?«, knurrte der Mongole gereizt. »Wenn Goshmo-Khan etwas in die Hand nimmt, geht nichts schief!«

Rhodan nickte, noch immer lächelnd. »Ich weiß, an Minderwertigkeitskomplexen haben Sie nie gelitten. Wann können Sie kommen?«

»Ist die Transmitterstrecke offen?«

»Für Sie … immer!«

»Dann machen wir uns sofort auf den Weg!«

Er verabschiedete sich ohne Gruß. Die Bildfläche erlosch.

Die Erhabene, die Alleinherrscherin aller Ploohns, Herrin des Universums, gab durch die Stellung ihrer Fühler zu verstehen, dass sie etwas zu besprechen wünsche. Poypadoon, die Edelste der Klaschoys auf der Welt Caysire, reagierte sofort. Sie vollführte die zeremonielle Knickung des rechten unteren Fühlers, die nicht nur Unterwerfung bedeutete, sondern auch, dass sie den Wink der Herrscherin bemerkt hatte. Dann wartete sie unterwürfig.

»Wie stehen die Vorbereitungen, Poypadoon?«, fragte die Herrscherin mit mächtiger Stimme.

»Sie sind abgeschlossen, Erhabene«, antwortete Poypadoon demütig. »Wir sind auf alles vorbereitet.«

»Auf alles, Poypadoon?«, forschte die Jaymadahr. »Wirklich auf alles? Die Terraner sind schlau und verschlagen, die schlimmsten Gegner, die der Thron der Jaymadahr bislang gekannt hat.«

»Wir sind vorbereitet, Herrscherin«, wiederholte Poypadoon mit ungebrochener Zuversicht, »soweit sich die Gedanken intelligenter Wesen, unterstützt durch die kombinatorischen Fähigkeiten lichtschneller Rechner, auf eine solche Lage vorbereiten können.«

Die Königin zögerte einen Augenblick. »Das ist gut, Poypadoon«, sagte sie schließlich. »Mehr als das kannst du nicht tun.«

»Niemand ist informiert«, fügte Poypadoon hinzu. »Alles wird ganz natürlich ablaufen, und niemand wird etwas bemerken.«

»Ich rechne mit dem entscheidenden Vorstoß der Terraner für den morgigen Tag«, sagte Jaymadahr. »Sie werden damit drohen, dass sie alles Teymer auf der Welt Gragh-Schanath vernichten, wenn ich ihnen nicht zu Willen bin.«

»Und wie wirst du ihnen antworten, Erhabene?«, wagte Poypadoon zu fragen.

»Ich werde ihnen klar machen, dass meine Flotten einen Ring um Gragh-Schanath gebildet haben, den ihre Raumschiffe nicht durchdringen könnten, selbst wenn sie zehnmal mehr an der Zahl wären. Die Fremden werden einsehen, dass sie auf diesem Weg nichts erreichen können. Dadurch entsteht die Lage der Ausgeglichenheit. Keiner hat dem anderen gegenüber einen Vorteil. Und in diesem Augenblick müssen wir damit rechnen, dass die Fremden ihren Alternativplan umsetzen.«

»Er wird ihnen nicht gelingen«, versprach Poypadoon. »Wenigstens nicht so, wie sie es sich vorgestellt haben.«

»Das walte die Allmacht, die die Essenz des Universums auf das Amt der Jaymadahr übertragen hat«, endete die Königin mit dem zeremoniellen Spruch und gab zusätzlich durch das Geraderichten ihrer Fühler zu erkennen, dass sie die Besprechung als beendet betrachtete.

Der Transmitterraum lag in der unteren Kugelhälfte des Beiboots. Früher war er als Ersatzteillager verwendet worden. Man hatte ihn ausgeräumt und anstelle der Container einen kleinen Transmitter installiert, dessen bunt schimmerndes Torbogenfeld sich in der Mitte des Raums erhob. Es war kein sehr leistungsfähiges Feld – gerade ausreichend, um die Verbindung mit der MARCO POLO sicherzustellen, die in einem hohen Orbit über Caysire kreiste. Dementsprechend klein war das Transmitteraggregat: ein Kasten von knapp einem Meter Höhe, der wie ein altmodischer Nachttisch wirkte.

Perry Rhodan und Roi Danton standen seitwärts des Torbogenfelds. Ein Offizier der Bootsbesatzung hatte sich unmittelbar vor dem Transmitteraggregat postiert.

»Am anderen Ende wird justiert!«, meldete er.

Das hieß, dass Goshmo-Khan sich bereitmachte. Er würde einen Begleiter mitbringen; aber wer das war, wusste Rhodan nicht. Das Torbogenfeld flackerte. Unwillkürlich traten Rhodan und Danton einen Schritt auf die Feldöffnung zu. Im Hintergrund des Torbogens wallte für den Bruchteil einer Sekunde leichter, farbiger Nebel. Dann materialisierte eine Gestalt, und kurz darauf die zweite …

Verblüfft fuhr Rhodan zurück. Anstelle des kleinen, stiernackigen Mongolen trat ein über zwei Meter großer Ploohn auf ihn zu. Die zwei Fühlerpaare zuckten und vibrierten unaufhörlich. Knackende, sirrende Geräusche kamen aus dem von dünnen Hornlippen umschlossenen, dreieckigen Mund des Insekts. Auch bei der zweiten Gestalt handelte es sich um die eines Ploohns. Rhodan griff instinktiv nach der Waffe, da hörte er ein polterndes Lachen, und aus dem Innern des vorderen Ploohns ertönte eine nur zu gut bekannte Stimme: »Lassen Sie um Gottes willen das Ding stecken, Sir! Sie könnten sonst den Projektor beschädigen oder sogar mich selbst!«

Die Umrisse der beiden Insektenwesen verschwammen plötzlich. Die glänzenden braunen Körper mit den farbenprächtigen Monturen, die sie als Klaschoys kennzeichneten, lösten sich in nichts auf. Übrig blieben zwei menschliche Gestalten: Goshmo-Khan und Ras Tschubai, der Teleporter.

Das Gesicht des Mongolen strahlte vor Selbstzufriedenheit und Schadenfreude. »Das hat Sie überzeugt, nicht wahr?«, triumphierte er.

»In der Tat«, bekannte Rhodan. »Fast noch beeindruckender ist jedoch Ihr Leichtsinn. Am besten versuchen Sie den Trick nicht noch mal, sonst haben Sie womöglich eine Strahlsalve im Leib, bevor Sie Ihre Erklärungen abgeben können.«

Der Ausdruck der Selbstgefälligkeit verschwand vom Gesicht des Mongolen. »Ich musste Ihnen das Ding vorführen«, knurrte er. »Unvoreingenommene Zuschauer sind die besten!«

»Wie funktioniert das Ganze?«, wollte Danton wissen. »Ich nehme an, das ist der Projektor.« Er deutete auf ein kleines, kastenförmiges Gerät, das beide Männer über die linke Schulter geschnallt trugen.

»Richtig«, antwortete der Mongole, »aber nicht nur der Projektor, sondern auch sonst noch einiges. Das Gerät erzeugt ein schwaches energetisches Hüllfeld, das den Körper des Trägers umgibt und sich als Projektionsfläche verwenden lässt. Der eigentliche Projektor erzeugt auf dieser Fläche das Bild eines Ploohn-Körpers, mit Kleidung und allem, wie Sie gesehen haben. Der Projektor greift auf eine Datenbank von Aufnahmen echter Ploohns zu. Der Träger des Geräts befindet sich also im Innern einer dreidimensionalen Darstellung eines Klaschoys.«

»Wie ist die Sicht im Innern des Felds?«, erkundigte sich Rhodan.

»Ausgezeichnet. Bei der Projektionsfläche handelt es sich wie gesagt nur um ein schwaches Feld. Licht von außen durchdringt es mühelos. Auch im Gebrauch der Waffen sind wir nicht behindert. Wir können durch das Hüllfeld hindurchschießen.«

»Eine vollkommene Tarnung«, sagte Roi Danton anerkennend. »Man muss sich wundem, wie Sie das in so kurzer Zeit geschafft haben.«

Goshmo-Khan, der sonst keine Gelegenheit verstreichen ließ, seine Genialität ins rechte Licht zu setzen, verzog zweifelnd das Gesicht. »Eine Tarnung … ja. Aber keineswegs vollkommen. Wir müssen uns davor hüten, einem Ploohn zu nahe zu kommen. Sobald er uns berührt, bemerkt er, dass er es nur mit einer Projektion zu tun hat. Außerdem können wir nur auf eine begrenzte Anzahl von Aufnahmen zurückgreifen. Wir kennen uns in der Fühlergestik der Ploohns nicht sonderlich gut aus. Die Steuerpositronik ist auf Annahmen angewiesen – und die könnten falsch sein. Ich betrachte die Maske nur als ein Mittel, den Feind bei flüchtigen Begegnungen zu täuschen.« Er sah sich um. »Ich hatte eigentlich konzentrierten Kampfeseifer erwartet«, sagte er sarkastisch. »Stattdessen scheint man sich hier in seiner Gemütlichkeit nicht stören zu lassen. Wann geht es los?«

»Sobald Gucky zurückkehrt«, antwortete Rhodan. »Er kundschaftet.«

Sie begaben sich in die obere Hälfte der Korvette. Perry Rhodan zog sich in sein kleines Quartier zurück. Er lehnte sich tief in den bequemen Gliedersessel und schloss die Augen und ging im Geist noch einmal die Ereignisse durch, die der Expedition nach Caysire vorausgegangen waren.

29.

Wie immer war Zeus an allem schuld. Die abtrünnige Ploohn-Königin, die sich auf dem Planeten der Feuerflieger niedergelassen hatte, verfügte zwar über die Mittel, der im Mahlstrom gestrandeten Menschheit zu helfen; aber sie weigerte sich, die gewünschte Hilfe zu erbringen, ohne dass zuvor ihr sehnlichster Wunsch erfüllt worden war. Vor zwei Wochen Standardzeit war Perry Rhodan mit einer kleinen Expedition auf Goshmos Castle, der Welt der Feuerflieger, gelandet und hatte eine Unterredung mit Zeus gefordert. Der Leichte Kreuzer, in dem die Terraner gekommen waren, hatte auf dem Gipfelplateau jenes riesigen Felsens landen dürfen, auf dem sich Zeus' zyklopenhafter Palast erhob. Zeus hatte darauf verzichtet, den Besuchern seine Macht mit Hilfe eines jener Kunststücke zu demonstrieren, die er so sehr liebte: Er zeigte sich ihnen in seiner wahren Gestalt, als fünf Meter hohes Insekt mit der doppelten Körpereinschnürung, die typisch für die Königinnen des Ploohn-Volkes war.

Perry Rhodan kam ohne Umschweife zur Sache. »Du hast des Öfteren den Wunsch geäußert, die Menschheit als ständigen Nachbarn in deiner Nähe zu haben«, begann er auf Interkosmo, das Zeus mühelos beherrschte. »Du hast uns deine Hilfe bei der Verankerung der Erde in einer stabilen Umlaufbahn um deine Sonne angeboten. Wir möchten auf dieses Angebot zurückkommen.«

Die Unterredung fand im großen Thronsaal statt – einem Raum, der ähnlich gestaltet war wie die kugelförmige Halle, in der Rhodan zwei

Wochen später mit Jaymadahr Conzentryn sprechen sollte. Nur hatte Zeus es für nötig gehalten, seine Macht dadurch zu betonen, dass er diesen Saal noch größer, noch gigantischer gebaut hatte, als es der Thronsaal der rechtmäßigen Ploohn-Königin war. Zeus ruhte in einem gigantischen Gespinst aus energetischen Fäden, die in allen Farben des Spektrums glitzerten und strahlten. »Wovon sprichst du, Terraner?«, fragte er donnernd. »Glaubst du, ich hätte die Mittel, einen ganzen Planeten zu bewegen, ohne dass er dabei zerstört würde?«

»Die hast du!«, hielt Rhodan ihm entgegen. »Du hast selbst damit geprahlt. Außerdem haben wir inzwischen ermittelt, dass auch diese Welt früher ihre Sonne auf einer anderen Bahn umlief. Du hattest dir diesen Zufluchtsort lange vor deinem Abfall von der rechtmäßigen Königin der Ploohns ausgesucht und kamst gut gerüstet: mit Maschinen und Geräten, die dir erlauben würden, diese Welt in einen Orbit zu bringen, der dir behagte.«

Die großen, glitzernden Facettenaugen des Ploohns waren starr auf die kleine Gruppe von Terranern gerichtet. »Es mag sein, dass ich damit geprahlt habe. Es mag sogar sein, dass ich solche Maschinen wirklich besitze. Aber warum sollte ich sie euch zur Verfügung stellen? Habt ihr nicht selbst Tausende von riesigen Raumschiffen, seid ihr nicht selbst Herr einer Technik, die in der Lage ist, euren Planeten in eine stabile Umlaufbahn zu bringen?«

»Wir haben beides«, bekannte Rhodan. »Aber die Zahl unserer Raumschiffe ist durch Verluste dezimiert. Wollten wir uns ihrer Traktorstrahlen bedienen, um die Erde zu bewegen, dann würde es Jahrhunderte dauern, bis wir dort ankämen, wohin wir wollen. So lange können wir nicht warten.«

Zeus schwieg fast eine Minute. Dann stieß er plötzlich hervor: »Wir machen einen Handel!«

»Du ziehst dein Angebot zurück?«, fragte Rhodan scharf.

»Keineswegs. Ich modifiziere es nur ein wenig. Ich knüpfe eine Bedingung daran.«

»Davon war zuvor keine Rede!«, beharrte der Terraner.

»Dann ist eben jetzt davon die Rede«, verkündete Zeus. »Ihr wisst, dass ich hierher gekommen bin, um eine mächtigere, freiere Nation der Ploohns zu errichten. Ich bin dazu in der Lage. Dieses neue Volk wird aus meinen Nachkommen bestehen, aus Klaschoys, Peggoys und Mopoys, die aus meinen Eiern geschlüpft sind. Aber ich kann dieses Werk nicht verrichten, weil mir die Mopoys fehlen, die die heilige Zeremonie der Befruchtung an meinen Gelegen vollziehen.«

Den Terranern war klar, worauf die abtrünnige Ploohn-Königin hinauswollte. Zeus hatte denselben Wunsch schon des Öfteren geäußert.

»Bringt mir drei Mopoys aus dem Reich Jaymadahr Conzentryns, und ich will euch alle Hilfe leisten, nach der ihr verlangt!«

Von dieser Forderung hatte man ihn nicht mehr abbringen können. In der Nacht, als Perry Rhodan mit seinen Begleitern an Bord des Leichten Kreuzers zurückgekehrt war, berieten sie über ihr weiteres Vorgehen.

»Wie lange können wir es noch unter den Kunstsonnen aushalten?«, lautete Rhodans erste Frage. Sie war an Goshmo-Khan gerichtet.

»Das kann kein Mensch so genau sagen«, antwortete der Wissenschaftler brummend und machte keinen Hehl daraus, dass er Fragen verabscheute, die selbst sein umfassendes Wissen nicht zu beantworten verstand. »Bei der Konstruktion der Kunstsonnen wurden unsere neuesten Kenntnisse von der Zusammensetzung natürlicher Sonnenstrahlung herangezogen. Das muss aber nicht bedeuten, dass die Strahlung der Kunstsonnen mit der einer natürlichen Sonne völlig identisch ist. In letzter Zeit häufen sich auf der Erde Erkrankungen, die eine Folge von Mangelerscheinungen des Körpers sind. Das könnte darauf zurückzuführen sein, dass der Strahlung der Kunstsonnen eine wichtige, aber unbekannte Komponente fehlt, die in der Ausstrahlung einer echten Sonne vorhanden ist.«

»Ich hatte Sie etwas gefragt, Professor!«, erinnerte Rhodan den Mongolen.

»Und ich hatte angedeutet, dass diese Frage kein Mensch beantworten kann!«, brauste Goshmo-Khan auf. »Wenn Sie mit einer Schätzung zufrieden sind …, ich würde meinen, dass wir höchstens noch ein paar Jahre Zeit haben, bis die Lage auf der Erde katastrophal wird.«

Rhodan blickte in die Runde. »Mit unseren eigenen Mitteln schaffen wir es nicht«, sagte er ernst. »Wir würden tatsächlich Jahrhunderte brauchen.«

»Also bleibt uns nichts anderes übrig, als auf Zeus' Forderungen einzugehen«, folgerte Roi Danton bitter.

»Das ist der Fall«, pflichtete Rhodan bei. »Wir müssen ihm drei Mopoys besorgen.«

»Und wie soll das geschehen?«

»Indem wir sie von Jaymadahr Conzentryn fordern. Wir drohen, ihren gesamten Vorrat an Molkex zu vernichten, wenn sie nicht auf unser Verlangen eingeht.«

Goshmo-Khan musterte Rhodan mit verwundertem Gesichtsausdruck. »Sie glauben nicht im Ernst, dass Sie damit Erfolg haben, oder?«

»Und warum nicht?«

»Jaymadahr hat einmal erlebt, wie wir ihr Molkex oder Teymer in die Luft jagten. Ich nehme an, dass sie seitdem ihre Vorbereitungen getroffen hat. Diese bestehen, wenn sie auch nur einigermaßen logisch denkt, darin, dass das Molkex auf mehrere Fundorte verteilt wurde, und zweitens in einem verstärkten Schutz der Fundorte durch die Flotte der Ploohns. Wie wollen Sie da durchkommen?«

»Man kann die Drohung aussprechen und sehen, wie sie auf Jaymadahr wirkt, nicht wahr?«, erkundigte sich Rhodan mit eigenartigem Lächeln.

»Ja, aber ...«

»Geben Sie sich keine Mühe, Goshmo!«, winkte Roi Danton ab. »Auf dem Verhandlungsweg will er die drei Mopoys nicht erwerben.«

»Ach so ...!«

»Jaymadahr«, ergriff Rhodan von neuem das Wort, »kann nichts daran liegen, Zeus mit drei Drohnen zu versehen. Nicht nur wünscht sie nicht, dass hier ein abtrünniges Volk entsteht. Sie müsste auch damit rechnen, dass zwischen ihrem und dem abtrünnigen Volk ein erbitterter Kampf um die Molkex-Vorräte entbrennt, die die Ploohns zum Züchten ihrer Pflanzen brauchen. Jaymadahr wird also weder durch Erpressung noch gute Worte dazu zu bewegen sein, dass sie drei Mopoys herausrückt. Für uns kann daher die Verhandlung mit der Königin nur eine Finte sein – nur ein Vorwand, der uns Gelegenheit gibt, die drei Mopoys, die wir brauchen, mit Gewalt zu beschaffen.«

»Und gesetzt den Fall, wir bekämen sie in unsere Hand«, meldete sich Goshmo-Khan noch einmal zu Wort. »Wer gibt uns die Garantie, dass Zeus, nachdem wir ihm die drei Drohnen übergeben haben, sein Wort halten wird? Er hat die Moral eines plophosischen Zuhälters, und sobald er ...«

»Wir übergeben sie nicht«, fiel ihm Rhodan ins Wort.

»Nicht ...?«, machte der Mongole verblüfft.

»Haben Sie nicht auch das Gefühl, dass Zeus an diesen Drohnen ungeheuer viel liegt?«

»Natürlich. Die Idee von der Errichtung einer neuen Ploohn-Nation scheint sich bei ihm mittlerweile zu einer Art religiösem Komplex verdichtet zu haben.«

»Gut. Wir werden ihm beweisen, dass wir sie haben. Und dann, wenn er uns geholfen hat, werden wir sie ihm übergeben ... keine Sekunde früher.«

Ein paar Augenblicke lang sagte niemand ein Wort. Die Umrisse des Plans lagen fest. Die Details würde man im Laufe der kommenden Tage erarbeiten müssen.

Schließlich sagte Roi Danton: »Da ist noch etwas, das anscheinend alle außer mir kalt lässt. Sind wir sicher, dass Zeus wirklich über die technischen Mittel verfügt, die Erde innerhalb kurzer Frist – und ohne Schaden für den Planeten oder seine Bewohner! – auf eine stabile Umlaufbahn um diese Sonne zu bringen?«

»Die Frage geht direkt an mich«, meldete sich da Gucky. »Ich habe mir Zeus' technische Ausstattung angesehen. Und ich muss sagen, ich bin beeindruckt. Dieser ganze Riesenfelsen ist hohl. Es gibt hier Kubikkilometer um Kubikkilometer mit weiter nichts als Hallen, Labors, Gängen, Schächten, Stollen ... und unheimlich vielen Maschinen. Wie Zeus das Zeug hierher geschafft hat, wird er uns wahrscheinlich nie verraten. Aber daran, dass er in der Lage ist, ganze Planeten innerhalb kürzester Zeit zu bewegen, kann es keinen Zweifel geben.«

Am nächsten Morgen hatten sie Zeus mitgeteilt, dass sie bereit waren, auf seine Bedingung einzugehen. Der Ploohn hatte diesen Entschluss begrüßt und sie gebeten, so rasch wie möglich ans Werk zu gehen.

»Eine innere Unruhe hat mich erfasst!«, verkündete er mit Donnerstimme. »Ich fühle deutlich, dass der Augenblick naht, in dem ich mein Volk gründen muss, weil die Konstellation der energetischen Strömungen niemals wieder so günstig sein wird wie in diesem Augenblick, der auf mich zukommt. Wenn ihr euch beeilt, werdet ihr Zeugen der Begründung eines Volkes werden, dem es bestimmt ist, das ganze Universum zu beherrschen ...«

Sie ließen ihn geduldig zu Ende reden – längst gewöhnt an die Bombastik, die er an den Tag legte, sobald die Rede auf das von ihm zu gründende Ploohn-Volk kam. Erst auf dem Weg zur Erde gab Goshmo-Khan seiner Meinung Ausdruck: »Der Kerl spinnt in allerhöchstem Grade!«

Die andern stimmten ihm bei. Mit Zeus war in den vergangenen Wochen eine nachhaltige Änderung vor sich gegangen. In der Zeit nach ihrer ersten Begegnung war er das übermächtige, von genialer Klugheit beseelte Geschöpf gewesen, das lediglich auf Grund lange ertragener Einsamkeit ein paar ungewöhnliche, um nicht zu sagen spleenige Züge entwickelt hatte.

In letzter Zeit jedoch wurde Zeus immer mehr von der Idee beherrscht, das neue Ploohn-Volk gründen zu müssen. Obwohl von den

Terranern niemand eine fundierte Kenntnis von der Sexualität der Ploohns hatte – einer Sexualität, die sich übrigens auf Mopoys und Königinnen beschränkte, da die übrigen Kasten der Ploohns, Klaschoys und Peggoys, zwar mit weiblichen Merkmalen versehen, aber im Grunde geschlechtslos waren –, wurde Zeus' plötzliche Besessenheit allgemein als ein sexueller Komplex betrachtet. Und ebenso wie bei Menschen trübte dieser Komplex seine normale Denkfähigkeit bis zum Verlust der Logik. Zeus war kein logisch handelndes Geschöpf mehr. Er kannte nur noch einen Gedanken: die Befruchtung seiner Gelege. In diesem Zustand war er gefährlicher als je zuvor.

Inzwischen jedoch glitten Erde und Mond im Licht der Kunstsonnen, die vor dem Sprung durch den Kobold-Transmitter installiert worden waren, durch die kreisenden Energiewirbel des Mahlstroms. Die Regierung, an ihrer Spitze der Großadministrator, sah zur Rettung ihrer Bewohner keine andere Möglichkeit, als den Planeten so bald wie möglich in eine stabile Umlaufbahn um jene Sonne zu bringen, um die auch die Welt der Feuerflieger kreiste und die man Medaillon genannt hatte – ein trüber roter Riese, der mit Sol wenig gemeinsam hatte und ein schlechter Ersatz für die Heimatsonne der Menschen sein würde.

Aus dieser Sorge heraus hatte Perry Rhodan sich entschlossen, auf Zeus' Bedingung einzugehen. Die Existenz der Menschheit stand auf dem Spiel, und wer da zögerte, der vernachlässigte seine Verantwortung in verbrecherischer Weise.

Fünf Tage nach dem Besuch bei Zeus machte sich die MARCO POLO auf den Weg durch den »Schlund«, zur Galaxis des Ploohns.

30.

Gucky materialisierte in respektvoller Entfernung – unmittelbar neben dem Schott, durch das es in den Kommandostand ging. Rhodan blickte auf. Der Gesichtsausdruck des Ilts besagte, dass die Mission erfolgreich gewesen war.

»Also …!«, forderte er ihn auf.

Der Ilt zog die Oberlippe in die Höhe und entblößte seinen Nagezahn. »Gefunden habe ich zwar etwas – aber der arme Teufel, der sich in dieses Hornissennest hineinwagen muss, tut mir jetzt schon Leid.«

»Erzähle!«

»Wie schon gesagt, es gibt eine Menge Burgen ringsum. Aber die meisten sind klein. Hier auf Caysire werden die Mopoys richtiggehend verwöhnt. Die Mehrzahl der Burgen wird nur von einem einzigen Mopoy bewohnt. Um sich herum hat er allerdings einen Stab von wenigstens dreißig Bediensteten, die ihm jeden seiner Wünsche von den Augen oder den Fühlern ablesen. Es gibt eine halbe Hand voll Burgen, in denen zwei Mopoys untergebracht sind, aber keine einzige, in der drei von ihnen leben.«

»Vier?«, fragte Rhodan, der genau spürte, worauf Gucky hinauswollte. »Oder vielleicht fünf …?«

»Siebzehn!«, knurrte der Mausbiber. »Nooshoys Turm, Riesenanlage, siebzehn junge Mopoys und eine ganze Armee von Bediensteten. Zudem in wildem Berggelände gelegen, auf einem Südhang dicht unterhalb des Gipfels. Weite Rundsicht, ein Nest wie für einen Raubritter geschaffen!«

»Woher kennst du den Namen?«

»Ich bin in einem Raum materialisiert, der eine Küche sein muss. Jede Menge Diener, Köche, Abschmecker und so weiter. Ich brachte es gerade noch fertig, mich in eine Nische zu retten, sonst hätten sie mich wahrscheinlich entdeckt. Unter den Köchen war ein Neuling. Seine älteren Kollegen weihten ihn ein, welche Ehre es sei, ausgerechnet auf diese Burg abkommandiert zu werden. Dabei fiel der Name Nooshoys Turm.«

Rhodan schwieg. Nach einer Weile meldete sich Gucky wieder zu Wort. »Auf eine Möglichkeit müssen wir verzichten, Perry.«

»Welche?«

»Die drei Mopoys durch Teleporter, also Ras und mich, an Bord der MARCO POLO bringen zu lassen.«

»Warum?«

»Die Gefahr ist zu groß. Ras und ich könnten im günstigsten Fall zwei dieser Insektenriesen abschleppen – aber nur dann, wenn wir uns ungestört auf unsere Aufgabe konzentrieren können. Das ist hier nicht drin, Perry. Die Mopoys werden bewacht, als wären sie die Königin persönlich. Man lässt sie kaum einen Augenblick aus den Augen. Ras und ich brächten höchstens jeder einen mit uns. Das heißt, dass einer von uns zurückkehren müsste, um den dritten zu holen. Bis dahin aber wäre in Nooshoys Turm der Teufel los.«

»Was schlägst du vor?«

»Es bleibt uns nichts anderes übrig, als einen Transmitter zu installieren.«

Der Raum war leer bis auf einen Haufen undefinierbaren Gerümpels, das sich an der tiefsten Stelle des gewölbten Bodens angesammelt hatte. Es roch eigenartig und durchdringend. Die Beleuchtung bestand aus einer trüben Lumineszenzschnur, die sich an der Wand entlangzog.

Goshmo-Khan, der soeben zusammen mit Ras Tschubai hier materialisiert war, rümpfte die Nase. »Schmutzig sind die Kerle!«, schimpfte er mit verhaltener Stimme. »Der Gestank ist nicht zum Aushalten.«

In diesem Augenblick materialisierte der Ilt. »Sie sind auch nicht hierher gekommen, um Duftproben zu nehmen, Professor«, mahnte er. »In diesem Raum werden Abfälle aufbewahrt, bis sie abtransportiert werden können. Unser Ziel liegt weiter oben.«

Er deutete auf die finstere Mündung eines Gangs, der von der gerundeten Seitenwand schräg in die Höhe führte. Gucky war an diesem Einsatz nicht unmittelbar beteiligt. Er sollte Goshmo-Khan und dem Afrikaner den Weg weisen und dann sofort zum Beiboot zurückkehren. Die beiden Eindringlinge waren mit Mikro-Funkgeräten ausgerüstet, die nach dem Prinzip der Frequenzstreuung arbeiteten und daher vom Gegner nicht abgehört werden konnten. Auf diese Weise blieben sie ständig mit der Besatzung der Korvette verbunden, und Gucky konnte von dorther eingesetzt werden, wenn es die Lage erforderte.

Goshmo-Khan und Ras Tschubai trugen jeweils die Hälfte einer Transmitterausstattung, die sie am Zielort zusammensetzen und in einen funktionsfähigen Transmitter verwandeln wollten. Der Zielort musste in unmittelbarer Nähe der Räumlichkeiten liegen, die die Mopoys bewohnten. Da gerade diese Abteilung des Gebäudes von Hunderten von Peggoys und einigen Klaschoys sehr aufmerksam bewacht wurde, stellte sich ihre Aufgabe als nicht eben leicht dar.

Um sich durch einen Fehlsprung nicht zu verraten, verzichteten sie im Innern des Gebäudes auf Teleportationen. Mühsam arbeiteten sie sich durch den steil ansteigenden Gang vorwärts. Da dieser Stollen zum Abtransport der Abfälle benützt wurde, deren Reste sie vor kurzem zu Gesicht bekommen hatten, waren sie dem penetranten Geruch auch weiterhin ausgesetzt, worüber Goshmo-Khan in immer heftigeren Zorn geriet. Er und Ras Tschubai hatten bislang darauf verzichtet, die Maskengeneratoren einzuschalten. Noch war die Gefahr der Begegnung mit einem Ploohn gering. Später würde es anders werden. Der Gang wand sich nach einem Schema, das nur die Ploohns verstanden, durch das Innere des Gebäudes und mündete schließlich in einen Raum, der ebenso kugelförmig war wie alle Räume, die die Ploohns jemals gebaut hatten. Er enthielt, an die gerundeten Wände wie hingeklebt, eine Reihe seltsamer, mitunter recht großer Geräte oder Maschinen, deren Funktion Goshmo-Khan vergebens zu enträtseln versuchte.

Gucky ließ ihm Zeit, sich über die seltsame Einrichtung den Kopf zu zerbrechen. Dann sagte er: »Wenn Sie nicht darauf kommen, dann erkläre ich, worum es sich handelt.«

»Wie? Du weißt das?«

»Ich habe hier herumgestöbert und die Ploohns dabei beobachtet, wie sie die Maschinen bedienten.«

»Und was taten sie damit?«

»Sie stellten Spielzeug her.«

»Spielzeug …?«

»Ja. Für die Mopoys.«

Goshmo-Khan starrte ihn entgeistert an. Der Ilt hielt es für nötig, eine weitere Erklärung abzugeben. »Es scheint«, sagte er ernsthaft, »dass die Mopoys ausgesprochen kindliche Gemüter besitzen. Kein Wunder, sie haben eine ungeheuer wichtige Funktion, nämlich die der Befruchtung des königlichen Geleges, und sind daher für die Erhaltung der Nation unentbehrlich. Entsprechend behandelt man sie: Sie werden luxuriös untergebracht, als Nahrung serviert man ihnen auserwählte Leckerbissen, man umgibt sie mit Hunderten von Dienern, die jedem ihrer Winke gehorchen – und das alles nicht etwa um einer Fähigkeit willen, die sich die Mopoys in langer, mühevoller Anstrengung haben erwerben müssen, sondern ihrer Potenz zuliebe, die ihnen die Natur gratis mitgegeben hat. Mopoys gehen nicht zur Schule. Sie lernen nichts und sind nie aufgefordert, etwas zu leisten … außer dann, wenn es darum geht, das Gelege der Königin zu befruchten. Wundert es da einen noch, dass sie zeit ihres Lebens Kinder bleiben? Verzogene Kinder noch dazu?«

Goshmo-Khan sah sich um – noch immer ungläubig. Er entdeckte vier dunkle Gangmündungen, die in der Wand des Raums endeten. »Das heißt wohl, wir befinden uns nicht mehr weit vom Quartier der Mopoys entfernt, wie?«

»Dieser Gang«, antwortete Gucky und deutete auf eine der dunklen Mündungen, »führt uns zu einem der Gemächer, die die Quartiere der Drohnen wie ein Ring umgeben. Dort hausen Peggoys – um die Mopoys zu bewachen und ihren Wünschen gefügig zu sein.«

Goshmo-Khans Augen blitzten. Er hatte einen Einfall, das war ihm anzusehen. Aber er kam vorläufig nicht dazu, darüber zu sprechen. Aus einem der Gänge, die in den Werkstattraum mündeten, waren Geräusche zu hören, darunter das Sirren und Knacken ploohnscher Stimmen.

Der Mongole sah sich um. Er hatte nicht vor zu fliehen. Er wollte beobachten, was in diesem Raum vor sich ging.

»Dort hinüber!«, zischte er.

In der Richtung, in die er deutete, lag eine der Gangmündungen. Seitwärts der Mündung erhob sich ein wahrer Koloss von einer Maschine. Infolge der Unebenheit des Bodens war er leicht nach vorne geneigt. Damit er trotzdem nicht stürzte, verbanden ihn eine Anzahl Streben mit der dahinter liegenden Wand. Die Streben bildeten ein Gewirr, in dem sich die drei Eindringlinge verstecken konnten. Außerdem bot der Gang eine weitere Deckungsmöglichkeit, wenn er nicht gerade von den Ploohns benutzt wurde.

Die beiden Mutanten verstanden Goshmo-Khans Absicht. Es dauerte nur ein paar Sekunden, da waren sie in der Halterung so versteckt, dass sie nur jemand entdecken konnte, der den Raum hinter dem Maschinenkoloss inspizieren würde.

Der Rückzug war keinen Augenblick zu früh geschehen. Goshmo-Khan kauerte auf einer der Streben wie ein Vogel auf einem Ast. Er sah drei Ploohns den Werkstattraum betreten. Einer von ihnen trug eine Rolle, die sich bei näherem Hinsehen als Schreibfolie erwies, auf die mit bunten Stiften ein Entwurf gezeichnet war.

Vorsichtig schaltete der Mongole seinen Translator ein und führte den kleinen Konus des Kopfhörers ins linke Ohr. Auf diese Weise konnte er hören, was der Translator übersetzte, ohne dass Laute nach außen drangen. Die drei Ploohns, nach ihrer Kleidung zu urteilen, waren sie Peggoys, also Arbeiter, befanden sich in angeregtem Gespräch.

»Es ist widerlich, den Launen solcher Nichtstuer ausgeliefert zu sein«, beschwerte sich derjenige, der die Rolle trug und sich nun anschickte, sie auf einem runden Arbeitstisch auszubreiten.

»Beklag dich nicht!«, wies ihn der zweite Ploohn zurecht. »Im Vergleich mit anderen Peggoys führst du ein angenehmes Leben.«

»Es ist nicht die Beschwerlichkeit, über die ich klage«, verteidigte sich der erste Ploohn. »Es ist die Nutzlosigkeit dessen, was ich tue.«

»Oho!«, meldete sich der dritte zu Wort. »Die Wesen zu umhegen, die für den Fortbestand unseres Volkes sorgen, nennst du nutzlos?«

»Ja«, antwortete der Beschwerdeführer entschlossen. »Sie können nichts dafür, dass die Natur sie zu Mopoys gemacht hat. Es liegt keinerlei Verdienst in ihrer besonderen Eigenschaft. Und sie könnten die Gelege der Königin auch befruchten, ohne dass man närrisches Spielzeug für sie bauen muss!« Mit den Greifzangen des oberen rechten Armes schlug er krachend auf die ausgebreitete Zeichnung.

»Lass sehen, was es ist!«, forderten die beiden anderen.

»Ein Kasten, der springt«, erklärte der Unzufriedene. »Sie wollen ihn jagen, haben sie mir gesagt.«

»Eine einfache Aufgabe«, meinte einer der beiden andern.

»Aber unnütz«, murrte der Erste.

Sie machten sich an die Arbeit. In den Wänden der Werkstatt gab es Lagernischen, die alle denkbaren Materialien und Mechanismen zum Einbau in die gewünschten Spielzeuge enthielten. Die drei Peggoys arbeiteten flink. Unter Zuhilfenahme der Maschinen, die in diesem Raum installiert waren, bastelten sie innerhalb von zwanzig Minuten einen würfelförmigen Kasten von etwa anderthalb Metern Höhe. Er bestand aus rostbraunem Kunststoffmaterial und hatte vorläufig noch an einer Seite eine Öffnung, durch die die Peggoys das erforderliche Innenleben zu installieren gedachten.

Goshmo-Khan fuhr fort, ihr Gespräch zu belauschen, und erfuhr auf diese Weise, dass sie vorhatten, die Sprungfähigkeit des Kastens durch einen Antigravgenerator zu erzielen, der in Intervallen arbeitete und einen Gravitationssektor mit statisch veränderlicher Richtung erzeugte. Das war genau das, was die Mopoys wollten: einen Kasten, der hin und her sprang, ohne dass sich vorhersagen ließ, in welche Richtung er sich beim nächsten Sprung bewegen würde.

Die Installation war bald vollendet. Erstaunlich war der technische Aufwand, der hier betrieben wurde, nur um Spielzeug herzustellen. Geräte, die auf der Erde nur in Spezialwerkstätten zu finden waren, lagen hier zu Dutzenden herum und warteten nur darauf, in Spielwaren eingebaut zu werden.

Die drei Peggoys erledigten ihre Aufgabe mit äußerster Gründlichkeit. Nachdem das neue Spielzeug fertig gestellt worden war, wurde es getestet. Zur Bedienung des Antigravgenerators diente eine Fernsteuerung. Der rostbraune Würfel setzte sich in Bewegung. Er sprang in die Höhe, sank wieder herab, sprang von neuem, in eine völlig unvorhersehbare Richtung, und so ging es weiter. Goshmo-Khan fand es interessant, die Haltung der Peggoys zu beobachten. Obwohl einer von ihnen sich über die Nutzlosigkeit seines Amtes beschwert hatte, schienen sie doch alle angesichts ihres Werkes eine gewisse Befriedigung zu empfinden.

Solcherlei Gedanken machte Goshmo-Khan sich sozusagen nebenbei. Für ihn als Wissenschaftler war es interessant, die Ploohns in ihrem eigenen Lebensbereich zu beobachten. Seine eigentliche Aufgabe vergaß er darüber jedoch keinen Augenblick lang. Der Plan, über den er zuvor nicht hatte sprechen können, weil die drei Ploohns zu früh aufgekreuzt waren, hatte inzwischen feste Formen angenommen. Als er sah, dass die Peggoys ihr Experiment gleich beenden würden, weil der springende Kasten allen Anforderungen genügte, gab er den beiden Mutanten, die neben ihm im Gestänge hockten, einen bezeichnenden Wink.

Die Ploohns waren ausreichend beschäftigt, sodass er sich unbemerkt in die Mündung des nahe gelegenen Gangs zurückziehen konnte. Er drang etwa zehn Meter weit vor, dann aktivierte er den Maskengenerator. Er selbst konnte nichts davon sehen; aber in dem Augenblick, in dem er den Schalter betätigte, wuchs rings um ihn das Bild eines über zwei Meter hohen Klaschoys, eines Mitglieds der Kaste also, aus der das Volk der Ploohns seine hervorragendsten Persönlichkeiten bezog.

Er setzte sich in Bewegung. Den Kopfhörer des Translators hatte er mittlerweile wieder aus dem Ohr entfernt. Während er ging, murmelte er dumpfe Worte vor sich hin, die der Translator in die Sprache der Ploohns übersetzte. Auf diese Weise erweckte er den Eindruck eines älteren Klaschoys, der mit sich selbst sprach, wenn er allein war – eine Angewohnheit, die unter allen älteren Mitgliedern des Ploohn-Volkes weit verbreitet war.

Als er die Gangmündung erreichte, sah er, dass die drei Peggoys auf sein Nahen schon aufmerksam geworden waren. Sie standen um den Kasten herum, den sie für die Mopoys gefertigt hatten, und starrten in Richtung des Gangs, aus dem er kam. Er blieb stehen. Insgeheim hoffte er, dass der Projektor in diesem Augenblick ein annähernd richtiges Bild erzeugte: das eines vornehmen Ploohns, der sich unvermittelt drei unter ihm stehenden Peggoys gegenübersah.

»Was steht ihr da herum?«, herrschte er die Peggoys an. »Gewährt euch die Erhabene das Privileg, in einer Mopoy-Burg zu arbeiten, nur damit ihr untätig herumlungert?«

Einer der drei Peggoys trat vor – soweit Goshmo-Khan erkennen konnte, war es der, der zuvor Beschwerde über die Unwürdigkeit seines Daseins geführt hatte.

»Wir sind nicht untätig, Krieger«, antwortete er mit ebenso viel Nachdruck wie Respekt. »Wir haben soeben eine Aufgabe erfüllt, die uns gestellt wurde. Da hörten wir dich kommen.«

Goshmo-Khan wandte sich zur Seite. Für den Fall, dass der Projektor nicht die richtige Gestik zeigte, wollte er die Ploohns so wenig wie möglich davon sehen lassen. Die Drehung bewerkstelligte er so, dass er nicht etwa sich selbst, sondern nur das Gerät ein wenig zur Seite bewegte. Vor allen Dingen aber kam es, um die Aufmerksamkeit der drei Peggoys von etwaigen Fehlern der Projektion abzulenken, darauf an, dass er schnell und ununterbrochen redete … und dass er etwas vorbrachte, was ihre Aufmerksamkeit in höchstem Grad erregte.

»Ich dachte, es gäbe für euch wichtigere Aufgaben«, sagte er. »Ich habe gehört, dass im Komplex der Mopoys ein Feuer entstanden ist. Eine Gruppe von Mopoys befindet sich in Gefahr …«

»Wo, Krieger?«, wurde er hastig unterbrochen.

»Das weiß ich nicht. Ich bin erst seit kurzem hier und kenne mich nicht aus.«

»Wir müssen helfen!«, stieß der Peggoy hervor.

»Das denke ich auch«, bestätigte Goshmo-Khan.

»Wie kommt es aber, dass du hier untätig umherstreichst, Krieger, anstatt Hilfe zu leisten?«

»Ich warne dich, Arbeiter!«, fuhr Goshmo-Khan den Naseweis an. »Ein Krieger hat die Aufgabe, die Erhabene zu schützen und die Sicherheit des Staates zu garantieren. Das Löschen von Feuern überlässt er den Arbeitern. Und jetzt macht euch auf den Weg, oder …«

Er brauchte nicht weiter zu drohen. Aufgeregt stoben die drei Peggoys davon. Sie verschwanden in demselben Gang, durch den sie gekommen waren. Goshmo-Khan atmete erleichtert auf.

Die beiden Teleporter materialisierten neben ihm. »Sie werden das Feuer nicht finden und gleich wieder umkehren!«, warnte der Afrikaner.

»Ich hatte auf Sie gerechnet, Ras«, erwiderte Goshmo-Khan. »Sie tragen einen Projektor und Sie haben eine Waffe …«

»Verstanden!«, rief der Teleporter.

Im nächsten Augenblick verwandelte er sich in einen Klaschoy. Es war unwirklich, wie seine Gestalt plötzlich verschwand und durch den riesigen Körper eines Ploohns ersetzt wurde. Die Erscheinung währte jedoch nur den Bruchteil einer Sekunde, dann waren beide verschwunden – Ras Tschubai und der Klaschoy.

Inzwischen hatte Gucky die beiden Bestandteile des Kleintransmitters telekinetisch zu sich heranbugsiert. Der Spielzeugwürfel, den die drei Peggoys gebaut hatten, war jetzt allseitig geschlossen. Die Öffnung, durch die der Antigravgenerator installiert worden war, war zugeschweißt worden. Mit den beiden Transmitterhälften teleportierte der Ilt durch die Wandung des Würfels hindurch. Es musste im Innern des

Würfels ziemlich unbequem eng sein. Nur ein Wesen von Guckys kleiner Statur hatte vielleicht eine Chance, in dieser Enge überhaupt etwas auszurichten. Goshmo-Khan wartete unterdessen. Er hatte den Projektor nicht wieder ausgeschaltet. Sollte ein Ploohn den Raum betreten, dann würde er einen Klaschoy zu Gesicht bekommen, der scheinbar neugierig den rostbraunen Spielzeugwürfel musterte.

Nach wenigen Minuten materialisierte Ras Tschubai, auch er nach wie vor in die Verkleidung eines Klaschoys gehüllt.

»Das Feuer brennt«, erklärte er. »Ich hatte das Glück, in einem kleinen, mit seltsamen Möbeln bestückten Raum zu landen. Niemand war dort. Eine Salve, und das Zeug stand lichterloh in Flammen.«

In diesem Augenblick materialisierte auch der Mausbiber. »Uff!«, stieß er ächzend hervor. »Noch ein paar Sekunden länger, und ich hätte mir Arme und Beine zu einem Knoten zusammengebunden.«

»Alles installiert?«, wollte Goshmo-Khan wissen.

»Installiert und festgezurrt. Der Würfel kann hüpfen, solange er will, der Transmitter wird sich nicht bewegen!«

[Das Transmittergerät war vorsichtshalber mit einem Signalgeber und einer Fernschaltung ausgestattet worden. Anhand der Signale ließ sich aus der Ferne seine genaue Position ermitteln. Die Fernschaltung dagegen hatte bislang noch keine bestimmte Funktion. Man hatte sie eingebaut, weil man glaubte, man werde sie unter Umständen brauchen können.]

Aus den oberen Teilen des gewaltigen Gebäudes waren jetzt verworrene Geräusche zu hören. Die Ploohns waren damit beschäftigt, das Feuer zu bekämpfen. Goshmo-Khan meinte: »Wir haben hier vorläufig nichts mehr zu suchen. Ich schlage vor, wir machen uns auf den Rückweg.«

Er nahm die Hand des Afrikaners. Die beiden Mutanten sprangen zur gleichen Sekunde. Einem Ploohn, der in diesem Augenblick in den Werkstattraum gekommen wäre, hätte sich das Bild zweier Klaschoys und eines winzigen, bepelzten Wesens geboten, die sich vor seinen Augen in nichts auflösten.

Wer sich auf die Feinheiten und Nuancen der Ploohn-Sprache verstand, der hätte aus Poypadoons Worten einen spöttischen Unterton heraushören können, als sie sagte: »Man hat mir berichtet, Erhabene, dass sich in der großen Burg Nooshoys Turm sehr seltsame Dinge abspielen.«

Jaymadahr Conzentryn, die Poypadoon zur Berichterstattung befohlen hatte, gab durch das Spiel ihrer Fühler zu erkennen, dass ihre Neugierde erwacht war.

»Berichte!«, befahl sie.

»Es heißt, dass in einem Nebenraum des Mopoy-Quartiers aus unbekannten Gründen ein Feuer ausbrach, Erhabene.«

»War es ein gefährliches Feuer?«, wollte die Königin wissen. Ihre Sorge war verständlich: Es gab nur wenige Mopoys, und wenn davon 17 auf einen Schlag umgekommen wären, dann hätte das einen ernst zu nehmenden Verlust für die Aufzucht der nächsten Generation bedeutet.

»Es hätte ein gefährliches Feuer werden können«, antwortete Poypadoon. »Glücklicherweise bemerkte man es jedoch rechtzeitig ... und zwar auf höchst seltsame Art und Weise.«

Jaymadahr winkte ungeduldig mit den Fühlern.

»Es scheint, dass drei Peggoys«, fuhr Poypadoon fort, »in einem Werkstattraum damit beschäftigt waren, ein Spielzeug für die Mopoys herzustellen. Da kam ein Klaschoy, der behauptete, in den Mopoy-Quartieren gebe es ein Feuer. Die Peggoys eilten davon, um bei der Bekämpfung des Feuers zu helfen. Als sie jedoch die Räume der Mopoys erreichten, wusste niemand etwas von einem Feuer. Man durchsuchte das Quartier und stieß endlich auf einen kleinen Raum, dessen Mobiliar in Flammen stand. Das Feuer konnte noch nicht sonderlich alt sein. Wenn man die Zeit abrechnet, die mit der Suche verbracht wurde, dann kommt man zu dem Resultat, dass der unbekannte Klaschoy von dem Feuer gewusst hat, bevor es überhaupt entstand.«

Poypadoon schwieg, und die Fühler der Königin hatten sich ein wenig gesenkt, ein Zeichen dafür, dass sie nachdachte.

»Wer war der geheimnisvolle Klaschoy?«, fragte sie schließlich.

»Man weiß es nicht, Erhabene. Natürlich suchte man nach ihm, aber er war spurlos verschwunden.«

»Was wissen die drei Peggoys von ihm zu sagen?«

»Wenig, Erhabene. Was er zu ihnen sprach, erregte sie so sehr, dass sie keine Gelegenheit hatten, ihn aufmerksam zu mustern. Nur einer ...« Sie zögerte.

»Weiter!«, drängte die Königin.

»Einer der Peggoys behauptet, gesehen zu haben, wie der Klaschoy mit den Fühlern die Geste der Begeisterung machte, während er den drei Arbeitern vorhielt, dass sie untätig herumstünden, während oben ein Feuer tobte.«

»Der Begeisterung ...?« Abermals trat eine Pause der Nachdenklichkeit ein. Dann sagte die Königin: »Ich weiß nicht, was ich davon halten soll. Aber es scheint mir so gut wie sicher, dass die fremden Wesen ihre Hand im Spiel haben. Anscheinend ist Nooshoys Turm ihr Ziel.«

Sie schwieg, und Poypadoon wagte nach einer Weile zu fragen: »Welche Befehle hast du für mich in dieser Angelegenheit, Erhabene?«

»Keine, Poypadoon!«

»Keine, Erhabene? Man soll der Sache nicht auf den Grund gehen?«

»Im Gegenteil, Poypadoon. Man soll die Sache vergessen. Bei der nächsten Gelegenheit lässt du den Befehlshaber von Nooshoys Turm wissen, dass ich, die Königin, diesem Zwischenfall keinerlei Bedeutung beimesse. Sprich es so nebenhin, Poypadoon, damit der Befehlshaber auch den richtigen Eindruck gewinnt.«

Ein wenig verwundert zog Poypadoon sich zurück.

Der neue Tag war angebrochen. Mit nahezu demselben Gefolge, das ihn auch gestern begleitet hatte, begab sich Perry Rhodan zum Palast der Königin. Der Empfang vollzog sich unter dem üblichen Zeremoniell: Der Gleiter landete auf einem Vorsprung in etwa halber Höhe des Palastes. Ein kleiner Trupp von Ploohns, sämtlich Klaschoys, erwartete die Terraner. Der Anführer des Trupps war jener Klaschoy, der sich gestern als Unterhändler betätigt hatte. Rhodan und seine Begleiter stiegen aus. Ein paar formelle Grußworte wurden gewechselt; dann geleiteten die Ploohns ihre Gäste ins Palastinnere. Die Königin, die in ihrem aus Gespinst gefertigten Thron ruhte, war wie gestern von einem stattlichen Hofstaat aus Klaschoys und Peggoys umgeben. Wie am Vortag waren die Peggoys unaufhörlich beschäftigt, ohne dass einer der Terraner erkennen konnte, was sie taten.

Jaymadahr Conzentryn eröffnete die Verhandlung. Sie sprach kurz zu dem Unterhändler. Dieser trat auf die Terraner zu und verkündete:

»Die Erhabenheit der Königin, Alleinherrscherin über alle Ploohns, Herrin des Universums, und die Wesen aus dem Volk der Terraner sind zusammengekommen, um darüber zu beraten, wie die Gefahr, die von dem Wesen namens Zeus ausgeht, am besten zu beseitigen ist.«

Perry Rhodan hatte eine präzise Vorstellung davon, wie die heutige Verhandlung verlaufen sollte. »Das ist ein Irrtum«, antwortete er geradeheraus. »Ich bin hierher gekommen, um zu erfahren, ob die Königin mir freiwillig drei ihrer Mopoys zur Verfügung stellen will oder nicht.«

Für den Fall einer solchen Antwort schien der Unterhändler Vollmacht zu haben. Ohne sich vorher mit Jaymadahr zu verständigen, rief er aus: »Das Thema wurde bereits gestern abgeschlossen! Es kann der

Erhabenheit der Königin nicht einfallen, drei ihrer Untertanen für ein Vorhaben zur Verfügung zu stellen, das …«

Rhodan löste sich aus der Gruppe seiner Begleiter und trat entschlossen auf den Ploohn zu. Das Insektenwesen, obwohl fast zwei Köpfe größer als der Terraner, wich erschrocken zur Seite. Damit hatte Rhodan gerechnet. Er schritt weiter. Aus der tiefsten Stelle des kugelförmigen Raums heraus stieg er zum Thron der Königin empor. Seine Berechnung erwies sich als richtig: Der Hofstaat war über sein aller Etikette widersprechendes Verhalten so entsetzt, dass er auseinander wich und eine Gasse bildete, die der Terraner entlangschritt, bis er unmittelbar vor dem Gespinstthron stand. Die Königin selbst hatte sich nicht bewegt. Sie hatte seinen Vorstoß entweder erwartet, oder sie war vor Schreck ebenso starr wie ihre Höflinge.

»Ich bin ein Mächtiger meines Volkes«, sprach Rhodan mit dröhnender Stimme in seinen Translator, »ebenso, wie du eine Mächtige deines Volkes bist. Ich sehe keinen Sinn darin, durch einen Unterhändler mit dir zu sprechen.«

Der Translator übertrug seine Worte in ungewöhnlicher Lautstärke. So hatte noch niemand zu Jaymadahr Conzentryn zu reden gewagt. Unheimliche Stille senkte sich über den großen, kugelförmigen Thronsaal. Selbst die ewig geschäftigen Peggoys hatten aufgehört, hin und her zu huschen. Allein die Königin wahrte die Ruhe.

»Du sprichst ohne Unterhändler«, sagte sie. »Was ist dein Anliegen?«

»Du kennst mein Anliegen«, antwortete Rhodan. »Mein Volk ist in Gefahr. Um es zu retten, bedarf ich der Hilfe des Wesens, das wir Zeus nennen. Er jedoch will meinem Volk nur helfen, wenn ich ihm drei Mopoys bringe. Deswegen bin ich hier, um dich zu bitten, dass du mir drei Mopoys überlässt. Schließlich droht ihnen keine Gefahr. Sie werden nur für die Aufgabe gebraucht, für die die Natur sie geschaffen hat.«

Die Königin schien eine Zeit lang zu überlegen. »Du kannst nicht von mir erwarten«, sagte sie schließlich, »dass ich drei meiner Untertanen zu einem Zweck hergebe, der den Interessen meines Volkes zutiefst zuwiderläuft.«

»Ich gebe zu, dass es dir schwer fallen muss, meine Bitte zu erfüllen«, hielt Rhodan ihr entgegen. »Aber bedenke erstens, dass das Wesen namens Zeus weit entfernt von hier lebt, fast schon in einer anderen Galaxis, sodass dir aus dem Volk, das er zu züchten gedenkt, keinerlei ernsthafte Gefahr erwachsen kann. Und bedenke zweitens, dass es sich um das Wohl und Wehe meines Volkes dreht, das mir ebenso am Herzen liegt wie dir das deinige.«

Diesmal war Jaymadahr rascher entschlossen. »Trotzdem kann ich auf deinen Wunsch nicht eingehen«, antwortete sie.

»Ist das dein fester Entschluss?«, fragte Rhodan.

»Mein fester Entschluss!«

»Du weißt, was das bedeutet«, warnte Perry Rhodan ernst. »Ich kann von meinem Verlangen nicht abgehen und muss mir durch Gewalt verschaffen, was du mir friedlich nicht geben willst.«

»Ich bin gespannt, wie du das anfangen willst!«, antwortete die Königin.

»Du wirst es erfahren und dir beizeiten wünschen, dass du dich heute anders entschieden hättest.«

Er wandte sich um und schritt davon. Er hatte seine Begleiter noch nicht erreicht, da hallte ihm der Ruf der Königin nach: »Ich weiß, Fremder, was du vorhast! Auf Gragh-Schanath wird man dich zu empfangen wissen. Aber warum soll es so weit überhaupt kommen? Warum lasse ich dich, der du soeben deine Feindseligkeit laut und deutlich erklärt hast, nicht auf der Stelle festnehmen und unschädlich machen?«

Rhodan drehte sich um und maß das gigantische Insekt mit festem Blick. »Weil in dem Augenblick, in dem du Hand an mich oder meine Leute legst, dieser ganze Planet pulverisiert wird«, rief er mit harter Stimme. »Das weißt du so gut wie ich, Jaymadahr! Die Lage ist unentschieden.«

Dann verließ er den Saal.

An Bord der K-MP-9 hatte von Anfang an über den Ausgang der heutigen Verhandlung keine Unklarheit bestanden. Die Vorbereitungen zum großen Schlag waren abgeschlossen. Der Ilt, der diesmal nicht zu Rhodans Eskorte gehörte, als dieser Jaymadahr Conzentryn aufsuchte, hatte den Mikrosender des Transmitters angepeilt und war in die Burg Nooshoys Turm gesprungen, um sich umzusehen. Der Sprung war geglückt. Das Würfelspielzeug mit dem Transmitter befand sich gegenwärtig in einem großen Gemeinschaftsraum, in dem sich die 17 Mopoys gewöhnlich aufhielten.

Perry Rhodan und seine Begleiter waren soeben vom Palast der Königin zurückgekehrt, als der Mausbiber zur Korvette zurückteleportierte. Er berichtete, was er beobachtet hatte.

»In welcher Entfernung vom Würfel wird das Transmitterfeld entstehen, wenn das Gerät eingeschaltet wird?«, erkundigte sich Rhodan.

»Etwa fünf Meter«, sagte Goshmo-Khan. »Es handelt sich um einen Torbogen von etwa drei Metern Höhe.«

»Ihre Leute stehen bereit?«

»Acht Mann, Sir. Ausreichend bewaffnet. Wir werden keine Schwierigkeiten haben.«

»Ich an Ihrer Stelle wäre nicht so optimistisch«, warnte Rhodan. »Die Peggoys und Klaschoys sind wie der Teufel dahinter her, dass ihren kostbaren Drohnen nichts zustößt. Machen Sie sich auf Widerstand gefasst. Außerdem möchte ich Ihren Aktionsplan geringfügig geändert sehen.«

»In welcher Hinsicht?«, erkundigte sich der Mongole.

»Sie kehren nicht hierher zurück, sondern unmittelbar an Bord der MARCO POLO.«

»Dazu muss der Transmitter neu justiert werden, Sir«, gab Goshmo-Khan zu bedenken.

»Darüber bin ich mir im Klaren. Sie erleiden zusätzliche zehn oder zwanzig Minuten Zeitverlust. Aber es ergibt sich dadurch ein taktischer Vorteil, der Ihnen direkt zugute kommt.«

Goshmo-Khan sprach die Frage nicht aus, er deutete sie nur mit den Augen an.

»Die K-MP-9 wird starten, sobald Sie aufgebrochen sind«, erläuterte Rhodan. »Dadurch wird man auf Caysire vorübergehend abgelenkt. Man wird das Boot beobachten. Jaymadahr muss damit rechnen, dass ich meine Drohung schon jetzt wahr zu machen versuche, zum Beispiel, indem ich Caysire angreife. Womöglich wird sie gar versuchen, die K-MP-9 am Start zu hindern. In der Zwischenzeit denkt niemand an Nooshoys Tower. Sie haben es nur mit den dort stationierten Klaschoys und Peggoys zu tun. Verstärkung wird die Burg vorläufig keine erhalten, weil das Ganze viel zu überraschend kommt.«

»Verstanden, Sir«, antwortete der Mongole.

»Sie brechen am besten gleich auf«, schlug Rhodan vor. »Wir sehen uns an Bord der MARCO POLO!«

Goshmo-Khan begab sich in den Transmitter-Raum. In seiner Begleitung befanden sich Gucky und Ras Tschubai, die außer den acht Mann, die der Mongole sich ausgewählt hatte, ebenfalls an dem Mopoy-Kaper teilnehmen würden. Goshmo-Khan unterrichtete seine Leute über die Änderung des Aktionsplans. Zwei Mann wurden eigens für die Aufgabe abgestellt, den Transmitter auf den Empfänger an Bord der MARCO POLO zu justieren.

Dann trat Goshmo-Khan als Erster durch die leuchtende Öffnung des Torbogenfelds, nachdem er den Empfangstransmitter in Nooshoys Turm per Fernbedienung aktiviert hatte.

Ein kurzer Schock, der flüchtige Eindruck wirbelnder, bunter Punkte über einem Abgrund aus undurchdringlicher Schwärze – und dann stand Goshmo-Khan inmitten der großen, kugelrunden Halle, die den 17 Mopoys von Nooshoys Turm als Gemeinschaftsraum diente. Er orientierte sich mit einem raschen Blick. Ein paar Schritte seitwärts stand das würfelförmige Spielzeug, das den geheimen Transmitter barg. Die Drohnen beschäftigten sich im Augenblick nicht damit. Neben dem Mongolen materialisierten die beiden Männer, deren Aufgabe es war, das Gerät auf ein neues Ziel zu justieren.

Im Hintergrund des Raums bildeten die Mopoys eine dicht gedrängte Gruppe. Sie starrten den leuchtenden Torbogen an, der sich in dem Augenblick, in dem Goshmo-Khan noch an Bord der K-MP-9 den Fernauslöser betätigte, scheinbar aus dem Nichts gebildet hatte. Der Vorgang war ihnen unerklärlich; aber ihrem kindlichen Gemüt entsprechend, empfanden sie beim Anblick des eigenartigen Gebildes weiter nichts als Überraschung, freuten sich sogar an dem bunten Farbenspiel des Torbogens. Der Gedanke an Gefahr war ihnen noch nicht gekommen.

Das änderte sich in dem Augenblick, als die ersten Terraner unter dem leuchtenden Bogen materialisierten. Goshmo-Khan hörte die Drohnen schrille Sirrlaute ausstoßen. Kein Zweifel, sie riefen um Hilfe! Rechts und links neben dem Mongolen materialisierten weitere Mitglieder der Einsatzgruppe. Die ersten zwei Mann hatten inzwischen die Verkleidung des Würfels durch einen Streifschuss so weit geöffnet, dass sie ohne Schwierigkeit zu dem Transmitteraggregat gelangen konnten.

»Los, ausschwärmen!«, herrschte der Mongole seine Männer an. »Achtet auf die Gangmündungen! Von dort kommen die Klaschoys!«

Drei Mann wandten sich nach rechts, die andern drei zusammen mit dem Mongolen nach links. Das Geschrei der Mopoys wurde immer aufgeregter. Aber sie bewegten sich nicht. Ihrer Art entsprechend versuchten sie nicht, sich zu verteidigen, sondern warteten darauf, dass die Klaschoys und Peggoys ihnen zu Hilfe kamen.

In verhaltenem Tempo drangen die Terraner vor. Den beiden Männern am Transmitter musste Gelegenheit gegeben werden, ihre Arbeit abzuschließen. Es war die Absicht des Mongolen, die Drohnen von beiden Seiten her zu packen und wenigstens drei von ihnen in Richtung auf den Torbogen abzudrängen. Was aus den anderen wurde, war ihm gleichgültig. Sobald er drei eingefangen hatte, würde er den Rückzug antreten.

Da plötzlich entstand Verwirrung in der Gruppe der Mopoys. Schreie gellten auf, menschliche Schreie. Das war Ras Tschubais Stimme! Ein quiekendes, pfeifendes Geräusch mischte sich in das Durcheinander –

Gucky! Die beiden Teleporter hatten den Transmitter nicht gebraucht, um Nooshoys Turm zu erreichen. Planmäßig waren sie mitten in der dicht gedrängten Gruppe der Drohnen gelandet. Die Insekten stoben auseinander.

In diesem Augenblick gellte vom Transmitter her der Schrei: »Gerät justiert!«

»Los! Vorwärts!«, rief Goshmo-Khan.

Zwei Mopoys kamen in kopfloser Flucht auf ihn zugerast. Er feuerte eine Salve über ihre chitinverkleideten Schädel hinweg. Das machte ihnen Angst. Sie bogen zur Seite hin ab, auf den Torbogen zu. Der Mongole eilte hinter ihnen her. Er schwenkte die Arme und schrie, was die Lungen hergaben. Den beiden Drohnen saß die Panik im Nacken. Sie wussten nicht mehr, in welcher Richtung sie sich bewegten. Goshmo-Khan holte sie ein und drängte sie durch wildes Geschrei nach rechts ab, als sie nach links auszuweichen versuchten. Sie senkten die Köpfe und stürmten geradewegs durch den leuchtenden Torbogen. Im selben Augenblick waren sie verschwunden.

Der Mongole wirbelte herum. Noch einen Mopoy – dann hatte er sich seines Auftrags entledigt! Da sah er, dass die Lage sich inzwischen gewandelt hatte. Das sirrende Geschrei der Drohnen war nicht ohne Wirkung geblieben. Aus den Gangmündungen quollen die bunt gekleideten Gestalten der Klaschoys. Die Männer der Einsatzgruppe hatten alle Hände voll zu tun, die Angreifer abzuwehren. Sie hatten die Waffen gewechselt. Niemandem lag etwas daran, hier ein Blutbad anzurichten. Die Klaschoys wurden mit einem Sperrfeuer aus Paralysatoren empfangen. Reihenweise sanken sie gelähmt zu Boden.

Plötzlich wurde Goshmo-Khans Aufmerksamkeit durch einen eigenartigen Anblick abgelenkt. Einer der ziellos hin und her irrenden Mopoys hatte sich plötzlich in die Luft erhoben. Mit allen sechs Gliedmaßen zappelnd und spitze Schreie ausstoßend, bewegte er sich hoch über den Köpfen der durcheinander wirbelnden Menge von Ploohns und Terranern. Abseits vom Gewühl des Kampfs bemerkte der Mongole Gucky, unter dessen telekinetischem Einfluss der Mopoy stand.

Einer der Klaschoys schien den Ilt als besonders gefährlichen Gegner identifiziert zu haben. Er glitt auf flinken Beinen hoch an der gewölbten Wand entlang und näherte sich Gucky schräg von der Seite her. Der Mausbiber, ganz auf den Mopoy konzentriert, den er durch den Transmitter bugsieren wollte, ahnte nichts von der Bedrohung. Da feuerte Goshmo-Khan. Er hatte keine Gelegenheit gehabt, den tödlichen Strahler gegen eine weniger gefährliche Waffe zu vertauschen. Um den Angreifer herum entstand ein flammender Glutball. Jetzt erst bemerkte der Ilt, in welcher Gefahr er geschwebt hatte. Er gab dem durch die Luft gleitenden Mopoy einen letzten Ruck und ließ ihn durch die Öffnung des Torbogenfelds hindurchsegeln.

»Absetzen!«, donnerte Goshmo-Khan. »Verschwindet, Leute! Wir haben, was wir wollten!«

Die Männer der Einsatzgruppe lösten sich vorsichtig vom Gegner. Die Ersten schritten durch den leuchtenden Torbogen und machten die Klaschoys dadurch auf die Wichtigkeit des fremdartigen Gebildes aufmerksam. Mit Wucht drängten sie nach. Goshmo-Khan, der mit den beiden Mutanten die Nachhut bildete, hielt sie durch Strahlsalven, die ihnen dicht über die Schädel hinwegfauchten, einigermaßen in Schach. Die acht Männer des Kommandos waren bereits verschwunden. Übrig blieben nur noch er selbst und die beiden Teleporter. Soeben trat Ras Tschubai durch den energetischen Bogen und entmaterialisierte im selben Augenblick.

»Weg hier, Gucky!«, schrie der Mongole.

Gemeinsam traten sie unter den Torbogen. Der Mongole versenkte die Waffe im Gürtel und brachte stattdessen eine chemische Sprengkapsel zum Vorschein. Er drückte den Auslöser und ließ sie in Richtung des halb demolierten Würfelspielzeugs rollen, in dessen Innerem sich noch immer der Transmitter befand. Im nächsten Augenblick erfasste ihn der Sog des Transportfelds. Die Explosion, die den Würfel mitsamt seinem Inhalt zerriss, erlebte er nicht mehr.

31.

Riesige, bläulich leuchtende Protuberanzen waberten über den Bildschirm. In der Kommandozentrale der MARCO POLO herrschte gespannte Stille, untermalt nur durch das ewige Summen des elektronisch-positronischen Geräts. Die Auswertung lief. Aus dem Ortungsschatten einer gewaltigen blauen Sonne hervor tasteten die empfindlichen Geräte des terranischen Flaggschiffs den Weltraum ab.

»Tastung negativ. Kein Fahrzeug im Wirkungsbereich des Tasterfelds«, meldete schließlich einer der Offiziere.

Das Tasterfeld hatte eine Reichweite von rund zehn Lichtjahren. In einer Entfernung von knapp einhundert Billionen Kilometern waren die hyperenergetischen Impulse des Felds gerade noch kräftig genug, um von einem Objekt geeigneter Größe – also etwa einem wenigstens einhundert Meter großen Raumschiff – reflektiert und von den Tasterempfängern einwandfrei nachgewiesen werden zu können.

»Ortung – negativ. Im Wirkungsbereich der Orter befindet sich kein Fahrzeug, das überschnelle Streustrahlung von sich gibt.«

An Reichweite waren die Orter den Tastern etwa um das Fünffache überlegen. Dafür hatten sie einen gewichtigen Nachteil: Sie reagierten nur auf die Strahlung, die ein fremdes Objekt abgab. Ein Raumschiff, das sämtliche Aggregate stillgelegt hatte, entging der Ortung.

Perry Rhodan hatte mit seinen Begleitern im Hintergrund der Kommandozentrale Posten bezogen.

»Allmählich geht mir diese Ruhe auf die Nerven«, sagte er. »Es sieht so aus, als läge der Königin nichts daran, uns aufzuhalten.«

»Oho!«, polterte Goshmo-Khan. »Vergessen Sie nicht den Start von Caysire, Sir!«

»Was war schon dran?«, meinte Roi Danton abfällig. »Auf die MARCO POLO wurden fünfzig Ploohn-Einheiten angesetzt. Der Feuerzauber war zwar ziemlich imposant; aber niemand – ich glaube, nicht einmal die Ploohns – gab sich irgendwelchen Zweifeln darüber hin, dass wir uns mühelos würden aus dem Staub machen können.«

Im Hintergrund der großen Bildfläche war ein nebelhafter, verwaschener Fleck zu erkennen. Das war der Kontraschlund, jene geheimnisvolle Stelle, an der die aus den beiden auseinander strebenden Galaxien fließenden Energieströme in solch einer Konstellation aufeinander trafen, dass eine Unstetigkeit im Gefüge des Einstein'schen Kontinuums entstand. Es gab dort sozusagen ein Loch im Raum. Ein Objekt, das in dieses Loch geriet, wurde durch den Linearraum davongeschleudert und rematerialisierte an einem ähnlich gearteten Ort der Unstetigkeit, dem Schlund, der sich annähernd in der Mitte jener dünnen Materiebrücke befand, die die beiden auseinander strebenden Galaxien verband. In unmittelbarer Nähe des Schlunds, jedoch außerhalb der Gefahrenzone, in der der Transmittereffekt wirksam war, stand die Sonne Medaillon, der rote Gigant, um den sich nach dem Willen der Menschheit die Erde demnächst drehen sollte.

Eine Wiederholung der Messungen lieferte kein neues Ergebnis: Nach menschlichem Ermessen war der Raumsektor in unmittelbarer Umgebung des Kontraschlunds frei von gegnerischen Fahrzeugen. Perry Rhodan zögerte nicht, aus dieser Beobachtung den entsprechenden Schluss zu ziehen: Er ordnete an, dass sich die MARCO POLO sofort in Bewegung setzen solle – in Richtung Kontraschlund.

Der Nebel war jetzt allgegenwärtig und umgab das Explorerschiff von allen Seiten. Die MARCO POLO war nach kurzem Linearflug wieder im Einstein-Universum aufgetaucht und bewegte sich jetzt mit geringer Geschwindigkeit auf den Punkt zu, an dem die Messgeräte das Loch vermuteten, das die Wandung des vierdimensionalen Kontinuums durchdrang und den Eingang eines auf natürlichem Wege entstandenen Transmitters bildete. In dieser von ungebändigten Energieströmen durchzogenen Gegend des Alls war auf die konventionellen Messgeräte der MARCO POLO nur noch bedingt Verlass. Man hatte zusätzliche Sonden ausgeschleust, die sich zum Teil noch außerhalb des Energienebels aufhielten und von dort aus den Raum durchforschten.

Das Bild hatte sich kaum gewandelt. In den jüngst vergangenen Minuten waren schwache Tasterechos empfangen worden, die darauf hindeuteten, dass ein halbes Dutzend Ploohn-Raumschiffe ebenso wie die MARCO POLO auf den Kontraschlund zusteuerten. Sie waren jedoch noch weit entfernt, und zudem war nicht einmal sicher, ob sie überhaupt den Auftrag hatten, das terranische Raumschiff zu verfolgen, oder ob sie sich nur aus reinem Zufall auf demselben Weg befanden.

Der Eintritt in den galaktischen Transmitter vollzog sich wie meistens überraschend. Erst wenige Sekunden vor Beginn der Transition registrierten die Messgeräte die Nähe des Energiewirbels, der den Transmittereingang bildete. Die Alarmsirenen schrillten. Im nächsten Augenblick war die glitzernde Sternenfülle auf den Schirmen wie weggewischt. Das Bild wurde durch ein anderes ersetzt: Es zeigte einen schmalen, lichterfüllten Streifen von Sternen und darüber und darunter die undurchdringliche Schwärze des fast materielosen Alls.

Niemand an Bord der MARCO POLO hatte mehr als eine nur Bruchteile von Sekunden währende Beklommenheit empfunden, und selbst die war vermutlich mehr psychologisch bedingt denn eine Auswirkung des Transportvorgangs. Der galaktische Transmitter, von den Kräften der Natur nach den Gesetzen des Zufalls geschaffen, funktionierte genauso reibungs- und schmerzlos wie ein von Menschen erbautes Gerät.

An Bord der MARCO POLO herrschte nach wie vor höchste Alarmbereitschaft. Es war denkbar, dass die Ploohn-Königin, um die Terraner zu bluffen, ihre Flotte nicht am Eingang des Transmitters, sondern an dessen Ausgang auf die Lauer gelegt hatte. Minuten vergingen, in denen das Flaggschiff mit mäßiger Geschwindigkeit den Raum unmittelbar vor dem Schlund durchflog. Dann stand fest, dass es auch in dieser Gegend keine feindlichen Einheiten gab. Es schien der Wille Jaymadahr Conzentryns zu sein, dass die Terraner mit ihrer Beute unangefochten ihre Heimatwelt erreichen sollten.

Das Unternehmen war so gut wie abgeschlossen. In wenigen Stunden würde die MARCO POLO die Erde erreicht haben. Verluste hatte es keine gegeben – mit Ausnahme von fünf Sonden, die beim Eintritt in den Kontraschlund nicht mehr rechtzeitig hatten zurückbeordert werden können. Das Ziel war erreicht: An Bord des terranischen Raumschiffs befanden sich die drei Mopoys, die Zeus dafür verlangte, dass er der Erde zu einem stabilen Orbit um die Sonne Medaillon verhelfen sollte. Auch die Mopoys hatten, wie Perry Rhodan sich sofort nach dem Austritt aus dem Schlund überzeugt hatte, die Transmission ohne Schaden überstanden.

Trotzdem herrschte im Kommandostand nur gedämpfte, um nicht zu sagen bedrückte Stimmung. Die Leichtigkeit, mit dem das zu Anfang als gefahrvoll erachtete Unternehmen sich hatte abwickeln lassen, weckte Misstrauen. War es möglich, dass Jaymadahr den Terranern eine Falle gestellt hatte – eine Falle, deren Funktion sie nicht kannten und von deren Zweck sie keine Ahnung hatten?

Perry Rhodan wandte sich an Goshmo-Khan. »Ich möchte, dass Sie sich die drei Mopoys vorknöpfen. Setzen Sie die besten Fachleute an, vor allen Dingen solche, die sich schon mit der Physiologie, mit der Mentalität der Ploohns beschäftigt haben. Lassen Sie feststellen, ob die drei Mopoys auf irgendeine Art und Weise präpariert worden sind!«

Goshmo-Khans Stirn wies plötzlich eine steile Falte auf, die Zweifel auszudrücken schien. »Ich halte es für nahezu unmöglich, dass man die Mopoys behandelt hat. Warum ausgerechnet die drei, die wir mitgenommen haben? Schließlich gab es siebzehn Mopoys in Nooshoys Turm!«

»Halten Sie es nicht für denkbar, dass die Königin auf Verdacht alle siebzehn hat präparieren lassen?«

Das gab dem Mongolen zu denken. Er hielt die Sache auch weiterhin für unwahrscheinlich; aber es konnte nicht schaden, wenn man sich vergewisserte – soweit bei der bislang noch unsicheren Kenntnis von der Biologie der Ploohns ein Vergewissern überhaupt möglich war. Goshmo-Khan wollte sich in diesem Sinne äußern, als sein Armbandvisiphon anschlug. Das Gesicht des Offiziers, der für die Bewachung der Mopoys verantwortlich war, erschien auf dem winzigen Schirm. Der junge Mann sah ausgesprochen verdrießlich drein.

»Sie haben Sorgen?«, sprach der Mongole ihn an.

»Und wie, Sir! Die drei Burschen sind die unmöglichsten Gefangenen, die ich jemals zu bewachen hatte.«

Ein schwaches Lächeln huschte über Goshmo-Khans Gesicht. »Sie stellen Ansprüche, wie?«

»Ansprüche ist nicht der richtige Ausdruck, Sir. Nach meiner Ansicht sind sie größenwahnsinnig. Sie verlangen Spielzeug. Sie möchten, dass die Wände verrückt werden, sodass ihr Quartier größer wird. Sie wollen einen Garten, in dem sie spazieren gehen können. Sie haben einen Speisezettel zusammengestellt, von dem wir nicht einen einzigen Posten verstehen können, und ... und ...« Der Offizier verhaspelte sich vor lauter Empörung über die Unverfrorenheit seiner Gefangenen.

»Bewahren Sie Ruhe, Mann!«, riet ihm der Mongole. »Das Schlimmste ist schon vorüber. Ich habe mit den Mopoys ohnehin zu sprechen. Erwarten Sie mich in einigen Minuten!«

Mit einem Translator bewaffnet, betrat Goshmo-Khan das Quartier der Gefangenen. Die drei Rieseninsekten kauerten, wie es während der Ruheperiode ihre Art war, in einer Ecke auf dem Boden. Als der Mongole eintrat, erhoben sie sich und stürmten auf ihn zu, mit ihren Sprechwerkzeugen ein Durcheinander von sirrenden und knackenden Lauten ausstoßend, die der Translator nur bruchstückweise übersetzte.

Eines jedoch wurde klar: Die drei Ploohns beklagten sich über die unwürdige Behandlung, die ihnen zuteil wurde. Goshmo-Khan nahm sich vor, kurzen Prozess zu machen.

»Es tut mir Leid, dass ihr jetzt schon glaubt, euch beschweren zu müssen«, sagte er mit lauter, dröhnender Stimme, die der Translator ebenfalls donnernd übersetzte. »Wie wird es von jetzt an erst werden?«

Die drei Mopoys schwiegen abrupt. Ihren starren Facettenaugen war nicht anzumerken, was sie in diesem Augenblick dachten. Aber der Mongole war sicher, dass seine Worte sie in Schrecken versetzt hatten.

»Du sprichst drohend«, meldete sich schließlich einer der Ploohns unsicher zu Wort. »Was kommt auf uns zu?«

»Ihr werdet untersucht, und zwar auf Herz und Nieren!«, antwortete Goshmo-Khan grob.

»Untersucht? Von wem?«

Entsetzen klang – selbst in der Übersetzung des Translators – aus der Stimme des Mopoys.

»Von unseren Ärzten«, antwortete der Mongole.

»Aber ... eure Ärzte verstehen nichts von unserem Körperbau!«, jammerte der Mopoy. »Sie werden uns Schaden zufügen! Wozu soll die Untersuchung überhaupt gut sein?«

»Es besteht die Möglichkeit, dass eure Königin ein faules Ei gelegt hat«, behauptete Goshmo-Khan.

Der Translator übersetzte die Worte, wie sie gefallen waren. Das hatte eine unerwartete Wirkung. Was in der terranischen Umgangssprache nur eine oft gebrauchte Redewendung war, das bedeutete für die drei Mopoys die höchste aller Katastrophen, denn Königin-Eier waren für sie von überragender Bedeutung, bildete den Inhalt ihres Lebens.

»Die Königin hat«, schrillte die Stimme des Mopoy-Sprechers, »ein faules Ei gelegt?«

Goshmo-Khan erkannte, dass er sich bei der Wahl der Worte vergriffen hatte. Er gab sich Mühe, die aufgeregten Ploohns zu beruhigen.

»Nein, nicht so!«, beschwichtigte er die Insekten. »Es hat mit Eiern nichts zu tun! Wir haben Jaymadahr in Verdacht, dass sie uns Schaden zufügen will ...«

»Warum sprichst du dann von faulen Eiern?«, fuhr ihm der Ploohn ins Wort.

»Das ... das ist eine Redewendung meiner Sprache«, stotterte der Mongole verlegen. »Ich hatte nicht bedacht, dass sie euch in Aufregung versetzten wird.«

»Dann ist deine Sprache eine dumme Sprache, die gedankenlos Redewendungen benützt, die andere Wesen in Schrecken versetzen.«

»Meinetwegen«, knurrte Goshmo-Khan. »Auf jeden Fall werdet ihr untersucht!«

»Wir lassen uns nicht untersuchen«, konstatierte der Mopoy. »Schon gar nicht von Geschöpfen, die eine derart primitive Sprache sprechen.«

»O du meine Güte ...!«, stöhnte der Mongole. »Verstehst du denn nicht ...«

»Ich verstehe sehr wohl. Vor allen Dingen, dass das Volk der Terraner aus rücksichtslosen Wesen besteht, die gedankenlos die groben Ausdrücke ihrer dummen Sprache einsetzen, um anderen damit Furcht und Schrecken einzujagen.«

Goshmo-Khan stieß ein gurgelndes Geräusch aus und raufte in hilfloser Wut die Zöpfe seines Barts. Der Ploohn fuhr fort, seinem Ärger über die »dumme Sprache« der Terraner Luft zu machen. Der Mongole hörte ihm mit stetig wachsender Wut zu. Schließlich riss ihm der Geduldsfaden. Er wandte sich um und stürmte in Richtung Ausgang. Draußen fuhr er den Wachtposten an: »Die drei Kerle sind sofort zum Lazarett zu bringen, verstanden? Wenn sie Schwierigkeiten machen, betäuben Sie sie!« Und als der Posten ihn verdutzt anblickte, raunzte er ihn an: »Verstehen Sie mich nicht? Sie sollen die drei Mopoys ...«

Der Posten riss sich zusammen. »… sofort ins Lazarett bringen, Sir, und wenn nötig betäuben«, wiederholte er.

»Na also«, knurrte Goshmo-Khan und eilte davon.

Kurze Zeit später wurde ihm gemeldet, dass die Mopoys sich in der Tat gegen den Abtransport gesträubt hatten und mit Hilfe eines ungiftigen Gases betäubt worden waren. Goshmo-Khan instruierte die Ärzte über sein Vorhaben. Es bestehe der Verdacht, erklärte er, dass die drei Ploohns auf irgendeine Art und Weise präpariert worden seien. Aufgabe der Mediziner war es, festzustellen, ob dieser Verdacht zu Recht bestand.

Die Ärzte waren über den Auftrag alles andere als begeistert. »Haben Sie bedacht, Sir«, erkundigte sich einer von ihnen, »dass wir mit der Biologie der Ploohns nicht vertraut sind? Unsere Untersuchungen können nicht mehr als oberflächlicher Natur sein; denn wir wissen nicht, wie der Ploohn-Körper auf Eingriffe, wie sie bei der Untersuchung eines Menschen üblich sind, reagiert. Und ich nehme an, dass Ihnen nichts daran liegt, drei Mopoys an der Hand zu haben, die an den Folgen unserer Untersuchungsmethoden gestorben sind.«

»Um Himmels willen!«, ereiferte sich der Mongole. »Sie wissen, wie viel davon abhängt, dass wir die drei Ploohn-Insekten wohlbehalten nach Hause bringen!«

»Eben!«, bestätigte der Mediziner. »Wir sind durchaus bereit, alles zu tun, was in unseren Kräften steht, um Ihren Verdacht entweder zu beweisen oder zu zerstreuen. Aber wir müssen darauf bestehen, dass unser Urteil als unverbindlich zu betrachten ist.«

»Tun Sie, was Sie können!«, seufzte Goshmo-Khan. »Nur machen Sie sich so bald wie möglich an die Arbeit!«

Seinem Wunsch wurde entsprochen. Die MARCO POLO hatte inzwischen volle Fahrt aufgenommen und war unbehelligt in den Linearraum eingetaucht. Es gab jetzt keinen Zweifel mehr daran, dass die Königin keinerlei Anstrengungen unternommen hatte, die Flucht des terranischen Raumschiffs zu verhindern. Wenige Stunden nach seiner Unterredung mit den Ärzten erhielt Goshmo-Khan Bescheid.

»Nach bestem Wissen und Gewissen«, teilte ihm der Chefarzt mit, »sind wir der Ansicht, dass die drei Ploohns nicht präpariert worden sind.«

Goshmo-Khan gab sich mit dieser Auskunft zufrieden – zumal er Perry Rhodans Verdacht von Anfang an für übertrieben gehalten hatte.

Zwei Tage später stand die MARCO POLO vier Lichtstunden vor Goshmos Castle, der geheimnisvollen Wüstenwelt der Feuerflieger, auf der sich Zeus niedergelassen hatte. Umfangreiche Vorbereitungen waren getroffen worden. Eine bis in die letzte Kleinigkeit gehende Taktik hatte entwickelt werden müssen, damit Zeus keine Möglichkeit erhielt, sich um die Erfüllung seines Versprechens zu drücken: Einbringung der Erde in einen stabilen Sonnen-Orbit für die Auslieferung von drei Mopoys.

Zum vereinbarten Zeitpunkt trat der Hypersender in Tätigkeit. Es dauerte nicht lange, da leuchtete der große Schirm auf. Das war das Zeichen, dass die Verbindung hergestellt war. Zeus' riesige Gestalt erschien. Im Hintergrund des Bilds waren die exotischen Ornamente zu sehen, die die Kugelwand seines Thronsaals zierten.

»Wer ruft den Mächtigen?«, erklang seine dröhnende Stimme. Im selben Augenblick schien er Rhodan zu erkennen. »Du ...?«, fragte er überrascht. »Woher rufst du?«

»Das tut nichts zur Sache«, wehrte der Terraner ab. »Hauptsache ist, dass ich meinen Teil unseres Abkommens erfüllt habe.«

Die Fühler des Rieseninsekts gerieten in schwirrende Bewegung. Es bedurfte keines weiteren Hinweises, um Zeus daran zu erinnern, von welchem Abkommen hier die Rede war.

»Du hast die Mopoys?«

»Ja, ich habe sie«, bestätigte Rhodan.

»Warum zögerst du?«, erkundigte Zeus sich aufgeregt. »Warum bringst du sie nicht auf schnellstem Weg hierher? Du weißt, wie sehr ich mich nach ihnen sehne! Das neue, geläuterte Volk der Ploohns muss aufgebaut werden ...«

»Du siehst die Sache nur von deiner Warte aus«, unterbrach ihn Rhodan. »Ich dagegen interessiere mich dafür, dass mein Planet in eine stabile Umlaufbahn um deine Sonne gebracht wird.«

»Das habe ich dir versprochen!«, ereiferte sich das Insekt. »Sobald du mir die drei Mopoys gebracht hast ...«

»... wirst du so in deinen Gedanken an das neue, geläuterte Ploohn-Volk verstrickt sein, dass du für unsere Probleme keine Zeit mehr hast«, fiel ihm der Terraner ins Wort. »Das möchte ich verhindern.«

»Du misstraust mir!«, sagte Zeus.

»In der Tat«, bekannte Rhodan.

»Aber ich brauche die Mopoys!«, jammerte das Insekt. »Meine Gelege sind fertig. Wenn der Befruchtungsvorgang nicht in allernächster Zeit eingeleitet wird, verderben sie!«

»Wie lange dauert es, die Maschinerie in Gang zu setzen, die die Erde auf die neue Umlaufbahn bringt?«

»Nur ein paar Stunden … nach eurer Zeitrechnung.«

»Gut. Hier ist mein Vorschlag: Wir setzen eine Truppe von einhundert Mann auf deinem Planeten ab. Sie besetzt den Raum oder die Räume, in denen die Maschinen stehen. Du wirst sie im Gebrauch der Maschinen unterrichten und gleichzeitig den Transportvorgang einleiten. Inzwischen stellen wir auf der Erde unsere Beobachtungen an. Unsere Wissenschaftler bestimmen Kurs und Beschleunigung des Planeten und achten darauf, dass du uns keinen Schaden zufügst. Sobald wir uns vergewissert haben, dass du kein falsches Spiel treibst, werden dir die Mopoys ausgeliefert.«

Zeus protestierte. Er fluchte, jammerte und flehte. Aber der Terraner blieb unerbittlich. Schließlich gab das Insekt nach.

»Schick deine Truppe!«, resignierte Zeus nach halbstündiger Verhandlung. »Ich werde sie empfangen und im Gebrauch der Anlage unterrichten!«

Rhodans Plan vermied jegliches Risiko: Die einhundert Mann starke Truppe, die an Bord der Korvette K-MP-12 ging, um sich nach Goshmos Castle auszuschiffen, bestand ausschließlich aus Robotern. Auf diese Weise bekam Zeus keine Geiseln in die Hand, die er verwenden konnte, um sich um sein Versprechen zu drücken. Die Roboter waren mit Positionsmeldern ausgestattet, die auf hyperenergetischer ebenso wie auf konventioneller Basis arbeiteten. Das war aus zwei Gründen wichtig: Erstens konnte man sich auf diese Weise davon überzeugen, ob Zeus die Maschinenwesen wirklich ins Innere des Riesenfelsens führte, wo die Maschinen standen, und zweitens hatte Rhodan nicht ernsthaft die Absicht, ein so ungeheuer wichtiges Unterfangen allein dem Insekt und einer Horde von einhundert Robotern zu überlassen. Es war beabsichtigt, eine Reihe von Fachleuten auf Goshmos Castle einzuschmuggeln. Dazu aber musste man wissen, an welchem Ort die Leute abgesetzt werden mussten.

Zwanzig Minuten nach dem Start der Roboter schleuste die MARCO POLO eine weitere Korvette aus. An Bord dieses Fahrzeugs befanden sich Goshmo-Khan, Ras Tschubai sowie eine Reihe von Spezialisten, die für den Einsatz auf Goshmos Castle vorgesehen waren. Das Flaggschiff selbst machte sich indessen schleunigst auf den Rückweg zur Erde. Perry Rhodan zweifelte nicht daran, dass Zeus' Maschinen in der Lage waren, den Planeten aus seiner jetzigen Position heraus auf die Sonne Medaillon hin zu beschleunigen. Er befürchtete auch keine Gefahr für die Erde; denn der Planet würde in ein Absorberfeld gehüllt sein, das die beachtlichen Beharrungskräfte, die während der Beschleunigungs- und dann wieder bei der anschließenden Bremsphase auftraten, auffangen würde. All dies traute er der ploohnschen Technologie durchaus zu – umso mehr, als Zeus auf dieselbe Weise seine eigene Welt, Goshmos Castle, in eine passable Umlaufbahn gebracht hatte.

Aber eines musste bedacht werden: Zeus war in diesen Tagen und Wochen ein Wesen, dessen Streben so einseitig auf die Gründung eines neuen Volkes ausgerichtet war, dass sein gesunder Verstand darunter zu leiden begonnen hatte. Sollte Zeus in diesem Zustand eine Fehlschaltung vornehmen, dann hatte Goshmo-Khan, der über der Welt der Feuerflieger zurückgeblieben war, die Aufgabe, den Ploohn sofort zur Korrektur der Schaltung oder zum Abbruch des Transportmanövers zu veranlassen. Ein reibungsloses Zusammenspiel zwischen der MARCO POLO, die von einem Standort in unmittelbarer Nähe der Erde den Transportvorgang überwachen würde, und der K-MP-99, die den Mongolen und sein Einsatzkommando beherbergte, war für das Gelingen des Manövers unerlässlich. Immerhin ging es um das zerbrechliche Gefüge eines Planeten, auf dessen Oberfläche Milliarden von Menschen lebten. Der geringste Fehler würde apokalyptische Naturkatastrophen hervorrufen.

Anhand der Angaben, die Zeus gemacht hatte, waren terranische Fachleute zu dem Schluss gekommen, dass unter der abschirmenden Wirkung des Absorberschirms eine Beschleunigung des Planeten von maximal zwanzig Gravos erreicht werden könne. Um sicherzugehen, hatten sie der Ploohn-Königin empfohlen, eine Beschleunigung von nicht mehr als zehn Gravos anzuwenden. Fiel der Absorberschirm aus, dann würden die entsprechenden Beharrungskräfte gnadenlos auf die Erde durchschlagen. Das bedeutete, dass die Ozeane über ihre Ufer gepresst würden, dass in der Atmosphäre Stürme apokalyptischen Ausmaßes entstünden, dass die Kruste des Planeten bis in ihre Grundfesten hinab erschüttert würde und dass die Aktivität der Vulkane, tätiger ebenso wie längst erloschener, in ein Stadium vernichtender Intensität träte. Es wäre mit anderen Worten der Weltuntergang.

Nicht nur mit der K-MP-99 stand die MARCO POLO in ständiger Verbindung, sondern auch mit mehr als zwei Dutzend Messstationen, die rund um die Oberfläche des Globus verteilt waren.

Das Absorberfeld würde die Erde in der Form einer Kugelschale einschließen. Der Halbmesser der Kugel betrug etwas mehr als vierhunderttausend Kilometer. Auf diese Weise befanden sich auch Luna und der Pulk der Kunstsonnen, von denen die Erde ihr Tageslicht bezog, im Innern des Felds. Die Kunstsonnen würde man, wenn der neue Orbit um Medaillon erst erreicht war, entbehren können. Den guten alten Mond jedoch mochten die Erdbewohner nicht missen.

Wenig war darüber bekannt, wie Zeus' Maschinen arbeiteten. Die Technologie der Ploohns war der terranischen ebenbürtig, in mancher Hinsicht wahrscheinlich sogar überlegen. Aber sie war aus anderen Vorstellungen erwachsen; und wenn ihr auch dieselben universellen Naturgesetze zugrunde lagen, so funktionierte sie doch nach Prinzipien, die für die irdischen Wissenschaftler vorläufig noch undurchsichtig waren. Nur so viel wusste man: Die abtrünnige Ploohn-Königin erzeugte mit ihren Maschinen die gewaltigen Energien, die zur Bewegung eines ganzen Planetensystems notwendig waren, nicht selbst, sondern zapfte die riesige Sonne an, in deren gigantischem Energiehaushalt selbst diese Energiemenge nicht mehr als einen vernachlässigbaren Bruchteil darstellte. Die der Sonne entnommene Energie wurde zunächst dazu verwendet, das Absorberfeld zu erstellen, das die Beharrungskräfte während der Beschleunigungs- und Bremsphase abzufangen hatte, dann aber auch, um den Traktorstrahl zu erzeugen, der die Erde in Bewegung setzen und auf ihre neue Umlaufbahn bringen würde.

Mehr war vom Prinzip der Wirkungsweise der ploohnschen Maschinerie nicht bekannt. Ungeheuer kompliziert und vielfältig mussten die Regelprozesse sein, die dafür sorgten, dass Beschleunigungs- und Bremswerte genau eingehalten wurden, dass der Traktorstrahl keine Millisekunde zu früh oder zu spät einsetzte oder aufhörte, dass die störenden Einflüsse des Mahlstroms korrekt berechnet und die jeweilige Geschwindigkeit des Planeten mit der erforderlichen Genauigkeit ermittelt wurde. In dieser Hinsicht war man zunächst gezwungen, sich auf Zeus zu verlassen. Aber man würde die Ergebnisse seiner Tätigkeit scharf beobachten. In dem Augenblick, in dem die erste kritische Abweichung von den Sollwerten festgestellt wurde, musste das Experiment abgebrochen werden.

Denn um ein Experiment, gestand man sich an Bord der MARCO POLO und auf der Erde schweren Herzens, handelte es sich trotz allem.

Der Plan sah vor, dass das Erde-Mond-System etwas mehr als 43 Stunden lang mit einem konstanten Wert von zehn Gravos beschleunigt wurde. Die Erde stand in diesem Augenblick 2,4 Milliarden Kilometer oder rund zwei Lichtstunden von Medaillon entfernt. Innerhalb der genannten Zeitspanne würde sie einen Punkt erreichen, der nur noch halb so weit oder 1,2 Milliarden Kilometer von der roten Riesensonne entfernt war. Sofort nach Beendigung des Beschleunigungsmanövers hatte der Bremsvorgang zu beginnen, der ebenfalls mit einem Wert von zehn Gravos durchgeführt wurde. Im Augenblick des Umschaltens von Beschleunigung auf Bremsen würden Erde und Mond sich mit einer Geschwindigkeit von rund 15.500 Kilometern pro Sekunde bewegen – also einem Zwanzigstel der Lichtgeschwindigkeit. Und das alles sollte bewerkstelligt werden, ohne dass auf der Oberfläche der Erde – oder des Monds – auch nur die geringste Einwirkung der Beschleunigung zu bemerken war.

Medaillon hatte annähernd den doppelten Durchmesser der irdischen Sonne: über 2,8 Millionen Kilometer. Die Masse der roten Sonne betrug mehr als das Dreifache von Sol. Dafür lag Medaillons Oberflächentemperatur bei einem relativ kühlen Wert von 4600 Grad absolut. Terranische Wissenschaftler hatten der abtrünnigen Ploohn-Königin den Wert des neuen Erdbahnhalbmessers vorgerechnet: Er betrug rund zweihundert Millionen Kilometer, um ein Drittel mehr also als der Radius der Bahn, die die Erde um Sol beschrieben hatte. Infolge der höheren Gravitation von Medaillon war die Bahngeschwindigkeit, die die Erde zu besitzen hatte, um in einem stabilen Orbit zu bleiben, größer als die Geschwindigkeit, mit der sie sich um Sol bewegt hatte: 46,5 Kilometer pro Sekunde gegenüber früher dreißig.

So also stellte sich die Aufgabe dar. Darauf, dass sie nun, in den nächsten vier Tagen, gelöst würde, warteten nicht nur die Männer und Frauen an Bord der MARCO POLO, sondern die gesamte Menschheit, die mitsamt ihrem Planeten, ihrem Mond und einem Pulk von Kunstsonnen die unglaubliche Reise aus der Milchstraße bis in den Mahlstrom unternommen hatte.

Dieselbe Art von nervöser, zur Explosion drängender Spannung, von der die Menschheit beherrscht wurde, hatte auch an Bord der Korvette K-MP-99 um sich gegriffen und die Mannschaft in ihren Bann gezogen. Die K-MP-12 war planmäßig auf Goshmos Castle gelandet. Die Roboter hatten das Fahrzeug verlassen und waren von Zeus empfangen worden. Auf den Schirmen der K-MP-99 verfolgte die Besatzung, wie die abtrünnige Insektenkönigin den Robotertrupp durch einen geheimen Zugang im Innern der bombastischen Burg hinab in die Tiefen des ausgehöhlten Felsens führte. Durch Antigravschächte, über Rampen und

Gleittreppen ging es immer tiefer hinab, bis schließlich ein riesiger Felsenraum erreicht wurde, der alleine schon dadurch auffiel, dass hier die übliche Form, in der die Ploohns ihre Räume anlegten, nicht mehr zur Geltung kam. Diese wahrhaft gewaltige Halle hatte eine rechteckige Grundfläche, und Boden, Wände und Decke waren nur minimal gewölbt.

Noch überwältigender als die erdrückende Weite der Halle jedoch waren die Maschinen, die an den Wänden entlang und zum Teil auch in der Mitte des Raums aufgebaut waren. Glitzernd und schimmernd, Zeugen einer hoch entwickelten Technologie, ragten sie zum Teil bis dicht unter die knapp einhundert Meter hohe Decke der Halle empor. Der Trupp der Roboter, selbst das riesige Insekt wirkten wie Zwerge im Vergleich zu den Giganten einer fremden Technik. Im geometrischen Zentrum der Halle, durch eine breite, freie Fläche von allen übrigen Maschinen getrennt, wuchtete ein Aggregat auf, das an seiner Oberseite eine massive Parabolantenne von annähernd achtzig Metern Durchmesser trug. Zeus nahm die ersten Schaltungen vor. Goshmo-Khan entging nicht, dass die Antenne auf die Sonne Medaillon ausgerichtet wurde. Bei dieser Maschine handelte es sich also um den Traktor, der die für die Bewegung eines Planeten notwendige Energie von der Sonne abzog und sie in Leistung umsetzte, mit der der Transportvorgang bewerkstelligt wurde.

Abseits des Traktoraggregats gab es eine Reihe kleinerer Maschinen, die offensichtlich Schalt- und Steuereinheiten darstellten; denn von diesen aus nahm Zeus die Schaltungen vor, die zum Beispiel die riesige Schüsselantenne des Traktors in Bewegung setzten. Während er schaltete, sprach er zu den Robotern und erklärte ihnen die Funktionen der verschiedenen Maschinen. An Bord der K-MP-99 wurden seine Worte sorgfältig aufgezeichnet. Zeus schien entweder nicht zu bemerken, oder er hatte nichts dagegen einzuwenden, dass sich einige Roboter von der Gruppe entfernten und in den teilweise recht engen Korridoren zwischen den Aggregatereihen verschwanden. Insgesamt hatten sich drei Trupps von je fünf Maschinenwesen von dem Haupttrupp entfernt. Zwei davon hatten die Aufgabe, Zeus irrezuführen, falls er von dem Vorgang überhaupt Notiz nahm; dem dritten war es vorbehalten, den Kleintransmitter an einem geschützten Ort aufzubauen und in Betrieb zu setzen.

Inzwischen hatte die Parabolantenne zunächst sanft, dann in immer grellerem Licht zu strahlen begonnen. Die Helligkeit war von einem intensiven, schwer beschreibbaren Blau, das aus dem Innern des Metalls zu dringen schien und allmählich das gesamte Aggregat einhüllte. Kein Zweifel, der Traktor hatte zu arbeiten begonnen und war dabei, Energie von der Sonne Medaillon anzusaugen. Als Zeus endlich zurücktrat und die Roboter aufforderte, die Posten zu besetzen, die ihnen zugewiesen worden waren, wurde klar, dass das Experiment im Begriff stand, in seine entscheidende Phase einzutreten.

Zuvor aber winkte das Insekt noch einmal einen der Roboter zu sich. Er dirigierte das Maschinenwesen so, dass es etwa acht Meter vor ihm Aufstellung nahm. Die Kamera des Roboters erzeugte auf dem Bildschirm der K-MP-99 ein Bild, das die abtrünnige Insektenkönigin in Überlebensgröße darstellte.

Zeus blickte mit starren Facettenaugen in die Kamera und sagte: »Ich weiß, Terraner, dass ihr dort oben zuschaut und jedes meiner Worte hört. Ihr misstraut mir, sonst hättet ihr mir Geschöpfe aus eurem Volk und nicht wandelnde Maschinen gesandt. Euer Misstrauen ist unnütz. Ich werde unsere Übereinkunft achten, denn in eurer Gewalt befinden sich die drei Mopoys, die ich zur Gründung meines Volkes brauche. Ich bin bereit zu beginnen. Aber sobald euer Planet ordnungsgemäß in Bewegung gesetzt worden ist, verlange ich die Mopoys ... nicht zu sehen oder zu hören, sondern hier, in meiner Burg. Das ist unsere Abmachung, und ihr werdet euch daran halten, oder eure Welt stirbt!«

Goshmo-Khan war eine Sekunde lang überrascht, dann antwortete er durch die Lautsprecher des Roboters: »Ich höre, was du sprichst. Es sind unfreundliche und großmäulige Worte. Ich aber sage zu dir: Lass uns aufhören zu reden und anfangen zu handeln! Du wirst deine Mopoys bekommen, wie wir es dir versprochen haben!«

32.

In dem Augenblick, in dem das Unglaubliche geschah, zeigten die Uhren an Bord der MARCO POLO den achten August des Jahres 3460, 09:43:12 Uhr Allgemeiner Zeit. Es war eine Zeitrechnung, die keinen Sinn mehr hatte, weil die Gestirne, nach deren Lauf sie sich richtete, längst in den Abgründen des Alls verschwunden waren, Millionen von Lichtjahren zurückgeblieben in diesem Universum, das scheinbar kein Ende kannte. Auf der Erde aber und an Bord der terranischen Raumschiffe schlugen die Oszillatoren der Atomuhren noch immer im alten

Rhythmus, hunderttausend-, millionen-, milliarden-, sogar billionenmal pro Sekunde, um von der Zeit, die in der alten Heimat gegolten hatte, keine Pikosekunde zu verlieren und auch nicht den Bruchteil einer Pikosekunde dazuzugewinnen. Die Uhren der Solarier liefen noch nach dem uralten Gleichklang.

Sie würden ihren Rhythmus erst ändern, wenn die Erde in der Nähe der fremden Sonne eine neue Heimat gefunden hatte. Von da an würde es für die Menschen der Erde zwei Zeiten geben: eine, die für die Ewigkeit gedacht war (soweit Menschen die Ewigkeit überhaupt zu ermessen vermochten) und die die Uhren der Menschheit gemessen hatten, seitdem es überhaupt Uhren gab – und eine zweite, die den Menschen den Alltag erleichterte, indem sie sich nach den neuen Gegebenheiten richtete, nach dem neuen planetarischen Jahr, das kürzer sein würde als das alte, und nach dem neuen Tag, der annähernd die gleiche Länge haben würde wie der alte.

In diesem Augenblick, am achten August 3460 um 09:43:12 Uhr Allgemeiner Zeit also, geschah das Unglaubliche: Um Erde und Mond entstand plötzlich eine leuchtende Hülle, ein riesiges, halb transparentes Gebilde, das aus eigener Kraft zu strahlen schien und hinter dessen Glitzern das menschliche Auge die Lichtpunkte des Planeten, der Kunstsonnen und des Trabanten gerade noch erkennen konnte.

Im selben Augenblick kam Goshmo-Khans Meldung: »Das Experiment ist angelaufen!«

Die empfindlichen Messinstrumente des Flaggschiffs registrierten das Toben gewaltiger Energien. Aber der Vorgang dauerte nur wenige Sekunden. Dann hatte das mächtige Absorberfeld sich stabilisiert, und der Transportprozess konnte beginnen. Die leuchtende Hülle des Absorberfelds war von weißlicher Färbung. Innerhalb weniger Augenblicke entstand auf ihrer Oberfläche an der der Sonne Medaillon zugewandten Seite ein leuchtend blauer Fleck, und im selben Augenblick registrierten die Messgeräte der MARCO POLO, dass die riesige Feldhülle mitsamt der Erde, dem Mond und dem Pulk der Kunstsonnen sich in Bewegung gesetzt hatte. Der blaue Fleck war der Auftreffpunkt des Traktorstrahls. Der Verlauf des Strahls selbst konnte optisch nicht wahrgenommen werden, da der leere Weltraum keine lichtstreuende Wirkung besaß.

Erde und Mond wurden mit einer Beschleunigung von zehn Gravos auf die Sonne Medaillon zugeschleudert; aber auf beiden Himmelskörpern ging das Leben weiter seinen normalen Gang. Niemand spürte etwas von den gewaltigen Kräften, die hier am Werk waren.

Eine Stunde verging. Die Hektik klang allmählich ab und wich dem Gefühl des Triumphs, der Gewissheit des Sieges über die unberechenbaren Mächte des Schicksals. An Bord der Erde ebenso wie in den wissenschaftlichen Zentren der Erde gab es Menschen, die einander vor Begeisterung in die Arme sanken. Die Öffentlichkeit war informiert worden; aber man hatte ihr nicht den Zeitpunkt genannt, zu dem der Transportprozess beginnen sollte. Perry Rhodan war gewarnt: Unruhen, wie sie vor dem Sprung der Erde durch den Kobold-Transmitter an der Tagesordnung gewesen waren, sollten sich nicht wiederholen. Aus dem Innern des Absorberschirms heraus, also zum Beispiel von der Oberfläche der Erde, war die Feldhülle selbst in der Nacht wegen des ohnehin milchigen Hintergrunds, den der Mahlstrom bildete, nur äußerst schwer wahrzunehmen.

Als die erste Stunde jedoch ohne Zwischenfall verstrichen war, wandte sich Perry Rhodan an den in Terrania City in Rumpfkonfiguration tagenden Senat des Solaren Imperiums und holte sich dessen Zustimmung zur Aufklärung der Öffentlichkeit. Der Senat hatte, bevor Rhodan überhaupt mit Zeus in Verhandlungen trat, das Vorhaben grundsätzlich gebilligt und es dem Mann, der immer noch den Titel eines Großadministrators trug, überlassen, die Information der Öffentlichkeit so zu betreiben, wie er es für richtig hielt. Der Senat hatte sich dafür zur Verschwiegenheit verpflichtet. Jetzt erst wurde das Schweigen endgültig durchbrochen: Die Menschheit erfuhr, dass sich ihr Planet bereits in Bewegung gesetzt habe.

Es entstand keinerlei Unruhe. Die Menschen waren erstaunt. Aber sie nahmen zur Kenntnis, dass seit dem Beginn des Transportvorgangs bereits mehr als eine Stunde vergangen war, ohne dass sie auch nur das Geringste hatten wahrnehmen können. Sie waren bereit zu glauben, dass das Vorhaben ohne Zwischenfälle abgewickelt werden könne.

Die Begeisterung allerdings, die die Wissenschaftler beherrschte, teilte die Mehrzahl der Menschen nicht. Eine gewisse Apathie hatte sich ihrer bemächtigt. So viel Ungeheuerliches war in den vergangenen Wochen und Monaten über sie hereingebrochen, dass ein weiterer ungeheuerlicher Vorgang sie nicht mehr erschüttern konnte. Sie waren zufrieden, dass alles ohne Zwischenfälle ablief. Sie hatten – ebenso wie die Wissenschaftler in ihrem Begeisterungstaumel – wenig Ahnung davon, wie bald die Ruhe dem Chaos weichen würde.

Nachdem er die Menschheit über den Beginn der Reise ihres Planeten zu einer neuen Sonne in Kenntnis gesetzt hatte, begab sich Perry Rhodan in sein Privatquartier. Die MARCO POLO hatte sich inzwischen ebenfalls in Bewegung gesetzt und folgte der immer schneller werdenden Hülle des Absorberschirms im Normalflug. In Rhodans Begleitung befand sich Reginald Bull, der Gefährte der ersten Tage.

»Dann wird es Zeit«, meinte er nachdenklich, nachdem er sich in Rhodans Quartier in einen bequemen Sessel hatte fallen lassen, »dass wir Zeus die drei Drohnen übergeben.«

Rhodan nickte nur. Erst nach einer Weile antwortete er: »Ich lasse Goshmo die entsprechende Anweisung zukommen. Allzu wohl ist mir dabei allerdings nicht.« Und mit einem matten Lächeln fügte er hinzu: »Ebenso wenig wie dir.«

»Ich traue Zeus immer noch nicht«, knurrte Bull. »Sobald er die Drohnen hat, wird er sich einen Dreck um unser Übereinkommen scheren.«

»Das ist es nicht, wovor ich mich fürchte«, hielt ihm Rhodan entgegen. »Er hat unsere Roboter eingewiesen, und nach dem, was ich von Goshmo-Khan höre, sind sie in der Lage, die Maschinen ordnungsgemäß zu bedienen. Nein, ich glaube nicht, dass Zeus uns Schwierigkeiten machen wird.«

Reginald Bull musterte ihn überrascht. »Und trotzdem fürchtest du dich?«

Rhodan nickte ein zweites Mal. »Ja, ich fürchte mich. Aber es ist nicht Zeus, dem ich misstraue, sondern Jaymadahr. Ich traue den drei Drohnen nicht, die sie uns fast ohne jede Gegenwehr überlassen hat. Ich weiß, unsere Spezialisten haben sie untersucht und nichts Verdächtiges gefunden. Und trotzdem komme ich mir vor, als händigte ich mit den Mopoys drei Bomben aus, die darauf eingestellt sind, Goshmos Castle, die Erde, Medaillon und diesen gesamten Raumsektor zu vernichten.«

Seitdem er mit eigenen Augen gesehen hatte, wie sich um Erde und Mond ein flimmernder Energieschirm bildete und wie dieser Schirm sich mitsamt seinem Inhalt in Bewegung setzte, wartete Goshmo-Khan auf die Anweisung, die drei Mopoys zu übergeben. Und ebenso wie Rhodan wusste er zwar, dass diese Anweisung kommen würde, fürchtete sie jedoch gleichzeitig. Drüben auf Goshmos Castle liefen die Dinge noch immer normal und reibungslos. Nachdem der Transportvorgang in Bewegung gesetzt worden war, gab es vorläufig nicht viel zu tun. Zeus hielt sich noch immer in der unterirdischen Riesenhalle auf. Die Roboter hatten es übernommen, die Geräte zu überwachen und die Messwerte zu kontrollieren. Es gab keinen Grund zur Beunruhigung, und doch war Goshmo-Khan aufs Höchste verunsichert.

Er saß im Kommandoraum des kleinen Raumschiffs, als er über Hyperfunk verlangt wurde.

Rhodans ernstes Gesicht blickte ihm entgegen. »Es ist so weit«, hörte er ihn sagen.

»Zeus hat sich noch nicht beklagt«, ereiferte sich der Mongole. »Sollten wir nicht warten …«

Rhodans Kopfschütteln unterbrach ihn. »Es hat keinen Zweck, die Sache hinauszuschieben. Sind die Roboter mit den Maschinen vertraut?«

»Nahezu völlig. Die Telemetriedaten beweisen, dass es nur noch eine verschwindend geringe Anzahl exotischer Funktionen gibt, mit denen sie sich noch nicht auskennen.«

»Dann gehen wir nach menschlichem Ermessen kein Risiko ein«, folgerte Rhodan. »Ich nehme an, Ihr Einsatzkommando steht bereit?«

»Das ist richtig.«

»Gut. Dann schicken Sie Zeus die drei Mopoys. Weisen Sie ihn darauf hin, dass wir unseren Teil der Abmachung damit genau eingehalten haben und dass wir von ihm dasselbe erwarten.«

Er verabschiedete sich ohne Gruß. Schweren Herzens stellte Goshmo-Khan die Verbindung zu Zeus her. Der Einfachheit halber bediente er sich wiederum des Roboters.

Das Maschinenwesen glitt auf den Ploohn zu und verkündete mit der Stimme des Mongolen: »Die Meldungen, die wir von Terra erhalten, deuten darauf hin, dass der Transportvorgang planmäßig abläuft. Vereinbarungsgemäß wird damit die Übergabe der drei Mopoys fällig. Sag uns, auf welche Weise du die drei Wesen deines Volkes empfangen willst.«

Ein eigenartiges Leuchten trat in die starren Facettenaugen der abtrünnigen Ploohn-Königin. Ein Zittern schien den riesigen Insektenkörper zu durchlaufen. In diesem Augenblick erst begann Goshmo-Khan zu ermessen, wie viel Zeus an den drei Drohnen gelegen war … wie sehr der Wunsch, ein neues Ploohn-Volk zu schaffen, den Ploohn beherrschte.

»Ihr seid treue Vertragspartner«, antwortete Zeus schließlich. »Das Volk der Terraner und das neue Volk der Ploohns … wir werden Freunde sein für alle Zeiten. Ich nehme an, an Bord eures Raumschiffs gibt es einen Transmitter. Schickt die drei Mopoys hindurch! In meiner Burg habe ich mehrere Empfangsstationen. Eine davon werde ich auf euer Fahrzeug ausrichten. Gebt mir die Zeit, die ihr eine halbe Stunde nennt, dann könnt ihr die drei Mopoys abschicken.«

»Du siehst«, sprach der Roboter von neuem, »dass wir uns an die Abmachung halten. Wir erwarten, dass auch du treu zu unserer Übereinkunft stehst.«

»Ich bin ein Freund der Terraner«, antwortete Zeus würdevoll. »Ihr sollt euch nicht über mich zu beklagen haben.«

Eine halbe Stunde später gingen die drei Mopoys, die in einem vergleichsweise behaglichen Quartier auf dem Mitteldeck der Korvette untergebracht waren, von Bord. Sie hatten bis zum letzten Augenblick geklagt und gejammert, sich über die unwürdige Behandlung beschwert und wussten noch immer nicht, welches Schicksal auf sie wartete. Goshmo-Khan war sicher, dass sie mit ihrem Los zufrieden sein würden. Ihre Lebensaufgabe war die Sicherstellung des ploohnschen Nachwuchses, und in wessen Dienst sie das taten, war ihnen vermutlich gleichgültig.

Goshmo-Khans Haltung war von Unsicherheit geprägt, als er die Männer des Einsatzkommandos zusammenrief. »Alles scheint reibungslos zu laufen«, setzte er ihnen auseinander. »Zeus ist voll und ganz mit der Gründung seines neuen Volkes beschäftigt. Unsere Roboter beherrschen die Maschinerie, mit der Erde und Mond bewegt werden. Inzwischen sind knapp zwei Stunden seit der Einleitung des Transportprozesses vergangen, und die Messwerte sind so haargenau nominal, dass man es kaum für möglich halten möchte. Unter diesen Umständen erscheint es kaum notwendig, dass wir auf Goshmos Castle Posten beziehen – noch dazu auf derart geheimnisvolle Art und Weise. Und dennoch …« Er unterbrach sich und blickte die Männer der Reihe nach an. »Und dennoch«, fuhr er schließlich fort, »fühle ich mich weder ruhig noch zuversichtlich. Ich weiß nicht, wie es Ihnen geht, mir jedenfalls kommt es so vor, als nähere sich uns eine tödliche Gefahr. Es ist weiter nichts als eine Ahnung, und als Wissenschaftler sollte ich eigentlich auf Ahnungen nichts geben. Aber in diesem Fall …« Er schwieg.

Ras Tschubai kam ihm zu Hilfe. »Uns alle bewegt dasselbe Gefühl«, versicherte er. »Und für den Fall, dass sich hinter unseren Ahnungen irgendeine Substanz verbirgt, gibt es keinen anderen Ort, an dem wir Unheil verhüten könnten, als in Zeus' Maschinenhalle. Ich schlage vor, dass wir sofort aufbrechen!«

Der Transmitter wurde justiert. Einer nach dem andern traten die Männer durch das leuchtende Torbogenfeld. Goshmo-Khan war mit seinen Gedanken so beschäftigt, dass er den geringfügigen Entzerrungsschmerz, den jeder Transmittersprung mit sich brachte, überhaupt nicht wahrnahm. Er materialisierte im Schatten eines gigantischen Maschinenkolosses. Die Luft war dünn und von einem merkwürdigen Geruch erfüllt. Die Schwerkraft war erheblich geringer geworden. Goshmos Castle war ein Kleinplanet, und seine Gravitation betrug kaum mehr als die Hälfte des Wertes, den Terraner gewohnt waren.

Der Boden zitterte. Ringsum herrschte ein dumpfes, verhaltenes Dröhnen. Die Maschinen arbeiteten. Der seltsame Geruch, das fand der Mongole bald heraus, entstammte nur zum Teil den fremdartigen Materialien, die die Ploohns zur Herstellung ihrer Maschinen benutzten. Der Rest war Ozon, entstanden wahrscheinlich in dem Leuchtfeld, das die Parabolantenne des Traktors umgab.

Die Roboter hatten die Ankunft des Einsatzkommandos ungerührt zur Kenntnis genommen. Goshmo-Khan prüfte die Funkstrecke. Er war durch sein Armbandfunkgerät mit der K-MP-99 verbunden. An Bord der Korvette wurden seine Sendungen automatisch an den Hypersender weitergeleitet. Auf diese Weise stand er direkt mit der MARCO POLO in Verbindung.

»Goshmo-Khan an Flaggschiff. Bitte melden!«, sagte er.

Nach wenigen Sekunden erhielt er Antwort. Rhodan selbst meldete sich: »Flaggschiff an Goshmo-Khan. Ich nehme an, Sie haben Ihr Fahrzeug verlassen?«

»Das ist richtig«, bestätigte der Mongole. »Das Kommando hat das Einsatzgebiet erreicht.«

Die Stunden verstrichen. Erde und Mond, umfangen von dem riesigen, leuchtenden Absorberfeld, beschleunigten nach wie vor. Auf beiden Himmelskörpern war von dem seltsamen Vorgang nichts zu merken. Das Absorberfeld verhinderte, dass die Beharrungskräfte wirksam wurden. Einen Tag nach Beginn des Transportprozesses bewegte sich das Erde-Mond-System bereits mit einer Geschwindigkeit von knapp neuntausend Kilometern pro Sekunde auf die Sonne Medaillon zu. Mit gleicher Geschwindigkeit und auf demselben Kurs bewegte sich die MARCO POLO, unaufhörlich den Datenstrom kontrollierend, der von den Messstationen auf Erd- und Mondoberfläche floss. Die Begeisterung der ersten Stunden war einer ruhigen Zuversicht gewachsen. Man wusste, dass man es schaffen konnte. Auf Zeus' Maschinen war Verlass.

Von der K-MP-99 wusste man, dass Zeus den Transportvorgang seit geraumer Zeit nicht mehr selbst überwachte. Er hatte sich mit den drei Mopoys zurückgezogen und befand sich wahrscheinlich irgendwo im Innern seiner Burg in den Räumen, die er für seine Gelege reserviert hatte. Die Drohnen oblagen, daran konnte es keinen Zweifel geben, ihrer Aufgabe, die sicherlich nicht von geringem Umfang war.

In Perry Rhodans Privatquartier an Bord des Flaggschiffs wurde inzwischen hohe Politik gemacht. Vorerst waren es außer Rhodan selbst nur zwei Männer, die sich über die Probleme der nahen Zukunft den Kopf zerbrachen: Reginald Bull und Roi Danton.

»Ich sehe Schwierigkeiten auf uns zukommen«, bemerkte Danton ernster, als man es von ihm gewohnt war. »Wenn es Zeus wirklich gelingt, ein neues Ploohn-Volk heranzuzüchten, dann muss es über kurz oder lang zu Spannungen zwischen Terra und Goshmos Castle kommen. Die Technologie der Ploohns ist der unseren ebenbürtig. Ich frage mich, wie wir uns vor diesem Dilemma bewahren.«

»Man kann die Sache auch aus einem anderen Blickwinkel betrachten«, hielt Bull dem ehemaligen König der Freihändler entgegen. »Der Konflikt wird nicht zwischen Zeus und uns, sondern zwischen Jaymadahr Conzentryn und Zeus entstehen. Die rechtmäßige Königin kann keinen abtrünnigen Souverän neben sich dulden. Sie muss gegen Zeus vorgehen. Zeus braucht also Verbündete ...«

»Immer vorausgesetzt«, unterbrach ihn Rhodan, »dass die beiden Aufrisstrichter, Schlund und Kontraschlund, über lange Zeit hinweg stabil bleiben und die Entfernung von der Ploohn-Galaxis bis zum Mahlstrom nur ein Katzensprung ist. Sollten die Trichter eines Tages verschwinden, dann wird ein Krieg zwischen den beiden Ploohn-Völkern alleine der Distanz wegen utopisch. Dann wird der Fall akut, von dem Michael eben sprach.«

Wie gewöhnlich bei privaten Unterhaltungen nannte er seinen Sohn bei dessen Taufnamen.

»Das heißt«, fasste Reginald Bull zusammen, »dass wir auf die beiden Trichter ein scharfes Auge haben müssen ...«

Er unterbrach sich, als aus der Ferne ein seltsamer Ton zu hören war. Rhodan sprang unvermittelt auf. In blitzschneller Reaktion hatte er das Geräusch als Erster identifiziert.

»Alarm!«, stieß er hervor.

Der Heulton wurde lauter, als weitere Sirenen einfielen. Unter der Decke leuchtete ein Schirm auf. Ein Offizier der Messwache, die für die Dauer des Transportprozesses eigens eingerichtet worden war, erschien auf der Bildfläche. Aus seinen aufgerissenen Augen leuchtete der Schreck.

»Der Absorberschirm hat zu pulsieren begonnen, Sir!«, rief er. »Einzelne Beharrungsschocks schlagen auf die Erdoberfläche durch!«

Nach mehr als fünfzig durchwachten Stunden hatte Goshmo-Khan in der riesigen Maschinenhalle endlich ein ruhiges Plätzchen gefunden, an dem er sich eine Weile ausstrecken konnte. Seine Müdigkeit war überwältigend. Der Schlaf kam augenblicklich.

Er wusste nicht, wie lange er geruht hatte, als jemand ihn unsanft an der Schulter rüttelte. Schlaftrunken fuhr er auf. Ein lautes, knatterndes Geräusch wurde ihm bewusst. Zudem hatte die Helligkeit in der Halle zu schwanken begonnen. In kurzen Intervallen wechselte Grelle mit Halbdunkel. Er erkannte Ras Tschubai, der sich über ihn beugte.

»Was, zum Teufel …?«, knurrte er zornig.

»Ganz recht, der Teufel ist los«, bestätigte der Afrikaner. »Der Traktor spinnt. Da, sehen Sie selbst …!«

Er wies mit der Hand in Richtung der Parabolantenne. Goshmo-Khan folgte dem Wink. Das Leuchtfeld, das die Antenne bislang umgeben hatte, wurde von zuckenden Blitzen durchzogen. Der Geruch von Ozon war nahezu penetrant geworden. Die Aureole, die die Antennenschüssel umgab, flackerte. Von den Blitzen rührte das laute Geknatter, und das Flackern der Aureole war für die schwankende Helligkeit verantwortlich.

Plötzlich hellwach, sprang der Mongole auf. Noch wusste er nicht, welche Gefahr hier drohte. Aber in Gedanken war er mehr als zwei Dutzend Mal jede mögliche Fehlentwicklung durchgegangen. Er wusste genau, was er zu tun hatte.

»Die K-MP-99 soll landen!«, herrschte er den Teleporter an. »Auf dem schnellsten Wege. Die Transmitterjustierung ist konstant zu halten. Die Roboter und das Einsatzkommando sollen sich zum Absprung bereithalten.«

»Klar«, sagte Ras Tschubai und rief die Korvette über sein Armbandfunkgerät. Das Gleiche tat der Mongole. Über den Umsetzer an Bord der K-MP-99 erreichte er die MARCO POLO. Nicht Rhodan, sondern Reginald Bull meldete sich.

»Die Maschinen spielen verrückt!«, platzte Goshmo-Khan heraus. »Wie sieht es bei Ihnen aus?«

»Katastrophal«, antwortete Rhodans Stellvertreter mühsam beherrscht. »Beschleunigungsschocks schlagen auf die Erdoberfläche durch. Die ersten Erdbeben werden gemeldet. Zwei Dutzend Vulkane beginnen plötzlich aktiv zu werden.«

»Haben Sie Anweisungen für mich?«

»Vorläufig keine. Versuchen Sie, Zeus zu erreichen. Im Notfall muss eine Maschinerie kurzgeschlossen werden!«

»Wissen Sie, was Sie da sagen, Mann?«, schrie der Mongole entsetzt. »Die Erde rast mit einer Geschwindigkeit von vier Prozent Licht ungebremst auf Medaillon zu …!«

»Erkannt«, antwortete Reginald Bull lakonisch. »Aber im anderen Fall bricht sie uns unter den Händen auseinander. Ich habe keine Zeit! Finden Sie Zeus … das ist im Augenblick das Wichtigste!« Die Verbindung riss ab.

Der Afrikaner kam auf Goshmo-Khan zu. Der Schreck hatte das braune Dunkel seiner Haut in aschfarbenes Grau verwandelt. »Die Korvette ist unterwegs«, meldete er. »Transmitter bleibt justiert. Einsatzkommando und Roboter sind gewarnt.«

Goshmo-Khan blickte zweifelnd zu der Parabolantenne hinauf. Die Blitze zuckten heftiger als zuvor. Das Knattern war zu einem unaufhörlichen, donnernden Getöse geworden, das die Verständigung erschwerte. Beißender Ozongeruch lag in der Luft.

»Finden Sie Zeus!«, trug der Mongole dem Mutanten auf. »Er muss uns helfen! Haben Sie eine Ahnung, wo er steckt?«

»Wir vermuten, dass sich seine Gelege in den ersten Geschossen unterhalb der Burg befinden. Um diesen Teil der Anlage war er immer besonders besorgt.«

»Springen Sie!«, forderte Goshmo-Khan ihn auf. »Sagen Sie ihm, er soll seinen Fortpflanzungstrieb fürs Erste vergessen. Hier droht eine Katastrophe!«

Der Afrikaner nickte. Einen Atemzug später sah ihn Goshmo-Khan sich in nichts auflösen. Aber der Auflösungsvorgang war nicht von Dauer. Die Gestalt, soeben verschwunden, nahm blitzartig wieder Form an. Ein schmerzhafter Schrei gellte auf. Ras Tschubai taumelte und fand mit zitternden Händen Halt an der Schulter des Mongolen.

»Was ist los?«, schrie Goshmo-Khan.

»Er hat … hat … sein Gelege … mit einem Energieschirm … umgeben«, ächzte der Teleporter mit letzter Kraft. »Ich prallte … voll dagegen. Kein … kein Durchkommen. Um ein Haar … wäre ich draufgegangen …!«

Goshmo-Khan stieß einen Fluch aus. Er stützte Tschubai, bis der Mutant genug Kräfte gesammelt hatte, um auf eigenen Füßen zu stehen.

»Irgendwie müssen wir zu Zeus durchdringen …«, knurrte er.

Der Knall einer Explosion riss ihm die weiteren Worte vom Mund. Im Hintergrund der Halle schoss ein rötlicher Blitz zur Decke hinauf. Die Druckwelle riss Goshmo-Khan und den Teleporter von den Füßen. Ringsum war das zischende, heulende Geprassel von Trümmerstücken, die die Explosion nach allen Richtungen davongeschleudert hatte. Ein Schrei gellte auf. Einer der Männer des Einsatzkommandos war getroffen worden.

Aus der Ecke, in der die Explosion stattgefunden hatte, wallte grünlicher, stinkender Qualm. Goshmo-Khan raffte sich auf und schrie in das Armbandfunkgerät: »Roboter – Traktor kurzschließen! Einsatzkommando – wir setzen uns zur Korvette ab! Sofort!«

Durch den Qualm, der sich blitzschnell durch die ganze Halle verbreitete, taumelten die Mitglieder des Kommandos auf das kleine, leuchtende Torbogenfeld des Transmitters zu. Einer nach dem andern verschwanden sie durch die Öffnung des Transportfelds, um hoffentlich an Bord der Korvette wohlbehalten wieder aufzutauchen. Goshmo-Khan hatte den Helm seines Raumanzugs geschlossen. Mit vollen Lungen atmete er die frische Luft des Klimasystems. Da entdeckte er den Teleporter neben sich.

»Was haben Sie hier noch verloren?«, schimpfte er über Helmfunk. »Sehen Sie zu, dass Sie auf dem schnellsten Wege verschwinden!«

»Es hat noch Zeit«, widersprach Ras Tschubai. »Ich bin auf den Transmitter nicht angewiesen. Ich kann …«

»In Ihrem Zustand?«, schrie der Mongole aufgebracht. »Fort, Mensch, sage ich!«

Aus dem Qualm tauchte ein Roboter auf. Die Außenmikrofone des Helms nahmen seine Worte auf.

»Der Traktor lässt sich nicht kurzschließen, Sir!«, meldete das Maschinenwesen. »Die Kontrollen sind unbrauchbar geworden. Wir können die Anlage nicht abschalten!«

»O verdammt …!«, stöhnte der Mongole.

In diesem Augenblick erfolgte die zweite Explosion. Es war, als würde die ganze riesige Halle in blutrotes Licht getaucht. Goshmo-Khan sah den schweren Robot vor sich durch die Druckwelle zur Seite geschleudert werden. Im selben Augenblick packte es auch ihn wie mit der Faust eines unsichtbaren Riesen. Er verlor den Boden unter den Füßen und wurde durch den Qualm gewirbelt. Irgendwo prallte er hart auf und glitt halb bewusstlos zu Boden.

Ringsum war die Hölle los. Es krachte und zischte. Trümmerstücke peitschten durch den Rauch und fuhren mit hässlichem Klatschen in die Aufbauten der fremdartigen Maschinen. Goshmo-Khan glaubte, den üblen Geruch des grünlichen Qualms wahrzunehmen. Hatte seine Montur ein Leck? Er kroch davon, ständig bemüht, in der Deckung der riesigen Maschinenkolosse zu bleiben. Irgendwo dort drüben musste der Transmitter stehen. Ob er noch funktionierte? Der ganze Ernst seiner Lage wurde dem Mongolen plötzlich offenbar. Wenn es ihm nicht gelang, sich in den nächsten Sekunden aus diesem Chaos zu retten, dann war er verloren. Die Gewissheit gab ihm neue Kräfte. Er robbte über den glatten Boden. Da wuchs aus dem Dunst zu seiner Rechten ein kleines Aggregat auf. Früher war es würfelförmig gewesen, jetzt jedoch hatten die Trümmerstücke, die wie Raketengeschosse durch den Rauch zischten, ein formloses Knäuel aus schwarzem, verbranntem Metall aus ihm gemacht.

Der Mongole fühlte das Blut in den Adern erstarren. Das war das Transmitteraggregat gewesen. Der Projektor war zerstört, und ohne Projektor gab es kein Transportfeld. Er war gefangen. Es gab keinen Ausweg mehr.

Da spürte er eine schwache Berührung an der Schulter. Er zuckte herum und erblickte im Dunst eine Gestalt im Raumschutzanzug der Solaren Flotte. Ein dunkles Gesicht blickte durch die Helmscheibe.

»Ras ...!«, röchelte Goshmo-Khan. »Gott sei Dank!«

Es bedurfte der Worte nicht. Instinktiv reichte der Mongole dem Teleporter die Hand. Im nächsten Augenblick flutete helles, rötliches Sonnenlicht in die Augen des Wissenschaftlers. In einer Art Reflexbewegung hob er die Hand und löste den Helmverschluss. Durch die Helmöffnung drang die dünne, trockene Luft des Wüstenplaneten Goshmos Castle. Vor den beiden Männern lag der riesige Tafelfelsen, auf dessen Gipfelplateau sich Zeus' Burg erhob. Rechts und links schweifte der Blick ein breites, trockenes Hochtal entlang. Weiter im Süden erhoben sich zwei monolithische Felsenburgen der Feuerflieger.

Gebannt blickte Goshmo-Khan zu dem Tafelfelsen hinüber. Von den entfesselten Energien, die in der Maschinenhalle tief im Innern des Felsens wüteten, war hier draußen nichts wahrzunehmen. Nur ein sanftes Zittern des Bodens deutete an, dass sich in geringer Entfernung ungewöhnliche Vorgänge abspielten.

»Dort!«, sagte der Teleporter plötzlich und deutete in den mattblauen Himmel hinauf. Goshmo-Khan gewahrte einen glitzernden Punkt, der näher zu kommen schien.

»Die Korvette!«, ächzte er.

Er suchte nach dem Armbandfunkgerät. Er musste wissen, wie es um die Erde stand. Aber bei seinen Stürzen in der Maschinenhalle musste er es verloren haben. Verzweiflung packte ihn. Nichts war in diesem Augenblick wichtiger als Informationen. Er musste wissen, was auf der Erde vorging. Er musste wissen, was man von ihm erwartete. Er musste Zeus erreichen.

»Ras, ich muss an Bord!«, stieß er hervor. »Ich muss mit Rhodan sprechen!«

Der Teleporter nickte nur. Goshmo-Khan streckte den Arm aus, um die Hand des Mutanten zu fassen. Da geschah es: Die riesige Insektenburg oben auf dem Tafelfelsen leuchtete auf.

Hilflos beobachteten die Männer und Frauen in der Kommandozentrale der MARCO POLO die entsetzlichen Vorgänge, die sich an der Peripherie des Absorberschirms abspielten.

Der blaue Fleck, der auf der milchig weißen Oberfläche des Absorberschirms die Stelle markierte, an der das Traktorfeld auftraf, hatte zu pulsieren begonnen. In Augenblicken höchster Intensität war er mehr als dreimal so hell wie je zuvor. Man konnte sich unschwer vorstellen, dass die Intensität des Leuchtflecks der Stärke des Traktorfelds proportional war. Demnach schwankten die Werte, mit denen das Erde-Mond-System beschleunigt wurde, bis zu dreißig Gravos hinauf. Unter diesen Umständen war es ein Wunder, dass das Chaos auf der Erdoberfläche noch nicht größer war, als die pausenlos eintreffenden Berichte es beschrieben.

Die Verbindung zu Goshmo-Khan war abgerissen. Auf Rhodans dringende Rufe meldete sich die K-MP-99. Vom Verbleib des Mongolen wusste niemand etwas. Er war einer der letzten Menschen gewesen, die sich in der explodierenden Maschinenhalle aufgehalten hatten. Man musste damit rechnen, dass er die Transmitterverbindung vor ihrer Zerstörung nicht mehr hatte erreichen können. Ras Tschubai wurde ebenfalls vermisst.

In Rhodans Ratlosigkeit hinein platzte ein Anruf von Geoffry Waringer, der sich auf dem Mond in unmittelbarer Nähe des Riesenrechners NATHAN aufhielt. NATHAN war die zentrale Sammelstelle für alle Daten, die von den Messstationen der Erde und des Monds während des Transportvorgangs einliefen. Waringer hatte sich diese Position ausgesucht, um der Summe aller verfügbaren Informationen so nahe wie möglich zu sein.

Er sah ernst aus, als er auf dem Schirm erschien. Bild- und Tonübertragung waren durch die hochenergetischen Vorgänge, die sich in der Peripherie des Absorberschirms abspielten, empfindlich gestört. Das Bild flackerte, und von Zeit zu Zeit wurde Waringers kräftige Stimme zu einem kaum mehr verständlichen Wispern.

»... seltsame Vorgänge am Werk«, hörte Rhodan den Wissenschaftler sagen. »Wir konnten so viel feststellen, dass der Traktorstrahl … fremden Einfluss moduliert wird. Daher … Schwankungen. Welcher Art dieser Einfluss … wir nicht erkennen. Fest steht jedoch … von einer übergeordneten Ebene kommt, womöglich unmittelbar aus dem Linearraum. Der Ursprungsort ist ganz … Goshmos Castle. Irgendetwas … nicht in Ordnung sein.«

»Jaymadahr!«, stöhnte Rhodan. »Drei präparierte Mopoys!«

In diesem Augenblick rief ein Offizier: »Meldung von der Korvette, Sir! Auf Goshmos Castle ist der Teufel los!«

33.

Ungläubig verfolgten Goshmo-Khans Augen den ungeheuerlichen Vorgang. Die Wände der Burg waren durchsichtig geworden. Pulsierend begann das ohnehin schon riesige Gebäude, sich aufzublähen und dabei sein Innenleben zu enthüllen. Durch die transparenten Mauern hindurch wurden die kugelförmigen Räume sichtbar, das Gewirr der gewundenen Gänge, die die gewaltigen Hallen untereinander verbanden. Selbst vor dem Felsen machte das eigenartige Geschehen nicht Halt. Auch das Gestein wurde durchsichtig und enthüllte jenen geheimnisvollen Bereich, in dem die Terraner Zeus' Gelege vermutet hatten.

Größer und größer wurde die Erscheinung. Die obersten Schichten des Felsens mitsamt der Burg darauf blähten sich unaufhörlich auf, wuchsen in die Höhe und die Breite, füllte das Tal aus.

Und da war Zeus! Noch in seiner natürlichen Gestalt, aber ebenso wie der Fels und die Burg zu unnatürlicher Größe aufgebläht. Unbehindert durch die durchsichtig gewordenen Felsmassen, konnte der Blick ihn verfolgen, wie er eine Reihe seltsam geformter grauweißer Gebilde entlangschritt. Es gab viele Reihen solcher Gebilde, und die Zahl der grauweißen Formen musste in die Millionen gehen.

Das Gelege der abtrünnigen Ploohn-Königin. Im Hintergrund wurden die drei Mopoys sichtbar, auch sie bereits auf mehr als das Zehnfache ihrer ursprünglichen Größe angeschwollen, die mit zuckendem Hinterkörper ihrem Geschäft nachgingen, als merkten sie nichts von der Apokalypse, die sich rings um sie vollzog.

Das Bild wuchs und wuchs. Die kaum mehr wahrnehmbaren, seifenblasenartigen Umrisse der Burg und des Felsens wuchsen hoch über die

Gipfel der Berge hinaus, die das Tal einrahmten. Zeus war zu einem zweihundert Meter hohen Koloss geworden, die Eier seines Geleges zu Gebilden von der Größe eines Geräteschranks. Die drei Mopoys, einhundert Meter hohe Giganten, waren noch immer mit der Befruchtung des Geleges beschäftigt. Zeus dagegen schritt die bereits befruchteten Gelegereihen entlang und begutachtete jedes einzelne Ei, als erwarte er, jetzt schon die ersten Anzeichen sich rührenden Lebens zu erblicken. Es war ein irrsinniges, ein groteskes Bild, und Goshmo-Khan wusste nicht, ob er seinen Augen trauen konnte. Aber neben ihm lag Ras Tschubai, der Mutant, und hatte den Blick ebenso auf das unglaubliche Schauspiel gerichtet.

Gespenstisch war, dass sich der Vorgang völlig geräuschlos vollzog. Die dünne Luft lag heiß und still über dem öden Tal. Unten bei den Mucierern regte sich nichts. Aus dem Tafelfelsen aber wuchs unaufhaltsam die Burg der abtrünnigen Ploohn-Königin in die Höhe, kilometerweit über die Oberfläche des Planeten empor, in ihren Umrissen immer durchsichtiger werdend, und mit ihr die obersten Schichten des Felsens selbst, die geheimen Kammern, in denen Zeus' Gelege ruhten.

Goshmo-Khan stieß ein dumpfes Stöhnen aus. Er konnte den zum Wahnsinn reizenden Anblick nicht mehr ertragen. Zeus war zu einem über einen Kilometer hohen Gebilde geworden. Die grauweißen, seltsam geformten Eier hatten die Größe eines Wohnhauses. Wie Zyklopen bewegten sich die drei Mopoys zwischen den Gelegereihen, vollzogen mit rhythmisch zuckenden Körpern noch immer die Befruchtung.

Da sah Zeus auf. Etwas hatte seine Aufmerksamkeit erregt. Sekundenlang starrte Goshmo-Khan in die glitzernden Facettenaugen, die riesig groß aus unendlicher Höhe auf ihn herabblickten. Etwas in dem gewaltigen Insektengesicht veränderte sich. Zum ersten Mal, seitdem er mit Ploohns zu tun hatte, glaubte der Mongole den Ausdruck der Furcht sich in einem ihrer Gesichter spiegeln zu sehen.

Ein schriller, pfeifender Laut lag plötzlich über dem Hochtal. Die abtrünnige Königin hatte den dreieckigen Mund weit geöffnet. Das war der Schrei der höchsten Angst, den die beiden Terraner in diesem Augenblick zu hören bekamen.

»Vorsicht!«, schrie der Mutant mit heiserer Stimme. »Deckung …!«

Goshmo-Khan ließ sich vornüberfallen, begrub das Gesicht im heißen Sand. Und obwohl er die Augen krampfhaft geschlossen hatte, drang ein greller Blitz durch die Lider, dessen ungeheure Intensität ihn ohne Zweifel für alle Zeiten geblendet hätte, wäre er nicht durch Ras Tschubais Ausruf gewarnt worden.

Er lag still und wagte es nicht, die Augen zu öffnen. Da spürte er – wie schon einmal, dort drüben, in der explodierenden Maschinenhalle – eine leise Berührung an der Schulter.

»Es ist alles vorbei«, hörte er die Stimme des Afrikaners. »Sie können aufstehen!«

Taumelnd kam Goshmo-Khan auf die Beine. Fassungslos sah er den Tafelfelsen vor sich liegen ... ohne Zeus' prächtige Burg und ohne jene oberen Felsschichten, hinter denen sich die Räume mit den Gelegen der abtrünnigen Königin verborgen hatten. Nur die Hälfte des Felsens ragte noch aus der öden, ebenen Fläche des Hochtals. Der Rest, mit allem, was sich in ihm und auf ihm befunden hatte, war verschwunden.

Ein entsetzlicher Gedanke schoss dem Wissenschaftler durch den Kopf.

»Die Maschinenhalle ...!«, schrie er.

Als Zeus, die drei Mopoys, die Burg und die obersten Schichten des Tafelfelsens in einer grellen Leuchterscheinung verschwanden, erloschen gleichzeitig das Traktorfeld und der Absorberschirm und damit die beiden wichtigsten Voraussetzungen für einen erfolgreichen Transport der Erde in einen stabilen Orbit um die Sonne Medaillon.

Eine unmittelbare Gefahr war damit im Handumdrehen beseitigt: Erde und Mond wurden nicht mehr von den Beschleunigungsschocks des fluktuierenden Traktorfelds erschüttert. In den ersten zwei Stunden nach dem Erlöschen der beiden Felder kehrte auf beiden Himmelskörpern der Zustand relativer Ruhe wieder ein. Auf der Erde, die von tektonischen Erschütterungen in weitaus stärkerem Maße geplagt worden war als der Mond, klangen die Beben allmählich ab, und die Vulkane stellten ihre Eruptionen ein. Die Menschen atmeten auf, obwohl sie keinen Anlass dazu hatten.

Denn aus dem Ende der unmittelbaren Gefahr wuchs eine neue Bedrohung, deren Größe außer den wenigen Verantwortlichen kaum jemand abzuschätzen wusste. Am zehnten August 3460 um 00:08:29 Allgemeiner Zeit waren Absorber- und Traktorfeld gleichzeitig erloschen. Seitdem bewegte sich das Erde-Mond-System mit konstanter Geschwindigkeit auf die Sonne Medaillon zu – oder vielmehr auf einen Punkt wenige Bogenminuten abseits der Sonne, jenen Punkt nämlich, an dem der Einschuss in die neue Sonnenumlaufbahn erfolgen sollte. Die Geschwindigkeit, mit der das System sich auf Medaillon zubewegte, war genau gemessen worden: Sie betrug 13.570 km/sec. Im Augenblick des Erlöschens der beiden Felder hatten Erde und Mond auf ihrem weiten Weg bereits 940 Millionen Kilometer zurückgelegt. Eine Distanz von 1,46 Milliarden Kilometern trennte sie noch von der Sonne Medaillon.

Von nun an wirkte nur noch eine Kraft auf die beiden dahineilenden Himmelskörper ein: die Gravitation der Sonne. Die Geschwindigkeit des Erde-Mond-Systems würde sich allmählich vergrößern und seine Bahn sich um eben die wenigen Bogensekunden genau auf das Zentrum Medaillons zuneigen. Und in wenig mehr als 28 Stunden von diesem Zeitpunkt an würden Erde und Mond aufflammend in der Korona einer fremden Sonne verschwinden.

Das waren die Aussichten an diesem zehnten August 3460, der vor wenigen Minuten erst angebrochen war. Auf der Erde kehrte die Ruhe allmählich wieder ein; aber es war eine trügerische Ruhe. In den nächsten Stunden würde aus dem roten Leuchtpunkt der fernen Sonne eine helle Scheibe und schließlich ein alles verzehrender Glutball werden, und spätestens dann würden die Menschen erkennen, dass ihnen das Ende bevorstand.

Zum ersten Mal in seinem fünfzehn Jahrhunderte langen Leben verspürte Perry Rhodan das Bedürfnis, einfach aufzugeben. Sich nicht mehr länger gegen das Schicksal zu stemmen, das den Untergang der Menschheit beschlossen hatte.

Aber selbst in diesen Augenblicken abgrundtiefer Niedergeschlagenheit dauerte sein Zaudern nur wenige Sekunden. Dann begriff er, dass er, obwohl es keine Hoffnung mehr gab, die Erde ihren verderblichen Weg nicht ziehen lassen durfte, ohne bis zur letzten Minute noch alles einzusetzen, was ihm an geistigen und körperlichen Reserven verblieb. Einen Atemzug lang dachte er an die Flotte von Raumschiffen, deren Einheiten sich über den Raum zwischen Erde und Mond verteilt hatten. Viele von ihnen führten mächtige Traktorfeldgeneratoren an Bord. Aber er verwarf den Gedanken so schnell wieder, wie er ihm gekommen war. Er brauchte keinen Computer, um sich auszurechnen, dass selbst die Leistung aller Raumschiffe zusammengenommen nicht mehr ausreichen würde, um Erde und Mond weit genug von ihrer verderblichen Bahn abzubringen.

Es gab nur einen Ansatzpunkt: Goshmos Castle. Rhodan war in großen Zügen über die Ereignisse informiert, die sich dort abgespielt hatten. Goshmo-Khan und Ras Tschubai waren wieder aufgetaucht. Es gab Zweifel, ob die große Maschinenhalle mitsamt der Burg und den Gelegeräumen verschwunden war oder nicht. Wenn nicht, dann gab es vielleicht noch eine Spur von Hoffnung, die mächtigen Aggregate wieder in Gang zu setzen und die Erde und den Mond zu bremsen.

Rhodan beorderte Geoffry Waringer nach Goshmos Castle. Ohne die Reaktion seines Schwiegersohns abzuwarten, setzte er die MARCO POLO in Marsch und erreichte Goshmos Castle in kürzester Zeit. Das riesige Flaggschiff landete im Hochteil nördlich des Tafelfelsens. Inzwischen war die K-MP-99 ebenfalls gelandet. Noch ein drittes terranisches Raumschiff befand sich auf der Welt der Mucierer: die K-MP-12, mit der das Roboterkommando auf Goshmos Castle gelandet war.

Der Mongole kam per Transmitter an Bord des Flaggschiffs und erstattete Bericht. Aus seiner Schilderung ging hervor, dass alle Mitglieder seines Einsatzkommandos sich rechtzeitig aus der explodierenden Maschinenhalle hatten retten können, einige allerdings nur mit mehr oder weniger schweren Verletzungen.

»Und die Roboter?«, fragte Rhodan.

»Von denen ist kein Einziger wieder aufgetaucht«, antwortete Goshmo-Khan. »Sie hatten die Anweisung, bis zuletzt bei den Maschinen zu bleiben und am Transmitter den Menschen den Vortritt zu lassen.«

Rhodan nickte. »Haben Sie feststellen können, ob die Halle noch existiert?«

»Nicht schlüssig. Wir haben oberflächliche Echolotmessungen vorgenommen und im Innern des Felsens einen Hohlraum entdeckt, dessen Größe und Gestalt etwa mit den Maßen der Maschinenhalle übereinstimmen. Im Augenblick ist eine Gruppe von Werkrobotern damit beschäftigt, einen Zugang zu dem Raum herzustellen. Ich erwarte ihre Meldung jeden Augenblick.«

»Haben Sie auch nur die geringste Ahnung«, erkundigte sich Rhodan, »was wirklich aus Zeus und seiner Burg geworden ist? Ich habe Ihre Schilderung von den abenteuerlichen Beobachtungen, die Sie gemacht haben. Aber …«

»Ich weiß«, fiel ihm der Mongole mit bitterem Grinsen ins Wort, »es fällt Ihnen schwer, daran zu glauben. Mir ginge es nicht anders, wenn ich an Ihrer Stelle wäre. Aber fragen Sie Ras. Er hat alles mit angesehen.«

»Ras bestätigt Ihre Schilderung«, pflichtete Rhodan ihm bei. »Auch der Mann, der die K-MP-99 steuerte. Aber die Kameraaufnahmen der Korvette zeigen nichts. Bis zu dem fraglichen Zeitpunkt, in dem nach Ihrer Schilderung Zeus mitsamt seinen Gebäuden in einem Lichtblitz verschwand, ist auf den Aufnahmen weiter nichts zu sehen als eben der Tafelfelsen mit der Burg obenauf. Keine Aufblähung, keine Leuchterscheinung.«

»Und danach ...?«, fragte der Mongole gespannt.

»Danach hören die Burg und die obersten Schichten des Felsens einfach auf zu existieren. Ohne Blitz, ohne Donner. Von einer Aufnahme zur nächsten sind sie wie weggewischt.«

Goshmo-Khan seufzte und fuhr sich mit dem Handrücken über die schweißnasse Stirn. »Um ihre Frage zu beantworten, Sir ... Nein, ich habe nicht die leiseste Ahnung, was aus Zeus und seiner Burg geworden ist.«

In diesem Augenblick gab das Armbandfunkgerät, das er als Ersatz für das im Einsatz verlorene an sich genommen hatte, ein helles Summen von sich. Die helle, klare Stimme eines Roboters erklang: »Der Zugang zu dem fraglichen Hohlraum im Innern des Felsens ist geschaffen, Sir.«

Der Mongole holte tief Luft, zögerte eine halbe Sekunde und erkundigte sich dann: »Handelt es sich um die Maschinenhalle?«

»Nach den Dimensionen des Raums zu urteilen, ja, Sir.«

Goshmo-Khans Stimme zitterte merklich, als er fragte: »Wie sieht es dort aus? Wie schlimm sind die Zerstörungen?«

»Ich kann diese Frage nicht beantworten, Sir«, erklärte der Robot, »da ich den ursprünglichen Zustand der Halle nicht kenne. Mein allgemeiner, unverbindlicher Eindruck ist, dass dieser Raum sich im Zustand mittelschweren Ruins befindet. Diese Aussage ist, wie ich schon bemerkte, unverbindlich ...«

Der Mongole unterbrach die Verbindung. »Verdammter Robot!«, knurrte er bitter. »Als ob er sich für seine Unverbindlichkeit etwas kaufen könnte!«

Rhodan stand unvermittelt auf. »Wir sehen uns die Sache am besten selber an ...«

Der Gang durch die Felsmassen war mit Desintegratoren erschaffen worden. Er war hoch und geräumig, und die Wände fühlten sich kühl an. In kurzen Abständen hatten die Roboter Leuchtscheiben an die Wände geklebt. Man kam gut voran.

Goshmo-Khan befand sich an der Spitze der kleinen Gruppe. Ungeduldig drängte er vorwärts. Vor ihm gab es eine Lichtquelle, die kräftiger war als die phosphoreszierenden Leuchtplatten an den Wänden. Er hörte die Geräusche arbeitender Roboter. Der Gang weitete sich, und eine Halle tat sich vor ihm auf, die von einer Gruppe hastig aufgestellter Sonnenlampen erhellt wurde. Der Mongole blickte sich um. Er trat aus der

Mündung des Gangs hinaus und eilte in den riesigen Raum hinein. Dabei blickte er hierhin, dorthin und stieß unverständliche Laute aus. Schließlich blieb er stehen. Im Schatten eines mammuthaften Gebildes, dessen Funktion sich nicht erkennen ließ, hatte er etwas entdeckt, einen dunklen Fleck etwa von der Größe eines menschlichen Körpers. Er rannte los. Aus der Nähe erkannte er die Gestalt eines Roboters, reglos zu Boden gestreckt, die metallene Hülle von unglaublicher Hitzeeinwirkung verformt und schwarz gefärbt.

Da hatte er Gewissheit. Er wandte sich um, schritt Rhodan und seinen Begleitern entgegen, die hinter ihm hergekommen waren. Sein Gesicht war aschfahl. Er öffnete den Mund, um zu sprechen; seine Lippen zuckten, aber er brachte kein einziges Wort zuwege. Rhodan kam ihm zu Hilfe.

»Es ist die Halle, nicht wahr?«, fragte er.

Goshmo-Khan nickte, heftig und ruckartig wie einer, der plötzlich den Verstand verloren hat. »Ja«, krächzte er mit völlig veränderter Stimme. »Es ist die Halle, und kein Teufel dieses Universums kann sie wieder herstellen!«

Er schlug die Hände vors Gesicht. Zuckungen schüttelten den stämmigen Körper. In diesem Augenblick entstand in der Nähe der Gangmündung eine gewisse Unruhe. Rhodan wandte sich um, sah die beiden Roboter, die den Gang bewachten, zur Seite treten und aus der Mündung eine Gruppe Männer hervorquellen. Geoffry Waringers hohe, schlanke Gestalt mit den ein wenig nach vorne gedrückten Schultern war unverkennbar. Ein Gefühl der Erleichterung wollte sich Rhodans bemächtigen; aber er drängte es zurück. Konnte Waringer hier noch helfen? Mutete er ihm nicht zu viel zu, wenn er sich von ihm Rettung versprach, nachdem Goshmo-Khan bereits aufgegeben hatte?

Waringer eilte auf Rhodan zu. Die Eigenart der Situation hatte seine übliche linkische Schüchternheit hinweggewischt. Aufgeregt sprudelte er hervor: »Unterwegs, besonders nachdem ich den Bericht der Korvette gehört habe, sind mir ein paar Dinge klar geworden. Es handelt sich vorläufig nur um eine Hypothese; aber im Laufe der Zeit werde ich sie wohl erhärten können. Die Mopoys waren infiziert!«

Rhodan zog die Brauen in die Höhe. »So ...?«

Es sollte spöttisch klingen; aber aus dem Spott wurde Bitterkeit. Waringer störte sich nicht daran.

»Ihre Keimzellen müssen irgendeinen parachemischen Wirkstoff enthalten haben, der in Aktion trat, sobald die Zellen sich mit der Substanz der Ploohn-Eier vermischten. Das Resultat war eine Explosion auf sechsdimensionaler Ebene!«

»Und die Erde? Und der Traktorstrahl, das Absorberfeld?«

»Was der Erde widerfuhr, war eine unbeabsichtigte Nebenwirkung. Ich sagte schon zuvor, dass der unbekannte Effekt den Traktorstrahl modulierte. Aber ich bin fest überzeugt, dass derjenige, der die Mopoys präparierte, nicht die Absicht hatte, die Erde in Gefahr zu bringen – und wahrscheinlich auch gar keine Ahnung besaß, dass sich die Sache so entwickeln könnte.«

»Eine sechsdimensionale Explosion, sagtest du?«, griff Rhodan zurück. »Warum hat sie nicht den ganzen Planeten zerrissen? Warum haben die Kameras an Bord der K-MP-99 nichts davon wahrgenommen?«

»Kameras sind vierdimensionale Geräte und können sechsdimensionale Vorgänge nicht wahrnehmen«, antwortete Waringer, ohne zu zögern. »Und zur Auswirkung der Explosion: Mehr als neunundneunzig Prozent der Energie, die die Explosion freisetzte, tobten sich im sechsdimensionalen Überraum aus und hinterließen in unserem Kontinuum keine Spur. Der winzige Rest ist dafür verantwortlich, dass Zeus, die Mopoys, die Gelege, die Burg und die obersten Schichten dieses Felsens verschwanden. Und natürlich ...«, er zögerte eine Sekunde und sah sich um, »... für die Zerstörungen in dieser Halle.«

»Was wurde aus Zeus?«, wollte Rhodan wissen.

»Er ist verschwunden«, antwortete Waringer mit Überzeugung. »Ob man ihn tot nennen oder glauben soll, dass er als Monstrum durch den sechsdimensionalen Raum geistert, bleibt dahingestellt. Für uns jedenfalls ist er verschwunden.«

Rhodan nickte, als habe er diese Antwort erwartet. Aber seine Neugierde war noch nicht gestillt. »Wie kommt es, dass menschliche Augen etwas wahrnehmen konnten, was die Linsen der Kameras nicht sahen?«

Zum ersten Mal in dieser Unterhaltung ließ Geoffry Waringer Zeichen der Unsicherheit erkennen. Er kratzte sich zuerst am Kopf, dann faltete er die Hände mit den Innenseiten nach außen und dehnte die Finger, bis die Gelenke hörbar knackten.

»Das kann ich nicht so genau sagen«, bekannte er und fügte hastig hinzu: »Wenigstens im Augenblick noch nicht. Der Explosionsvorgang muss eine psionische Streustrahlung erzeugt haben, die im Bewusstsein eines organischen Wesens Bilder generiert, wie Goshmo-Khan, Ras Tschubai und andere sie gesehen haben. Die Bilder entsprachen wahrscheinlich nicht der Wirklichkeit. Zeus war nicht wirklich ein paar Kilometer groß, bevor er in den Überraum verschwand. Die psionische Strahlung erzeugte eine Art Halluzination.« Er seufzte. »So stelle ich es mir vor, und wahrscheinlich werde ich es eines Tages auch beweisen können.«

Er schwieg und sah sich um. Er hatte vorhin auf die Zerstörungen in der Halle hingewiesen, aber es war, als kämen sie ihm erst jetzt so richtig zum Bewusstsein. Eine Falte entstand auf seiner Stirn. Fast ungläubig fragte er: »Das sind die Aggregate, die die Erde und den Mond bewegten?«

»Das waren sie«, bestätigte Rhodan.

»Mein Gott!«, murmelte Waringer.

Da rutschte schließlich die Frage doch heraus, die Rhodan eigentlich nicht hatte stellen wollen. »Hältst du den Schaden für reparierbar?«

Waringer starrte ihn an. Sein Gesichtsausdruck war der eines Mannes, der soeben gefragt worden war, ob er Sterne vom Himmel holen könne. Er schüttelte den Kopf, verständnislos und erschüttert zugleich. Seine Antwort kam erst viel später, halblaut, fast gehaucht, als schäme er sich, seine Unfähigkeit eingestehen zu müssen.

»Nein ... das ist völlig aussichtslos. Wir beherrschen nicht einmal die Grundlagen ihrer Technologie ...«

Ein Aufschrei schnitt ihm das Wort ab. Einer der Männer aus Rhodans Begleitung hatte ihn ausgestoßen. Mit dem Arm zeigte er auf das gewaltige Aggregat des Traktors, hinauf, dorthin, wo die Parabolantenne halb zerschmolzen, halb zerfetzt hing.

Eine Gestalt in der grauweißen, flugfähigen Raummontur der Solaren Flotte schwebte vor der gewaltigen Rundung der Antenne. Niemand wusste, wie sie dort hinaufgekommen war. Die Männer in Rhodans Umgebung trugen keine Raumanzüge. Jedoch diejenigen, mit denen Geoffry Waringer gekommen war.

Rhodan winkte einen von Waringers Begleitern herbei. »Wer ist der verdammte Narr dort oben?«, fragte er barsch.

»Keiner von uns, Sir!«, verteidigte sich der Mann hastig. »Er kam auf uns zu und verlangte eine Flugmontur auszuleihen. Ich riet meinen Leuten ab, aber einer ist schließlich doch weich geworden. Er gab seinen Anzug her und ...«

»Wer?«, schrie Rhodan wütend.

»Professor Goshmo-Khan, Sir«, antwortete Waringers Begleiter zaghaft.

Rhodan wirbelte herum. In der Aufregung um Waringers plötzliches Auftauchen hatte keiner auf den Mongolen geachtet. Der Zustand der Halle, die Hoffnungslosigkeit einer Reparatur hatten den eigenwilligen Wissenschaftler erschüttert. Die Arbeit an der Antenne war gefährlich – schon allein deswegen, weil niemand wusste, ob die Aggregate, die den Traktor mit Energie versorgten, ebenfalls ausgefallen waren oder noch funktionierten. Man wusste nicht einmal, ob sie sich auch in dieser Halle befanden.

Rhodan hob das Armbandfunkgerät an den Mund. »Goshmo ... kommen Sie sofort herunter!«, befahl er.

Er erhielt keine Antwort und wiederholte seinen Befehl. Oben hatte der Mongole sich inzwischen auf den Rand der Antenne geschwungen und starrte ins Innere der Schüssel, das von unten her nicht einzusehen war.

Erst nach einer Weile bequemte er sich zu antworten: »In einem Augenblick wie diesem muss alles Menschenmögliche getan werden, um die Katastrophe zu verhindern. Ich sehe hier den einzig möglichen Ansatzpunkt und bestreite, dass Sie mir in dieser Lage überhaupt etwas zu befehlen haben!«

Seine Stimme klang hart und gefasst. Aber Rhodan kannte den Wissenschaftler. Wenn er so sprach, dann befand er sich in Wirklichkeit im Zustand höchster Erregung.

»Sie sind gar nicht in der Lage, die Zusammenhänge zu erkennen!«, herrschte Rhodan ihn an. »Außerdem ist die Antenne ein gefährliches Gebilde. Ich befehle Ihnen ...«

Er kam nicht weiter. Aus der Schüssel der Antenne fuhr plötzlich ein greller Blitz. Fauchend und knatternd schoss er zur Decke hinauf. Die Gestalt des Mongolen war eine Sekunde lang in eine lohende Aura gehüllt. Aus Rhodans Funkgerät drang ein halb erstickter, würgender Schrei. Am Rand der Antennenschüssel war Goshmo-Khan ins Wanken geraten. Er musste halb bewusstlos sein, denn er unternahm keinen Versuch, sein Gleichgewicht wiederzugewinnen. Er fiel. Die knatternde, blitzende Entladung musste den Antigrav der Schutzmontur außer Betrieb gesetzt haben, denn der Mongole stürzte mit eben jener Beschleunigung, die die geringe Schwerkraft des Mucierer-Planeten vermittelte.

Es geschah alles zu schnell, als dass jemand hätte helfen können. Roboter, die am Ausgang des Gangs Wache gestanden hatten, stürzten auf den Traktor zu und versuchten, den Punkt zu erreichen, an dem der Mongole vermutlich aufprallen würde. Aber sie kamen zu spät.

Hart schlug Goshmo-Khan zu Boden und blieb reglos liegen. Seine flugfähige Montur hatte sich braun verfärbt, eine Wirkung der Entladung oben in der Antennenschüssel, der er nicht hatte ausweichen können.

Perry Rhodan kniete an der Seite des Mongolen. Medo-Roboter waren alarmiert, aber es würde ein oder zwei Minuten dauern, bis sie eintrafen. Goshmo-Khan hatte, wie sich herausstellte, den Helm seines

Fluganzugs nicht geschlossen gehabt. Rhodan schob vorsichtig den Arm unter den Hals des Bewusstlosen, hob den Kopf leicht an und streifte die Helmkapuze zurück.

Unter der Bewegung erwachte der Mongole. Auf seinen Augen lag ein Schleier, der nur zögernd wich. Er hatte Mühe, die Gesichter ringsum zu erkennen. Stöhnend versuchte er, sich aufzurichten, aber Rhodan drückte ihn sanft wieder zurück.

»Jetzt noch nicht, Goshmo«, sagte er halblaut. »Erst müssen die Medo-Robots ...«

Der alte Kampfgeist des Wissenschaftlers brach sich plötzlich wieder Bahn. »Ich brauche keine!«, zischte er zornig. »Ich bin hin, das weiß ich selbst am besten. Aber ihr ... aber ihr ...«

Das aufgeregte Sprechen zehrte an seinen Kräften. Er schloss die Augen und ruhte sich ein paar Sekunden aus. Als er wieder zu sprechen begann, war er völlig ruhig und seine Stimme so leise, dass Rhodan sich dichter über ihn beugen musste, um ihn überhaupt zu verstehen: »Aber ihr ... geht ebenso wie ich euren letzten Stunden entgegen. Denn die Erde ... die Erde ... ist nicht mehr zu retten ...«

Die letzten Worte waren nur noch gehaucht. Goshmo-Khan schloss die Augen. Die Haut seines Gesichts nahm eine aschfahle Tönung an. Der mächtige Schädel sank schlaff zur Seite. Einer der hervorragendsten Wissenschaftler, den die Menschheit jemals hervorgebracht hatte, war tot; gestorben in dem Bemühen, inmitten der Hoffnungslosigkeit doch noch einen Weg zu finden, wie er der bedrängten Erde beistehen konnte.

Durch die Gangmündung drängte eine Gruppe von Medo-Robotern herein. Perry Rhodan trat ihnen entgegen. »Kehrt zurück!«, befahl er mit tonloser Stimme. »Ihr seid umsonst gekommen. Goshmo-Khan ist tot.«

Die Stunden schleppten sich dahin. Die Erde raste weiter auf ihrer verderblichen Bahn. Noch ahnte die Menschheit nicht, was ihr bevorstand. Rhodan konnte sich nicht entschließen, den Menschen die furchtbare Wahrheit zu offenbaren. Eine merkwürdige Veränderung hatte sich an ihm vollzogen. Die Entschlusskraft, sonst einer seiner markantesten Charakterzüge, schien ihn verlassen zu haben. Auf die wenigen, die in diesen Stunden unmittelbar mit ihm zu tun hatten, machte er den Eindruck, als warte er auf ein Wunder – auf das Wunder, das die Erde im letzten Augenblick vor dem feurigen Zugriff der Sonne Medaillon erretten würde. Durch Rhodans Untätigkeit ergab sich ein neues Problem, mit dem sich diejenigen herumzuschlagen hatten, die als Rhodans engste Vertraute galten und von der Niedergeschlagenheit des Großadministrators nichts an die Öffentlichkeit gelangen lassen durften, weil die im Großen und Ganzen ungebrochene Moral der Besatzung der MARCO POLO noch immer auf der Annahme basierte, dass Rhodan schließlich doch »den Karren aus dem Dreck ziehen« würde.

Von der Erde wusste man über die ständige Hyperfunkverbindung, dass dort vorläufig noch Ruhe herrschte. Vorläufig. Die Menschen spürten, dass irgendetwas nicht so lief, wie es laufen sollte, und bei den Ausmaßen dessen, was schief gegangen sein könnte, waren der Aktivität der Fantasie keine Grenzen gesetzt. Vorläufig aber schienen noch die Kunstsonnen auf die Oberfläche der Erde, und von Medaillon war nur in der Nacht ein winziger roter Lichtfleck zu sehen, mit verwaschenen Rändern wegen der Materie des Mahlstroms, die diesen Raumsektor wie ein lichter Nebel erfüllte.

Seit der Katastrophe, die Zeus und seine geheimnisvolle Maschinerie ausgelöscht hatte, waren zehn Stunden vergangen, als Reginald Bull sich entschloss, dem in niedergeschlagener Lethargie verharrenden Freund ins Gewissen zu reden. Der Entschluss war nicht ganz alleine sein eigener: Waringer, Ras Tschubai und andere hatten auf ihn eingeredet. Jemand musste mit Rhodan sprechen, ihn wachzurütteln versuchen, und auf wen hätte die Wahl sonst fallen können, wenn nicht auf Reginald Bull, den Mann der ersten Stunde?

Rhodan sah kaum auf, als Bull sein Quartier betrat. Der stämmig gebaute Mann baute sich vor dem Sessel auf, in dem Rhodan ruhte. Er blieb stehen und sagte kein Wort, bis Rhodan schließlich verwundert zu ihm aufblickte.

»Was gibt es …?«, fragte er mit halblauter, fast tonloser Stimme.

»Was es gibt?«, platzte Bull heraus. »Es gibt eine Katastrophe! Milliarden Menschen werden in wenigen Stunden sterben, nur weil der, der für ihr Heil verantwortlich ist, sich in seine Klause zurückgezogen hat und tiefsinnig vor sich hin starrt, anstatt zu handeln.«

Nicht ein Funke zeigte sich in Rhodans Blick. Müde wies er den Vorwurf zurück. »Es gibt nichts mehr zu tun, nichts mehr zu handeln. Goshmo-Khan ist tot, die Erde wird bald tot sein.«

Da ging mit Reginald Bull das Temperament durch. »Du bist ein Narr!«, schrie er den Freund an. »Woher willst du wissen, dass es nichts mehr zu tun gibt? Hast du überhaupt einen einzigen Gedanken daran verwendet, nachzudenken, was man noch tun könnte? Jaymadahr hat uns das alles eingebrockt! Warum wendest du dich nicht an sie? Warum bedrohst du sie nicht und lässt sie Hilfe schaffen? Warum ...«

Er hätte noch lange nicht aufgehört; aber der Interkom unterbrach ihn. Ein aufgeregter junger Mann erschien auf der Bildfläche und sprudelte hervor: »Ein fremdes Raumschiff ist soeben hinter Medaillon aufgetaucht, Sir, und fliegt Goshmos Castle an!«

»Fremdes Raumschiff?«, fragte Bull. »Lässt es sich identifizieren?«

»Genau, Sir. Langer, zylindrischer Rumpf mit spitzem Bug, am Heckende eine mächtige Kugel, die die Triebwerkssektion enthält ...«

»Ein Ploohn-Schiff!«, fiel ihm Bull hastig ins Wort.

»Nicht einfach ein Ploohn-Schiff, Sir!«, korrigierte ihn der junge Offizier. »Das größte Ploohn-Fahrzeug, das wir jemals zu sehen bekommen haben ... über zweieinhalb Kilometer lang!«

Reginald Bull wusste nicht zu sagen, woher ihm der Gedanke plötzlich gekommen war. Aber plötzlich war er da, stand mitten in seinem Bewusstsein, leuchtend klar und von zwingender Logik: Die Ploohn-Königin kam! Das war ihr Flaggschiff! Die Ploohn-Königin kam, um den Erfolg ihres Attentats auf Zeus zu begutachten.

Und ... um zu retten ...?

Fast geräuschlos senkte sich das riesige Schiff in das Hochtal herab. Die MARCO POLO befand sich in höchster Alarmbereitschaft. Aber Bull hatte die verantwortlichen Offiziere gewarnt, die Feindseligkeiten ohne ausreichende Herausforderung zu eröffnen. Perry Rhodan war aus seiner Lethargie erwacht. Eine Delegation der terranischen Führung hatte sich auf der Kuppe des Felsens eingefunden, auf der früher Zeus' Burg gestanden hatte. Von der Höhe herab verfolgte man gespannt die Landung des mächtigsten Ploohn-Raumschiffs, das Menschenaugen je erblickt hatten.

Das riesige Fahrzeug kam auf die Hecköffnung der Kugel zu stehen, die den Abschluss des Rumpfs bildete. Bisher hatte es keinen Funkkontakt zwischen der MARCO POLO und den Ploohns gegeben. Das Ploohn-Schiff hatte auf keinen der Anrufe reagiert. Man wusste nicht, was die Insekten nach Goshmos Castle brachte.

Etwa in halber Höhe des über der Heckkugel aufragenden, schlanken Rumpfs öffnete sich eine Schleuse. Eine Kette flinker Fahrzeuge schoss daraus hervor, insgesamt sechs Gleitboote von ellipsoider Form. Sie hielten auf den Felsen zu und landeten unweit der Stelle, an der Rhodan und seine Begleitung sich postiert hatten. Unter den Booten war eines, das sich durch besondere Größe auszeichnete. Bei der Landung wurde es von den andern fünf in die Mitte genommen. Luken öffneten sich. Ploohns quollen aus den Fahrzeugen hervor. Sie umringten das in der Mitte gelandete Boot. Unmittelbar vor diesem Boot entstand plötzlich ein leuchtendes Gespinst, wie ein halbfertiger Kokon, aus glitzernden Fäden bestehend. Inmitten des Gespinsts, das ihren Thron darstellte, erschien wie durch Zauberhand – wahrscheinlich durch Transmitter aus dem Innern des Fahrzeugs befördert – die riesige Gestalt der Ploohn-Königin, Jaymadahr Conzentryn. Umgeben von ihrem Gefolge, setzte sie sich mitsamt dem Thron in Bewegung. Das glitzernde Gespinst schwebte dabei in drei Metern Höhe über dem Boden, von unsichtbaren Kräften gehalten, eine wahrhaft beeindruckende Erscheinung.

Wenige Meter vor der Gruppe der Terraner hielt der Zug der Ploohns an. Diesmal hielt es Jaymadahr nicht für notwendig, sich eines Sprechers zu bedienen. Sie wandte sich unmittelbar an Rhodan, und aus einem verborgenen Translator erklangen ihre Worte in Interkosmo:

»Das Unheil ist verhindert! Es hat in der Geschichte meines Volkes niemals zur gleichen Zeit zwei souveräne Königinnen gegeben. Um des Wohles des Volkes willen darf eine solche Lage auch in Zukunft niemals eintreten. Die Abtrünnige, die hier ihr Ende fand, war auf dem besten Weg, das mächtige Volk der Ploohns zu entzweien und ins Verderben zu stürzen. Deswegen musste sie sterben. Ihr Terraner habt mir bei diesem Vorhaben geholfen, ohne es zu wollen.

Dennoch bin ich euch dankbar. Ohne eure Hilfe – ob sie nun gewollt war oder nicht – hätte sich das Unheil kaum noch verhindern lassen. Die Abtrünnige ist unschädlich gemacht; aber meine Kundschafter berichten mir, dass im Gefolge der Strafaktion ein Effekt aufgetreten ist, der von mir nicht beabsichtigt wurde und der die Welt, auf der euer Volk lebt, in ernsthafte Gefahr bringt. Ich bin sofort aufgebrochen, um mich von der Wahrheit dieser Beobachtung zu überzeugen. Ich weiß, dass euer Planet in kurzer Zeit in diese rote Sonne stürzen wird, und ich weiß ebenso, dass ihr, unserer Technik unkundig, nicht in der Lage seid, die Maschinerie wieder in Betrieb zu setzen, die den Sturz eurer Welt in die Sonne verhindern kann.

Ich bin gekommen, um zu helfen. In diesem Abschnitt des Weltraums ist genug Platz für zwei Sternenvölker, das meinige und das eure. Ich biete euch Frieden und Zusammenarbeit. Wollt ihr das und wollt ihr, dass ich eurem Volk helfe, so antwortet mir!«

Es war eine eigenartige Lage: Zum ersten Mal in der Geschichte der Menschheit standen die Menschen als Empfangende, als Hilfsbedürftige da. Perry Rhodan schien die Einzigartigkeit der Situation wohl zu erkennen. Er zögerte – zögerte in der Tat so lange, dass seine Begleiter zu fürchten begannen, er werde das Hilfsangebot aus falsch verstandenem Stolz ablehnen.

Aber schließlich trat er nach vorne, neigte sich leicht vor der Königin der Ploohns und sprach mit schwerer Stimme die Worte: »Wir danken dir, Erhabene. Deine Hilfe ist uns willkommen!«

Die Aktivität, die die Ploohns von diesem Augenblick an entwickelten, war beeindruckend. Aus dem riesigen Schiff floss ein nicht abreißender Strom von fremdartigen Maschinen und Geräten. Riesige Geschütze, die fast geräuschlos und nach dem Prinzip des Desintegrators arbeiteten, lösten die oberen Schichten des gewaltigen Felsmassivs in weißlichen Gesteinsdampf auf und ruhten nicht eher, als bis die Halle, in der die durch die Explosion zerstörten Maschinen standen, völlig freigelegt war. Sodann machte sich ein Heer von mehreren tausend Ploohn-Robotern an die Arbeit. Mit unglaublicher Flinkheit setzten sie die fremden Aggregate wieder instand. Der Traktor, in dessen Antenne Goshmo-Khan den Tod gefunden hatte, wurde als Erstes repariert. Schon zwei Stunden nach der Landung des Ploohn-Schiffs bewies ein erster Probelauf, dass die Antenne wieder funktionierte und in der Lage war, die von der Sonne abgesaugten Energien zu empfangen und planmäßig zu verteilen.

Um Erde und Mond entstand von neuem das Absorberfeld. Kurze Zeit später wurde der bläulich leuchtende Auftreffpunkt des Traktorstrahls sichtbar. Diesmal wirkte das Traktorfeld bremsend. Das Erde-Mond-System war inzwischen gefährlich nahe an die lodernde rote Sonne herangerückt. Die Bremsbeschleunigungswerte, die jetzt zum Einsatz kamen, lagen bis um das Doppelte über den Werten, mit denen Erde und Mond vor nunmehr fast drei Tagen in Bewegung gesetzt worden waren. Aber der Absorberschirm hielt. Erde und Mond bekamen von den mächtigen Beharrungskräften nichts zu spüren.

Die MARCO POLO lag noch immer auf Goshmos Castle, ebenso wie das Flaggschiff der Ploohn-Königin. Aber in dem Raum zwischen Medaillon und Erde waren Hunderte von terranischen Raumschiffen damit beschäftigt, jede Phase dieses ungeheuerlichen Vorgangs genau zu beobachten. Perry Rhodan, der die Lethargie völlig abgelegt hatte, war zu jeder Sekunde über den Stand der Dinge voll unterrichtet, und als der Zeitpunkt nahte, da die Erde endgültig ihre neue Umlaufbahn um die fremde Sonne erreichen sollte, teilte er der Menschheit in einer kurzen, bewegten Ansprache mit, dass das Ziel so gut wie erreicht sei, dass in wenigen Tagen der Pulk der Kunstsonnen abgeschaltet und von diesem Zeitpunkt an das Licht einer natürlichen Sonne sich wieder über die Erde ergießen werde.

Und dann war es so weit. Am zwölften August 3460 erreichte die Erde die Höhe der neuen Umlaufbahn. Letzte Korrekturen wurden vorgenommen. Der bläulich leuchtende Traktorstrahl erlosch, um kurze Zeit später wieder anzuspringen: Die Bahngeschwindigkeit der Erde musste um ein Geringes geändert werden. Die Feinanpassung nahm weitere zwei Tage in Anspruch. Am 15. August, gegen vier Uhr nachmittags, schließlich war der endgültige Wert erreicht: Mit einer Geschwindigkeit von mehr als 46 Kilometern pro Sekunde bewegten sich Erde und Mond auf einer Bahn, deren Halbmesser wenig über zweihundert Millionen Kilometer betrug. Die Rotationsgeschwindigkeit der Erde um die eigene Achse war geringfügig vergrößert worden, sodass sich aus Jahr und Tagesdauer eine ganze Anzahl von Kalendertagen ergeben und den Menschen ihre neue Zeitrechnung weniger schwer fallen würde.

Inzwischen war auf Goshmos Castle zwischen den Ploohns und den Terranern ein Abkommen geschlossen worden. Es sah den Austausch technisch-wissenschaftlicher Informationen vor und grenzte die politischen Interessen- und Einflussbereiche der beiden Sternenvölker gegeneinander ab. Von Dank für ihre Hilfe wollte Jaymadahr nichts wissen. Erstens war der Begriff des Danks ihrer Mentalität ohnehin nur schwer zu verdeutlichen, und zweitens glaubte sie – nicht ohne Berechtigung –, lediglich einen Schaden wieder gutgemacht zu haben, den sie selbst angerichtet hatte. Als ihr Flaggschiff von Goshmos Castle startete und bald darauf in den wirbelnden Schwaden des Mahlstroms verschwand, gab es unter den Verantwortlichen der Erde keinen, der den geschlossenen Vertrag nicht als eine Voraussetzung und gleichzeitig eine Garantie für die friedliche Weiterentwicklung sowohl der Menschheit als auch der Ploohns angesehen hätte.

Am 15. August 3460 um 20:20:00 Allgemeiner Zeit erloschen über der Erde die Kunstsonnen, um nach dem Willen der Menschheit niemals wieder aufzuleuchten. Eine Euphorie sondergleichen hatte sich der Menschen bemächtigt. In den Straßen der Städte wurde getanzt und gesungen. Die Arbeit ruhte, und dort, wo der Terminator nahte, fanden sich riesige Menschenmengen zusammen, um jubelnd den Aufgang der neuen Sonne zu beobachten.

Nach langen Monaten der Unsicherheit und der Angst empfanden die Menschen zum ersten Mal wieder ein Gefühl der Sicherheit, der Geborgenheit. Gewiss, die fremde Sonne leuchtete aus einem Himmel, der gelblich-türkisfarben war anstatt blau, und zu Mittag herrschte unter wolkenlosem Himmel nicht mehr das grelle Weiß, wie sie es gewohnt waren, sondern ein kräftiges, gelbliches Orange – wie wenn nach einem heftigen Gewitterregen an einem Sommernachmittag Sol sich durch die wehenden Wasserschleier wieder Bahn brach. Aber all das waren Äußerlichkeiten, an die man sich rasch gewöhnen konnte. Wichtig war, dass es von jetzt an wieder Sommer und Winter geben würde, Frühjahr und Herbst. Wichtig war, dass die Erde sich auf einer stabilen Bahn befand und dass die, die auf ihrer Oberfläche wohnten, sich nicht mehr Stunde um Stunde vor der nächsten planetenweiten Katastrophe zu fürchten brauchten.

Die Menschen waren glücklich …

Im Kern des Befehlszentrums Imperium-Alpha saßen in einem kleinen, sorgfältig abgeschirmten Raum zwei Männer einander gegenüber: Perry Rhodan und Reginald Bull. Hoch über ihnen, in den Straßen von Terrania City, gaben übermütige Menschen tanzend und singend ihrer überschäumenden Freude Ausdruck. Die beiden Unsterblichen aber waren ernst.

»Das waren harte Worte, Bully«, sagte Rhodan, ohne den Freund dabei anzusehen. »Als ich auf Goshmos Castle alle Hoffnung aufgegeben hatte. Aber sie waren berechtigt. Ich möchte dir dafür danken …«, er lächelte matt, »… ohne dass ich es wirklich fertig bringe, ein Gefühl der Dankbarkeit zu empfinden.«

Bull winkte ab. »Lassen wir das«, meinte er. »Die Sache ist vorüber. Die Erde ist gerettet, und ich bin sicher, dass eine ähnliche Notlage nie mehr zustande kommen wird. Und selbst wenn sie es täte, würde ich erwarten, dass du aus vergangenen Erfahrungen gelernt hast und nicht noch einmal denselben Fehler begehen würdest, die Hoffnung aufzugeben, wenn doch wirklich …«

Perry Rhodans eigenartiger Blick irritierte ihn so, dass er sich mitten im Satz unterbrach. »Was ist?«, fragte er verwirrt. »Habe ich etwas Falsches gesagt?«

»Ich weiß es nicht«, antwortete Rhodan sehr düster. »Ich weiß es wirklich nicht.«

»Was?«

»Ob ich beim nächsten Mal anders reagieren würde. Ich bin mir nicht sicher. Die Lage war wirklich hoffnungslos. Es gab nichts mehr, worauf ich hätte bauen können. Warum also sollte ich Hoffnung empfinden?«

»Aber es ist nicht deine Art …!«, protestierte Reginald Bull.

Rhodan nickte schwerfällig. »Vielleicht ist meine Art im Begriff, sich zu ändern«, überlegte er. »Vielleicht werde ich alt. Vielleicht ist es wirklich an der Zeit …«

»Wofür?«, fragte Reginald Bull, als Rhodan plötzlich schwieg.

»Mich abzulösen.«

»Du bist krank!«, brach es aus Bull heraus. »Du bist verrückt! Wer wird den Mann ablösen wollen, der die Menschheit fünfzehn Jahrhunderte lang durch Tiefen und Höhen zu immer größerem Wissen, zu immer höherer Vollkommenheit geführt hat?«

Rhodan schüttelte nur den Kopf. »Ich habe kaum mehr Kraft«, sagte er matt. »Ich bin einfach am Ende.«

»Was bedrückt dich?«, erkundigte sich Reginald Bull erregt und verständnislos zugleich. »Alles ist in Ordnung! Die Menschheit ist gerettet! Was für Sorgen hast du sonst noch?«

Perry Rhodan sah ihn an. Es war ein eigenartiger, durchdringender Blick von fast hypnotischer Wirkung. »Ich will dir sagen, was mich bedrückt«, antwortete er. »Die Menschheit befand sich in einer tödlichen Gefahr. Es ist nicht das erste Mal, dass das Leben der gesamten Menschheit auf dem Spiel stand.«

»Ganz richtig!«, fiel ihm Reginald Bull ins Wort. »Aber die Gefahr ist vorüber, nicht wahr? Sie wurde beseitigt … wie immer.«

»Nein, nicht wie immer, Bully.« Sein ernster Blick hielt den Freund gepackt. »Diesmal konnten wir uns nicht mehr aus eigener Kraft retten. Wir brauchten fremde Hilfe. Siehst du den Unterschied nicht …?«

ENDE

Raumplattform der Greikos

Allgemeines:

Das Volk der Greikos ist der stabilisierende Faktor des Konzils der Sieben. Die mentale Ausstrahlung dieser absolut friedfertigen Wesen gewährt den inneren Zusammenhalt des Konzils. Die Greikos leben auf gewaltigen Plattformen, die mit Unterlichtgeschwindigkeit durch das All treiben.

Ihre Plattformen sind völlig unabhängig von der Versorgung durch Planeten, die notwendige Energie wird in Großkraftwerken erzeugt. Der Kernbrennstoff für die Reaktoren wird in bordeigenen Anlagen aus Wasserstoff gewonnen, der mit Hilfe von Energiefeldern an geeigneten Stellen

des
wird. I
sorger
len B
men
schub
Statio
sind v
Steue
tigen
former
Atmosphäre, die B
generierung der W
nere Kurskorrektu
Zutun der Greikos.
Durch den jahrtau
halt der Plattforme
deren Unterfläche
teneinschlägen ze
Plattformen von unt
ßen. Die hier geze
8000 Meter und b
Greikos eine Heima

Technische Da

1. Künstliche Son
   beleuchtet die F
2. Oberfläche der